一个杀手的自白

Stephen King
Billy Summers

［美］斯蒂芬·金 著　姚向辉 译

湖南文艺出版社
HUNAN LITERATURE AND ART PUBLISHING HOUSE　博集天卷
CS-BOOKY

BILLY SUMMERS

Copyright ©2021 by Stephen King

This edition arranged with The Lotts Agency Ltd.

through Andrew Nurnberg Associates International Limited

著作权合同登记号：图字 18-2023-152

图书在版编目（CIP）数据

　　一个杀手的自白 /（美）斯蒂芬·金著；姚向辉译 . -- 长沙：湖南文艺出版社，2023.12
　　ISBN 978-7-5726-1466-8

　　Ⅰ. ①一… Ⅱ. ①斯… ②姚… Ⅲ. ①长篇小说—美国—现代 Ⅳ. ① I712.45

　　中国国家版本馆 CIP 数据核字（2023）第 187604 号

上架建议：畅销·外国文学

YI GE SHASHOU DE ZIBAI
一个杀手的自白

著　　者：[美]斯蒂芬·金
译　　者：姚向辉
出 版 人：陈新文
责任编辑：张子霏
监　　制：吴文娟
策划编辑：姚涵之
特约编辑：叶淑君
版权支持：辛　艳　张雪珂
营销编辑：傅　丽
封面设计：利　锐
版式设计：李　洁
封面插图·ANNA AND VARVARA KENDEL
内文排版·百朗文化
出　　版：湖南文艺出版社
　　　　　（长沙市雨花区东二环一段 508 号　邮编：410014）
网　　址：www.hnwy.net
印　　刷：三河市鑫金马印装有限公司
经　　销：新华书店
开　　本：875 mm × 1270 mm　1/32
字　　数：430 千字
印　　张：16
版　　次：2023 年 12 月第 1 版
印　　次：2023 年 12 月第 1 次印刷
书　　号：ISBN 978-7-5726-1466-8
定　　价：69.80 元

若有质量问题，请致电质量监督电话：010-59096394
团购电话：010-59320018

怀念雷蒙德与萨拉·简·斯普鲁斯

"前我失丧，今被寻回。"

——《奇异恩典》

第 1 章

1

比利·萨默斯坐在旅馆大堂里等车。今天是周五，现在是下午。他眼睛在看《阿奇的伙伴们》漫画的精编本，脑子在想埃米尔·左拉和左拉的第三部小说——他的突破之作《戴蕾斯·拉甘》。他觉得，这部小说很大程度上是一部属于年轻男人的作品。他觉得，当时左拉刚开始挖掘那条深邃而奇妙的矿脉。他觉得，左拉无论过去还是现在都是噩梦版的查尔斯·狄更斯。他觉得，这会是一个很好的论文题材。不过他也没写过论文。

12 点过两分，大门打开了，两个男人走进大堂。一个个头高，梳着 20 世纪 50 年代的大背头。另一个个头矮，戴眼镜。两人都穿一身正装。尼克的手下都穿正装。比利知道高个子来自西部，他跟尼克很长时间了，他叫弗兰克·麦金托什。因为他的发型，有些尼克的手下叫他猫王弗兰奇。现在他后脑勺秃了一小块，所以还有些人叫他光点猫王——但从不当着他的面叫。比利不认识矮个子。他肯定是本地人。

麦金托什向他伸出手。比利起身和他握手。

"嘿，比利，好久不见。很高兴见到你。"

"我也很高兴，弗兰克。"

"这位是保利·洛根。"

"你好，保利。"比利和矮个子握手。

"很高兴认识你，比利。"

麦金托什拿起比利手里的阿奇漫画书。"还那么喜欢看漫画？"

"对，"比利说，"没错，相当喜欢，好笑的那种。偶尔也看超级英雄，但不怎么喜欢。"

麦金托什翻了几页，给保利·洛根看其中一张。"你看这两个小妞。老兄，我可以对着她们打手枪。"

"贝蒂和韦罗妮卡，"比利说，收回他的漫画书，"韦罗妮卡是阿奇的女朋友，贝蒂想当他女朋友。"

"你也读有字的书吧？"洛根问。

"长途旅行的时候偶尔读。还有杂志。但主要是漫画。"

"好，很好。"洛根说，朝麦金托什使了个眼色，不是非常隐蔽，麦金托什皱皱眉头，但比利无所谓。

"准备好兜兜风了？"麦金托什问。

"当然。"比利把漫画书塞进屁股口袋。阿奇和他的大胸女伴。这里也有一篇论文等着人们去写，关于从不改变的发型和做派如何安慰心灵；关于河谷镇，关于时间在那里停滞不前。

"那我们就走吧，"麦金托什说，"尼克在等你。"

2

麦金托什开车。洛根说他个子矮，所以坐后排。比利以为他们会向西走，因为这座城市比较高级的地段在西边，而尼克·马亚里安无论是在家还是在外都喜欢住得宽敞。另外，他不喜欢酒店。但他们没有向西走，而是朝着东北驶去。

开出闹市区两公里，他们来到一个住宅区，比利觉得这里属于下层中产阶级。这里比他长大的拖车园地好上三四个等级，但离高级还差得远。这里找不到带大铁门的独栋豪宅，只有牧场式的普通房屋，自动洒水器在寒酸的小块草坪上转动。房子以单层为主，大部分保养得很好，但也不乏需要重新粉刷的房屋，而杂草入侵了几户人家的草坪。他看见有一家用硬纸板挡住一扇打碎的窗户。另一家门前有个穿百慕大短裤和汗背心的胖子，他坐在开市客或山姆会员商店买来的草坪躺椅上喝啤酒，望着他们的车经过。美国的好日子已经持续了一段时间，但情况未必不会改变。比利了解这样的住宅区。它们是气压计，而眼前这个住宅区早就开始走下坡路了。这里的居民做着那种每天都要打卡的工作。

麦金托什在一座两层小房子的车道上停车，这套房子被漆成柔和的黄色，门前是一块斑驳的草坪。看上去还不赖，但不像尼克·马亚里安会选择的地方，哪怕只是暂住几天。这套房子像是机械师或机场底层员工住的地方，他的老婆喜欢集优惠券，他们养了两个孩子，每个月要凑钱还房贷，他周四晚上和一伙朋友打保龄喝啤酒。

洛根为比利拉开车门。比利掏出阿奇漫画书搁在仪表盘上，然后才下车。

麦金托什领着他走上门廊的台阶。外面很热，不过屋里有空调。尼克·马亚里安站在通往厨房的小门厅里。他身上的正装恐怕比这这套房子每个月要还的房贷都贵，日益稀疏的头发梳得贴在头皮上，大背头可不适合他。他的圆脸在拉斯维加斯晒得黝黑。他体格粗壮，但拥抱比利的时候，比利能感觉到他突出的大肚子硬得像石块。

"比利！"尼克叫道，亲吻他的左右面颊，愉快地亲出啧啧两声。他脸上的笑容能换一百万美元："比利，比利，老弟，见到你可真高兴！"

"见到你我也很高兴，尼克。"他环顾四周。"你住得似乎一般比这里豪华，"他顿了顿，"不介意我这么说吧？"

尼克大笑，笑声优美而富有感染力，与他的笑容相得益彰。麦金托什跟着大笑，洛根不出声地微笑。"我在西区有个地方，这里是短期住的，说是行宫也行。前院有喷泉。正中间是个光溜溜的小孩，有个专门的叫法来着……"

是智天使，比利心想，但没有说出来，只是继续微笑。

"总之是个小孩在撒尿。你会见到的，会见到的。不，比利，这地方不是我的，是你的。当然了，前提是你决定接这个活儿。"

3

尼克领他参观。"家具齐全。"他说，像是正在推销，也许他就是在推销。

这套房子的二楼有三间卧室和两个卫生间，第二个卫生间很小，大概是给孩子用的。一楼有厨房、客厅和餐厅，餐厅非常小，说是用餐角更加合适。地下室的一大半改建成了一个长条形的房间，一头放着一台大电视，另一头是乒乓球桌。还有轨道射灯。尼克说这是娱乐室，他们就在这里坐了下来。

麦金托什问他们要喝什么，他说上面有汽水、啤酒、柠檬水和冰茶。

"我要阿诺德·帕尔默[1]，"尼克说，"一半一半。多加冰。"

比利说听上去不错。他们一边闲聊，一边等饮料来。聊着这里如何靠近南边国境，天气如何热。尼克问比利来的路上顺不顺利。比

---

1 一种调制饮料，冰茶兑柠檬水，因美国高尔夫球手阿诺德·帕尔默而得名。——译者注（本书脚注均为译者注）

利说挺好，但没说他从哪里飞来，尼克也没问。尼克说狗娘养的特朗普如何如何，比利说他就是如何如何。他们能聊的话题见底了，不过问题不大，因为麦金托什刚好用托盘端着两杯饮料回来了，他刚离开，尼克就说起了正经事。

"我打电话给你的联络人布基，他说你打算退休。"

"我正在考虑。这一行做了很久了。太久了。"

"确实。说起来，你今年多大？"

"44岁。"

"脱掉制服就入行了？"

"差不多。"他确定尼克知道得一清二楚。

"一共多少个了？"

比利耸耸肩："不怎么记得了。"17个。算上第一个，胳膊打石膏的那男人，就是18个。

"布基说假如价钱合适，你也许还愿意接一单。"

他等比利问他。比利没有问，于是尼克说了下去。

"这个的价钱非常合适。你做完，就可以找个温暖的地方安度余生了。躺在吊床上喝凤梨可乐达[1]，"他又露出他灿烂的笑容，"200万。预付50万，事后付余款。"

比利吹了声口哨，这不是演戏，他认为他的行为不是在演戏，而是展现了他愚钝的一面，他给尼克、弗兰克和保利这种人看的就是这一面。这就像安全带。你用安全带不是因为你知道会遇见车祸，但也没人知道等你翻过山坡，在你这边车道上迎面而来的会是什么货色。这句话同样适用于人生的道路，各种牛鬼蛇神胡乱拐弯，在高速公路上逆向而行。

"为什么这么多？"他做过的最高一单只有7万，"不是政客吧？

---

[1] 指一款甜鸡尾酒，由朗姆酒、椰浆和凤梨汁混合搅拌或者加冰块摇晃调制。

因为我不碰政治。"

"差了十万八千里。"

"是坏人吗？"

尼克大笑摇头，看比利的眼神里怀着真挚的感情："你总是问相同的问题。"

比利点点头。

愚钝伪装确实是用来混黑道的，但这话也是真的——他只杀坏蛋，这样他晚上才睡得安稳。自不必说，他靠为坏蛋做事挣饭吃，这是真的，但比利不认为这是个道德悖论。坏蛋花钱雇他杀坏蛋，他对此没什么意见。大体而言，他把自己视为带枪的清洁工。

"是个非常坏的坏人。"

"好……"

"200万不是我出的。我只是中间人，挣一份所谓的中介费。不从你的钱里抽成，我的费用另外算。"尼克俯身凑近他，双手夹在两条大腿中间。他的表情很认真。他盯着比利的眼睛说："这次的目标是个职业枪手，和你一样。但这个人从不问要杀的人是好是坏。他没这么多讲究。只要价钱好，他就接活。我们就叫他乔好了。6年前……还是7年？不重要……总之这个乔杀了一个15岁的孩子，当时孩子正在去学校的路上。这孩子是坏人吗？不。事实上他是个三好学生。但有人想给孩子的老爸带个信，孩子就是这个信，乔是送信人。"

比利在想这个故事是不是真的。也许不是，因为听上去有童话故事的虚构感，但不知道为什么他又觉得像是真的。"你要我杀一个杀手。"好像他正在整理思路。

"正是如此。乔这会儿在洛杉矶蹲拘留所。男子中央监狱。被控伤人和强奸未遂。说到这个强奸未遂，我跟你说，只要你不是Metoo小姐，就还挺好笑呢。有个女作家来洛杉矶开研讨会，还是个女权主义作家，他把她当成了妓女。他上去问价钱，我猜语气不怎么友好，结果她掏出胡椒喷雾就是一顿喷。他给她嘴上一拳，打得她下巴脱臼。她靠这事估计能再多卖 10 万本书。她应该谢谢他才对，而不是指控他，你说呢？"

比利没有吭声。

"别这样，比利，你想一想。天知道这家伙干掉了多少目标，其中有一些是非常难搞的家伙，结果被一个自由派男人婆用胡椒喷雾制服了，你看得出这事情有多讽刺。"

比利皮笑肉不笑："洛杉矶在美国的另一头呢。"

"没错，但他先来了这里，然后才去的洛杉矶。我不知道他为什么来这里，我也不在乎，但我知道他在找赌场，有人给他指了方向。因为你看啊，我们这位老乔自认是赌神。长话短说，他输了很多钱。大赢家凌晨 5 点出来的时候，乔上去就给了那人肚子一枪，但他抢走的不光是他输掉的钱，还有赢家身上所有的钱。有人想阻止他，很可能是另一个赌钱的白痴，结果也挨了老乔一枪。"

"两个人都死了？"

"大赢家死在医院里，但死前指认了老乔。想阻止他的朋友挺了过来，也指认了老乔。另外还有一个问题，你能猜到吗？"

比利摇摇头。

"监控录像。你能想象会有什么结果吧？"

比利当然能想象。"不太明白。"

"加利福尼亚政府指控他伤人，这个罪名是板上钉钉了，没人能推翻。强奸未遂或许还能逃过，毕竟他没把她拖进小巷什么的，事实上他还想给她钱呢，所以顶多是嫖娼未遂，地检署甚至都懒得搭理。至于刑期，他大概要在县监狱待个 90 天赎罪。问题在于谋杀，密西西比这边对谋杀看得很重。"

比利知道，红州会给罪无可赦的凶手一个痛快，他对此没什么意见。

"等陪审团看完监控录像，几乎肯定会决定让老乔挨针头。你能想象，对吧？"

"当然。"

"他在通过律师抵制引渡，没什么好吃惊的。你知道引渡是什么，对吧？"

"当然。"

"很好。乔的律师正在竭尽所能地反对引渡，那家伙可不是什么追救护车的蹩脚货。他已经争取到了把听证会推迟30天，正在借此机会琢磨其他拖延时间的办法，但最后他肯定赢不了。乔被关在单人牢房里，因为有人想用小刀捅他。老乔夺过凶器，拧断了对方的手腕，但今天有一个人拿着小刀，明天就会有10个人。"

"黑帮仇杀？"比利问。"瘸子帮[1]？他们和他有恩怨？"

尼克耸耸肩："谁知道呢。乔暂时有他的单人牢房，不需要和其他臭猪在一个水坑里打滚，每天单独放风30分钟。他的律师正在忙着四处奔走，传话说除非他能逃脱谋杀指控，否则他就要把某些惊天大事抖搂出来。"

"有可能吗？"就算这个乔在赌场外杀死的是个坏人，比利也不愿意见到他能就这样躲过制裁，"检方也许会拿掉死刑，或者把罪名降低到二级谋杀，或者其他什么的？"

"厉害啊，比利。至少大方向没错。但我听说乔想要的是撤销一切指控。他肯定藏了几张最好的王牌。"

"他认为他掌握的情况能让他杀了人也逍遥法外？"

"你不也已经不知道杀了多少人，还逍遥法外。"尼克说，放声大笑。

比利没有笑："我没有因为打牌输钱杀过人。我不打牌，也不

---

1 非洲裔美国人帮派，1969年在洛杉矶成立，已经成长为美国最大和最有势力的帮派之一。

抢钱。"

尼克使劲点头："我知道，比利。你只杀坏人。我只是在拿你开个小玩笑。喝口饮料消消气。"

比利喝着饮料。他心想，200万。就一个活儿。然后他心想，有什么猫腻吗？

"肯定有人非常不希望这个乔把他掌握的情况说出去。"

尼克比了个手枪的手势指着比利，就好像他做出了惊人的推理："你说对了。总之，本地有位老兄托我带个话，你肯接这个活儿就会见到他，他的话是我们在找一个职业枪手，必须是顶尖角色里最拔尖的那种人。我觉得那就只能是比利·萨默斯了，讨论他妈的结束。"

"你要我做掉这个乔，但不是在洛杉矶，而是在这里。"

"不是我。我只是中间人，你别忘记。客户是另一个人，一个钱包特别鼓的人。"

"有什么猫腻吗？"

尼克的灿烂笑容回来了，他又比了个手枪的手势："直奔主题，对吧？直奔他妈的主题。不过其实不算是什么猫腻。或者也可能是，取决于你怎么看了。就是时间，明白吗？你要在这里待一段时间了。"

他挥挥手，表示这里指的是这座黄色的小房子，也许还包括它所在的这片住宅区——比利很快会发现它名叫米德伍德，也许是这座城市，它位于密西西比东部，北面紧挨着梅森－迪克森线[1]。

4

他们又谈了一会儿。尼克告诉比利预定地点在哪里，所谓预定地

---

1 美国北方和南方的分界线。

点指的是比利要从哪里开枪。他告诉比利不需要现在就决定，可以先去踩踩盘子，然后再听听情况。肯·霍夫会告诉他的。肯·霍夫就是那位放话的本地人，尼克说肯今天出城办事去了。

"他知道我用什么吗？"说这话不等于他已经同意了，但也朝着那个方向迈出了一大步。200万，大部分时间只需要坐着不动，然后抽空去开一枪。条件这么好，你很难拒绝。

尼克点点头。

"好吧，我什么时候能见到这位霍夫？"

"明天。今晚他会打电话到你住的旅馆，约见面的时间和地点。"

"要是我接了，就需要编个故事解释我为什么来这里。"

"全都想好了，而且很完美。乔治的点子。等你和霍夫见过面，我们明晚告诉你。"尼克起身，向比利伸出手。比利和他握手。他以前也和尼克握过手，但他从来都不喜欢，因为尼克是坏人，但你很难不对他产生一点好感。尼克同样以杀人为生，灿烂的笑容帮了他不少忙。

5

保利·洛根开车送他回旅馆。保利话不多，他问比利介不介意听收音机，比利说不介意，保利调到一个软摇滚电台。路上他说了一句"洛金斯和梅西纳[1]，他们是最棒的"，又在雪松街骂了两句一个超车的家伙，这就是他全部的话了。

比利倒是不介意。他在想他看过的劫匪策划最后大干一票的那些电影。如果黑色电影算一个门类，那么"最后一票"就是个子门类了。

---

1 指肯尼·洛金斯（Kenny Loggins）和吉姆·梅西纳（Jim Messina）组成的美国摇滚组合，20世纪70年代中期较为知名。

在这些电影里，最后一票永远会出岔子。比利不是劫匪，没有团伙，而且他不迷信，但最后一单的问题还是在折磨他。也许是因为价钱太高了。也许是因为他不知道是谁为了什么买凶。也许只是因为尼克说目标曾经杀过一个15岁的三好学生。

"你会住下来吗？"保利问，把车开进旅馆的前院，"这位霍夫会帮你准备你需要的工具。我可以准备的，但尼克说不行。"

他会住下来吗？"不知道。也许吧。"他正要下车，又停了停，"很可能会。"

6

回到房间里，比利打开笔记本电脑。他修改时间戳，检查 VPN，因为黑客喜欢对旅馆下手。他可以上谷歌搜洛杉矶法院，引渡听证会肯定会留下公开记录，但想查到他想要的资料，还有更简单的办法。而他确实想查一查。罗纳德·里根有句话说得好，信任归信任，核实归核实。

比利打开《洛杉矶时报》官网，付了6个月的订阅费。他用的信用卡属于一个名叫托马斯·哈迪的虚构人物，哈迪是比利最喜欢的作家——当然了，仅限于自然主义者这个类别。进入网站后，他搜索"女权主义作家"加"强奸未遂"。他找到了6篇报道，一篇比一篇不起眼。报道里有这位女权主义作家的照片，她看上去很性感，这就能说明很多问题了。所称的袭击发生在贝弗利山庄酒店的前院。被指控的嫌犯被发现拥有多个不同姓名的身份证件和信用卡。《洛杉矶时报》说他真名叫乔尔·伦道夫·艾伦。2012年在马萨诸塞州逃过了一起强奸指控。

四舍五入就是乔，比利心想。

接下来他打开本市报纸的官网，还是用托马斯·哈迪的信用卡翻过收费墙，然后搜索扑克赌局的凶杀受害人。

报道非常详细，还附上了监控画面，照片堪称铁证。要是早一个小时，光线肯定不够好，没法照亮凶手的脸，但照片底部的时间戳显示当时是上午 5 时 18 分。太阳还没升起，但已经破晓了，凶手站在小巷里，假如你是检察官，那张脸真是看得有够清楚。他守在一扇门旁边，手插在口袋里，门上的标志写着"装卸区请勿阻挡"。倘若比利在陪审团里，光是根据这个画面大概就可以投票同意注射死刑了。因为比利·萨默斯很懂什么是预谋杀人，他在照片里看到的就是预谋杀人。

雷德布拉夫报纸上有关此事的最后一篇报道说，乔尔·艾伦在洛杉矶因其他不相关的罪行被捕。

比利确定，尼克认为他会按表面情况照单全收。自从开始做这一行，多年来比利为许多人办过事，尼克和他们所有人一样，都认为尽管比利的狙击枪法出神入化，但他这个人有点迟钝，甚至可以往弱智上靠了。尼克相信了他的愚笨，因为比利费了很大工夫才让自己不演得过火。他从不张着嘴看人，眼神也不呆滞，没有明显的智力问题。阿奇的漫画书创造了奇迹，他最近在读的左拉小说塞在行李箱最深处。要是有人翻他的东西，发现了那本书怎么办？比利会说那是他在飞机座位的储物袋里捡到的，他喜欢封面上的女孩，所以收了起来。

他想搜索 15 岁的三好学生，但他掌握的信息不够多，就算在谷歌上泡一个下午也不一定能找到。再说，就算找到了，他也无法确定他找到的就是那个 15 岁少年。尼克告诉他的其他细节都被验证是真的，这已经够好了。

他叫了三明治和一壶茶。东西送来后，他坐在窗口边吃饭边读《戴蕾斯·拉甘》。他觉得这部小说像是杂糅了詹姆斯·M.凯恩和 20 世纪 50 年代的 EC 恐怖漫画。吃过这顿迟到的午饭，他躺在床上，双手插在枕头底下，感受藏在那里的凉意，这股凉意和青春还有美貌一样难以持久。他要去见这位肯·霍夫，听听他怎么说，要是他的话同样被验证是真的，那么他估计自己就会接下这个活了。等待对他来说是难事，他一向不擅长等待（他试过坐禅，但行不通），但为了200万美元的酬劳，他愿意等。

比利闭上眼睛，睡着了。

傍晚7点，他在房间里叫了晚餐，用笔记本看《夜阑人未静》[1]。电影说的是干最后一票的故事，这恐怕不是什么好兆头。电话响了，是肯·霍夫。他告诉比利明天下午去哪里见面。比利不需要把时间和地点写下来，一方面是写在纸上有可能留下后患，另一方面是他的记性相当好。

---

1 1950 年在美国上映的黑色电影。

第 2 章

1

　　和大多数男影星一样（更不用说比利在街头碰到的模仿那些影星的男人了），肯·霍夫留着乱蓬蓬的胡子，好像连续三四天忘了刮脸。然而，这个造型对霍夫却很遗憾，因为他是红发。他看上去既不粗犷也不凶恶，而是好像被严重晒伤了。

　　他们坐在一家名叫雀斑咖啡馆的小店外面，遮阳伞为餐桌投下了阴凉。店开在主大道和法院街的路口。比利估计这地方在工作日应该很繁忙，但现在是周六的下午，店里几乎空无一人，散放在室外的几张餐桌只坐了他们两个人。

　　霍夫大概 50 岁，也可能是过得比较辛苦的 45 岁。他在喝一杯葡萄酒。比利要了无糖汽水。他不认为霍夫为尼克做事，因为尼克的大本营在拉斯维加斯。但尼克在许多行当都插了一脚，地点并不全在西部。尼克·马亚里安和肯·霍夫也许在某些方面有关联，也可能霍夫勾搭上了出钱买凶的家伙。当然了，这些话的前提都是真有这个活儿。

　　"街对面的那栋楼是我的，"霍夫说，"只有 22 层，但在雷德布拉夫已经是第二高了。等希金斯中心盖起来就只能当老三了。希金斯中心高 30 层，附带购物中心。我在里面也参了一脚，但这栋楼呢，它完全是咱的宝贝儿。特朗普说要重振经济的时候，所有人都嘲笑他，但他真的做到了。真的做到了。"

比利对特朗普和特朗普经济学毫无兴趣，但他以职业人士的兴趣打量这座建筑物。他很确定他们会安排他在这里开枪。楼的名字叫杰拉尔德塔。比利觉得管一座只有 22 层的楼叫"塔"未免夸张，但这座城市的建筑物以红砖小楼为主，而且大多数年久失修，它在这里确实像是一座高塔。楼门口铺着保养良好、浇灌更好的草皮，立着一块"办公室和豪华公寓现房出租"的牌子，文字下面有个电话号码，牌子看上去有段年月了。

"住得没我希望的那么满，"霍夫说，"经济确实在蓬勃发展，人们的钱多得都从屁眼里掉出来了，2020 年还会更好，但是比利，我跟你说，这很大程度上是由互联网驱动的。我可以叫你比利吗？"

"没问题。"

"总之，今年我手头有点儿紧。自从我出钱进了 WWE，现金流就一直成问题，但三家加盟台呢，我怎么可能拒绝？"

比利完全不知道他在说什么，好像和职业摔跤[1]有点儿关系？还是电视上一直做广告的怪兽大脚车？霍夫显然认为他应该知道，所以比利只好点点头，假装他真的知道。

"本地的旧贵杂种觉得我扩张过度，但经济这玩意儿你只能赌，我没说错吧？趁手风好的时候多扔几把骰子。舍得掏钱才能挣钱，对吧？"

"当然。"

"所以我该干啥就干啥，然后你看，我见到一个机会，觉得不错，

---

1 世界摔跤娱乐（World Wrestling Entertainment），缩写也是 WWE，职业摔跤公司，营收来源除了主要的职业摔跤比赛，还包含电影、音乐、版权、营销等。

能靠它挣上一笔。有点儿冒险，但我需要搭个桥。尼克向我保证，假如你被逮住，我知道你不会，但万一你被逮住，你一定会守口如瓶。"

"对。我一定会。"比利从没被逮住过，这次也不打算被逮住。

"出来混就要讲道义，对吧？"

"当然。"比利觉得肯·霍夫看了太多的电影，其中一些很可能就属于"最后一票"的子门类。他希望这位老兄能直话直说。外面很热，遮阳伞没什么用，而且是湿热，只有鸟类才适合这种气候，比利心想，说不定连鸟类也不喜欢。

"我在五楼给你搞了个漂亮的拐角套房，"霍夫说。"三个房间。办公室，接待室，小厨房。小厨房哎，你说棒不棒？你用多久都行。舒服得像是小虫子钻进了地毯。我就不指给你看了，但你肯定能从一数到五，对吧？"

当然，比利心想，我还能一边走路一边嚼口香糖呢。

这是一座方方正正的建筑物，就是那种带窗户的饼干罐，所以五楼其实有两个拐角套房，但比利知道霍夫说的是哪一套：左边的。他从窗口往下，沿着只有两个街区长的法院街画了一条斜线。假如他接下这个活儿，斜线就是他的射击路径，端点位于县法院门前的台阶上。县法院是一座气派的灰色花岗岩建筑物。台阶至少有 20 级，顶上是个小广场，正中央是蒙眼持秤的正义女神。在他知道但永远不会告诉肯·霍夫的诸多事情里，有一件是正义女神来自罗马女神朱斯提提亚，她基本上是奥古斯都大帝创造出来的。

比利把视线转回五楼拐角的套房，然后又扫了一遍那条斜线。他估计从窗口到台阶有 500 码[1] 左右。这个距离，即便是大风天气，他也能击中目标。当然了，工具必须称手。

"霍夫先生，你给我准备了什么？"

---

1 英美制长度单位，1 码约等于 0.91 米。

"什么？"有一瞬间，霍夫愚钝的那一面袒露无遗。比利抬起右手，弯了弯食指。这个手势可以代表你过来，但现在不是这个意思。

"哦！对！你要的家伙，对吧？"他左右看了一圈，没见到其他人，但还是压低了声音。"雷明顿700。"

"M24。"雷明顿700的军用版。

"M……？"霍夫从屁股口袋里掏出钱包，在里面翻了一会儿，抽出一张字条，"哦，对，M24。"

他正要把字条塞回钱包里，但比利向他伸出手。

霍夫把字条递给他，比利接过去放进口袋。晚些时候，去见尼克之前，他会把字条从旅馆房间的马桶冲下去，你绝对不能把这种内容写下来。希望这个霍夫不会变成一个问题。

"光镜呢？"

"什么？"

"镜子。瞄准镜。"

霍夫像是有点儿慌："就是你要的型号。"

"你是不是也写下来了？"

"就在我刚给你的那张纸上。"

"好的。"

"我已经把，呃，工具放在——"

"没必要告诉我在哪里。我还没决定接不接这个活儿呢。"但其实他已经决定了，"那栋楼有保安吗？"又一个愚钝伪装提出的问题。

"嗯，当然有。"

"要是我接下这个活儿，怎么把工具拿到五楼就由我来决定了。能接受吗，霍夫先生？"

"嗯，当然。"霍夫像是松了一口气。

"那么，我看我们这就谈完了。"比利起身，伸出手，"很高兴认识你。"其实并不高兴。比利不确定他信不信任这个人，而且他很讨厌他这傻乎乎的蓬乱胡子。女人怎么可能想拨开那团红色乱草然后亲吻一张嘴呢？

霍夫和他握手："我也很高兴，比利。我只是需要适应一下而已。有本书叫《英雄之旅》，读过吗？"

比利读过，但他摇摇头。

"应该读一下的。我就跳过文学性的东西，直接说重点了。咱就喜欢开门见山，不说废话。我不记得作者叫什么了，但他说过每个男人都必须经过一次试炼，然后才能成为英雄。这次就是我的试炼。"

通过向一名杀手提供狙击枪和观察点，比利心想。约瑟夫·坎贝尔只怕不一定会把这种事纳入英雄伟业的范畴。

"那好，希望你能过关。"

2

比利觉得假如他决定留下，必须迟早弄辆车，但目前他还不熟悉道路，所以乐于让保利·洛根从旅馆送他去尼克所谓的"行宫"。这里正是比利昨天想象中的那种超级豪宅，草坪看上去足有两英亩[1]，屋子像是拼凑起来的鬼屋场景。保利用大拇指一按遮阳板上的小玩意儿，铁门就徐徐打开，他们开上蜿蜒而漫长的车道。确实有个智天使在没完没了地朝水池里撒尿，这里还有两尊雕像（分别是罗马士兵和露胸仕女），夜幕已经降临，隐蔽的聚光灯已经打开，照亮了这些雕像。房子同样灯火通明，为了更好地炫耀它变态的富足。在比利看来，这地方就像超市和巨型教堂的私生子。这不是住宅，而是红色高尔夫球裤的建筑物版本。

---

1 英美制地积单位，1 英亩约等于 4046 平方米。

弗兰克·麦金托什，或者叫猫王弗兰奇，在开放式的门廊上迎接他。黑色正装，暗蓝色领带。看着他，你不可能想到他刚起家那会儿给放高利贷的打下手，专门负责上门打断腿。当然，那是很久以前了，他早就爬上去跟大人物混了。他走下一半门廊台阶，伸出手，像是庄园的主人，也可能是庄园主人的管家。

尼克依然在门厅里等他，比起米德伍德简朴的黄色小屋，这个门厅要气派得多。尼克块头很大，但他身旁的男人堪称庞然大物，轻轻松松体重 300 磅[1]。他是乔治·皮列利，尼克在拉斯维加斯的核心部下一般都叫他大猪乔治（当然不会当着他的面叫）。假如尼克是首席执行官，那么乔治就是他的首席运营官了。他们俩一起出现在这个远离大本营的地方，说明尼克口中的中介费肯定非常可观。答应给比利的那份是 200 万，这帮人得到的承诺会是多少，已经落袋的又有多少呢？显然有人非常在乎这位乔尔·艾伦。这个人很可能也有这么一座豪宅，甚至更难看。人们很难想象这种事发生，但多半是真的。

尼克拍着比利的肩膀说，"你多半觉得这个肥佬是乔治·皮列利。"

"看上去确实像他。"比利谨慎地说，乔治发出的笑声和他的人一样浑厚。

尼克点点头，又挂上了价值百万的笑容："我知道他很像，但这位其实是乔治·鲁索，你的经纪人。"

"经纪人？房地产那种？"

"不，不是那种。"尼克大笑，"走，我们去客厅。大家喝一杯，听乔治给你一五一十说清楚。就像我昨天说的，非常完美。"

---

1 英美制质量或重量单位，1 磅约等于 0.45 千克。

3

客厅有一节特等车厢那么长。天花板上有三盏枝形吊灯，两小一大。家具低矮而曲折。又有两个智天使撑着一面落地镜。靠墙的老爷钟倒显得有些格格不入。

弗兰克·麦金托什从打手变成了男仆，用托盘给他们端来饮料：比利和尼克是啤酒，乔治那杯像是融化的巧克力，他似乎下定决心要摄取他能摄取的每一卡路里热量，好让自己 50 岁就去世。他挑了房间里唯一装得下他的椅子坐下，比利怀疑没人帮忙他都没法从椅子里起身。

尼克举起他那杯啤酒："敬我们。希望我们生意兴隆，顺风顺水。"

他们为此喝了两口，然后乔治说："尼克说你感兴趣，但还没正式入伙。还在所谓的探索阶段。"

"没错。"比利说。

"好的，不过为了方便讨论，我们就当你已经上船了。"乔治吸了一口插在巧克力里的吸管，"老兄，真他妈好喝。暖和的晚上要的就是这个。"他的手插进正装上衣——比利心想，这衣服的布料够给一整个孤儿院做衣服了——掏出一个钱包，递给比利。

比利接过去。是巴克斯顿的男款，挺好看，但不算高档货，而且稍微有点旧，皮革上能看见几块擦伤和划痕。

"打开看看。这是你在这个鸟不拉屎的镇子上的身份。"

比利打开钱包，从头看到尾。钱夹里有 70 多块钱。还有几张照片，照片里的男人可能是朋友，女人可能是女伴。没有证据表明他有老婆和孩子。

"我想把你 PS 到照片上，"乔治说，"站在大峡谷里或者其他什么地方，但是啊，比利，似乎没人有你的照片。"

"照片会惹来麻烦。"

尼克说："再说大部分人也不会把自己的照片揣在钱包里。我是这么告诉乔治的。"

比利继续翻看钱包里的东西，就像在读一本书，比如《戴蕾斯·拉甘》，今天在宾馆房间里吃晚饭的时候他刚好看完。假如他待在这里，他会叫戴维·洛克里奇。他有一张 Visa（维萨）卡和一张万事达卡，两张卡都是朴次茅斯的海岸银行发的。

"卡的限额是多少？"他问乔治。

"万事达卡 500，Visa 卡 1000。你必须省着点用。当然了，要是你的书能像我们希望的那样成功，情况就不一样了。"

比利瞪着乔治，然后望向尼克，心想这会不会是什么圈套，心想他们是不是看穿了他的愚钝伪装。

"他是你的文学经纪人！"尼克险些叫了出来，"你就说带劲不带劲吧？"

"我伪装成作家？"比利说，"别逗了，我连高中都没念完。我在沙漠里拿的普通教育文凭，那是山姆大叔的礼物，奖赏我在费卢杰和拉马迪躲汽车炸弹和头巾佬。行不通的。你们这是疯了。"

"当然不，这太天才了，"尼克说，"比利，你听他说完。还是现在该叫你戴维了？"

"就算这是我的伪装身份，你也绝对不能叫我戴维。"

离本垒太近，太他妈近了。他爱读书，这是个确凿的事实。而且他有时候也会幻想当作家，尽管他从未真的尝试过，只是偶尔写一两段，写完直接销毁。

"不可能成的，尼克。我知道你们已经开始搞起来了……"比利举起钱包，"……但是很抱歉，真的不行。要是有人问我在写什么书，我该怎么回答呢？"

"给我 5 分钟，"乔治说，"顶多，10 分钟。你要是听完还不喜欢，那我们就此别过，当个朋友就好。"

比利觉得这恐怕不太可能，但还是让他继续说下去。

乔治把喝完巧克力的杯子放在椅子旁的桌子上（很可能是奇彭代尔的真品[1]），打了个嗝。他把所有的注意力转向比利，比利看清了大猪乔治的真面目：一个瘦削而健壮的灵魂，埋在肥肉的海洋中，很可能用不了许多年，他就会被这些油脂害死。"我知道刚开始听是个什么感觉，你毕竟就是这么一个人嘛，但这肯定能成。"

比利稍微放松了一点。他们依然相信他们看到的一切，至少他在这方面是安全的。

"你至少要待六周，最长可能六个月，"乔治说，"取决于那个杂种律师能耗多久，抵制引渡的借口迟早会用完。也可能，他认为他能在谋杀指控上和检方谈成什么交易。做这个活儿你有钱拿，你花时间等同样有钱拿。听明白了，对吧？"

比利点点头。

"意思就是你需要一个长住雷德布拉夫的理由，而这里可不是什么度假胜地。"

"这倒是的。"尼克说，做了个小孩看见满满一盘西蓝花的鬼脸。

"你还需要一个待在和法院同一条街的那栋楼里的理由。你正在写一本书，这就是理由。"

"可是——"

乔治举起一只胖手："你觉得成不了，但我告诉你，肯定能成。听我说为什么。"

比利做出怀疑的表情，但现在担忧已经是过去时，他知道他们并没有看穿他的愚钝伪装，因此也能猜到乔治打算说什么了。成功的可能性确实很大。

"我做过调查。读了一堆作家杂志，还在网上看了很多资料。你表

---

1 应指托马斯·奇彭代尔（Thomas Chippendale），18世纪著名的英国家具工匠。

面上的说辞是这样的。戴维·洛克里奇在新罕布什尔州的朴次茅斯长大。一直想当作家，但连高中都没念完。之前做过建筑工人。你一直在写，但喜欢凑热闹。酗酒。我考虑过给你一个离过婚的背景，但我又觉得这要说圆就太麻烦了。"

那是因为你只擅长摆弄枪，别的都不会，比利心想。

"然后你终于找到了灵感，明白吗？我在博客里看到很多人说作家会突然开窍，你就是这样的。你已经写了不少，也许 70 页，甚至 100 页——"

"写的是什么呢？"比利真的开始乐在其中了，但他很谨慎，没有显露出来。

乔治和尼克交换一个眼神，尼克耸耸肩："还没决定，但我会想到个什么——"

"也许写我的人生？我是说戴维的人生。有个专门的词来着——"

"自传！"尼克叫道，像是在玩抢答游戏。

"也许能成。"乔治说，而他的表情在说，尼克，这是个不错的尝试，不过这种事就留给专家吧，"或者小说。重点在于经纪人给你下过封口令，不许你谈论你这本书。最高机密。你在写书，这个不是秘密，你在那栋楼里遇见的每个人都会知道五楼有位老兄在写书，但没人知道他在写什么。这样就不需要担心你的说辞对不上了。"

说得像是我有那么傻似的，比利心想。"戴维·洛克里奇为什么会从朴次茅斯来这里？为什么会搬进杰拉尔德塔？"

"我最喜欢的部分来了。"尼克说。他看上去像个孩子，正在听他最喜欢的睡前故事，比利觉得他既不是在做戏也不是在夸张，尼克已经完全沉浸进去了。

"你在网上找经纪人，"乔治说，然后迟疑了一下，"你上网的，对吧？"

"当然。"比利说，他很确定他比这两个胖子都懂电脑，但这同样不是他会随便泄露的信息，"我用电子邮件。有时候在手机上打游戏。还有 ComiXology[1]，那是个手机应用。下载东西我用笔记本电脑。"

"好，很好。你找经纪人。你到处发信，说你正在写这么一本书。大部分经纪人拒绝了你，因为他们喜欢已经证明能挣钱的老家伙，例如詹姆斯·帕特森和写《哈利·波特》的那女的。我读过一篇博客，说这就像第二十二条军规：你需要经纪人帮你出书，但你不出书就找不到经纪人。"

"拍电影也一样，"尼克插嘴道，"你看见的是明星，但真正重要的是经纪人。真正的权力掌握在他们手上。他们告诉明星该怎么做，我的天，他们一个个都很乖。"

乔治耐心地等他说完，然后继续道："最后终于有个经纪人说行啊，好的，去他妈的，我愿意瞅一眼，你把前两章寄给我好了。"

"就是你。"比利说。

"就是我。乔治·鲁索。我看完收到的那几页，惊为天人。拿给我认识的几个出版商——"

他妈的弄错了，比利心想，应该是拿给你认识的几个编辑。不过问题不大，需要的时候再修正不迟。

"——他们同样惊为天人，但他们不愿意出大价钱，连 7 位数都不肯，必须等书完稿才行，因为你是个无名写手。知道这是什么意思吗？"

比利险些说他当然知道，因为这其中的可能性让他情绪高昂。事实上，这个伪装会非常完美，尤其是发誓对写作内容保守秘密的那部分。另外，扮演一个他一直想成为的角色也许会很好玩。

"意思是有可能会昙花一现。"

---

1 可以在线看漫画和图像小说的平台。

尼克亮出他百万美元的笑容。乔治点点头。

"差不多吧。反正过一段时间。我等着后面的稿子，但戴维没寄来。我又等了一阵。还是没稿子。我去龙虾港找他，你猜怎么着？这家伙成天寻欢作乐，就好像他是该死的海明威。不上班的时候，他要么和兄弟们出去闹腾，要么宿醉睡大觉。天才都爱喝酒嗑药，你知道的。"

"是吗？"

"经过验证的事实。但乔治·鲁索下定决心要挽救这只羔羊，至少让他把书写完。他说服出版商签约，预付金就当有个三五万好了。不是什么大钱，但也不少，而且假如到了某个日子——正式说法叫截稿日——还没见到那本书，出版商还能把钱要回去。但你看，比利，这里有个重点——支票是写给我的，而不是你。"

整个安排在比利的脑海里已经很清楚了，但他还是要让乔治自己说出来。

"我有一些条件。为了你好。你必须离开龙虾港和你那伙酗酒吸粉的朋友。你必须去一个远离他们的地方，找个犄角旮旯的小镇或小城，那里没乐子可找，就算有乐子也没人碰那些东西。我告诉你我会给你租个房子。"

"我见过的那地方，对吧？"

"对。更重要的是我会给你租个办公室，你每个工作日都要坐在一个小房间里码字，直到写完你最高机密的那本书。你要么答应这些条件，要么就和你的大好机会说再见。"

乔治往后一靠。椅子很结实，但还是轻轻地呻吟了一声。

"好了，要是你说这是个坏主意，或者主意虽然好，但你做不到，我们就取消整个计划。"

尼克举起一只手："比利，你别急着开口，先听我说说另一个优势。你那层楼的所有人都认识你，楼里其他很多人也是。我了解你，除了能隔着 0.25 英里 [1] 打中硬币，你还有另一个天赋。"

说得好像我真能打中似的，比利心想，克里斯·凯尔 [2] 都未必打得中。

"你不需要和别人称兄道弟就能处得很好。他们看见你走过来就会微笑。"就好像比利会矢口否认似的，他继续道："我亲眼见过！霍夫说每天都会有两辆快餐车停在楼门口，要是天气好，人们会排队买吃的，然后坐在长椅上吃午饭。你可以成为他们当中的一个。等待的时间不一定非要白费嘛。你可以利用这段时间，让大家接受你。一旦你写书的新鲜感过去，你会变成朝九晚五的普通人，下班了就回米德伍德的小屋。"

比利能想象这样的未来。

"所以到你最终下手的时候，你还是一个没人认识的陌生人吗？肯定是那个外地人干的？不，你已经住了几个月，你在电梯里和别人闲聊，二楼有一家催收社，你偶尔和他们的几个人打牌赌几块小钱，输了的就请大家吃墨西哥夹饼。"

"他们会知道子弹是从哪里射出去的。"比利说。

"对，但不会立刻知道。因为大家首先会找那个外地来的人。还因为会有人使障眼法。还因为你杀完人就会消失，消失的本事他妈的比得上胡迪尼 [3]。等到尘埃落定，你早就没影了。"

"障眼法是什么意思？"

"回头再仔细谈。"尼克说，比利不由得怀疑尼克很可能还没想清楚。但对尼克来说，一切都很难说："时间还很充足。现在嘛……"他转向乔治，外号大猪乔治，化名乔治·鲁索，他的眼神像是在说：交给你了。

---

1 英美制长度单位，1 英里约等于 1609 米。
2 美国士兵，也是美军史上确认狙击人数最高纪录保持者，最远狙击射程达 1920 米。
3 美国魔术师和特技演员，以表演逃脱术闻名。

乔治的手再次伸向他帐篷似的正装上衣，从口袋里掏出手机。"只需要你开个口，比利，告诉我你最喜欢的一家离岸银行的转账码，我立刻把50万打进去。40秒就能完事。万一线路比较慢，也顶多90秒。本地一家银行里还有一笔充足的活动经费，能帮你站稳脚跟。"

比利知道他们这是在逼他尽快下定决心，肉牛被赶进屠宰场滑道的画面短暂浮现，但这份多疑也许只是因为酬劳过于丰厚。一个人的最后一票也许不该仅仅是最挣钱的活儿，还应该是最有意思的，但他还有一个细节想要确认。

"霍夫为什么会参与？"

"那是他的楼。"尼克立刻答道。

"对，但是……"比利皱起眉头，做出一个特别专心的表情，"他说那栋楼里有很多空房间。"

"但五楼的拐角套房是首选地点，"尼克说，"你的经纪人，我们这位乔治，房间是他租的，因此不会把我们卷进去。"

"他还负责搞枪，"乔治说，"也许已经弄到了。总而言之，不会查到我们头上来。"

比利已经知道这一点了，因为尼克一直很小心，不愿意被见到和他在一起，甚至进了有大铁门的庄园，他也不到门廊上迎接他。但他并不完全满意，因为他觉得霍夫是个话匣子，而在策划暗杀的时候，身边有个话匣子恐怕不是什么好事。

4

还是那天晚上，后来临近午夜的时候。比利躺在旅馆的床上，双手插在枕头底下，回味那份短暂的凉意。他当然答应了，而一旦答应了尼克·马亚里安，你就没有回头路了。他正在主演他的最后一票故事。

他让乔治把 50 万汇入了一家加勒比地区的银行。那个账户里现在趴着很大一笔钱，等乔尔·艾伦死在法院门口的台阶上，还会再加上更大的一笔。省着点花，够他过很长一段时间好日子了。他会省着花的。他没有烧钱的癖好，香槟和伴游服务从来不是他的爱好。戴维·洛克里奇在另外两家银行（都是本地银行）还有 1.8 万可供支取。对在当地活动当然非常充足，却不足以越过联邦政府的边境线。

他另外还有几个问题，其中最重要的是即将履行约定的时候，他能提前多久得到通知。

"不会很久，"尼克说，"但也不会是'他 15 分钟以后到地方'。引渡令一生效，我们就会知道，然后用电话或短信通知你。至少 24 小时，也许三天甚至一周。可以吗？"

"嗯，"比利说，"但你必须明白，要是只有 15 分钟，那我就什么都没法保证了。一个小时也不行。"

"不会的。"

"要是他们不带他走法院门前的台阶呢？要是走其他的出入口呢？"

"另外确实还有一扇门，"乔治说，"法院的部分职员走那扇门。但你从五楼还是能一眼看见，只是距离远了 60 码左右。不过你能做到的，对吧？"

他当然能，于是这么说了。尼克挥了挥一只手，像是在赶烦人的苍蝇："肯定会走台阶的，十拿九稳。还有其他问题吗？"

比利说没有了，此刻他躺在床上反复回想，等待睡意降临。周一，他会搬进经纪人替他租的黄色小屋。他的文学经纪人。周二，他去看同样是大猪乔治替他租的办公套间。乔治问他打算在那里干什么，比利说首先用笔记本下载 ComiXology，也许再下几个游戏。

"别只顾着看好笑的漫画，也得写点东西，"乔治说，一半在开玩笑，一半是认真的，"你明白的，要进入角色。体验他的生活。"

也许他会的。也许他会写点什么。尽管他的文笔并不好，但可以消磨时间。自传是他的建议。乔治建议写小说，不是因为他认为比利聪明得能写出小说来，而是因为假如有人问，比利可以这么说，而到时候肯定会有人问的。等他和杰拉尔德塔里的其他人混熟了，很可能会有很多人问。

他逐渐滑向梦乡，但一个有趣的念头忽然惊醒了他：为什么不把两者结合起来呢？为什么不写一本看似是小说，实则是自传的书呢？作者不是读左拉和哈迪甚至啃完了《无尽的玩笑》的那个比利·萨默斯，而是另一个比利·萨默斯，他称之为愚钝伪装的第二人格？能行吗？他觉得可以，因为他熟悉那个比利，就像他熟悉自己一样。

似乎不妨一试，他心想。反正我最多的就是时间了，有什么不行的！他思考着应该怎么开头，终于沉沉睡去。

第3章

1

比利·萨默斯又坐在旅馆大堂里等车。

今天是周一，现在是中午。行李箱和电脑包放在椅子旁，他在读另一本漫画书，这本叫《阿奇漫画超精选：永远的朋友》。他今天想的不是《戴蕾斯·拉甘》，而是他会在他从没见过的五楼办公室里写什么。他还没想清楚，但已经有了开篇第一句，他咬住它不肯放开。这句也许会和其他句子产生联系，也许不会。他为成功做好了准备，但也准备好了迎接失望。这就是他的人生信条，到目前为止效果还不赖。至少从他没坐牢的这个角度来说确实如此。

12点过4分，弗兰克·麦金托什和保利·洛根走进大堂，两人依然身穿正装。他们轮流和他握手。弗兰克的大背头似乎换了一次油。

"要退房吗？"

"已经退了。"

"那就走吧。"

比利把阿奇漫画书插进电脑包的侧袋，然后拎起行李。

"你放着，"弗兰克说，"让保利来。他需要运动。"

保利伸出中指，像领带夹似的贴在领带上，但还是接过了他的包。他们出门上车。弗兰克开车，保利坐后排。他们开到米德伍德的黄色小屋。比利看着斑秃的草坪，心想他会来浇水的。要是没有水管，他就去买一条。车道上停着一辆丰田微型车，看上去有几年历史了，但毕竟是丰田，谁能说得准呢？

"我的？"

"你的，"弗兰克说，"不是什么好车，我猜是你的经纪人想让你的手头紧一点。"

保利把比利的手提箱放在门廊上，从上衣口袋里掏出一个信封，倒出里面的钥匙环，过去打开门锁。门口写的地址是常青街24号。比利无论是今天还是昨天都没看街名标牌，他心想，现在我知道我住在哪里了。

"车钥匙在厨房桌子上。"弗兰克说。他再次伸出手，所以这就要说再见了。比利觉得挺好。

"悠着点开。"保利说。

过了不到60秒，他们已经不见踪影，大概是回超级豪宅去了，欣赏智天使在一望无际的前院中间没日没夜地撒尿。

2

比利上楼来到主卧，在双人床上打开手提箱，床似乎刚重新铺过。他打开衣柜，打算把衣服挂上去，却发现里面已经有了几件衬衫、两件套头衫、一件帽衫和两条正装裤。地上有一双崭新的慢跑鞋。尺码看上去都是他的。他在衣柜里找到了袜子、内衣、T恤和牛仔裤。他把自己的衣物放进一个空抽屉，他的东西并不多。他在过来的路上看见了一家沃尔玛，本来打算去那里添置些衣服的，但似乎没这个必要了。

他下楼去厨房。丰田车的钥匙搁在桌上，旁边有一张雕版印刷的名片，上面印着"肯尼斯·霍夫"和"企业家"。企业家，比利心想，你倒是会给自己安名头。他把名片翻过来，看见上面写着一行字，和装屋子钥匙的信封上的笔迹一样："需要任何东西，打电话就行。"底下有两个号码，一个是办公室的，一个是家里的。

他打开冰箱，发现里面塞满了常备食品：果汁、牛奶、鸡蛋、培根、几袋肉制品、奶酪和一瓶番茄酱。还有一箱波兰矿泉水、一箱可乐和六瓶百威淡啤。他拉开冷冻格，不由得笑了，因为里面的东西非常能说明肯·霍夫是个什么样的人。他单身，离婚前（比利确定他至少离过一次）吃喝都靠女人伺候，结婚前伺候他的是老妈，很可能叫他肯尼，每两周押着他去理一次发。冷冻格里塞满了微波食品和冻比萨，还有两盒冰激凌，而且是带小棍的那种。没有蔬菜，无论新鲜还是冷冻的都没有。

"不喜欢他。"比利大声说，他脸上已经没有笑容了。

是的。而且他不喜欢霍夫在这件事里扮演的角色。除了万一交易出岔子霍夫会过于显眼的问题，尼克肯定还有事情没告诉他。也许并不重要，但也可能很重要。就像特朗普每天至少说一遍的：谁知道呢？

3

地下室有一套水管，盘起来放在那里吃灰尘。傍晚时分，白天的热气刚开始消散，比利把水管拖到外面，安装在屋子侧面的水龙头上。他站在门前的草坪上，身穿牛仔裤和T恤衫，正在浇水的时候，一个男人从隔壁走了过来。他很高，皮肤非常黑，显得T恤衫白得炫目。

他拿着两罐啤酒。

"你好啊，邻居，"他说，"喝点冰的，欢迎你来到这里。我叫贾迈勒·阿克曼。"他一只大手里拿着两罐啤酒，同时伸出另一只手。

比利和他握手："戴维·洛克里奇。叫我戴维。谢谢。"他关上水管，"进屋坐坐？要么坐在台阶上？我家里还没整理好呢。"不需要愚钝化身出场，他在米德伍德可以正常一些。

"门廊台阶就挺好。"贾迈勒说。

他们坐下，打开易拉罐，咻——，比利和贾迈勒碰了个杯说："多谢。"

他们喝着啤酒，扫视草坪。

"你这草坪已经完蛋了，要让它长回来，光浇水可不够，"贾迈勒说，"需要美乐棵的话，我那里有。他们上个月在沃尔玛的园艺中心搞了个买一赠一，我囤了些。"

"那我就指望你了，我也打算去一趟沃尔玛，买两把椅子放在门廊上。不过要等到下周了。刚搬家，你知道的，一堆烂事。"

贾迈勒大笑："太知道了。我 2009 年结婚，这已经是我们住的第三个地方了。刚开始是我丈母娘家。"他假装打哆嗦。比利微笑。"生了两个孩子，一个 10 岁，一个 8 岁。一男一女。要是他们来烦你——他们肯定会来的——吼两声叫他们回家就行。"

"只要别打碎玻璃或者烧了我家，就烦不到我。"

"买的还是租的？"

"长租。我要住一段时间，但不确定多久。我……说起来有点尴尬，不过我正在写一本书，或者说在努力写。似乎有机会能出版，甚至能挣一笔钱，但我必须静下心来写完才行。我在城里有个办公室，在杰拉尔德塔？至少我觉得是。我明天过去看看。"

贾迈勒的眼睛瞪得像盘子："一个作家！就住在常青街上！我他妈见鬼了！"

比利大笑，摇摇头："悠着点，大个子。只是想当作家而已。"

"也一样，哥们儿！哇，等我告诉科琳娜，不知道她会乐成啥样。改天一定要来我家吃个晚饭，然后我们就能告诉别人我们早就认识你了。"

他举起一只手，比利和他击掌。你不需要和别人称兄道弟就能处得很好，尼克说过。这是真的，不是他的伪装，比利喜欢和其他人相处，也喜欢和他们保持一臂之隔。听上去有点矛盾，但其实不然。

"你的书是写什么的？"

"不能告诉你。"这里就需要开始发挥了，乔治读过一些作家杂志和网上的帖子，自以为他什么都知道，但他并不明白。他耸耸肩："不是因为那是个大秘密什么的，只是因为还需要好好酝酿。要是我告诉你书是写什么的……"

"好的，哥们儿，我懂了。"贾迈勒微笑。

对，是的。就这么简单。

4

那天晚上，比利在娱乐室的大电视上浏览奈飞。他知道奈飞最近很热门，但他有很多书要读，所以一直懒得去研究。事实证明，可以观看的东西也不比书少。可选的节目多得吓人，他决定什么都不看，干脆提前睡觉。脱衣服前，他查了查手机，发现有一条新经纪人的短信。

乔治·鲁索：上午9点，杰拉尔德塔。别开车。打优步。

比利没有登记在戴维·洛克里奇名下的手机，乔治和弗兰克·麦金托什没给过他任何东西，他也没有准备一次性手机。既然乔治已经开了先例，他决定也用他的私人手机。有加密通信应用帮忙，应该没什么问题。而且比利确实有话要说。

比利·萨默斯：好。别带霍夫。

对话窗的几个小点向前滚动，说明乔治在输入回应。他只等了一小会儿。

乔治·鲁索：必须带。抱歉。

小点消失了。对话结束。

比利掏空口袋，把长裤连同其他衣物一起放进洗衣机。他动作缓慢，眉头紧锁。他不喜欢肯·霍夫。事实上，那家伙还没开口，比利就已经不喜欢他了。本能反应，乔治的父母和祖父母会称之为 reazione istintiva（意大利语，意为"本能反应"）。但霍夫已经参与进来了，乔治的短信说得很明白：必须带。让一个本地人参与他们的生意，尤其是这种买凶要命的勾当，这不符合尼克和乔治的为人。霍夫参与是因为那栋楼吗？就像房产商经常说的，第一是地段，第二是地段，第三还是地段，还是因为尼克本人不是本地人？

在比利看来，两个理由都不足以说明为什么肯·霍夫要参与这个事。他的原话是"今年我手头有点紧"，但比利觉得想要一个人参与暗杀阴谋，你的手头必须非常紧才行。而从一开始，看着霍夫彰显男子气的乱胡子、伊佐德衬衫、口袋有点开线的码头工人休闲裤和鞋跟磨损的古驰懒汉鞋，比利觉得等这家伙进了审讯室，只要检方提出可以做个交易，指控同伙就从轻发落，他就会立刻叛变。说到底，在肯·霍夫的世界里，成天就是和人做交易。

比利上床躺在黑暗中，双手插在枕头底下，仰望虚无。街上有车来去，但不多。他思考 200 万从什么时候开始让他觉得似乎不够多，从什么时候开始越来越像一笔傻钱。答案显而易见：在你来不及抽身退出之后。

5

按照昨天的指示，比利叫优步来到杰拉尔德塔。霍夫和乔治在楼门口等他。满脸的乱毛依然让霍夫像个流浪汉（至少在比利看来是这样的），而不是他幻想中的酷哥，还好除此之外他打扮得很体面，穿着一身轻薄的夏季正装，打一条低调的灰色领带。而"乔治·鲁索"刚好相反，他身穿异常难看的绿色衬衫，下摆没有掖在裤腰里，蓝色牛仔裤的臀部肥得足够当一顶双人帐篷。比利估计，在胖子的想象中，大牌文学经纪人来这种鸟不拉屎的小地方就会穿成这样。一个电脑包立在他的双脚之间。

霍夫那种销售员的自来熟态度有所收敛，尽管只是一点点——很可能是因为乔治这样要求了，但他还是忍不住轻佻地敬了个礼——我的船长。"很高兴见到你。今天上午值班的保安是欧文·迪安，工作日基本都是他。他要看你的驾照，还要拍张快照。没问题吧？"

因为要办手续，就必须留个底。比利点点头。

有些上班的人穿过大堂走向电梯，其中几个男人穿正装，几个女人穿高跟鞋（比利在心里称之为咔咔鞋），但穿休闲装的人多得出奇，有几个甚至穿着印花 T 恤。他不知道他们在什么地方工作，但很可能不需要面对大众。

大堂中央有个门房样式的台子，里面坐着一个肥壮的年长男人。他嘴角有两道深深的沟壑，使他看上去像是腹语表演者的等身木偶。比利猜他是退休警察，再过两三年就可以彻底退休了。他的制服包括用金线绣着"波尔克安保"的蓝色马甲。廉价外包，又是一个霍夫麻烦缠身的证据，要是他的资产只有这一栋楼，那他的麻烦可就大了。

霍夫打开他的魅力小马达，面带微笑走向年长的男人，伸出一只手说："欧文，情况怎么样？一切都好吧？"

"很好，霍夫先生。"

"妻子也好吗？"

"有点犯关节炎，除此之外都挺好。"

"这位是乔治·鲁索，你上周见过他，这位是戴维·洛克里奇，他以后就是我们的驻场作家了。"

"很高兴认识你，洛克里奇先生。"迪安说。笑容点亮了他的整张脸，他顿时显得年轻了一些——不多，只是一点点，"希望你能在这里写下些好句子。"

比利觉得他这话说得很好，甚至是再好不过了："我也这么希望。"

"介意我问一句你的书是写什么的吗？"

比利用手指封住嘴唇："最高机密。"

"好吧，我听你的。五楼那个小套间很不错，我猜你会喜欢的。我要拍一张你的照片办出入证，没问题吧？"

"当然没问题。"

"有驾照吗？"

比利把戴维·洛克里奇的驾驶执照递给他。迪安用手机（背后贴着印有"杰拉尔德塔"的胶带）拍照，先拍驾照，然后拍比利。现在这栋楼的电脑服务器里有了他的照片，任何得到授权或拥有黑客技能的人都能拿到。他对自己说这不重要，反正他的最后一票了，但他还是不喜欢这样，感觉完全不对劲。

"你走的时候我会把卡准备好的。要是前台没人，你必须用卡才能进门，把卡放在这个读卡器上就行。我们希望知道哪些人在大楼里。大多数时候我都坐在这里，要是我不在就是洛根，我们值班的时候会直接放你进去的。"

"明白了。"

"主大道的停车库也可以用门卡。已经交了 4 个月的费用，呃，你的经纪人付的。等我把你的信息输入电脑，你就能用门卡开电子门了。法院开庭的时候想在街上停车，简直是白日做梦。"这就解释了为什么让他叫优步。"停车库里没有固定车位，但大多数时候你肯定能在一层或二层找到空位，我们现在没那么多人。"他抱歉地看了肯·霍夫一眼，然后把视线转回新租客身上，"有什么需要我做的，用内线电话拨11就行。固定电话已经接通，你的经纪人都想到了。"

"迪安先生帮了我们大忙。"乔治说。

"这是他的工作嘛！"霍夫愉快地叫道，"对吧，欧文？"

"完全正确。"

"替我向你太太问好，希望她能尽快好起来。铜手镯应该有好处。你在电视上看见广告了吧？"

"有机会试一试。"迪安说，但看上去很怀疑——算他明智。

经过安保台之后，比利注意到波尔克警卫先生的大腿上有本《体育画报》的泳装特刊。封面上是个引人注目的性感美女，比利在心里记下一笔，他也要去买一本。他的愚钝伪装喜欢运动，也喜欢性感美女。

他们乘电梯到五楼，出来后发现走廊里空无一人。"那头有个会计所，"霍夫指给他们看，"两个套间连在一起。还有几个律师。这头有个牙医，好像是，也可能已经搬走了，大概是搬走了，因为门上的牌子没了。我得去问问房产经纪人。这层楼的其他房间都空着。"

天哪，这家伙是个真正的麻烦，比利再次想。他偷偷地瞥了乔治一眼，但乔治正在看那扇里面已经没有了牙医的门，就好像门上有什么东西值得看似的。

快到走廊尽头的时候，霍夫从上衣口袋里掏出一个布制的小卡包，卡包正面印着"杰塔"二字："这是你的。还有两张备用的。"

比利用一张卡碰了碰读卡器，然后推门走进去，假如这里是一家公司，那里面就是个狭小的接待区。感觉很憋闷，很久没透气了。

"我的天，有人忘记开空调了！稍等一下，马上就好。"霍夫走到墙边，在控制器上按来按去，接下来的几秒钟什么都没发生，气氛渐渐变得紧张。过了一会儿，他们头顶上的排风口终于呼呼吹出了冷气，霍夫的肩膀沉了下来，比利意识到他松了一口气。

往里走是一间宽敞的办公室，比一般的小会议室大一倍。没有写字台，只有一张长桌，足够六个人肩并肩挤在一起办公。桌上有一摞记事本、一盒笔和一部固定电话。比利猜这就是他的写作工作室了，房间里比前厅还热，上午的阳光像开了闸似的直往里涌，显然也没人记得把遮光帘放下来。乔治用衣领扇风，给脖子降温："呼！"

"很快就会凉下来，真的很快，"霍夫说，他听上去有点慌乱，"楼里的中央空调很好，最高档的。已经开始凉快了，对吧？"

比利并不关心室内温度，至少暂时还不关心。他走到面对街道的落地窗右侧，沿着那条斜线俯视法院门口的台阶，然后他沿着另一条斜线望向更远一点的小门，也就是法院职员使用的边门。他想象着，警车徐徐停下，也可能是侧面标着"县警"或"市警"的厢式车，执法人员鱼贯而出，至少两个，也许三个。四个？很可能不会。假如是轿车，他们会打开面向人行道的车门。假如是厢式车，他们会打开后门。他会看着乔尔·艾伦离开车辆。辨认目标应该不成问题，他会被警察夹在中间，而且戴着手铐。

到时候——假如真的会有那个时候——开枪击中目标肯定不成问题。

"比利！"霍夫这一嗓子吓了他一跳，就好像从梦中惊醒了他。

开发商站在一个小得多的房间的门口。那是小厨房。霍夫见他已经吸引了比利的注意力，于是举起手掌比画了一圈，把现代化生活设施指给他看，就像在扮演《价格猜猜猜》节目里的模特。

"戴维，"比利说，"我叫戴维。"

"对，不好意思，我的错。这里有两个灶的煤气炉，没有烤箱，但有微波炉，可以热爆米花、比萨饼、电视餐之类的各种东西。碗柜里有盘子和厨具。有个小水槽，可以洗碗。微型冰箱。可惜没有自己的卫生间，男女厕所在走廊尽头，不过好在离你很近。走几步就到。另外还有这个。"

他从口袋里掏出一把钥匙，插进办公室（也是会议室）和小厨房之间那扇门上方的长条镶板。他转动钥匙，按了一下镶板，镶板向上打开。里面的空间高约 18 英寸 [1]，长 4 英尺 [2]，深 2 英尺，空空如也。

"储藏室，"霍夫说，假装举起步枪射击，"有钥匙，每到周五你就锁上，因为保洁员——"

比利险些说出口，但乔治抢先一步，这很好，因为按角色来说，动脑子的人是他，不是比利·萨默斯："这里不需要保洁。周五不需要，其他日子也不需要。写作内容高度保密，没忘记吧？戴维自己就能打扫卫生。他这人喜欢干净，对吧，戴维？"

比利点点头。他确实喜欢干净。

"告诉迪安，也告诉另一个保安，叫洛根对吧？还有布罗德。"他对比利说，"史蒂文·布罗德。大楼的管理员。"

比利点点头，把这个名字记在心中。

乔治把电脑包放在桌上，推开纸笔等写作工具（比利觉得这个动作既让人悲哀又具有象征性），拉开拉链。"MacBook Pro。最新型号，钱能买到的最好的电脑。送你的礼物。你喜欢的话也可以用自己的电脑，但这个小宝贝儿……快得就像一道闪电。你会操作的吧？好像有个使用指南还是什么……"

"我能搞明白的。"

使用电脑当然不成问题，但问题可能出在别的地方。假如尼克·马亚里安没有在这个可爱的黑色鱼雷上动手脚，拿它当魔镜来窥视比利究竟在这里写什么，那他可就错过了一个好机会。然而，尼克

---

1 英美制长度单位，1 英寸等于 2.54 厘米。
2 英美制长度单位，1 英尺等于 30.48 厘米。

很少会错过机会。

"对了，险些忘记，"霍夫掏出又一张雕版印刷的名片，连同小厨房门顶上储藏室的钥匙一起递给他，"无线网络的密码。保证安全。和银行金库一样保险。"

胡扯吧你，比利心想，把名片放进口袋。

"好了，"乔治说，"那就这样吧。我们就不打扰你的创意大业了。肯，我们走。"

霍夫似乎不太想离开，像是觉得还有东西要给比利看："需要什么就打电话给我，比……戴维。随便什么都行。比如娱乐用品？电视机？收音机？"

比利摇摇头。他的手机里有相当多音乐文件，以乡村歌曲为主。接下来这些天他有很多事要做，不过他会找个时间把曲库转到新电脑上。假如尼克想窃听，他可以认识一下雷巴、威利和小汉克那伙闹腾的朋友。也许他真的会动手写那本书。用他自己的电脑，那才是他信得过的老搭档。无论是新电脑还是他的个人电脑，两台他都会采取一些安全措施。

乔治终于拉着霍夫走了，留下比利一个人待着。他回到窗口，站在那里琢磨那两条斜线：一条指向宽阔的石阶，另一条指向员工边门。他再次想象到时候会发生什么，那场面栩栩如生。真实发生的事情往往和你在脑海里见到的情况迥然不同，但他的工作永远从构思开始，从这个角度看，这有点像诗歌——很多细节会改变，会有意料之外的变数，内容会反复修订，遇到问题你必须见招拆招，但一切永远始于构思。

手机叮咚一声，收到一条短信。

乔治·鲁索：替霍夫说声抱歉。我知道他有点浑。

比利·萨默斯：我还要和他打交道吗？

乔治·鲁索：不知道。

比利更想要一个比较确定的回答，但暂时有这句就够了。不行也得行。

6

他回到他现在的家，口袋里装着戴维·洛克里奇的新门卡。明天会开着新的二手车去工作。门廊上有一袋美乐棵肥料靠在门上，贴在袋子上的字条写着：你应该用得上！贾迈勒·阿克曼。

比利朝隔壁屋子挥挥手，不过他并不确定有没有人在看他；现在离中午 12 点还有一个小时。阿克曼夫妇有可能都在上班。他拎着肥料进屋，靠在门厅的墙上，然后开车去沃尔玛，买了两部一次性手机（一部供更换，一部备用）和几个 U 盘，不过他也许只会用其中一个；就算把埃米尔·左拉大全集拷贝到一个 U 盘上，也顶多能填满小小的一角存储空间。

他一冲动还买了台便宜的 AllTech 笔记本电脑，连包装盒一起放进卧室的壁橱。手机和 U 盘用现金付款，电脑用戴维·洛克里奇的 Visa 卡。他不打算立刻启用一次性手机，甚至未必真的会用。一切都取决于他的脱身计划，目前这部分还只有一个影子。

回家路上他在汉堡王吃了顿饭，车开到黄色小屋的时候，他看见门前有两个骑自行车的孩子，一男一女，一白一黑。他猜女孩是贾迈勒·阿克曼和科琳娜·阿克曼的孩子。

"你就是我们的新邻居吗？"男孩问。

"是的，"比利说，心想他必须习惯于当大家的新邻居，说不定还挺好玩呢，"我叫戴维·洛克里奇。你怎么称呼？"

"丹尼·法齐奥。这是我的好朋友沙尼斯。我 9 岁。她 8 岁。"

比利和丹尼握手，然后和女孩握手，他白色的大手包住她棕色的小手，她羞涩地看着他。"很高兴认识你们俩。暑假过得开心吗？"

"暑假阅读计划挺好的，"丹尼说，"我每读一本书，他们就送我一张贴纸。我集了4张，沙尼斯5张，但我会赶上来的。我们要去我家。吃完午饭，我们几个人总是去公园玩《大富翁》。"他把方向指给他看："沙尼斯带棋盘。我一般都玩赛车。"

21世纪居然有孩子自己出门玩，比利不禁暗自惊叹，真是民风淳朴。但就在这时，他注意到隔着两座屋子的那个胖子——穿着背心和百慕大短裤，脚踩沾着碎草的运动鞋——在偷偷看他，看他在孩子面前的表现。

"好了，回头见，大鳄鱼。"丹尼说，骑上自行车。

"一回头就见到，小鳄鱼。"比利答道，两个孩子放声大笑。

下午，他先打了个瞌睡（他觉得既然他是作家，那就有资格睡午觉），然后从冰箱里取出那6听百威。他把啤酒放在阿克曼家的门廊上，留了个字条说：谢谢你的肥料——戴维。

这里的开头算是不错。市里呢？他觉得也挺好。他希望挺好。

也许只有霍夫除外。霍夫让他感到心烦。

7

那天傍晚，比利正在下肥料，贾迈勒·阿克曼过来了，拿着两罐来自比利冰箱的啤酒。贾迈勒穿一身绿色工作服，胸口一侧用金线绣着他的名字，另一侧绣着"万佳轮胎"。他身旁有个小男孩，手里捧着一罐百事可乐。

"好啊，洛克里奇先生，"贾迈勒说，"这小子是我儿子，德里克。沙尼斯说你已经见过她了。"

"对，还有一个叫丹尼的小子。"

"谢谢你的啤酒。哎，你这是在用什么？怎么看着像是我老婆的面粉筛子。"

"这就是面粉筛子。我本来想在沃尔玛买个播撒机，但这个所谓的草坪……"他看看遍布秃斑的小草坪，耸耸肩，"投入太高，回报太少。"

"似乎很好用。回头我也试试看。但后院怎么办？后院可大得多。"

"后院需要先把草割短，但我没有割草机——还没有。"

"爸爸，你可以把我们家的借给他，对吧？"德里克说。

贾迈勒揉了揉孩子的头发："随时都可以。"

"算了，太麻烦你了，"比利说，"我自己买吧。我一直觉得这样能给我正在写的书增加动力，帮我坚持下去。"

他们走向门廊，坐在台阶上。比利打开啤酒，喝了两口，非常解渴，他这样告诉贾迈勒。

"你的书是写什么的？"德里克问，他坐在两人之间。

"最高机密。"他笑嘻嘻地说。

"好的，不过能说说是虚构的，还是真实故事吗？"

"两头都沾个边吧。"

"别问了，"贾迈勒说。"逼问别人是不礼貌的。"

一个女人从街道比较远的那头走向他们。五十四五，头发花白，口红鲜亮。她拿着一个高球杯，走的那条线并不特别直。

"那是凯洛格太太，"贾迈勒压低声音说，"是个寡妇。她丈夫去年走了，中风。"他若有所思地望向比利寒酸的草坪，"说起来，就是在割草的时候死的。"

"这是在开派对吗？能不能算我一个？"凯洛格太太问。尽管她还在走路，而且没有风，但比利依然能闻到她呼吸中的酒味。

"只要你不介意坐在台阶上。"比利起身，伸出一只手，"戴维·洛克里奇。"

早些时候盯着比利并和沙尼斯还有丹尼交谈的男人也走了过来。他把背心和百慕大短裤换成了牛仔裤和《宇宙的巨人希曼》的 T 恤。他身旁是个高挑干瘦的金发女人，女人穿家居裙和运动鞋。贾迈勒的妻子和女儿从隔壁过来，似乎端着一盘布朗尼。比利邀请他们进屋，坐在真正的椅子上。

欢迎来和我做邻居，他心想。

8

穿《宇宙的巨人希曼》T 恤的男人和皮包骨头的金发妻子是拉格兰夫妇。法齐奥夫妇也来了，但他们的儿子没来，还有住在街区另一侧尽头的彼得森夫妇，他们带来了一瓶葡萄酒。客厅里顿时坐满了人。这是个愉快的即兴小派对。比利很开心，一部分原因是他不需要扮演愚钝化身，另一部分原因是他喜欢这些人，连简·凯洛格也挺可爱的，她坐立不安，一次又一次去上厕所——她管厕所叫茅房。派对散得很早，因为明天是工作日，他们都离开后，比利知道他会融入这个地方的。大家会在一段时间内对他感兴趣，因为他在写书，所以算是个稀奇货，但新鲜劲迟早会过去。等到仲夏时节，只要乔尔·艾伦没有提前来赴他和子弹的约会，他就会成为这条街上的一个普通人。大家的好邻居。

比利得知贾迈勒是万佳轮胎的领班，科琳娜是——世界可真小——法院的速记员。他得知贾迈勒和科琳娜上班的时候，戴安娜·法齐奥会帮他们看沙尼斯。沙尼斯的哥哥德里克白天在夏令营，8月会去参加篮球训练营。他得知杜根一家去年 10 月非常突然地搬出了黄色小屋（按照保罗·拉格兰的说法，那叫潜逃），他们为人很"势利"，因此戴维·洛克里奇搬进来是件好事。等他杀了人之后，他们会告诉记者，他这人看上去真的很好。比利对此没什么意见。他觉得自己是个好人，只是有份肮脏的工作。至少，他心想，我可从来没朝一个走在上学路上的 15 岁少年开过枪——假如别名"乔"的乔尔·艾伦真的干过这种烂事。

上床前，他从包装盒里取出 AllTech 电脑，打开电源，用谷歌搜索肯·霍夫。他在雷德布拉夫算是个有头有脸的人物。他是麋鹿兄弟会和扶轮社的成员，曾在青年商会担任当地分会的会长，2016 年大选期间任共和党当地分会的主席。他还找到一张肯头戴 MAGA[1] 小红帽的照片，那时候他还没变得胡子拉碴。他在市政规划委员会任职，但在 2018 年受到利益冲突的指控后不得不退出。他在市区拥有六座建筑物，杰拉尔德塔就是其中之一，比利不禁觉得，他就像迷你版的唐纳德·特朗普。他拥有三家电视台，一家在雷德布拉夫本地，另外两家在亚拉巴马州。三家都加盟了世界娱乐电视网，这就解释了霍夫为什么会提到 WWE。他离过婚，不是一次，而是两次。这意味着赡养费就能要了他的命。他计划建造高尔夫球场，但去年年底告吹。计划在市区再建造一栋楼，目前暂时搁置。霍夫还在申请赌场执照，情况相同。总而言之，想知道一个微型商业帝国如何风雨飘摇，看看霍夫就知道了。稍微推他一把，他就会坠下悬崖。

比利躺在床上，双手插在枕头底下，盯着黑乎乎的天花板。他开始理解尼克为什么吸引了肯·霍夫，以及肯·霍夫为什么勾起了尼克的兴趣。尼克可以表现得很迷人（那个价值百万的笑容），智力远超平均水平，但他骨子里是一条鬣狗，而鬣狗最擅长的就是打量路过的兽群，选中一瘸一拐的那头。这个倒霉蛋很快就会掉队。肯·霍夫的角色是替罪羊。罪名不是刺杀本身，那件事他肯定会有个无懈可击的不

<hr>

[1] MAGA 是"让美国再次伟大"（Make America Great Again）的缩写，这条竞选口号在 1980 年美国总统选举中首次被共和党总统候选人罗纳德·里根使用，2016 年美国总统选举，又被共和党总统候选人唐纳德·特朗普使用。

在场证明，但是等警察开始寻找买凶杀人的幕后黑手，他们找到的不会是尼克，而会是肯。比利想了想，觉得他能接受。

他耗尽了枕头底下蓄积的凉意，于是翻身向右侧躺，几乎立刻就睡着了。

扮演一个好邻居还挺累人的。

第4章

1

第二天，比利来到五楼的办公室，接上那台新 MacBook Pro，下载了单人纸牌应用。程序里有 12 种玩法，他选了坎菲尔德接龙游戏，设置电脑在每次移牌前留下 5 秒钟的等待时间。假如尼克或乔治决定要偷看或监控他的活动（也许会把任务交给猫王弗兰奇），他们不可能发现其实是电脑在玩单人纸牌。

比利走到窗口向外看。法院街的两侧停满了车，其中有很多巡逻车。雀斑咖啡馆外面有遮阳伞的小桌坐满了吃甜甜圈和丹麦卷的顾客。有几个人走下法院门前宽阔的石阶，但往上走的人要多得多。有些人一路小跑，炫耀有氧运动的成果。更多的人步履沉重，步履沉重的人以律师为主，看他们像棺材似的大公文包就知道他们的身份了。法院很快就要开庭审案了。

就好像是为了印证这个念头，一辆小型客车（曾经是红色，现在褪成了粉色）沿着拥挤的街道慢悠悠地驶近，经过台阶，来到巨大的砖石建筑物的右侧尽头，在那扇比较小的边门前停下。客车的车门折叠打开。一名警察下车，然后是一溜穿橙色连体服的囚犯，最后是另一个警察。警察用铁链牵着那一串囚犯绕过客车突出的车头。职员出入口的门开了，橙色连体服们排队进去，在里面等待叫号出庭。很有意思，也值得记在心里，但比利认为尼克说得对：艾伦出庭的时候，警察会护送他走台阶去正门。但这不重要，无论是正门还是边门，射击的条件几乎完全相同。重要的是法院街在工作日很繁忙。下午室外的人也许比较少，但大部分庭审会在上午完成。

你杀完人就会消失，本事他妈的比得上胡迪尼，尼克说过。等到尘埃开始落定，你早就没影了。

他当然要消失，因为雇主花的一部分钱买的就是这个。很大一部分。尼克肯定知道，万一他在消失方面出了岔子，雇比利的优势就会体现出来了。比利没有会向他施压（或用来向他施压）的朋友或亲戚，你不可能通过这种方法逼他出卖雇主。尽管在尼克心中，比利远不是大吊灯上最亮的那颗灯泡，但他知道这个职业杀手足够聪明，明白交代一个名字不可能把罪名减轻到二级谋杀或过失杀人。你来到一栋楼里，在五楼等了几周或几个月，然后用狙击枪干掉一个人，在定罪方面就不存在讨价还价的余地了。这是用大号红字写的预谋犯罪，只有一级谋杀才能体现正义。

但是，万一比利被抓住，检方还是有条件可供交易，尼克对此同样心知肚明。这个州是有死刑的。地检官只要聪明，就肯定会问比利是想挨一针毒药，还是去林康惩戒所服无期徒刑。条件就是他开口。比利觉得就算事情走到那一步，他还是可以不把尼克牵扯进来，他可以指证肯·霍夫，因为假如警察在比利·萨默斯走出杰拉尔德塔时逮捕了他，那么霍夫恐怕就活不久了。无论如何，霍夫恐怕都活不久。和尼克·马亚里安这种人打交道，替罪羊很少有能全身而退的。

即便如此，比利恐怕也活不久，因为稳妥永远好过后悔。他也许会在双手被铐在背后地从监狱楼梯上摔下去，他也许会在洗澡时被磨尖的牙刷捅死，或者被一条肥皂噎死。一对一的话，他能保护自己，甚至一对二也问题不大，但对上一伙新纳粹或三四个人民民族帮的彪形大汉呢？不行。另外，一辈子待在监狱里？同样不行，死了也比被关着强。他猜尼克也知道这个。

假如他不被抓住，就不需要考虑这些问题了。他从来没被抓住过，之前的17次他都干净利索地脱身，但他从没面对过现在这样的情形。平时他只需要考虑在暗巷里开枪，附近停着一辆车带你离开，出城的最佳路线已经标得一清二楚，但这次不一样。

你在市区的一栋办公楼里，从五楼干掉底下的一个人，而街对面的人熙熙攘攘，都是市局和县局的警察，你该怎么消失呢？比利知道电影里会怎么演：坏蛋枪手会用消音器去除枪声和火光。但这次不存在这个选项，距离稍微远了点，而且一次不中就没有第二次机会了。另外，子弹突破声障的霹雳巨响是无法掩饰的，连消音器也无能为力。比利还有个个人问题，那就是他向来信不过消音器。你有一支最好的步枪，却要在枪口加装那么个小玩意，这是存心干扰自己的准头。所以，枪声会很响，尽管人们无法在第一时间找到来源，但等大家不再躲藏，抬头一看就会发现五楼的一扇窗户上多了个圆形的小窟窿。因为办公楼的这种窗户是打不开的。

这些问题没有吓住比利。刚好相反，他燃起了斗志。就像危险的脱逃表演——被关在用铁链拴住的保险箱里，然后投进东河，或是身穿拘束衣吊在摩天大楼外面——让胡迪尼燃起斗志一样。比利还没想到完整的计划，但他已经有些想法了。停车库的一二两层比欧文·迪安说的要拥挤稍微拥挤一点，也许今天的庭审日程表排得特别满，但等比利开到四层，他就可以随便挑地方停车了。换句话说，这里可以独处，而独处永远是好事。比利相信胡迪尼一定会赞同。

他回到桌前，昂贵的苹果电脑还在玩纸牌游戏。他打开自己的笔记本，进入亚马逊网站。你在亚马逊能买到一切。

2

杰拉尔德塔门前有段路沿刷着"固定停车位"。11 点一刻，一辆厢式货车在那里停下。车身侧面画着一顶大草帽，草帽底下是"何塞的快餐车"几个字，再往下是西班牙语的"人人都要吃！"。人们纷纷走出大楼，像蚂蚁被蜜糖吸引似的朝着货车聚拢。5 分钟后，另一辆货车在第一辆背后停下。车身侧面画着一个卡通少年，正在笑嘻嘻地啃双层芝士汉堡。11 点半，人们已经开始排队买汉堡包、炸薯条、墨西哥夹饼和玉米卷饼，这时又来了一辆热狗车。

该吃饭了，比利心想。顺便再多认识几个邻居。

四个人正在等电梯，三男一女。他们都穿商务装，看上去都是三十五六岁的样子，女人也许更年轻一点。比利加入队伍。一个男人问他是不是新来的驻场作家……语气像是比利顶替了以前的老作家。比利说他就是，然后自我介绍。他们也报上名字：约翰、吉姆、哈里、菲莉丝。比利问底下什么比较好吃。吉姆说汉堡包不赖，洋葱圈一级棒。菲莉丝说皮特的辣酱热狗好，扇她耳光她都不松口。

"都不是什么高级点心，"哈里说，"但总比棕色纸袋的外卖强。"

比利问街对面的咖啡馆怎么样，四个人齐齐摇头。比利觉得如此一致的态度很好玩，不由得笑了。

"离那里远点，"哈里说，"中午能挤死人。"

"而且很贵，"约翰说，"我不知道作家的情况，但我在刚起步的法律事务所工作，每一分钱都必须节省着花。"

电梯门徐徐打开，比利问菲莉丝："这栋楼里的律师很多吗？"

"别问我，问他们，"她说，"我是新月会计所的。负责接电话和查退税。"

"我们法务狗相当不少，"哈里说道，"三楼和四楼有一些，六楼更多。我记得七楼有一家刚起步的建筑师事务所。我还知道八楼有一家照相社，专做网购的商单。"

约翰说："要是在这里拍电视剧，名字应该会叫《青年律师》。大事务所基本上都在两三个街区之外，法院街另一头的荷兰街和埃默里广场。我们守在附近，接接大人物漏下来的碎渣。"

"也等大人物蹬腿，"吉姆说，"老牌事务所的大部分律师都是老恐龙，穿三件套的正装，说话活像霍格老板[1]。"

比利想到楼门口的广告牌：办公室和豪华公寓现房出租。牌子似乎有些年月了，和霍夫本人一样，也透着绝望的气息。"我猜你们事务所肯定谈了个很好的租约。"

哈里向比利竖起两根大拇指："没错。四年长约，价钱低得几乎不可思议。而且就算这栋楼的主人——他叫霍夫——破产，租约也依然有效。滴水不漏。帮我们这些小家伙争取了些招揽客户的时间。"

"另外，"吉姆说，"要是一个律师连自己的租约都能搞砸，那他就活该破产了。"

三个年轻律师放声大笑，菲莉丝跟着微笑。电梯门在大堂打开，三个男人冲在前面，准备速战速决。比利和菲莉丝以比较从容的步伐穿过大堂。她是个漂亮的女人，属于朴素自然的漂亮，更像雏菊，而不是牡丹。

"有件事我挺好奇。"他说。

她微笑道："那是作家的天性，对吧？好奇？"

"应该是吧。我注意到很多人穿便装。就像他们。"他指了指刚走到门口的一对男女。男人穿黑色牛仔裤和桑·拉T恤[2]。他身旁的女人穿长罩衫，但主要是为了彰显孕肚，而不是遮掩。她的头发向后梳成纹丝不乱的马尾辫，用红色橡皮筋扎住。"你可别告诉我他们是律师或

---

1 美国剧集《正义前锋》里的角色，土老板的典型形象。
2 美国著名爵士乐作曲家。

者助理建筑师。我猜他们有可能是从照相社出来的，但这样的人也太多了。"

"他们在二楼的商业解决公司工作。整个二楼，那是一家催收公司。我们叫他们 BS[1] 不是没有原因的。"她皱起鼻子，像是闻到了什么怪味，但比利注意到她的语气里也有一丝忌妒。成功人士打扮刚开始也许挺激动人心，但随着时间推移，很快就会变成一种拖累，对女人来说尤其如此——漂亮的发型，漂亮的妆容，走起路来咔咔响的高跟鞋。五楼会计所的这个漂亮女人肯定偶尔也会心想，要是能简简单单穿个牛仔裤和无袖衫，然后只涂个口红就出门，该是多么巨大的解脱啊。

"坐在一个大开间里从早到晚打电话就不需要认真打扮了，"菲莉丝说，"催收对象反正看不见你，你拨通他们的号码，说你们要么搞钱还债，要么银行就来查封你们家屋子。"她在快到门口的地方忽然停下，像是陷入了沉思，说："不知道他们收入怎么样。"

"我猜你们不为他们整理账目。"

"你猜对了。洛克里奇先生，要是你的书大卖了，请务必记得找我们。我们也是新成立的。我手包里好像有名片来着……"

"别麻烦了，"比利说，按住她的手腕，免得她开始认真翻找，"万一我大卖了，我保证顺着走廊过来敲你们的门。"

她给他一个微笑，上下打量了他一番。她左手中指没有订婚或结婚戒指，比利心想在某个平行时空里，现在他就该请她下班后去喝一杯了。她也许会说不行，但她睫毛底下打量他的眼神，再加上她脸上的笑容，他觉得她很可能会答应。可惜他不会开这个口。认识别人，可以。被人喜欢和喜欢人，可以。但不能过于亲近，亲近是个坏主意，亲近等于危险。等退休以后，也许他可以换个活法。

---

1 商业解决公司（Business Solutions）的英文缩写是 BS，BS 也是狗屁（胡扯）的缩写。

3

比利买了个汉堡包，各种各样的佐菜加满，然后和律师吉姆坐在一张广场长椅上，吉姆的全名是吉姆·奥尔布赖特。"试试这个，"他递给吉姆一块肥厚的洋葱圈，"真他妈好吃。"

确实好吃。比利说他也要去买一份，吉姆·奥尔布赖特说太他妈应该了。比利接过装在小纸船里的洋葱圈和几小袋番茄酱，回到吉姆旁边坐下。

"所以戴维，你的书是写什么的？"

比利用手指封住嘴唇："最高机密。"

"就算我签保密协议，你都不能说？约翰尼·科尔顿专门搞这个。"他指着墨西哥快餐车前的一名同事说。

"是的，不能说。"

"我欣赏你的谨慎。我还以为作家喜欢谈论他们正在写的书呢。"

"我认为说得多的作家往往写得少，"比利说，"不过事实上我只认识我这么一个作家，因此我只是在瞎猜。"然后他说（但不完全是为了改变话题）："你看热狗车前面的那个人。这身打扮可不是每天都能看见的。"

他指的那个男人在墨西哥快餐车前，刚和另外几个同事会合。即便和商业解决公司的其他员工相比，这位老兄也相当抢眼。他穿着金色伞兵裤，比利不由得想到了他在田纳西州度过的童年，镇上几个想当时尚先锋的小子会在周五晚上穿着这玩意儿去溜冰场跳舞。往上是一件腰果花图案的高领衫，早期 YouTube 视频里英国摇滚乐队穿的就是这种衣服。最后的亮点是他头上的那顶馅饼帽，茂密的黑发从帽子底下披散到肩膀上。

吉姆大笑："那是科林·怀特。时尚标杆，对吧？他超级娘娘腔，快活得就像巴黎周日的下午。商业解决公司的大多数人都是独来独往。

他们的工作是逼财务状况焦头烂额的人还钱，靠这个挣吃饭喝酒的钱不可能让他们受欢迎，他们自己也很清楚，但科林不一样，他是真正的社交花蝴蝶。"吉姆摇摇头："至少吃午饭的时候是。我很想知道他上班的时候是什么样，恐吓寡妇和破产老兵，掏空他们口袋里的最后一毛钱。他肯定很擅长做这种事，因为他们公司人员流动率非常高，而他在那里的时间比我上班都久。"

"那是多久？"

"18个月。科林有时候穿苏格兰裙来上班。不骗你！有时候披斗篷。他还有一身迈克尔·杰克逊的打扮——你知道的，骑兵军官制服，肩章和铜纽扣全配齐了！"

比利点点头。科林·怀特拿着一个纸盒，里面是两块墨西哥夹饼。他停下，和菲莉丝聊天，他说了句什么，逗得她仰头大笑。

"他真可爱。"吉姆说，语气像是真的很喜欢他。

菲莉丝走开，和另外几个女人坐在一起。科林·怀特的两个同事给他腾出空位。坐下前，他先把一只脚放在另一只脚后面，做了个原地旋转，连手套侠[1]见了都会为他骄傲。比利估计他身高5英尺9英寸，顶多5英尺10英寸。计划里的又一块拼图——也许。停车场第四层，更多笔记本电脑，现在是科林·怀特。一只羽色稀有的小鸟。

4

那天下午，比利设置MacBook Pro自己玩克里比奇纸牌游戏，1号玩家每次出牌前延迟5秒。他还把游戏设置成2号每次都会击败1号。这样就能让偷窥狂在一个小时内有的忙了。然后他打开自己的电脑，

---

1 迈克尔·杰克逊的绰号之一。

上亚马逊买了两顶假发：一顶金色的短发，一顶黑色的长发。换其他时候，他会让卖家寄到某个收发驿站，但这个活儿不需要，因为到了下手那天，太阳还没落山，警方就会确认戴维·洛克里奇是枪手。

处理好假发的问题，他拿了本空白的史泰博笔记本放在自己的电脑旁，开始在网上查看供出租的屋子和公寓。他找到了几个备选的，但实地调查必须等他收到在亚马逊订购的东西再说。

在网上找完屋子，时间才下午 2 点，下班似乎早了一点。现在该开始写作了。他对此思前想后，考虑了很多。刚开始他认为他会用自己的电脑来码字。用 MacBook Pro 意味着雇主（很可能是他的"经纪人"）能从他背后偷看，他不由得想到《1984》里的电幕[1]。假如尼克和乔治来窥视，却没见到任何文件，他们会不会起疑心？比利认为他们会的。他们不会说什么，但这很可能会让他们认为，比利比他表现出来的更懂监控和黑客技术。

尽管 MacBook Pro 有可能受到监视，但他还是应该用它写作。这是个挑战。他真的能从虚构的愚钝化身角度出发，写出他自己的人生故事吗？有难度，但他认为自己说不定能做到。威廉·福克纳在《喧哗与骚动》中让一个白痴叙事，丹尼尔·凯斯《献给阿尔吉侬的花束》是另一个例子。很可能还有其他的。

比利退出自动运行的纸牌游戏，开了个空白的 Word 文档。他把标题起为《本吉·康普森的故事》——算是向福克纳致敬，他确定尼克和乔治都不可能知道这是在说什么。他坐了几秒钟，用手指轻轻叩着胸口，眼睛盯着空白的屏幕。

这是个疯狂的冒险，他心想。

这是我的最后一单，他心想，敲出了他为了这个时刻一直记在心

---

1 电幕是乔治·奥威尔的小说《1984》里一个设备，具有电视和远程监控功能，大洋国核心党员用它来监视和控制党员，防止秘密造反行动发生。

中的那句话。

　　和我妈住在一起的男人回到家，断了一条胳膊。

他盯着这一句看了近一分钟，然后继续打字。

　　我都不记得他叫什么了。但他特别生气。我猜他肯定先去过医院了，因为他的胳膊打着石膏。我妹妹

比利摇摇头，改了改，这次应该比较好了。至少他这么认为。

　　和我妈住在一起的男人回到家，断了一条胳膊。我猜他肯定先去过医院了，因为他的胳膊打着石膏。我妹妹想烤曲奇，结果全焦了。我猜她忘记看时间了。男人回家的时候特别生气。他杀了我妹妹，但我都不记得他叫什么了。

　　他看着他写下的文字，觉得他真的能写出来。不止如此，他想写出来。在动笔之前，他会说，是的，我记得发生了什么，但只记得一点点。但现在不止了。尽管只写了短短的一段，他已经打开了一扇门加一扇窗。他记起了糖烤焦的气味，看见了黑烟从烤箱里冒出来，还有炉子侧面油漆剥落的痕迹，还有桌上一个茶杯里的花，他听见了孩子在外面唱"一小土豆二小土豆三小土豆四"。他记起了男人上台阶时沉重的皮靴踏出咚咚咚的声音。那个男人。他母亲的男朋友。现在他甚至记起了男人的名字——鲍勃·雷恩斯。他记起了他听见男人对他妈挥拳头的时候他在想什么：鲍勃在下雨。鲍勃的雨点浇在我妈身上了。他记起了事后她如何微笑，说他不是故意的，还说都是我的错。

比利写了一个半小时，他想像闪电似的往前蹿，但及时拉住了自己。假如尼克或乔治甚至猫王在偷看，肯定会看见愚钝化身在慢慢地写。每个句子都要挣扎一番。至少他不需要存心拼错单词；电脑在没有自动更正的错字底下标出了红线。

下午4点，他保存写完的内容，然后关机。他发觉自己在期待明天来捡起今天的进度。

也许他真是个写作的好料子。

5

比利回到米德伍德，看见一张字条用图钉钉在门上。字条邀请他去前面的拉格兰家吃烤肋排、卷心菜沙拉和樱桃馅饼。他去了，因为不想被视为不合群，但并不是很有热情，他担心他们吃完饭，喝着罐装啤酒的时候会不得不聊共产主义大学生和肮脏移民之类的。然而，他惊讶地发现保罗·拉格兰和丹尼丝·拉格兰把票投给了希拉里·克林顿，觉得特朗普让人忍无可忍——他们管特朗普叫"哭包总统"。回家的路上，比利觉得这再次证明了你不能从白背心评判一个人。

他被奈飞的剧《黑钱胜地》吸了进去，正准备开始看第三季的时候，他的手机——戴维·洛克里奇的手机——叮咚一声，表示收到了短信。是乔治·鲁索，对他关怀备至的经纪人，想知道他这第一天过得怎么样。

戴维·洛克里奇：挺好的。我写了点东西。

乔治·鲁索：那就好。我们会让你写出畅销书的。周四晚上过来一趟？7点，吃晚饭。尼克想和你聊聊。

所以尼克还在城里，多半是想戒掉拉斯维加斯。

戴维·洛克里奇：行啊。但不能有霍夫。

乔治·鲁索：保证没有。

那就好。比利觉得只要能别再见到肯·霍夫，他就可以长命百岁、死也瞑目了。他很容易就坠入了梦乡，但破晓前的某个时候，他同样容易地坠入了一个噩梦。明天他要以本吉·康普森的名义把它写下来。不过他要改掉几个名字，为的是保护那份负罪感。

6

和我妈住在一起的男人回到家，断了一条胳膊。我猜他肯定先去过医院，因为他的胳膊打着石膏。我妹妹想烤曲奇，结果全焦了。我猜她忘记看时间了。男人回家的时候特别生气。他杀了我妹妹，但我都不记得他叫什么了。他刚进门就吼了起来。我趴在拖车的地上，正在拼一个500块的拼图，拼好了的拼图会是两只小猫玩毛线球。我能闻到他的酒味，连烤曲奇的烟都盖不住，后来我得知他在沃尔特酒馆和人打架了。输的肯定是他，因为他有个黑眼圈。我妹妹

她叫凯瑟琳，但他不会用这个名字——会比较像，但不能是这个名字。凯瑟琳·安·萨默斯。死的那天只有9岁。金发。小小的。

我妹妹凯西坐在我们吃饭的桌子前，正在涂她的涂色书。再过两三个月，她就满10岁了，她盼着她的年龄能有两位数，而不是只有一位。我11岁，本该照顾好她。

我妈的男朋友在喊叫，朝着黑烟挥手，黑烟是他进门前刚冒出来的，他问你们在干什么，你们在干什么，而凯西

比利飞快地删掉最后几个字，希望这会儿没人在看。

　　凯西说我在烤曲奇，我猜是烤焦了，对不起。而他说你个小婊子可真蠢，我没法相信你怎么这么蠢。

　　他打开烤箱门，一大股黑烟冒出来。要是我们有烟雾报警器，它肯定会叫起来，但我们的拖车里没有。他抓起一块洗碗布，对着黑烟扇风。我应该起来去打开大门，但大门本来就是开着的。我妈的男朋友伸手进去拿曲奇托盘。他用的是没受伤的那只手，但洗碗布滑开了，他烫伤了那只手，曲奇饼撒了出来，曲奇是我帮凯西切出来的形状，现在撒了一地。凯西弯腰去捡，他这时就开始试图杀死她了。他挥起打着石膏的手臂冲着她的脑袋就是一下，她飞出去摔在墙上，也许她当时就死了，就像你关灯那样。也许她当时还活着，但他开始踢她，用的是他每天都穿的那双皮靴，我妈叫它摩托靴。

　　别踢了她要死了，我说，但他没有停下，直到我说住手你个狗娘养的没卵子的杂种别欺负人**你再碰我妹妹一下试试看**。然后我扑上去想撂倒他，但他一把推倒了我

　　比利起身，走到办公室的窗口——不，这里现在应该叫写作室。法院台阶上人来人往，但他眼睛里没有他们。他走进小厨房，想喝口水。水洒出来了一些，因为他的双手在颤抖。瞄准射击的时候，这双手从不颤抖，而是稳若磐石，但此刻它们在颤抖。不严重，但足以把水从杯子里洒出来了。他的嘴巴和喉咙里都很干，一口气喝完了一整杯水。

　　那段记忆完全回来了，让他感到羞愧难当。他不会删掉他企图扑倒鲍勃·雷恩斯的这句话，因为它给真相蒙上了一层英雄般的传奇色彩，而真相几乎令人无法忍受。鲍勃·雷恩斯踢他的妹妹，用皮靴踩

她，踏碎了她脆弱的胸膛，乳房将永远不会从那里长出来了，而他没有扑向鲍勃·雷恩斯。比利应该照顾她的。他妈出门去洗衣房上班的时候，说的最后一句话就是照顾好你妹妹。但他没有照顾好她，而是为了保全自己的性命逃走了。

但当时他确实有这个念头来着，他心想。他回到桌边，在电脑前坐下。肯定是的，因为我没有跑向我们的房间。

"我跑向他们的房间。"比利说，从刚才中断的地方继续写。

然后我扑上去想撂倒他，但他一把推倒了我，我爬起来，跑进位于拖车尾的他们的房间，然后重重地摔上门。他立刻开始捶门，用各种各样的脏话骂我，说本吉你给我马上开门，否则我就让你后悔到恨不得没出生过。但我知道我开不开门都一样，因为他会像对凯西那样对我。她已经死了，连一个11岁的小孩也看得出来。

我妈的男朋友曾经是军人，军用行李箱搁在床脚下，上面蒙着一块毛毯。我掀开毯子，打开行李箱。箱子上有锁，但他几乎从来不锁，也许从来都没锁过。要是他锁了，我就不可能写到这里了，因为我肯定已经死了。要是他的枪里没子弹，我也一样肯定死了，但我知道枪是上膛的，因为他的枪永远上膛，以防他所谓的他妈的夜贼。

他妈的夜贼，比利心想。我的天，往事这叫一个滚滚而来。

他撞开了门，我猜到他肯定会这么做。

不是猜到，比利心想，是知道。因为那扇门只是一块纤维板。凯西和我几乎每天夜里都能听见他们做爱。还有下午——假如妈妈回家比较早。这是又一个他不会删掉的虚构细节。

他冲进房间的时候，我背靠床脚坐在地上，用他的枪指着他。那是一把M9手枪，可以装15发9×19毫米帕拉贝鲁姆子弹。那会儿我当然不知道这些，但我知道它很沉，我双手拿枪，掌根贴着胸口。他说把枪给我，你个小废物，你不知道小孩不该玩枪吗？

于是我朝他开枪了，打中了身体正中央。他愣愣地站在门口，好像什么都没发生过，但我知道打中了，因为我看见血从他背后飞出去。枪的后坐力撞在了我的胸口。

比利记得他"啊"了一声，气流从喉咙里冲上去。后来他胸骨上方多了块淤青。

而他倒下了。我走到他身旁，对自己说，我也许还要再朝他开一枪。有必要的话我会开的。他是我妈妈的男朋友，但他做错了事。他是个坏人！

"但他已经死了，"比利说，"鲍勃·雷恩斯已经死了。"

他写出来的东西很可怕，他考虑了一下要不要一股脑全删掉，但最后还是保存了。他不知道其他人会怎么想，但比利觉得挺好的。好就好在它很可怕，可怕有时候就是真相。他觉得自己现在真的是个作家了，因为这是个作家才会思考的事。埃米尔·左拉写《戴蕾斯·拉甘》的时候也许就是这么思考的，还有他写到娜娜生病、美貌衰颓的时候。

他觉得脸上发烫。他回到小厨房，用冷水洗脸，然后弯着腰站在小水槽前，紧闭双眼。回想起开枪打死鲍勃·雷恩斯，他心中波澜不惊，但想到凯西却让他内心隐隐作痛。

照顾好你妹妹。

写作很好。他一直想写来着，现在终于动笔了。非常好。但谁能猜到这会让他这么难过呢？

电话响了，吓了他一跳。是欧文·迪安，说他有个亚马逊的包裹。比利说他这就下来拿。

"老兄，这亚马逊真是啥都卖啊！"欧文说。

比利点头称是，心想你根本没法想象。

7

包裹里不是假发，尽管亚马逊的配送速度快如闪电，假发也要明天才能收到。今天收到的东西可以塞进办公室和厨房之间的门顶储藏柜，但比利不打算把东西放在那里。他在亚马逊买的物件都要带回米德伍德的黄色小屋。

他打开纸箱，逐一取出他订购的商品。一个小盒子，香港的欢乐时光有限公司出品，里面是用真人头发制作的假胡子，金色，和他订购的一顶假发是同一个颜色。有点过于浓密，到时候他会修剪一下的。他想乔装打扮，但不想显得过于显眼。接下来是一副角质镜框眼镜，镜片是平光的。这东西出奇地难买，你可以在任何一家药店买到近视眼镜，但比利的视力很好，镜片稍微有点度数就会害他头疼。他可以收紧眼镜腿，但他不会那么做。眼镜顺着鼻梁向下滑一点，会给他加上一丝学究气质。

最后是最贵的一件，所谓重中之重。是个硅胶质地的假孕肚，由亚马逊出售，生产商名叫母亲时光。这东西价值不菲，因为它可调整尺寸，能让佩戴者的孕期看起来从 6 个月到 9 个月不等。它用粘扣带固定。比利知道这种假孕肚是恶名在外的店内行窃工具，大商场的安保人员都知道要特别留意它们，但比利来这座小城不是为了小偷小摸，而且到时候戴上它的也不会是个女人。

而会是他来戴。

第 5 章

1

周四晚上，离 7 点还有几分钟，比利来到了尼克借住的超级豪宅。他在某处读到过，有礼貌的客人应该提前 5 分钟到，不能多也不能少。这次负责迎接他的是保利。尼克还是在门厅等他，这样就不会被路过的执法机构无人机拍到了——虽然可能性不大，但并非完全不可能。他把笑容调到最灿烂的一级，展开双臂把比利揽入怀中。

"今天吃夏多布里昂牛排。我找了个厨子，天晓得他在这个偏僻小城干什么，但他很厉害，你会喜欢这道菜的。还有，留点肚子。"他把比利推到一臂之外，把嗓门压低成沙哑的喉音，"听说还有火焰冰激凌呢。你肯定吃够了微波食品，对吧？对吧？"

"太对了。"比利说。

弗兰克冒了出来。他穿着粉色衬衫配领巾，头发油光锃亮的，梳成大卷小卷，在堪比埃迪·芒斯特[1]的美人尖上面堆成一座山，怎么看都像黑帮电影里第一个被干掉的小流氓。他的托盘上有几只酒杯和一

---

1 美国电视剧《芒斯特一家》里的角色，留着非常夸张的美人尖发型。

个巨大的绿色酒瓶："香槟。酩悦香槟。"

他放下托盘，从瓶颈松开瓶塞。没有发出"砰"的一声，酒也没有喷出来。猫王弗兰奇也许不懂法语，但开瓶的技术无懈可击。倒酒的手法也一样。

尼克举起酒杯。其他人有样学样："祝胜利！"

比利、保利和弗兰克碰杯喝酒。香槟下肚，比利的脑袋顿时有点飘忽，他拒绝了第二杯："我开车。不想被警察拦下来。"

"这就是比利，"尼克对他的伙计说，"永远比别人早两步。"

"三步。"比利说，尼克大笑，就好像从亨尼·扬曼 [1] 去世以来就没听过这么好笑的笑话。

"好的，"尼克说，"那就不喝气泡水了。我们吃饭去吧。"

真是一顿好饭，从法式洋葱汤开始，一道道菜轮番上场，直到红酒腌泡的牛肉，最后以尼克剧透过的火焰冰激凌结束。上菜的是个女人，她不苟言笑，身穿白色制服，只有甜点不是她上的。尼克雇的厨师亲自推着小车走进餐厅，接受理所应当的掌声和赞赏，然后点头致谢，转身离开。

尼克、弗兰克和保利引导交谈，话题以拉斯维加斯为主：谁在哪里玩了，谁在哪里盖楼，谁在申请赌场执照。就好像他们不知道拉斯维加斯已经过时似的，比利心想。他们很可能真的不知道。乔治不见踪影。上菜的女人送来了餐后利口酒，比利摇摇头。尼克同样摇头。

"玛吉，你和阿兰可以走了，"尼克说，"这顿饭非常棒。"

"谢谢，但我们才开始收拾——"

"我们明天会自己收拾的。拿着。把这个交给阿兰。按照我家老头子的说法，这叫车马费。"他把几张钞票塞进她手里。她嘟囔着说好

---

1 美国著名喜剧演员、音乐家。

的，然后转身要走。"对了，玛吉？"

她又转回来。

"你们没在屋子里抽烟，对吧？"

"没有。"

尼克点点头："别磨蹭，明白吗？比利，我们去客厅聊几句。你们几个，该干什么干什么去吧。"

保利对比利说很高兴见到他，然后走向正门。弗兰克跟着玛吉走进厨房。尼克把餐巾扔进吃剩下的甜点里，领着比利走进客厅。客厅一头的壁炉大得可以用来烧弥诺陶洛斯 [1]。几尊雕像立在壁龛里，天花板壁画像是西斯廷教堂壁画的色情版。

"很不错，对吧？"尼克说着环顾四周。

"那当然。"比利说，心想他在这个房间里待久了非得发疯不可。

"坐吧，比利，歇会儿。"

比利坐下："乔治呢？回拉斯维加斯了？"

"嗯，他也许在拉斯维加斯，"尼克说，"也许在纽约或好莱坞，和电影圈聊他代理的那本超级好书。"

换句话说，反正不关你事，比利心想。从某个方面说，这么说也没错。他毕竟只是个雇员。斯特帕尼克先生在世时喜欢的西部老电影里管这种人叫雇佣枪手。

想到斯特帕尼克先生，他不由得想到了上千辆的废旧车辆——至少在一个孩子的眼里有上千辆，而且也许真有那么多——破碎的风挡玻璃在阳光下朝你眨眼。上次想起那个汽车坟场是多少年前了？通往过去的门已经打开。他当然可以一把关上，插上插销，重新锁好，但他不想那么做。就让它通通风吧。冷归冷，但毕竟是新鲜空气，而他生活的那个房间很憋闷。

---

1 希腊神话中一个半人半牛怪物。

"哎，比利。"尼克打了个响指，"地球呼叫比利。"

"我在。"

"是吗？刚才还以为你神游天外了呢。我说，你真的在写东西？"

"是的。"比利说。

"是真事还是编的？"

"编的。"

"不是阿奇·安德鲁和他的伙伴们吧？"他微笑着问。

比利摇摇头，同样微笑。

"他们说很多人第一次写小说的时候会用自己的经历。'写你了解的东西。'我记得高级英语文学课上这么说过。帕拉默斯高中，冲呀斯巴达！你是这样的吗？"

比利用一只手做个跷跷板的手势，然后，就好像他忽然想到了这个可能性："咦，你们不会在偷看我写的东西吧？"这么问很危险，但他忍不住，"因为我可不希望——"

"天哪，当然不了！"尼克的语气已经超过了惊讶，像是特别震惊，而比利知道他在撒谎，"就算我们能做到，又为什么要那么做呢？"

"我不知道，我只是……"比利耸耸肩，"……不喜欢任何人窥探。因为我不是作家，只是想扮演好这个角色。顺便消磨点时间。要是被人看见了，我会尴尬死的。"

"你给电脑设置了密码，对吧？"

比利点点头。

"那就没人能看见了。"尼克坐了起来，棕色的眼睛盯着比利。他压低声音，就像之前告诉比利今晚有火焰冰激凌那样："是不是很色情？三人行什么的？"

"不，哈哈。"停顿，"真的不是。"

"给你个建议，加点黄段子。因为黄段子能卖书。"他吃吃笑着走向房间另一头的柜子，"我要喝一口白兰地。来点？"

"不了，谢谢。"他等尼克走回来，"乔有什么新消息吗？"

"还是老一套。他的律师恳求推迟引渡，情况和我说过的一样，整件事目前搁置了下来，谁知道呢，也许法官去度假了。"

"但他没有把他知道的事情说出去吧？"

"要是他说了，我肯定会知道。"

"也许他会在监狱里出意外。根本等不到引渡。"

"他们把他照顾得无微不至。和普通囚犯隔离开了，没忘记吧？"

"哦，对。你说过。"条件似乎太有利了——但比利不能把这个结论说出来，会显得过于精明了。

"耐心点，比利。沉下心去。猫王弗兰奇说你在米德伍德认识了不少邻居。"

嗯哼。他没在米德伍德见过弗兰克，但弗兰克见过他。尼克随时能检查他可爱的新电脑，还派人监视他在临时居所的生活。比利再次想到《1984》。

"是的。"

"办公楼里呢？"

"也认识了几个。主要是吃午饭的时候，门口的快餐车。"

"太好了。融入环境。成为环境的一部分。你擅长这个。我猜你在伊拉克肯定很厉害。"

我在哪里都很厉害，比利心想。至少干掉鲍勃·雷恩斯之后就一直如此。

该换个话题了。"你说过会有障眼法。说我们以后会谈到的。现在算以后了吗？"

"算。"尼克含了一口白兰地，在嘴里漱了一会儿，然后才咽下去，"有人刚好给我一个点子，我想听听你的看法。障眼法会是几个焰火筒，知道那是什么吗？"

比利知道，但他摇摇头。

"摇滚乐队喜欢用。轰隆一声，就开始喷火，就像间歇泉。等我确定乔要回东边了，就找人在法院附近安装两个。路口咖啡馆后面的巷子里肯定要装一个。保利建议在停车库装一个，但似乎有点远。再说了，哪个恐怖分子会去炸停车库？"

比利没有掩饰他的警觉："安装那些东西不会是霍夫的任务吧？"

白兰地喝到第二口，尼克没有再漱口，而是直接咽了下去。他咳嗽起来，咳嗽随即变成大笑。"怎么，你以为我会蠢到把这种任务交给他那么一个狗娘养的大蠢货？你要是这么看不起我，我可是会很伤心的。不，我叫来了两个我的人，都是好小子，信得过。"

比利心想，你不想派霍夫去安装焰火筒，是因为这条线会追查到你身上，但你不介意让他去采购枪支并送到枪手的老巢，因为那条线只会追查到我身上。你以为我很傻，是吗？

"动手的时候我很可能在拉斯维加斯，但猫王弗兰奇和保利·洛根会在这里，还有我叫来的两个人。无论你需要什么，他们都会帮你解决。"他又坐了下来，露出诚挚的笑容，"到时候的情形肯定很美妙。枪声一响，吓住所有人，然后焰火筒爆了——砰！砰！——没逃跑的人也开始跑了，边跑边扯着嗓子号。狙击杀人狂！自杀炸弹客！基地组织！ISIS！等等等等！但最美妙的是什么呢？除非有人在逃跑的时候摔断腿，否则受到伤害的就只有乔尔·艾伦一个人。他的真名就叫这个。法院街会陷入惊恐，然后就是我想和你谈的事情了。"

"好的。"

"我知道你习惯自己策划脱逃，而且你一直做得很好，就像我说的，整一个他妈的胡迪尼，但乔治和我有个小小的想法。因为……"尼克摇摇头，"老兄，这次会很困难，哪怕是对你来说，哪怕焰火筒弄得街上一片混乱。我们这边肯定没问题。要是你已经想到了什么好办法，那就谢天谢地，但要是你还没有……"

"我还没有。"尽管他已经快想好了。比利让愚钝化身挤出灿烂的笑容:"尼克,我洗耳恭听。"

2

晚上11点,他回到了家——黄色小屋现在算是他的家了,至少最近这段时间是这样。亚马逊送来的两顶假发都在壁橱里,它们本来会一直待在那里,直到他们通知他艾伦已经从洛杉矶回东部了,但现在情况有变,比利感到不安。

他把东西搬到车上,放进后备厢。明天他不会一直待在五楼办公室,这不成问题。当杰拉尔塔的驻场作家有个好处,那就是他不需要遵守朝九晚五的时间表。他可以迟到,也可以早退。要是心血来潮,他可以出去走走。要是有人问,他可以说他在打磨新点子,或者在做调查,或者只是休息一两个小时。明天他打算步行9个街区去皮尔森街658号。那是一座三层楼的屋子,位于市区边缘。比利已经在Zillow[1]上看过那座屋子了,但从屏幕上看不够直观,他想亲眼看一看。

他锁好车门,回到屋里。他把崭新的MacBook Pro从办公室带了回来,放在厨房桌子上。他打开电脑,读他作为本吉·康普森写的东西。只有短短几页,到本吉打死鲍勃·雷恩斯就结束了。他读了三遍,想象尼克从中看到了什么。因为尼克肯定读过,听到他打趣说作家会借用自己的人生经历,比利就不再怀疑了。

他不在乎会不会被尼克知道他的童年生活,按照比利的猜想,尼克早就调查过了。比利在乎的是能不能保护好那个愚钝化身,至

---

1 Zillow是一家2006年创立的线上房地产公司。

少这段时间必须如此。要是不能确定这两三页里没有什么地方会显得他过于聪明，那他就连觉都睡不安稳了，于是他又检查了第四遍。

他终于合上了电脑。按照他的看法，只要里面的事情真的发生过，他觉得没有哪个句子是英语及格的学生写不出来的。拼写和标点基本正确，但尼克会认为那是自动更正的功劳。尽管 Word 程序无法区别"can't"和"cant"的区别，但电脑总是把"dont"改成"don't"，而且会用红线标出拼错的单词，甚至会注意到显而易见的语法错误。动词的时态也变来变去，不过他能接受，因为这超出了电脑的判断水平……不过有朝一日它很可能也会标出这方面的问题。

但他还是感到不安。

他一直没有理由不信任尼克，尼克无疑是坏人，但他对比利向来很坦诚。但是这次他并不坦诚，否则就不会否认在电脑里做手脚了，或者从一开始就不会对电脑做手脚。比利觉得他依然可以认为这个活儿不是圈套，因为酬金的四分之一已经在他的账户上了，那是 50 万美元，不是一笔小钱，但他还是觉得这件事不对劲。不是很严重的那种不对劲，只是有点蹊跷。电影里有一种画面略微倾斜的镜头，会让观众产生某种眩晕感，现在的情况就像这种镜头。电影人管这种倾斜叫德式镜头[1]，这个活儿就给了他这样的感觉：不正常，不足以让他退出（他已经答应下来了，所以现在恐怕也没法退出），但足以引起关注。

还有尼克硬塞给他的脱逃计划。要是你已经想到了什么好办法，那就谢天谢地。但要是你还没有，我和乔治有个也许行得通的主意。

---

1 指电影拍摄中的斜角镜头，词源来自 20 世纪三四十年代大量使用这个技巧的德国电影。

尼克的主意倒不是问题，因为主意并不坏，是的，那是个好主意。但是，任务结束后如何消失一向是比利的责任，尼克插手他的事情让他觉得……怎么说呢……

"不正常。"比利对着空荡荡的厨房嘟囔道。

尼克说，6周前，这个活儿像是有成为现实的可能性了，他就派保利·洛根去梅肯买了辆福特全顺厢式货车，不是新车，但车龄不超过3年。全顺是雷德布拉夫公共工程部的主力车型，比利自己见过好几次了，车漆成黄色和蓝色，侧面印着"我们竭诚服务"的标语。在佐治亚州买来的棕色全顺藏在市郊的一个车库里，被漆成公共工程部的配色，也刷上了公共工程部的标语。

"等艾伦的引渡日期定下来，我肯定会有个好主意的。"尼克这么说，他的白兰地有点喝过头了，"我跟你说过，有两个人要来这里，他们会开着那辆货车到处跑，看上去很忙但其实啥也不做。绝不在一个地方待太久，但总在法院和杰拉尔德塔附近。这里一个小时，那里两个小时。换句话说，就是成为背景的一部分。和你一样，比利。"

尼克说，艾伦来的那天，这辆假工程车会停在杰拉尔德塔的那个路口。两个假市政工人也许会掀开一个窨井盖，假装在里面干活。枪声响起，焰火筒爆炸，人们四散奔逃。杰拉尔德塔里的员工也在人群中，比利·萨默斯同样在人群中，他会飞奔拐过路口，跳进货车的车厢，然后立刻套上市政工人的连体工作服。

"货车开到法院停下，"尼克说，"警察已经到现场了。我的人，还有你，跳下车，问需不需要帮忙。搬拒马封锁街道之类的。一片混乱之中，你们这么做会显得百分之百正常。能想象吗？"

比利确实能想象。这一招很大胆，也非常出色。

"警察——"

"多半会叫我们滚蛋，"比利说，"我们是市政工人，但同样是平民。对吧？"

尼克拊掌大笑。"你看看，以为你傻的人都是吃错药了。我的人说遵命，长官，然后你开车离开。你开着车一直走啊走——当然了，中间要换车。"

"开到哪里去呢？"

"威斯康星州的德皮尔，离这里 1000 英里。那里有个安全屋。你住上几天，放松一下，查查银行账户，看余款有没有到，思考该怎么花钱，然后你就爱干啥就干啥了。听上去怎么样？"

听上去挺好。是不是太好了点？会不会是陷阱？可能性不大。要是说这个活儿里有谁会被陷害，那就只会是肯·霍夫。尼克的建议来得出乎意料，比利的问题在于他以前办完事消失时从不依靠其他人。他不喜欢这个主意，但此刻不是直说的时候。

"让我考虑一下可以吗？"

"随你便，"尼克说，"时间多得是。"

3

比利从主卧室的壁橱里拎出他的手提箱放在床上，拉开拉链。它看上去是空的，其实不然。手提箱的衬里底部的侧面有一条粘扣带，他把衬里提起来，取出一个扁平的小盒子，聪明人（那些读比阿奇漫画精编和超市收银通道上的丑闻小报更具挑战性的东西的人）管这种东西叫针线盒。盒子里有个钱包，里面的信用卡和驾照属于佛蒙特州斯托市的多尔顿·柯蒂斯·史密斯。

比利在他的职业生涯中还用过许多钱包和身份证件，他不是每次刺杀都换一套，但加起来至少也有一打，直到现在这套属于戴维·洛克里奇的虚构人物的身份。他以前的一些身份有很完整的身份证件，但也有几个做得并不好。戴维·洛克里奇钱包里的信用卡和驾照做得确实非常好，但灰色扁盒里的这套就更好了，堪称千金难换。凑齐这一套花了他 5 年时间，他耗费了大量心血，时间上可以追溯到他下定决心的那一天，当时他决定他最终必须退出这个把他（承认吧）变成又一个坏蛋的行当。

多尔顿·史密斯可不只是一个巴克斯顿男款钱包和一张看似正宗的驾驶执照，多尔顿·史密斯几乎就是个真实存在的活人：万事达卡、运通卡和 Visa 卡都在定期使用；美洲银行的借记卡也一样，不是每天，但频度足以让账户不至于落灰。他的信用等级不是特优——太高了会吸引注意力——但已经足够好了。

钱包里有红十字会的献血卡、社会保险卡和多尔顿的苹果用户俱乐部会员卡。愚钝化身在这里不见踪影，多尔顿·柯蒂斯·史密斯是个电脑工程师，自己接活，他还有个相当赚钱的副业，因此他会按照客户的要求飞来飞去。钱包里还有多尔顿与妻子的合影（两人 6 年前离婚）、多尔顿与父母的合影（父母在多尔顿十几岁时死于名叫交通事故的流行病）和多尔顿与已经疏远的弟弟的合影（多尔顿发现他弟弟在 2000 年大选中把票投给了纳德之后，两个人就再也没说过话）。

针线盒里还有多尔顿的出生证明和各种推荐信。有些来自多尔顿修过电脑的个人和小公司，有些来自在朴次茅斯、芝加哥和欧文租房给他的人。比利在纽约有个很厉害的帮手，是他在世上唯一完全信任的人，他叫布基·汉森，其中一部分推荐信是他制作的。比利自己制作了其他的那些。多尔顿·史密斯从不在一个地方久留，他就像一团风滚草，但一旦要暂居某个地方，他就是个优秀租客了：干净又安静，从不拖欠房租。

在比利看来，多尔顿·史密斯低调而毫无瑕疵的历史就像一道车辙都没有的雪原那么美丽。他不愿动用多尔顿的身份，破坏这份美感，但另一方面，创造多尔顿·柯蒂斯·史密斯不就是为了这个吗？是的。最后一单，永远流行的主题，然后比利就可以消失在他的新身份里了。或许不是整个余生都使用这个新身份，但想这样也不困难，当然前提是他能全身而退，并离开这座城市。50万的预付款已经结束流转，最终汇入了多尔顿在尼维斯的银行账户，这50万是尼克不是在闹着玩的最大证据。等他完成任务，尾款会随之而来。

多尔顿驾照上的男人与比利年龄相仿，也许小个一两岁，但不是黑发，而是金发。另外，他留着小胡子。

4

第二天上午，比利把车开进杰拉尔德塔附近的停车库，停在四层。他对外貌做了相应的调整，然后走向相反的方向。这是多尔顿·史密斯的处女航。

在小城市，很短的一段距离也能制造出巨大的差异。停车库在主大道上，到皮尔森街只有9个街区，轻轻松松走15分钟就到（杰拉尔德塔依然耸立在不远处，看得一清二楚），但在杰拉尔德塔那一片，男人要打领带，女人要穿咔咔鞋打卡上班，吃午饭的餐厅里侍者会把酒水单和菜单一起递给你，而这里完全是另一个世界。

这里有开在路口的杂货店，不过已经关张。和许多日益衰退的社区一样，这里也是餐饮的荒漠，这里有两家酒吧，一家歇业，另一家似乎也只是苟延残喘。有一家当铺，兼营支票兑现和小额贷款。再走一段，有一座可怜巴巴的购物中心，然后是一排试图营造中产阶级气质但终究徒劳的住宅。

比利猜测，这块区域的败落，原因正是他的目标屋子对面的空地。那是一大片土地，遍布瓦砾和垃圾。生锈的铁轨从中穿过，几乎被茂密的杂草和夏季丛生的黄花淹没。这块空地每隔 50 英尺立着一个牌子，标着"市政用地""禁止通行""危险勿入"。他注意到一座砖石建筑物的残缺遗骸，它以前应该是火车站，也许也为长途汽车服务——灰狗巴士、旅途巴士和南方巴士。雷德布拉夫的地面交通枢纽现已搬迁，这个在 20 世纪最后几十年可能还很繁忙的街区，正遭受一种城市慢性病的折磨。一辆生锈的购物推车翻倒在街对面的人行道上。一条破烂的男式内裤挂在一个车轮上，随着热风飘拂，这阵风也吹乱了多尔顿·史密斯的金色假发，带动衬衫的衣领轻轻拍打脖子。

大多数屋子需要重新粉刷。有一些屋子门前立着"出售"标牌。658 号同样需要粉刷，但门口的标牌上是"公寓带家具出租"，底下有个房产经纪人的电话号码。比利记下号码，然后沿着皲裂的水泥步道走上去，察看门口的一溜门铃。尽管屋子只有三层，但门铃有四个。只有从上往下的第二个旁边标着名字：詹森。他按了一下。这个时间很可能家里没人，但他的运气不错。

他听见了下楼的脚步声。一个算是年轻的女人隔着门上肮脏的玻璃向外看。她看见的是个白人，考究的衬衫敞着领口，底下是一条正装裤。他的金发很短，小胡子剪得很整齐。他戴眼镜。他相当胖，尽管没到肥胖症的地步，但也差不多了。他看上去不像坏人，而是像个需要减掉二三十磅体重的好人，于是她打开了门，但没有完全打开。

比利心想："你以为你这样我就不能推开门闯进去，把你勒死在门厅里吗？"车道上和路边都没有车，这说明你丈夫去上班了，另外三个门铃都没标名字，意味着这座伪维多利亚式的老房子里只有你一个人。

"我不买上门推销的东西。"詹森夫人说。

"不是的，女士，我不是推销员。我刚来这里，想租个公寓。这里看上去应该在我能承受的范围内。我只是想问一声你住得好不好。我叫多尔顿·史密斯。"

他伸出一只手。她象征性地碰了碰,然后立刻收回了她的手。不过她愿意聊几句:"唔,你也看见了,这里不是什么好地段,最近的超市在一英里外,但我和我丈夫没遇到什么严重的问题。偶尔有些小孩子闯进对面的旧车站,多半是在喝酒和抽大麻,路口另一头有条狗,一闹就是大半夜,但最糟糕的也就是这些了。"她顿了顿,比利注意到她垂下了视线,看他手上有没有戴着结婚戒指,当然没有。"你夜里不闹吧,史密斯先生?我指的是派对和很吵的音乐。"

"当然不,夫人。"他笑着拍了拍肚子,假孕肚调到了6个月左右的大小,"但我喜欢美食。"

"因为租约里有禁止噪声的条款。"

"能问一句你们每个月付多少钱吗?"

"那是我和我丈夫的事情。你想住进来,就必须和里克特先生谈。这个地方归他管,还有街区往前的另外几座屋子……但这座比较好。我认为。"

"完全可以理解。非常抱歉,是我冒昧了。"

詹森太太稍微松动了一点:"不过,我可以告诉你,别住三楼。三楼简直是烤箱,尽管大多数时候有风从旧车站吹进来,但也没什么用处。"

"所以我猜是没有空调了。"

"你猜对了。不过天冷的季节,暖气还可以。当然,暖气要另外付钱。电费也是另算的。全都在租约里。你以前应该也租过房子,我猜你懂这些规矩。"

"我的天,那当然。"他翻个白眼,终于逗得她微笑了。现在他可以问他真正想问的问题了:"楼下呢?地下室是不是也有一套?因为似乎多一个门铃——"

她的笑容更灿烂了："嗯，对，而且很舒服，带家具，就像广告里说的。但是，你明白的，也很简陋。我想租那套，但我丈夫觉得要是我们的申请通过，那套就太小了。我们在申请领养。"

比利不禁惊异。她刚刚泄露了她（和她的婚姻）至关重要的一个核心机密，但先前甚至不肯说她和丈夫付多少租金。他打听租金并不是因为他想知道，而是这样会让他的伪装更加可信。

"好的，祝你好运。非常感谢。要是这位里克特先生和我合得来，也许你以后会经常见到我。那么，我就告辞了。"

"也祝你好运。很高兴认识你。"这次她伸出手和他认真地握了握，比利再次想到尼克的话，你不需要和别人称兄道弟就能处得很好，很高兴知道就算发胖了我也还是能做到。

他顺着步道走向马路，她在他背后大声说："我敢说就算在最热的日子里，地下那套也还是既凉爽又舒服！真希望我们租的是那套！"

他对她竖起大拇指，然后步行返回商业区。他见到了他想看的一切，已经决定了，这就是他想要的地方，而尼克·马亚里安没必要知道它的存在。

走到一半，他看见了一家街边小店，店里卖糖果、香烟、杂志、冷饮和泡沫袋包装的一次性手机。他用现金买了一部一次性手机，坐在公共汽车站的长凳上开机。他会在需要的时候使用这部手机，然后直接扔掉。其他几部也一样。永远为任务出差错做好准备，警察会立刻发现暗杀乔尔·艾伦的是戴维·洛克里奇，进而发现戴维·洛克里奇是威廉·萨默斯的化名，后者是海军陆战队的退伍兵，受过狙击手的训练，狙杀过人。他们还会发现萨默斯与肯尼斯·霍夫有关联，而霍夫已经是内定的替罪羊了。但他们不会发现比利·萨默斯（又名戴维·洛克里奇）消失了，然后成了多尔顿·史密斯。这一点同样不能让尼克知道。

他打电话给纽约的布基·汉森，请他把标着"安全措施"的箱子寄到常青街的那个地址。

"所以你决定了？真的开始行动了？"

"似乎是的，"比利说，"回头详细告诉你。"

"那当然。但小心点，别是从哪个犄角旮旯的市立监狱里打给我。老大，你是我的偶像。"

比利挂断电话，拨通另一个号码。房产经纪人里克特，负责管理皮尔森街 658 号的出租事宜。

"我知道配了家具。包括无线网络吗？"

"稍等一下。"里克特先生说，结果这一等就是一分钟。比利听见窸窸窣窣翻看文件的声音，末了，里克特说："包括，两年前装的。但没电视，你想看只能自己买。"

"好的，"比利说。"那我要了。我来你办公室？"

"我们可以去房子那里见，我领你看看地方。"

"没这个必要。我只是想给自己搞个基地，来这附近的时候可以歇歇脚。有可能一年，也可能两年。我经常到处跑。好处在于那个住宅区似乎挺清静的。"

里克特大笑："自从火车站拆毁，能多清静就有多清静。不过那里的居民很可能愿意多听一点噪声，只要能稍微繁荣一点。"

他们约好下周一碰面，比利回到停车库的四层，他的丰田停在一个死角，两个监控探头都拍不到车上的情形，更何况它们都未必还在工作，比利觉得它们似乎早就累垮了。他摘掉假发、小胡子、眼镜和假孕肚，把它们放进后备厢，然后走完最后那几步路回到杰拉尔德塔。

他回来得正是时候，在墨西哥快餐车买了个玉米卷饼。他和五楼的两位律师——吉姆·奥尔布赖特和约翰尼·科尔顿——坐在一起吃东西。他看见了科林·怀特，商业解决公司的花花公子。今天他身穿水手服，显得格外可爱。

"那小子，"吉姆笑着说，"真是个开心果。"

"是啊！"比利附和道，心想："这个开心果刚好和我身高差不多。"

5

整个周末都在下雨。周六上午，比利去沃尔玛买了符合多尔顿·史密斯人设的两个便宜手提箱和很多便宜衣服。他付现金。现金不留记忆。

下午，他坐在黄色小屋的门廊上，看着前院的草坪。不是普通地看，而是观察，因为他几乎能看见小草在恢复生机。这屋子、这座小城和这个州都不是他的家，他离开时不会回头看，也不会有任何留恋，但看着自己的劳动成果，他还是产生了某种主人的自豪感。草坪要过几周才需要修整，甚至可以一直让它长到 8 月，反正他耗得起。而等他在外面割草的时候，鼻子上涂着防晒膏，身穿运动短裤和短袖 T 恤（甚至是背心），他就离归属感更进一步了——所谓融入环境。

"洛克里奇先生？"

他望向隔壁，两个孩子——德里克和沙尼斯·阿克曼——站在门廊上，隔着雨幕看他。说话的是男孩："我妈刚做了糖屑曲奇。她叫我问你要不要来几块。"

"听上去很好吃。"比利说。他起身，冒着雨点跑过去。8 岁的沙尼斯抓住他的手，完全没有不好意思的感觉，领着他走进屋里。闻到曲奇刚出炉的香味，比利的肚子叫了起来。

这是个整洁的小屋子，东西摆得很紧凑，一切井然有序。客厅里有上百张带框的照片，钢琴上的那十几张最为显眼。厨房里，科琳娜·阿克曼正在从烤箱里取出烤盘："你好，邻居。给你拿块毛巾擦擦头发吧？"

"不用了，谢谢。雨点没淋到我。"

她笑着说："那就来块曲奇吧。孩子们配牛奶吃。你要一杯吗？想喝咖啡的话，我也有。"

"牛奶就行。给我一口。"

"两杯？"她微笑道。

"刚刚好。"他也微笑。

"请坐。"

他和孩子们坐在一起。科琳娜把一盘曲奇放在桌上："小心，还很烫。给你带回去的在下一批里，戴维。"

孩子们伸手拿曲奇。比利也拿了一块，很甜，很美味："好吃极了。谢谢你，科琳娜。下雨天就需要这个。"

她给两个孩子一人一大杯牛奶，给比利一小杯。她给自己也倒了一小杯，然后和他们一起坐下。雨点敲打屋顶。一辆车发出嘶嘶声经过。

"我知道你的书是最高机密，"德里克说，"但——"

"别边吃边说话，"科琳娜训斥道，"饼干渣喷得到处都是。"

"我没有。"沙尼斯说。

"没说你，你很对，"科琳娜说，然后斜着看了比利一眼，"你很好。"

德里克对语法毫无兴趣："但能告诉我一点吗？里面有没有血？"

比利想到鲍勃·雷恩斯向后飞出去，想到他妹妹的肋骨全都断了（是的，没有一根完整的），胸部塌陷。"不，没有血。"他咬了一口曲奇。

沙尼斯伸手去拿第二块。"第二块了，"她母亲说，"还可以再吃一块。德里克，你也是。剩下的归洛克里奇先生。还要留一些，你们知道爸爸喜欢吃。"她对比利说："贾迈勒每周工作 6 天，能加班就会尽量加班。我们都去上班的时候，法齐奥夫妇会帮忙看着两个小的。这附近算是个好社区，但我们希望能搬个更好的地方。"

"往上爬。"比利说。

科琳娜笑着点点头。

"我不想搬家，"沙尼斯说，然后以儿童那种迷人的庄重语气说，"我在这里有朋友。"

"我也是，"德里克说，"哎，洛克里奇先生，你会玩《大富翁》吗？我和沙尼斯想玩，但两个人玩傻乎乎的，老妈又不肯玩。"

"没错，老妈就是不肯玩，"科琳娜说，"全世界最无聊的游戏。晚上拉着你们的老爸玩吧。他会答应的，只要他不太累。"

"那还有几个小时呢，"德里克说，"我现在很无聊。"

"我也是，"沙尼斯说，"要是我有手机，就可以玩《小鸡过马路》了。"

"明年吧。"科琳娜说，看着她翻白眼的表情，比利知道女孩恳求母亲买手机已经有段时间了，也许5岁时就开始了。

"你玩吗？"德里克问，但没抱太大的希望。

"玩，"比利说，然后俯身探过桌子，盯着德里克·阿克曼的眼睛，"但我必须警告你，我很厉害，而且我玩就是为了赢。"

"我也是！"德里克顶着牛奶胡子笑着说。

"我也是！"沙尼斯也说。

"我不会因为我是大人而你们是孩子就让着你们，"比利说，"我会用出租房产打垮你们，然后用旅馆干掉你们。既然我们要玩，那丑话就必须说在前面。"

"好的！"德里克说着跳了起来，险些碰翻没喝完的牛奶。

"好的！"沙尼斯也叫道，跟着跳了起来。

"要是我赢了，你们不会哭鼻子吧？"

"不会！"

"不会！"

"好的。我们都别忘记这句就行。"

"你确定？"科琳娜问他，"那个游戏，我发誓一盘能从早玩到晚。"

"我摇骰子就不会。"比利说。

"我们去地下玩。"沙尼斯说，再次抓住他的手。

地下的房间和比利屋子的地下室一样大，但有一半是男人的游乐场。贾迈勒把那块区域打造成了工作区，工具挂在墙边钉板上。工作区还有一把电动锯子，比利赞许地注意到一个带锁的罩子罩住了开关按钮。另一半房间属于两个孩子，玩具和涂色书扔得到处都是。有一台小电视机，连着使用卡带的廉价游戏机，比利估计这是前院大甩卖时买的破烂。桌游的盒子堆在一面墙边。德里克取出《大富翁》的盒子，把棋盘放在儿童桌上。

"洛克里奇先生太大了，坐不进我们的椅子。"沙尼斯说，语气惊慌。

"我就坐在地上。"比利搬开一把椅子，坐在了地上。桌子底下的空间刚好容纳他盘起来的双腿。

"你选哪个棋子？"德里克问。"只有我和沙尼斯的时候，我总是选跑车，但你想要就让给你好了。"

"我无所谓。沙尼斯，你喜欢哪个？"

"顶针，"她说，然后又不太情愿地说，"除非你想选。"

比利选了礼帽。游戏开始。40分钟后，再次轮到德里克的时候，他向母亲求救："老妈！给我个建议！"

科琳娜走下台阶，双手叉腰站在棋盘前，打量局势和资金的分布情况："虽然不想说你们两个小崽子有麻烦了，但你们两个小崽子确实有麻烦了。"

"我提醒过他们的。"比利说。

"德里克，你想问我什么？不过别忘了，你的老母亲当年连'家庭经济学'都只是勉强过关的。"

"好的，我的问题是这样的，"德里克说，"绿色的他占了两个，太平洋和宾夕法尼亚，但南卡罗来纳在我手上。洛克里奇先生说他愿意出 900 块，是我买入价的三倍，但是——"

"但是什么？"科琳娜问。

"但是什么？"比利也问。

"但是那样一来，他就可以把住宅建在绿色区域了，而且他已经在公园和散步道建了旅馆！"

"所以？"科琳娜问。

"所以？"比利也问，他在坏笑。

"我要上厕所，再说我反正也快破产了。"沙尼斯说着站起来。

"亲爱的，你不需要说你要上厕所。只需要说你要出去一下就行。"

沙尼斯的矜持语气还是那么动人："我要去补个妆，可以吗？"

比利发出一阵大笑，科琳娜和他一起笑。德里克不为所动，他忙着研究棋盘，最后抬头看母亲："卖还是不卖？我快没资金了！"

"这就是所谓霍布森的选择，"比利说，"意思是你必须在冒险和退缩之间选一个。但是我告诉你，德里克，我看无论怎么选，你都输定了。"

"宝贝儿，我觉得他说得对。"科琳娜说。

"他运气真的很好，"德里克向母亲抱怨道，"他中了免费停车，然后挣的钱全归他，那是好多钱啊。"

"而且我很厉害，"比利说，"承认吧。"

德里克皱起眉头，但没能坚持多久。他举起印着绿色条纹的契约："1200。"

"成交！"比利叫道，把钱递给他。

20 分钟后，两个孩子都破产了，游戏结束。比利爬起来，膝盖响了两声，孩子大笑。"你们输了，所以收拾棋盘的活是你们的，对吧？"

"老爸也是这么玩的，"沙尼斯说，"不过有时候他让我们赢。"

比利凑近她，笑着说："我可不会那么做。"

"大坏蛋。"她说，然后捂着嘴咯咯笑。

丹尼·法齐奥蹦蹦跳跳地跑下楼梯，他身穿黄色雨衣，雨鞋没扣好，像漏斗似的张着口："我能玩吗？"

"下次吧，"比利说，"我有个规矩，每个周末只欺负你们一次。"

他们又互相取笑了一阵，三个孩子也许会称之为互黑，但他突然看见了他们家的拖车，烤焦的曲奇扔得烤炉前满地都是，鲍勃·雷恩斯胳膊上的石膏砸在凯西的侧脸上，玩笑顿时变得不好笑了。孩子笑是因为对他们来说确实很好笑。他们没人见过自己的妹妹被一个喝醉酒的烂人活活踩死，那家伙的胳膊上有个褪色的美人鱼文身。

回到楼上，科琳娜给他一袋曲奇说："谢谢你能在一个大雨天逗得他们那么开心。"

"我也很开心。"

他过得很开心。直到最后那一刻。回到家，他把曲奇扔进了垃圾桶。科琳娜·阿克曼是个出色的烘焙师，但他现在想到吃曲奇就难过，连看见曲奇都觉得无法忍受。

6

周一，比利去见租房中介，他的办公室离 658 号只有三个街区，就开在那个可怜巴巴的小购物中心里。默顿·里克特的中介所是个临街铺面，只有两个房间，左边是美黑馆，右边是快活罗杰文身店。中介所门前停了一辆很旧的蓝色 SUV，车身一侧是贴纸店标（里克特地产），另一侧有一条长长的划痕。他漫不经心地扫了一眼多尔顿·史密斯煞费苦心伪造的推荐信，然后把它们连同租房合同一起塞给比利。需要比利签字的地方已经用黄色标出来了。

"你也许会觉得有点超出市场价，"里克特说，像是听见了比利的抗议，"你大概是对的，但只超出了一点点，因为带家具和无线网络。而且下午6点前路边禁止停车，所以有车道是真的很方便。当然了，你必须和詹森一家合用——"

"我打算大多数时候把车留在市政停车库。我需要锻炼一下。"他拍拍假肚子。"租金确实有点高，但我想要那地方。"

"都还没看过呢。"里克特惊讶道。

"詹森太太说了很多好话。"

"啊哈，我懂了。那么，我们就算签约了？"

比利在表格上签字，然后签了多尔顿·史密斯的第一张支票：第一个月和最后一个月的租金，还有一笔高得离奇的押金，除非那里的厨具是All-Clad[1]的，餐具是里摩日的，灯上都有蒂凡尼的灯罩。

"做IT的，对吧？"里克特说，把支票收进办公桌抽屉。他把标着"钥匙"的信封从桌上推给比利，然后在古旧的个人电脑上敲敲打打，阵势好似电脑是一条老狗，它派不上什么用场，但总是在你身边转悠。"这破玩意儿太难搞了，我倒是需要人帮忙看看。"

"我下班了，"比利说，"不过我可以给你个建议。"

"什么？"

"换台新的，免得资料丢个精光。水电煤和有线电视都算进去了吗？"

里克特笑得像是在给比利颁奖："没，老弟，那些都是你自己出。"然后里克特向他伸出手。

---

1 美国高端厨具品牌。

租约显然是从网上下载的模板，打印前填上了本地的细节，比利当然可以问里克特他到底做了什么来挣这份佣金，但他在乎吗？一点也不。

7

比利很想回去写他的故事（称之为写书似乎为时过早，再说他未必真有写完的那个运气），但他还有其他事情要做。周二银行开门后，他去南方信托银行从戴维·洛克里奇的账户里取了些活动经费。他去了三家不同的连锁店，又用现金买了三台笔记本电脑，全都是 AllTech 这种便宜杂牌。他还用多尔顿·史密斯的一张信用卡买了台便宜的普通电视。

待办清单上的下一项是租车。他没有使用戴维·洛克里奇的停车库，而是把丰田停在了市区另一头的一个车库里，因为他不希望被杰拉尔德塔的任何人见到他打扮成多尔顿·史密斯的样子。虽然被看到的可能性微乎其微，因为白天的这个时间，工蜂应该都在蜂巢里忙碌，但拿微乎其微的可能性冒险就是犯傻。很多人就是这么被逮住的。

他戴上假发、眼镜、小胡子和大肚子，叫了辆优步，请司机送他去市区西面的麦考伊福特专营店。他租了一辆福特蒙迪欧，租期 36 个月。经销商提醒他，假如一年的里程数超过 10500 英里，就要付一笔相当可观的超里程费用。但比利觉得福特蒙迪欧的里程数都不一定会超过 300 英里。重点在于，尼克知道比利开什么车，而现在多尔顿·史密斯有了一辆尼克不知道的车。这是个预防措施，防止尼克在动什么坏心思，但还有其他作用。它能把多尔顿·柯蒂斯·史密斯与即将在法院台阶上发生的事情区隔开，确保他的清白。

比利把新车停在旧车旁（换了个停车库，但同样是高层和盲点），但时间很短，只够他把电视和新买的三台电脑搬到福特蒙迪欧上，还有他昨晚塞进丰田后备厢的便宜手提箱。手提箱里塞满了沃尔玛的便宜衣服。他开着福特蒙迪欧来到皮尔森街 658 号，把车停在车道上。所谓车道，只是一小段柏油地面，中间的缝隙生长着野草。他希望詹森太太能看见他搬进来，他的希望没有落空。

多尔顿·史密斯有没有发现她在二楼的窗口往下偷看呢？比利的结论是没有。多尔顿是个电脑宅，沉浸在自己的世界中。他气喘吁吁地拎着两个行李箱走到大门口，用新拿到的钥匙开门。向下走 9 级台阶，他来到了多尔顿·史密斯的新公寓门口，用另一把钥匙开门。开门进去就是客厅。他把行李扔在工业量产的地毯上，在公寓里转了一圈，仔细查看 4 个房间（算上卫生间就是 5 个）。

里克特说装修很好。这当然不是真的，但装修也不算差，更合适的说法是普普通通。床是双人床，比利躺下的时候虽然嘎吱作响，但也没有弹簧硌人，这算是个加分项。有一把安乐椅，前面的桌子显然是用来放小电视的，就是他在折价电器行买的那种机型。椅子挺舒服，但斑马纹难看得能让人做噩梦，回头他要找东西盖上。

总体来说，他喜欢这地方。他走到一扇窄窗前，窗户的高度和草坪平行，比利觉得自己像在用潜望镜往外看。不知为何，这里让他感觉很安逸。他喜欢米德伍德的邻居们，尤其是隔壁的阿克曼一家，但他觉得他更喜欢这地方。这里让他感觉到安全。客厅里有一张旧沙发，看上去也很舒服，他决定把它搬到斑马纹椅子现在的位置上，这样他就可以坐下来看外面的街道了。人行道上的路人也许会看这座屋子，但大部分人不会看地下室的窗户，因此也就不会发现他在看他们了。这是个巢穴，他心想，假如我不得不潜入地下，那我就应该躲在这里，而不是威斯康星的什么安全屋。因为这地方它真的在地——

背后响起了轻轻的敲门声，事实上更接近于咔嗒一声。他转过身，看见詹森太太站在他没有关上的门口，正在用手指甲扣门。

"你好，史密斯先生。"

"呃，好。"多尔顿·史密斯的声音比戴维·洛克里奇和比利·萨默斯的声音略尖一点，带一丝气音，或许有点哮喘的意思。"正好碰上我搬进来，詹森太太。"他指了指手提箱。

"既然我们要当邻居了，你就叫我贝弗利好了。"

"好的，谢谢。叫我多尔顿。不好意思，没法请你喝杯咖啡什么的，还没安顿下来——"

"完全理解。搬家很累人，对吧？"

"那当然。好在我经常跑来跑去，所以没多少东西。我见过的汽车旅馆不计其数。这周在内布拉斯加利福尼亚的林肯过了大半周，然后是奥马哈。"比利早已发现，你撒谎说你出差去了规模和重要性在经济结构中占次要地位的城市，人们总是会相信你。"我还有几件东西要搬进来，所以不好意思……"

"需要帮忙吗？"

"不用了，我可以的。"然后，他像是重新想了想，"既然……"

他们来到福特蒙迪欧旁。比利请她搬三台崭新的电脑。她把三个盒子抱在怀里，看上去像是送比萨的外卖员："天哪，我可千万别弄掉了，它们都是崭新的，肯定值一大笔钱。"

只值 900 块，但比利没有打消她的误解。他问会不会太沉了。

"没事。还不如一筐湿衣服重呢。你要把这几台全支起来吗？"

"对，等我把电源接好，"比利说，"我的业务就是这么做的。至少一部分是。我以做外包为主。"外包属于听上去很厉害但很难说是什么意思的那种词。他把装电视机的盒子抱起来。两人沿着步道走到敞开的门口，进去后下楼梯。

"安顿好了就上来坐坐，"贝弗利·詹森说，"我会煮一壶咖啡。还可以请你吃个甜甜圈，只要你不介意是昨天的。"

"我永远不会拒绝甜甜圈。谢谢你，詹森太太。"

"贝弗利。"

他微笑道:"对,贝弗利。还有个箱子要搬,然后我就上去找你。"

布基把比尔标着"安全措施"的箱子寄给了他,里面有多尔顿·史密斯的苹果手机,搬完车里的东西后,比利用它打了几个多尔顿·史密斯该打的电话。然后,他来到詹森家在二楼的住所,喝咖啡吃甜甜圈,一脸专注地听着贝弗利讲述她丈夫和上司的办公室纠纷,这时他的新家通电了。

他的地下巢穴。

8

他在 658 号待到下午,把行李箱里的便宜衣服取出来挂好,启动便宜电脑,去 1 英里外的布鲁克夏尔超市购物。除了黄油和一打鸡蛋,他没买任何易腐烂的食物。他买的主要是些能长期保存的东西:罐头和冷冻餐。下午 3 点,他开着租来的福特蒙迪欧回到停车库四层,确定没人在看之后,他摘掉眼镜、假发和小胡子。取下假孕肚是个巨大的解脱,他发现他必须买点爽身粉,免得身上起痱子。

他开着丰田回到一号停车库,下车走回杰拉尔德塔 5 楼。他没有继续写他的故事,也没有在电脑上玩游戏。他只是坐在那里思考。办公室里没有步枪,最致命的武器只是小厨房抽屉里的一把水果刀,但这不重要。他很可能过几周,甚至几个月才会需要枪。暗杀也许根本不会发生,这样的话有什么不好吗?从钱的角度说当然不好,他会失去 150 万。至于已经支付的 50 万,尼克担任其中间人的买凶主顾会要求退款吗?

"那就祝他好运吧。"比利说,放声大笑。

9

比利拖着沉重的脚步走回停车库，脑子里在思考重婚罪。

他一次婚都没结过，更别说同时和两个女人保持婚姻状态了，但现在他能想象那会是一种什么体验。简而言之，让人疲惫。他现在过的可不只是双重生活，而是三重。对尼克和乔治（还有他非常讨厌的肯·霍夫）来说，他是名叫比利·萨默斯的雇佣枪手。对在杰拉尔德塔工作的人来说，他是想当作家的戴维·洛克里奇。对米德伍德常青街的住户来说也是。而在杰拉尔德塔9个街区外的皮尔森街（与米德伍德隔着4英里的安全距离），他名叫多尔顿·史密斯，是个超重的电脑宅。

说起来，他甚至还有第四重身份呢：本吉·康普森，他和比利的差异刚好足以让比利审视他通常不敢回想的痛苦记忆。

他相当确定（不，百分之百确定）他用来写本吉故事的笔记本电脑受到了监控，他之所以要坚持写作，首先是因为这是个挑战，也是因为这个任务是传说中的最后一单，但现在他明白了，其中还有一个更深层次、更真实的原因：他希望被阅读。随便什么人都行，哪怕是像尼克·马亚里安和乔治·皮列利这样的拉斯维加斯歹徒。现在他明白了——他以前并不知道，甚至没有考虑过——任何希望公开发表作品的作家都是在追求危险。这是诱惑的一部分。看着我，我在向你展示我的本质，我已经脱掉了衣服，我在袒露自我。

他走向停车库的大门，深陷于这些念头之中，忽然，他感觉到有人拍拍他的肩膀，吓了他一跳。他转身，发现是会计所的菲莉丝·斯坦诺普。

"对不起，"她说，后退一步，"我没想吓唬你的。"

她在他失去戒备的瞬间见到了什么吗？他的真实本质一闪而过？所以她才向后退了一步？有可能。就当是这样好了，他用轻松的笑容和绝对的事实来消除影响："没事。我飞到 100 万英里外去了。"

"在想你的故事？"

在想重婚罪。"正是如此。"

菲莉丝和他并排而行。她的手包挎在肩膀上。她还背着一个海绵宝宝的儿童书包，把咔咔鞋换成了白袜子和运动鞋。"今天吃午饭的时候没看见你。你在房间里吃的？"

"我出去走了走。还没完全安顿下来。顺便和我的经纪人聊了好一会儿。"

他确实和乔治聊了聊，但时间并不长。尼克已经返回拉斯维加斯，而乔治住进了超级豪宅，他带来了两个新人，名叫雷吉和达那。比利不认为尼克和乔治在轮流盯着他，但这是他们接到的大单子，他们要是疏忽大意，比利反而会吃惊——甚至震惊。他们有可能在盯着的肯·霍夫——等着被推上刑场的替罪羊。

"还有，作家哪怕不坐在座位上，也还是在工作。"他用手指点了点太阳穴。

她回应他的微笑，她笑得很好看："我打赌作家都这么说。"

"事实上，我有点卡住了。"

"也许是还没适应环境。"

"也许吧。"

他不觉得他真的卡住了。写完第一个场景之后，他还没怎么动笔，但其他的内容已经呼之欲出，在等着被写出来。他想一吐为快。这对他来说很有意义。写作不像是在写日记，也不是在和一段从许多方面来说都留下了创伤的压抑生活讲和，更不是在忏悔——尽管或许也算是一种忏悔。关键在于力量。他终于摸到了一种并非来自枪口的力量。就像他从新公寓与地面齐平的窗口见到的景象，他喜欢这种感觉。

"总之，"来到停车库门口的时候，他说，"我打算定下心来了。从明天开始。"

她挑起眉毛:"明天有果酱,昨天有果酱——"

他应和道:"但今天绝不会有!"两人一起说完。

"总之,我等不及想读到了。"他们走上斜坡。离开街上仿佛锤击的阳光,停车库里凉爽宜人。她走到第一个拐弯就停下了。"我的车。"她按了下钥匙扣,一辆蓝色普锐斯的车尾灯亮了亮。车牌左右各有一张保险杠贴纸——"我们的身体,我们的选择"和"相信女性"。

"贴这些当心被钥匙划车,"比利说,"这可是个红州。"

她举起手包,露出一个与她和他打招呼时迥然不同的笑容,这个笑容更像血手哈里[1]的表情:"这个州也允许隐蔽持枪,所以谁敢来划我的保险杠贴纸,那就最好被我碰见。"

表演的成分是不是大了一点?这个娇小的会计师张牙舞爪,演给她也许感兴趣的男人看?有可能是,也有可能不是。无论如何,他都佩服她敢于表达内心的信念,还有她的勇气。这是好人应有的行为,至少是人在表现自己最好的一面时的行为。

"好了,我们办公室再见吧,"比利说,"我比你高几层。"

"没找到离地面更近的?不会吧?"

他可以说他今天来得太晚了,但这么说也许会被反噬,因为他总是停在四层。他用大拇指指了指上面:"被人撞了就跑的可能性更小。"

"或者被人用钥匙划保险杠贴纸?"

"我没贴,"比利说,加上一个绝对的事实,"我喜欢隐藏自己。"然后,一时冲动之下(他这个人很少会被冲动掌控),他说了他向自己保证一定不会说的话:"找个时间喝一杯,有兴趣吗?"

"有。"毫不犹豫,就好像她一直在等他这么问她。"周五怎么样?两个街区外有个好地方。我们可以各付各的。我和男人喝一杯从来都

---

1 美国电影里的经典硬汉。

094

各付各的。"她顿了顿，"至少第一次是的。"

"似乎是个好规矩。一路安全，菲莉丝。"

"菲莉丝。叫我菲莉丝。"

他朝她的车尾灯挥挥手，然后走完剩下的路，一直爬到四层。停车库有电梯，但他想步行。他想问自己，你刚才他妈的为什么要那么做？还有，你为什么要陪德里克和沙尼斯·阿克曼玩《大富翁》，尤其是他知道他们本周末肯定会想再玩一盘，而他很可能会答应？友好但不过分亲近的原则去哪里了？你上了前台演戏，又怎么能成为背景板的一部分呢？

简单的答案是不可能。

第6章

1

夏日一天天过去。突如其来的雷暴偶尔打断阳光灼人的湿热日子,有些雷暴过于凶残,仿佛夹着冰雹。还有两次龙卷风,但都在城郊,没到市中心或米德伍德。暴风雨过去后,街道会变得热气腾腾,然后很快被晒干。杰拉尔德塔顶上几层的大多数公寓都空着,要么是空置,要么是房客去了更凉爽的地方离开了这里。商务楼层基本上都租出去了,因为大部分办公室租给了刚成立不久的公司,它们还在挣扎着寻找立足点。有些公司的成立时间甚至不到两年,例如和比利的办公室在同一条走廊的律师事务所。

比利和菲莉丝·斯坦诺普去喝他们约好的那杯酒,酒吧环境宜人,镶着木墙板,旁边是一家餐厅,比利猜测那是雷德布拉夫比较高档的餐厅之一,牛排是店里的特色菜。她喝威士忌兑苏打水(她说这是"我老爸爱喝的小酒")。比利喝阿诺德·帕尔默,解释说写书这段时间他不碰酒精,包括啤酒。

"我不知道我算不算有酒瘾,还不好判断,"他说,"但我因为喝烈酒惹过一些麻烦。"他讲了一遍尼克和乔治给他编的背景故事:在新罕布什尔州的家里喝得太多，交了太多的狐朋狗友。

他们度过了颇为愉快的半个小时，但他感觉到她对他的兴趣（超过友情而言的兴趣）不像他原本期待的那么强烈。他猜这是因为两人杯中物之间的鸿沟。你喝威士忌，旁边的男人喝冰茶兑柠檬水，这和单独喝酒毫无区别；另外，也许（她灌下酒杯里的东西，面颊飞快地变得绯红，这说明很可能确实如此）菲莉丝本人也在喝酒上有问题，或者在未来几年内将会成为问题。事情变成这样当然不好，他不介意和她上床，但保持友好确实降低了闹出是非的可能性。他不可能完全融入她的生活——对他们两人来说，她也一样不可能融入他的生活——但反过来想，鉴证人员也不会在她的卧室里找到他的指纹了。这很好，对双方都好。即便只是这么近，仅仅交换一下人生经历（她的是真实的，他的是伪造的），也过于亲密了，他很清楚这一点。

多尔顿·史密斯的背景故事里不包括饮酒问题，因此他可以和贝弗利的丈夫在皮尔森街 658 号的后门廊上喝瓶啤酒。唐·詹森为一家名叫"生长关怀"的园林公司工作。他和宾夕法尼亚大道 1600 号的另一个唐[1] 臭味相投，他在移民问题上尤其赞同另一个唐（他说："我可不想看见美国被涂成棕色。"），尽管生长关怀公司的很大一部分劳动力由不会说英语的非法移民构成（他说："但他们会说救济饭票。"）。比利指出这两者之间的矛盾时，唐·詹森表示不屑一顾（"电影明星起起落落，但湿背佬是永恒的。"他说。）。他问比利接下来要去哪里，比利说要去艾奥瓦市待两周，然后是得梅因和埃姆斯。

"那你在这里待不了多少时间，"唐说，"明摆着是浪费租金嘛。"

"夏天我总是比较忙。再说我也需要有个地方歇歇脚。到秋天你就会经常见到我了。"

---

1 指特朗普，Don 也可作为对大人物的尊称。

"我要为此喝一杯。再来个啤酒？"

"不了，谢谢，"比利说着站起身，"我还有工作要做呢。"

"死宅。"唐说，亲昵地拍了他后背一巴掌。

"证据确凿。"比利说。

回到常青街，拉格兰夫妇（保罗和丹尼丝）请他去后院烤鸡肉串。甜点是丹尼丝自己做的草莓水果酥饼。很好吃，比利又要了一份。法齐奥夫妇（皮特和戴安娜）请他周五晚上去吃比萨，他们在地下娱乐室吃饭，他和丹尼·法齐奥还有街对面阿克曼家的两个孩子一起看《夺宝奇兵》。比利和凯西曾经去老珠宝电影院看过第三轮放映，他们当时看得很开心，现在这两个孩子也很开心。贾迈勒·阿克曼和科琳娜·阿克曼请他去吃墨西哥夹饼和巧克力丝绒派。很好吃，比利又要了一份。他体重长了5磅。他不希望别人觉得他是吃白饭的，于是去沃尔玛用戴维·洛克里奇的信用卡买了烤架，然后请他们三家人和住在街区另一头的简·凯洛格来他家后院烤汉堡和热狗。后院和前院一样，正在他的监督下迎来美妙的复兴。

周末玩《大富翁》游戏成了惯例，参与者不光是常青街的这几个孩子，整个住宅区的孩子都被吸引来了，所有人都想把冠军拉下宝座，而他们每一个都被比利打得落花流水。一个周六，贾迈勒·阿克曼在棋盘前坐下，宣称他要选跑车。（"来吧，美国白人。"他笑嘻嘻地对比利说。）他比孩子们稍微厉害一点，但程度也有限。70分钟后，他破产了，比利得意扬扬。学校开学前的最后一个周六，科琳娜终于战胜了他。比利承认破产的时候，在旁边瞎出主意的孩子们掌声如雷，比利也跟着鼓掌。科琳娜鞠了一躬，对着棋盘拍照，而比利小心翼翼地避开。其实没这个必要的，现在是手机拍照的时代，德里克的手机里肯定有他。丹尼·法齐奥的手机里多半也有。阿克曼家的孩子一边鼓掌，一边眼泪汪汪地看着比利。每周的《大富翁》对德里克和沙尼斯来说已经变得很重要，尽管对其他孩子来说《大富翁》也很重要，但对他们来说尤其如此，因为周六竞赛就是在他们的眼前开始的。他对他们来说已经变得很重要，而他正在让他们失望。他不认为（或者说，不能或不愿认为）他杀死乔尔·艾伦会伤透他们的心，但他知道他们会感到震惊。幻灭，就像德式镜头。他可以安慰自己，这种事迟早会发生，就算不是我，也会有其他人（事实如此），但这不能洗清他的罪孽。这不是好人会做的事情。可惜形势不由人。他越来越希望艾伦能使引渡令失效，或者在拘留所被杀，或者干脆逃之夭夭，从而让所有的准备都付诸东流。

　　工作日，只要天气不太热，他就在杰拉尔德塔门前的小广场上吃饭。他给自己定了一项任务，就是和喜欢穿奇装异服的科林·怀特搞好关系。结果，他发现怀特不是那种特别符合刻板印象的同性恋，而是个真正的开心果，就像从 20 世纪 80 年代情景喜剧里蹦出来的搞笑角色。他会用气音说话，会做夸张的手势，会翻"苍天哪"的那种超大号白眼。他叫比利"亲爱的"和"甜心"。然而，等比利适应了这一切之后，他发现这是个机智过人的男人，脑子特别灵光。不翻白眼的时候，他的眼睛既锐利又机警。等比利办完事后，肯定会有很多人描述戴维·洛克里奇，其中一些（比如菲莉丝·斯坦诺普的）证词会很详尽，但比利认为这位老兄会提供最准确的描述。他打算利用科林·怀特，但也要留一个心眼。比利有他的愚钝化身；他认为科林·怀特也有个傻蛋浑球化身。只有一个化身才能认出另一个。

　　一天中午，他们坐在小广场寥寥无几的阴凉长椅上，比利问科林他怎么能忍心逼迫人们掏出口袋里的最后几块钱，而他本质上——你就承认吧——为人很好，更不用说性取向比盘山公路还要弯了。科林单手托腮，瞪大眼睛，天真无邪地看着比利，然后说："嗯……我怎么说呢……会变身。"他的手放下去，悦目的笑容（几不可查的一抹润唇膏为之增色）消失了。纯洁少女般的表演同时结束。娇弱的科林·怀特（今天身穿他金色的伞兵裤和腰果花图案的高领衫）喉咙里发出的声音属于一个被激怒的律师。

"女士，我不知道你这是想跟谁软磨硬泡，但我不吃这一套。你逾期不是一天两天了。你是不是不想要你的车了？因为我告诉你，要是挂电话的时候，除了你的保证我什么都没得到，我下一个电话就要打给我们的回收公司了。你爱哭就哭吧，这一套我同样不吃。"他听上去是要来真的，"接下来的10分钟里，我要60块钱出现在我的屏幕上。最少也要50，这还是因为今天早上我起床的时候心情特别好。"

他停下了，瞪大眼睛（淡淡的一丝眼线为之增色）看着比利："对你的理解有所帮助吗？"

确实有所帮助。但没能帮助比利理解科林·怀特究竟是好人还是坏人，也许两者都沾点边。比利一向觉得这是个令人烦恼的概念。

2

那个夏天，他时常在戴维·洛克里奇的手机上收到"经纪人"的短信，有时候每周一次，有时候两次。

乔治·鲁索：你的编辑还没找到机会读你最近交的那几页。

乔治·鲁索：我打电话给你的编辑，但他不在办公室。

乔治·鲁索：你的编辑还在加利福尼亚。

还有许多，不一而足。他在等的那条是"你的编辑想出版"，意思是加利福尼亚法官已经批准了引渡艾伦。一旦比利收到这条短信，他就要开始最后的准备工作了。

乔治的最后一条短信会是：支票在路上了。

3

8月中旬，尼克从拉斯维加斯回来了。他打电话给比利，请他天黑后来一趟超级豪宅，其实比利并不需要他特地这么叮嘱的。9点半，他们坐下，开始吃迟到的晚餐。没人帮忙——尼克亲自做饭，做的是帕尔玛干酪小牛肉，谈不上出色，但黑皮诺葡萄酒非常好。比利只喝了一杯，提醒自己他还要开车回家。

猫王弗兰奇、保利和新来的雷吉与达那一同列席。他们对这顿饭赞不绝口，连甜点也不放过，尽管那只是超市买的磅蛋糕，上面挤了些奶油当装饰。比利熟悉那个味道，他小时候在斯特帕尼克家的周五晚餐上吃过不少，他、罗宾和加兹登（还有其他杂七杂八的落难者）管那座屋子叫"永远在刷漆之家"。

最近他经常想起那地方，还有罗宾。他曾经为那女孩疯狂。他很快就要写到她了，不过他会给她改个读音接近的名字。丽琪，或者龙尼。他会改掉所有人的名字，也许只有那个独眼女孩除外。

尼克大部分手下（比利在脑海里管他那伙人叫"拉斯维加斯硬点子"）的名字都以 ie 结尾，就像科波拉或斯科塞斯电影里的角色。达那·爱迪生是个例外。他一头红发，后脑勺扎了个小发髻，用来弥补前面的缺憾——他的脑门看上去像是飞机跑道。猫王弗兰奇、保利和雷吉都是肌肉发达的壮汉。达那身材瘦削，从一副无框眼镜背后窥视世界。乍看之下，你会觉得他胆小如鼠，是个无害的人，但他的镜片背后却是一双冷酷的蓝眼睛。枪手的眼睛。

"还没艾伦的消息？"酒足饭饱之后，比利问。

"说起来，还真有呢，"尼克答道，然后对保利说，"别给我点那个熏死人的鬼玩意儿，租约里有禁止吸烟的条款。一旦违反就立即终止合同并罚款1000块。"

保利·洛根刚从粉红色保罗·斯图亚特衬衫的口袋里掏出一支方

头雪茄，他看着雪茄，像是不知道这东西是从哪里冒出来的。他把雪茄放回口袋里，嘴里嘟嘟囔囔地道歉。尼克转回去对着比利。

"艾伦会在劳动节[1]后的第一个周二出庭。他的律师会继续申请推迟判决。能成功吗？"尼克举起双手，掌心向上，"有可能，但洛杉矶的朋友说这次的法官是个暴躁的老娘们。"

弗兰克·麦金托什放声大笑，尼克皱起眉头瞪他，他连忙停下，交叉双臂抱在胸前。整个晚上，尼克的情绪都很糟糕。比利认为他想回到拉斯维加斯，听昔日明星（弗兰基·阿瓦隆，或者鲍比·雷德尔）演唱《飞翔》。

"他们说今年夏天这里雨水很多，比利，是真的吗？"

"下下停停吧。"比利说，想到他在米德伍德的草坪，那里现在一片翠绿，仿佛刚换过台呢的台球桌。就连皮尔森街658号屋前的草坪也更好看了，蓬勃生长的野草淹没了街对面火车站犬牙交错的残骸。

"但一下就铺天盖地的，"雷吉说。"和拉斯维加斯不一样，老大。"

"要是下雨，你能打中目标吗？"尼克问，"我想知道的是这个。我想听实话，不是乐观主义的屁话。"

"能，除非天上下刀子。"

"好，很好。那就希望刀子都待在家里吧。比利，和我去图书室坐一坐。我想再和你聊几句。然后你就回家睡你的美容觉吧。你们几个，该干啥干啥去。保利，就算出去抽那鬼玩意儿，明天也别被我在草坪上捡到烟头。"

"好的，尼克。"

"因为我会去检查的。"

保利·洛根和拉斯维加斯来的三个人鱼贯而出。尼克领着比利来

---

1 美国的劳动节是每年9月的第一个周一，用以庆祝工人对经济和社会的贡献。劳动节的到来也意味着夏季的结束，同时也是举行派对、聚会和体育盛事的时间。

到一个从地板到天花板放满书的房间。小聚光灯从巧妙的角度把一道道光束打在皮革装订的套装书上。比利很想看看书架上都有什么好东西（他非常确定他看见了吉卜林和狄更斯的全集），但尼克认识的那个比利不会去做这种事。尼克认识的那个比利坐进一把翼形椅，瞪大眼睛看着尼克，尽量扮演一个聆听教诲的好学生。

"你在周围见过雷吉和达那吗？"

"嗯，偶尔。"他们开一辆公共工程部的厢式货车。有一次他们把车停在杰拉尔德塔门口，就是快餐车每天中午来报到的那个位置，然后两个人下车摆弄窨井盖。还有一次他在荷兰街上看见他们跪在地上，用手电筒往阴沟格栅里照。他们身穿灰色连体工作服，头戴本市的宣传棒球帽，脚蹬工装靴。

"你还会见到他们的。他们的样子过得去吗？"

比利耸耸肩。

尼克报以一个不耐烦的眼神："这是什么意思？"

"他们的样子过得去。"

"没有吸引特别的关注吧？"

"反正我没看见有。"

"好。很好。那辆货车就停在这里的车库里。他们不是每天都开出去，至少现在还没有，但我希望人们能习惯看见他们四处转悠。"

"融入背景。"比利说，愚钝分身挤出他最灿烂的微笑。

尼克比了个手枪的手势指着他。比利知道这是他的注册商标，很可能是从拉斯维加斯的什么酒廊表演里学到的，但即便是被一把假枪指着，比利也觉得心里不舒服。"完全正确。霍夫有没有把枪送来？"

"没有。"

"你见过他吗？"

"没有，也不怎么想见。"

"好吧。"尼克叹了口气，抬起一只手捋头发，"你应该想检查一下武器，对吧？也许去野地里打几枪？"

"也许吧。"比利说，但他不会冒险随便开枪，哪怕在每个停车标志都满是弹孔的彪悍地带也不会。他可以用一个 iPhone 应用和亚马逊上出售的激光装置校准步枪。

尼克坐起来，双手叠放在他体积可观的肚子上。他做出友善而关切的表情，比利觉得这个表情让他显得像个冒牌货。"你在……那里叫什么来着……米德伍德？过得怎么样？"

"对，就是米德伍德。过得挺好。"

"我知道那地方很烂，但酬金值得你忍一忍。"

"对。"比利心想，那个住宅区其实相当令人愉快。

"尽量保持低调？"

比利点点头。尼克没必要知道《大富翁》游戏和他家后院的聚会，还有他和菲莉丝·斯坦诺普喝的那杯酒。无论是现在还是以后都没必要。

"你考虑过我说的脱逃计划吗？因为你也看见了，到时候兄弟们会做好准备的。雷吉不是什么火箭科学家，但达那是个爱动脑子的，而且两个人的车技都很好。"

"我只需要跑到路口拐个弯，对吧？然后直接跳进车厢。"

"对，换上一身市政人员穿的连体工作服。然后你们几个去问警察需不需要帮忙控制人群什么的。"就好像比利已经忘了这些细节。"假如他们说需要——他们多半会拒绝，但万一说需要——你们就去帮忙。总之无论如何，到天黑的时候，你已经离开这个州前往威斯康星州了。也许更早。你觉得怎么样？"

比利想象他没有前往威斯康星州，而是变成了尸体，躺在乡间小道旁的排水沟里，与空啤酒罐和汉堡包空盒做伴。这个画面非常清晰。

他微笑（非常灿烂）说："听上去不错。比我能想到的任何计划都好。"

这当然是胡扯，他认为他想出来的计划非常可靠，无论朝哪个方向扭曲都依然稳固。风险固然存在，但都最小化了。尼克不需要知道他真正的脱逃计划。也许事后他会很生气，但说真的，既然任务已经完成，他还有什么好生气的呢？

尼克起身："那就好。很高兴能帮你一把，比利，你是个好人。"

不，我不是好人，你也不是。"谢谢，尼克。"

"最后一单是吧？你是认真的？"

"认真的。"

"那就过来吧，好兄弟，我们抱一个。"

比利过去和他拥抱。

回黄色小屋的路上他心想，倒不是他不信任尼克，而是他更信任自己。过去如此，以后也会如此。

4

两天后，有人敲响了他的办公套间的大门。比利正在写作，沉浸在部分属于本吉·康普森但主要属于他的过往之中。他存盘，关机，出去开门，来的是肯·霍夫。自从 6 月比利见到他以来，他似乎减了 10 磅体重。他脸上的乱胡子比上次更乱了，也许他依然以为这样会让他像是动作片里的主角，但在比利眼里，他像是一连喝了 5 天酒，今天终于决定缓一缓了。他的口气也露出了端倪，他在嚼薄荷口香糖，但无法掩饰他在来这里的路上喝了一两杯，而此刻是上午 10 点 40 分。他的领带很得体，但衬衫皱巴巴的，一侧从裤腰里出来了一截。这是个到处闯祸的麻烦精，比利心想。

"你好，比利。"

"我叫戴维，忘记了？"

"哦对，戴维。"霍夫扭头看了一圈，确定走廊里没人会听见他的口误，"我能进来吗？"

"当然了，霍夫先生。"这个人从根本上说是他的房东，他可不会对他直呼其名。他让到一旁。

霍夫又扭头看了一眼，这才进门。假如这里是一家真正的商业机构，那他们所在的地方就应该是接待区了。比利关上门："有什么要我做的吗？"

"没有，我挺好。"霍夫舔了舔嘴唇，比利意识到对方很害怕他，"刚好路过，来看情况是不是，你知道的，一切都好。看看你缺不缺东西。"

是尼克派来的，比利心想。为什么要这样做呢？你和比利相处得不好，他是我们的主力干将，所以你去和他搞搞关系。

"只有一个问题，"比利说，"你会确保我需要用的时候，货物肯定在这里，对吧？"他指的是那把M24，霍夫称之为雷明顿700。

"万无一失。我的朋友，保证万无一失。你是现在就要，还是——"

"现在不要。等时候到了，我们的一个朋友会通知你的。在此之前，你找个安全的地方把它放好。"

"没问题。在我的——"

"我不想知道。现在还不是时候。"他心想，就像《马太福音》所说："一天的难处一天当就够了。"他今天想做的是坐回去继续写作。他根本不知道写得顺畅竟然会让人这么快乐。

"好的，没问题。那什么，想不想抽个时间喝一杯？"

"恐怕不是个好主意。"

霍夫微笑。假如这里是他的主场，这个笑容也许会很迷人，但这里不是。和他共处一室的是个雇佣杀手。这是一部分原因，但并不是全部的原因。他觉得自己正陷入困境，但比利不认为这是因为霍夫怀疑自己被当成了替罪羊。他应该知道，但他不知道。也许他只是无法想象，就像比利也无法想象遥远太空中的黑洞是真实存在的事物。

"没关系的。你毕竟是个作家。从社交角度说，你在我的领地上。"

天晓得这是什么意思，比利心想。"事情不会朝好的方向发展的。你当然能回答各种问题，说你根本不知道我到底在这里干什么，但没人来盘问你就更好了。"

"我们是好兄弟，对吧，比利？"

"我叫戴维。你必须习惯这个名字，免得说漏嘴。对，没错，我们是好兄弟，怎么会不是呢？"比利让愚钝化身给他一个瞪大眼睛的天真表情。

卓有成效。这次霍夫的笑容显然更加迷人了，因为他不再边笑边伸出舌头舔嘴唇了："对，戴维，永远都是。我保证再也不会忘记了。你确定你什么都不缺吗？因为，呃，南门商场的卡尔迈克电影院是我的，有9块屏幕，明年就有IMAX了。我可以给你弄一张免票证，你要——"

"那就太好了。"

"交给我吧。今天下午我给你送——"

"叫个快递好了。寄到这里，或者常青街的那个地址。你还记得的，对吧？"

"对，当然。你的经纪人给过我。你知道，大片都是夏天上映的。"

比利点点头，就好像他等不及去看一帮演员穿紧身衣扮超级英雄了。

"还有，戴维，我在一家伴游服务有内线。女孩特别好，非常安全。我很愿意帮——"

"最好还是别了。保持低调，忘记了？"他打开门。霍夫不仅是麻烦，他就是个随时都会发生的意外。

"欧文·迪安对你没问题吧？"

白天在大堂值班的保安。"挺好。我和他有时候赌个一块钱的刮刮乐玩。"

霍夫笑得过于大声了，他再次回头看有没有被人听见。比利心想，不知道肯·霍夫在不在科林·怀特或商业解决公司其他员工的致电名单上——多半不在。肯的债主（他肯定有外债，比利敢打包票）不会打电话催债。他们到时候会直接去你家，把你的狗淹死在游泳池里，按住你不用来签支票的那只手，把手指一根一根拧断。

"好，那就好。史蒂文·布罗德呢？"比利一脸茫然。"大楼管理员。"

"还没见过他，"比利说，"那什么，肯，谢谢你来看我。"比利搂住他皱巴巴的衬衫肩部，把他送进走廊，转向电梯的方向。

"客气什么。关于那件东西，咱就是你的贴心小帮手。"

"那还用说。"

霍夫沿着走廊向外走，就在比利以为终于甩掉了他的时候，霍夫又拐回来了。他不再掩饰眼神里的绝望，压低声音说："我们真的是好兄弟，对吧？我是说，要是我做了什么事，冒犯了你，或者惹你生气了，我道歉。"

"真的是好兄弟。"比利说，心想，这家伙很可能会惹麻烦。但要是他惹了麻烦，最先受害的不会是尼克·马亚里安，而会是我。

"因为我需要这个机会。"霍夫说，依然压低声音。比利闻到了薄荷糖、烈酒和古龙水的气味。"就好像我是四分卫，我的接球手都被盯死了，但忽然出现一个空当，就像变魔术似的，而我——你知道的，我——"

他这个苦苦挣扎的比喻刚说到一半，走廊前方律师事务所的门忽然开了。出来的是吉姆·奥尔布赖特，他走向卫生间。他看见比利，举手致意。比利也举手回应。

"我明白了，"比利说，"一切都会顺利的。"他想不出其他可说的，于是继续道，"达阵就在前方。"

霍夫粲然一笑:"第三次进攻,得分!"他抓住比利的手,精神头十足地摇了摇,然后沿着走廊向外走,努力做出志得意满的样子。

比利一直目送他进电梯,消失在视线外。也许我应该直接逃跑,他心想。用多尔顿·史密斯的身份买辆旧车,然后溜之大吉。

但他知道他不会逃跑,前方的 150 万只是一半原因。在办公室(或者会议室)等他的东西是另一半。也许比一半还多。比利现在最想做的事情不是玩《大富翁》,不是和唐·詹森喝啤酒,不是勾搭菲莉丝·斯坦诺普上床,甚至不是暗杀乔尔·艾伦。他最想做的事情是写作。他坐下,开机。打开他正在写的文件,一头扎进去。

第7章

1

我走向他，对自己说我也许必须再开一枪。要是有必要，我会开的。他是我母亲的男朋友，但他做错了。他似乎死了，但我必须确认一下，于是我舔湿我的手，在他身旁跪下。我把舔湿的手放到他的嘴巴和鼻子前面，要是他还有呼吸，我一定能感觉到。没有，于是我确定他死了。

我知道接下来该干什么，但我先跑到凯西身旁。我怀着希望，但我知道她也死了。她的胸膛整个塌成那样，她不可能没死。但我还是再次舔湿我的手，放在她的嘴巴面前，但她同样没有呼吸。我把她抱在怀里，哭了起来，想到老妈每次去洗衣房上班前说的话：照顾好你妹妹。但我不在乎她。我早该打死那个狗杂种的，这样才是真正的照顾好她。这样也是照顾好我母亲，因为我知道他经常打她，她会嘲笑自己的黑眼睛和破嘴唇，说我们只是在闹着玩，本吉，我不小心打在自己脸上了，就好像我会相信似的。连凯西都不相信，虽然她才9岁。

等我哭够了，我去拿起电话。电话是通的。并不是每天都通，但那天是通的，因为账单付过了。我打 911，接电话的是一位女士。

我说你好，我叫本吉·康普森，我刚刚杀了我母亲的男朋友，之前他杀了我妹妹。女士问我是否确定那男人死了。我说我确定。她说孩子你报一下地址。我说是地平线公路 19 号的山景拖车园地。她说你母亲在家吗。我说不在，她在伊甸戴尔的 24 小时洗衣房，她在那里工作。她说你确定你妹妹死了吗。我说我确定，因为他使劲踩她，她的胸膛整个塌了。我说我舔湿我的手，试过她的呼吸，但完全没有。她说好的孩子，你待在原处别动，警察很快就来。我说谢谢，女士。

你也许会以为枪声一响警察就会来，但拖车园地在城区边缘，经常有人开枪打院子里的鹿、浣熊和旱獭。另外，这里是田纳西州。人们没事干就会开枪，开枪在田纳西州就像是个消遣。

我觉得我听见了什么响动，也许是我妈的男朋友想爬起来逃跑，但我知道他已经死了。我知道他不可能再爬起来，但我想到了我偷偷溜进电影院看的一部电影。我带着凯西一起溜进去的，每到血腥的地方，她就捂住眼睛，后来她做了噩梦，我知道我带上她真的很残忍。我不知道我为什么要带她去。我觉得是人就有残忍的一面，有时候会像血或脓似的冒出来。要是能做到，我宁愿没带她去看那部电影，但我还是会打死我妈的男朋友。他是个坏人，非常坏，杀死了一个没法保护自己的小女孩。我早该杀了他的，哪怕会因此进感化院。

总之，恐怖电影里只有僵尸。他死得像一坨狗屎。我考虑要不要拿块毯子盖住凯西，但想了想还是算了，那么做既可悲又可怕。24 小时洗衣房的号码写在一张纸上，纸贴在电话旁边的墙上。接电话的女士说 24 小时洗衣房，我说我叫本吉·康普森，我有事要找我母亲阿琳·康普森，她负责操作轧干机。她说事情急吗。

我说是的，女士，非常急。她说今天上午特别忙，你的急事能有多急。我觉得她这么问既管闲事又没礼貌，也许只是因为我心情不好，但我不这么认为。我说我妹妹死了，这就是我的急事。她说我的天你确定吗，我说求你了，让我母亲接电话吧。因为我受够了这个管闲事的臭娘们。

我等了一会儿，然后我母亲来接电话，她气喘吁吁，说本吉发生什么了，最好别是什么恶作剧。我心想，假如真是恶作剧，那对我们所有人都好，可惜不是。我说她的男朋友醉醺醺地回家，一条胳膊打着石膏，他打死了凯西，还想杀我，但我开枪打死了他。我说警察正在来的路上，我都能听见警笛声了，所以你快点回家吧，别让他们抓我去蹲监狱，因为不是他死就是我死。

我出门站在拖车外面的台阶顶上，说是台阶，其实只是水泥块，我妈的上一个男朋友，坏男朋友之前的那个，把水泥块垒成了台阶。他叫米尔顿，他还可以。我希望他能留下，但他走了。我妈说，他不想背起照顾两个孩子的负担。好像那是我们的错，好像我们想生下来似的。总之，我站在外面的台阶上，因为我不想和死人一起待在拖车里。我一直问自己，凯西是不是真的死了，我一直告诉自己，是的，她真的死了。

第一批警察来了，我正在告诉他们发生了什么的时候，我妈赶回来了。警察想拦住她，但她还是进去了，她看见凯西就开始尖叫和呻吟，没完没了，于是我捂住了耳朵。另外，我很恨她。我心想，你以为会发生什么，他以前也打过我们，就像他打你一样，你以为会发生什么呢。坏人迟早会做坏事，孩子都懂这个道理。

这时候我们的邻居都出来围观了。有个警察人很好，他让我坐在警车里，这样邻居就没法盯着我看了。他给我一个拥抱。他说手套箱里有糖，问我要不要吃一块。我说不了，谢谢你。他说好的，本吉，你告诉我发生了什么。于是我就说了。我不知道我说了多少遍前因后果，但肯定有好多次。总之我开始哭，警察又拥抱我，说我是个勇敢的孩子，我希望我母亲有个像他一样的男朋友。

我坐在警车里讲述发生了什么的时候，又来了几批警察，还有一辆标着"梅维尔警察局鉴证科"的厢式货车。货车里下来的一个警察到处拍照，后来我在聆讯时见过其中一部分照片，但我看到的照片里没有尸体。我不知道为什么聆讯会上的那些人会认为我不该看尸体的照片，我早就亲眼见过尸体了。不过，我真正想说的是，他拍的一张照片后来被登在报纸上。照片拍的是我妹妹做的曲奇散落在地上，底下的一行字是"她因为曲奇饼而被杀"。我永远也不会忘记这个标题，因为它既残忍又真实。

我不得不去参加聆讯会。主持者不是法官，而是三个人，两男一女，他们的模样像教师，说话也像。房间里只有他们、我、我母亲和最早赶到拖车（他们管它叫"现场"）的那几个警察。我们不像《法律与秩序》电视剧里那样有律师，而且我们也不需要。女人说我是个勇敢的孩子，对我母亲说我应该接受心理治疗。我母亲说这是个好主意，后来对我说有些人以为钱是从树上长出来的。

我们可以走了，我以为事情结束了，但一个男人说等一下，康普森太太，我有话要说，我要说在这场悲剧中，你必须承担一定的责任。然后他讲了个故事，说的是蝎子求好心的青蛙背它过河，但蝎子在半路上蜇了青蛙，青蛙问你为什么要蜇我，现在我们都要死了，蝎子说蜇你是我的天性，你让我爬上来之前就知道我是蝎子。

然后这个男人说，你选中了那只蝎子，康普森太太，而他蜇死了你的女儿，你本来还会失去这个儿子的，你没有，但这段经历会伴随他一辈子。听我一句劝,下次再碰到蝎子,你应该一脚踩死它,而不是让它爬上你的后背。

我妈气得涨红了脸,说你怎么敢说这种话,要是知道会发生这种事,我怎么可能让我的孩子冒险。男人说你能保留小本吉的监护权,是因为我们无法证明你的失职。但你如果非说你没看出任何雷恩斯先生的残暴天性的迹象——也许很少,也许很多——那我就会非常吃惊了。

我母亲哭了起来,害得我也想哭。她说你这么说太不公平了,你这是站着说话不腰疼,你什么时候需要累死累活 40 个小时才能养家糊口?他说康普森太太,出问题的不是我,你因为错误的选择已经失去了一个孩子,别再失去另一个了。聆讯会到此结束。

2

那年夏天,也就是他拥有多重身份的这个季节,比利重读了鲍勃·雷恩斯之死和随后聆讯会的章节,然后他起身走到窗口,俯视底下的法院,县警局的一辆警车刚在路边停下。两个穿棕色县警制服的警察从前排下车,一个拉开后排车门,等里面的男人钻出来。这个犯人四肢瘦长,皮包骨头,工装牛仔裤的臀部空荡荡地挂着,亮紫色套头衫(这时候穿这个太热了)上印着"阿肯色剃须刀队"。即便隔着 500 码,比利也觉得他是个时运不济的倒霉蛋。两个警察各抓住他的一条胳膊,领着他踏上宽阔的台阶,走向等待他的正义判决。等到时机来临(假如真的要行动),比利应该就在这一刻开枪,但他现在心不在焉。他在思考他的小说。

他开始时打算让愚钝化身开口,但写着写着他就变了。他写完放下一阵后重读才意识到,愚钝化身确实在场,这一点毋庸置疑,任何读者（例如尼克和乔治）都会觉得，作者基本上只看《明星》周刊、《内幕透视》和阿奇漫画。但还有一些东西，那就是孩子本人的声音。比利没有打算透过那个声音写作（至少不是有意为之），但结果就是这样了。好像他在催眠下退回到那个年龄。也许这就是写作，尤其是在写作对你来说真的重要的时候。

真的重要吗？这些文字的读者只有他和两个拉斯维加斯混混，后者说不定已经失去兴趣了。

"重要，"比利对着窗户说，"因为这是我的故事。"

是的，也因为这是真事。他略微修改了人名，把凯瑟琳改成凯西，他母亲不叫阿琳，而是达琳，但大部分情节都是真实的。孩子的声音是真实的，那个声音从未得到过开口的机会，甚至在聆讯会上也没有。他只回答了别人提出的问题，但没人问他抱着胸膛被踩塌的凯西是个什么感受。没人问他，母亲叫他照顾好妹妹，而他却没能完成这个全世界最重要的任务时他是个什么感受。没人问他，你把舔湿的手放在妹妹的嘴巴和鼻子前面，尽管知道没有希望但还是怀着希望是个什么感受。就连拥抱他的那个警察也没问他这些问题，终于能让那个声音开口，这是一种多么巨大的解脱啊。

他回到打开的 MacBook Pro 前坐下。他看着屏幕，心想，等我写到斯特帕尼克之家那部分（不过我会管那里叫斯派克之家），就可以让这个声音稍微长大一点了。因为我稍微长大了一点。

比利开始敲键盘，刚开始很慢，然后越来越快。夏日在他身旁慢慢流逝。

3

聆讯会结束，我和我妈回到家。我们埋了凯西。我不知道谁埋了我妈的男朋友，我也不想知道。秋天，我回到学校，有些孩子叫我"砰砰本吉"。我开始跟不上了，我没有打架惹麻烦，但我经常逃课。我母亲说我必须提高成绩，否则就会被带走，送进寄养家庭。我不希望那样，于是第二年我认真学习，通过了课程考试。我被送进斯派克之家不能怪我，而是我妈的错。

凯西死后，她开始喝酒，以在家里喝为主，但有时候去酒吧，有时候带男人回家。在我看来，这些男人都像那个坏男朋友，换句话说，都是浑球。我不知道为什么已经发生了那种事，我母亲还要找同一个类型的男人，但她就是要找。她就像一条狗，要把拉出来的东西再吃回去。我知道这话不好听，但我不会收回。

她和那些男人——至少三个，也许五个——会钻进卧室不出来，她说他们只是在闹着玩，但那时候我已经不是小孩了，知道他们在做爱。一天夜里，她在拖车里喝酒，脑子一热去便利店买奶酪饼干，回家路上被警察拦了下来。她被控酒后驾驶，拘留24小时。那次她还是保住了我的监护权，但驾照被吊销了6个月，只好坐公共汽车去洗衣房上班。

她取回驾照后只过了一周，就再次因为酒驾被拦了下来。又是一场聆讯会，这次的主角是我，但你猜怎么着，之前讲蝎子与青蛙故事的男人就坐在台上，旁边是两张新面孔！他说怎么又是你。我母亲说是啊，又是我，你知道我失去了女儿，你知道我经历了什么。男人说我当然知道，但是康普森太太，你似乎没有吸取教训。我母亲说，你没经历过我经历的那些事情。这次她有个律师，但他没怎么开口。事后，她骂了他一顿，说你有什么用处。律师说康普森太太，是你让我没事可做的。她说你被解雇了。他说你不能解雇我，因为我辞职了。

一天后，我们回到聆讯室，他们说由于她是个不称职的母亲，我必须去一个名叫斯派克之家的地方生活。她说你们全在满嘴喷粪，我要把官司打到最高法院去。讲青蛙与蝎子故事的男人说你是不是一直在喝酒。她说去他妈的吧死肥猪。他没有和她吵，只是说康普森太太，我们给你24小时收拾本吉的东西，好好和他道个别。告别的时候你最好别喝酒，这对他来说很重要。然后他和另外两个人就出去了。

我们坐公共汽车回家。她说本吉，我们逃跑吧，我们去另一个城市，改名换姓，从头开始。但第二天我们还是在老地方，那是我在山景拖车园的最后一天，我和我母亲住在一起的最后一天。一个县警察来送我去斯派克之家。我希望是拥抱我的那个警察，可惜是另一个。不过马尔金警察也不是坏人。

总之，我妈没有惹麻烦，因为她已经清醒了。她对警察说我还没收拾好他的东西，因为我不想认为这件事真的会发生，给我15分钟。警察说没问题，我等着。她给我收拾了满满一行李包的衣服。他在外面等着。然后她给我做了两个花生酱和果酱三明治，放在午餐盒里，叮嘱我要乖乖的。然后她开始哭，我也哭了。我被送走当然是她的错，一切都是她的错，是她答应要送蝎子过河的，是她每天喝醉酒，然后说都怪凯西死了，而我哭是因为我爱她。

我们来到外面，警察说等我到了埃文斯维尔的斯派克之家，应该可以往家里打电话。我母亲叫我打给隔壁的蒂利森太太，然后对警察说那是因为我们家的电话坏了。这意味着账单又没付。马尔金警官说这个安排听着不错，然后叫我抱一抱我母亲。我拥抱她。我使劲闻她的头发，因为她的头发总是很好闻。去埃文斯维尔开车要两个小时。我坐在前排。前排后面有个铁丝网，所以后排是个笼子。警察说只要我别惹麻烦，就永远不会坐在后面。他问我会不会远离麻烦，我说会的，但我心想，一个人正在被警车送往寄养家庭，那他就已经在麻烦里了。

我吃了一个花生酱和果酱三明治，发现她还在午餐盒里放了个魔鬼蛋，想到她动手做这个，我忍不住又哭了。警察拍拍我的肩膀说，孩子，一切都会好起来的。他的姓名牌上印着F.W.S.马尔金。我问他F.W.S.是什么的缩写，我以为那是个什么特殊工种。他说那是他的姓名，他叫富兰克林·温菲莉丝德·斯科特·马尔金，不过本吉，你可以叫我弗兰克。

这会儿我已经不哭了，但他肯定注意到我很难过，也许还很害怕，因为他伸手过来拍拍我的肩膀，说本吉，你会好起来的，那里有很多好孩子，他们都相处得很好，只要你注意言行举止，就也能和他们相处得很好。他说，我知道三县地区所有寄养家庭的情况，斯派克那里肯定不是最差的，他们也算不上最好的，但从没惹过需要我们去处理的麻烦，我见过的一些事情啊，你是绝对不想知道的，只要你好好表现，过好你自己的小日子，一切都会好起来的。

我说我想念我母亲。他说那是当然，等她重新站稳脚跟，可以再次申请聆讯会，然后你就能回家了。在这段时间里，每周三晚上，以及周六或周日晚上7点之前她都可以来探望你。给她打电话的时候记住告诉她。

但我母亲一直没能重新站稳脚跟。她继续喝酒，交了个带她吸冰毒的男朋友，一旦吸上那东西，你的脚跟就不太可能再站稳了，因为大多数时候你都飘在天上呢。刚开始她经常来看我，后来偶尔来，再后来几乎不来，最后干脆不来了。她最后一次来看我的时候，不但头发脏兮兮的，而且掉了几颗牙齿。她说本吉，我不想让你看见我这样，我说我也不想。我说你一塌糊涂。当时我已经是个少年了，少年受到伤害的时候就会说伤人的话。

斯派克之家在乡下。屋子很破，但大得像个庄园，到处都是房间，一共3层。也许4层。斯派克之家外面看上去很气派，但里面很旧，漏风漏水，冬天能冻死人。按照龙尼的说法，冷得像婊子在冰库里和你搞。但我刚到的时候不知道它很旧，我以为它很新，因为破归破，它外面漆成蓝色绲边的亮红色。我很快就发现，斯派克之家这里的寄养儿童每年都要重新粉刷屋子，一个工时能收到两块钱。一年是白色绲边的绿色，再一年是绿色绲边的黄色。现在你明白我和龙尼为什么叫它"永远在刷漆之家"了吧！我离开加入海军陆战队那年，屋子又刷回了红色和蓝色。龙尼说，这房子全靠油漆固定，否则这堆破烂早就塌了。这是在开玩笑，她总是逢人就开玩笑，但这也是真的。我猜大部分笑话里都有一部分是真的，所以笑话才会好笑。

F.W.S. 马尔金警察说斯派克这里不是最好的，也不是最坏的，事实证明他的结论很正确。我在那里待了5年，直到够年龄参加海军陆战队，斯派克太太偶尔会用毛巾或抹布给我脑袋上来一下，但从不上手，更没打过佩姬·派伊那样的小孩子，佩姬·派伊只有6岁，被烟头烫瞎了一只眼睛。而且她打我的时候都是我活该。我只见过斯派克先生两次对孩子动手。一次是吉米·戴克曼扔石头打碎了一扇防风窗，还有一次是他逮住萨拉·皮博迪迪绕着佩姬边跳舞边唱："佩姬·派伊，佩姬·派伊，在我胸口画十字，希望早点见阎王，佩姬·派伊，佩姬·派伊，她是一个独眼龙。"斯派克为此扇了她一耳光。萨拉是个残忍的女孩，一个坏人。有一次我问她长大了想干什么，她说她要去当应召女郎，睡有名的男人，挣他们的钱，然后她哈哈大笑，好像只是开个玩笑，也许她真的在开玩笑。

斯派克夫妇不是好人，也不是坏人，只是想挣田纳西州州政府的钱。他们通过了州政府的所有检查。我们坐巴士去学校，衣服总是干干净净，我决定去参军之后，斯派克先生陪我出席了一场聆讯会，解除我母亲与我的关系，然后是另一场，让他成为我的法定监护人。这样他就可以在文件上签字，让我在17岁半参军，而不必等到18岁了。我以为我母亲会在解除关系聆讯会上露面，但她从头到尾都没来，不过她怎么可能来呢？因为她根本不知道有这么一场聆讯会。我本来想告诉她的，但她早已搬出拖车园地，也不在她和带她嗑冰毒的男朋友一起住的公寓里。两场聆讯会过后，斯派克先生说本吉，愿上帝保佑你，现在你可以爱干什么就干什么了。我说我不信上帝，他说时间久了你自然会的。

我在"永远在刷漆之家"学到一个道理：世界上的人不是非好即坏的，但我小时候确实觉得人只有好坏两种，那会儿我的大部分概念都来自电视里的人们的表演。其实有三种。第三种人就像F.W.S.马尔金警察叮嘱我的，只过自己的小日子。世界上最多的就是这种人，我觉得他们是灰色的。他们不会伤害你（至少不会有意伤害你），但也不怎么会帮助你。他们会说你爱干什么就干什么去吧，愿上帝保佑你。

我认为在这个世界上，你必须帮助你自己。

我加入"永远在刷漆之家"的时候，算上我一共有14个孩子。龙尼说这是好事，因为13是个不吉利的数字。最小的孩子是佩姬·派伊，她偶尔还会尿裤子。有一对双胞胎，蒂米和汤米，他们6岁或7岁。最大的孩子叫格伦·达顿，他17岁，我来了不久他就去参军了。他不需要斯派克先生担任法定监护人和为他签字，他母亲签了字，因为格伦说他会把安家费寄给她。格伦对我和龙尼说，只要有钱可拿，就算把我卖给缠头佬当奴隶，那个老婊子也会签字的。格伦块头很大，总在说脏话，龙尼成天像水手似的骂骂咧咧，格伦比她还严重，但他从不欺负比他小的孩子。他还是个油漆高手，上最高层脚手架的永远是他。

马尔金警察把警车开上车道的时候，隔壁的东西险些晃瞎我的眼睛。我放眼望去，这里全都是报废的车辆，不是几辆几十辆，而是几百几千辆。它们停满了山坡的这一面，我很快发现，山坡另一面也全都是，越往下就越旧、锈得越厉害。风挡玻璃还在的车辆全都在反射阳光。离斯派克之家半英里的地方有家汽修店，铺子是用绿色波纹铁皮搭的。我能听见里面的人在用手钻和扳手。店门口有个牌子标着"斯派克汽车部件""小修小补"和"最低价超划算"。

　　马尔金警察说那是斯派克的弟弟开的，特别难看对不对。店刚好在县界之外，所以他才能蒙混过关。你要去的斯派克之家刚好在县界之内，所以它必须在侧面和背后拉上铁丝网。我告诉你是不希望你看见铁丝网就以为进了监狱。汽车坟场是个危险的地方，本吉，禁止入内不是没有原因的，你可千万别动去那里玩的念头，记住了吗？我说记住了，但我当然去玩了。我和格伦还有龙尼和唐尼。或者只有我和龙尼，格伦去参军后有时候唐尼和我们一起去，龙尼逃跑后基本上就是我一个人了。有时候我会想她去了哪里。希望她一切都好。没有她，我很难过。也许这就是我参加海军陆战队的原因，但实话实说，我大概反正都会去的。

　　我当斯派克小子的那5年很长，长到让我目睹了3次"永远在刷漆之家"改变配色。我在那里的那段时间里有几件事情让我记忆犹新，比如有一次我因为打架被停学，因为两个小子叫我"砰砰本吉"，虽然我经常被人这么叫，但那次我忍无可忍了。他们的个头比我大，但我一直不认输，尽管他们一个打了我一个黑眼圈，另一个险些打断我的鼻梁。后一个小子叫贾里德·克莱因，我抓住他的裤子一把扯到底，于是所有人都看见了他的内裤上有尿渍。他因为这个被很多人取笑，那是他活该。

　　还有一件事是佩姬·派伊得了肺炎，不得不去住院。然后过了一周还是10天，斯派克太太把我们所有人都叫到客厅里祈祷，因为她说佩姬去世了，去天堂见耶稣了，现在她两只眼睛都能看见了。唐尼·威格莫尔说希望天堂的伙食比较好，斯派克先生说你不想让我扇你耳光就把俏皮话咽到肚子里去。总之，我们为佩姬的灵魂祈祷，龙尼用手捂住嘴，免得被唐尼的话逗得笑出声来，但她其实在哭。其他孩子也在哭，因为佩姬是所有人的"宠物"。我没有哭，但我感觉很难过。后来我和龙尼还有格伦和唐尼去"毁灭战场"的时候，龙尼又哭了一阵。格伦拥抱她，龙尼说佩姬那么可爱对吧，格伦说当然，她当然很可爱。

然后她拥抱我，我也拥抱她，佩姬的死只有这一个好结果，因为我爱上了龙尼·吉文斯。我知道这是不会有任何结果的，因为她比我大两岁，而且死心塌地地爱着格伦，但你无法控制自己的感觉。感情就像呼吸，一时来，一时去。

"毁灭战场"是我们对废车场的叫法，它位于"永远在刷漆之家"背后，紧邻斯派克汽车部件店。那是我们的秘密基地。大人叫我们离那里远点，这反而让我们去得更勤快了。龙尼说那就像夏娃在伊甸园里不该吃的禁忌果实。格伦朝一排又一排的报废车辆挥挥手，无数风挡玻璃在反射光线，把一个太阳变成几百个，他说这他妈就是个果园，我和龙尼放声大笑。

我们去那里的时候会寻找最高档的车辆，比如凯迪拉克、林肯或宝马，有一次我们发现了一辆老式梅赛德斯豪车，它的整个后半截都不见了。格伦每次去都带着扫帚，他会先在车座位上扫几下，然后我们才爬上车。有一次他吓跑了一只大耗子，那次唐尼也在，他说您看好了，斯派克先生，我们笑得几乎岔气。反正我们会坐在那些车里，假装它们完好无损，我们正要去什么地方。

我们很容易就能去"毁灭战场"，因为操场靠后的铁丝网上有个窟窿，格伦某次说天晓得有多少个过不下去的寄养儿童从那个窟窿钻了出去，谁知道他们现在都在哪里。这话逗得我们一起大笑。然后龙尼说，恐怕不是什么好地方。这话逗得唐尼又笑了，但我和格伦没笑。我看着格伦，格伦看着我，我们都在想"不是什么好地方"！

有时候格伦会坐在驾驶座上假装开车，而龙尼坐在副驾驶的座位上。有时候他们反过来，格伦坐在副驾驶座位上的时候，会大呼小叫什么"哇龙尼你别他妈撞那条狗啊"，而龙尼会猛打方向盘，假装急转弯。格伦会身子一歪，把脑袋枕在她的大腿上，而龙尼会推开他，说白痴你系好安全带。

我总是坐后排，要是唐尼也来，那么他也坐在后排，但大多数时候只有我自己，我更喜欢这样。有两次，格伦带了一罐啤酒，我们传来传去，直到喝完。然后龙尼把薄荷糖发给我们，消掉呼吸里的酒味。有一次格伦带了3罐，我们有点喝高了，龙尼把方向盘拧来拧去，格伦说马子你别酒驾被拦下来。他们大笑，但我没有笑，因为我母亲真的因为酒驾被拦下来过，这事不能开玩笑。

唐尼抽烟。我不知道帮格伦搞啤酒的和帮他搞烟的是不是同一个人，但他在床底下一块松开的墙板后面藏了一包万宝路。他通常在厨房的后门口抽，但有一天我们坐在一辆别克庄园大轿车里，假装开到拉斯维加斯去玩轮盘赌和掷骰子的时候，他把烟盒掏了出来。龙尼说你可别在这里点烟，到处都是干草和废油。唐尼说你是来大姨妈了还是怎么的。格伦转身攥起拳头，说你给我把这话收回去，否则我就让你把门牙咽下去。后来在费卢杰的时候，有一次在我们称之为"比萨块"的城区，我看见萨金特·韦斯特把火箭弹打进叛军的安全屋，整个屋子被炸到了九霄云外，因为里面全是弹药。还好他没把我们害死，因为我们还不想死。这让我想起，唐尼有时候也会躲在物资棚屋里抽烟，斯派克夫妇把油漆全都放在那里，那比在"毁灭战场"抽烟危险多了。

唐尼把话收了回去，但龙尼朝着格伦的肩膀狠狠地打了一拳。达顿，我不需要你替我出头，她说。

听见龙尼用姓氏叫你，你就知道她生气了。她转过来对着后座，说威格莫尔，我来不来大姨妈和我担不担心着火没关系，因为我有这个。她伸直胳膊，露出那条发亮的烧伤疤痕，我们都见过它。它从前臂一半的地方开始，向上一直到她的肩膀。她家里失火烧死了她的父母，明白了吧？龙尼在最后关头从二楼窗户跳出去，胳膊和同一侧的那条腿还有头发都被火烧了。她唯一的亲戚是个姨妈，说没法收养她，于是她就来到了永远在刷漆的斯派克之家。她姨妈只去医院看过龙尼一次，说我有两个自己的孩子要养，两个已经够让我头疼的了。龙尼说她不会因此责怪她。

我知道火的威力，她说，要是我忘记了，我只需要看一眼这条胳膊就能记起来。唐尼说真对不起，我也说对不起。我没什么要道歉的，我只是觉得难过，因为她被烧伤了，但同时我也很庆幸，因为烧伤的不是她的脸，而她的脸很漂亮。总之那次过后，我们依然都是朋友，但唐尼·威格莫尔对我来说一直不是龙尼和格伦那样的朋友。

4

"我们在'毁灭战场'玩得很开心。"比利说。

他再次望向窗外的法院。8月已经让位给9月，但热气依然蒸腾。他能看见热气从街面上袅袅升起。这让他想到了"永远在刷漆之家"厨房后面的大焚化炉，热气曾以同样的方式从它顶上袅袅升起。

斯派克夫妇是斯特帕尼克夫妇，龙尼·吉文斯是罗宾·马奎尔，格伦·达顿是加兹登·德雷克。比利猜加兹登的名字是从加兹登购地案来的。他在海军陆战队里读过一本书，叫《奴隶制、丑闻与铁轨》，书中提到了美国如何从墨西哥手中购买那块贫瘠的土地。他读那本书的时候身在费卢杰，2004 年 4 月的警示行动与 11 月的幽灵之怒行动之间。加兹登说他母亲死于肺癌前告诉他，他早已过世的父亲是个历史教师，因此起这个名字算是合理。有一次，我们又去"毁灭战场"假装开着车云游天下，他说我也许不是全世界唯一的加兹登，但我敢打赌叫这个的不会太多——当然了，他说的是名而不是姓。

比利改掉了朋友们的名字，但"毁灭战场"永远是"毁灭战场"，他们在那里确实玩得很开心，直到加兹登参军，罗宾逃跑去了……她是怎么告诉他的来着？

"穿着七里靴[1]去找我的运气。"比利说。对，她就是这么说的，但她的靴子不是一步能跨七里格的那种，而只是磨损的小山羊皮靴，侧面的橡皮筋已经失去弹性。

我曾在废车之中爱过她，比利心想，回到座位上，打算再写一两段就下班。

---

1 欧洲民间传说里常见的道具，穿上后一步能跨出七里格（古代长度单位，在不同地区换算标准不同，大体而言，1 里格约等于 4.82 千米至 5.55 千米）。

第 8 章

1

劳动节的周末发生了两件坏事。一件很蠢，让人警觉，另一件使得比利意识到，尽管他一直不想成为那种人，但他也有颇为令人不快的另一面。两者加起来，他知道他越快离开雷德布拉夫，对他就越好。劳动节周末结束的时候他心想，这个活儿的前置期这么久，我从一开始就不该接的，不过当初我也不可能知道。

知道什么？比如，阿克曼和常青街的其他住户会那么喜欢他。再比如，他会那么喜欢他们。

劳动节的那个周六，市区有一场盛大的彩车游行。比利和阿克曼一家坐进贾迈勒从万佳轮胎借用的厢式车。沙尼斯一只手抓着母亲的手，另一只手抓着比利的手，他们挤过人群，总算在荷兰街和主大道的路口找到了一个好位置。游行队伍经过的时候，贾迈勒让女儿骑在肩膀上，比利也让德里克骑在他的肩膀上。孩子们在高处觉得很开心。

游行还不赖，甚至让一个孩子日后发现他曾经坐在杀手的肩膀上也……算是不赖。令人警觉的蠢事，他的失误，发生在周日。米德伍德位于雷德布拉夫的城郊，旁边是半乡村的科迪镇，暑假的最后两周，那里支起了一个破破烂烂的小嘉年华，希望能在孩子们返校前再捞一笔。

那辆厢式车还在贾迈勒手上，而且周日那天风和日丽，因此带着孩子们去嘉年华就成了唯一的选择。保罗和丹尼丝·拉格兰也去了。他们7个人在游乐场里闲逛，吃烤香肠喝汽水。德里克和沙尼斯坐旋转木马、小火车和旋转茶杯。拉格兰夫妇去玩宾果。科琳娜·阿克曼扔飞镖扎充水气球，赢了一条印着"全世界最佳母亲"的亮片头巾。沙尼斯说她戴上很可爱，就像公主。

贾迈勒试了试投球打木牛奶瓶，什么都没赢，但他一家伙把试力锤打到了最高点，敲响铃铛。科琳娜鼓掌说："我的英雄。"他的臂力为他赢得了一顶纸板礼帽，帽带上插着一朵纸花。他戴上礼帽，德里克笑得前仰后合，不得不并着腿跑向最近的移动厕所，免得尿在了裤子里。

孩子们又玩了几个项目，但德里克不肯上毛虫车，因为他说那是小宝宝玩的。比利带着沙尼斯去了，座位太紧，结束后贾迈勒只好把他像瓶塞似的从车里拔出来。这一幕逗得他们所有人放声大笑。

他们往回走，去找拉格兰夫妇，途中路过死鱼眼迪克的射击场。五六个男人正在用 BB 枪练手，射击五排朝着不同方向移动的靶子，另外还有突然弹起和缩回的铁皮兔子。奖品墙最顶上有一只巨大的粉色火烈鸟，沙尼斯指着它说："我想把它放在卧室里。我能用零花钱买吗？"

她父亲说那东西不卖，而是赢家的奖品。

"那你就去赢给我，爸爸！"她说。

射击场的经营者身穿条纹衬衫，歪戴草帽，贴着卷曲的假胡子。他看上去像是理发馆四重唱的成员。他听见沙尼斯的话，招呼贾迈勒过去："先生，逗你的小女儿开心一下吧，打倒3只兔子或者顶上一排的 4 只鸟，她就能把火烈鸟弗雷迪带回家了。"

贾迈勒大笑，给他 5 块钱，买了 20 发子弹。"准备失望吧，亲爱的，"他说，"不过我应该能给你赢一个小奖品。"

"你能做到的，爸爸。"德里克坚定地说。

比利看着贾迈勒用肩膀端起步枪，知道他要是能打中两发，拿到一个充当安慰奖的毛绒乌龟，就已经算是手气很好了。

"打鸟，"比利说，"我知道兔子比较大，但它们跳出来的时候，你只能凭本能开枪。"

"你说是就是了，戴维。"

贾迈勒朝顶上一排的鸟打了 10 枪，一发都没中。他压低枪口，打中两只最底下一排移动缓慢的铁皮麋鹿，拿到了一只毛绒乌龟。沙尼斯看它的眼神里没什么热情，但还是说了声谢谢。

"你呢，老大？"理发馆四重唱老兄问比利，其他的顾客差不多都走完了，"不想试一试吗？ 5 块钱 20 发，打中 4 只小鸟，漂亮的小女孩就能高高兴兴地带火烈鸟弗兰奇回家了。"

"不是弗雷迪吗？"比利说。

射击场经营者朝另一个方向抬了抬草帽。"不管弗兰奇、弗雷迪还是费利西娅，反正都能让一个小女孩开心。"

沙尼斯满怀期待地看着他，但没有说话。最后是德里克说服了他去做那件蠢事："拉格兰先生说这些游戏都是作弊，没人能赢大奖。"

"唔，那就让我试试看吧。"比利说，放下 5 块钱。理发馆四重唱先生盛了一纸袋的 BB 弹，递给比利一把步枪。射击台前还有几个男人和两个女人。比利走到旁边，一方面为了和他们拉开一点距离，另一方面也因为他注意到那些铁皮小鸟（另外四层的目标也一样）在转出视野时会略微放慢速度。铁链传动装置大概需要上油了，不该偷懒的，射击场的所有者应该花钱做这件事的。

"戴维，你要打鸟吗？"德里克问，他们不叫他洛克里奇先生已经有段时间了，"就像你告诉老爸的？"

"当然了。"比利说。他吸一口气，吐出来，再吸一口气，吐出来，然后吸第三口气，屏住。他没有费力去使用小步枪的瞄准器，那东西肯定严重偏向。他只是把头部贴在枪托上，然后"砰砰砰砰砰"连发5枪。第一枪打飞了，但接下来4枪打倒了4只铁皮小鸟。他知道他在做蠢事，也知道他该罢手，但他忍不住又打倒了一只从窝里探出脑袋来的兔子。

阿克曼一家鼓掌，其他射击者也鼓掌。理发馆四重唱老兄倒是很大方，他跟着鼓掌，然后抓起粉色火烈鸟递给沙尼斯，她抱住火烈鸟，笑得非常开心。

"哇，戴维！"德里克说，眼睛放光，"太厉害了！"

这下贾迈勒要问我是在哪里学会射击的了，比利心想。然后他又想，你怎么知道你在犯傻呢？就是现在这种时候，所有人都在看着你，你就是一个大傻瓜。

他们继续走向玩宾果的帐篷。事实上，开口问他的是科琳娜，比利说在预备役军官训练营学会的，说他就是天生的神射手。要告诉她幽灵之怒行动那9天里，他在费卢杰的屋顶上至少狙杀了25个穆斯林？这恐怕是个坏主意。

咦，你这么觉得吗？他问自己（也许在心里问，也许说出了声）的语气里饱含讥讽，听上去非常不像他。

另一件事——检查自己的伪装——发生在周一，真正劳动节的那天。他是个自由职业的作家，按自己的作息时间工作，因此他可以在想休息的时候休息，也可以在其他人享受国家法定节假日的时候工作。杰拉尔德塔空荡荡的，大堂门没锁（南部边境地区就是这么信任所有人），安保台也没人值班。电梯经过二楼的时候，他没听见商业解决公司的员工在大呼小叫、彼此较劲，也没听见电话铃声。债务人似乎也能休息一天了，算他们走运。

比利写了两个小时。故事快写到费卢杰了，他思考他该怎么写——少点？多点？还是干脆不写？他关机，决定去皮尔森街露个面，重新在贝弗利·詹森和她丈夫那里建立些存在感，他们今天肯定在休息。他穿戴好假发、假胡子和假孕肚，开着租来的车去皮尔森街。唐正在剪草坪，贝弗利坐在门廊上，身穿不合适她的酸橙绿短裤。三个人聊了聊天，说今年夏天真是特别热，还好终于过去了，多尔顿·史密斯要去亚拉巴马州的亨茨维尔，为衡平保险的新总部安装最先进的电脑系统，用不了多少时间。然后，他说自己希望能回来待一段时间。

"他们还真是一分钟也不让你休息啊。"唐说。

比利点头说是，然后问贝弗利的母亲怎么样了，她住在密苏里州，最近身体一直不太好。贝弗利叹了口气，说还是老样子。比利说希望她能尽快好起来，贝弗利说她也这么希望。她说这话的时候，比利看见唐在贝弗利背后缓缓摇头。他不希望妻子知道他认为他的岳母机会渺茫，比利不由得对他产生了好感。他猜唐·詹森绝对不会告诉妻子，酸橙绿的短裤显得她胖。

他下楼来到凉爽宜人的地下室公寓。戴维·洛克里奇的特征是写书，多尔顿·史密斯是笔记本电脑。史密斯的工作也许并不重要，但在以后的某个时候说不定会变得非常重要，因此他布置得非常仔细（尽管比起写本吉·康普森的故事，这份工作显得无聊而机械）。他在三块屏幕上飞快地写了三个水贴：《十位九死一生的名人》《这七种食物能救你的命》《最聪明的十种狗》，都很标题党。他把它们传到 facebook.com/ads 上，他真的可以靠做这个来挣生活费，但谁想过这种日子呢？

他关机，读了一会儿书（他正沉迷于伊恩·麦克尤恩），然后去检查冰箱。B 奶[1] 还能放，但牛奶已经坏了。他决定去一趟便利店，买点

---

1 一半全脂奶一半鲜奶油的混合物。

新的。他发现唐和贝弗利依然坐在门廊上，两人正在分着喝一罐啤酒，他问他们要不要带点什么。

贝弗利请他帮忙看一眼店里有没有流行秘密牌的爆米花。"我们今晚打算在奈飞上看个电影。愿意的话欢迎加入。"

他险些说好的，不禁一阵后怕。他说恐怕不行，他打算提前休息，因为明天一早就要开车去亚拉巴马州。

他走到那个可怜巴巴的小购物中心。默顿·里克特被剐花的蓝色SUV不见踪影，办公室也关着门。焕生美黑、火辣美甲和快活罗杰文身店也一样。火辣美甲再过去是一家倒闭的洗衣店，然后是一家一元店，橱窗里的牌子写着"本店已迁至松树广场，欢迎新老顾客光临"。佐尼便利店是最后一家。比利从冰柜里取出牛奶。没有流行秘密牌的爆米花，但有第二幕牌的，于是他随手拿了一盒。店员是个中年女人，头发染成红色，她看上去已经有段时间没过上什么好日子了，例如20年左右。她问要不要袋子，比利说不用了，谢谢你。佐尼便利店用塑料袋，对环境很不好。

回去的路上，他看见倒闭的洗衣店门口站着两个男人。他们一黑一白，都穿前面有个袋鼠口袋的那种帽衫，口袋被里面装的东西压得往下坠。两个人低声交谈，把脑袋凑在一起。比利经过的时候，两个人都眯起眼睛打量他。他没有直接看他们，但从眼角已经看得够清楚了。见到他没有放慢脚步，两个人继续交头接耳。他们还不如去弄块牌子挂在脖子上说"我们打算去抢身边的佐尼便利店，以此庆祝劳动节"。

比利走出可怜巴巴的小购物中心，重新回到街上。他能感觉到他们在看他。这种感觉不牵涉到特异功能，这是一个从战场上活下来的老兵的第六感，他少了一半的大脚趾和两枚紫心勋章（早就丢掉了）可以为他作证。

他想到卖东西给他的女人，她看上去是个不幸的母亲，她的运气在这个节日依然不会好转。比利没考虑过回去对抗他们，因为从他们躁动的表情看，这么做很可能会送命，但他在考虑要不要报警。可附近没有投币电话，现在已经没这种东西了，而他身边的手机登记在多尔顿·史密斯名下。他打电话给警察，等于把这个号码架在火上烤。然后他的整个身份就会被引燃，因为他这个身份是用什么东西做的呢？仅仅是纸。

因此他什么都没做，而是回到了住处，告诉贝弗利店里没有流行秘密牌的。她说第二幕牌的也行。皮尔森街平时就没什么车辆，碰到节假日就更是车辆稀少了。他竖着耳朵等待枪声，但一直没有听见。但这说明不了任何问题。

2

来到这座他迫不及待想离开的小城后不久，比利就下载了本地报纸的手机应用，第二天他打开应用寻找佐尼便利店被抢的消息。他在本地新闻版上找到了消息——只是次要新闻综述里的一小段。文章说，两名持枪的盗贼抢走了近 100 美元（其中包括我和贝弗利的钱，比利心想）。店员名叫万达·斯塔布斯，当时单独在商店里。她头部受伤，被送进罗克兰纪念医院，接受治疗后出院。看来有个人渣打了她，很可能用的是枪托，很可能因为她清空收银机的动作不够快。

比利可以对自己说情况本来有可能会更糟糕（事实如此）。他可以对自己说就算他报警，抢劫还是一样会发生（同样事实如此）。但他还是觉得自己就像绕过落难者的祭司和利未人，要不是有个好撒玛利亚人经过，事情就会闹得无法收场。

比利在军队里从头到尾读过《圣经》，按照规定，海军陆战队的每个士兵都有一本。他经常为此感到后悔，现在就是这种时刻。无论你怎么推卸责任和自我欺骗，《圣经》里都有个故事能戳穿谎言。《圣经》不崇尚原谅，无论是新约还是旧约。

3

我和斯派克先生去查塔努加，我在那里加入了海军陆战队。我以为我必须去陆战队的基地才能报名，但征兵办公室其实设在一个购物中心里，左边是卖吸尘器的，右边帮你报个人所得税。征兵办公室门上挂着一面旗帜，星条旗的一条上印着"努加更强大"。窗户上贴着一张照片，照片里的海军陆战队员在说"人越少越自豪"和"你具备所需要的条件吗"。

斯派克先生说本吉，你确定你要这么做吗？我说是的，但我并不确定。我觉得一个人17岁半的时候，你也许可以假装很确定，免得被人当作傻蛋，但实际上你对任何事都不可能确定。

总之，我们走进征兵办公室，我和沃尔顿·弗莱克上士谈了谈。他问我为什么想参加陆战队，我说想为国效力，但真正的原因是我想离开斯派克之家，离开田纳西州，开始一段不那么可悲的生活。格伦和龙尼走了，而唐尼说得对，只有油漆永不改变。

接下来，弗莱克上士问我觉得自己够不够坚强，我说当然够，但实际上我同样不确定。然后他问我觉得我能不能在战场上杀人，我说当然能。

斯派克先生说上士，我能和你聊几句吗，弗莱克上士说可以。他们让我出去等着，斯派克先生在桌子对面坐下，开始说话。我可以把我母亲的坏男朋友的事情告诉上士，但我觉得让所谓"靠得住的成年人"去说也许更好。不过就我的人生经历而言——无论是此前还是以后——我不得不怀疑到底存不存在所谓"靠得住的成年人"。

过了一会儿，他们把我喊回去，我在标着"个人信息"的格子里写下当时发生了什么。然后我在四个地方签字，上士叫我写字的时候用力一些，我照他说的做。等我做完这些，他说手续都齐全了，让我周一来报到吧。他说有时候年轻人必须等几周才能走完流程，但我来得正是时候。他说周一我会和其他"新鱼"一起接受 ASVAB 和体能测试。ASVAB 是一种智力测试，可以帮助他们（海军陆战队）判断你能做哪些事和你有多聪明。

他问我有文身吗，我说没有。他问我有没有需要戴眼镜的时候，我说没有。他还说了一些注意事项，例如记得带上社会保险卡，还有你戴耳环的话，记得摘掉。然后他说（我觉得很好笑，但我一直板着脸）一定要记住穿内裤。我说好的。他说要是你还有什么你没写下来的毛病，最好现在就告诉我，省得你到时候白跑一趟。我说没有了。

弗莱克上士和我握手，说要是你想乐呵一下，那就抓紧这个周末的机会吧，因为等到下个周一你接受测试的时候，你就要变成脚踏实地先生了。我说好的。他说别光是好的好的，说个"是的弗莱克上士"给我听听。于是我就说了，他和我握手，说很高兴认识我。"还有你，先生。"他对斯派克先生说。

回家的路上，斯派克先生说别看他说话凶，本吉，但我不认为他像你一样杀过人，他就是没有那个眼神。

当时龙尼已经走了（穿着她的七里靴）四五个月，但在离开前，她允许我在"毁灭战场"和她亲热了一把。那感觉很美妙，但就在我想更进一步的时候，她却笑着推开我，说你还太小了，但我想给你留个纪念。我说我会记住你的，也确实如此。我认为

你不可能忘记和你深吻的第一个女孩。她对我说

4

比利在这里停下，视线越过笔记本电脑，望向窗外。罗宾对他说，等她以后站稳脚跟了，她就写信给斯特帕尼克夫妇，这样她在"永远在刷漆之家"的朋友们就可以写信给她了。她对比利说，等他离开后也该这么做。

"我猜用不了多久你也要上路。"她说，那天他们坐在一辆破梅赛德斯里。她允许他解开她的衬衫纽扣——她只允许他做到这一步——说话时她重新系上纽扣，遮蔽了里面的春光。"但你投入战争机器的念头——比利，你必须好好想清楚。你不该去送死，你还年轻，"她亲吻他的鼻尖，"而且很好看。"

比利开始写这段经历，但删掉了在那段稍纵即逝的厮磨时光里，他体会了这辈子最坚硬、最痛苦也是最美妙的一次勃起，就在这时，戴维·洛克里奇的手机叮的一声收到了短信。是肯·霍夫。

"我有东西要给你，也许该让你拿着了。"

他很可能说对了，比利用短信回复："好的。"

霍夫回复："我来你家吧。"

不，不，绝对不行。霍夫来他家？隔壁就是阿克曼一家，比利每逢周末就和他们家的孩子玩《大富翁》。霍夫会把步枪裹在一块毯子里，他当然会这么做，而一个人只要有半个脑子和一只眼睛就能猜到里面是什么。

"不行，"他发短信，"沃尔玛。园艺中心停车场。今晚 7:30。"

他等待霍夫回复，看着对话窗上方的圆点。假如霍夫认为会面地点是有商量余地的，那他可就要大吃一惊了。不过比利收到的回复很

简短："好。"

比利关上电脑，连最后那个句子都没写完，今天只能到此为止了。霍夫毒害了整个源泉，他心想。但他知道这不是事实。霍夫仅仅是霍夫，他控制不住自己。真正的毒药是枪。动手的时候近了。

5

7点25分，比利把戴维·洛克里奇的丰田车停在沃尔玛巨型停车场的园艺中心区域。5分钟后，7点半整，他收到了短信。

"看不见你，车太多了，下车挥挥手。"

比利下车挥手，就好像看见了朋友。一辆樱桃红的野马敞篷中古车（要是有什么车型名字叫肯·霍夫，那就是这种东西了）沿着一条通道开过来，在比利的低调小车旁停下。霍夫下车，他看上去比上次见到他的时候精神多了，而且呼吸里也没有酒味。考虑到他运送的东西，这自然是好事。他穿马球衫（胸口当然少不了徽标）、熨烫过的休闲裤和懒汉鞋。他刚理过头发，但本来的肯·霍夫也还在，比利心想。昂贵的古龙水掩盖不住焦虑的气息。他不是能委以重任的那块料，而送枪给职业杀手无疑是个非常重大的任务。

步枪终究没有裹在毯子里，比利不禁想夸奖他两句。霍夫从野马车的后备厢里拎出一个格子呢的高尔夫球包，四根杆头从里面露出来，在黄昏的余晖中闪闪发亮。

比利接过球包，放进丰田车的后备厢："还有什么吗？"

霍夫用他带流苏的懒汉鞋刨地，憋了一会儿才开口："其实，呃，有的。我们能聊两分钟吗？"

了解一下霍夫在想什么应该有好处，于是比利拉开丰田副驾驶座的车门，示意霍夫上车。霍夫坐进车里。比利绕到另一侧，坐进驾驶座。

"我只是希望你能跟尼克说一声我没问题的。可以帮我这个忙吗？"

"哪方面没问题？"

"所有方面。还有那个。"他用大拇指朝背后指了指，意思是后备厢里的高尔夫球包。"就是想让他知道，我是靠得住的。"

你电影看得太多了，比利心想。

"告诉他一切顺利，我的几个债主很满意。等你干完你的活儿，他们会全都很满意的。告诉他我们分开时都会是朋友，大家各走各路。要是有人问我，我什么都不知道。你只是个作家，我在我的一栋楼租了间办公室给你。"

不，比利心想，你不是租给我，而是租给我的经纪人，而乔治·鲁索其实是乔治·皮列利，绰号大猪乔治，是尼古拉·马亚里安的已知同伙。你是链条上的一环，你很清楚，所以我们才会有这次交谈。你还以为等事情结束，你有可能逃过一劫。你当然有理由这么想，因为逃避就是你的天性。但问题在于，等警察盯上你，在审讯室里盘问你 10 小时之后，你恐怕就逃不过去了。也许连 5 小时都不需要，等他们把认罪交易摆在你面前，我看你就会破罐子破摔，把肚子里的东西全倒出来。

"你听我说几句。"比利用尽量亲切的语气说，希望是那种推心置腹的亲切，像是两个男人，坐在一辆丰田车里，没有任何废话地说正经事。稳住这个人形的大麻烦真的是比利·萨默斯的职责吗？他难道不应该只是个机械师吗，任务完成后就像胡迪尼似的人间蒸发？以前他接的活儿确实都是这样，但为了 200 万……

与此同时，霍夫期待地看着他。他需要得到保证，那是他的安神糖浆。喂他迷魂药的应该是乔治，乔治最擅长这种事了，但大猪乔治不在这里。

"我知道你平时不沾这种事——"

"对！当然不了！"

"——我也知道你很紧张，但我们说的不是电影明星、政治家或罗马教宗。这是个坏人。"

和你一样是个坏人，霍夫的表情说。难道不是吗？比利赢了一只粉红色的火烈鸟送给一个用绸带扎头发的可爱小女孩，但这不能改变事实，不能减轻他的罪责。

比利侧过身，正对着霍夫的脸："肯，我要问你一个问题。不是针对你个人的。"

"好的，没问题。"

"你没有带窃听器之类的东西吧？"

霍夫震惊的表情足以回答比利的问题了。比利打断了对方前言不搭后语的否认和抗议。

"好的，行了，我相信你。我只是必须问清楚。现在听我说，警方不会为此设立特别工作组，也不会展开大规模调查。他们会问你几个问题，会寻找我的经纪人，会发现他是个幽灵，用伪造得很好的文件骗过了你，然后就到此为止了。"到此为止个屁。"知道他们会怎么说吗？不是在接受报纸和电视采访的时候，而是他们内部。"

肯·霍夫摇摇头，一直盯着比利的眼睛。

"他们会说，这是黑帮仇杀或报复，做这事的人替市政府节省了审案的费用。他们会来抓我，但他们不会找到我，案子会变成悬案。他们会说，除掉坏种是好事，懂了吗？"

"呃，既然你这么说……"

"对，我就是这么说的。现在回家去吧。剩下的事情都交给我了。"

肯·霍夫突然扑向他，比利有一瞬间以为对方要袭击他，但霍夫只是抱住了他。今晚他看上去比上次体面，但呼吸泄露了秘密：他的呼吸里没有酒味，只有臭味。

比利忍受霍夫的拥抱、口臭和其他种种。他甚至也抱了抱霍夫，然后他对霍夫说老天在上，你快走吧。霍夫下车，他松了一口气（好大一口气），但霍夫又探身进车里。他在微笑，这个笑容显得很真挚，像是来自表面下的一个活人。那个外壳里面显然也是有个活人的。

"我知道你的一些事情。"

"什么事，肯？"

"你发给我的短信。你写园艺中心的时候不是全小写，而是首字母大写。刚才你说的也不是'他们之间'，而是'内部'。你不像你表现出来的那么傻，对吧？"

"我足够聪明，知道你别节外生枝就会一切都好。你不知道我的枪是从哪里来的，也不知道我打算用枪干什么。句号，结束。"

"好的。还有一点，给你剧透一下。知道科迪吗？"

他当然知道，他们去玩那个蹩脚嘉年华会的小镇。比利刚开始以为霍夫想说，他在那里被盯上了，因为他打靶时露了一手。只有疑心病才会这么想，但一个任务在动手前，你必须活得疑神疑鬼才行。

"知道。离我的住处不远。"

"对。事情发生的那天，在科迪也会有个障眼法。"

比利只知道一个障眼法，就是将会在雀斑咖啡馆背后小巷里引爆的焰火筒，那地方离法院很近。科迪离法院有几英里远，而且尼克不可能把焰火筒的事情告诉这个白痴。

"什么样的障眼法？"

"失火。也许是一所仓库，出城往科迪走有很多仓库。会发生在你那个人……目标……到法院之前。我不知道是多久之前。我只是觉得你应该知道一下，免得你手机或电脑上收到了提醒，被吓一跳。"

"好的，谢谢。现在你该走了。"

霍夫对他竖起两个大拇指，然后回到炫富车上。比利等他消失后才开出停车场，回常青街的路上他开得非常谨慎，因为他知道后备厢里有一把威力巨大的步枪。

科迪的仓库失火？真的吗？尼克知道吗？比利认为尼克不知道，这种事有可能会打乱他的节奏，假如尼克知道，肯定会告诉他。但霍夫知道。现在的问题是他——比利——要不要把这个意料之外的转折告诉尼克或乔治。他认为他会默默地保守这个秘密，在自己心里盘算，就像圣母在自己心里盘算耶稣的诞辰。

他叫霍夫别节外生枝。但是，等你在狭小的审讯室里待了三四个小时，警察开始问你从哪里搞来了那么多钱，付给追着你屁股跑的那些债主的时候，他们已经不叫你霍夫先生了，而是叫你肯。因为他们闻到血的味道了，就会这么做。钱是从哪里来的，肯？死了个有钱的叔叔吗，肯？现在还来得及把自己从这里面摘出去。你有什么话想对我们说吗？肯？肯？

比利不由得想到了高尔夫球包，还有球包里和枪放在一起的球杆。这是霍夫的球包吗？假如是，他有没有想到要把球杆头擦干净，以免把自己的指纹留在上面？最好别再往下想了。霍夫已经挖好了他自己的墓穴。

但这句话是不是也适用于比利呢？他反复思考尼克的脱逃计划。这个计划太完美了，反而不像是真的，所以比利决定不使用它，而且要瞒住尼克。为什么？因为既然要除掉交易的中间人和武器供应人，为什么不干脆连同武器的使用者一起除掉？比利不愿意相信尼克会这么做，但有个事实是无可辩驳的：正是不愿意相信某些事情，才让肯·霍夫陷入了几乎不可能从中逃生的危险境地。

另外，刺杀那天在科迪的一个仓库点火，这是谁的主意呢？不是尼克的，也不是霍夫的，那是谁的呢？

一切都让人忧心忡忡。但当他拐进门前车道的时候，他看到了一件令人愉快的好事：他的草坪看上去美极了。

6

整个 8 月，比利都睡得很好。坠入梦乡的时候他总是在想第二天要写什么。他只梦到了几次费卢杰，还有院子里的棕榈树上挂着绿色垃圾袋的一栋栋房子（垃圾袋是怎么挂上去的？为什么会挂在上面？）。故事不再属于他，已经属于本吉了。他的故事和本吉的故事渐行渐远，他觉得这样也挺好。他曾经在 YouTube 上看过蒂姆·奥布莱恩的访谈，谈到《士兵的重负》时，奥布莱恩说虚构不是真实，而是通往真实的途径，比利现在理解他在说什么了。在写战争的时候，奥布莱恩的话尤其正确，而他的故事不就是以战争为主吗？在报废的梅赛德斯里和罗宾·马奎尔（别名龙尼·吉文斯）亲热只是个短暂的休战期。此外的篇章还是以战斗为主。

今晚，随着夏天的逝去和秋日的渐进，他躺在床上难以入眠，心烦意乱。原因不是高尔夫球包里的枪，他在思考他答应要用这把枪完成的任务。他有个规矩是从不考虑两个基本点之外的任何事情：一是开枪，一是逃离现场。但这次的情况有所不同，不但因为这是他计划中最后一次为钱杀人，也因为这个活儿带着一股不对劲的气息，就像霍夫笨拙而出乎意料地拥抱比利时喷出的气息。

有人联系了霍夫，他心想，然后意识到应该不是那样。没人会联系霍夫，因为他无足轻重。他也许以为他有些分量，因为他开发房地产，拥有电影院，开一辆红色野马敞篷车，但他只是小池塘里的一条大鱼，更何况他其实也并不大。但这个活儿很大，很多人会从中获利，比如霍夫。他已经还清了部分债务，他似乎认为等乔尔·艾伦死后，所有的债务都会一笔勾销。还有尼克，还有尼克为这次行动召集的人马。虽然算不上一个团队，但也差不多了。另外，说不定真的有一个团队，也许还有一些尼克没告诉他的参与者。

没人会联系霍夫。有人联系了尼克，叫他拉霍夫入伙。比利记得第一次在咖啡馆见到霍夫的时候，他就想尼克和霍夫肯定有业务往来。现在他基本确定这不是真的了。霍夫想申请赌场执照，但他没有拿到。尼克很清楚该怎么搞定这种事，假如他和尼克关系密切，怎么可能拿不到呢？赌场执照等于印钞机，而霍夫最缺的就是钱。

难道是这条线背后的某某人提前告诉霍夫，倒是科迪有一座仓库会失火吗？有可能。很可能。

再想一想乔尔·艾伦，目前他被关在洛杉矶，接受保护性监禁，很可能舒服得像是小虫子钻进了地毯。他的律师在抵制引渡。艾伦肯定知道他迟早要被送回这里来，为什么非要抵制呢？不会是因为洛杉矶县的东西更好吃。他在争取时间吗？正在和制造了这些混乱的幕后人物谈条件，而他的律师是中间人？

这个某某人肯定知道，艾伦迟早要被送回这里来，而等他回到这里，比利·萨默斯会抢先干掉他，不给他机会用他知道的秘密做交易。这个某某人肯定也知道，艾伦或许有他的保险措施——照片、录音，甚至是书面证词（具体是关于什么的，比利就无从想象了）。某某人肯定认为，必须冒这个风险，而且能接受风险的存在。某某人有可能是正确的。很可能是正确的。艾伦这种人未必会准备保险措施；艾伦这种人觉得自己刀枪不入。他也许擅长收钱杀人，但害得他落入如此糟糕境地的罪行其实是冲动犯罪。

另外，某某人也许认为他别无选择。无论背后的秘密是什么，都必定是坏事。他不能允许艾伦站上一个死刑州的被告席。是的，绝对不行，因为他有炙手可热的情报可供交易。

比利开始飘向梦乡。在他失去意识前，他的最后一个念头是《大富翁》，你会一个接一个地卖掉名下的产业，借此阻止自己滑向破产。但这么做很少会成功。

7

第二天，他正要上车的时候，科琳娜·阿克曼穿过她家的草坪走向他。她拿着一个棕色纸袋，里面的东西散发出诱人的香味。

"我做了蔓越莓松饼。沙尼斯和德里克在学校吃午饭，不过也喜欢来点零食。我多做了两个，是给你的。"

"非常感谢，"他说，接过纸袋，"你确定不留一个给贾迈勒回家吃吗？"

"我留了一个给他，但这两个都是你的，明白了吗？"

"这个伟大的使命就交给我了。"比利笑着说。

"你变瘦了。"她顿了顿，"你一切都好吗？"

比利吃了一惊，低头扫视自己。他变瘦了吗？似乎是的。一个从没用过的皮带孔现在派上了用处。他抬起头看着她："我挺好的，科琳娜。"

"你看上去当然很健康，我不是那个意思。至少不全是。你的书进展如何？"

"非常顺利。"

"你也许应该多吃点了。健康食品。绿色和黄色的蔬菜，而不只是外卖比萨和塔可贝尔的快餐。从长远效果看，单身快餐比烈酒还不好。今晚过来一起吃饭吧，6点。我做牧羊人派，会在里面塞满胡萝卜和青豆的。"

"听着就好吃，"比利说，"只要你不麻烦就行。"

"没有的事，而且我想谢谢你。你对我的孩子非常好。你给沙尼斯赢了火烈鸟之后，她对你的爱又上了一层楼。"她压低声音，像是在分享什么秘密，"她把火烈鸟的名字从弗兰奇改成了戴维。"

开车去市区的路上，比利想到沙尼斯给火烈鸟改名的事情，他一方面很高兴她这么做了，另一方面他又非常羞愧，这个名字毕竟是个谎言。

8

那天下午，他离开杰拉尔德塔，朝着皮尔森街的方向走了两个街区。他在一个巷口停下，朝窄巷里看了几眼，只见到两个垃圾箱。他觉得这里可以，于是掉头走向停车库。

在回米德伍德的路上，他去了一趟沃尔玛。自从来到米德伍德后，他似乎一直在这里购物。他拎着购物篮在收银台前排队的时候，再次考虑要不要放弃这个任务。直接消失。但尼克肯定会来找他，而且不仅是为了追回那笔已经入账的可观费用。尽管比利很擅长消失，但尼克不会停止搜捕他。他会从盘问布基·汉森开始，对布基的盘问会很残酷，因为尼克会想到，如果有人掌握比利·萨默斯的下落，那肯定是他在纽约的这位掮客了。布基很可能会丢掉所有的指甲，也许会送命。两者都不是他应得的下场。

尼克还会派他的手下——很可能就是猫王弗兰奇和保利·洛根——来这附近打听情况。他们会盘问法齐奥夫妇和拉格兰夫妇，还有贾迈勒和科琳娜。会不会盘问孩子？可能性不大，成年人和孩子交谈会引来不必要的关注，但光是想到这两个恶棍盘问沙尼斯和德里克就足以让他心惊肉跳了。

另外还有两点。首先，他从没扔下任务逃跑过。其次，乔尔·艾伦罪有应得，他是坏人。

"先生？轮到你了。"

比利的心思回到了沃尔玛的结账柜台："不好意思，我走神了。"

"没事，我总这样。"收银的女孩说。

他倒空购物篮。有鲜绿色的高尔夫杆头套袋，上面印着"POW!"和"WHAM!"；有枪支清理工具；有一套厨房用的木勺；有个红色的大蝴蝶结，镶着亮片拼出来的"生日快乐"；有背后印着滚石乐队徽标的薄夹克；还有一个儿童午餐饭盒。收银员最后给饭盒扫码，然后拿起来仔细看了看。

"水兵月！有个小女孩要开心死了！"

沙尼斯·阿克曼会很喜欢它的，比利心想，但饭盒不是买给她的。换个更美好的世界，也许会是的。

那天晚上，在阿克曼家吃过晚饭后（科琳娜的牧羊人派确实很好吃），他来到他家的地下娱乐室，从高尔夫球包里取出武器。正是他要的 M24，看上去状态不错。他拆开枪，把零件摆在乒乓球台上，然后逐一清理这 60 多个零件。球包有两个拉链袋，拉开一个，他找到了瞄准镜，拉开另一个，他找到了弹匣，弹匣里有 5 发子弹：塞拉比赛之王空尖艇尾型子弹。

他只需要 1 发。

10

第二天上午 9 点 45 分，他走进杰拉尔德塔的大堂，高尔夫球包的背带套在左肩上。他特地来得比较晚，等商业仓鼠都在轮子上奔跑起来才到。年长的保安欧文·迪安从杂志（今天是《汽车潮流》）后抬起头，咧开嘴对他笑着说："要去打高尔夫了吗，戴维？天哪，作家的生活是多么美好！"

"不是我的，"比利说，"我觉得这是全宇宙最无聊的运动。是给我经纪人的。"他转动球包的角度，让欧文看到它侧面的蝴蝶结和亮片文字。蝴蝶结底下是个边袋，里面装的不是几十个球座，而是装上子弹的弹匣。

"哎，你可真大方。好贵重的礼物！"

"他帮我做了很多事情。"

"嗯哼，我听说了。只是鲁索先生看上去并不是打高尔夫球的那块料。"欧文伸出双手在前面比画，示意乔治的肚子有多么硕大。

比利早有准备："是啊，要是让他步行，说不定走到第三洞就心脏病突发倒地而死了，但他有一辆定制的高尔夫球车。他说高尔夫球是他在大学里学会的，那时候他还苗条得多。说起来，有一次他说服我和他一起上赛道，他一杆子把球打得老远，要不是亲眼看见，真是不敢相信。"

欧文站起来，有一个冰冷的瞬间，比利以为他作为老警察的直觉再次闪现，打算出来检查球杆，这么做不但能挽救乔尔·艾伦的小命，而且很可能会断送比利的性命。但他并没有，而是左右转身，用双手拍打他蔚为壮观的后臀。"力量就是从这里来的。"欧文又拍了两下以示强调，"就这里。你去问任何一个橄榄球前锋或本垒打击球手。去问何塞·阿尔图韦，他身高只有五英尺六英寸，但他的屁股硬得像砖头。"

"肯定是这样的。乔治腿上的力气确实非同寻常。"比利理了理一个绿色的杆头套，"欧文，祝你一天顺利。"

"你也是。对了，他哪天生日？我也送他一张卡片什么的。"

"下周，但他未必在这里。他去西海岸了。"

"棕榈树和游泳池边的美女，"欧文说着坐下，"真快乐。你今天会晚走吗？"

"还不知道呢。看情况吧。"

"作家的生活是多么美好。"欧文又说，翻开他的杂志。

11

　　回到办公室，比利拉开绿色的杆头套——这个上面印着"SLAM!"——一根被他锯成合适长度的窗帘杆从雷明顿的枪管里伸出来，窗帘杆末端绑着一个木汤勺。套上绿色杆头套，它看上去和高尔夫球杆的杆头毫无区别。他取出步枪的枪托、枪管和枪栓，然后推开两根球杆，取出午餐饭盒，午餐饭盒外面包着一件套头衫，用来吸收有可能发出的叮当碰撞声。里面是比较小的部件：枪栓塞、撞针、抛壳挺、底板锁扣，等等。他把拆开的步枪、装有 5 发子弹的弹匣、利奥波德瞄准镜和玻璃切割器放进办公室和小厨房之间的顶柜。他锁好柜门，把钥匙揣在口袋里。

　　他甚至没有尝试写作。写作只能暂停了，等这场闹剧结束了再说。他把用来写作的 MacBook Pro 推到一旁，打开自己的电脑。他输入密码（一组杂乱无章的数字和字母，他把它们记在心里，没有写在即时贴上随便一贴），打开标题为"基佬浪子"的文件。所谓的基佬浪子自然就是商业解决公司的科林·怀特，文件里列出了他见过科林穿来上班的 10 套华丽行头。

　　他无法预测科林会在乔尔·艾伦被押送到法院的那天穿什么衣服，但比利认为这一点不重要。原因不仅在于就算眼睛撒谎，人们也愿意相信自己的眼睛，也在于他需要的只能是那条伞兵裤。科林有时候会用它配一件"权力归花儿"[1]的宽肩衬衫，有时候是一件"酷儿支持特朗普"T 恤，有时候是他无数件乐队纪念衫中的一件。不过这并不重要，因为人们见到的科林会穿一件背后印着滚石乐队徽标的夹克衫。他从没见过科林穿任何样式的夹克衫，尤其是在刚结束的这个炎热夏天里，但他的衣柜里肯定有这种衣服。另外，就算刺杀的那天很

---

1 20 世纪六七十年代的一个符号，象征和平与爱。

热（秋老虎在这里很常见），夹克衫依然说得过去。这是用来彰显时尚品位的。

等尼克的人在假公共服务部卡车里看着比利跑过而没有上车，他们不会认为比利·萨默斯想逃跑。他们只会看见伞兵裤和齐肩黑发，心想那个打扮绚丽的基佬来了，正在往山上逃。

希望如此。

比利继续用他的笔记本电脑上亚马逊购物，指定隔日送达。

第9章

1

一周过去了，他一直在等乔治的消息，但什么都没等到。周五晚上，他邀请邻居来后院烧烤，比利、贾迈勒和保罗·拉格兰在后院里玩了一阵三人传球，孩子们玩捉人游戏，在保罗和贾迈勒扔出的快球底下左躲右闪。尽管贾迈勒给比利找了一只衬垫很厚的捕手手套，洗碗时他的手还是感到微微刺痛。就在这时，他的手机响了。

他先拿起的是戴维·洛克里奇的手机，但不是这个。然后他拿起比利·萨默斯的手机，也不是这个。这就只剩下他以为不可能会响的那只手机了，肯定是布基从纽约打来的，因为只有他知道多尔顿·史密斯的号码。他从客厅的威尔士衣柜上拿起多尔顿·史密斯的手机，却意识到实际上未必如此。他在房产经纪人默顿·里克特给他的表格上填过这个号码，也把它留给了楼上的邻居贝弗利·詹森。

"你好？"

"你好，邻居。"不是贝弗利，而是她丈夫，"亚拉巴马州怎么样？"

比利有一瞬间完全不知道詹森在说什么。他愣住了。

"多尔顿？你还在吗？"

各种细节忽然对上了。他应该在亨茨维尔为衡平保险公司安装电脑系统。"在，我在。还能怎么样？热，就是这样。"

　　"除了热，天气都还好吗？"

　　比利完全不知道亨茨维尔是个什么天气，按理说应该和这里差不多，但天晓得呢。但凡他做过一丁点唐·詹森有可能打电话给他的思想准备，他就会预先查一查。"没什么特别的，"他说，"有什么事吗？"

　　嗯哼，我们在琢磨你他妈到底是什么来头，他想象唐这么回答，那个假肚子也许能骗过大多数人，但我老婆一开始就看出来了。

　　"是这样的，"唐说，"贝弗利母亲的病情昨天突然恶化，今天下午去世了。"

　　"天哪，我非常抱歉。"比利真的觉得很抱歉。也许不至于"非常"，但至少是"有点"。贝弗利比不上科琳娜·阿克曼，但也是个好人。

　　"是啊，贝弗利非常难过。她在卧室里，收拾一会儿东西，哭一会儿，哭一会儿，收拾一会儿东西。我们明天飞去圣路易斯，然后在机场租车去那个鸟不拉屎的小镇迪金斯。除了葬礼，我们还有很多事情需要处理。很可能要待一段时间。"唐叹了口气，"我讨厌花钱，但她的什么律师会在周二宣读遗嘱，我猜里面也许给我们留了些钱。至少听起来是这个意思，不过你知道律师都是什么德行。"

　　"谨慎。"比利说。

　　"没错，谨慎。不过呢，安妮特生性节俭，而贝弗利是她唯一的孩子。"

　　"啊哈。"

　　"我们大概会在那里待一段时间，我给你打电话就是因为这个。贝弗利问我们能不能把我们家的钥匙从你的门底下塞进去。等你从亚拉巴马州回来，麻烦你有空时看看我们家的冰箱，顺便给贝弗利的吊兰和凤仙花浇浇水。她对植物特别疯狂，甚至会给它们起名字，你能相信吗？要是你还有一周多才能回来，我们可就要挠头了。我们在这里认识的人不多。"

因为那附近的人本来就很少，比利心想。他还心想，这太好了，岂止是好，简直是天降的好运气。这下皮尔森街那座屋子就只有他一个人了——除非詹森夫妇在乔尔·艾伦离开加利福尼亚前回来。

"要是你不行……"

"我当然行，我很高兴能帮你们。你们会离开多久？"

"很难说。至少一周，也许两周。我请了事假。当然了，没工资的，但要是能分到点遗产……"

"好的。我懂了。"越来越好了，"浇水就交给我吧。我应该很快就会回来，这次出差已经够久了。"

"那就太好了。贝弗利叫我转告你，冰箱里的东西你随便吃。她说有人吃总比放坏了好。不过到时候牛奶多半已经没法喝了。"

"是啊，"比利说，"我遇到过这个问题。祝你们一路顺利。"

"多谢，多尔顿。"

"不用客气。"比利答道。

2

那天夜里，比利躺在床上，双手插在枕头底下，看着天花板上那块朦胧的泛黄亮光，光线是法齐奥家门口的路灯投出来的。他总是忘记买窗帘，他考虑过买，但每次都会忘记。现在他除了等待什么都做不了，应该能记住了。

他希望等待的时间别太长，不仅因为唐和贝弗利出门给他带来了极大的便利，更因为没法写本吉的故事会让他在杰拉尔德塔虚耗的时光变得格外难熬。接下来要写的是费卢杰，比利知道他想讲述哪段经历，他想捕捉哪些精彩的细节。挂在棕榈树上的垃圾袋碎片，在热风中像旗帜似的飘舞。穆斯林乘出租车去和海军陆战队拼杀，他们从车上鱼贯而出，就像马戏团的小丑群演钻出小车。区别在于马戏团小丑不会抱着枪下车。身穿 50 分和史努比狗狗 [1]T恤的少年负责搬运弹药，他们穿着破旧的耐克或查克泰勒运动鞋跑过瓦砾堆。三条腿的狗叼着一只人手，慢吞吞地穿过约兰游乐场。比利能清晰地看见沾在狗爪上的白色粉尘。

素材都准备好了，但在任务完成前，他不可能把它们写成文章。按照威廉·华兹华斯的说法，最好的写作永远是在平静中回想的强烈情感。但比利失去了他的平静。

他终于坠入梦乡，但在深夜的某个时刻，手机收到短信的叮咚轻响惊醒了他。换在平时，这样的响动不可能打扰他的睡眠，但现在他睡得很浅，梦境总是犹如薄雾。战场上的情况永远是这样。

三只手机在床头柜上一字排开充电：比利的、戴维的、多尔顿的。屏幕亮起来的是他的手机。

Db1Dom：打电话给我。然后是一个拉斯维加斯区号的号码。Db1Dom 就是双张多米诺，尼克的赌场大饭店。现在比利这边是凌晨 3点。在拉斯维加斯，尼克多半刚刚准备睡觉。

比利打了过去。尼克接起电话，问比利好不好。比利说他很好，除了现在是凌晨 3 点。

尼克笑得很开心："现在最适合打电话了，想找的人肯定在家。我刚刚收到消息，我们的朋友很可能下周三往你那里去。本来应该是周一的，但他有点食物中毒，多半是自己搞的。他的车会送他去旅馆，他会在旅馆过夜。明白了吗？"

比利听明白了。艾伦的旅馆指的是县拘留所。

---

1 50 分和史努比狗狗均为美国说唱歌手。

"第二天上午，他会去你那里赴约。明白我说什么吗？"

"明白。"提审。

"红毛朋友把你要的东西送过来了吗？"

"嗯。"

"东西可以吗？"

"嗯。"

"那就好。你的经纪人会再给你发短信的，然后你就可以就位了。等事情结束，你就去度假。都听懂了？"

"嗯。"比利说。

"别忘记付这个手机的账单，还有你在用的另一只手机。明白了吗？"

"嗯。"比利答道。尼克说一句就问他一次明不明白，这固然让人厌烦，但也是个好兆头。尼克依然认为他在和一个脑子永远半通不通的家伙说话。销毁比利·萨默斯的手机，销毁戴维·洛克里奇的手机，销毁他这一路上使用过的所有一次性手机，我记住了。他只会留下一只尼克不知道其存在的手机。

"我们回头再聊，"尼克说，"愿意的话，手机你可以保留一段时间，但记得删除我发给你的短信。"说完他就挂了电话。

比利删除短信，躺下，不到一分钟就睡着了。

3

这是个凉爽的周末，秋天似乎终于来了。比利能看见常青街的行道树上出现了最初的几抹秋色。周日下午照例是《大富翁》，比利的对手是三个孩子，还有五六个孩子围着棋盘叽叽喳喳。骰子平时总是他的朋友，但今天不是。他掷出三个双倍，连续三个回合进监狱，这在统计学上不正常得可以和超级百万彩票的六个号码全选对相提并论。他坚持了很久，把两个对手熬到破产，但最后还是输给了德里克·阿克曼。银行没收他最后一项抵押资产后，孩子们欢呼雀跃，把他压在底下叠罗汉，高喊"输了输了酒海沉船了"。科琳娜下楼来看他们在闹腾什么，大笑着命令他们从他身上起来，让这位老兄喘口气。

"你完蛋了！"丹尼·法齐奥兴高采烈地大喊，"被一个孩子打败了！"

"是啊，"比利说，自己也笑了，"要是我每次都能摇到铁路，而不是进监狱——"

沙尼斯的朋友贝姬朝他吐舌头，所有人又笑得前仰后合。然后他们上楼，在客厅里吃馅饼，贾迈勒正在客厅看棒球季后赛。沙尼斯和比利坐在沙发上，她把火烈鸟抱在大腿上。比赛打到第七局，她睡着了，脑袋靠在比利的胳膊上。科琳娜留他吃晚饭，但比利拒绝了，说他想去看早场电影。他一直在等《死亡快车》上映。

"我看过预告片，"德里克说，"好像很吓人。"

"我使劲吃爆米花，"比利说，"这样就不害怕了。"

比利没有去看电影，而是在车上找了个播客听影评，他开车穿过小城，去他存放福特蒙迪欧的停车库。稳妥永远好过后悔。他开着蒙迪欧来到皮尔森街658号，把多尔顿·史密斯的装备放进壁橱。然后他去楼上，给贝弗利·詹森的吊兰和凤仙花浇水。吊兰精神很好，但凤仙花似乎垂头丧气。

"好了，达夫妮，"比利说。凤仙花前面的小牌子说她叫达夫妮，而吊兰叫——天晓得为什么——沃尔特。

比利锁好门，走出屋子，用一顶棒球帽遮住他并非金色的头发。尽管天快黑了，但他还是戴着墨镜。他开着蒙迪欧回到停车库，开着丰田回到米德伍德，看了一会儿电视，上床。他几乎立刻就睡着了。

4

周一下午，有人敲门。比利去开门，心直往下沉，以为会是肯·霍夫。但来的不是霍夫，而是菲莉丝·斯坦诺普。她在微笑，但眼睛红肿。

"想请个女孩吃晚饭吗？"直截了当，"我男朋友甩了我，我需要给自己打打气。"她停了停，又说："我请客。"

"不用请我。"比利说。他知道吃饭会引出什么，这很可能不是个好主意，但他不在乎。"我很愿意请你，但你要是真的特别介意，我们可以 AA。"

但他们没有 AA，比利付了钱。他觉得她很可能决定用和他睡觉来庆祝一段孽缘的结束，灌下肚的三杯螺丝刀[1]（餐前两杯，餐中一杯）让他更加坚定了这个信念。比利把葡萄酒单递给她，她挥手表示不要。

"不混着喝就没事，"她说，"这是——"

"《谁害怕弗吉尼亚·伍尔夫》？"比利替她说完，她放声大笑。

她吃得不多，说分手闹得很不愉快，先是面对面闹了一场，然后在电话上吵了一架，所以她并不饿，她真正想要的是喝酒。他们也许不会各付各的，但她需要分一些勇气来应付接下来的事情，因为现在看来，这已经不是一种可能性，而是不可避免的结果了。他也想要，他很久没睡过女人了。比利用戴维·洛克里奇的信用卡付账，想到孩子们压在他身上喊"输了输了酒海沉船了"。而仅仅过了一天，他就见到了一条酒海沉船，一个情场输家。

"我们去你家吧。我不想回我家看见他的须后水摆在我家卫生间架子上。"

好的，比利心想，你可以看我的须后水摆在我家卫生间架子上。你甚至可以用我的牙刷。

---

1 一款用橙汁和伏特加调制的高球鸡尾酒。

他们来到常青街的黄色小屋，她用赞赏的目光扫视了一圈，夸奖他在市区二手店买的《日瓦戈医生》海报，然后问他有没有喝的。比利的冰箱里有6听啤酒。他问她要不要杯子，菲莉丝说她喜欢对着易拉罐喝。他拿了两罐啤酒到客厅里。

"我记得你说这段时间要滴酒不沾的。"

他耸耸肩："承诺就是用来打破的。再说我也下班了。"

他们刚打开啤酒，她就说"这里好热"，然后开始解罩衫的纽扣。啤酒会在咖啡桌上晾到明天早上，几乎没碰过，已经跑了气。

做爱令人愉快，至少比利这么觉得。他认为她也是这样想的，但他从来都看不透女人的心思。有时候她们会表现得像是希望你快点完事，这样她们就可以去睡觉了。不过，如果她在装高潮，那她真的装得很好。有一个瞬间，就在他忍不住的时候，她抵着他的肩膀发出"嗯嗯嗯"的声音，指甲险些在他身上抠出血来。

他翻身下来，在床的另一侧躺平，她拍了拍他的肩膀，像是在说小伙子不错："你别告诉我这是个同情炮。"

"不是的，相信我，"他说，"我就不问你是不是报复前任炮了。"

她大笑："最好别问。"然后她翻身侧躺，和他拉开距离。5分钟后，她已经在打鼾了。

比利醒着躺了一会儿，不是因为她在打鼾——这个鼾声很淑女，更像猫的呼噜声，而是因为他的思绪就是停不下来。他想到她如何出现，又如何跟他回家，感觉就像左拉小说里的情节，每个角色都必须物尽其用，在结尾前像谢幕似的再出场一次。他希望他本人的故事没有结束，但觉得故事的这个部分就快结束了。等他做完这一单，收到酬劳，就会走入新生活（也许作为多尔顿·史密斯，也许作为其他什么人）。也许是一种更好的生活。

一段时间以来，很可能是自从开始写本吉的故事，他就意识到了他不可能继续过现在这种生活了，否则一定会被活活憋死。只杀坏人的理念（不，幻想）只能欺骗自己到这一步了。这条街上有很多好人正在家里睡觉。他不会杀死他们之中的任何一位，但等他们发现他的真实身份，他们内心的某些东西就会被他杀死。

这么说是不是太诗意了？过于浪漫化了？比利不这么认为。一个陌生人来了，成为大家的好邻居，然后是个精彩的转折：事实证明，从头到尾没有人真的认识他。

凌晨3点，菲莉丝在卫生间呕吐的响动吵醒了比利。冲马桶，开自来水，她回到床上，她哭了一会儿。比利装睡。哭声停止，鼾声重启。比利睡着了，梦见垃圾袋挂在棕榈树上飘舞。

5

6点刚过，咖啡的香味唤醒了他。菲莉丝在厨房里，光着脚，身穿他的衬衫。

"睡得好吗？"比利问。

"挺好。你呢？"

"非常好。咖啡真的很好闻。"

"我偷了你几粒阿司匹林。昨晚我好像喝得太多了。"她给他一个眼神，里面好笑和尴尬各一半。

"只要你别偷我的须后水就行。"这话逗得她大笑。一夜情之后的早晨有可能非常难熬，他经历过几次这样的倒霉事，不过比利认为这次不会，他很高兴。菲莉丝是个好女人。

他说他可以来做嫩炒蛋，她做个鬼脸，摇摇头。于是他请她吃了不涂奶油的吐司。吃完早饭，他把卧室和卫生间让给她，这样她就可以单独洗澡和穿衣服了。等她重新出现时，她看上去神采奕奕。衬衫有点皱，除此之外都很体面。以后她有个传奇故事可以说给别人听了，比利心想。我和杀手共度的一夜。当然了，前提是她决定说出去。她也许不会说。

"戴维，能开车送我回家吗？我想换身衣服。"

"当然。"

她在门口停下，伸出手按住他的胳膊："不是报复前任炮。"

"不是？"

"有时候女孩就是希望被需要，而你想要我……对吧？"

"对。"

她使劲一点头，意思是那就没问题了："而我也想要你。但我认为恐怕只会有这么一次。虽然永远不要说永远，但我就是这么感觉的。"

而比利知道只可能有这么一次，也点点头。

"还是朋友？"菲莉丝问。

他拥抱她，亲吻她的脸蛋："永远都是。"

时间还早，但常青街的居民起得很早。街对面，戴安娜·法齐奥坐在前门廊的摇椅上。她裹着一件粉红色的羊毛家居服，一只手端着咖啡。比利拉开丰田车的副驾驶座车门请菲莉丝上车。他从车尾绕到驾驶座的路上，戴安娜友好地向他竖起了大拇指。

比利忍不住笑了。

6

中午，快餐车来了，比利下楼买了墨西哥夹饼和可口可乐。吉姆·奥尔布赖特、约翰尼·科尔顿和哈里·斯通——那位青年律师，就像电视剧或格里森姆[1]小说里的角色——挥手叫他过去，请他坐下一

---

1 美国作家，作品多是法律惊险小说，代表作有《造雨人》《非常正义》等。

起吃饭，但比利说他想回办公室吃饭，顺便再干干活。

吉姆竖起一根手指，背诵道："没人会在临终时说：'真希望我能在办公室里多待一待。'奥斯卡·王尔德，说完他就去了未知的彼岸。"

他可以告诉吉姆，据说奥斯卡·王尔德的遗言是"要么那墙纸滚蛋，要么我走"，但他只是笑了笑。

事实上，由于任务将近，他不想和这些人在一起消磨时间了，倒不是因为他不喜欢他们，反而正是因为他喜欢他们。菲莉丝今天似乎请假了。他希望她周三和周四也都请假，不过这个希望似乎过于渺茫。

他回到办公室，多尔顿的手机响了。是唐·詹森。

"道伦！¹我的好兄弟！回来了吗？"

"回来了。"

"过得怎么样？达夫妮和沃尔特呢？"

"我们三个都很好。你怎么样？"听唐的声音，他似乎已经喝得口齿不清了，虽然现在刚过中午12点。

"哥们儿，我不可能更好了。"他把"好"说成了"哈"，"贝弗利也是。来，贝弗利，说声你好！"

贝弗利的声音很遥远，但他听得非常清楚，因为她在扯着嗓子喊："你好啊，甜心宝贝儿！"然后是尖着嗓子的一阵狂笑，看来她也在喝酒，两个人似乎都没什么哀悼的情绪。

"贝弗利说你好。"唐说。

"嗯，我听见了。"

"道伦……好哥们儿……"他压低声音，"我们发财了。"

"真的？"

"律师今天上午宣读了遗嘱，贝弗利的老妈把所有财产都留给了她。股票和银行存款。将近20万美元！"

---

1 原文如此，唐叫错了名字。

背景里传来贝弗利的欢呼声，比利忍不住笑了。等她清醒过来，也许会重新陷入悲伤，但此时此刻，这座小城一个不怎么招人待见的住宅区里的两位租客正在庆祝，而比利觉得情有可原。

　　"那就太好了，唐。真的很好。"

　　"道伦，这次你会在家里待多久？我打电话就是为了问这个。"

　　"应该会比较久。我签了个新合同，给——"

　　唐没有等他说完："好，那就好。你继续给达夫妮和沃尔特浇水，因为……你猜怎么着？"

　　"怎么着？"

　　"你猜！"

　　"猜不到。"

　　"必须猜，我的电脑天才，必须猜！"

　　"你们要去迪斯尼乐园。"

　　唐笑得太响了，比利不得不皱起眉头，把手机从耳边拿开，但同时他也在微笑。好事发生在好人身上，无论他的处境会因此而如何改变，他都很喜欢这样的发展。不知道左拉有没有写过类似的情节。很可能没有，但狄更斯——

　　"很近了，道伦，很近了。我们要去坐邮轮了！"

　　贝弗利在背景里欢呼。

　　"这次你要待多久？一个月？六周？因为——"

　　这时贝弗利抢过了手机，比利再次把手机拿开了几英寸，免得他的耳膜过于劳累。"要是到时候我们还没回来，就让它们去死好了！我可以买新的！买它一个温室！"

　　比利抓住机会送上哀悼和祝贺，然后唐又拿回了电话。

　　"等我们回来，我们就要搬家了。再也不用看街对面那块该死的建筑空地了。道伦，我不是在鄙视你的公寓。贝弗利一直想租那套来着。"

贝弗利叫道："现在不了！"

比利说："我会给达夫妮和沃尔特浇水的，别担心。"

"我们会开你工资的，电脑天才花草保姆！我们出得起钱！"

"不用了。你们是我的好邻居。"

"你也是，道伦，你也是。知道我们在喝什么吗？"

"香槟？"

比利再次不得不把手机从耳边拿开。"你他妈真是说他妈中了！"

"别喝过头了，"比利说，"替我向贝弗利问好，听见了吗？她失去母亲我感到抱歉，但对你们继承遗产感到高兴。"

"好的，我记住了。100万个感谢，好兄弟。"他顿了顿，等他再次开口，语气接近清醒，像是充满敬畏，"20万。你能相信吗？"

"嗯。"比利说。他挂断电话，坐回办公椅里。他挣到的远远不止20万，但他认为真正富有的是唐·詹森和贝弗利·詹森。是的，先生，他们才是真正富有的。听起来有点伤感，但这是真话。

7

第二天上午，他刚拐进杰拉尔德塔路口另一头的停车库，戴维·洛克里奇的手机响了，收到了短信。他开到四层停好车，然后才读短信。

乔治·鲁索：支票已经上路。

比利不太相信，西海岸现在才6点半，但他明白支票肯定很快就上路了。艾伦要来了，很可能搭乘商业航班，一只手和本市或本州的一名刑警铐在一起，这是个好消息。好戏即将拉开大幕。胜负就此一举。

他打开后排车门，拿起座位上的购物纸袋。袋子里是伞兵裤和背后印着滚石嘴唇徽标的丝绸夹克衫。虽然科林·怀特最喜欢金色，但这条裤子不是金色的。天人交战一番后，比利觉得金色恐怕过于招摇。他在亚马逊买的是条金色波点的黑裤子。他相信科林肯定会喜欢。

比利已经准备好了一套说辞，以免——可能性不大，但永远存在——欧文问他为什么拎着购物袋来上班，但欧文正在和几个商业解决公司的漂亮女人聊天，比利刷卡走向电梯时，他只是心不在焉地朝他挥了挥手。

他在办公室里打开购物袋，从衣物底下翻出他在史泰博买的一块标牌。上面印着"暂停使用"。文字左右各有一张悲伤的哭脸。底下是一块空白，用于书写简短的解释。比利用记号笔写上："停水。请使用4楼或6楼卫生间。"他拿着标牌扇了几下，防止文字被弄花，然后把它放回购物袋里。他把黑色长发的那顶假发也放进去，然后把购物袋放进壁橱。

他回到办公桌前，把本吉的故事转移到U盘上。等事情结束，他会用自杀程序销毁MacBook Pro上的所有资料。电脑会留在这里。电脑上沾满了他的指纹，房间里也到处都是，因为他在这里待得太久，无论怎么擦都会有所遗漏，但问题不大。等他开完枪，看见乔尔·艾伦的尸体倒在法院门前台阶上，比利·萨默斯就会不复存在。至于他个人的电脑……他可以让那台也自杀，扔着不管，然后使用皮尔森街的一台便宜AllTech，但他不想这么做。他的电脑要和他一起离开。

8

一小时后，有人敲响了办公室的大门。他出去开门，再次以为会是肯·霍夫（也许他想临阵退缩），但他再次猜错了。这次来的是达那·爱迪生，尼克从拉斯维加斯调来的打手之一。他今天穿的不是公共工程部的连体服，而是不起眼的黑色长裤和灰色运动上衣。他个子不高，戴眼镜，乍看之下，你会以为他来自菲莉丝·斯坦诺普工作的会计所。但仔细再看，你就会发现（尤其是假如你参加过海军陆战队）另一些东西。

"你好，老兄，"爱迪生的声音低沉而有礼貌，"尼克叫我给你带句话。我能进来吗？"

比利让到一旁。达那·爱迪生抬起他漂亮的棕色懒汉鞋，轻快地穿过外间，走进小会议室，比利把这里当作写作工作室，当然也是从高处狙击的地点。爱迪生的动作敏捷而自信。他扫了一眼桌子，比利的个人电脑开着，一盘克里比奇纸牌游戏正玩到一半，然后他望向窗外。他扫视比利的射击路线，比利在这个夏天已经扫视过无数次。不过，现在夏天已经过去，空气中透着秋季的凉意。

还好爱迪生给了他一点缓冲时间，因为比利已经习惯于在杰拉尔德塔扮演一个名叫戴维·洛克里奇的聪明人，很容易露出马脚。不过等爱迪生转回来面对他的时候，比利已经戴上了愚钝化身的面具：瞪大眼睛，嘴巴微张。这不足以让他显得像个乡下傻蛋，但足以让他看起来像是那种认为左拉是超人宿敌的人。

"你叫达那，对吧？我在尼克那里见过你。"

他点点头："还见过我和雷吉开着市政车转来转去，对吧？"

"对。"

"尼克想知道你有没有准备好明天动手。"

"当然。"

"枪在哪里？"

"呃……"

达那咧嘴一笑，牙齿和他的整个人一样小而整齐。"没关系。但就在手边，对吧？"

"那当然。"

"有割玻璃的工具吗？"

一个愚蠢的问题，但没关系，他应当被当成愚蠢的人。"当然。"

"今天别拿出来用。阳光整个下午都照在楼的这一面，很容易被人看见多了个窟窿。"

"我知道。"

"嗯，我猜你也知道。尼克说你当过狙击手。在费卢杰杀过人，对吧？感觉怎么样？"

"挺好。"其实并不好。这次交谈给他的感觉也不好。自从爱迪生走进房间，这里就好像多了一团雷暴云，虽然不大，但非常细密。

"尼克要我来确定一下你记住了整个计划。"

"我记住了。"

爱迪生继续执行命令："你开枪。5秒钟后，顶多不过10秒，咖啡馆背后会轰隆一声巨响。"

"焰火筒。"

"对，焰火筒，那是猫王弗兰奇的职责。再过5秒钟，顶多不过10秒，路口那家报刊文具店背后也会引爆一颗，那是保利·洛根。人们开始四散奔逃。你混在人群里，只是一个普普通通的办公室职员，想瞅一眼发生了什么，然后跑得能多远就多远。你拐过路口。公共工程部的车就停在那里。雷吉会敞着后门，而我坐在驾驶座上。你一上车就以最快速度换上工作服。明白了吗？"

我一直是明白的。比利并不需要最后再被领着走一遍。"明白了。但是，达那，我有个问题。"

"什么问题？"

"我要做一些事情来准备行动，一旦我动起来，就没有回头路了。你确定就是明天吗？"

达那张开嘴，想说当然确定，但比利摇了摇头。

"回答前先想清楚。仔细想一想，因为万一情况改变，计划泡汤，我跑掉了，但乔尔·艾伦还在用他的肺呼吸。所以……你确定吗？"

达那·爱迪生打量着比利，也许在重新评估这个人，然后突然笑了："当然确定了，就像我确定太阳会从东边升起一样。还有什么吗？"

"没了。"

"好。"爱迪生迈开他的弹簧步，走向外间办公室。他的发髻像个深红色的门把手。他走到门口，转身盯着比利，他明亮的蓝眼睛里没有任何神色。他说："别打偏了。"然后就走了。

比利回到写作室，望着暂停的克里比奇游戏。他想到达那·爱迪生只字不提科迪会有一所仓库失火，假如爱迪生知道，他不可能不说。他还想到假如他按照尼克的计划逃跑，结局很可能是脑门上多个弹孔，尸体被扔在乡间小路的排水沟里。假如真是那样，他猜给他开这个窟窿的很可能就是爱迪生。欠他的 150 万会去哪里呢？当然是尼克的腰包了。比利很愿意相信这是他在疑神疑鬼，但爱迪生的突然到访增加了这个可能性的分量。尽管双方合作多年，但尼克肯定至少动过这样的念头：干掉肯·霍夫，干掉比利·萨默斯，其他人就可以干干净净做人了。

比利合上他的笔记本电脑。写小说变得前所未有的遥远。妈的，今天他甚至静不下心来玩克里比奇纸牌。

9

回家路上，他去了一趟冠军五金店，购买他需要的最后一件东西：一把耶鲁锁。他回到黄色小屋（他在这里的最后一夜了），发现门廊最顶上一级台阶上有块石头，底下压着一张纸。他把电脑包从肩膀上放下来，捡起那张纸，坐下，看了一会儿，心想他可不希望这件事在这里就谢幕。这是一张蜡笔画，显然出自孩童之手，但无疑体现出了一定的天赋。是多是少还很难说，因为这位画家今年只有8岁。她在最底下签上了名字：沙尼斯·阿尼亚·阿克曼。最顶上用大写字母写着：送给戴维！

　　画里是个笑嘻嘻的小女孩，皮肤是深棕色的，用亮红色的绸带扎着发辫。她怀里抱着粉红色的火烈鸟，从火烈鸟的脑袋里飘出一连串红心。比利盯着这幅画看了很久，然后叠起来放进裤子后袋。他把自己关进了一个做梦都没想到过的死局。他愿意付出包括200万酬金在内的一切，只求时间倒转3个月，回到他坐在旅馆大堂边看《阿奇的伙伴们》边等车的那一刻。等猫王弗兰奇和保利·洛根进来，他会请他们向尼克说非常对不起，他改变主意了。但现在他不可能回头了，只能向前。比利想到达那·爱迪生来这个住宅区打听情况，甚至用他那双漂亮的手抓住沙尼斯的肩膀，他不由得把嘴唇抿得只剩下了一条缝。他陷入了死局，只能用子弹开出一条血路。

第 10 章

1

周四清晨。行动的日子。比利5点起床。他就着白水吃吐司，不喝咖啡，完成任务前他不摄入咖啡因。等他用步枪抵住肩膀，从利奥波德望远镜向外看时，他需要他的双手绝对稳定。

他把吐司盘和空水杯放在水槽里。他的四部手机在桌上一字排开。他取出其中三部的 SIM 卡——比利的、戴维的和一次性手机的——用微波炉加热两分钟。他戴上烤箱手套，捡出烧焦的残骸，扔进垃圾处理机碾碎。他把三部没有 SIM 卡的手机装进一个纸袋，然后把多尔顿·史密斯的手机、耶鲁锁和灰色棒球帽也放进去。先前他戴着这顶帽子去皮尔森街，放下多尔顿·史密斯的物品，顺便给贝弗利的植物浇水。

他在门口站了一会儿，电脑包挎在肩膀上，左右看了一圈。这里不是家，自从 F.W.S. 马尔金警官开车把他从山景拖车园的地平线公路19 号带走（那里也很难算是他的家，尤其是鲍勃·雷恩斯杀死他妹妹之后），他就再也没有一个能真正称之为家的地方了，但他觉得这地方曾经无限接近于一个家。

"好了，就这样吧。"比利说着出去了。他没有锁门。没必要让警察来撞坏这扇门。他们肯定会把他费了很大心血修复的草坪踩得一塌糊涂，那已经够糟糕了。

2

比利没有开车去停车库。停车库已经完成了使命。6点差5分，他把车停在主大道离杰拉尔德塔几个街区的地方。时间很早，路边有很多停车位，人行道上空无一人。他的电脑在肩上的挎包里，纸袋拎在手里。他把丰田车的钥匙留在杯托里。也许有人会把车偷走，尽管他没必要这么处理车。他同样没必要把三部不插卡的手机分别扔进三个阴沟格栅，而且每次蹲下前都要先扫视周围，确定没人看见他。在海军陆战队，这种行为叫"扫清隐患"。扔掉第三部手机后，他摸了摸口袋，确定他带上了沙尼斯画的她自己和火烈鸟——她把火烈鸟的名字改成了戴维。还在，很好，这个要留下。

他穿过杰里街，朝杰拉尔德塔的反方向走了一个街区，来到他勘察过的那条小巷。他再次扫视周围，确定没人在看（还确认了有没有酒鬼睡在小巷里），然后他走进小巷，在第二个垃圾箱背后蹲下。这座小城市每周五清运垃圾，因此两个垃圾箱都满了，散发着恶臭。他把电脑和灰色棒球帽藏在垃圾箱背后，然后又捡了些包装纸盖好。

这个环节比开枪更让他担心。这是不是就是所谓的讽刺？他不知道。他只知道他不想弄丢他的笔记本电脑，就像他不想弄丢他来小城时在读的那本《戴蕾斯·拉甘》（书现在安稳地藏在皮尔森街658号）。它们是他的幸运符。就像他在警示行动和大半个幽灵之怒行动期间随身携带的那只婴儿鞋。

如果有人走进这条小巷，在垃圾箱背后乱翻，拿开沾着垃圾的包装纸，偷走他的笔记本电脑——发生这种事的概率微乎其微——他们也不可能破解密码，但这件东西仍然很重要。然而，他不能把它带在身边，因为他不能挎着电脑包跑出杰拉尔德塔。比利见过科林·怀特带手机，还见过几次他戴着工作时用的耳麦下楼吃午饭，但从没见过他带笔记本电脑。

6 点 20 分，他来到了杰拉尔德塔。再过一段时间，法院斜对面的这个死胡同将是个挤满工蜂的蜂巢，但现在它静如坟场。他只看见一个睡眼惺忪的女人把写着"早餐特选"的广告牌放在咖啡馆的门口。比利想知道焰火筒有没有就位，然后抛开了这个念头。焰火筒不是他的问题，肯·霍夫承诺的科迪火灾也不是。无论如何，比利都会开那一枪。这是他的工作，他一座接一座地烧掉了他走过的所有桥梁，因此他已经下定决心。他别无选择。

欧文·迪安没有坐在保安台里，他要到 7 点甚至 7 点半才来上班，但大楼的两名勤杂工之一正在大堂拖地。他抬起头，看着比利像个好市民似的乖乖刷卡。

"你好啊，汤米。"比利说，走向电梯。

"戴维，怎么这么早就来了？上帝都还没起床呢。"

"我有死线要赶，"比利说，心想对今天的任务来说，这个词还真是贴切，"等上帝回去躺下，我多半也走不了呢。"

这话逗得汤米大笑："勇敢地上吧，老虎。"

"我就是这么想的。"比利说。

3

他拿着两个纸袋来到五楼的男厕所，把科林·怀特的伪装（没有忘记黑色长假发，它很可能是最重要的一部分）藏在洗手池旁的垃圾桶里，然后用纸巾盖住。标牌和耶鲁锁挂在门上。他把钥匙揣进口袋，与多尔顿的手机和本吉·康普森的U盘做伴。

回办公室的路上，他产生了一个可怕的念头。来杰拉尔德塔的路上，他有几秒钟精神涣散，心思飘向了沙尼斯的蜡笔画，而不是待在它应该待的地方：今天早上的准备工作。他会不会把多尔顿·史密斯的手机扔进阴沟，而留下了应该扔掉的某只手机？这个念头太恐怖了，他在某个瞬间完全确信他就是这么做的，等他把手伸进口袋，掏出来的会是比利或戴维的手机，甚至是那部毫无用处的一次性手机。假如他真的犯了错，他可以换一部手机，多尔顿·史密斯的信用卡都记录良好，但万一在联邦快递把新手机送到皮尔森街658号之前的那一两天里，唐或贝弗利·詹森打电话给他呢？他们会琢磨为什么联系不上他。也许无关紧要，但也许未必。好邻居，知道感恩的邻居，甚至会打电话给警察，请警察去他的地下室公寓，看看他是不是一切都好。

他抓住手机，有几秒钟只是紧握着它，感觉自己像个赌棍，不敢去看小球究竟落在轮盘的哪个颜色上。最糟糕的事情莫过于知道自己疏忽大意了，这比搞错带来的不便更加糟糕，甚至比有可能造成的危险还要可怕。他放任思绪飘向一段已经被他抛在身后的人生。

他从口袋里掏出手机，松了一口气，正是多尔顿的手机。他没有真的犯可能犯的错误。他绝对不能再这么做了。命运不会原谅。

4

7点差一刻。比利在多尔顿·史密斯的手机上打开本地报纸应用，用多尔顿·史密斯的信用卡穿过付费墙。头版头条自然是本州即将到来的选举，但在接近这一版底部的地方（假如是以前印在纸上的报纸，肯定就在折缝之下了），有个新闻标题是"艾伦即将受审，被控谋杀霍顿"。报道是这么说的："经过漫长的引渡斗争，乔尔·艾伦终于即将在法庭上度过许多天中的第一天了。检方打算指控他在詹姆斯·霍顿（享年43岁）一案中犯下了一级谋杀罪，并在另一起近乎致命的枪击案中犯下了杀人未遂……"

比利没有看完剩下的内容，他把手机设置为接收报纸的更新提醒。他坐在外间的办公桌前，拿起一本从未使用过的便笺纸，撕下一张，在上面写道："正在赶死线，请勿打扰。"他把这张纸贴在大门上，然后反锁大门。

他从头顶储物柜里取出雷明顿700的零件，摆在他写作的桌子上。它们看上去就像枪械使用手册里的分解图，这一幕把他带回了费卢杰。他推开记忆，那段人生已经是过眼云烟了。

"不能再犯错了。"他说，开始组装步枪。枪管和枪栓、退壳器和抛壳挺、枪托板和枪托板垫片，以及其他所有部件。他的双手动得飞快，几乎拥有自己的意识。他短暂地想到了亨利·里德的一首诗，这首诗开头是："今天，我们学习各个零件的名称。昨天，我们做了日常清洁。"他把这个念头也从脑海里推开。别再去想小女孩的画了，也别再去想诗歌了。事后可以慢慢想。事后他还可以继续写作。现在，他必须把注意力集中在任务上，把视线凝聚在猎物上。尽管他已经不再在乎赏金了，但这不重要。

他最后装上瞄准镜，然后再次使用手机应用校准，以确保它的精确。按照军队里的说法，一切就绪。他推拉三次枪栓，加了一两滴润滑油，重新校准。假如只打算开一枪，其实并没有这个必要，但他就是这样被训练的。最后，他装上弹匣，拉动枪栓，把那发致命的子弹推进枪膛。他小心翼翼地（但没什么敬意，那个时期早已过去）把枪放在桌上。

他用图钉、绳子和马克笔在窗户上画了个直径两英寸的圆。他用遮蔽胶带在圆上贴了个十字，然后开始割玻璃。正在一圈接一圈转动切割器的时候，手机叮咚响了一声，但他没有停下。他花了相当长的一段时间，因为玻璃很厚，不过最后那块圆形的玻璃还是被取了下来，干净利落得就像从酒瓶里拔出软木塞。清晨的凉风从洞口吹了进来。

他拿起手机，发现收到了报纸的短信提醒。科迪仓库火灾，四级火警。比利望向窗外，看见了一道黑色烟柱。他不知道肯·霍夫的情报是从哪里来的，但完全正确。

7点半了，他做好了一切能做的准备。他希望他做好了一切需要做的准备。他坐进写作时坐的椅子，双手叠放在大腿上，耐心地等待着。就像他在费卢杰那样，趴在河对岸的高处看着一家网吧，经营网吧的阿拉伯人泄露了黑水雇佣兵的身份，引发了一场烈火风暴。就像他在另外十几个屋顶上听着枪声和垃圾袋在棕榈树上的飒飒声那样，他的心跳缓慢而规律。他不紧张。他望着法院街上的车辆渐渐多起来。停车位很快就会停满。他望着顾客走进咖啡馆，有几个人坐在外面，几个月前，比利也曾和肯·霍夫一起坐在那里。第六频道的新闻转播车缓慢地驶近，但媒体只来了这一家。可能是仓库火灾吸引走了其他人，也可能乔尔·艾伦的关注度并不高。很可能两者皆是，比利心想。他继续等待。时间流逝，它永远如此。

5

8点差10分，商业解决公司的员工开始走进办公楼，有些人手里拿着外带咖啡杯。等到8点15分，他们会开始勤奋工作，逼着负债累累的倒霉蛋还钱，半透明的遮光帘落下来，盖住宽阔的窗户，免得他们的视线从工作上转开哪怕几秒钟。有几个人在走向大门的路上停下，望着科迪方向的黑色烟柱在法院上空冉冉升起。这当中就有科林·怀特，他拿的不是外带咖啡杯，而是一罐红牛。今天他穿扎染的喇叭裤和亮橙色的 T 恤，与比利藏起来的那身行头毫无相似之处，但在一片混乱中这并不重要。

又来了一些人，但杰拉尔德塔的出租率不高，因此走向这栋楼的人不怎么多。大多数人走向法院。8 点半，吉姆·奥尔布赖特和约翰尼·科尔顿沿着法院街走来，穿过办公楼前的小广场。他们拎着方方正正的大公文包。菲莉丝·斯坦诺普在他们背后。她的秋季大衣第一次从壁橱的夏眠中醒来，这件衣服是猩红色的，比利不禁想到了小红帽。一段清晰的记忆从脑海里闪过：她俯视他，要他继续深入，而他用拇指轻捻她的乳头。他推开这段记忆。

不算比利，五楼一共有 12 个人，律师事务所 5 个，会计所 7 个。律师事务所的人不一定会听见枪声，但比利寄希望于他们听见第一个焰火筒爆炸的巨响。他们会愣住一小段时间，面面相觑，问刚才是什么声音，然后他们会穿过走廊去新月会计所，因为会计所的窗户正对着法院街。这时第二个焰火筒刚好引爆。他们会聚在一起往外看，想知道究竟发生了什么和他们该怎么做。是下楼还是卧倒？意见会各不相同。他认为他们会拖延 5 分钟，然后一致决定下楼，因为他们拥有居高临下的视角，会看见混乱要么在街对面的法院门前，要么在路口的报刊文具店。比利不需要 5 分钟，3 分钟足矣，甚至两分钟。

他的手机叮咚一声，又收到了一条新闻推送。仓库火灾蔓延到了附近的一个贮存设施，其他消防支队的人马正在赶来。64 号公路将至少封闭到中午，建议司机改道 47 号州内公路。9 点差 5 分，新的一条推送宣布火势已经得到控制。目前没有报告人员伤亡。

比利坐在窗口，步枪横放在膝头。天空晴朗，尼克担心的下雨没有发生，顶多有一丝清爽的微风。第六频道的报道组已经摆开阵势，准备为《正午新闻》拍摄镜头，节目的主角在哪里呢？比利本以为押送艾伦的会是县警车辆，而不是囚车；时间应该是 9 点整，他会先被送进拘留室，等待法官提审。但现在已经 9 点过 5 分了，还没有任何官方车辆从荷兰街县拘留所驶向法院的迹象。

9点10分，依然没有。在咖啡馆吃早餐的人群逐渐散去。再过一阵，管事的女人（不再睡眼惺忪）会把"早餐特选"的告示牌收起来，换上"午餐特选"的牌子。

9点15分，法院上空的烟柱渐渐变淡。比利开始怀疑是不是出了问题。

9点20分，他确定了。也许艾伦病了，或者是装病。也许有人在县拘留所袭击了他。也许他进了医务室，甚至死了。也许他假装精神失常，借此推迟出庭。也许他真的疯了。

9点半，比利正在斟酌不同的脱逃计划（不过无论如何，第一步都是拆开步枪）时，一辆车身标着"县警察局"的黑色SUV拐上了法院街。警灯在车顶和车前格栅里闪烁。第六频道百无聊赖的小报道组立刻有了精神。一个女人走出转播车，她的短裙装和菲莉丝的秋季大衣的颜色完全相同。她一只手拿着麦克风，对着另一只手里的小镜子检查妆容。镜子把明亮的晨光反射向比利，他转过头去，以免晃了眼睛。

两个手持步话机的警察走出法院，跑下石阶，去迎接在路边徐徐停下的SUV。前排乘客座的门开了，一个魁梧的男人下车，他身穿棕色制服，头戴一顶大得可笑的白色斯泰森帽。一名穿着制服的警察从驾驶座下车。电视报道组在拍摄。记者走向魁梧男人，他无疑是县警察局局长，其他人不会有勇气戴这么一顶斯泰森帽。法院里的警察想拦住记者，但魁梧男人示意她过来。她问了一个问题，举起麦克风让他回答。比利能猜到大致内容：我们知道怎么处理他这种危险分子，正义必将得到伸张，11月记得投我一票。

记者得到了想要的回答，向后退开一步。魁梧男人转向SUV，后门打开，另一名穿着制服的警察下车。这个警察宽阔的身板要穿特大码制服。比利举起枪，观察局势，等待机会。司机和特大码警察会合，一起转向打开的车门，乔尔·艾伦下车了。这次只是提审，不需要给陪审团留下好印象，所以他穿着橘红色的连体服，而不是便服。他的双手铐在前面。

记者想向艾伦提问，很可能是诸如犯罪动机这种很有见地的问题，但这次魁梧男人伸出双手挡开了她。艾伦怪笑着对她说了句什么。比利不需要瞄准镜也能看见。

特大码警察抓住艾伦的胳膊肘，拽着他转向法院台阶。他们开始上台阶。比利把枪管伸出窗户上的洞口，他用枪托底板抵住肩窝，两个胳膊肘撑住略微分开的双膝，这种距离的狙击只需要这个支撑就够了。他从瞄准镜向外看，底下的景象出现在眼前。他看见魁梧男人晒伤的后脖颈，看见特大码警察腰带上晃动弹跳的钥匙环，看见艾伦的后脑勺上支棱着一撮浅棕色的头发。比利的子弹会穿过那一撮乱毛，打进底下的大脑。穿过艾伦保守的秘密，他一直指望把这个秘密换成一张出狱卡。

这次闪现的记忆是德里克在最后一次《大富翁》中击败他之后，几个孩子在他身上叠罗汉。他驱散记忆。现在只有他和艾伦，全世界只剩下了他们两个人。就看他这一枪了。比利轻轻吸气，屏住，扣动扳机。

6

子弹的冲击力带着艾伦挣脱了警察的手。他展开双臂，向前飞出去，扑在台阶上。他的前颅骨比身体的其他部分先落地。魁梧男人逃向能藏身的地方，丢掉了他可笑的斯泰森帽。女记者同样转身就跑。摄影师本能地蹲下，但没有逃跑。特大码警察也一样。招募比利的陆战队南方土佬中士肯定会喜欢这两个家伙。尤其是特大码警察，他扫了一眼艾伦，然后原地转身，拔枪搜寻子弹的来源。这家伙很镇定，而且动作敏捷，但比利已经收回了步枪。他把枪扔在地上，走进外间办公室。

他朝走廊里张望，没看见任何人。第一个焰火筒引爆了，响亮的轰隆一声。比利以最快速度跑向男厕所，边跑边掏出钥匙。他转动钥匙开锁，就在他钻进男厕所的时候，听见走廊另一头传来了高亢而激动的纷乱叫声。青年律师、助理和秘书正在跑向新月会计所，完全符合他的时间表。

比利弯下腰，抓起纸巾扔掉，取出伪装的几个组件。他把伞兵裤套在牛仔裤外面，收紧拉绳，打了个活结。不需要拉拉链。他穿上滚石乐队夹克衫，然后对着洗手池镜子戴假发。黑色假发只到后脖颈的一半，但遮住了两侧面颊和到眉毛的额头。

他打开男厕所门。走廊里空无一人，律师和会计师（包括菲莉丝）正在欣赏底下的混乱大戏。他们很快就会决定离开大楼，有一部分人会走楼梯离开，因为电梯容不下所有人。但不是现在。

比利走出厕所，开始下楼梯。他能听见底下传来乱哄哄的声音，而且相当响，但四楼和三楼之间的楼梯上没人。这两个楼层的人还在看窗外的热闹。但二楼不一样，整个二楼都是商业解决公司，就算去掉半透明的遮光帘，他们也没有楼上临街窗户的全景视角。他能听见他们挤挤攘攘地下楼，边走边七嘴八舌地聊天。科林·怀特肯定在他们之中，但不会有人注意到他现在多了个复制品，因为比利会跟在他们后面，而他们不会回头看。今天上午肯定不会。

比利在快到二楼楼梯平台的地方停下。他站了一会儿，等嘈杂的人流变得稀疏，然后继续向下来到一楼，跟着一个穿卡其工装裤的男人和一个穿不合身的格子裤的女人。有一瞬间他不得不停下脚步，很可能是因为一群人堵住了一楼大堂通往外面的正门。他很紧张，因为较高楼层的人很快就要下来了，其中会有一些来自五楼的人。

还好人群很快就又动了起来，5秒后（比利希望吉姆、约翰、哈里和菲莉丝还在高处向下张望），他走进大堂。欧文·迪安离开了岗位。比利能看见他在小广场上，他身穿蓝色的保安马甲，一眼就能认出来。身穿亮橙色衬衫的科林·怀特也很容易认出来。他举着手机，正在拍摄混乱的景象：咖啡馆和隔壁旅行社之间冒出滚滚浓烟，警察沿着街道跑向那里；警察和法警大声命令人们退回法院里和就地躲藏；路口同样浓烟滚滚，逃跑的人们喊得撕心裂肺。

　　用手机拍摄的不止科林一个。还有一些人也在做相同的事情，他们似乎以为高举 iPhone 就能让他们刀枪不入，但这种人毕竟是少数。比利来到外面时看见大多数人只顾逃命。他听见有人在喊"狙击杀人狂！"，还有人在喊"他们炸了法院！"，也有人喊"武装暴徒！"。

　　比利向右穿过门前小广场，走上法院街步道。这条树木林立的斜穿步道通向第二街，而第二街就位于停车库背后。他不孤单，前方有三四十个人，背后至少也有这么多人，大家都想利用这条捷径逃离混乱，但只有他一个人注意到了停在路边的那辆全顺货车。达那坐在驾驶座。雷吉身穿市政人员的工作服，站在后门口扫视人群。逃离法院街的大多数人都在打电话。比利希望他也能假装这么做，但多尔顿·史密斯的手机在伞兵裤底下的牛仔裤里。一个小失误，但你毕竟没法面面俱到。

　　他知道他不能低下头，因为达那或雷吉也许会注意到（尤其是达那），他走到一个身材丰满的女人身旁，她气喘吁吁，把手袋像盾牌似的抱在胸前。快走到厢式货车的时候，比利转向她，模仿科林表演"我是全世界最基的基佬"时的声音，尖着嗓子说："发生什么了？我的上帝，发生了什么了？"

　　"好像是恐怖分子袭击，"女人答道，"我的天，爆炸了好几次！"

　　"我就知道！"比利大叫，"我的上帝，我听见了！"

　　这时他们走过了货车。比利冒险扭头扫了一眼，他必须确定他们没有看到他或追赶他。他们没有。法院街步道上从未有过这么多人，他们挤满了人行道，都想通过这条捷径逃跑。雷吉踮着脚尖，目光灼灼地扫视人群，想在其中找到比利，达那多半也在找他。比利加快脚步，抛下那个丰满的女人，在人群中穿梭。他的速度不能说是竞走，但也差不多了。他左拐走上第二街，到月桂街再次左拐，然后到燕西街右拐。他终于甩开了逃难的人群。街边的一个年轻人抓住比利肩膀，问他到底发生了什么。

"不知道。"比利说。他甩开年轻人，继续向前走。

警笛声在他背后撕裂天空。

7

他的笔记本电脑不见了。

比利掏出包装纸（垃圾箱满了出来，中餐剩菜的胶状物溅在了包装纸上），但底下空空如也，只有古老的鹅卵石地面。他的意识突然跳回了费卢杰和那只婴儿鞋。回到塔可对他说，兄弟你一定要保管好。他把婴儿鞋用鞋带系在裤带环上，它贴着髋部起起落落，旁边是他携带的其他装备。他们所有人都携带的装备。

他不需要这台该死的电脑，本吉的故事在 U 盘上，鲁迪·"塔可"贝尔和其他人的遭遇还没写出来，都在排队等待。等他回到地下室公寓，立刻就可以继续写作。就算小偷是电影里的超级天才，有能力破解开机密码，电脑里也没有任何东西能把他和多尔顿·史密斯联系起来。除了詹森夫妇，与多尔顿·史密斯有联系的只有布基·汉森一个人，而他用来给布基打电话的那部手机已经销毁了。

所以，由它去吧。没办法了，但也没什么损失。

但他感觉还是很不吉利，一个非常坏的兆头。就像总结陈词，总结了这个他早该拒绝的糟糕委托。

他捶了一拳垃圾箱的侧壁，重得足以感觉到疼痛，他听着外面的警笛声。这会儿他不担心警察，警察都在赶往法院，那里发生了严重的大案；但他不得不担心雷吉和达那。一旦他们厌倦了等待，他们就会推测比利要么被困在了杰拉尔德塔里，要么背叛了他们。假如他还在大楼里，他们什么都做不了；但假如他决定抛开计划，自己想办法逃生，那他们就会开着车在街头转悠，搜寻他的踪影。

这和婴儿鞋不一样，比利心想。而且，真见鬼，婴儿鞋也没有魔法，只是他迷信而已。我遗失婴儿鞋后发生了坏事，这不能说明任何问题。战场就是充满不确定性，宝贝儿，没别的。有人发现电脑，偷走了它，它已经不见了，你必须在全顺货车慢吞吞地驶过街道前躲起来。

他想到达那·爱迪生无框眼镜背后的那双小眼睛是多么锐利。比利躲过了一次它们的窥视，他不想给那家伙第二次机会了。他必须尽快赶到皮尔森街，躲进他的地下室公寓。

比利站起来，快步走到巷口。他看见了几辆车，但其中没有全顺货车。他刚想右转，突然愣住了，他的愚蠢让他感到既惊讶又厌恶。就好像他真的成了他的愚钝化身。他正要以这身打扮前往皮尔森街：假发、滚石乐队夹克和该死的伞兵裤。这就像身上挂着一个"快看我"的霓虹标牌。

他跑回小巷里，边跑边摘下假发和脱掉夹克衫。他回到垃圾箱背后，解开活结，脱掉伞兵裤。他蹲下，把三样东西团成一团。他把这团衣物尽可能往沾满垃圾的包装纸底下塞……却摸到了一个东西。很硬，很薄，似乎是棒球帽的帽檐？

确实是棒球帽。他真的把它塞到了这么深的地方吗？他把棒球帽扔到一旁，肩膀抵住垃圾箱生锈的侧板，把胳膊伸向更深处，饭菜腐败的怪味仿佛瘴气。他伸直的手指扫过了另一样东西。他知道那是什么，但不敢相信。他继续伸展手臂，面颊贴着垃圾箱生锈的侧板，手指抓住了电脑包的提手。他把电脑包拉出来，不敢相信自己的眼睛。他发誓他没有把它们推到那么深的地方，但看起来他就是这么做的。他对自己说，这和他以为他扔错了手机不是一码事，两者毫无相似之处，但事实上就是。

答应在小城待这么久是个错误。玩《大富翁》是个错误。后院烧烤派对是个错误。在射击场打倒那些铁皮小鸟呢？当然是个错误。有时间像普通人一样思考和行动，这是最大的错误。他不是普通人。他是收钱杀人的刺客，假如他失去了真实身份的思考方式，就不可能干净脱身了。

他用一块相对干净的包装纸擦干净棒球帽和电脑包。他把背带挎在肩上，戴上棒球帽，曾经干净的帽子现在污秽不堪。他走到巷口，再次向外张望。一辆警车急转弯拐过前面的路口，警灯闪烁，警笛尖啸。比利缩回来，等它驶过才出去，他轻快地走向皮尔森街，返回拆除的火车站对面的小公寓楼。他再次想到费卢杰，他没完没了地扫荡狭窄的街道，婴儿鞋贴着髋部起起落落。他等待巡逻结束，他期待返回城外 1 英里相对安全的基地，那里有热乎乎的食物和触身橄榄球，说不定还能在沙漠星空下看个电影。

9 个街区，他对自己说。9 个街区，你就能回家洗澡了。9 个街区，这趟巡逻就结束了。没有星空下的露天电影，那是比利·萨默斯的生活，不过多尔顿·史密斯的 AllTech 电脑上既有 YouTube 又有 iTunes。没有暴力，没有爆炸，只有人们做的滑稽的事情。结尾永远有人接吻。

9 个街区。

8

他走完了 7 个街区,把这座城市比较现代的区域抛在背后,这时他看见一辆市政的全顺货车缓缓驶过前方的十字路口。比利猜测有可能是另一辆公共工程部的全顺货车,它们看上去都一样,但这辆车开得很慢,在西大道中央几乎停下,然后才重新加速。

比利躲进一个门洞。厢式货车没有回来,于是他继续向前走,不断在前方搜寻藏身处,提防着它开回来。假如他们折回来,发现了他,那他很可能会死。他身上最接近武器的东西就是钥匙环上的钥匙。当然,也有可能尼克没有对他动任何坏心思,这样的话,他顶多只会挨一顿骂,但他不想试探他们。总之,假如他还想回到他的地下室公寓,就绝对不能停下。

他在路口停下,望着全顺货车消失的方向。他只看见了几辆轿车和一辆 UPS 卡车。比利小跑过街,低着头,忍不住想到费卢杰那条别名为"土炸弹巷"的 10 号公路。

他拐上皮尔森街,最后一个街区他是跑完的,他的公寓就在前方了。为了进门,他必须穿过马路,他的右肩胛骨突然一阵奇痒,就好像某个人(当然是达那了)正在用带消音器的手枪瞄准那里。几乎从不停歇的风吹过遍地瓦砾的建筑空地,载着当地报纸附送的一张优惠券贴在他的脚踝上,吓得比利跳了一步。

他沿着 658 号结霜的步道跑到屋前,爬上台阶。他扭头去找那辆全顺货车,确定他肯定会见到它,但街道空荡荡。警笛声已经离他很远了,就像他扮演戴维·洛克里奇的那段人生。他试了一把钥匙,不是这把。他换了一把钥匙,依然不对。他想到有可能被他扔掉的手机和有可能被他弄丢的电脑,他就是以这种方式失去了婴儿鞋的。

悠着点,他心想。这些是常青街的钥匙,你还没来得及从钥匙环上取下来,你冷静一点。你马上就要到家了。

接下来的一把钥匙打开了大门。他走进门厅，关上门，然后隔着破旧的网眼窗帘向外看，窗帘也许是贝弗利·詹森挂上去的。他什么都没看见，什么都没看见，看见一只乌鸦落在街对面的一块参差的断壁上，看见乌鸦飞走，什么都没看见，看见一个孩子骑着三轮车，他母亲耐心地陪着他走，看见一张报纸滚过修补过的沥青路面。他刚开始想皮尔森街的路面修补过，就看见了那辆全顺货车缓缓驶来。比利站在原地一动不动，他能隔着网眼窗帘看见外面，乘客座上的雷吉不可能看见室内，但有可能会注意到窗帘背后的突兀动作。比利心想，另一个人肯定会注意到。

全顺货车继续向前开。比利等待它亮起刹车灯，但刹车灯没有亮，车很快就开出了视野。他不敢确定自己完全安全了，但认为他应该是安全的。或者希望。他下楼，开门进公寓。这里不是家，只是一个藏身之处，但就目前而言，已经足够好了。

第 11 章

1

一块酒红色的窗帘遮住了地下室公寓唯一的窗户。比利拉开窗帘，坐下，再次想到这套公寓就像潜水艇，而窗户是他的潜望镜。他在沙发上坐了 15 分钟，双臂抱在胸口，等待全顺货车回来。假如达那（他可不是傻瓜）认为这地方值得检查一下，那他们甚至有可能会停车。可能性不大，因为有好几个破败的住宅区环绕着中心城区，但仍然有这种可能性。

比利越来越确定了，假如他们找到他，就会试图杀死他。

尽管搞一把手枪并不困难，但比利没有手枪。这个地区几乎每周每天都有枪店在搞促销活动，但他不会走进正在搞促销的建筑物，因为他可以在停车场买到可靠的武器，而且对方绝对不会多问什么。最简单的那种手枪，点三二或点三八，很容易就能藏在身上。他不是忘了要这么做，而是没预见到他会身陷可能需要手枪的险境。

然而，他心想，既然你改变了计划，但没有告诉尼克，就应该预见会发生些什么的。

假如他们真的回来——疑神疑鬼，但依然在可能的范畴内——比利能怎么做呢？他能做的事情并不多。厨房里有一把切肉刀，还有一把烤肉叉。他可以用烤肉叉捅死第一个进来的人，他知道走在前面的肯定是雷吉，容易应付的那个。然后不容易应付的达那会做掉他。

15分钟悄然过去，冒牌的公共工程部车辆没有回来，比利认为他们有可能去了另一块城区（比如常青街的黄色小屋），也可能回超级豪宅去等待尼克的进一步指示了。他拉上窗帘，遮蔽视野，看了看手表。11点差20分。玩得开心的时候可真是时光飞逝啊，他心想。

第二频道和第四频道都在播放上午常规的废话节目，但画面底部的滚动字幕在播报枪击和爆炸的消息。真正重要的是第六频道，他们取消了上午的所有节目，把时间让给现场直播。他们有能力这么做，是因为他们的新闻部派了一组人去法院报道艾伦的提审，而没有在仓库失火时派他们去科迪，这可能是出于疏忽或懒惰。假如你是沃尔特·克朗凯特[1]，你肯定不会在雷德布拉夫这么一个南方边境小城主管新闻报道。不过事后回头再看，这个派人去法院的决策者无疑会显得无比睿智。

画面底部的字幕说，法院惨剧中一人死亡，无受伤情况报告。穿红裙的播音员还在直播，不过此刻她站在主大道的路口，因为法院街已经封路。比利估计全城所有的警力都去了那里，外加两辆鉴证人员的厢式货车，其中一辆属于州警。

"比尔，"播音员说，应该是在对演播室的主持人说话，"我确定他们晚些会召开记者发布会，但目前我们没收到任何官方消息。不过我们有现场的第一手资料，我想让大家看看乔治·威尔逊——我无比英勇的摄影师——仅仅几分钟前发现的东西。乔治，麻烦你再向大家展示一下好吗？"

乔治举起摄影机，对准杰拉尔德塔，然后拉近五楼。就算变焦拉到了最大，画面也几乎没有抖动，比利不得不表示赞赏。摄影师乔治

---

1 冷战时期美国最负盛名的电视新闻节目主持人之一，CBS（哥伦比亚广播公司）的明星主播。

在天下大乱时依然坚守阵地，周围所有人失去镇定时依然保持头脑清醒，他拍到的画面无疑会在全国流传，而他锐利的眼神使他很可能只比警察落后了一步半。他可以成为海军陆战队战士的，比利心想。也许他真的当过，一个在战场上吸引子弹的倒霉锅盖头。我说不定曾经和他在所谓的布鲁克林大桥上擦肩而过，或一起和他蜷缩在约兰的墓地里，看着风卷起地上的粪便。

第六频道的观众（包括比利）在屏幕上看到了被枪手割出射击孔的窗户。正如达那所说，玻璃反射的阳光有利于隐藏洞口。

"我们几乎可以确定，这里就是枪击地点，"记者说，"我们很快就会知道谁在使用这间办公室。警方应该已经知道了。"

画面切回演播室里的比尔。他一脸肃穆。"安德莉亚，也许有些人刚刚打开电视，我们想再播放一遍你们拍摄的事发画面。真的非常可怕。"

画面切到录像。比利看见 SUV 闪着警灯驶近，车门打开，魁梧的局长下车。他有一双克拉克·盖博那样的招风耳，他那顶可笑的斯泰森帽似乎就是靠这对大耳朵固定的。安德莉亚走向他，伸出麦克风。法院的警察想拦住她，但局长专横地举起手，示意让她提问。

"局长，乔尔·艾伦承认了霍顿先生是他谋杀的吗？"

局长微笑，他的南方口音像粗玉米粉和甘蓝菜一样标准："我们不需要他承认，布拉多克女士。我们有了定罪需要的一切证据。正义必将得到伸张。你就等着看吧。"

这位名叫安德莉亚·布拉多克的红裙记者退开。乔治·威尔逊把镜头对准 SUV 打开的车门。乔尔·艾伦下车了，就像电影明星走下他的拖车。安德莉亚·布拉多克想上前提问，但局长向她举起双手，她乖乖退开。

安德莉亚，你这样就永远也爬不上去了，比利心想。女孩，你必须进攻。

他坐了起来。就是这个时刻，从另一个方位、另一个视角观看这一幕使他着迷。他听见了枪声，像是从水下发出的甩鞭炸响。他没有看见子弹造成的伤害，第六频道的剪辑人员做了模糊处理，他只看见艾伦的身体向前飞去，落在台阶上。画面晃动和压低，因为摄影师乔治本能地蹲下了。摄像机对着身体拍了几秒钟，然后转向那位特大码警察，后者抬头张望，寻找枪击的源头。

就在这时，咖啡馆背后那条街上响起了轰隆一声。人群开始尖叫。威尔逊把他的魔法之眼朝那个方向转动，拍到了奔逃的行人（安德莉亚·布拉多克也在其中，她的红裙太显眼了），还有从咖啡馆和隔壁旅行社之间冒出来的滚滚浓烟。安德莉亚开始往回走——比利不得不为此给她加分——这时第二个焰火筒爆了。她吓得一抖，原地转身，望着那个方向，然后跑回最初的位置。她头发蓬乱，气喘吁吁，麦克风的发射机靠连接线挂在腰上。

"两起爆炸，"她说，"有人中弹。"她咽了口唾沫："乔尔·艾伦正要因为詹姆斯·霍顿一案被提审，在法院门前的台阶上中弹身亡！"

接下来她无论说什么都会让人觉得索然无味，于是比利关掉了电视。今晚的电视上会有采访常青街居民的镜头，他在戴维·洛克里奇的那段人生中结识了这些人。他不想看到他们。贾迈勒和科琳娜不会允许摄像机靠近孩子们，但光是采访贾迈勒和科琳娜就够糟糕了。还有法齐奥夫妇。彼得森夫妇。甚至简·凯洛格，住在那条街另一头的酗酒寡妇。他害怕他们的愤怒，更不愿见到他们受伤和惶惑的表情。他们会说他们以为他是好人，他们会说他们以为他为人善良，他感觉到的这种情绪是不是羞愧呢？

"是啊，"他对着空荡荡的公寓说，"总比什么情绪都没有强。"

假如沙尼斯、德里克和其他孩子发现他们的《大富翁》玩伴打死的是个坏人，这样会不会好一些呢？这么想当然能安慰他，但怎么解释他们的《大富翁》玩伴是藏在隐蔽处开枪的呢？而且子弹还是从后脑勺打进去的。

2

他打给布基·汉森，电话转到了语音信箱。这在比利的预料之内，因为来电者是"未知号码"（布基知道不能把多尔顿·史密斯放进联络人），他猜到这是客户从南方边境一个偏僻小城打来的，即便手机就在布基面前，他也不会接。

"打给我，"比利对布基的语音信箱说，"尽快。"

他拿着手机，在盒式公寓里踱来踱去。不到一分钟，电话就响了。布基没有浪费时间，也不提任何人名。两人都没提到任何人名。谨慎小心已经深入灵魂，尽管布基的线路是加密的，比利的号码是干净的。

"他想知道你在哪里和究竟发生了什么。"

"我完成了任务，发生的就是这个。他只需要打开电视就能看见。"比利用另一只手摸了摸牛仔裤的后袋，发现里面有一张戴维·洛克里奇的购物清单。去过商店之后，他总会忘记这种东西的存在。

"他说他定过计划。全都安排好了。"

"我确定他安排的是陷阱。"

布基回味着这句话，线路陷入寂静。他做掮客生意很久了，从没被抓住过，一点也不笨。他最后说："你确定？"

"他付不付尾款，就能说明问题了。或者他根本没付。他付了吗？"

"先等一等吧。事情发生才两个小时。"

比利望向厨房墙上的挂钟。"3个小时了，转账需要多少时间？我们生活在电脑时代，你不会忘记了吧？替我查一下。"

"等着。"敲键盘的声音从1200英里外传进这套地下室公寓。布基回到电话上："还没有。要我联系他吗？我有个电子邮件渠道。多半通向他的胖子助手。"

比利想到了肯·霍夫，他一脸绝望，散发着上午喝烈酒的怪味。他是一个破绽。而他，比利·萨默斯，是另一个。

"你还在吗？"布基问。

"等到 3 点左右，再查一次。"

"要是还没到，我就发邮件？"

布基有权问这个问题。比利那 150 万酬金里有 15 万属于布基。一笔非常可观的抽成，而且不需要交税。但有个问题：你要是死了就没法花钱了。

"你有家人吗？"比利和布基共事多年，他从没问过这个问题。妈的，他上次和这家伙见面已经是 5 年前了。他们只谈生意。

他突然改变话题并没有让布基吃惊。这是因为他知道话题并没有真的改变。唯一能把比利·萨默斯与多尔顿·史密斯联系起来的就是他。"两个前妻，没有孩子。与第二个前妻分手是 12 年前了。她有时候会寄张明信片。"

"我认为你必须离开。我认为你应该挂了电话就叫出租车去纽瓦克机场。"

"谢谢你的建议。"布基听上去并不生气，而是听天由命，"更不用说这彻底毁了我的生活。"

"我会让你得到补偿的。他欠我 150 万呢。我会保证你拿到你那份的。"

这次比利在沉默中读出了惊讶。布基最后说："你确定你是认真的？"

"确定。"他确实是认真的。他甚至想承诺布基把所有的钱都给他，因为他已经不想要了。

"假如你没有看错，"布基说，"你很可能正在向我承诺雇主不打算给你的东西。也许从一开始就没打算过。"

比利再次想到肯·霍夫，"替罪羊"三个字几乎刻在他的脑门上。尼克也是这么看待比利的吗？这个念头让他愤怒，他喜欢这种情绪。感到愤怒比羞愧强一万倍。

"他会给的。我会确保他给的。但与此同时，你必须翻山越岭远走高飞。而且要用化名出行。"

布基大笑："小子，这事爷爷我不用你教。我有地方可去。"

比利说："我确实想要你通过邮件渠道送个信给他。你记一下。"

片刻停顿，然后："说吧。"

"'我的客户完成了任务，用自己的方法消失，句号。他是胡迪尼，没忘记吧，问号。午夜前转账，句号。'"

"就这些？"

"对。"

"有回音了我就发短信给你。"

"好。"

3

他很饿，怎么可能不饿？他今天只吃了些干吐司，而且是很久以前了。冰箱里有一包碎牛肉。他撕开塑料包装闻了闻，似乎没问题，于是他倒了半磅左右在平底锅里，加上少许植物黄油。他站在炉子前，用铲子分开牛肉，搅拌均匀，另一只手又摸到了后袋里的购物清单。他掏出那张纸，发现根本不是购物清单，而是沙尼斯画的她和粉红色火烈鸟，这只鸟曾经叫弗雷迪，现在叫戴维，但恐怕很快就不会叫戴维了。这张纸是折起来的，但透过纸背，他依然能依稀看见红色蜡笔画的一串红心从火烈鸟的头部飘向她。他没有展开它，只是把它塞回口袋里。

他为这段潜伏时间准备了物资，炉子旁边的碗柜里塞满了罐头：汤、吞拿鱼、炖牛肉、午餐肉、通心粉。他取出一个番茄罐头，倒进热气腾腾的牛肉。锅里的东西开始冒泡，他把两片面包插进吐司炉。等吐司跳出来的时候，他从口袋里取出沙尼斯的蜡笔画，这次他展开了那张纸。应该处理掉，他心想。撕碎，从马桶冲下去。但他没有，而是重新折起来，又放进了口袋。

吐司跳了出来，比利取出来放进盘子，用勺子舀出红烩牛肉浇在上面。他拿了罐可乐，坐在餐桌前。他吃完盘子里的东西，回去又舀了一盘，同样吃得干干净净。他喝完可乐。然而，就在洗平底锅的时候，他的胃里忽然一阵翻腾，他跑进卫生间，跪在马桶前，把刚才吃的东西全都吐了出来。

他冲马桶，用厕纸擦嘴，再次冲马桶。他喝了几口水，然后去潜望镜窗口前向外看。街上空无一人。人行道也一样。他猜这大概是皮尔森街的常态。没什么可看的，除了街对面的建筑空地，几块标牌（"禁止通行""市政用地""危险勿入"）守护着火车站犬牙交错的残垣断壁。扔在那里的购物车不见了，但男式短裤还在，这会儿挂在了一丛野草上。一辆旧本田旅行车驶过，然后是一辆福特平托。比利都不敢相信竟然还有这种车在路上跑。一辆皮卡。没有全顺厢式货车。

比利拉好窗帘，躺在沙发上，一闭眼睛就睡着了。没做梦，至少他不记得做过梦。

4

手机吵醒了他，是电话铃声。他以为是布基，也许是有什么消息，但太复杂，短信说不清楚。但不是布基，而是贝弗利·詹森，这次她没有笑。这次她在……什么呢？也不是哭，更像是婴儿不高兴的时候发出的声音。她在小声哭。

"哦，呃，你好，"她说，"希望我没有……"她发出哽咽的抽泣声："……没有打扰你。"

"没有，"比利说着坐了起来，"完全没有。出什么事了？"

小声哭升级成了出声的抽泣："我母亲死了，道伦！她真的死了！"

呃，妈的，比利心想，我知道。他还知道另一件事，她喝醉了，然后打电话给他。

"对你失去母亲，我感到非常难过。"在昏昏沉沉的状态下，他只能挤出这么一句。

"我打电话是因为我不希望你觉得我是个很糟糕的人。笑一笑就过去了，然后说要去坐邮轮玩。"

"你们不去了？"真是让人失望，他以为可以一个人独享整座屋子了。

"哦，去还是要去的。"她闷闷不乐地吸了一下鼻子，"唐想去，我大概也想去。我们在圣布拉斯角度过几天蜜月，就是人们说的红脖子里埃维拉那边，但后来就哪里都没去过了。我只是……我不希望你觉得我是会在老妈坟头跳舞的那种人。"

"当然不会，"比利说，这是实话，"你们得到一笔意外之财，一时间喜出望外。这个反应完全正常。"

听到这里，她终于失去了控制，痛哭、抽噎、喷鼻息，听上去像是快要溺水了。"谢谢你，道伦。"她把他的名字说成道伦，和她丈夫一样，"谢谢你能理解我。"

"嗯哼。也许你该吃两粒阿司匹林，然后躺一躺。"

"似乎是个好主意。"

"没错。"他听见叮咚一声轻响，肯定是布基，"那就这样——"

"家里一切都好吗？"

不好，比利心想，一切都他妈乱套了，贝弗利，谢谢你的问候：
"一切都很好。"

"我说过我不在乎植物的死活，那也不是真心话。要是我回来，发现达夫妮和沃尔特死了，我会非常难过的。"

"我会照顾好它们的。"

"谢谢你。非常、非常、非常感谢你。"

"不客气。我要挂电话了，贝弗利。"

"好的，道伦。非常、非常感——"

"回头再聊。"他说，挂断了电话。

短信来自布基与他联络的诸多假名之一，很简短。

大老爹 1982："还没转账。他想知道你在哪里。"

比利用他的一个假名回短信。

帅哥 77："想得美。"

5

他炒了几个鸡蛋，热了个番茄汤罐头当晚饭，这次食物留在了胃里。吃完东西，他打开电视看 6 点的新闻，他调到 NBC（美国全国广播公司）的附属电视台，因为他不想也不需要再看第六频道的那段录像了。自由互保公司的广告过后，他的照片出现在屏幕上。他笑呵呵地站在常青街小屋的后院里，身上的围裙写着"不仅是性客体，我还会做饭！"。后院里其他人的脸都打了马赛克，但比利认识他们每个人。他们曾经是他的邻居。照片是在他款待邻居们的那次烧烤派对上拍的，他猜拍照的是戴安娜·法齐奥，因为她永远在按快门，用的不是手机就是小尼康。他注意到他的草坪（他依然把它当作是他的）看上去真他妈不赖。

照片底下的字幕说："戴维·洛克里奇是谁？"他很确定警察已经知道了。如今在电脑上搜索指纹只需要一眨眼的工夫，海军陆战队档案里有他的指印。

"警方认为正是此人在法院门前的台阶上暗杀了乔尔·艾伦。"两名播音员之一说，他有点像银行家。

另一个播音员——像杂志模特——接过话头："目前还不清楚他的动机，也不知道他是如何逃离现场的。但警方很确定一点——有人帮助他。"

我没有，比利心想。有人提出要帮助我，但我拒绝了。

"开枪后仅仅几秒钟，"银行家播音员说，"发生了两次爆炸，一次在枪手所在的杰拉尔德塔对面，另一次在主大道和法院街的路口。根据局长劳伦·康利的说法，它们不是高性能爆炸装置，而是焰火表演和摇滚乐队使用的闪光弹。"

杂志模特播音员接过话头。比利不明白他们为什么要把话头传来传去，真是个不解之谜。"拉里·汤普森就在现场，由于法院街已经封锁，他只能尽可能地靠近现场。拉里？"

"没错，诺拉。"拉里说，仿佛在确认他就是拉里。他背后是一条警用的黄色胶带，五六辆警车的警灯依然在法院周围闪烁。"警方目前认为这是一场精心策划的黑帮暗杀。"

这一点倒是说中了，比利心想。

"在今天的记者发布会上，康利局长称，嫌犯戴维·洛克里奇——这很可能是个化名——今年初夏就已经来到本地，他的托词非常独特。请听她是怎么说的。"

局长召开记者发布会的画面取代了拉里·汤普森。维克里局长和他那顶可笑的斯泰森帽都没有出席。康利开始讲述枪手（她没有装模作样地称呼他为嫌犯）如何假装自己在写书，比利关掉了电视。

某些东西在啃咬他的内心。

6

半小时后，比利在二楼詹森家的公寓里给达夫妮和沃尔特浇水，他做出了一个决定。他本来不打算在枪击当天离开这间地下室的。事实上，他计划在这里待上几天，甚至一周。但情况有变，而且不是朝着好的方向变，他需要了解一些情况，而布基帮不了他。布基已经完成了任务，假如他足够聪明，他现在应该在飞机上逃离余震的影响了。当然，前提是余震会把他卷进去。比利依然无法确定他是不是在疑神疑鬼，但他必须搞清楚。

他回到楼下，穿戴多尔顿·史密斯的伪装。这次他把假孕肚几乎打满了气，也没有忘记角质框的平光眼镜，眼镜一直在书架上，和他那本《戴蕾斯·拉甘》待在一起。暮色已深，这个因素对他有利。佐尼便利店很近，这同样对他有利。对他不利的是尼克的爪牙有可能依然在街上搜寻他，猫王弗兰奇和保利·洛根一辆车，雷吉和达那另一辆，而且到傍晚时肯定已经不是那辆全顺货车了。

但比利认为值得冒险一试，因为他们肯定认为他这会儿躲了起来，甚至有可能认为他已经逃离小城。另外，就算他们凑巧开车从他身旁经过，多尔顿·史密斯的假发应该也能骗过他们。至少他希望如此。

他认为他终究还是需要一部一次性手机的，尽管今天上午他扔掉的那部并未暴露，但他没有因此责备自己。只有上帝能预见一切，更何况那和险些身穿科林·怀特的伪装离开小巷不是一个等级的愚蠢。做比利的这个行当（脏活儿，我们就别粉饰太平了），你能做的仅仅是制订计划，然后希望你没有预见的因素不会反咬你一口，否则你就会来到一个绿色小房间里，胳膊上插着静脉注射的针头。

我不能被逮住，他心想，要是我被逮住了，那两棵植物就他妈必死无疑了。

可怜巴巴的小购物中心，除了佐尼便利店，所有店都关着门，而火辣美甲永远也不会重开了，肥皂沫糊在他家的橱窗上，门口贴着破产告示。

便利店里只有两个西班牙裔男人，他们正在研究啤酒冰柜。能量饮料的展示架和摆着至少50种甜点的展示架之间是一摞盒装的FastPhone手机。比利拿了一部，走向收银台。收银台里不是那个时运不济的女人——叫万达什么来着——而是一个中东相貌的男人。

"没别的了？"

"没别的了。"扮演多尔顿·史密斯的时候，他说话的音域会稍高一点。这是他用来提醒自己在扮演谁的另一个方法。

收银员为他结账。不到84块钱，包括120分钟的通话时间。去沃尔玛买能便宜30块，但乞丐没有挑剔的余地。另外，去了沃尔玛你还要担心面部识别问题，如今这东西无所不在。便利店有监控探头，但比利敢打赌录像每隔12小时或24小时就会被覆盖。他付现金。逃亡或躲藏的时候，现金就是王道。收银员祝他今晚过得愉快，比利也祝他愉快。

天已经黑了，他遇见的几辆车都开着车头灯，因此他看不见车里的人。每次车辆接近，他都有冲动（或者也许是本能）想低下头，但这么做会显得自己更加可疑。他也不能把棒球帽的帽檐拉下来，因为他出门时没戴帽子。他希望金色假发足以掩饰他的身份，他不是比利·萨默斯，警方和尼克的硬点子都在找的那个人。他是多尔顿·史密斯，一个混得普普通通的电脑高手，生活在小城比较贫穷的地段，角质框眼镜总是顺着鼻梁往下滑。他每天坐在电脑屏幕前吃多力多滋和小蛋糕，所以体重超标，要是再长个二三十磅，走路就会步履蹒跚了。

这个伪装很好，而且不过火，不过他转身关上658号的大门时，还是舒了一口气。他下楼，关掉顶灯，拉开潜望镜窗户的窗帘。外面没人，街道空空如也。然而，话说回来，假如他被发现了，他们（他想到的是雷吉和达那，而不是猫王弗兰奇和保利，或者警察）肯定会从后门摸进来，但担心你无法控制的事情是毫无意义的，那条路只可能通向发疯。

比利合上窄小的窗帘，重新开灯，然后坐进房间里唯一的安乐椅。这把椅子很难看，但就像生活中许多难看的东西一样，它也很舒服。他把手机放在咖啡桌上，盯着看了一会儿，思考他究竟是思路清晰，还是掉进了疑心病的旋涡。从许多方面说，疑心病对他更有利。现在该揭晓答案了。

他从盒子里取出手机，装好电池，插在插座上充电。和前一个一次性手机不同，这是个翻盖式手机。已经过时了，但比利很喜欢。用翻盖式手机打电话，假如你不喜欢对方说的话，你可以啪的一声挂断电话。幼稚归幼稚，但非常解气。充电没花多少时间。感谢史蒂夫·乔布斯，他因为手机没法拿出包装盒立刻开机使用而怒不可遏，因此现在一次性手机之类的货架商品都预存了一半电量。

手机问他使用什么语言，比利选择英语。手机问要不要连接无线网络，比利选择不要。他确认了他购买的通话时间，打了个必要的电话到 FastPhone 总部完成了交易。这些通话时间在接下来 3 个月内有效。比利希望 3 个月后他已经在某个海滩上了，身边只有绑定了多尔顿·史密斯信用卡的那部手机。

安全上岸。那样当然最好。

他在双手之间抛接手机，思考弗兰克·麦金托什和保利·洛根带他去米德伍德黄色小屋的那一天，他多么希望自己没有跑那一趟啊。尼克在小屋迎接他，但不是在外面。比利想到他第一次去尼克租用的超级豪宅，尼克同样张开双臂迎接他，但依然不是在外面。接下来，他想到尼克向他讲述焰火筒和脱逃计划的那个晚上——你只需要跳进车厢，比利，然后就可以放松了，享受前往威斯康星州的旅程。那顿饭以香槟开始，以火焰冰激凌结束。两个人为他们烹饪和上菜，很可能是本地人，也许是夫妻。这两个人见过尼克，但对他们来说，他是个纽约商人，来这里做生意。他给了女人一些钱，打发他们滚蛋。

来来回回，一次性手机。左手到右手，右手到左手。

我问尼克是不是霍夫去放焰火筒，比利心想，他是怎么回答的来着？他说霍夫是什么来着？一个狗娘养的大蠢货，对不对？狗娘养的，或者婊子养的，或者狗操的，反正就是这种意思，具体怎么叫并不重要。重要的是尼克接下来说的：你要是这么看不起我，我可是会很伤心的。

因为那个狗娘养的大蠢货是他选中的替罪羊。开枪的大楼属于霍夫，枪是霍夫搞来的，现在枪在警察手上，警察已经在追查销售来源了。假如他们能找到卖枪的地点，不，等他们找到卖枪的地点，他们会发现什么？要是霍夫有点脑子，他应该会用个化名，但只要警察向卖家出示霍夫的照片，他就没戏可唱了。肯会被关进狭小的审讯室，他愿意做交易求轻判，不，他渴望做交易，因为他认为这样对他的好处最大。

但比利敢打赌，肯·霍夫不可能活着走进那个小房间。他不可能说出尼古拉·马亚里安的名字，因为他必死无疑。

比利几周前就想到了这些，但6点的新闻让他得出了一个结论，要是他少花点时间和常青街的孩子们玩《大富翁》、拾掇他的草坪、吃科琳娜的曲奇、和邻居们谈天说地，他早就应该得出这个结论的。即便现在他想到的东西看似不可思议，但其中的逻辑无可指摘。

肯·霍夫和戴维·洛克里奇并不是唯二在台前的人物。

对吧？

7

比利发短信给乔治·皮列利，也就是大猪乔治，也就是他肥胖的文学经纪人乔治·鲁索。他用了个他知道乔治肯定认识的化名。

特里尔比:"回我短信。"

他等了一会儿。没有回应,情况不妙,因为乔治手边永远有两样东西:一是手机,二是食物。比利又试了一次。

特里尔比:"我必须立刻和你谈谈。"

比利想了想,继续道:"合同规定了出版当天付款,对吧?"

没有小点表示乔治正在读短信或回复。毫无反应。

特里尔比:"回我。"

毫无反应。

比利合上手机,放在咖啡桌上。面对乔治的沉默,最糟糕的一点是比利并不吃惊。看起来,他的愚钝化身确实存在,愚钝化身一直到任务结束、无法回头的时候都没有意识到,乔治和肯·霍夫一样都是台前人物。乔治和霍夫一起带着比利走进杰拉尔德塔,领他参观五楼的写作工作室,而且那不是乔治第一次走进那栋楼。"这位是乔治·鲁索,你上周见过他。"霍夫是这么对保安欧文·迪安说的。

乔治回内华达了吗?假如是的,那么他是正在拉斯维加斯吃肉喝奶昔,还是被埋在了附近的沙漠里?老天作证,他绝对不是第一个被埋在那里的,可能连第100个都排不上。

就算他死了,警方也能顺着乔治查到尼克身上,比利心想。他们一直都是搭档,尼克是首领,大猪乔治是他的军师[1]。比利不知道现实中乔治这种人是不是真的使用这个称呼,还是那只是电影里编出来的,但这个大胖子对尼克来说扮演的无疑就是这个角色:他的左膀右臂。

不过其实他们也不是一直都是搭档,因为比利第一次为尼克做事(他第三次收钱杀人)是2008年,当时还没有乔治。是尼克亲自出面和他谈的。他告诉比利,有个强奸人渣在拉斯维加斯边缘地带比较小的俱乐部和赌场里活动。这个人渣喜欢年纪比较大的女性,喜欢伤害

---

1 军师(consigliere),因为在《教父》中使用而闻名。

她们，最后玩过头了，杀死了一个女人。尼克查到了他的身份，想找一个外来的职业杀手处理掉他。"比利，"他说，"有人向我推荐了你。对你评价很高。"

比利第二次去拉斯维加斯的时候，乔治不但在场，还亲自出面和他谈。他们正商量的时候，尼克走进来，给比利一个男子汉的拥抱，拍了几下他的肩膀，然后坐在角落里喝酒，一言不发地听他们讨论。一直听到最后。第二个委托发生在第一个之后不到一年，乔治说这次的目标是个独立色情片制作人，名叫卡尔·特里尔比。他给比利看的照片里的人，长得出奇地像奥拉尔·罗伯茨。

"帽子的那个特里尔比[1]，"乔治说。比利假装不知道他在说什么，他只好解释给比利听。

"我不会因为一个人拍别人做爱就杀了他。"比利当时说。

"但这个人拍男人搞 6 岁的孩子呢？"尼克当时答道。于是比利接下了这个活儿，因为卡尔·特里尔比是坏人。

比利还为尼克杀过三次人，不算艾伦一共五次，在总数中占近三分之一。当然了，他在伊拉克干掉的几十个人没算进来。谈交易的时候，尼克有时候在场，有时候不在，但乔治永远在，因此做艾伦这个活的时候，尼克屡次出现在现场并没有让比利感到奇怪。但他应该奇怪的，但直到此刻，他才意识到这个细节非常奇怪。

只要乔治保持沉默，尼克就能否认他知情。尼克可以说，没错，我认识这个人，但他做什么是他自己的事，我对此完全不知情。就算第一次聚餐的厨师和上菜的女人能把他与乔治和比利联系起来（可能性不大），尼克也可以耸耸肩，说他去那里是为了和乔治谈赌场的事情，例如执照快要更新了云云。另一个人？尼克只知道那是乔治的朋友，或者保镖，总之他话不多，他只说他叫洛克里奇，然后就没怎么

---

1 特里尔比（Trilby）也是一种帽子的名称。

开过口。

　　警察问尼克，艾伦遇袭的时候你在哪里，他可以说他在拉斯维加斯，提供一大批证人来支持他的不在场证明。还有赌场的安保录像。赌场的系统不会每隔12小时或24小时循环覆盖，他们至少保留一年的存档。

　　前提是乔治保持沉默。但是，假如他是被引渡的犯人，还会坚守黑帮的缄默法则吗？假如他有可能作为一级谋杀的从犯被处以注射死刑呢？

　　被埋在5英尺深的沙漠里，大猪乔治就不可能开口了，比利心想。在处理这种问题的时候，这才是终极法则。

　　他抓住被他扔来扔去的手机，又给乔治发了一条短信。依然没有回应。他可以给尼克发短信或打电话，但就算联系上了尼克，他能相信尼克说的任何话吗？不能。比利唯一能相信的是150万美元，对方应该把这笔钱转入他的离岸账户，然后他会再次转账，玩一通让人眼花缭乱的电子戏法，最后汇集到一个多尔顿·史密斯能够存取的账户里。等布基到了他决定去的天晓得什么地方，他可以完成这部分工作，但对方必须先把钱转过来才行。

　　今晚比利没有其他事可做了，于是他上床躺下。还不到9点，但他度过了漫长的一天。

8

　　他躺在床上，双手插在枕头底下，享受短暂的清凉，心想这一切都说不通，完全说不通。

　　肯·霍夫，可以，没问题。这世上确实有一种专捞快钱的小城骗子，总以为无论掉进多么深的粪坑，都一定会有人扔绳子救他。他们笑容可掬，握手有力，身穿艾佐德马球衫和巴利懒汉鞋，出生证明上印着这是个自我中心的乐观主义者。但乔治·皮列利不一样。没错，他正在用饮食自掘坟墓，但在比利看来，他在其他方面都是个坚毅的现实主义者。他把自己整个套进了这件事里，为什么？

比利不再思考，沉沉睡去。他梦见了沙漠，但不是他在海军陆战队时驻守的沙漠，那里永远散发着火药、山羊、机油和废气的气味，而是澳大利亚的沙漠。那里有一块巨大的岩石，有人叫它艾尔斯岩，但正式的名字是乌鲁鲁，这个词念出来就怪怪的，听上去像是风吹过屋檐的声音。在最早见到它的原住民心目中，它是个圣地。他们用眼睛看它，用心灵崇拜它，但从不认为他们拥有它。按照他们的理解，假如存在神，那它就是神的石块。比利没去过那里，只在电影（例如《暗夜哭声》）和杂志（例如《国家地理》和《旅行》）里见过。他想去亲眼看看，甚至做白日梦，设想以后迁居艾利斯斯普林斯，这座小城离乌鲁鲁只有 4 小时车程，巨岩在那里昂起它不可思议的头颅。他安静地住在那里，也许写写东西，房间里充满阳光，窗外是个小花园。

他把两部手机摆在床头柜上。他关掉手机，3 点左右起夜时，他打开两部手机看了看有没有新消息。一次性手机没有乔治的音信，他并不吃惊。他猜测这个胖子再也不会联系他了，但在这个骗子都能被选为总统的世界上，一切皆有可能。多尔顿·史密斯的手机上有条消息，是本地报纸的新闻推送：《显赫商人自杀身亡》。

比利上厕所，然后坐在床上读报道，文章很短。这位显赫商人当然就是肯尼思·P. 霍夫。一名翠绿山庄的邻居跑步经过霍夫家时，听见车库传来枪声。当时是傍晚 7 点左右。邻居打电话报警。警察赶到，发现霍夫的车没有熄火，而他死在驾驶座上。他脑袋上有个弹孔，大腿上有把左轮手枪。

今天晚些时候或明天会有更长的详细报道。报道里会重现霍夫的商场生涯，会有朋友和商业伙伴的震惊发言，会提到他"目前遇到了财务危机"，但不会讲述细节，因为这里其他有权势的人不会同意披露细节。他的两位前妻会说几句好话，反正肯定比她们对离婚律师说的话动听。她们会身穿丧服出席葬礼，拿着纸巾擦拭眼睛——动作很小心，免得弄花了睫毛膏。比利不知道报纸会不会说，警方发现他死在一辆红色野马敞篷车里，但他知道肯定是那辆车。

一段时间之后，人们会发现霍夫与艾伦被刺一案的关系——这无疑是他自杀的动机。

验尸官很可能会推测，这个抑郁的男人决定通过吸入一氧化碳自杀，等得不耐烦后，他拔枪轰出了自己的脑浆。但新闻不会报道这个推测。比利知道实际上的情况并非如此。他唯一不能确定的是扣动扳机的究竟是尼克的哪个手下。有可能是弗兰克或保利，也有可能是雷吉或他还没见过的某个人（也许是从佛罗里达或亚特兰大调过来的），但比利很难想象会是达那·爱迪生之外的人，他几乎能看见那家伙锐利的蓝眼睛和深红色的发髻。

他是不是用枪逼着霍夫走进了车库？也许没这个必要，也许他只是对霍夫说上车聊聊，讨论该怎么解决目前的情况，一切都是为了霍夫着想。一个以自我为中心的乐观主义者和已被选中的替罪羊很可能会相信。他坐进驾驶座，达那坐进乘客座。肯说你有什么计划。达那说计划是这样的，然后一枪崩了他。然后他打开发动机，从后门溜走，开着高尔夫球车无声无息地扬长而去，因为翠绿山庄就是建在高尔夫球场上的豪华公寓。

也许事情不完全是这么发展的，也许动手的不是爱迪生，但比利确定大致情况就是如此。接下来只剩下乔治了，最后一块没处理掉的拼图。

唔，不对，比利心想，还有我呢。

他重新躺下，但这次他无论如何都睡不着了。部分原因是三层楼的老屋子在嘎吱作响。风大了起来，没有火车站挡风，风直接吹过建筑空地，扑向皮尔森街。比利每次有点睡意，风就会在屋檐下啸叫：呜噜噜，呜噜噜。要么就是屋子又嘎吱一声响，听上去仿佛有人踩在松脱的地板上。

比利对自己说，小小的失眠无伤大雅，明天只要他想睡，有一整天的时间可以供他养神，他反正哪里都不想去，但凌晨的时光总是无比漫长。能想象的东西太多，但没有一样是好的。

他考虑要不要起来读书。除了《戴蕾斯·拉甘》，他没有其他实体书，不过他可以用电脑下载读物，在床上读到产生睡意。

然后他有了另一个念头。很可能不是什么好主意，但这样肯定能睡着，他敢打包票。比利起床，从裤袋里取出沙尼斯的蜡笔画展开。他看着微笑的女孩和她红色的发带。他看着从火烈鸟头上升起的红心。他想起那场季后赛第七局时，沙尼斯靠在他身上睡着了，脑袋枕着他的胳膊。比利把画放在床头柜上，很快就睡着了。

第 12 章

1

比利醒来时晕头转向。房间一片漆黑，甚至面向后院的窗户都没透进一丝光线。有一瞬间他只是躺在那里，依然半梦半醒，然后才想起来，这个房间没有窗户。他的新据点只有一扇窗户，而且在客厅。他把那扇窗户称为潜望镜。这里不是常青街宽敞的二楼卧室，而是皮尔森街狭小的地下卧室。比利想起来，他是个逃犯。

他拿出冰箱里的橙汁，只喝了一两口润嗓子，然后洗澡冲掉昨天流的汗。他穿好衣服，把牛奶倒进一碗字母麦片，打开电视看清晨 6 点的新闻。

他首先看见的是乔治·皮列利。不是照片，而是警方根据证人描述拼出的图像，画像贴切得出奇，说是照片也没什么不行。比利立刻猜到了是谁在协助警方的画家——欧文·迪安，杰拉尔德塔的保安，他曾经是警察，观察能力并没有因为每天看《汽车潮流》或《体育画报》泳装专刊的胸部和屁股而退步。先导报道里没有提到肯·霍夫。警方就算已经把他和艾伦案联系起来了，也没有向媒体透露这个消息，至少现在还没有。

活泼的金发天气女郎飞快地说了说情况，提到今年这段时间冷得出奇。她说晚些时候会有更详细的天气预报，然后把镜头交给了活泼的金发交通播报员，她提醒通勤者今天上午的交通有可能拥堵，"因为警方加强了盘查"。

意思是路障。警方认为枪手还在城里，他们没猜错。他们还认为自称乔治·鲁索的胖子也在城里，比利知道这一点他们猜错了。他曾经的文学经纪人在内华达，很可能被埋在地下，庞大的身躯已经开始腐烂。

雪佛兰皮卡的广告过后，出现在画面里的是两名播音员和一名退休刑警。播音员请退休刑警推测乔尔·艾伦被杀的原因。退休刑警说："我能想到的只有一个。有人要他闭嘴，以免他用情报交换减刑。"

"他本来有可能得到什么减刑？"播音员之一问，这是个活泼的黑发女人。她们怎么能一大早就都这么活泼？嗑药了吗？

"从注射死刑变成无期徒刑。"刑警答道，甚至没有停下来想一想。

比利知道他说得对。唯一的问题是艾伦究竟知道什么，以及为什么要在光天化日之下干掉他。为了警告其他知情人？正常情况下，比利不会在乎。正常情况下，他只是个机械师。但这次他深陷的泥潭完全不正常。

播音员把画面切给一名现场记者，他正在采访青年律师之一约翰尼·科尔顿，比利不想见到这一幕。仅一周前，他还在和约翰尼、吉姆·奥尔布赖特扔硬币决定中午的墨西哥夹饼谁请客。他们在小广场上放声大笑，玩得非常开心。现在，约翰尼显得震惊和悲伤。他说"我们都以为他是个体面——"时，比利终于忍不住关掉了电视。

他洗干净吃麦片的碗，然后查看多尔顿·史密斯的手机。有一条布基的短信，只有四个字：尚未转账。虽然他已经预料到了，但加上约翰尼·科尔顿的表情，这么开始他自我幽禁的第一天可不是个好兆头。

既然到现在都还没有转账，那么很可能永远都不会了。他拿到 50万预付款，算是相当丰厚，但当初答应他的可不是这个数。直到今天早上，比利都忙着处理各种事情，没空因为被他信任的人出卖而愤怒，但现在他不忙了，他愤怒得像一头黑熊。他完成了任务，而且不仅仅是昨天的活儿。过去 3 个多月，他一直扑在这个任务上，个人付出的代价远远超过他的想象。他得到过承诺，那没有信守承诺的人是什么？

"是坏人。"比利说。

他打开本地报纸，头条字体巨大——法院刺杀案！——要是他在用他的 iPhone，显示效果很可能会更惊人和漂亮。报道说的情况他都知道，但配图说清楚了为什么维克里局长没有参加康利局长的记者发布会。照片里，那顶可笑的斯泰森帽躺在台阶上，没有戴在任何一位局长头上。维克里局长脚底抹油了，维克里局长逃跑了。正所谓一图值千言。对他来说，那不是记者发布会，更像是游街示众。

祝你重选顺利，看你怎么解释这张照片吧，比利心想。

2

他上楼去给达夫妮和沃尔特浇水，然后拿着喷壶愣住了，心想他是不是疯了。他应该给植物浇水，而不是淹死它们。他看了看詹森家的冰箱，没找到他想要的东西，不过厨台上有一包英式松饼，还剩下一块，他放进吐司炉烤了烤，对自己说你要是不吃，它只会在那里发霉。楼上有正常的窗户，他坐在阳光下，嚼着松饼，思考他在逃避什么。当然了，只可能是本吉的故事。他已经完成了带他来到这座小城的任务，现在只剩下这个工作可做了。然而，继续写下去就意味着要写他在海军陆战队的生活，那可太多了，从坐巴士去帕里斯岛接受基础训练开始……真的太多了。

比利洗干净他用的盘子，擦干，放回碗柜里，然后下楼。他从潜望镜窗户向外看，和平时一样什么都没看见。他昨天穿的裤子还扔在卧室地上。他捡起来，在口袋里翻找，盼着他把 U 盘丢在了路上，但 U 盘还在口袋里和钥匙做伴，钥匙中的一把能打开多尔顿·史密斯租用的福特蒙迪欧，这辆车停在小城另一头的停车库里，在等待他觉得可以安全离开的时刻——"等风头过去"，讲述最后一票永远会出纰漏的电影里都是这么说的。

U 盘似乎变重了。仅仅 30 年前，这个奇迹般的存储设备还像是科幻小说里的东西，看着它，他想到了他不敢相信的两件事：一件是他已经把多少个字塞了进去；另一件是他很可能还会把更多的字塞进去，比现在多一倍。多三倍。多十倍，二十倍。

他打开失而复得的笔记本，比起沾满泥土的破烂婴儿鞋，这个幸运符要昂贵得多，但除此之外，两者从本质上是一样的。他输入开机口令，插上 U 盘，把里面唯一的文档拖到电脑屏幕上。他看着第一行——和我妈住在一起的男人回到家，断了一条胳膊——内心隐隐感到绝望。他写得很好，这一点他敢确定，但刚开始他觉得轻飘飘的东西，现在感觉重若千钧，因为他有责任让其他部分和开头一样好，而他不敢确定他能不能做到。

他走到潜望镜窗户前，望着什么都没有的外面，思考他是不是刚刚发现了为什么很多人想当作家，但总是开个头就写不下去了。他想到《士兵的重负》——在书写战争的诸多作品之中，它无疑是最优秀的之一，甚至就是最优秀的没有之一。他想到写作其实也是某种战争，对手就是你自己。故事是你的重负，每次你往里面添加文字，它就变得愈加沉重。

世界上有那么多未完成的作品藏在书桌抽屉里，有回忆录、诗歌和小说，也有信誓旦旦的减肥或发财计划，因为对承受者来说，作品变得过于沉重，他们不得不卸下负担。

回头再写吧，他们心想，也许等孩子们稍微大一点，或者等我退休了。

是这样吗？假如他开始写乘巴士去基地，写剃锅盖头，写厄平顿中士第一次问他："你想不想舔我鸡巴，萨默斯？想不想？因为我看你就像个舔老二的。"

问？

不，他没有问我，比利心想，除非你觉得反问也算一种问。他冲着我的脸大吼，他的鼻子离我的鼻子只有一英寸，热乎乎的口水喷到了我的嘴唇上，而我说："不，长官，我不想舔你的鸡巴。"他说："是我的鸡巴对你来说不够好吗？萨默斯列兵，你个舔老二的蠢货充什么新兵？"

记忆铺天盖地而来，他能全都写下来吗，即便以本吉·康普森的口吻？

比利认为他做不到。他合上窗帘，回到电脑前，他想关机，把今天浪费在看电视上。上午看《艾伦秀》《法官大战》《凯利与瑞安》和《价格猜猜猜》。睡个午觉起来看下午各种各样的肥皂剧。一天可以结束于《约翰·劳》，他像老式音乐录像带中的库里奥一样敲打着木槌，在法庭上容不得半句废话。然而，就在比利伸手去关电源的时候，一个念头不知从哪里蹦了出来，感觉像有人咬着他的耳朵说话。

你自由了。你可以想干什么就干什么。

不是身体上的自由，老天作证，当然不是。他必须躲在这套公寓里，至少要等到警方决定撤去路障。然后，为了确保万无一失，他最好继续潜伏几天。这个自由是对他的故事来说的自由，他现在可以想写什么就写什么了，而且想怎么写就怎么写。没人趴在他肩膀上，偷窥他写作的内容，他不再需要假装是个笨蛋在写笨蛋的故事了。他是个聪明人在写一个年轻人（假如比利重新捡起叙事的线索，这时候本吉已经是个年轻人了）的故事，这个年轻人尽管缺乏教育，生性天真，但绝对不笨。

我可以扔掉福克纳那套了，比利心想。我可以写"他和我"而不是"咱和他"。我可以写"can't"，而不是"cant"。要是我愿意，我甚至可以在对话中使用引号。

假如他完全为了自己写作，那他就可以着重写对他来说重要的东西，跳过对他来说不重要的东西。比如剃锅盖头，尽管可以写，但不是非写不可。比如厄平顿冲着他的脸大吼，尽管可以写，但不是非写不可。他不是非得写那个叫哈格蒂或者哈弗蒂的小子（比利记不清他究竟叫什么了）在跑步时心脏病发作，被送进基地医务室，厄平顿中士说他没事，也许他真的没事，也许他已经死了。

比利发现绝望消失了，取而代之的是执着和渴望。也许甚至还有傲慢。就算傲慢又怎么样呢？他可以爱写什么就写什么，他也会这么做的。

首先，他使用全文替换功能，把"本吉"改成"比利"，把"康普顿"改成"萨默斯"。

3

我在帕里斯岛开始了我的基础训练。我应该在那里待3个月，但其实只待了8周。训练当然少不了吼叫和各种狗屁招数，有人被踢出去或刷下来，但其中没有我。被踢出去或刷下来的人都有家可回，但我没有。

第六周是草皮周，我们学习如何拆解和装配枪械。我喜欢这种事，做得相当出色。厄平顿中士命令我们搞他所谓的"军备竞赛"时，我永远是第一名。鲁迪·贝尔（大家都叫他"塔可"[1]）总是第二名。他从没战胜过我，但有时候追得很近。乔治·迪纳斯坦总是最后一名，不得不趴下给厄普顿中士做25个俯卧撑，而厄平顿的皮靴一直踩在乔治的屁股上。但乔治枪法很好，虽然比不上我，但确实很好，从300码外打纸靶，他4发里能有3发击中靶心。我？从700码外我4发都能击中靶心，几乎从不失手。

但草皮周里没有射击。这一周我们只学习拆解和装配，嘴里念叨枪兵信条："这是我的步枪。同样的枪很多，但这把是我的。我的步枪是我的挚友，如同我的生命。"等等等等。我记得最清楚的一句是这么说的："没有我，我的步枪毫无用处。没有我的步枪，我毫无用处。"

草皮周里我们还做另外一件事，就是坐在草皮上，有时候一坐就是6小时。

比利写到这里停下，他露出微笑，想起了皮特·"喇叭"·卡什曼。喇叭坐在南卡罗来纳州的草丛里睡着了，厄平顿跪在地上，冲着他的脸大吼："大兵，你是不是觉得很无聊？"

喇叭一跃而起，动作过于迅猛，险些摔倒在地，还没完全清醒过来就大喊："不，长官！"他是乔治·迪纳斯坦的搭档，他的习惯动作是抓着裤裆喊"来吹老子的喇叭"。不过他从没对厄平顿这么说过。

正如比利预料的那样（事实上，他知道一定会这样），回忆像潮水般涌来。但他真正想写的不是草皮周。他不想现在就提到喇叭，但后面肯定会写他。他想写的是第七周和之后发生的种种事情。

比利全身心地投入了写作。时间飞逝，他浑然不觉。魔法充满了这个房间，他吸进身体里又吐出来。

---

1 塔可贝尔是美国著名的连锁快餐厅。

4

　　草皮周之后是射击周。我们用的是 M40A，也就是军用版的雷明顿 700。枪身装上三脚架，弹匣装 5 发子弹，北约标准的瓶颈弹。

　　"你们必须能看见目标，但目标绝对不能看见你们。"厄平顿反复告诉我们，"无论电影里是怎么说的，狙击手从不单独行动。"

　　尽管这里不是狙击手学校，厄平顿还是把我们分成两人一组，一个负责观察，一个负责开枪。我和塔可一组，乔治和喇叭一组。之所以提到他们，是因为我们最后都来到了费卢杰，也都参加了 2004 年 4 月的警示行动和 11 月的幽灵之怒行动。咱和塔可

比利停下，摇了摇头，提醒自己记住愚钝化身已经成为历史。他删掉这几个字，重新输入。

　　塔可和我在射击周来回转换角色，我开枪，他观察，然后他开枪，我观察。乔治和喇叭一开始也是这样，但厄平顿命令他们别费事了。"你开枪，迪纳斯坦。卡什曼，你就观察吧。"

　　"长官，我也想射击，长官！"喇叭喊道。和厄平顿说话，你必须扯着嗓子嚷嚷。这是海军陆战队的规矩。

　　"我还想把你的奶子扯下来，从你屁眼塞进去呢，"厄平顿答道。从那以后，这一组就是乔治开枪、喇叭观察了。后来在狙击手学校和伊拉克都是如此。

　　射击周快结束的时候，厄平顿中士把我和塔可叫进办公室——说是办公室，其实比壁橱大不了多少。他说："你们两个狗娘养的的龟孙子，枪法确实不错。也许你们可以去学冲浪了。"

　　我们就是这么得知我们被转去了彭德尔顿营，我们在那里完

成以射击为主的基础训练，因为军队正在训练我们成为狙击手。我们乘美联航的航班前往加利福尼亚。这是我第一次坐飞机。

　　比利停下。他真的想写彭德尔顿营吗？他不想。没有冲浪，至少他没去冲过；他从没学过游泳，怎么可能学冲浪呢？他买了件"查理不冲浪"的 T 恤，一直穿到它变成破布。捡起婴儿鞋把鞋带系在裤带环上的那天，他就穿着这件 T 恤。

　　他想写伊拉克自由行动吗？不想。他抵达巴格达的时候，战事已经结束。布什总统站在亚伯拉罕·林肯号航空母舰的甲板上说的。他声称任务已经完成，因此比利和他那个团的其他锅盖头成了"维和人员"。他感觉自己在巴格达受到了欢迎，甚至爱戴。女人和孩子朝他们扔鲜花，男人高喊"我们爱美国！"。

　　好时光并不长久，比利心想，所以可以跳过巴格达，我们直接写粪坑吧。他换行继续。

　　2003 年秋，我驻扎在拉马迪，还在执行维和任务，但到了这时候，枪击事件时有发生，穆拉开始在布道词里添加"美国佬都去死"，清真寺的广播里这么说，有时候在商店门口也能听见。我隶属于第三营，也就是所谓的黑马营。我在 E 连里。那段时间我们做了很多打靶练习。乔治和喇叭在其他地方，但塔可和我依然是搭档。

　　一天，一个我不认识的中校路过，看着我们练习射击。我用的是 M40，靶子是 800 码外用啤酒罐垒成的金字塔，我从上到下逐个敲掉目标。你必须打中啤酒罐的下半截，让冲力带走它们，否则整个金字塔就会倒塌。

　　这位贾米森中校命令我和塔可跟他走。他开一辆无装甲的吉普车，带我们来到俯瞰达瓦拉清真寺的小山上。这座清真寺非常美，但大喇叭里震响的布道词就不怎么美了。内容就是我们经常听见的那些屁话，什么美国佬要让犹太人殖民伊拉克，伊斯兰教将被定为非法，犹太人将执掌政府，美国佬要掠夺石油。我们听不懂他们的语言，但"美国佬去死"永远是英语的，而我们也读过传单的译本，据说传单的作者是宗教领袖。正在萌芽的叛乱组织把传单成捆成包地分发给民众。"你愿意为了祖国献出生命吗？"传单上这么问，"你们愿意为了伊斯兰教光荣牺牲吗？"

"开枪到那里有多远？"贾米森指着清真寺的圆顶问。

塔可说 1000 码。我说大概 900 码，然后又（很小心地用敬语称呼贾米森）和他说，军队禁止我们把宗教场所当作目标，中校您不会在动这种念头吧？

"胡扯什么呢，"贾米森说，"我绝对不会命令我的士兵瞄准那些神圣的狗屎堆。但是，大喇叭里嚷嚷的东西和宗教没关系，而是政治内容。所以你们二位，哪个愿意试试敲掉一个大喇叭？但你们不能在圆顶上打出窟窿来。那么做不对，我们会下穆斯林地狱的。"

塔可立刻把步枪递给我。我没带三脚架，于是把枪管架在吉普车的引擎盖上，放了一枪。贾米森用望远镜看，我不需要望远镜也能看见一个大喇叭翻翻滚滚地掉了下去，拖着连接它的电线。圆顶上没有窟窿，而义愤填膺的叫喊声（至少从那个方向传来的）明显弱了下去。

"尝尝厉害！"塔克叫道，"没错，尝尝我们的厉害！"

贾米森说我们快溜吧，免得他们朝我们开枪，于是我们就溜了。

回头再看，我觉得那天总结了伊拉克局势掉进泥潭的经过，为什么"我们爱美国"会变成"美国佬去死"。中校受够了那些没完没了的屁话，于是命令我们敲掉一个大喇叭，这么做既愚蠢又毫无意义，因为至少还有 6 个大喇叭对着其他的方向。

开车回基地的路上，我看见几个男人站在门口，几个女人从窗口向外看。他们脸上不是"我们爱美国"的幸福表情。没人朝我们开枪（那天没有），但他们的表情在说这一天迟早会来。在他们看来，我们开枪打的不是大喇叭，而是清真寺。圆顶上也许没有窟窿，但子弹依然打中了他们的核心信仰。

我们在拉马迪的巡逻变得越来越危险。当地警察和伊拉克国民卫队逐渐失去对叛乱分子的控制，但美军被禁止取代他们的位置，因为华盛顿和伊拉克的政客都决心捍卫自治理念。大多数时候我们只是呆坐在军营里，希望别被抽中去执行保护任务，协助工程队重建损坏（或被破坏）的主供水管，或协助技术人员（美国人和伊拉克人都有）维修损坏（或被破坏）的发电站。执行保护任务几乎就是等着吃枪子，到 2003 年末，海军陆战队已有 6 人阵亡，伤员无数。穆斯林狙击手准头很差，但土炸弹让我们恐惧。

2004 年 3 月的最后一天，纸牌屋终于彻底垮塌。

好了，比利心想，故事到这里才算真正开始。按照厄平顿的说法，我这一路上把屁话减到了最少。

这时我们已经从拉马迪迁入了巴哈里亚营地，也被称为"梦境"。它位于费卢杰城外两英里处的乡间，在幼发拉底河西岸。据说萨达姆的孩子曾经在这里休养。乔治·迪纳斯坦和"喇叭"·卡什曼在 E 连和我们团聚。

听见枪声从平时我们称之为布鲁克林大桥的对面传来时，我们四个正在打牌。不是单独的一两声枪响，而是连成一片的齐射。

到了傍晚，传闻得到确认，我们知道了事情的经过——至少是大致的经过。黑水公司的四名雇佣兵在运送食物时（包括供给我们的梦境食堂），决定抄近道穿过费卢杰，没有按照标准规范绕

214

过城区。快到幼发拉底河的桥头时，他们遭到伏击。敌方火力像雨点似的落在他们驾驶的两辆三菱越野车上，因此他们就算身穿防弹衣也无济于事。

塔可说："我的天，他们凭什么以为他们能开车直穿城区？这里又不是奥马哈。太愚蠢了。"

乔治赞同，但说是否愚蠢是一回事，要不要报复就是另一回事了。我们想到一块儿去了。杀人已经很糟糕了，但对暴民来说，光杀人还不够。他们把尸体从三菱车里拖出来，浇上汽油点燃。其中两具尸体像烤鸡似的被撕碎。另外两具挂在布鲁克林大桥上，就像盖伊·福克斯的假人。

第二天，我们小队准备出去巡逻的时候，贾米森中校出现了。他命令我和塔可从悍马车上下来跟他走，因为有个人想见我们。

我们走进一个空荡荡的车库，空气里飘着机油和废气的怪味。一个人坐在一堆轮胎上。车库里热得像烤箱，因为所有门都关着，而车库里没有空调。看见我们进来，他起身打量我们。臭烘烘的车库里足有85华氏度[1]，他却荒唐地穿着皮夹克。皮夹克的胸口有黑马营的标志：上面是"正派职业人士"，下面是"来一发"。但穿皮夹克只是为了做戏，我一眼就看穿了，塔可事后说他也看穿了。你看一眼就知道他是狗娘养的中情局。他问我们哪个是萨默斯，我说是我。他说他叫霍夫。

比利忽然停下，愣住了。他这是把目前的生活与他在陆战队的生活混在了一起。罗伯特·斯通是不是说过心如猿猴来着？没错，在《狗兵》里。斯通在这本书里还说，坐在直升机上用机关枪扫射大象的人就是想从杀戮中获得快感。在伊拉克，步兵和锅盖头的射击对象是

---

[1] 85华氏度，约等于29.4摄氏度。

骆驼，不过，他们这时候已经快感上头了。

他删掉最后一行，咨询生活在他双耳之间、额头背后的那只猿猴。思考了几秒钟，他想到了正确的名字，认为这个错误完全可以原谅。"霍夫"其实挺接近的。

他说他叫福斯。他没有伸手要和我们握手，只是坐在轮胎上，而轮胎肯定弄脏了他的裤子。他说："萨默斯，听说你是连队里枪法最好的。"

这不是在问我，因此我一言不发，只是站在那里。

"你能隔着河，从我们这一侧击中 1200 码外的目标吗？"

我瞥了一眼塔可，确认他听见的也是这句话，随即明白了他的意思。我们这一侧指的是城外任何一处。另外，既然存在这一侧和那一侧，就说明我们要进城了。

"你指的是击中人类目标吗，长官？"

"当然。你以为我指的是什么，啤酒瓶？"

一个反问，我都懒得回答。"能，长官，我能击中目标。"

"这是海军陆战队的答案，还是你的答案，萨默斯？"

贾米森中校对此皱起了眉头，好像他不认为除了海军陆战队的答案还存在其他答案，但他没说什么。

"都是，长官。碰到刮风的日子，信心未必特别足，但我们——"我用大拇指指着塔可说，"我们能修正风带来的误差。但吹起来的沙尘就是另一码事了。"

"明天的预测风速是 0 到 10，"福斯说。"应该没问题吧？"

"没问题，长官。"然后我问了一个我没资格问的问题，但我必须知道答案，"目标是个坏哈吉[1]吗，长官？"

---

1 指赴麦加朝圣过的伊斯兰教徒，也可泛指伊斯兰教徒。

中校说我越线了，他本来还想再说什么，但福斯朝他挥挥手，于是贾米森闭上了嘴。

"你瞄准过人吗，萨默斯？"

我说没有，这是实话。瞄准意味着狙击，鲍勃·雷恩斯是我近距离开枪打死的。

"那这次就是你职业生涯的好起点，因为是的，这是个非常坏的坏哈吉。我猜你知道昨天发生了什么。"

"知道，长官。"塔可说。

"雇佣兵之所以穿过费卢杰城区，是因为一个他们认为非常可靠的线人说那条路线是安全的。线人说人们正在逐渐对美国人积累好感。伊拉克警方也会派人护送他们。但护送者要么是穿着偷来的制服的叛乱分子，要么是变节的警察，也可能是真正的警察见到风声不对就溜了。而且杀人的反正不是警察，而是四五十个手持 AK 的坏种……诸位，你们觉得呢？他们是凑巧出现在现场的？"

我耸耸肩，像是在说我不知道，让塔可接他的球。塔可接过话头："似乎不可能，长官。"

"对，完全不可能。这些穆斯林早就埋伏好了。就在等他们。两辆皮卡堵住大路。有人策划了这场伏击，我们知道此人是谁，因为我们在监听他的手机。明白吗？"

塔可说明白。我还是耸耸肩。

"这个扎头巾的两面派叫阿马尔·贾西姆。六七十岁，具体年龄没人知道，很可能他自己也不知道。他拥有一家电脑与相机店，同时是网吧，也是游戏厅，当地年轻人不做土炸弹和在路边放炸弹的时候，就在那里打《吃豆人》和《青蛙过河》。"

"我知道那地方，"塔可说，"店名就叫立等可取。巡逻路上见过。"

见过？妈的，我们去过，玩《大金刚》和《麦登橄榄球》。每次我们进去，当地年轻人就忽然想起来还有事情要做，纷纷作鸟兽散。塔可没有主动报告这一情况，我也没有。

"贾西姆是老牌复兴党人，也是新生的叛乱分子头目。我们想干掉他。非常想。不能使用激光制导炸弹，万一炸死一伙打电子游戏的孩子就不好了，那样会让半岛电视台再抨击我们一通。付不起这个代价。但我们也不能等了，因为布什几天内就会批准清除行动——你们要是敢说出去，我就毙了你们。"

"你抢不到机会，"贾米森说，"我会先动手的。"

福斯没搭理他："等城里乱起来，贾西姆就会带着他的武装团伙溜进后巷。我们必须在他逃跑前动手，干掉这个两面三刀的家伙，杀鸡给猴看。"

塔可问杀给什么猴看。我可以解释给他听的，但我没开口，把这项光荣的任务交给了福斯。福斯解释完，又问我能不能做到。我说能长官。我问要我从哪里开枪，他告诉了我。我们去过那地方，当时是去接应补充物资的直升机。我问能不能给我换一个利奥波德的新型号瞄准镜，否则我就只能凑合用我现在这个了。福斯望向贾米森，贾米森说："交给我了。"

回到军营，巡逻队已经撇下我们出发了，塔可问我击中目标的把握有多大。我说："要是打不中，我就赖给我的观察手。"

他给我肩膀上一拳："王八蛋。说起来，你为什么喜欢装傻？"

"我不明白你在说什么。"

"看看，你又来了。"

"这样更安全。别人没法拿他们不知道的事情来伤害你。或者反过来纠缠你。"

他思考了一会儿，然后说："对，那一枪你能打中，没问题，但我想问的不是这个。我们在说的是一个大活人。你确定你能下

218

手吗？硬着心肠给他脑袋一枪，要了他的小命？"

我对塔可说我确定，但没有说我知道我能杀人是因为我杀过人。我朝鲍勃·雷恩斯的胸口开枪打死了他。不过狙击手学校教我的是，永远要爆头。

5

比利把写完的内容存盘，起身时踉跄了一下，他的脚像是伸进了另一个空间。他坐了多久？他看了一眼手表，震惊地发现自己坐了快5小时。他觉得自己像是刚从栩栩如生的梦境中归来。他用双手按住腰窝，舒展身体，两条腿的酸麻感觉渐渐过去。他从客厅走到厨房，又走到卧室，最后回到客厅里。他又走了一圈，然后走了第三圈。他第一次见到这套公寓时，觉得它的大小正合适，是个隐居的好地方，他可以在这里躲到风头过去，然后开着租来的车向北（或者向西）去。现在它似乎太狭小了，就像长大了穿不下的衣服。他想出去走走，甚至慢跑，但就算穿戴上多尔顿·史密斯的道具，这也是个非常坏的主意。于是他继续在公寓里踱步，觉得不够运动量就在客厅地上做俯卧撑。

"趴下给我做25个！"他想起厄平顿中士的叫嚣，"别管我是不是踩着你的屁股，你个废物点心。"

比利忍不住笑了。这么多记忆一下子全回来了，要是全都写下来，他这本书得有1000页。

俯卧撑让他平静了一些。他考虑要不要打开电视，看看调查的进行情况，或者看看手机上有没有报纸的新闻推送（报业正在走下坡路，但比利发觉他们似乎总是最先搞到明确的事实）。他决定既不看电视也不查手机，他还没有准备好回到现实。他考虑要不要吃点东西，但他也不觉得饿。他应该饿了，但他确实不饿。他决定喝一杯黑咖啡，于是他站在厨房里喝掉，然后他回去打开笔记本电脑，从刚才放下的地方继续写。

6

第二天上午，贾米森中校亲自开车送我和塔可去10号公路和一条南北向道路的交叉路口，海军陆战队用AC/DC乐队的名曲《地狱公路》给后一条道路起名。我们坐在中校的鹰牌旅行车里，这是他的专用座驾。后车门上贴着一匹红眼黑马的贴纸画。我不喜欢这么招摇，因为我能想象伊拉克人的观察兵注意到了它，说不定正在给它拍照。

福斯不见踪影。他已经返回他们这种人在阴谋启动后会去的地方了。

山顶上一个尘土飞扬的回车场里，停着两辆伊拉克电力与照明公司的皮卡，不过车身上曲里拐弯的文字也可能是其他意思。它们看上去和美国公用工程部门用的皮卡一样，只是尺寸稍小，被漆成苹果绿，而不是黄色。车身侧面的油漆显然比较厚，但也没有完全盖住萨达姆·侯赛因的笑脸，他像是顽固地不肯消散的幽灵。皮卡旁边还有一辆带吊斗平台的吉尼铰接式悬臂起重机。

两根电线杆立在路口，支撑起为费卢杰及其城郊居民区降压供电的大型变压器。扎头巾的男人在周围忙碌，还有两个人戴着库菲帽。他们都身穿橘红色的工作背心，但没人戴安全帽。看来职业安全和健康署还没来过安巴尔省。从河对面看，这些人就是普普通通的政府施工队，但假如你来到60码之内，就会发现他们全都是我们的人。我们班的阿尔比·斯塔克走向我，拨弄着他的头巾，唱"你千万别踩超人斗篷"那首歌。然后他看见了中校，连忙立正敬礼。

"滚远点，找点事做，"贾米森对他说，"还有我的天哪，你可别再唱歌了。"他转向我和塔可，但说话的对象是塔可，因为他已经确定我们俩里比较聪明的是塔可了。"贝尔一等兵，复述计划。"

"大多数日子里，贾西姆会在 10 点左右出来抽烟，和他的追随者聊天，其中有些人很可能朝黑水雇佣兵开过枪。他扎一条蓝色头巾。比利开枪敲掉他。任务完成。"

贾米森转向我："假如你能杀了他，我就申请给你发奖章。没打中，或者更糟糕的，打中了附近的其他人，别人怎么踹我屁股，我就怎么踹你屁股，只是我踹得更狠，而且靴子会踹到你的屁眼里去。听懂了吗，大兵？"

"应该懂了，长官。"我想到了厄平顿中士，这番话从他嘴里说出来，肯定会更有冲击力和说服力。不过，我还是要夸奖一下中校，毕竟他装凶也装得很努力了。几个月后，他遇到了路边炸弹，失去了大半张脸和全部视力。

贾米森招呼乔·克莱科维斯基过来。他也是我们班的，我们班自称"热火九人组"，这些所谓的"市政工人"几乎全都是我们班的人。他们主动报名来执行这个任务。他们非来不可，因为塔可发了话。

"中士，萨默斯开枪后，你知道接下来该怎么做吗？"

克莱科维斯基微笑，露出前门牙的豁口："把他们弄下来，然后撒丫子就跑，长官。"

尽管我看得出贾米森很紧张（我猜我们没人不紧张），但这话让他露出了微笑。正常情况下，就算是石像，克莱科维斯基也能逗得它绷不住脸。"差不多就是这个意思。"

"要是他不出现呢，长官？"

"如果明天不行，那还有更多明天呢。动手吧，大兵们，千万别给我整些喊口号的事，谢谢了。"他用大拇指指着幼发拉底河和河对岸堪称捕熊夹的城市，"就像歌里唱的——声飘万里。"

阿尔比·斯塔克和大克莱尝试挤进吊斗。吊斗按理说能容纳两个人，但假如其中一个是克莱科维斯基，那可就不行了。他险些把阿尔比挤得掉出去。除了贾米森，所有人放声大笑，像是在看阿呆与阿瓜。

"滚出来，你个笨蛋，"中校对大克莱说，"老天都要哭了。"他指了指喇叭，喇叭的裤子短了一截，棕色战斗靴支棱在外面。这一幕也很可笑，因为他像是穿上老爸的鞋子，在屋里笨拙地走来走去的小孩。"你。小矮子。给我过来。你叫什么？"

"长官，我是皮特·卡什曼一等兵，我——"

"白痴，这里是战区，别朝我敬礼。你老妈是不是用你的脑袋敲过核桃？"

"没有长官，至少我不记得，长——"

"你和那个谁谁谁一起进吊斗，等你们到了上面……"他四处看看，"我的天，该死的裹尸布在哪里？"

从专业角度说，他的用词倒也没错，但从所有其他角度说都大错特错。他看见大克莱在胸前画了个十字。

阿尔比还在吊斗里，他低头看了看："呃，好像就在我脚底下，长官。"

贾米森擦了擦脑门："还好，至少有人记得带上了。"

这个人就是我。

"卡什曼，你进去。以最快速度布置好。时间不等人。"

液压杆运转，吊斗平台徐徐升起。它升到35或40英尺的最高处，在一个变压器旁抖了一下停住。阿尔比和喇叭手忙脚乱地

222

把裹尸布从脚底下弄出来，然后伴随着一连串很有创意的咒骂（其中一些是来找我们要糖果和香烟的伊拉克孩子教会我们的），他们把它布置了起来。他们把它弄成一个帆布圆筒，把吊斗和变压器裹在里面。它顶部由钩子固定在电线杆的一根横臂上，侧面扣在一起，就像501牛仔裤的那种门襟纽扣。外面印着一团亮黄色的曲里拐弯文字。我不知道它们在说什么，反正只要不是"狙击手正在行动"就行。

吊斗降回地面，帆布圆筒留在上面。吊斗齐腰高的栏杆不再从侧面撑住圆筒之后，它看上去确实很像裹尸布。喇叭的手在流血，阿尔比的面颊擦伤了，不过至少两个人都没从吊斗里倒栽葱掉下来。他们好几次险些失足。

塔可抻着脖子往上看："这东西本来是什么，长官？"

"沙地迷彩，"贾米森说，然后又说，"应该吧。"

"似乎不是毫无破绽。"塔可说。他望向河对岸拥挤的房屋、商铺、仓库和清真寺，那是我们称之为皇后区的西南城区。装在裹尸袋里从皇后区运出来的海军陆战队士兵已经超过百人。另外还有几百人出来时比进去时少了些"零件"。

"要是我想听你的意见，我会问你的，"中校说——老掉牙的说法，但总是很好用——"拿上你们的装备，给我立刻上去。进吊斗前也穿上橘红色的背心，这样大家只会看见两件背心在上面。你们其他人给我忙起来。我们最不希望被人看见的就是那把大号狙击枪。萨默斯，你背对河面，直到你进了……"他停下，他不想说等你进了裹尸布，我也不想听他这么说，"直到你进了隐蔽处。"

我说收到，然后我们就上去了，我背对城区，把M40抱在怀里，塔可用双脚护住观察手的装备。狙击手是头顶光环的群体，有人为他们拍电影，斯蒂芬·亨特为他们写小说，但其实苦活累活都是观察手干的。

我不知道真正的裹尸布是什么味道，但帆布圆筒臭得像陈年死鱼。我解开侧面的三个搭扣，制造出一个射击孔，但对准的方向不对，这样只能打中从拉马迪迷路走来的山羊。我们费了些力气才把圆筒转过来，哼哼唧唧，骂骂咧咧，而且转向的时候我们还要让这个鬼东西挂在至少两个钩子上。帆布拍打着我们的脸，死鱼的臭味愈加浓烈，这次轮到我险些从吊斗里掉下去了。塔可一只手抓住我的背心，另一只手抓住步枪的背带。

"你们在上面干什么呢?!"贾米森吼道。他和其他人从底下能看见我们的脚笨拙地动来动去，就像两个小学生在学跳华尔兹。

"做家务，长官。"塔可喊道。

"好吧，建议你们别做家务了，快点做好准备。马上到10点了。"

"有两个智障把射击孔对错了方向，又不是我们的错。"塔可对我嘟囔道。

我检查崭新的瞄准镜和我的步枪——同样的枪很多，但这把是我的——用一块羚羊皮把所有东西擦干净。在战场上，沙粒和尘土会钻进所有的缝隙。我把枪递给塔可，让他按惯例再次检查。他把枪还给我，舔湿手掌，然后从射击孔伸出去。

"风速零，比利老弟。希望狗娘养的会出来，因为我们不可能碰到更好的天气了。"

除了我的狙击枪，吊斗里最大的一件装备是M151，绰号"观察手之友"。

比利停下，从白日梦里惊醒。他走进厨房，用凉水搓脸。他走到了一个意料之外的岔路口，在此之前一直是直路的。也许无论他选择哪条分支，结果都不会改变，但也未必如此。

问题的关键是这把 M151。观察手用它的瞄准镜来计算从枪口到目标的距离，准确度高得出奇（至少对比利来说），这个距离是 MOA（也就是角分法）的基础。对干掉乔尔·艾伦的那一枪来说，比利不需要这些东西；但他在 2004 年那天负责开的那一枪（他们一直假定阿马尔·贾西姆会走出店门，因此有可能开枪），距离要远得多。

他要不要解释这些？

假如他解释，这意味着他预期，或期待他写的东西有朝一日会被别人读到。假如他不解释，就说明他放弃了这样的预期和期待。所以，他到底是什么想法？

他站在厨房水槽前，回想起他离开沙漠后不久在收音机里听到的一段访谈。应该是 NPR 广播的节目，节目里每个人听上去都很聪明，而且都在服用百忧解。接受采访的是某个老作家，他在重要作家都是白人、男人和边缘酒鬼的那个时代曾经红极一时。比利怎么都想不起来那个作家是谁了，但反正不是戈尔·维达尔，他不够尖酸，也不是杜鲁门·卡波特，他不够古怪。他只记得访问者问到写作过程时，这位作家答道："我坐下来码字的时候心里永远装着两个人，一个是我本人，另一个是陌生人。"

这把比利的思路又带回到了那把 M151 上。他可以描述它，可以解释它的用途，可以解释为什么 MOA 比距离更重要，尽管这两者总是要综合考虑。他可以写下这些文字，但只有在写作对象既是他自己也是陌生人的时候才有必要。所以，是这样吗？

现实一点，比利对自己说，这里唯一的陌生人就是我。

但这也没问题。他完全可以为自己而写。他不需要……应该怎么说才好呢？

"确认。"他喃喃道，回到电脑前，从刚才的地方往下写。

7

除了我的狙击枪，吊斗里最大的一件装备是 M151，绰号"观察手之友"。塔可架好三脚架，我挪来挪去，尽可能不碍事。平台上下晃动，塔可叫我别动，否则我打中的就不是贾西姆的脑袋，而是店门上方的标牌了。我尽可能静止不动，让塔可做他的事情，他一边心算，一边自言自语。

贾米森中校估计的距离是 1200 码。塔可瞄准一个在立等可取店门口颠球的孩子，读数告诉他距离实际上有 1340 码。射击距离确实很远，但在 4 月初一个没有风的好日子里，我对这一枪很有信心。我打过距离更远的靶子，更何况我们都听说过，世界级狙击手打中过比这个距离远一倍的目标。我当然不能指望贾西姆能像纸靶上的头像那样一动不动，这个问题让我担忧。他是个活生生的人，心脏在跳动，大脑在运转，这一点却没有让我担忧。他诱骗我方的 4 名人员踏入陷阱，那 4 个人没做错过任何事情，仅仅负责运送食物，我们打算干掉他以儆效尤。他是坏人，需要被消灭。

9 点 15 分左右，贾西姆走出店门。他穿着像是大喜吉[1]的蓝色长衫和宽松的白裤子。今天他没缠蓝色头巾，而是戴一顶红色针织帽。这顶帽子是个绝妙的标靶。我开始瞄准，但贾西姆只是给了颠球的孩子的屁股一巴掌，赶走那小子后就回去了。

"真他妈的。"塔可说。

我们默默等待。年轻男性走进立等可取店，年轻男人走出店门。他们说笑打闹，全世界的年轻男人，从喀布尔到堪萨斯城，他们都是这个德行。仅仅几天前，他们之中有些人肯定用 AK 扫

---

1 色彩鲜艳的宽松套头男装，常见于西非国家。

射过黑水公司的皮卡。7个月后，我们挨个街区清除他们的时候，他们之中有些人无疑也朝我们开过火。他们之中有些人很可能就在所谓的游乐园里，那里，一切有可能出错的事情都出了错。

10点，10点15分。"也许他今天在后门抽烟，"塔可说。

10点半，立等可取店的门开了，阿马尔·贾西姆和他两名年轻的手下出来。我瞄准。我看见他们在聊天说笑。贾西姆在一个年轻手下的后背上拍了一巴掌，两个手下勾肩搭背地走了。贾西姆从裤兜里掏出一包烟。我从瞄准镜里看见那是一包万宝路，甚至看清楚了金狮商标。每个细节都无比清晰：他浓密的眉毛，他红得像是涂过口红的嘴唇，他花白的胡楂。

塔可的M151已经拿在了手里，他正在瞄准："这厮简直是阿拉法特的翻版。"

"塔可，闭嘴。"

我把十字星对准针织帽，等贾西姆点烟。我决定在送走他之前允许他享受一口。他把一支烟放进嘴里。他把烟盒放回口袋里，掏出打火机。那不是便宜的一次性打火机，而是个Zippo。多半是花钱买的，也许从商店里，也许从黑市上。也有可能，这打火机来自某个中弹而亡、被火烧焦，然后被挂在桥上的雇佣兵。他弹开打火机，一颗微小的太阳在顶盖上一闪而过。我看到了，我看到了一切。彭德尔顿的迭戈·瓦斯克斯一级军士长说过，海军陆战队的狙击手为完美一击而活。我这一击就是完美的。他还说："这就像做爱，我的青头小子们。你们永远也不会忘记第一次。"

我吸了一口气，憋住，数到5，然后扣动扳机。后坐力顶在我的肩窝上。贾西姆的针织帽飞了出去，我有一瞬间以为我没打中，也许只差了1英寸，不过对狙击来说，1英寸和1英里没什么区别。他只是站在那里，万宝路还叼在嘴里。然后，打火机从他手里滑下去，香烟从他嘴里掉出来，这两件东西落在积着尘土的人行道上。电影里，中枪的人会随着子弹飞出去，但在真实生活中，这种事很少会发生。事实上，贾西姆还向前走了两步。不过这时我已经看见了，飞出去的不只是针织帽，针织帽里的上半个脑袋也不见了。

他跪倒在地，然后摔了个嘴啃泥。周围的人开始逃跑。

"报应来了。"塔可说，猛拍我的后背。

我扭头大喊："把我们弄下去！"

平台开始下降。我感觉下降速度慢得可怕，因为河对岸已经开火了。枪声听上去像放炮的声音。塔可和我从帆布圆筒里钻出来，立刻低头闪避，倒不是因为闪避能让我们更加安全，而是出于本能。我等着听子弹嗖嗖飞过，做好了中弹的思想准备，但我什么也没听见，什么也没感觉到。

"快下来，快点！"贾米森喊道，"跳啊！该溜了！"但他在笑，笑得很得意。我们全都在笑。我们跑向中校载我们离开的肮脏三菱车，他们没完没了地使劲拍我肩膀，害得我险些摔跤。阿尔比、喇叭、大克莱和其他人跑向电力公司的小皮卡——我们后来再没用过这个花招。我们听见河对岸传来喊叫声，枪声也越来越密集。

"没错，吃老子一枪！"大克莱喊道，"好好受着吧，狗娘养的！大黑马刚踩死了你们老大！"

中校的旧旅行车停在电力公司的皮卡背后。我打开后车门，把我的枪和塔可的装备放进去。

"快点！"贾米森说，"我们挡住他们了。"

嗯，车是你停在这里的，我心想，但没说出口。我把我们的东西扔进去。关车门的时候，我看见地上有个东西，是一只婴儿鞋，肯定曾经属于一个小女孩，因为鞋子是粉红色的。我弯腰去捡，就在那个瞬间，某个枪手乱射的一颗子弹打在后车门的防弹玻璃上。要是我没有弯腰，子弹肯定会打中我的后脖颈或后脑勺。

"上车，快上车！"贾米森大喊。又一颗子弹打中旅行车的装甲车身并弹了出去，也可能这些子弹都不是乱射的。到了这个时候，许多枪手已经跑到了他们那一侧的河岸。

我捡起婴儿鞋，跳上三菱车，贾米森首先开出回车场，车尾一甩，掀起漫天尘土，两辆皮卡只能吃我们的灰尘了。中校根本没想那么多，他的心思全放在逃命上。

"他们快把升降机打烂了，"塔可说。他还在大笑，杀戮的刺激尚未过去："你捡了什么？"

我给他看，说我觉得是它救了我一命。

"你好好留着，兄弟，"塔可说，"一定要保管好。"

我一直留着它。直到那年11月的游乐园，我们开始扫荡工业区的那间屋子时，我找过它，但它不见了。

8

比利终于关上电脑，站在陆地潜艇的潜望镜窗前，望着外面的小块草坪、街道和街对面火车站曾经屹立的建筑空地。他不知道他在那里站了多久，也许相当久。他觉得大脑木木的，好像刚参加完全世界最漫长和最复杂的考试。

他今天写了多少字？他可以看一眼文档（现在名叫《比利的故事》，而不是《本吉的故事》）的字数统计，但他的强迫症没那么严重。肯定很多，知道很多就足够了，而且他还有很长的路要走呢。他要写贾西姆毙命后不到一周开始的4月攻势，还要写政客的胆怯如何导致撤退。然后是名叫幽灵之怒行动的终极噩梦，那是长达64天的地狱般的煎熬。他不会这么说（假如真能写到那么后面），因为这个说法太烂俗了，不过那确实是地狱。这一切在游乐园达到高潮，这一段似乎总结了其他一切。他也许会跳过部分时刻，但不可能跳过游乐园，因为游乐园是费卢杰篇章的意义。但意义究竟是什么呢？意义就是毫无意义。它仅仅是一座需要扫荡的屋子，但你看看他们付出了多大的代价。

几个人从皮尔森街上走过。几辆车经过，其中一辆是警车，但没有引起比利的担忧。警车开得很悠闲，没有特定的目的地，也不是急着要去哪里。城市的这个区域依然让他感到惊奇，尽管离商业区很近，看起来却如此荒芜。在皮尔森街上，高峰时段就是寂静时段。他猜在市中心工作的人每天结束劳碌后会拖着疲惫的身躯返回城郊居住区——都是环境更好的地段，例如本顿维尔、舍伍德高地、平原镇、米德伍德，甚至科迪，他为一个小女孩赢了一只毛绒玩具的地方。此刻他所在的城区甚至没有名称，或者就算有他也不知道。

他需要了解最新情况。比利打开 NBC 新闻的第八频道——他不想看第六频道，第六频道肯定还在播放艾伦遭到枪击的录像。第八频道一出来就是"突发新闻"徽标，配乐是不祥的小提琴和咚咚的鼓点。比利心想，刺客还没落网，现在恐怕不会有什么像样的突发新闻。刺客花了一天时间写他自己的故事，这个故事极有可能会成为一本书。

案情确实有了发展，但没有比利预料之外的内容，也配不上那么可怕的背景音乐。一名播音员说，本地商人肯尼斯·霍夫疑似牵扯进了"愈发复杂的暗杀阴谋"。另一名播音员说，肯尼斯·霍夫看似自杀的死亡很可能是谋杀。福尔摩斯，你的推理能力让我震惊，比利心想。

播音员把镜头交给现场的记者，他站在霍夫家的街对面，这套房子一看就很昂贵，不过和尼克租用的超级豪宅相比，这套房子的奢侈程度还是要低几个档次。记者是个腿特别长的金发女郎，看模样似乎上周刚从新闻系毕业。她说肯尼斯·霍夫与用来射杀乔尔·艾伦的雷明顿 700 步枪"百分之百有联系"。他与疑似枪手之间本来就有多重联系，枪支只是又增加了一重而已。枪手的身份已经得到"百分之百地确认"，此人名叫威廉·萨默斯，海军陆战队退伍兵，曾参与伊拉克战争，获得过数枚勋章。

铜星和银星，比利心想，还有紫心绶带，绶带上有一颗星，表明在战斗中受的伤不是一处，而是两处。他能理解他们为什么不愿意详细列举。他在这个案件里是反派，为什么要用讲述他英雄般的过去来混淆视听呢？混淆视听是小说手法，不适用于新闻报道。

有两张并排的照片。一张是他第一天作为驻场作家来到杰拉尔德塔时，欧文·迪安为他拍摄的证件照。另一张照片里的他是个新兵，锅盖头使他显得既严肃又呆傻。后者是入伍时的拍照日拍摄的，他看上去比金发记者还要年轻。事实上很可能真的更年轻。这张照片肯定是从海军陆战队的档案里调取的，因为比利没有亲人可以提供他的照片。

金发记者说，当地警方认为萨默斯可能已经逃离本市，由于他同样有可能已经逃离本州，因此联邦调查局接管了此案。说完这些，金发记者把画面还给演播室，播音员接下来展示的照片是乔治·皮列利的，他们还念出了他的江湖匪号，好像他有可能用"大猪乔治"这个化名潜逃似的。乔治·皮列利与拉斯维加斯、里诺、洛杉矶和圣迭戈的有组织犯罪存在关联，但从未被逮捕过。他们的潜台词是，假如你见到一个体重超过370磅的意大利裔中年胖子，脚下很可能踩着一双鳄鱼皮鞋，手里拿着奶昔喝得正起劲，就立刻联系你当地的执法部门。

所以，比利心想，霍夫死了，现在几乎可以肯定，乔治也死了，尼克的不在场证明好得无懈可击。因此，他就是摊子上的最后一个西瓜、豆荚里的最后一粒青豆、盒子里的最后一块巧克力了——喜欢哪个比喻你自己随便挑。

插播广告，某种神药，可能引发的副作用足有二三十种，其中不乏会致命的，然后又是访问他在常青街的邻居们。比利起身想关电视，但又坐了回去。他披着伪装混进羊群，伤害了这些人，他至少应该看一看和听一听他们讲述受到的伤害——还有困惑。

简·凯洛格，这个街区的常驻酒鬼，似乎一点也不困惑。"我第一眼见到他就知道他不对劲，"她说，"他眼神闪烁。"

放什么狗屁，比利心想。

丹尼的母亲戴安娜·法齐奥告诉记者，当她发现他们竟然曾经允许自己的孩子与一个冷血杀手在一起玩时，感受到的惊骇是多么强烈。

保罗·拉格兰感叹于他的表演是多么圆熟和自然："我真的以为戴维是个作家。他看上去完全是个好人。这可能证明了你不能信任任何人吧。"

科琳娜·阿克曼提出了一个其他人似乎都视而不见的问题："事情当然很可怕，但他杀死的那个人去法院也不是因为扒窃，对吧？要是我没弄错，他也是个铁石心肠的杀手。要我说，戴维为本县节省了审判的开销呢。"

上帝保佑你，科琳娜，比利心想，真的感到泪水涌出了双眼，好像这是生活频道[1]的电影结局，所有人都得到了幸福。普通人的是非观里恐怕总是少不了一点私刑正义……就乔尔·艾伦的个案而言，比利没有任何问题。

在播报交通信息（抱歉了父老乡亲，由于警方设置的检查站，车流依然缓慢）和天气预报（正在转冷）前，法院刺杀案还有最后一则报道，比利忍不住笑了。维克里局长刚开始被调查排除在外，不是因为他的囚犯遇刺时他逃跑了，并把那顶可笑的斯泰森帽子扔在台阶上——更确切地说，不只因为这个——还因为他带着囚犯走上了门前台阶，而不是走稍微远一点的员工边门。起初，有人怀疑他参与了密谋，但他说服了调查人员情况并非如此，多半是承认了他想博取媒体的关注。

---

1 成立于 1984 年，是以女性为主要观众群的电视媒体。

走边门我也一样能打中他，比利心想，妈的，就算下雨我也能打中，除非那时候来一场创世记里的大洪水。

他关掉电视，走进厨房，清点冷冻餐的库存。他已经在考虑明天要写什么了。

第 13 章

1

他在费卢杰的幻梦中度过了 3 天。

比利写了热火九人组，"塔可"贝尔、乔治·迪纳斯坦、阿尔比·斯塔克、大克莱、"喇叭"卡什曼。他花了一个上午写约翰尼·卡普斯如何算是收养了一群伊拉克孩子，他们来讨要糖果和香烟，留在军营打棒球。约翰尼和巴勃罗·"大脚"洛佩斯教他们怎么打球。有个叫扎米尔的孩子喜欢一遍又一遍念叨"他安全了，狗娘养的!"和"给我中!"，他似乎只会这两句英语。扎米尔坐在板凳上，身穿红裤子和史努比狗狗 T 恤，头戴蓝鸟队帽子，见到有人跑到游击手的位置上就大喊："他安全了，狗娘养的!"

比利写了医务兵克莱·布里格斯（他们叫他"江湖大夫"）同时与苏城的 5 个女孩保持既活跃又色情的联系。塔可说他无法理解这个丑八怪怎么能睡到那么多女孩。喇叭说那些小姐都是虚构的。阿尔比·斯塔克说"他安全了，狗娘养的!"和江湖大夫与女孩保持既活跃又色情的联系毫无关系，每次他这么说都能逗他们笑得前仰后合。

比利在写作的间隙坚持运动：俯卧撑，仰卧起坐，举腿，蹲跳。

头两天他还原地跑，伸展双臂，用手掌拍膝盖。第三天，他忽然想了起来——真傻！——屋子里只有他一个人，于是他不再原地跑，而是从地下室到三楼来回跑楼梯，直到气喘吁吁，脉搏冲到150。他没有因为幽闭过久发狂，毕竟目前还不到一周，但长时间静坐写作不是他习以为常的生活，这些爆发性运动能确保他神智健全。

运动也有助于思考，一次在爬楼梯的半路上，比利想到了一个主意，他无法相信他先前居然没想到。比利用詹森家的钥匙开门。他看了看达夫妮和沃尔特的情况（两者都很好），然后走进卧室。唐是个淳朴的男人，喜欢橄榄球和纳斯卡赛车，喜欢烧烤肋排和鸡肉，喜欢周五晚上和兄弟们喝两瓶啤酒。这种男人，你几乎可以肯定他有一两把枪。

比利在唐那一侧的床头柜里找到了一把。鲁格左轮手枪，弹仓里装满了6发子弹。枪旁边是一盒点三八中发式子弹。比利觉得没理由把枪拿下楼，要是警察冲进来要逮捕他，他肯定不会和他们展开枪战。但是，没人说得准你什么时候会需要用枪，知道到时候你能去哪里拿枪，这自然是一项优势。这个需要究竟是什么，他此刻还无从想象，但在人生这个兔子洞里，谁也不知道前方还有多少个曲折和转弯。他比任何人都懂得这个道理。

他拿起喷壶，朝着贝弗利的两株植物各喷一下，然后小跑回到地下室。他听见外面的风大了起来，正吹过街对面的建筑空地。天气预报说要下雨，气温还会降得更低。"你也许不会相信，"今天一早播报天气的女士快活地说，"但事实上有可能会下雨夹雪。看来大自然母亲她不会看日历！"

比利不在乎外面是下雨、下雨夹雪、下雪，还是稀里哗啦地下香蕉。无论什么天气，他都会待在地下室的公寓里。他正在写的故事已经取代了他的生活，因为就目前而言，他只有这一种生活，不过他能接受。

他和布基·汉森简短地交流了两次。昨晚他发短信:"你还好吗?"布基回答:"好。"他发短信:"付钱了吗?"布基不出比利所料地回答:"没。"他不能打电话给乔治,就算用一次性手机也不行,因为警方很可能在监听乔治的电话。即便他甘愿冒这个风险,又能得到什么呢?他几乎可以肯定,电话里是个机器女声说您所拨打的号码不在服务区。因为乔治已经不在服务区了。比利对此非常确定。

在他故事里的平行世界中,比利已经写到了 2004 年 11 月的幽灵之怒行动。他估计这个部分需要 10 天左右写完,也有可能两周。等他写完这个部分,等他把游乐园的故事安顿好,他就收拾行李离开这座城市。到时候检查站肯定都撤掉了,说不定现在就已经没了。

他坐在电脑前,看着刚才停下的地方。行动开始两天前,贾米森命令约翰尼和巴勃罗把打棒球的孩子们赶出基地,他们明白这是什么意思:他们又要进城了,这次要一直待到任务结束。

比利记得扎米尔回头看着基地大门,最后一次大喊:"他安全了,狗娘养的!"然后他们就永远分别了。这么多年后,孩子们已经长大了——如果他们还活着。

他开始写遣散棒球少年们的那一天,但感觉起来很平淡。灵感之井暂时枯竭了。他保存文档,关机,然后走向另外几台电脑。他轮流打开那三台廉价笔记本,更新骗点击率的文章(《迈克尔·杰克逊的遗愿》《解决坐骨神经痛的小妙招》《初代米老鼠俱乐部现在的模样》),然后关机。他的小世界里一切安好。他有个计划,他要写完故事里的伊拉克篇章,游乐园是自然而然的高潮。等大功告成,他就收拾东西,离开这座倒霉的小城。他要往西走,而不是向北,不太遥远的未来某个时候,他要去探望尼克·马亚里安。

尼克欠他钱。

2

比利的计划只坚持到午夜差一刻。他当时穿着内衣看动作片，尽管电影情节很简单——一伙暴徒杀了一条狗，狗主人向他们寻仇——但比利还是越看越糊涂，于是他决定今天就到此为止了。他关掉白痴盒子，朝卧室走去，忽然听见外面传来轮胎摩擦地面的尖啸声和刹车保养极差的嘎吱声。他为撞车的声音做好了心理准备，车辆迎面撞上电线杆的轰鸣很像你摔上一扇大门的巨响，但他只听见了微弱的音乐和响亮的大笑。这声音听起来，是醉汉的笑声。

他走到潜望镜窗口前，撩开窗帘。不远处的马路上有一盏路灯，投下的光线足以让他看清那是一辆车身生锈的旧厢式货车。一侧的车轮开上了建筑空地旁的人行道。外面在下雨，雨很大，因此车头灯像是穿过了纱帘。乘客一侧的车门在轨道上拉开，车厢里的灯亮了，但隔着风雨，比利只能分辨出几个人影。至少三个，在动来动去。不，四个。第四个瘫坐在座位上，耷拉着脑袋。两个人影一左一右扶着这个人影的胳膊，那两条手臂从手肘向下垂落，就像折断的翅膀。

又是一阵笑声和交谈声。两个人把瘫软的人影拖出货车，第三个人像监工似的站在他们背后。丧失意识的人影有一头长长的黑发，很可能是个女孩。他们把她拖到货车背后，然后扔在地上。她上半身在人行道上，下半身在排水沟里。两个人跳上车，车门关上。旧货车在原地停了几秒钟，引擎空转，车头灯照穿雨幕。然后它开走了，轮胎嘎吱作响，喷出一团尾气。车的后保险杠上有个贴纸，比利当然不可能看清。车牌上方的灯在闪烁，几乎不亮。

确实是个女孩。她穿运动鞋，裙摆卷了起来，一条蜷曲的腿几乎全露在外面，上身穿皮夹克，露出来的那条腿有一半泡在排水沟的流水里。她的皮肤看上去非常白。她会不会死了？三个男人会不会是因为她死了才笑？比利在沙漠里见过一些事情（永远也不可能忘记），他知道这是有可能的。

他必须去救她，不仅因为如果他不去，她很可能死在外面。尽管这一块城区即便在工作日的中午也非常安静，但迟早会有人路过发现她。他们未必会停车，好撒玛利亚人永远短缺，但他们很可能会报警。谢天谢地，现在很晚了，更要谢天谢地的是，他没有在 5 分钟前回卧室休息。警察会在皮尔森街的这一侧排查，询问有没有人见到这女孩是怎么被扔在那里的，他们肯定会来敲他的门，假如敲门的时间是凌晨一两点，他不可能有机会戴上多尔顿·史密斯的假发，就更别提假孕肚了。其中一个警察会说，咦，朋友，你看起来似乎很眼熟嘛，跟我们走一趟吧。

比利没浪费时间穿外裤和鞋子，只穿一条四角短裤就跑上了楼梯。他穿过门厅，跑下门前台阶，他没有关门，任凭风吹得门来回碰撞。他感觉到一根木刺扎进了一只脚的拇趾里，而且插得很深，但令他印象更深的是外面真他妈冷。虽然没冷到下雨夹雪的地步（至少现在还没有），但已经差不多了。他的胳膊立刻起了鸡皮疙瘩。他缺失的那一节大脚趾也在疼。就算那女孩还活着，也未必能坚持多久。

比利单膝跪地，把她抱起来，他肾上腺素飙升，根本不知道她是轻是重。他左右看看，雨水淌下他的面颊和赤裸的胸膛。他的短裤湿透了，贴在他的胯骨上。他没看见任何人。谢天谢地。他踩着积水回到街道靠住处的一侧，就在他抱着她走上步道的时候，她转动头部，从喉咙里发出哕哕声，一口吐在了他的身体侧面和一条腿上。呕吐物温热得惊人，简直像是电热毯。

唔，他心想，看来她还活着。

上台阶的时候，他的脚又被扎了一根刺，然后他就回到了室内。他不能放任大门被风吹得砰砰响，于是把她放在门厅的地上，回身去关门。等他重新转过来，女孩睁开了一半眼睛，他看见她的面颊和鼻梁侧面有一大块青紫。这不可能是在人行道上摔出来的，因为她不是面朝下倒在那里的。另外，淤青已经有段时间了，不是刚刚受的伤。

"你是谁？"女孩口齿不清道，"这是——"她再次呕吐。这次呕吐物反流回了她的喉咙，她开始呛咳。

比利在她旁边跪下，一条胳膊搂住她的上腹部，用她的胸部当支撑点，把她抱在身前。他该死的四角短裤被雨水淋湿了，而且短裤本来就有点大，这会儿开始顺着他的腿部往下滑。他把两根手指插进她嘴里，祈求上帝让她别咬他，他可不想在这种情况下弄个伤口感染。他掏出一团呕吐物，甩在地上，然后勒紧她的上腹部。这一招奏效了，她像勇者似的一挺身子，喷出的呕吐物画出弧线，啪的一声落在门厅的墙上。

一辆车开了过来，这辆车要是早 3 分钟出现，恐怕比利的末日就到了。比利看见车头灯照亮了前门洒满雨点的玻璃窗。他单膝跪地，依然把女孩抱在身前。他可笑的四角短裤滑到两膝之间，他忍不住思考自己为什么不再穿拳击短裤了。她的脑袋向前耷拉下去，但他觉得此刻他听见的咻咻声是打鼾，而不是咳嗽声。她又失去了知觉。

车头灯越来越亮，没有停下，随即变暗。比利抱着女孩站起来。他一条胳膊在她的双膝底下，另一条搂着她的肩膀。她的头部向后垂下去。他抖动双腿，短裤落在脚踝上。他迈步走出来，把短裤踢到一旁。感觉像是噩梦里的杂耍表演。

他侧身下楼梯，努力不失去平衡摔倒；她湿透的长发滴着水，前后摆动。她仰着脸，惨白得像一轮满月。她额头左眼上方还有一块淤青。

上帝呀，他的脚要疼死人了，倒不是因为那缺了半截的大脚趾，而是该死的木刺！他走到楼梯底下，好不容易才没摔倒，用屁股顶开公寓的门。她从他的怀中往下滑，身体瘫软变成 U 字形。他抬起一条腿抵住她的腰窝，把她推回他怀里，然后踉跄着进门。她又开始往下滑。比利不顾他被冻得冰凉的双脚和继续往肉里钻的木刺，快步走向沙发。他到得非常及时。她扑通一声落在沙发上，嘴里不清不楚地哼了一声，然后继续打鼾。

比利弯下腰，双手撑住膝盖上方，松弛即将抽筋的腰背肌肉。呕吐物的臭味从她身上散发出来，害得他也想呕吐。他还能闻到酒味，但只是一丝。

好吧，吐出来是好事，他心想，但是，假如她真的喝醉了，他应该能从她的呼吸里闻到酒味才对。他在门厅里就应该闻到了，然而——

他抬起头，闻了闻身上最接近液体的呕吐物，但只能闻到微弱的酒味。

他上下打量女孩，她穿的是牛仔短裙，裤腿被磨得起毛。要是她穿了内裤，他应该能看见，但她没穿。他还有另一个发现，她的大腿外侧颜色苍白（就像月亮），但内侧最顶上能看见星星点点的干掉的血迹。

3

女孩再次反胃，但动静不大，而且只从嘴角淌出了几滴浑浊的口水。然后她开始发抖，她当然会发抖，因为她湿透了。比利脱掉她的运动鞋，小小的船袜跟着鞋一起下来了，袜口印着一圈红心。他扶着她坐起来，小声嘟囔着"来，你也帮点忙"，但他心里知道她帮不上忙。她的眼皮忽闪着，她想说什么。她很可能以为自己正在说话，以为她在问一个人碰到这种情况会提的那些问题，但他只能分辨出"谁"和"你"这两个字，除此之外只有呜呜哇哇的含糊声音。

"没关系，"比利说，"都过去了，但你别死在我面前。"

但此时此刻，他开始认真思考该怎么处理这个麻烦的局面，比利意识到要是她死了，事情反而变得更简单。这么想固然非常糟糕，但不等于不正确。

他脱掉她的皮夹克——便宜，很薄，不是真皮，而是人造革。底下的T恤印着"黑键乐队2017北美巡演"。他把T恤从她头上脱下来，却被她的下巴钩住了。她呻吟起来，他清楚地听见了四个字："不，别掐我。"

她开始往下滑。他脱掉她的T恤，刚好来得及抓住她，没让她摔在地上。她白色的棉胸罩歪斜着，只盖住一侧胸部，另一侧胸部露在外面，因为左肩带断了。他把胸罩往下拉，翻过来，解开挂钩。

脱掉她上半身的衣物后，他扶着她重新躺下。他脱掉她透湿的牛仔裙，扔在地上和其他衣物堆在一起。现在她完全赤身裸体了，只戴着一只耳环，另一只不知去向。她起了一身鸡皮疙瘩，依然不断发抖。发抖的原因既有寒冷，也有休克。他在费卢杰见过这样的颤抖，见到颤抖变成痉挛。当然了，她不像倒霉的约翰尼·卡普斯那样腿部多处中弹，但她身上有血，他看见她一个小小的乳房上也有三处淤青，形状细长。有人抓住她的胸部使劲捏，力气非常大。她的左侧颈部也有两道手指形状的淤青，比利回想起她说"不，别掐我"。

他想到她有可能还没吐完，于是把她翻成侧躺的姿势，然后把她往里推，直到她的后背贴到沙发靠背，免得她掉下来。她又开始打鼾，声音很响，但有规律。她的牙齿在打架。这是个一塌糊涂的美国人。

他快步走进卫生间，拿来两条浴巾之中的一条。他跪在沙发前，用浴巾摩擦她的后背、臀部、大腿和小腿。他很用力，看见惨白的皮肤渐渐有了血色，他不禁松了一口气。他抓住她的一侧肩膀（也有淤青，但比较小），把她翻成平躺的姿势，然后继续摩擦：脚、腿、腹部、乳房、胸部、肩膀。到她面部的时候，她无力地抬起双手，像是想要推开他，但胳膊随即垂了下去，仿佛是觉得太费劲了，真的太费劲了。他尽量擦干她的头发，但难度很大，因为她的头发太多了，而排水沟里的雨水一直泡到了她的头皮。

比利心想，我完蛋了。无论情况怎么发展，我都完蛋了。他扔下毛巾，想把她翻回侧躺的姿势，免得她再呕吐的时候把自己呛死。但他转念一想，抓起她的右腿往下拉，直到脚掌贴地，露出阴部。阴唇是发炎的亮红色，能看见几处撕裂伤，其中一处依然在向外渗血。阴部和直肠（他知道那个部位叫什么，但在这个过度紧张的时刻却怎么也想不起来）之间的撕裂伤比阴唇更严重，天晓得内部的情况怎么样。他还看见了几团干掉的精液，大部分在她的下腹部上和阴毛内。

那男人是拔出来射精的，比利心想，随即想到厢式货车里有三个人影，而且从笑声判断，都是男人。其中至少有一个是拔出来射精的。

这让他想到了自己的处境。考虑到沙发上这个女孩的遭遇，真是不可能更加讽刺了：她昏迷不醒，双腿分开，他们都赤身裸体，像是刚从娘胎里出来。要是常青街的邻居见到这一幕，他们会怎么想？估计心地善良的科里·阿克曼恐怕都不会继续为他辩解了。他仿佛能看见《雷德布拉夫新闻》的标题：《法院杀手强奸幼女！》

完蛋了，他心想，从头到尾，从上到下全都完蛋了。

比利想把她弄到床上去，但他还有其他事情要先处理。女孩的情况已经稳定，他意识到他的脚疼得火烧火燎。他为这个窝点储存物资的时候，少买了很多东西，比如镊子。但卫生间里还有上个房客留下来的创可贴和过氧化氢，过氧化氢肯定早就过了保质期，但乞丐没资格挑三拣四。

他尽可能用脚步的侧面走路，去厨房拿了一把水果刀，然后去卫生间取另外两样东西。创可贴背面是《玩具总动员》的角色。他在发抖酣睡的女孩旁边的地上坐下，用水果刀往外挑木刺，直到能用手指拔出来。木刺一共有 5 根，其中两根相当大。他用过氧化氢给伤口消毒，刺痛让他认为这玩意儿应该还能有点作用。他贴住最大的两个伤口，不过创可贴未必能坚持多久。他估计它们有些年头了，说不定是两代甚至三代以前的租客留下的。

他站起来，活动肩膀放松肌肉，然后抱起女孩。这次没有肾上腺素逼他发挥潜能了，他估计她大概有 115 磅，顶多 120 磅。无论如何，她也不可能打得过三个男人。他们轮奸了她吗？比利估计既然他们是一伙的，一个做了，另外两个肯定也会做。等女孩醒过来，他可以问她，尽管问了也没什么用。他怀疑她可能想不起来，而她想知道的只会是他为什么不报警或者送她去最近的急诊室。

她的身体又沉下去变成了 U 字形，虽然比利想把她轻轻地放在床上，但最后只能用扔的。她的眼睛睁开了一条缝，随后又闭上，继续打鼾。比利不想继续折腾她了，但也不想让她光着身子躺在床上。在陌生的环境里醒来就足够让她惊恐的了。他从衣柜里取出一件 T 恤，在她身旁坐下，用左臂抱起她，用右手把 T 恤从她头上套下去。T 恤盖住她的脸的时候，她发出含混的抗拒的叫声，不过等她的脸重新露出来，T 恤盖住她的肩膀，叫声就小了下去。

"来，帮帮我。"他抬起女孩的一条胳膊往袖管里塞，失败了两次之后，第三次终于成功了，"你也稍微帮点忙吧，可以吗？"

她某个部分的意识大概是听见了，因为她主动抬起另一条胳膊，晃晃悠悠地塞进了另一个袖管。他把她重新放平，长出一口气，用胳膊抹掉额头上的汗水。T 恤卡在了她的胸部上方。他从前面把衣服往下拽，然后抬起她，从后面往下拽。她又开始发抖，发出轻轻的呜咽声。比利用一条胳膊从她腿弯底下把她抱起来，把 T 恤的下摆往下拽，盖住她的臀部和大腿。

我的天，就像在给婴儿穿衣服，比利心想。

他希望她别尿床，他只有这一套床上用品，而最近的自助洗衣房在三个街区外，但他知道她很可能会失禁。还好出血基本上都止住了。情况有可能更糟糕的：他们可以把她开膛破肚，甚至杀了她。他们把她直接扔在路边，可能就是想杀了她，但比利不敢确定。他认为他们只是醉得太厉害了，或者嗑了什么猛药，例如冰毒。那伙浑蛋很可能以为她会醒过来，爬起来自己走回家，然后吃一堑长一智。

他站起来，又擦了擦额头，给她盖上毯子。她立刻抓住毯子，一直往上拉到下巴，然后翻身侧躺。这样很好，因为她也许还会呕吐。从她吐在门厅的东西来看，他不认为她胃里还有东西可吐，但这种事没人能确定。

即便盖上了毯子，她也还在发抖。

我该拿你怎么办呢？比利心想，你告诉我，我他妈到底该拿你怎么办呢？

他不知道这个问题的答案。他只知道一件事，那就是他惹上了一个大麻烦。

4

他从衣柜里取出一条干净的四角短裤——抽屉里只剩下一条了。他回到客厅，躺在沙发上。他觉得他未必能睡着，不过就算睡着了，也会睡得很浅，万一她起来想离开公寓，他肯定能听见。然后呢？当然是阻止她了，理由很简单，外面很冷，正在下雨，而且根据声音判断，风力足有七八级了，但只是今晚。等她明早醒来，宿醉得晕头转向，发现她在陌生人家里，衣服没了——

她的衣服。还湿漉漉地堆在地上。

比利爬起来，抱着她的衣服走进卫生间。途中他停下脚步，查看这位不请自来的客人。鼾声停止了，但她还在发抖。一团湿头发贴着她的面颊，他弯腰替她撩开。

"求求你们，我不想要。"她说。

比利愣住了，但她没有再说话，于是他走进卫生间。门上有个挂钩，他把人造革夹克挂在上面。卫生间里有个便宜汽车旅馆常见的淋浴和浴缸二合一的洗浴设备。他在浴缸里拧干她的 T 恤和裙子，然后晾在浴帘杆上。夹克有三个拉链口袋，左胸上方有个小的，两侧各有一个大的斜插口袋。胸前的口袋是空的，侧面的口袋一个装着一只男用钱包，另一个里有部手机。

他拔出 SIM 卡，把手机放回原先那个口袋里。他打开钱包，首先看到的是她的驾驶执照。她叫艾丽斯·马克斯韦尔，来自罗得岛州的金斯敦。她 20 岁——不，按生日算，刚满 21 岁。车管所拍的照片永远很难看，警察因为超速把你拦下来，你都不好意思给他们看，不过她这张还挺好看的。也可能比利这么想，只是因为任何驾照照片都不可能比她现在的样子更不堪入目。她的眼睛很大很蓝，嘴唇上有一抹微笑。

第一个驾照，比利心想，她还没更新过驾照呢，因为上面有青少年的凌晨 1 点限制。

钱包里有一张信用卡，艾丽斯·里根·马克斯韦尔这个名字签得异常认真和清晰。有一张位于本市的克拉伦登商业学校的学生证，有一张 AMC 电影院的会员卡（比利不记得肯·霍夫生前拥有的是不是 AMC 的连锁电影院了），有一张医保卡（标注了她的血型：O 型），有几张艾丽斯·马克斯韦尔更年轻时的照片，合影者包括高中玩伴、她的狗和一个很可能是她母亲的女人。还有一张微笑少年的照片，他光着上半身，也许是高中时的男朋友。

他翻开放钱的隔层，看见了两张十块、两张一块和一张剪报。剪报上是亨利·马克斯韦尔的讣告，葬礼在金斯敦的基督浸信会教堂举行，不必献鲜花，请向美国癌症基金会捐款。照片里的男人大概介于中年和老年之间。他有双下巴，稀疏的头发煞费苦心地往上梳，盖住几乎全秃的头顶。在街上和这样的人擦肩而过，你肯定不会多看他一眼，但即便从这模糊的照片上，比利还是看到了家族遗传的相似之处，而艾丽斯·里根·马克斯韦尔对他的爱足以让她随身携带他的钱包，里面还装着他的讣告。仅仅因为这一点，比利就对她有了好感。

她在本市上学，父亲葬在金斯敦，几乎可以肯定，她母亲也在那里，因此不会怀疑她的去向，至少不会立刻大惊小怪。比利把钱包塞回她的夹克里，掏出她的手机，拉开衣橱最顶上的抽屉，放在他的T恤底下。

他思考要不要上楼去门厅，把她的呕吐物在变干前清理掉，但他最终决定还是先不清理了。假如她醒来时认为是比利害得她下面疼得火烧火燎，比利希望他至少能有证据证明是他把她从外面搬到室内来。当然了，呕吐物也无法让她相信他一直很老实，没有在确定她不会再往他身上呕吐，也不会醒来和他搏斗之后，趁机在她身上发泄欲望。

她还在发抖。肯定是因为休克，对吧？或者是那伙人在她饮料里下的药激起的反应？比利听说过迷奸药，但不知道它们会引起什么副作用。

他转身要走。女孩——艾丽斯——呻吟起来，听上去凄凉而孤独。

唉，真他妈的，比利心想，也许是我这辈子最糟糕的决定，但随便吧。

他上床躺在她身旁，她背对着他。他伸出一条胳膊搂住她，把她揽进怀里。"躺在我怀里吧，孩子。你安全了。就他妈躺在我怀里吧，暖和过来，别再抖了。明天早上你就会好起来的。我们等明早再考虑该怎么办。"

我完蛋了，他再次想到。

也许她需要的正是安慰，也许是他身体散发了热量，也许颤抖本来也到了该停止的时候。比利不知道究竟是什么，他也不在乎。他只是很高兴地发现，她的颤抖逐渐变成间歇性的，最终完全停止。鼾声也停止了。现在他能听见雨点噼里啪啦打在建筑物上的声音了。这座公寓楼很老，风大的时候，它的关节会嘎吱作响。这个声音奇异地令人安心。

我再过一两分钟就起来，他心想，等我确定她不会突然醒来，高喊"杀人了！救命呀！"，就一两分钟。

但他睡着了，梦见了厨房里的黑烟。他能闻到曲奇烤焦的气味。他必须提醒凯西，她必须在母亲的男朋友回家前把曲奇从烤箱里拿出来，但他没法说话。这是历史，他只是个看客。

5

不知过了多久，比利突然在黑暗中惊醒，以为他睡过头了，错过了与乔尔·艾伦的约会，搞砸了他耗费几个月等待执行的任务。然后他听见女孩在他身旁的呼吸声——是呼吸声，不是鼾声——这才回想起他在哪里。她的整个臀部都在他的怀里，他发觉自己勃起了，在目前的情境下，这个反应不可能更加不体面了。事实上，说是荒诞也不过分，但身体往往不在乎它所处的情境，它想什么就干什么。

他在黑暗中下床，摸索着走向卫生间，用一只手挡住搭帐篷的短裤，免得他肿胀的那玩意儿撞上衣柜，把这个夜晚彻底变成一场闹剧。女孩一动不动。缓慢的呼吸声说明她睡得很熟，这是个好兆头。

等他走进卫生间，关好门，勃起已经消失，他可以撒尿了。马桶冲水的响动很大，而且必须多转几次把手才能完全挡住出水口，于是他没冲水，只是放下盖子，关灯，在黑暗中回到衣柜前，拉开抽屉翻找，直到摸到一条运动短裤的弹性腰带。

他关上卧室门，走向客厅另一侧的窗户，这时他的脚步坚定了一些，因为潜望镜窗户没有拉上窗帘，不远处的路灯提供了足够的照明。

他向外看，只看见一条空荡荡的街道。雨还在下，但风小了一些。他拉上窗帘，看了看他从不摘掉的手表。凌晨 4 点 15 分。他穿上运动短裤，躺在沙发上，思考她醒来后该怎么处理她，但一个念头堵住了他的思路，既荒谬又真实：就在他的写作高歌猛进的时候，她的不告而来很可能给它画上了句号。他不禁苦笑，这就像你听见龙卷风警报陡然响起，却开始担心家里的厕纸够不够用。

身体想什么就干什么，头脑也一样，他心想，合上了眼睛。他只想打个盹儿，却又睡了过去。等他再次醒来，女孩就站在他面前，身穿比利抱她上床后给她穿上的 T 恤，手里拿着一把刀。

第14章

1

"我在哪里？你是谁？你是不是强奸了我？是你，对吧？"

她两眼通红，头发乱糟糟地支棱着。她的照片可以用在字典里的"宿醉"词条下。她看上去还怕得要死，比利觉得这不能怪她。

"你被强奸了，但我没有强奸你。"

刀是他用来挑木刺的小水果刀。他把它留在了咖啡桌上。他抬起胳膊，从她手里拿过小刀。他的动作很轻柔，她没有抵抗。

"你是谁？"艾丽斯问，"你叫什么？"

"多尔顿·史密斯。"

"我的衣服在哪里？"

"卫生间的浴帘杆上。我脱掉你的衣服——"

"脱掉我的衣服！"她低头看身上的T恤。

"擦干你的身子。你湿透了，冻得直打哆嗦。你的脑袋感觉如何？"

"疼。我觉得像是喝了一夜的酒，但其实只喝了一杯啤酒……好像还有一杯金汤力……这是哪里？"

比利转身把脚放在地上。她后退，抬起双手，做出挡开他的姿势。"喝咖啡吗？"

她想了想，但没考虑太久。她放下胳膊："喝。有阿司匹林吗？"

2

他煮咖啡。等咖啡的时候，她吞了两粒阿司匹林，然后慢吞吞地走进卫生间。比利听见她锁门，但并不在意。5 岁的孩子都能撞开那个破锁，10 岁的孩子能把门从铰链上撞下来。

她回到厨房。"你没冲水。不恶心吗？"

"我不想吵醒你。"

"我的手机在哪里？本来在我夹克口袋里的。"

"不知道。吃吐司吗？"

她做个鬼脸："不吃。钱包还在，但手机不在了。是你拿走的？"

"不是。"

"你是不是在骗我。"

"不是。"

"说得像我该相信你似的。"她虚弱而轻蔑地说。她坐下，把 T 恤的下摆往下扯，尽管他的衣服很长，遮住了需要遮住的一切。

"我的内衣呢？"语气充满指责，像是在控诉他。

"胸罩在咖啡桌底下，断了一根带子。也许我能替你缝上。至于内裤，你本来就没穿。"

"你骗我。你当我是什么人，妓女？"

"不。"

他认为她是个第一次离开老家的女孩，去了不该去的地方，遇见了不该遇见的人。坏人给她的酒里下药，然后占她便宜。

"嗯，我不是，"她说着哭了起来，"我还是处女。至少本来是。真是太倒霉了。我从没这么倒霉过。"

"我能想象。"比利说得非常真诚。

"你为什么不报警？或者送我去医院？"

"你情况很惨，但还没到不可救药的地步。我的意思是——"

"我知道你是什么意思。"

"所以我觉得应该等你醒来，自己决定该怎么办。喝杯咖啡也许能帮你想清楚，反正没坏处。说起来，你叫什么？"最好让她自己说出来，这样他后面就不至于犯错，直接称呼她的名字。

3

他倒咖啡，做好了闪避的准备，以防她企图把咖啡泼在他脸上，然后夺门而出。比利不认为她会这么做，她已经平静下来了一些，但目前的局势依然有可能恶化。嗯，对，已经很糟糕了，但还有可能变得更糟糕。

她没有抄起杯子泼向他，而是尝了一小口，然后露出苦相。她的嘴唇抿得很紧，他看见咖啡咽下去之后，她的喉部肌肉还在蠕动。

"你要是又想呕吐，就去水槽吐。"

"我不想……'又'是什么意思？我是怎么来这里的？你确定你没有强奸我？"

虽然并不好笑，但比利还是忍俊不禁："要是我做了，肯定应该记得。"

"我是怎么来这里的？发生什么了？"

他也喝了一口咖啡："故事不能从中间说起。我们从开头说起吧，告诉我你遇到了什么事。"

"我不记得了。昨晚从头到尾就是个黑洞。我只知道我在这里醒来，不但宿醉头疼，而且觉得有人把一根栏杆柱子插进了我的……你知道哪里。"她又喝一口咖啡，这次顺利地咽了下去，不需要勉强克制呕吐反射。

"在此之前呢？"

她看着比利，蓝眼睛瞪得大大的，嘴唇张张合合。最后她垂下脑袋。"是不是特里普？他在我的啤酒里下药了？或者金汤力？或者都下了？你是这个意思吗？"

比利按捺住伸出胳膊，隔着桌子握住她的手的冲动。他好不容易才赢得一点信任，要是他碰到她，这点信任会立刻烟消云散。她没有做好被男人触碰的准备，尤其这个男人还只穿了一条运动短裤。

"我不确定。我不在场，而你在场。艾丽斯，告诉我都发生了什么。一直到你失去记忆为止。"

她开始讲述。听着她的讲述，比利能在她的眼睛里看见疑问：既然你没有强奸我，那我醒来时为什么会躺在你的床上，而不是医院的病房里。

4

即便加上了背景介绍，前后经过也不长。她才开了个头，比利就觉得他能猜个八九不离十了，因为这是个老掉牙的故事。她说到一半停下，眼睛瞪得很大。她开始大口喘气，一只手抓着喉咙，呼哧呼哧地喘息。

"是哮喘吗？"

他没在她身上找到吸入器，但有可能放在包里了。她也许本来带着包，但早就没了。

她摇摇头:"惊恐……"呼哧。"……发作。"呼哧。

比利去卫生间拧开水龙头,等待热水流出来打湿毛巾。他大致拧了一下,然后拿给她:"仰起头,盖在脸上。"

他以为她的眼睛不可能瞪得更大了,但天晓得她是怎么做到的,她的眼睛又瞪大了一圈:"我会……"呼哧。"……憋死的!"

"不会,会打开你的气道。"

他动作轻柔地把她的头部向后扳,然后用毛巾盖住她的眼睛、鼻子和嘴巴。他默默等待。过了 15 秒左右,她的呼吸开始缓和。她取下脸上的毛巾:"真的管用!"

"呼吸湿气的作用。"比利说。

这话也许有一部分是真的,但不是全部。真正起作用的是呼吸这个概念本身。他见过克莱·布里格斯(他们的医务兵,外号江湖大夫)在新兵(也在几个老兵身上用过,例如"大脚"洛佩斯)身上用过几次,然后把他们送回去,继续啃那个名叫幽灵之怒行动的烂苹果。要是湿毛巾不管用,他还有一招。江湖大夫解释如何用这两个招数对付发疯的猿猴时,比利听得非常认真。他一向是个优秀的倾听者,会像松鼠储存坚果那样储存信息。

"能说下去了吗?"

"能给我点吐司吃吗?"她有些不好意思,"呃,有果汁吗?"

"没有果汁,但我有姜汁汽水。要吗?"

"要,谢谢。"

他去烤吐司,把姜汁汽水倒在杯子里,加了一块冰。他在她对面坐下。艾丽斯·马克斯韦尔讲述她老掉牙的故事。比利听说过也读到过,最近一次正是在埃米尔·左拉的小说里。

高中毕业后,她在老家端了一年盘子,攒钱上商业学校。她可以在金斯敦上学,那里有两所据说很好的商业学校,但她想出来见见世面。顺便逃离母亲的掌控,比利心想。他似乎开始理解她为什么没有一上来就坚持要他报警了。然而，既然要"见见世面"，又为什么要来这个乏善可陈的小城呢？他想不通。

她在埃默里广场的一家咖啡馆兼职当咖啡师，那里离比利在杰拉尔德塔的写作窝点还不到三个街区，她在店里认识了特里普·多诺万。他和她在一两周的时间里经常随意攀谈，他知道怎么逗她开心。他很有魅力。他邀请她在工作日下班后去吃点东西，她自然答应了。随后要一起去看电影，然后——特里普很会顺杆爬——他问她愿不愿意去13号公路的一家路边酒吧跳舞。她说她不怎么擅长跳舞。他自然说他也不擅长跳舞，但他们去了也不是非得跳舞，他们可以买一扎啤酒，听着音乐慢慢喝。他说驻店的是个福加特[1]翻唱乐队，他问她喜欢福加特吗？艾丽斯说她喜欢。她根本没听过福加特，晚上回去后她下载了几首，相当好听。有点偏蓝调，但基本上算是主流摇滚乐。

世界上类似特里普·多诺万的这种人特别会辨认某个类型的女孩，比利心想。她们生性羞怯，交友上比较慢热，因为她们不擅长主动出击。她们是漂亮的女孩，电视、电影、互联网和名流杂志上的超级美女打击了她们的自信心，因此她们不认为自己漂亮，反而觉得自己相貌平平，甚至有点难看。她们只会看见自己的缺点，例如嘴巴太大、眼距太窄，对自己的优点视而不见。美容店里的时尚杂志会对她们说，你们必须减掉20磅体重才行，她们的母亲也经常会这么说。她们在意自己胸部、臀部和脚部的尺寸。很少有人约她，被约了她还要痛苦地思索该穿什么。这种女孩会打电话和闺蜜商量，但不是每个女孩都有闺蜜。艾丽斯刚来到这座小城，她就没有。还好那次看电影的约会时，特里普似乎不在意她穿什么，或嘴巴是不是太大。特里普很有趣，很有魅力。特里普是老天的恩赐，而且他特别绅士。电影约会之后他吻了她，但这个吻符合她的预期，也是她想要的吻，他没有把舌头往她

---

1 1971 年成立的英国摇滚乐队。

嘴里伸，也没有摸她的胸部，毁了这个吻。

特里普是当地一所大学的学生。比利问他多少岁，以为她肯定不知道，但感谢 Facebook 创造的奇迹，她知道，特里普·多诺万 24 岁。

"这个年纪上大学有点老了。"

"我以为他是研究生。正在深造。"

深造，比利心想，深造个鬼。

出发去酒吧前，特里普自然而然地请艾丽斯先去他的小窝喝一杯。所谓小窝是舍伍德高地的一套共有公寓，离州际公路不远。艾丽斯坐公共汽车去，因为她没有车。特里普在外面等她，真是个完美的绅士。他亲吻她的面颊，乘电梯带她上三楼。这套公寓很宽敞。特里普说他之所以住得起，是因为他和室友分摊租金，室友一个叫汉克，一个叫杰克。艾丽斯不知道他们姓什么。她告诉比利，他们看上去完全正常，出来到客厅和她打招呼，然后回到一间卧室去看电视转播比赛。也可能是打电子游戏，她不太确定。

"所以你的记忆从这里开始模糊了？"

"不，只是他们进去后关上了门。"艾丽斯用毛巾擦拭面颊和额头。

特里普问她要不要啤酒。艾丽斯告诉比利，她不喜欢喝啤酒，但出于礼貌，还是接过了一瓶。特里普注意到她喝得很慢，于是问她要不要金汤力。杰克房间的门突然打开，电视机的声音没了，杰克问："我是不是听见有人在说金汤力？"

于是他们一人一杯金汤力，艾丽斯说她开始感到晕乎乎的。她以为是因为她喝不惯烈酒。特里建议她干脆再来一杯，因为第二杯能冲掉第一杯的劲头。他说这是众所周知的事实。他的一个室友放上了音乐，她记得她在客厅和特里普跳舞，到这里她的记忆就戛然而止了。

她拿起毛巾搭在脸上，又这么呼吸了一会儿。她的胸罩还在咖啡桌底下，像个死去了的小动物。

"轮到你了。"她说。

比利讲述她见到了什么和做了什么，从刹车和轮胎的深夜尖啸开始，结束于他把她放在床上。她琢磨了一会儿，然后说："特里普没有厢式货车。他有一辆野马。我们去看电影那次，他就开着野马来接我。"

　　比利想到了肯·霍夫，他也有一辆野马，而且最后死在这辆车里。"好车，"他说，"你的室友嫉妒你吗？"

　　"我一个人住。房间很小。"话刚出口，比利就看得出她觉得自己犯了个错误，不该告诉他她一个人住的。他可以指出特里普·多诺万很可能也知道，但他没有说。她又把毛巾盖在脸上，但这次呼吸时依然呼哧呼哧喘息。

　　"给我。"比利说。这次他拿到厨房用自来水打湿，同时分出一半心思来盯着她，不过他不认为她会只穿一件薄T恤夺门而出。他走回来："再试试。深呼吸，慢一点。"

　　她的呼吸平缓下来了，他说："跟我来。我有东西要给你看。"

　　他领她走出公寓，上楼来到门厅。他指着墙上干了一半的呕吐物。"我带你进来的时候你吐的。"

　　"那是谁的内裤？你的？"

　　"对。我正准备上床。我忙着想让你别把自己呛死，内裤却直往下掉。场面还挺滑稽的。"

　　她没有笑，只是重复说特里普开的不是厢式货车。

　　"那就是他的某个室友的。"

　　眼泪淌下她的面颊："上帝啊，我的上帝啊。千万不能让我母亲知道这件事。她从一开始就不希望我来的。"

　　比利心想，我早就猜到了。"我们先回楼下去。我给你做点像样的早饭。鸡蛋和培根。"

　　"不要培根。"她说着做个鬼脸，但没有拒绝鸡蛋。

5

比利炒了两个鸡蛋，加上两片吐司，摆在她的面前。趁她吃饭的时候，他走进卧室，关上门。她想逃跑就跑吧。幽灵之怒行动期间，他在城市里清剿叛乱分子，一条街道又一条街道，一个街区又一个街区，当时体会到的宿命感此刻再次抓住了他。每次冲进一座屋子，他都要先摸一摸系在裤带环上的婴儿鞋。每一个他没有受伤或战死的日子都增加了第二天受伤或战死的概率。你只能掷出一定数量的七点，或者总共只能掷出一定的点数，然后就必然会掷出垃圾点出局。这种宿命感变成了某种朋友。随便吧，宿命感对他说，别管那么多，我们上。此刻他也是一样的：随便吧。

他戴上金色假发、小胡子和眼镜。他坐在床上，在手机上查了几样东西。查到他想要的信息后，他走进卫生间，往腹部涂了一把爽身粉，他发现爽身粉能有效缓解摩擦，然后他拎着假孕肚走进厨房。

她瞪大眼睛看着他，最后一口鸡蛋悬在盘子上空。比利把泡沫塑料道具压在腹部上，然后转过去："能帮我系紧带子吗？我自己弄太麻烦了。"

他等待她的反应，许多事情都将取决于接下来会发生什么。她也许会拒绝，她甚至有可能会抓起他给她的黄油刀捅他。那东西算不上什么致命武器，要是她决定在他睡觉时用水果刀捅他，肯定会造成更大的伤害；但另一方面，假如她使出整条胳膊的力气，而且瞄准要害下手，即便是一把黄油刀，同样有可能伤害他。

她没有捅他，而是替他拉紧了系带。要是让他自己动手，就算他把假孕肚转到后腰，方便他看见塑料拉扣，也不可能系得这么紧。

"你是什么时候知道我知道的？"她用微弱的声音问。

"你向我讲你的故事的时候。你看着我的脸，我眼看着你突然恍然大悟，然后你就惊恐发作了。"

"就是你杀了——"

"对。"

"这是你的……藏身处？"

"对。"

"假发和胡子是你的伪装？"

"对。还有假肚子。"

她张开嘴，但又合上了。她似乎没有问题可问了，但也没有开始呼哧呼哧喘气，比利认为情况朝正确的方向又走了一步。然后他心想，你这是骗谁呢？根本不存在什么正确的方向。

"你看了你的——"他指了指她的大腿。

"看了。"她声音微弱，"在我起来看这是哪里之前就看过了。有血，而且很疼。我知道是你……或者其他人……"

"不是只有血。你去清理的时候会看见的。他们至少有一个人没用保护措施，也可能都没用。"

她把那口鸡蛋放回了盘子里。

"我出去一趟。从这里朝城区方向走0.5英里，有一家24小时药店。我只能步行，因为我没车。这个州可以在柜台买事后避孕药，我用手机查过。除非你出于宗教或道德的理由不愿吃药，你有吗？"

"我的天，没有。"她声音依然微弱，又哭了起来，"要是我怀孕了……"她说不下去了，只能摇摇头。

"有些药店也卖女式内衣。要是这家有，我就给你买。"

"我可以给你钱。我有钱。"这话很可笑，她似乎自己也知道，因为她转过头去，涨红了脸。

"你的衣服晾在卫生间里。等我走了，你可以穿上衣服走人。我拦不住你。但是，艾丽斯，你听我说。"

他伸出手，把她的脸转过来对着他。她绷紧了肩膀，但还是抬起眼睛望向比利。

"昨天夜里我救了你的命。外面很冷，在下雨，你失去了知觉。药物害得你陷入昏迷。就算你不死于失温，也会被自己的呕吐物呛死。现在你掌握着我的命运了，你理解我的意思吗？"

"是那伙人强奸了我？你发誓？"

"我不能在法庭上宣誓作证，因为我没看见他们的脸，但三个男人把你从那辆厢式货车里扔出来，你的记忆开始断片的时候和三个男人在那套公寓里。"

艾丽斯用双手捂住脸："我太难堪了。"

比利的困惑发自肺腑："为什么？你信任了一个人，然后被骗了。就这么简单。"

"我在新闻里见过你的脸。你打死了那个人。"

"是的。乔尔·艾伦是坏人，一个雇佣杀手。"和我一样，比利心想，但我和他至少有一点不同，"他守在赌场门口，朝两个人开枪，就因为他输了一大笔钱，想把钱拿回来。两个人里死了一个。现在时间还早，街上没有太多人，所以我打算现在就去。"

"你有运动衫吗？"

"有。怎么了？"

"套在外面。"她指着假肚子说，"看起来会像是你想遮住肚子。胖人喜欢这么做。"

6

雨已经小了，但外面还是很冷，他很高兴自己套上了运动衫。他等一辆车开过去，看着它溅起水花，然后过街走向对面的建筑空地。他看见了厢式货车的刹车印。假如路面干燥，刹车印肯定会更长和更黑。他单膝跪下，他知道自己在找什么，但并没有抱多大希望。不过他真的找到了。他把它放进口袋，穿过皮尔森街走回去，因为市政府用来拆除火车站的大型机械压坏了建筑空地那一侧的人行道。从植物生长的情况来看，估计那已经是一年多以前的事了，但一直没人来修复水泥地面。

他一边走，一边抚摸她丢失的那枚耳环。警察收押他的时候，它会和他身上的其他东西一起被装进证物袋，恐怕永远也不会还给她了。比利确定她会抛硬币决定怎么处理他。不管她相不相信他救了她的命，她都知道他是被通缉的杀人犯，她或许还认为要是不见到机会就检举他，她就会被指控同谋犯罪。

但她不会的，比利心想。她是个害羞的女孩，一个惊恐的女孩，一个惶惑的女孩，但肯定不笨。她可以声称比利绑架了她，警察当然会相信她。就算她四处乱翻找到了手机，没有 SIM 卡也打不通，但佐尼便利店很近，她可以去店里报警。她说不定已经去了，等他从药店回来，警察会扑上来逮捕他。一辆辆警车蜂拥而至，警灯闪烁，其中一辆开上他前方的路沿，车还没停下，车门就打开了，警察端着枪冲出来："举起手来，趴在地上，脸朝下，脸朝下！"

所以他为什么要去药店呢？

也许是因为昨天夜里做的梦——曲奇烧焦的气味。也许是因为沙尼斯·阿克曼，还有她画给他的火烈鸟。也许甚至和菲莉丝·斯坦诺普有关系，她会对警方说她和他约会过，因为他看上去是个好人。他是个作家，甚至是个前途光明的作家，就像一颗明星，一个打工女郎可以蹭点他的光辉。她会告诉警方她和他睡过吗？就算她略过那段，戴安娜·法齐奥也不会的。戴安娜看见他们一起出门，甚至还朝比利竖过大拇指。

也许和以上所有因素都有关系，但归根结底还是因为他没法下手杀死她。他不可能那么做。要是杀了她，他就是个坏人了，像乔尔·艾伦，或者拉斯维加斯的强奸魔，或者拍摄成人强奸儿童的卡尔·特里尔比。于是，他戴上假发、假肚子和平光眼镜，冒着雨去药店。艾丽斯·马克斯韦尔不但知道他是威廉·萨默斯，还知道他是多尔顿·史密斯，这个他花了好几年构建的干净身份。

那几个浑蛋可以把她扔在另一条街上的，比利心想，但他们没有。就算是在皮尔森街，也可以扔得离他远一点，但他们也没有。他可以责怪命运，但他不相信命运。他可以劝自己说一切事情都有原因，但这种屁话只能糊弄不敢面对事实的懦夫。这一切仅仅是巧合，还有接下来发生的所有变故。从他们把女孩扔下车的那一刻起，他就成了一头待宰的老牛，除了跟随同伴走向屠宰间，没有其他选择。反正已经走到这一步了，就像他们在沙漠里喜欢说的，随便吧。

但还有一丝希望：她叫他套上运动衫。她很可能没有特别的意思，只是想让他以为她大概是站在他那边的，也许她确实是站在他那边的。

也许就是这样。

7

这是一家 CVS 连锁药店。比利在计划生育货架上找到了事后避孕药。售价 50 块，比起其他选择，应该算是便宜的。事后避孕药在最底下一排（像是想尽量增加坏女孩的找药难度），他直起腰的时候，在两排之外瞥见了一头毛茸茸的红发。比利的心脏猛地加速。他再次弯下腰，然后慢慢起身，隔着止痒药膏和咪康唑的包装盒张望。不是达那·爱迪生，他心目中尼克那伙硬点子里最坏的那个。甚至不是男人，而是个女人，红发扎成了马尾。

悠着点，他对自己说，你在疑神疑鬼，达那和其他人早就回维加斯去了。

唔，应该吧。

女性内衣在靠墙的货架上。大多数是给漏尿的女性准备的，但也有一些其他种类。他考虑了一下比基尼，但觉得性暗示的味道太重。从某个角度说，这些想法很可笑。他的行为有个大前提，那就是等他回去的时候，她还留在房间里。但还存在其他可能吗？他必须回去，因为他没有其他地方可去。

他拿了一包三件的恒适棉布平角短裤，走向收银台的路上向外张望，看有没有警车停在外面——一辆都没有。当然，他们也不会把车停在门口。万一被他发现，他会抓几个人质躲在店里。收银员是个50多岁的女人。她一言不发地为他算账，但比利很擅长看表情，知道她在心想，有人似乎忙乎了一个晚上。他用多尔顿·史密斯的信用卡付账，然后回到外面，等待警察来抓他，雨已经变成了毛毛细雨。但外面只有三个女人在亲密地聊天，她们走进药店，连看都没看他一眼。

比利走回皮尔森街658号。他觉得这段路很漫长，因为现在的希望已经不止一丝，希望可能是长着羽毛的天使，也可能会伤害你。警察可能埋伏在屋后，或者躲在公寓里。但是，没有穿蓝制服的小子从老旧的三层楼背后冲出来，公寓里除了女孩也没有其他人。她在他的电视上看《今日秀》。

艾丽斯望向他，彼此都在试探。他把药店的购物袋交到左手，右手从衣袋里掏出一样东西。他向女孩伸出手，看到她往后一缩，以为他想打她。她脸上的淤青颜色正深，满脸都是被侵害和被殴打的痕迹。

"我找到了你的耳环。"

他张开手掌，给她看。

8

艾丽斯去卫生间穿上新内裤，但没换掉长及小腿的T恤，因为她的裙子还没干。"牛仔布要一万年才能干透。"她说。

她就着厨房龙头的水吃药。比利说副作用包括呕吐、眩晕……

"我识字。这栋楼里还有其他人吗？安静得像是……呃，很安静。"

他说还有詹森夫妇，然后解释他们乘邮轮去玩了，两人都不知道，再过 6 个月，邮轮旅游就会连同其他几乎所有商业活动一起被迫关闭。他领女孩上楼——她欣然接受邀请——介绍她认识达夫妮和沃尔特。

"你浇的水太多了。想淹死它们？"

"当然不想。"

"晾它们几天。"她犹豫片刻，"你还要在这里待几天吗？"

"对。这样比较安全。"

她看了一圈詹森家的厨房和客厅，用的是女人打量屋子的那种眼神。然后她问她能不能和他一起住几天，他离开后还能让她留在地下室就更好了，他不禁吃了一惊。

"淤青消掉之前，我不想出去，"她说，"我这样子像是遇到了车祸。另外，万一特里普来找我怎么办？他知道我在哪里上学，也知道我住在哪里。"

比利心想，特里普和他的同伙已经玩够了，现在恐怕不想再和你打交道了。唔，他们也许会开车来皮尔森街兜一圈，确定把她扔下车的地方没有变成犯罪现场，等他们的酒醒过来（或者嗑药的劲头过去），他们肯定会查看本地新闻，确定她没有成为新闻，但他不想向她指出这些事实。她留下能解决很多难题。

回到楼下，她说她累了，问比利她能不能在他的床上睡一觉。比利说没问题，只要你不觉得眩晕或想吐就行。要是感到不舒服，那还是暂时保持清醒为妙。

她说她挺好的，然后走进卧室。她假装不害怕他，掩饰得很好，但比利确定她的恐惧并没有消退。她要是不害怕，才不正常呢。另一方面，她还没有从震惊中恢复过来，依然因为发生在身上的事情感到耻辱。还有羞愧。尽管比利说过她不需要羞愧，但这话她没听进去。过段时间，她肯定会觉得请求留下是个坏主意，坏得不能更坏了，但这会儿她只想睡觉。倦意从她耷拉的肩膀和沉重的步伐中散发出来。

比利听见床垫弹簧的嘎吱响声。过了 5 分钟，他去看了一眼，要是她是在装睡，那她的表演技能称得上是世界一流了。

他打开笔记本电脑，拉到先前停下的地方。今天他不可能写了，他心想，发生了这么多事情，你怎么可能写下去呢？更何况隔壁房间还躺着一个女孩，等她睡醒了，很可能会决定非要离开这里不可，尤其是要离我越远越好。

但他又想到了江湖大夫如何用湿毛巾治疗惊恐发作，还有他的疗法如何在艾丽斯身上见效。简直像个奇迹，但克莱·布里格斯创造的奇迹不止这一个，对吧？比利笑着开始打字。刚开始，他感觉没什么灵感，磕磕绊绊，但他很快就找到了节奏。没过多久，他就忘记了艾丽斯的存在。

9

克莱·布里格斯，外号"江湖大夫"，一等医务兵。他救治所有需要救治的人，但从头到脚都完全属于热火九人组。他矮小精瘦，头发稀疏，鹰钩鼻，永远在擦他那副无框小眼镜。他的头盔前面有个和平标志，但只戴了一周左右就被指挥官勒令摘掉，头盔后面是一张贴纸，上面印着"我不需要牛奶，有女人吗？"。

随着幽灵之怒行动的继续（再继续，再再继续），惊恐发作变得越来越常见。人们都以为海军陆战队对这种事情是免疫的，但实际上当然不是这样。士兵会突然呼哧呼哧喘气，弯下腰，有时甚至倒在地上。他们大多数是优秀的锅盖头，不肯承认是自己害怕了，于是说都怪黑烟和尘土，因为空气中永远弥漫着这些东西。江湖大夫一边附和（"对，就是尘土，对，就是黑烟"），一边打湿毛巾盖在他们脸上。"隔着毛巾呼吸，"他说，"能把垃圾清除出来，然后你的呼吸就正常了。"

他对其他毛病也有治疗方法。有些是乱来，有些不是，但至少有些时候能奏效：用书脊砸粉瘤和脓肿能让它们消失（他说这叫《圣经》疗法），捏住鼻子喊"啊"能止住打嗝和咳喘，吸入维克斯达姆膏[1]蒸汽能止住鼻血，用银圆刮眼皮能治疗角膜炎。

"大部分招数都是我奶奶教我的山区民间医术，"他曾经告诉我，"管用的办法我当然会用，但大多数时候之所以管用，是因为我对病人说会管用。"然后他问我的牙齿怎么样，因为我最里面有颗牙齿出了问题。

我说疼得要命。

"唔，好兄弟，我能解决，"他说，"我包里有个响尾蛇的尾巴。eBay上买的。你拿去塞在面颊和牙龈之间，稍微等一会儿，牙痛就会平息下来。"

我说还是算了吧，他说那也好，因为蛇尾压在包的最底下了，他必须把所有东西倒出来才能拿到。当然了，前提是真的存在那玩意儿。多年以来，我一直在琢磨它到底会不会管用。最后我拔掉了那颗牙。

江湖大夫最神奇的治疗（就我目睹过的而言）发生在2004年8月。那是4月的警示行动和11月疯狂的幽灵之怒行动之间，算是一段风平浪静的日子。那几个月里，美国政客忙着应对他们自己的惊恐发作。他们没有命令我们全力进攻，而是决定再给伊拉

---

1 含樟脑、桉树油和薄荷醇的清凉药膏。

克警察和军队一个机会，让他们自己去清除叛乱分子和重建秩序。伊拉克政客领袖说没问题，但他们都在巴格达。然而，在费卢杰，警察和军队的很多人本身就是叛乱分子。

这段时间里，我们几乎从不进城。6月和7月有6周时间我们甚至不在费卢杰，而是去了相对平静的拉马迪。就算进入费卢杰，我们的任务也是赢得"民心和民意"。也就是说，我方翻译——我们的助手——会代表我们与穆拉和社群领袖友好交流，而不是在我们飞车驶过街道时举着大喇叭大喊"滚出来，操猪的小人"，时刻等待着挨冷枪或被火箭弹炸上天。我们向孩童发放糖果、玩具和超人漫画书，让他们把传单带回家，传单上列举着政府能而叛军不能提供的种种服务。孩子们吃掉糖果，交换漫画书，扔掉传单。

幽灵之怒行动期间，我们每次进入"拉拉费卢杰"（以洛拉帕卢萨音乐节命名）会连待数天，抽空在屋顶上睡觉，按罗盘在四角布置岗哨，以免头巾佬摸上其他建筑物的屋顶，偷偷搞破坏或伤人。这像是一场漫长的凌迟。我们收缴了数以百计的火箭弹和其他各种军火，但叛乱分子的武器似乎永远也用不完。

那年夏天，我们的巡逻就像朝九晚五的工作。白天进城去赢取民心和民意，太阳升起时出发，天黑前返回基地。即便战争处于平静期，你也不会想在天黑后待在拉拉费卢杰的。

一天回基地的路上，我们看见那辆三菱旅行车翻倒在路边，车还在冒烟，前头被炸烂了，司机座的车门开着，风挡玻璃的残骸上有血。

"我的上帝啊，那是中校的车。"大克莱说。

基地搭了个野战医院的帐篷。它侧面没有帆布，其实就是个凉棚，两头各有两个大电扇。那天足有100华氏度。换句话说，和平时一样。我们听见贾米森在惨叫。

江湖大夫跑了过去，边跑边卸下背包。我们其他人跟过去。帐篷里另外还有两名伤员，显然伤得不轻，但和贾米森比起来，他们的伤势都是小巫见大巫，因为他们还能站着。一个伤员的一条胳膊打着吊腕带，另一个的头部包着纱布。

贾米森躺在折叠床上，胳膊上挂着点滴（好像叫乳酸林格氏液）。他的左脚不见了，那地方现在扎着弹性绷带，但鲜血已经浸透了绷带。他的左脸被撕开了，左眼在流血，歪在眼眶的一侧。两个大兵按着他，一名军医想喂他吃吗啡药片，但中校不肯吃。他左右转动头部，没受伤的那只眼睛鼓了出来，眼神惊恐。视线落在江湖大夫身上。

"疼啊！"他喊道。颐指气使（但有时候也很风趣）的中校已经荡然无存。剧痛吞噬了他的那一面。"疼死了！真他妈的疼啊！"

"直升机在路上了，"一名医务兵说，"别紧张。把药吃了，你会感觉好——"

贾米森抬起一条血淋淋的胳膊，拍飞了药片。约翰尼·卡普斯跑过去捡起来。

"疼啊！疼！疼死了！"

江湖大夫跪在小床边："听我说，长官。我有个办法能止疼，比吗啡管用。"

贾米森剩下的那只眼睛转向江湖大夫，但我觉得它什么都没有看见。"布里格斯？是你吗？"

"对，布里格斯医务兵。你必须唱歌。"

"太他妈疼了！"

"你必须唱歌。唱歌能让你忽略疼痛。"

"是真的，长官。"塔可说，但给我一个"什么鬼？"的眼神。

"来，跟我唱。"江湖大夫说。他开始唱，他有个好嗓子："要是你今天去树林里……轮到你了。"

"疼！"

江湖大夫抓住他的右肩，贾米森衬衫的另一侧碎成了布条，鲜血在往外渗。"跟我唱，你就会感觉好起来的。我保证。我再给你起个头。要是你今天去树林里……"

"要是你今天去树林里，"中校用沙哑的声音唱道，"唱《泰迪熊在野餐》？你他妈开什么玩笑——"

"不，跟我唱。"江湖大夫看看周围，"谁来帮我一把。有人会唱这首歌吗？"

刚好我就会，因为我妹妹还小的时候，我母亲经常唱给她听。一遍又一遍，直到凯西睡着。

我五音不全，但还是唱了起来："要是你今天去树林里，肯定会大吃一惊。要是你今天去树林里——"

"一定要乔装打扮，"贾米森唱完这句，嗓音依然沙哑。

"当然一定要，"江湖大夫说，然后唱，"因为森林里的每一头熊，都会聚在那里……"

头缠绷带的伤兵加入了。他是个浑厚悦耳的男中音："因为今天是个大日子，泰迪熊要野——餐——！"

"轮到我了，中校，"江湖大夫说，他还跪在小床旁，"因为今天是个大日子……"

"泰迪熊要野——餐——！"贾米森说出了前半句，但到野餐的第一个音节，他像头缠绷带的伤兵那样唱了起来，把音节拖得很长，约翰尼·卡普斯把吗啡药片像扔炸弹似的丢进他嘴里。

江湖大夫扭头扫视热火九人组的其他成员，像是搞砸了的乐队领班，正在鼓励观众参与："要是你今天去树林里……来，大家一起！"

就这样，热火九人组对着贾米森中校合唱《泰迪熊在野餐》的第一段，他们大部分人在假唱，但唱到第三遍的时候，他们记住了歌词。两个伤兵加入了。军医也加入了。唱到第四遍，贾米森从头到尾唱完，汗水顺着面颊流淌。人们跑向帐篷，来看究竟发生了什么。

"没那么疼了。"贾米森勉强说。

"吗啡起作用了。"阿尔比·斯塔克说。

"不是吗啡，"贾米森说，"再来一遍，求你们了。再来一遍。"

"那就再来一遍，"江湖大夫说，"多投入点感情。这是野餐，不是该死的葬礼。"

于是我们合唱："要是你今天去森林里，肯定会大吃一惊！"

来看热闹的锅盖头们也加入了合唱。到贾米森失去知觉的时候，我们至少有50个人在唱这首该死的儿歌，而且唱得声嘶力竭，甚至都没听见来接贾米森中校的黑鹰直升机飞近军营，直到它在我们头顶上盘旋，卷起漫天尘土。我永远也忘不了

10

"你在干什么？"

比利扭过头，从这段白日梦中惊醒，他看见艾丽斯·马克斯韦尔站在卧室门口。她白皙的皮肤衬托淤青，显得触目惊心。她的左眼肿得只能半睁半闭，他不禁想到了中校——中校躺在炎热的帐篷里，电风扇就算开到最高转速也毫无用处。她的头发睡得乱七八糟。

"没什么。玩游戏。"他点击保存，然后关掉电源，合上笔记本。

"你的游戏也太费键盘了。"

"吃点什么吗？"

她思考片刻："有汤吗？我很饿，但不想吃需要嚼的东西。我好像把腮帮子咬破了。肯定是我昏迷的时候咬的，因为我不记得了。"

"番茄汤还是鸡汤面？"

"鸡汤面吧，谢谢。"

她选得不错，因为堆放物资的角落里有两个鸡汤面罐头，但番茄汤只有一罐。他加热罐头，给两个人各摆一个碗。她喝完一碗，又要了第二碗，问能不能再给一块黄油面包。她用面包蘸鸡汤吃，等她注意到他在隔着空碗看她的时候，愧疚地笑了笑："我一饿就变成猪了。我老妈总这么说我。"

"她不在这里。"

"谢天谢地。她会说我发疯了。说不定我就是发疯了。她说我离开家就会惹麻烦，她说对了。我先和强奸犯约会，这会儿和一个……"

"继续说，没关系。"

但她没有说下去："她希望我留在金斯敦，和我姐姐一样去学美发。格里收入很好，她说我也可以的。"

"你为什么来这里上商业学校？我没搞懂。"

"因为这是质量还算好但学费最低的学校。你吃完了？"

"嗯。"

她拿着两人的碗和汤匙去水槽，一放下手里的东西就遮遮掩掩地拉了拉盖住臀部的 T 恤。从她走路的姿势看得出，她依然疼得厉害。他心想他可以让她唱《泰迪熊在野餐》的第一段，或者他们可以来个男女声二重唱。

"你笑什么？"

"没什么。"

"笑我的样子，对吧？像是刚打完一场拳击赛。"

"不，只是想到了我在军队里的往事。你的衣服应该已经干了。"

"大概吧。"但她又回来坐下了，"有人出钱让你打死那家伙，是这样对吧？"

比利想到存在一家离岸银行里的 50 万美元（去掉他的活动经费），然后又想到还没给他的 150 万。"事情很复杂。"

270

艾丽斯淡然一笑，嘴唇抿紧，没有露出牙齿："有什么事情不复杂吗？"

11

她打开电视，从后往前浏览有线电视频道。她在特纳经典电影频道停了一会儿，看弗雷德·阿斯泰尔和金杰·罗杰斯跳舞，然后继续换频道。她看了一会儿美容产品的广告片，然后关掉电视。

"你在干什么？"她问。

等待，比利心想，我没别的事情可做。她和他在同一个房间里，他就不可能写作，因为他觉得不好意思，另外，她肯定会问他在写什么。他想到他人生中形形色色的奇特变故（相当多），在皮尔森街遇到的事情很可能是最怪异的。

"外面是什么？"

"一个小院子，然后是一条排水沟，两边稀稀拉拉地有几棵树，然后是一些建筑物，也许是堆放货物的棚子。估计是对面还有火车站的那个时代的。"他指了指拉上了窗帘的潜望镜。雨又大了起来，外面什么也看不见。"我猜那些棚子已经废弃了。"

她叹了口气："这里肯定是全城最死气沉沉的居住区了。"

比利想说"死"和"独一无二"一样，从本质上说都是不可比较的词语。但他没有说，因为她说得对。

她望着关掉的电视："你没奈飞，对吧？"

他其实有，在他的一台便宜电脑上，但他意识到还有一条更好的出路："詹森家有。就是楼上那家人。还有爆米花——除非他们全吃完了。是我买的。"

"我去看看裙子干了没有。"

她走进卫生间，关上门。他听见上锁的声音，这说明比利还没有完全通过考核。她出来时身穿牛仔短裙和黑键乐队 T 恤。两人一起上楼。他研究怎么在詹森家的电视上打开奈飞（这台电视比他楼下的电视大三倍），艾丽斯从卧室的窗户看后院。

"有个烧烤炉，"她走回来说，"没有盖上，已经泡在水坑里了。整个后院就是个大水坑。"

比利把遥控器给她。她花了几分钟看有什么可选择的，然后问比利喜不喜欢《罪恶黑名单》。

"没看过。"

"那我们可以从头开始看。"

这个剧集的设定很荒唐，但比利看进去了，因为主角"雷德"雷丁顿为人风趣，足智多谋。永远领先其他人一步，比利希望他也能做到。他们看了三集，外面大雨滂沱。比利用詹森家的微波炉做爆米花，两个人都把脸埋在碗里吃。艾丽斯去洗碗，然后放在沥水架上。

"我不能再看了，否则会头疼，"她说，"你要看就接着看吧。我回楼下去了。"

语气随意，漫不经心，好像我们是住复式公寓的室友，比利心想。我们可以是情景喜剧里的角色，剧名就叫《存在主义情侣》。他说他也看够了，但心里觉得他还可以再欣赏一会儿雷德的英姿。

他锁好詹森家的门，两人一起回到比利的住处。享用过了爆米花，两人都不想吃饭。于是他们看着新闻各吃了个布丁杯。"整个儿就是垃圾食品马拉松，"艾丽斯说，"我妈会——"

"你就别提她了。"比利打断她。

乔尔·艾伦遇刺案已经不是头条新闻了。隔壁密西西比州的塞纳托比亚，加油站爆炸，三死两重伤。雷德布拉夫以西的高速公路由于洪水暂时关闭。

"你打算在这里待多久？"艾丽斯问。

比利也一直在琢磨这个问题。假如寻找他的人（当地警方、联邦调查局，也许还有尼克的硬点子）判断他在当地潜伏了下来，很可能会认为他会停留五六天甚至一周。他必须在皮尔森街躲藏足够长的时间，让他们相信他在开枪后立刻逃出了本市。然而，条件是艾丽斯不会逃跑，把情况变得更加复杂。

"再待 4 天，也许 5 天。你能做到吗，艾丽斯？"这是不是他第一次叫她的名字？他记不清了。

"我看见避孕药的价钱了，"她说，"我要是留下，我们是不是就算扯平了？"

她也许在哄骗他，但他不这么认为。她需要抚平伤口，而且认为他并不危险。至少对她不构成危险。但她换衣服的时候还是锁上了卫生间的门，因此两人之间依然存在信任问题。假如他企图说服自己相信事实并非如此，就是自欺欺人了。

"好，"比利说，"那就算是扯平了。"

12

那天晚上 10 点半，他们第一次争吵。原因是谁睡床谁睡沙发。比利坚持要她睡床，说他习惯睡沙发了。

"你这是性别歧视。"

"睡沙发怎么就性别歧视了，这也太荒唐了吧。"

"男人要体现男子气概就是性别歧视。你太高了，没法睡沙发。你的脚会耷拉到地上。"

"放在这里不就好了吗。"他拍了拍沙发扶手。

"那样血从腿上倒流，会麻掉的。"

"你……"他犹豫片刻，搜寻合适的字眼，"……受到了袭击。你需要休息。需要睡眠。"

"你想睡沙发是因为不放心让我留在客厅，你觉得我会逃跑。我不会逃跑的。我们说好了的。"

是啊，比利心想，但假如她能信守承诺，那我们就要谈一谈我离开后，她该怎么处理各种难题了。他思考艾丽斯知不知道什么是斯德哥尔摩综合征。要是不知道，那他必须解释给她听。

"我们抛硬币吧。"他从口袋里掏出一个角子。

艾丽斯伸出手："我来抛。你是罪犯，我信不过你。"

他不禁大笑。她没有笑出声来，但至少露出了一丝笑意。比利觉得要是她肯放声大笑，一定会笑得很开心。

他把硬币交给她。她说等她出手再说要正面还是反面，她抛硬币的动作一看就很有经验。他说要反面（他永远要反面，这是跟塔可学的），落下来正是反面。

"你睡床。"比利说，她没有争辩。事实上，她显然松了一口气。她走路时还非常小心。

她关上卧室门。门底下透出来的灯光熄灭了。比利脱掉鞋子、裤子和衬衫，躺在沙发上。他伸手关上背后的灯。

她在隔壁房间里轻声说："晚安。"

"晚安，"他也说，"艾丽斯。"

第 15 章

1

比利回到了费卢杰，婴儿鞋不见了。

他、江湖大夫、塔可和阿尔比·斯塔克躲在一辆翻倒的出租车背后，九人组的其他人躲在一辆烧毁的面包店送货车背后。阿尔比躺在地上，脑袋枕着塔可的大腿，江湖大夫在尽力为他包扎——这他妈完全是个笑话，把梅奥诊所的所有医生叫来也治不好他了。塔可的大腿已经成了一片血泊。

没什么，划了个口子，阿尔比说。头巾佬伏击他们，他们四个人躲在翻倒的丰田花冠背后。他用手按住颈部侧面，但还在微笑。然后鲜血从他的手指之间喷了出来，他开始剧烈喘息。

重火力从路口数的第二座屋子向他们倾泻，楼上的窗口有头巾佬，屋顶上还有更多，子弹咚咚咚地打在出租车的底盘上。塔可呼叫了空中支援，他朝躲在面包店送货车背后的其他人大喊，武装直升机已经在路上了，两枚地狱火导弹能让这些浑球永远闭嘴，两分钟，顶多四分钟。江湖大夫跪在地上，撅着他沾满灰土的屁股，双手压住阿尔比的颈部侧面，但怎么都止不住鲜红色的血液，随着阿尔比的每次心跳，都有一股新的鲜血喷出来，比利在塔可圆睁的眼睛里看见了真相。

乔治、喇叭、约翰尼、大脚和大克莱在送货车背后还击，因为他们看见屋顶上的头巾佬与出租车背后的比利和其他人形成了射击角度；出租车难以掩护他们，几何结构在威胁生命。他们也许能坚持到眼镜蛇带着地狱火赶来，也许不能。

比利四处寻找婴儿鞋，心想也许只是在一分钟前弄丢的，心想它应该就在不远处，心想只要他能抓住婴儿鞋，一切都会神奇地好起来，就像齐唱《泰迪熊在野餐》那样，但附近没有婴儿鞋，他也知道它不可能在附近，但寻找婴儿鞋就意味着他不需要看着阿尔比，而阿尔比正在嘶哑地喘息他的最后几口气，放手前他想把整个世界都吸进肺里，不知道他此刻见到了什么，等他去了彼岸又会见到什么，是珍珠大门、黄金海岸还是黑暗虚无，约翰尼·卡普斯在送货车背后大喊，别管他了，别管他了，别管他了，撤到这里来，但他们不会扔下他，因为你不能那么做，你不能抛弃战友，这是厄平顿教练员的头等天条，而婴儿鞋不在附近，哪里都找不到婴儿鞋，他弄丢了婴儿鞋，他们的好运气也跟着消失了，阿尔比快死了，垂死的喘息声是多么可怕，而他的靴子上有个窟窿，比利发现他在流血，他该死的脚上中了一枪——

2

比利一跃而起，险些从沙发上摔下去。这是皮尔森街，不是费卢杰，喘不上气的呼吸声也不是阿尔比·斯塔克发出的。

他冲进卧室，看见艾丽斯坐在床上，一只手抓着喉咙，与阿尔比一开始以为被子弹划破了皮时的模样相似得可怕。她瞪大的眼睛里充满惊恐。

"毛……"呼哧！"……巾！"呼哧！

他跑进卫生间，抓起毛巾，拧开龙头，没有等水变热就打湿，然后跑回来盖在她脸上，盖住她眼睛的时候他不由得感到庆幸，因为这双眼睛瞪得太大了，他担心它们会从眼眶里掉出来，吊在她的面颊上。

她继续喘息。

他对她唱《泰迪熊在野餐》的第一段。

呼哧！呼哧！这是她的回应。

"艾丽斯，跟我唱！来！能打开你的气道！要是你今天去树林里……"

"要是……你今天……去树林里……"每隔两三个字就喘一口气。

"肯定会大吃一惊。"

艾丽斯在毛巾底下摇头。他抓住她的肩膀——淤青的那一侧——知道他会弄疼她，但他不在乎。只要能让她听见他的话就行。"一口气唱出来，肯定会大吃一惊。"

"肯定会……大吃一惊。"呼哧！

"不算好，但还凑合。现在两句连在一起唱，投入感情。要是你今天去树林里，肯定会大吃一惊。跟着我。二重唱。"

她和他一起唱，湿毛巾堵住了二重唱里她的那一半，每次她吸气时，毛巾上就会出现一块嘴唇形状的新月阴影。

等她的呼吸终于开始恢复正常，他在她身旁坐下，用一条胳膊搂住她的肩膀："你没事了。你很安全。"

她拿掉脸上的毛巾。几绺湿头发贴在额头上："那是什么歌？"

"《泰迪熊在野餐》。"

"一直这么管用吗？"

"对。"当然了，除非弹片撕掉了你的半个喉咙。

"我要下载到我的手机上。"然后她想了起来，"该死，我的手机丢了。"

"我会下载到一台电脑上的。"比利说，指了指客厅。

"你为什么有这么多电脑？干什么用的？"

"拟真。意思是——"

"我知道拟真是什么意思。你伪装的一部分。就像假发和假肚子。"她用掌根撩开额头上的湿头发，"我梦见他掐我脖子。特里普。我以为他想掐死我。他跟我说'给我脱裤子'，用的是古怪的喉音，和他平时的声音不一样。然后我突然醒来——"

"——没法呼吸。"

她点点头。

"看过一部叫《生死狂澜》的电影吗？几个人划独木舟？"

她看着他，像是在看疯子："没看过。和我有什么关系？"

"'给我脱裤子'是那部电影的台词。"他摸了摸她脖子侧面的瘀痕，动作非常轻柔，"你的梦是复原的记忆。这句话很可能是你彻底昏迷前听见的最后一句话，而你昏迷不完全是因为他给你的酒里下了药，还因为他掐了你的脖子。你能活下来算是运气好。他未必存心想杀你，但如果死了就是死了。"

"要是你今天去树林里，肯定会大吃一惊。很好，后面怎么唱？"

"我不记得整首歌了，但第一段是这样的：'要是你今天去树林里，肯定会大吃一惊。要是你今天去树林里，一定要乔装打扮。'你母亲没唱给你听过？"

"我老妈从不唱歌。你的声音很好听。"

"随你怎么说。"

两个人一起坐了一会儿。她的呼吸恢复正常了，危机终于过去，比利这才意识到她只穿着那件黑键乐队的T恤（不知怎的，没有沾上她的呕吐物），而他也只穿了一条内裤。他站起来："你现在没事了。"

"别走。先别走。"

他重新坐下。她挪开位置。比利在她身旁躺下，他刚开始很紧张，把胳膊当枕头垫在脑袋底下。

"说说你为什么杀那个人。"她停顿片刻，"告诉我好吗？"

"这可不是什么睡前故事。"

"我想听。想理解一下。因为你不像是个坏人。"

我总对自己说我不是坏人，比利心想，但最近发生的事情无疑给这句话打上了问号。他愧疚地望向床头柜上的火烈鸟画像。

"我保证你说的话不会离开这个房间。"她试探着对他露出微笑。

这是个糟糕透顶的睡前故事，但他还是说了。从弗兰克·麦金托什和保利·洛根来旅馆接他开始。他考虑要不要换掉人名（就像他刚开始写故事时那样），但觉得似乎没这个必要。她看新闻早就知道了肯·霍夫的名字，还有乔治。但有一个例外，他把尼克·马亚里安改成了本吉·康普森。知道尼克的名字也许会给她带来生命危险。

他以为把整件事和盘托出能帮他理清思路，但并没有。不过她的呼吸又变得轻松了，她恢复了平静。随便了，有这点用处也算是好的。她思考了一会儿，然后说："这个本吉·康普森雇了你，但谁雇了他呢？"

"不知道。"

"那个叫霍夫的为什么会卷进来呢？不能派某个歹徒去帮你弄枪吗？不是更不容易被查到吗？"

"我猜是因为霍夫拥有那栋楼吧。就是我开枪的那栋楼。唔，曾经拥有。"

"你不得不在那里等待天晓得多久的那栋楼。就像是嵌在了里面。"

嵌在了里面，他心想，说得好。就像在伊拉克来来去去的记者，他们穿戴好防弹衣和头盔，把报道发出去就脱掉，跳上飞机回家。

"并不久。"其实很久。

"但情况似乎非常复杂。"

对比利来说尤其如此。

"我好像可以继续睡觉了。"她没有看他，又说，"你愿意留下就躺着吧。"

比利担心他的下半身会再次出卖他，说他还是回沙发上睡比较好。艾丽斯大概也明白，因为她看了他一眼，点点头，然后翻身侧躺，闭上了眼睛。

3

第二天早上，艾丽斯说牛奶快喝完了，干嚼麦片可不好吃。就好像我不知道似的，比利心想。他提议吃鸡蛋，她说只剩下一个了。"我不知道你为什么只买了半打。"

因为我没想到会有个伴的，比利心想。

"我知道你没想到会有两张嘴吃饭的。"她说。

"我去趟佐尼便利店好了。他们有牛奶和鸡蛋。"

"不如去松树广场的哈普斯，可以买点猪排什么的。等雨停了，我们可以在后院烧烤。再买些袋装的沙拉。离这里并不远。"

比利的第一个念头是，她想打发他出去，这样她就可以逃跑了。然后他看着她面颊和额头从青色转黄的瘀伤、刚开始消肿的鼻子，他心想，不，恰恰相反，她在安顿下来，她打算留下，至少暂时如此。

置身事外的人肯定会觉得这很疯狂，但身处其中就能说得通了。要不是因为他，她很可能会死在排水沟里，而他没有显露出任何想要二次强奸她的企图。相反，他出去给她买了紧急避孕药，免得那些浑球害得她怀孕。另外，他还要考虑那辆租来的福特蒙迪欧。它在小城的另一侧等他。现在该把车开到这里来了，这样一旦他觉得已经安全，就可以开车去内华达了。

还有，他喜欢艾丽斯。他喜欢她的坚忍劲头。她有过两次惊恐发作，但一个人被下了迷药并遭到轮奸，谁会不惊恐发作呢？她没说要回学校，也没提到朋友或熟人会担心她，更没有急着打电话给母亲（或者当美发师的姐姐）。他觉得艾丽斯目前处于休整期。她给生活按下了暂停键，让自己想清楚接下来该怎么做。比利不是心理学家，但他有个念头，也许有利于健康。

那几个狗娘养的，比利不止一次地想到，轮奸一个丧失知觉的女孩，什么人会做出这种事？

"好的，我去买东西。你留在这里？"

"对。"就好像这是个必然的结论，"我用最后一点牛奶泡麦片吃。鸡蛋归你。"她不确定地看着他："没意见吧？也可以反过来。毕竟都是你的东西。"

"没问题。吃完早饭能再帮我绑假肚子吗？"

她放声大笑。这是她第一次这么笑。

4

吃饭的时候，他问她知不知道什么是斯德哥尔摩综合征。她不知道，于是他解释给她听。"要是我被发现，警察抓住了我，他们会来这里。你就说你不敢离开。"

"我确实不敢离开，"艾丽斯说，"但不是因为害怕你，而是不希望别人看见我这个样子。我根本不希望别人看见我，至少这段时间是这样。另外，你不会被发现的。戴上那东西，你完全变了个样子。"她举起一根手指，做出劝诫的手势："但是。"

"但是什么？"

"你必须打伞，因为假发一淋雨就会露馅。水珠会停留在上面。真正的头发会被打湿，然后贴在头皮上。"

"我没伞。"

"詹森家的壁橱里有。就在刚进门的地方。"

"你什么时候看过他们家的壁橱？"

"你做爆米花的时候。女人嘛，就喜欢看别人家里都有什么。"她隔着餐桌打量他，她在吃麦片，他在吃鸡蛋，"你是真的不知道吗？"

5

他离开公寓楼，走向最近的公共汽车站，伞不仅没有让雨水落在金色假发上，还挡住了他的脸，这让他觉得自己没那么像是显微镜下的细菌了。他完全理解艾丽斯的心情，因为他也有相同的感受。去药店已经够折磨了，但现在更可怕，因为他要去更远的地方。他可以步行去松树广场，距离并不远，而且雨又小了下来，但他不可能一直走到城区的另一头。另外，距离可以离开这座城市的那一天越近，他就越担心会在能够逃跑前被抓住。

先不管警察和尼克的手下，万一他遇到了戴维·洛克里奇生活中的熟人怎么办？他想象他在超市里挎着购物篮，一拐弯面对面碰上了保罗·拉格兰或皮特·法齐奥。他们也许不会认出他，但换个女人就很可能会。别管艾丽斯说戴上假发和假肚子他就变了一个人，菲莉丝肯定认得他，科琳娜·阿克曼也能，甚至酒鬼简·凯洛格也能，哪怕她喝醉了。他非常确定。他知道从统计学的角度说，他不太可能碰到他们，但类似的事情每天都在发生。漂泊止于爱人的相遇，每个智者的儿子都知道。

他出门前查过网上的公共汽车时间表，于是走到堡垒街车站等 3 路车，雨篷下已经有三个人了。他把雨伞收了起来，因为在雨篷下打伞会显得很古怪。其他人没有看他，他们都在看手机。

来到停车库，福特蒙迪欧无法发动，他有一瞬间陷入惊恐，但随即想到他必须踩住刹车踏板。你怎么回事？他心想。

他开车去松树广场，一方面很享受再次握住方向盘的感觉，另一方面又疑神疑鬼地担心会发生剐蹭事故，或以其他方式引来警察的注意（这段只有 3 英里的路上，两辆巡逻车从他身旁驶过）。他在哈普斯买了肉、牛奶、鸡蛋、面包、脆饼、袋装沙拉、沙拉酱和罐头。他没遇到他认识的人——说真的，他为什么会遇到呢？常青街在米德伍德，米德伍德的居民去 Save Mart 购物。

他用多尔顿·史密斯的万事达卡付账，开车回到皮尔森街。他在屋子旁边崩裂的车道上停车，拎着买到的东西下楼。公寓里没人，艾丽斯不见了。

6

他买了两个布袋（上面印着"哈普斯"和"本地生鲜"），用来装那些食品。他发现客厅和厨房里都空无一人时，布袋几乎沉到了地上。卧室门开着，他看得见里面也没人，但他还是喊了一声她的名字。他心想她也许在卫生间，但卫生间的门也开着，假如她在卫生间，就算比利不在，她也肯定会关门。他了解她。

他并不害怕。这感觉更像是……什么呢？受伤？失望？

看起来我够傻的，他心想。但事实就是事实。她重新考虑了她的选择，就这么简单。你知道这种事有可能发生，也知道她应该这么做。

他走进厨房，把布袋放在台子上，看见两个人吃早餐的盘子在沥水架上。他坐下，思考接下来该怎么办，却看见糖碗底下压着一张纸巾。她在纸巾上写了两个字：后院。

好吧，他心想，吐出一口长气，她只是去后院了。

比利把需要冷藏的东西放进冰箱，然后走出前门，绕到屋后——

还是打着伞。艾丽斯把烧烤炉从积水里搬了出来。她背对着他，正在刮烤架上的污垢。她肯定又去搜刮了詹森家的门口壁橱，因为她穿着唐的一件绿色雨衣。雨衣长得盖住了她的小腿。

"艾丽斯？"

她尖叫一声，吓得跳了起来，险些撞翻烤架。他伸出手，扶住她。

"不知道人吓人吓死人吗？"她说，然后开始呼哧呼哧大喘气。

"对不起。不是存心想吓你一跳的。"

"但就是……"呼哧！"……吓了我一跳。"

"唱《泰迪熊在野餐》的第一句给我听。"只有一半在开玩笑。

"我不……"呼哧！"……记得了。"

"要是你今天去森林里……"他抬起手，动动手指，做个跟我唱的手势。

"要是你今天去森林里，肯定会大吃一惊。东西买好了？"

"当然。"

"猪排？"

"对。刚才我还以为你走了。"

"但我没走。我猜你肯定没买钢丝球吧？因为楼上只剩这一个了，而且差不多都磨没了。"

"购物单上没有钢丝球。我又不知道你会冒着雨搞卫生。"

她合上烧烤炉的盖子，用希望的眼神看着他。"想再看几集《罪恶黑名单》吗？"

"好的。"他说，于是他们去看电视。看了三集。第二集和第三集之间，她走到窗口说："雨快停了。太阳都出来了。今晚我们可以吃烧烤。没忘记买沙拉吧？"

我们会过得很愉快的，比利心想。不应该这样，太疯狂了，但事已至此，就这么过下去吧。

7

下午，太阳出来了，但出来得很慢，就好像并不情愿。艾丽斯烤猪排，尽管外面有点焦，里面有点生（她说："对不起，我不怎么会做饭。"），但比利还是吃完了他那份，然后慢慢啃骨头。肉很好吃，但沙拉更好吃。直到开吃，他才意识到自己多么渴望吃绿色蔬菜。

他们上楼，继续看《罪恶黑名单》，但她坐立不安，从沙发上起来，坐进弹簧坐垫的安乐椅（肯定是唐·詹森在家时的固定座位），然后又回到沙发上。比利提醒自己，每一集她应该都看过，很可能是与母亲和姐姐一起。他已经看穿了"雷德"雷丁顿的小伎俩，所以现在也有点厌烦了。

他们关掉电视，准备回楼下去，她说："你应该留些钱给他们。因为用了他们的奈飞账号。"

比利说他会的，但他心想，有了那笔天降横财，唐和贝弗利在金钱方面并不需要帮助。

她说今天轮到他睡床了。在沙发上睡了一夜之后，比利没有和她争论。他几乎立刻就睡着了，但大脑深处肯定有个部分还在留意她的惊恐发作，因为凌晨2点15分，他突然醒来，听见她在呼哧呼哧地喘息。

为了预防这种情况，他把卧室门留了一条缝。他抬起胳膊去开门，但握住门把后，他的手又停下了。她在唱歌，声音很轻。

"要是你今天走进森林……"

她唱了两遍第一段。急促的喘息之间隔得越来越久，最终平息了。比利回到床上。

8

　　他们都不知道（也没人知道）再过半年，失控的病毒就会让美国和几乎整个世界停摆，然而，两个人在地下室公寓里待了4天，比利和艾丽斯提前体会到了被迫禁足的滋味。第4天，离比利预定要逃往黄金西部的日子还有一天，他正在做他的三楼往返跑晨练，艾丽斯在房间里打扫卫生——其实没必要——因为他们都是爱干净的人。做完家务，她坐在沙发上。比利跑完6个来回，气喘吁吁地开门进来，她正在看电视上的烹饪节目。

　　"电烤鸡，"他说，"看上去很好吃。"

　　"超市里卖的一样好吃，为什么非要在家做呢？"艾丽斯关掉电视，"真希望能弄本书读一读。能帮我下载一本吗？比如侦探小说？别用你的电脑，下载到一台廉价电脑上。"

　　比利没有回答。一个大胆而可怕的念头跳进了他的脑海。

　　她理解错了他的表情。"我没乱翻东西。我知道那是你的电脑，因为盖子上有划痕。另外几台是崭新的。"

　　比利思考的不是她能不能窥探电脑里的东西。她不可能绕过开机密码那一关。他想到的是M151观察手瞄准镜，想到他没有解释它的用途，因为他仅仅在为自己写作。不可能存在第二个读者，但现在他身边多了一个人，既然她已经知道了他的身份，让她读一读又能有什么坏处呢？

　　但当然有可能造成伤害。对他。假如她不喜欢。假如她说太无聊，要他换点更有意思的东西。

　　"你怎么了？"她问，"表情很奇怪。"

　　"没什么。我是说……我正在写东西。算是我的人生故事。我猜你不一定想看——"

　　"我想。"

9

他无法忍受看着她抱着他的 MacBook Pro，读他在这里和在杰拉尔德塔输入的字词，于是上楼去詹森家给达夫妮和沃尔特浇水。他在厨房桌子上放了一张 20 元的纸币，留言说"奈飞费用"，然后四处走动。事实上，他踱来踱去，就像老动画片里等待孩子出生的父亲。他拉开床头柜的抽屉，看着唐的鲁格手枪，拿起来，放回去，关上抽屉。

他没有任何理由紧张，她只是个商业学校的学生，不是文学评论家。她在高中上英语文学课的时候多半全程梦游，得个良或及格就乐开了花，她对莎士比亚的了解很可能仅限于这个名字与"催人泪下"押韵。比利知道他这是在存心贬低她的智力，这样要是她不喜欢他写的东西，他就能保护他的自尊了；他也知道这么想很愚蠢，因为她的观点无足轻重，故事本身也无足轻重，他还有更重要的事情要处理。但他就是很紧张。

他最后忍不住下楼了。她还在读，但当她从屏幕上抬起视线的时候，他惊慌地发现她两眼通红，眼皮浮肿。

"怎么了？"

她用掌根抹了一把鼻子，这个动作很孩子气，却出奇地动人。"那是发生在你妹妹身上的真事吗？那个人真的……把她活活踩死了？不是你编出来的？"

"不。是真的。"他突然也很想哭，尽管他在写的时候并没有哭。

"所以你才救了我？因为她？"

我救你是因为要是我扔着你不管，警察迟早会来这里，他心想。但这很可能不是全部的原因。我们能够一直坦诚面对自己吗？

"我不知道。"

"我为你的遭遇感到难过。"艾丽斯哭了起来，"我以为我遇到的事情已经很惨了，但——"

"你遇到的事情确实很惨。"

"——但发生在她身上的更加可怕。你真的打死了他？"

"对。"

"好。很好！然后你被送进了寄养家庭？"

"对。要是看得不痛快，就别读了。"但比利不希望她停下，也并不因为激起她的情绪而感到抱歉。他很高兴。他打动了她。

她抓住电脑，像是害怕他会抢走电脑。"我想读完。"然后几乎像是在指责他，"你怎么能不继续写作，而是在楼上看傻乎乎的电视剧呢？"

"觉得不好意思。"

"好的。我明白，我也有这个感觉，所以你别盯着我看了。让我继续读吧。"

他想感谢她的眼泪，但那么说就太古怪了。于是他问她穿多大的尺码。

"我的尺码？为什么问这个？"

"哈普斯不远处有一家慈善商店。我可以去给你买两条裤子和几件衬衫。也许再买双运动鞋。你不希望我看着你读，我也不想看着你读。再说你肯定也穿够了那条牛仔裙。"

她顽皮地朝他笑笑，这是个美丽的笑容——更确切地说，要不是因为淤青，本来会很美。"不怕不打伞出门了吗？"

"我开车去。反正记住一点，要是回来的不是我，而是警察，你就说你太害怕，不敢离开。我威胁你说我会找到你，伤害你。"

"你会回来的。"艾丽斯说，把她的尺码写给他。

他在慈善商店逛得不紧不慢，想多给她一点时间。他没看见认识的人，也没人特别注意他。回到住处，她已经读完了。他写了几个月的东西，她只花了不到两个小时就读完了。她说她有一些疑问，但和观察手的瞄准镜没关系，而是与人物有关，尤其是"永远在刷漆之家"

的罗妮、格伦和"可怜的独眼小女孩"。她说她喜欢他的叙事方法，写童年的时候口吻就像孩子，随着长大也逐渐成长。她说他应该继续写。她说他写作的时候她可以去楼上，看电视打瞌睡。"我从早到晚都特别累。很不正常。"

"没什么不正常的。你的身体还在努力修补那几个浑蛋对你做的事情。"

艾丽斯在门口停下。"多尔顿？"尽管她知道他的真名，但她还是这么称呼他，"你的朋友塔可，他死了吗？"

"很多人死在战争结束之前。"

"我很抱歉。"她说，出去后关上了门。

10

他继续写。她的反应鼓励了他。他没有详细描述 2004 年 4 月至 11 月的那段轻松时光，他们应该利用这段时间赢取民心和民意，但两者都没有得到。他又写了几段，然后转向到现在依然让他痛苦的那个部分。

阿尔比牺牲后，他们撤回去待了两天，因为上面在讨论要不要停火，热火九人组（现在是八人组了，他们每个人的头盔上都写着"阿尔比·S."）回到基地后，比利到处寻找那只婴儿鞋，以为他有可能把它掉在了军营里。其他人也帮他找，但都徒劳无功，等他们回到战场上，任务依然是扫荡房屋，前三座屋子风平浪静，两座是空的，一座只住着一个十二三岁的少年，见到他们就高举双手，大喊："没有枪，美国人，没有枪，我爱纽约洋基队，别开枪！"

第四座屋子就是所谓的游乐园。

比利停下，做了一会儿运动。他觉得他和艾丽斯可以在皮尔森街多待一段时间，比如再待 3 天，等他写完游乐园和在那里发生的事情。他想写丢失婴儿鞋不可能影响结果——当然不可能；他还想写直到今天，他心底里依然不这么认为。

他做了几组伸展运动，然后来回跑楼梯，因为万一腿腱断裂，他是不可能去看急诊的。路过詹森家门口的时候，他没听见电视的声音，所以艾丽斯很可能在补觉。还有疗伤，虽然比利这么希望，但他也知道任何女人在遭到强奸后都很难完全恢复。它会留下伤疤，他猜这道伤疤会在某些日子突然抽痛。他猜哪怕过了 10 年（甚至 20 年、30 年），疼痛也依然存在。也许是这样，也许不是。也许只有同样遭到过强奸的男性才有可能真的明白。

他一边跑楼梯，一边思考如何处置对她做出如此兽行的那几个男人——是的，他们已经成年了。她说特里普·多诺万 24 岁，比利猜杰克和汉克（多诺万的室友，轮奸团伙的另外两名成员）年龄也差不多。是成年男人，不是青少年，而且是很坏的男人。

他气喘吁吁地回到地下室，但身体感觉既松弛又温暖，做好了再写一个小时的准备，甚至有可能两个小时。但他还没来得及动笔，电脑就叮的一声表示收到了信息。是布基·汉森，目前正躲在某个天涯海角。"款项尚未转入。不认为会有了。你打算怎么办？"

"收到。"比利回复道。

11

那天晚上，他和艾丽斯坐在沙发上。她穿黑裤子和条纹衫，看上去不错。他关掉电视，说他想有事和她谈一谈，她显得很害怕。

"是坏事吗？"

比利耸耸肩："交给你判断。"

她仔细听他讲述情况，目不转睛地盯着他。等他说完，她说："你想这么做？"

"对。他们对你做了那种事，应该受到惩罚，但这不是唯一的原因。这种人做过一次坏事，以后肯定还会再做，甚至你都未必是第一个。"

"你这是在拿自己冒险。有可能会遇到危险。"

他想到唐·詹森床头柜抽屉里的枪说："风险不是很大。"

"你不能杀了他们。我不希望你那么做。告诉我，你不会杀了他们。"

比利根本没动过这个念头。他们需要受到惩罚，但也需要得到教训，而死人是不会学习的。"好的，"他说，"不杀人。"

"另外，杰克和汉克我无所谓。他们没有假装喜欢我，骗我去他们住的地方。"

比利没有说话，但杰克和汉克对他来说有所谓，他认为他们也参与了，根据他脱掉她衣服后见到的情况，他确定这两个人至少有一个强奸了她，很可能两个都这么做了。

"但我在乎特里普，"她说，伸出手按住比利的胳膊，"让他吃点苦头会让我高兴，是不是说明我不是好人？"

"说明你是正常人，"比利说，"做坏事必须付出代价。而且代价应该足够高昂。"

第16章

1

我们能听见重型手枪开火和爆炸的声音从其他城区传来，但在狗屎撞风扇之前，我们在约兰驻守的区域还算相对平静。我们负责清理L区，头三座屋子没有遇到任何麻烦。两座屋子是空的。第三座屋子里有个孩子，没有武器，身上也没绑炸弹。我们命令他脱掉上衣，确定他不构成威胁。我们叫他跟着押解犯人的两名武装人员去警察局。我们知道，很可能天还没黑，孩子就已经回到了街头，因为警察局现在就像个旋转门。他还活着就已经运气很好了，失去阿尔比·斯塔克依然让我们满腔怒火。丁丁甚至举起了他的枪，但大克莱按下他的枪管，说放过这孩子吧。

"下次再见到他，他肯定端着AK呢，"乔治说，"我们就该把他们全杀了。该死的蟑螂。"

第四座屋子是整个街区最大的一座，说是庄园都可以。它有圆顶和院子，院子内侧种着遮阴的棕榈树。这无疑是某个复兴党富豪的老巢。整座大宅的外围是混凝土高墙，壁画画着儿童踢球、跳绳、跑来跑去，几个女人在一旁观看。也许她们眼中带着赞许，但你不可能知道，因为她们都裹着黑袍。我们的翻译法里德说，女人看着孩子，宗教警察看着女人，确保她们不会做出有可能勾起淫欲的事情。

我们都喜欢逗法里德说话，因为他的口音像是来自特拉弗斯城的土佬。天晓得为什么，很多翻译说话都带密西根口音："辣个壁画意思是说辣个屋子，就是孩纸们，可以去玩。"[1]

"所以这是个游乐园。"喇叭说。

"不，不允许进辣个屋子去玩，"法里德说。"只能在辣个院子里。"

喇叭翻个白眼，嗤嗤怪笑，但没人笑出声来。我们还在缅怀阿尔比，也知道死的有可能是我们之中的任何一个人。

"来吧，兄弟们，"塔可说，"我们去找乐子。"他把大喇叭递给法里德，大喇叭上用记号笔写着"早安越南"，他叫法里德

2

艾丽斯跑下楼梯的声音把比利从费卢杰唤回了现实中。她冲进门，头发在背后飘飞："有人来了！我正在给植物浇水，看见一辆车拐上车道！"

看一眼她的表情，比利就知道不需要浪费时间问她确不确定。他起身，来到潜望镜窗户前。

"是他们，对吧？詹森家提前回来了？我关掉了电视，但我正在喝咖啡，房间里都是咖啡味，厨台上还有个盘子！饼干渣！他们会知道

---

[1] 为表现人物口音，故意用错字。

有人在——"

比利把窗帘拉开几英寸。角度不好，要是新来的车一直开到车道尽头，他是不可能看见它的，但他租来的福特蒙迪欧停在车道上，因此他能看见。是一辆蓝色 SUV，侧面有一道划痕。刚开始的几秒钟，他不记得他在哪里见过它，但司机还没下车，他就想了起来。是默顿·里克特，把公寓租给他的房产经纪人。

"门锁了吗？"比利朝楼上摆摆头。

艾丽斯摇头，瞪大的眼睛充满惊恐，但也许没什么好担心的。里克特发现敲门没人来开，也许会试一试门能不能打开，伸头进来看看。说不定是詹森夫妇请他来给植物浇水。但他也有可能下楼，而比利没戴假发，更别说假肚子了。他身穿 T 恤和健身短裤。

前门开了，他们听见里克特走进屋子。呕吐物已经清理干净了，但他会不会闻到怪味呢？他们好像没有敞开过大门给门厅通风。

比利想等一等，看里克特会不会去楼上詹森家，但他知道他无法负担万一出错的代价。"打开电脑。"他朝三台 AllTech 打个手势。天哪，里克特没有上楼，而是下楼来了。"你是我侄女。"

他只来得及说完这句。他合上 MacBook Pro，冲进卧室，关上门。他跑向卫生间，假肚子挂在门背后，这时他听见了里克特的敲门声。她必须去开门，因为福特蒙迪欧停在车道上，因此里克特知道房间里有人。等她打开门，他会看见一个年纪只有比利一半大的妙龄女子，她脸上有伤，而且因为刚跑下楼而面色潮红，但里克特首先想到的原因不可能是运动。情况非常糟糕。

比利把假肚子戴在后腰上，方便他系上带子，但他第一下没有扣好，假肚子掉在地上。他捡起来，再次尝试。这次带子穿进了搭扣，但他拉得太紧，就算使劲吸气，假肚子也转不过来。他松开带子，鬼东西又掉在地上。比利去捡假肚子，脑袋磕在洗脸池上，他命令自己冷静下来，然后系上带子。他把假肚子转到前面来。

回到卧室，比利听见两个人在交谈。艾丽斯咯咯笑。笑声听上去很紧张，没有任何笑意。该死，该死，该死。

他穿上卡其裤，然后套上运动衫，之所以选择这两件，是因为它们比系纽扣的衣物更快，也因为艾丽斯说得对，胖子认为宽松衣物比较显瘦。金色假发在衣柜上。他抓起来，戴在他的黑发上。客厅里，艾丽斯再次发笑。他提醒自己不要叫她艾丽斯，因为她也许会向访客报个假名。

他做了两次深呼吸，让自己镇定下来，挤出一个他认为看上去像是不好意思的笑容——就好像被人撞见了正在上厕所——然后打开门："我们似乎有客人了。"

"对。"艾丽斯说。她转向他，嘴唇上挂着笑容，眼神里透出明显的解脱感："他说这套公寓是他租给你的。"

比利皱起眉头，假装回忆，然后展颜一笑，像是想到了答案："哦，对，没错。里克先生。"

"里克特。"他说，向比利伸出手。比利和他握手，继续微笑，想要搞清楚里克特的心思。他没能做到。但里克特肯定注意到了她脸上的淤青和紧张的情绪。你不可能注意不到。比利的手在出汗吗？很可能。

"我在……"比利指了指卧室和再往里的卫生间。

"哦，没关系。"里克特说。他扫视三台 AllTech 电脑，屏幕上在循环显示预先设置好的各种骗取点击的文章：《阿萨伊浆果的奇迹》《减少皱纹的两个小妙招》《医生恳求你们不要吃这种蔬菜》《看看这十位童星现在的模样》。

"所以这就是你的工作？"里克特问。

"是我的副业。啤酒和面包靠的主要是 IT 外包。需要经常到处跑，对吧，亲爱的？"

"对。"艾丽斯说，又勉强笑了笑。里克特飞快地瞥了她一眼，比利明白无论他忙着折腾该死的假肚子时艾丽斯对里克特说了什么，里克特宁可相信月亮是用绿奶酪做的，也不肯相信她是多尔顿·史密斯的侄女。

"非常有意思，"里克特说，弯腰看着一块屏幕，上面显示的内容刚从危险的蔬菜（事实上是玉米，甚至都不是真正的蔬菜）变成了十起著名的未结凶案（领头的是琼贝妮特·拉姆齐）。"真的很有意思。"他直起腰，环顾四周，"你这里整理得不错，我喜欢。"

艾丽斯稍微收拾了一下，除此之外，房间就是他搬进来时的样子。"你有什么事，里克特先生？"

"哦，我只是来通知你一声。"里克特想起了正经事，他抚平领带，露出职业性的笑容，"一个名叫南方奋进的合伙公司买下了池塘街的堆货棚子和皮尔森街剩下的这几套房子，包括这套。他们打算建造一个新的购物中心，据说能为这块城区重新注入活力。"

比利心想，互联网时代，购物中心恐怕无法给任何东西重新注入活力，连它们自己也不例外，但他没有接话。

艾丽斯已经冷静下来了，这是个好兆头。"我去卧室里待着，你们男人谈你们的事情吧。"她说，走进卧室，随手关上了门。

比利把双手插进口袋，站在原地前后晃动，让假肚子在运动衫底下微微挺起。"堆货棚子和房子要被拆除了，你是这个意思对吧？包括这座公寓楼在内？"

"对，但你有 6 周时间找新的住所。"里克特的语气像是在给他莫大的恩赐，"但很抱歉，6 周是已经确定的。搬走之前给我留个邮寄地址，另外，多出来的租金我可以退给你。"里克特叹了口气："然后我还要去通知詹森一家呢。肯定很伤感情，因为他们在这里住得更久。"

比利没理由告诉他，反正等唐和贝弗利从邮轮旅行归来也要换地方住了，他们甚至可能买房，不租房。不过，他还是告诉里克特，詹森一家要外出一段时间，把植物托付给了他。"当然了，还有我侄女。"

"你真是个好邻居，她也是个可爱的女孩。"里克特舔舔嘴唇，也许是为了润湿，也许不是，"你有詹森的手机号吗？"

"有。在我钱包里。我去拿，稍等我一下。"

"没问题。"

艾丽斯坐在床上，瞪着眼睛看他。她面无血色，淤青因此更明显了。怎么了？这双眼睛在问，情况有多糟糕？

比利抬起手，虚拍两下：冷静，冷静。

他找到钱包，回到客厅里，提醒自己模仿胖人的步态。里克特凑在一台 AllTech 的屏幕前，双手撑着膝盖，领带垂在半空中，像个静止的钟摆，他正在读鳄梨的伟大之处，这是大自然最完美的蔬菜（其实是水果）。比利有一瞬间真的在考虑要不要十指交叉，朝着里克特的后脖颈来一记震天锤，但等里克特转过头来，比利只是打开钱包，取出一张字条递给他："给你。"

里克特从上衣内袋里掏出小记事本和银杆铅笔："我会打电话通知他们的。"

"要是你愿意，我可以打给他们。"

"当然好，当然好，但我必须亲自通知一次。职责所在。很抱歉打扰了你，史密斯先生。你就继续……"他的视线朝卧室闪了一下，"……忙你的吧。"

"我送你出去，"比利说，他压低声音，"我想和你谈谈……"他朝卧室摆了摆头。

"不关我的事，老弟。现在是 21 世纪了。"

"我知道，但不是你想的那样。"

他们上楼梯来到门厅。比利走在后面，稍微有点气喘："我得减肥了。"

"欢迎和我做伴。"里克特说。

"这个可怜的孩子是我妹妹玛丽的女儿，"比利说，"一年前玛丽的丈夫扔下她跑了，然后她勾搭了一个废物，好像是在酒吧里，叫鲍勃什么的。他想对女孩下手，她不从，他就揍了她一顿，你明白我的意思吧？"

"明白。"里克特望向门外，似乎迫不及待地想回车上去了。这个故事也许让他不舒服了，比利心想，也可能他只是想摆脱我。

"这还没完呢。玛丽是个暴脾气，不喜欢别人对她指手画脚。"

"我知道这种人，"里克特说，依然看着门外，"非常熟悉。"

"我会收留我侄女一周，也许10天，等我妹妹冷静下来，然后送她回去，和她谈谈鲍勃的问题。"

"懂了。祝你好运。"他转向比利，笑呵呵地伸出一只手。笑容似乎挺真诚。里克特也许相信了他的故事。但也有可能，他认为他在做戏，因为他的命运完全取决于他的演技。比利使劲握住他的手，有力地晃了一下。

里克特感叹道："女人啊！没法和她们一起生活，但除了亚拉巴马州，你也不能朝她们开枪！"

这是个笑话，于是比利大笑。里克特松开他的手，打开门，然后转回来："你把小胡子剃掉了。"

比利一惊，抬起手，用两根手指去摸上嘴唇。他在慌乱中忘记贴小胡子，不过这样反而更好。贴胡子很麻烦，需要用快干胶水固定，万一他贴歪了，或者快干胶水露出马脚，里克特会认出来胡子是假的，心想这人到底怎么回事。

"吃东西总是沾在上面，我受够了。"比利说。

里克特哈哈一笑。比利不确定这是不是假笑。有可能。"这话我可听见了，老弟。听得太清楚了。"

他步履轻快地下台阶，走向被刮花的SUV，他微微拱起肩膀，也许是因为今天上午冷飕飕的，也许是因为他担心比利会把一发子弹送进他的后脖颈。

上车前他挥挥手，比利也朝他挥手。然后他飞快地下楼。

3

比利说："我今天去找坑了你的浑球聊聊。明天我就溜了。"

艾丽斯用一只手捂住嘴，但食指碰到了肿胀的鼻子，她又把手放了下去："我的天哪，他认出你了？"

"我直觉觉得没有，但他的观察力很好，注意到我的小胡子不见了——"

"上帝啊！"

"他以为是我剃掉了，所以应该没问题。至少我认为没问题。我打算再待一天。你告诉他你叫什么了吗？"

"布伦达·科林斯。我在高中里最好的朋友。你有——"

"给了他一个假名？我反正只说你是我侄女。我说你母亲的男朋友揍你，因为你不肯和他上床。"

艾丽斯点点头："很好。这样都能解释通了。"

"但不等于他会相信。听我怎么说是一码事，他自己看见的是另一码事。他看见的是一个中年胖子和一个伤痕累累的未成年少女。"

艾丽斯坐了起来，像是受到了冒犯。要是换个处境，这一幕也许会很滑稽。"我21岁！是合法的成年人了！"

"你是不是要出示证件才能进酒吧？"

"呃……"

比利点点头，有结论了。

"也许，"艾丽斯说，"要是你真的想去……呃……找特里普，那我们不该等到明天。也许应该现在就去。"

4

他望着她，一时间既相信他听见了她使用的代词，又不敢相信自己的耳朵。更糟糕的是，她看他的眼神就好像这已经是个既定结论了。

"真该死，"比利说，"你真的有斯德哥尔摩综合征了。"

"我没有，因为我不是人质。我在詹森家的时候随时都能溜走，只要我轻手轻脚下楼梯就行。你不可能注意到，因为你完全投入了写作。"

很可能是真的，比利心想。而且——

艾丽斯替他说完："要是我想跑，你第一次出去的时候我就可以跑了。就是你去买避孕药那次。"她顿了顿，又说："再说，我给了他一个假名。"

"因为你害怕。"

艾丽斯使劲摇头："你在隔壁房间。我可以小声说你就是威廉·萨默斯，法院杀人案的凶手。你还没戴上这玩意儿，我们就跑上楼，坐进他的车里了。"她戳了戳他的假肚子。

"你不能和我去。那是发神经。"

话虽这么说，这个想法却开始渗入他的心灵，就像雨水渗入干裂的土地。她不可能和他一起去拉斯维加斯，但假如他们能编出一个故事来保护多尔顿·史密斯目前正岌岌可危的身份，那么也许……

"也许你可以一个人走，别管特里普和他的同伙了。因为假如他们遇到了什么事情，肯定会联想到我。我是说特里普和他的同伙。他们不可能去找警察，但他们也许会报复我。"

比利不得不掩饰笑容。她在欲擒故纵，而且在这么短的时间内，她就做到了这种程度。与那个他从大雨里救回家的半昏迷呕吐女孩相比，与那个时而半夜陷入惊恐发作的女孩相比，眼前的这个女孩有了翻天覆地的改变。比利觉得这是在往好的方向改变。另外，她说得对——无论他怎么收拾那三个家伙，他们都会自然而然地联想到艾丽斯。因为他们上周很可能只祸害了她一个人。

"对，"艾丽斯说，从眉毛底下仰望比利，继续以退为进，"我看你还是别惩罚他们了。"然后她问比利笑什么。

"没什么。就是喜欢你。我的朋友塔可会说，你可真会给自己找辙。"

"我不明白这话什么意思。"

"不重要。但是，那伙人既然做了这种事，就需要吃点教训。让我想想该怎么做。"

艾丽斯说："你想的时候我来帮你收拾行李吧？"

5

最后收拾行李的还是比利。没费什么事。他的手提箱里放不下她的新衣服，但他在卧室壁橱里找到了一个巴诺书店的手提袋，把她的东西塞了进去。他把三台 AllTech 电脑叠成一摞，抱出去放进福特蒙迪欧。

他做这些事情的时候，艾丽斯拿着抹布和喷壶去了詹森家，喷壶里装的是来苏水，她用抹布擦干净每一个表面。电视机遥控器她擦得格外认真，因为他们两个人都用过。她也没有忘记电灯开关。她回到楼下，比利帮她擦拭地下室公寓里的痕迹，尤其注意卫生间：水龙头、淋浴头、镜子、马桶的冲水把手。这个任务花了他们近一个小时。

"应该可以了。"她说。

"詹森家的钥匙呢？"

"我的天，"她说，"还在我这里。我擦干净，然后……怎么处理？从门底下塞进去？"

"我来吧。"他去还钥匙，但进门后他先取出了唐·詹森的鲁格手枪。他把枪藏在假肚子底下，别在腰带里，然后用特大号的运动衫盖住肚子。这把鲁格手枪相当贵，售价五六百美元，比利没那么多现金。他把两张 50 块和一张 100 块放在床头柜上，留了张字条说："借枪一用。我之后会还你剩下的钱。"其实比利也不知道他能不能还上。另一方面，达夫妮和沃尔特怎么办？会在他们家的阳台上枯死吗？植物世界的罗密欧与朱丽叶？他有那么多的事情需要操心，还要琢磨这个真是吃饱了撑的。

都怪贝弗利给它们起了名字，他心想。他给两株植物最后各浇了一点水，然后祝它们好运。他摸了摸裤子后袋，沙尼斯画的火烈鸟已经叠起来放在那里了。

回到楼下，他从裤子口袋里掏出艾丽斯的手机递给她。他把 SIM 卡插了回去。

她接过手机，责备地看着他："原来没丢，一直在你那里。"

"因为当时我不信任你。"

"现在信任我了？"

"现在信任你了。你找个时间给你母亲打电话，否则她会担心的。"

"肯定会的，"艾丽斯说，然后带着一丝怨恨说，"大概一个月以后吧。"她叹了口气，又说道："然后跟她说什么？我交了个朋友，一起吃鸡汤面，看《罪恶黑名单》？"

比利想了一会儿，也没想到什么可说的。

但艾丽斯忽然笑了："说到打电话，我会告诉她我退学了。她会相信的。说我要和几个朋友去坎昆。她也会相信的。"

"真的？"

"嗯。"

比利认为这一个字说尽了整个复杂的母女关系——再加上眼泪、互相指责和摔门。"你需要再想想清楚，"他说，"现在我们该走了。"

6

州际公路在舍伍德高地有两个出口，下来都是一大堆快餐厅、自助加油站和汽车旅馆。比利请艾丽斯找一家不是连锁的汽车旅馆。她忙着看招牌的时候，他把鲁格手枪从腰带底下掏出来，藏在座位底下。来到第二个出口，她指着彭妮松林汽车旅馆，问他意下如何。比利说似乎不错。他用多尔顿·史密斯的信用卡租了两个相邻的房间。艾丽斯在车里等着，比利不由得想到了妙韵英雄乐队[1]的名曲《三等浪漫》。

他们把行李搬进房间。他从电脑包里取出 MacBook Pro，放在房间里唯一的桌子上（晃晃悠悠的，一条桌腿底下需要垫点东西），拉上电脑包的拉链，挎在肩膀上。

"带包干什么？"

"装东西。我要去买些必要物资。而且这是个好掩饰。看上去很专业。你的号码是多少？"

她告诉他，他存进联络人。

"那几个人住的公寓，你知道地址吗？"他早该问她这个问题了，但之前他们有点忙。

"我不记得门牌号了，就记得在 10 号公路上，叫陆景庄园。是公共汽车去机场掉头前的最后一站。"艾丽斯拉着他的袖子走到窗口，指给他看，"我很确定那就是陆景庄园，左手边的三栋楼。特里普——他

---

1 1972 年成立的美国乡村摇滚乐队。

们三个——住在 C 栋。"

"三楼。"

"对。我不记得公寓号码了，但走廊到头就是。进大门需要输密码，我没看见他输了什么。当时觉得并不重要。"

"我能进去的。"比利希望他真能做到。他擅长的是枪械，不是进入有密码门的建筑物。

"你去那里之前会先回这里吗？"

"不，但我会保持联系的。"

"我们今晚要住在这里吗？"

"不知道。取决于情况怎么发展。"

她问他确定想这么做吗。比利说他确定，这是实话。

"也许这是个坏主意。"

很有可能，但只要能做到，比利就打算去替她出这口气。那三个男人欠一个教训。

"你说句别去，我就不去了。"

但艾丽斯没有，而是紧紧握住他的一只手，她的手很凉："注意安全。"

他在走廊里往外走到一半，然后又折回去。他忘了问一个问题。他敲敲门，她开门。

"特里普长什么样子？"

她掏出手机，给比利看一张照片："我们去看电影那个晚上拍的。"

这个男人在她的酒里下药，伙同两个朋友轮奸了她，然后把她像扔垃圾似的从车上扔下去。他举着一袋爆米花，面露笑容。他眼睛发亮，牙齿洁白而整齐。比利觉得他很像牙膏广告里的演员。

"好的。另外两个呢？"

"一个比较矮，有雀斑。另一个高得多，橄榄色的皮肤。我不记得哪个是杰克，哪个是汉克了。"

"不重要。"

7

机场购物中心和汽车旅馆在同一条路上,往前走一段就到。购物中心里最显眼的是一家沃尔玛,它比米德伍德的那家沃尔玛还要大。比利锁好车,记住驾驶座底下藏着一把枪,然后去购物。面具很容易找。尽管还有几周才过万圣节,但店里已经提前把过节的玩意儿摆出来了。他还买了一副廉价望远镜、一包高强度捆扎带、一双薄手套、一个魔杖牌手动搅拌器和一罐烤箱清洁剂。来到外面,两个警察(真正的警察,不是沃尔玛的保安)正在喝咖啡,讨论舷外马达。比利朝他们点点头:"下午好,警官。"

他们也朝他点点头,继续聊他们的。比利模仿胖子走路,直到走进停车场深处,然后快步走向福特蒙迪欧。他把枪和买来的东西塞进电脑包,开了 1.5 英里,来到陆景庄园。这里档次挺高,是单身花花公子的完美居所,但还不够高,雇不起警卫把守保安亭;白天的这个时间段,C 栋门前的停车场很空。

比利开到一个正对大门的车位停下,取下假肚子,然后等待机会。过了 20 分钟左右,一辆起亚轿车停下,两个女人拎着购物袋下车。比利举起望远镜。她们走到门口,在小键盘上输入密码,但一个女人挡住了视线,比利一无所获。20 分钟后,又来了一个男人……但不是比利要找的人。这个男人 50 多岁。他也站在比利和小键盘之间,望远镜毫无用处。

此路不通,他心想。

他可以尝试跟着真正的住户混进去("帮我拉一下门好吗?谢谢!"),但这种办法恐怕只有在电影里才行得通。另外,现在是白天人最少的时候。40分钟只有两拨人进门，而出门的人数是零。

比利把电脑包挎在肩上，下车绕到建筑物背后。他第一眼就在比较小的备用停车场里看见了那辆厢式货车。现在他能看清保险杠上的贴纸了：死人头烂透了。除非这辆车坏了（这个可能性永远存在），那伙浑球至少有一个在家。

供服务人员使用的边门左侧有两个大垃圾箱，右侧是一把草坪躺椅和一张生锈的小桌，小桌上摆着烟灰缸。门开着一条几英寸的小缝，用砖块卡住，因为这种门会在你通过后自动关闭，而溜出来抽烟的人懒得每次回去都用钥匙开门。

比利走到门口，从缝隙向里面窥视。他看见一条光线昏暗的走廊，里面没有人。能听见音乐，枪与玫瑰的主唱在高喊《欢迎来到丛林》。往里30英尺左右，左右各有一扇开着的门，音乐是从右手边的房间里传出来的。比利进门，沿着走廊轻快地向前走。来到一个你不该来的地方，你必须表现得像是属于这里。左手边的门通往洗衣房，里面有几台投币洗衣机和烘干机。右手边的门通往地下室。

地下室里有人，正在跟着音乐唱。不，不是唱歌。比利看不见他本人，但能看见他的影子在跳舞。有人——很可能是大楼管理员——下来做什么事情，例如重设断路器、寻找修补漆，然后决定休息一会儿，幻想他在"与明星共舞"。

走廊尽头有个大号货运电梯，电梯门开着，轿厢壁贴着家具防撞垫，但比利根本没想过使用它。电机肯定在地下室，要是电梯启动，跳舞的影子就会听见。电梯左侧有一扇门，上面标着"楼梯"。比利爬到三楼的楼梯平台停下。他拉开电脑包的拉链，取出手套和面具戴好。他把捆扎带放在裤袋里。他左手拿鲁格手枪，右手拿烤箱清洁剂。他把楼梯门拉开一条缝，外面是狭小的休息室，没人。再过去的走廊也没人。走廊左侧有一套公寓，右侧有一套，还有一套在走廊尽头。那就是轮奸团伙的住处。

比利顺着走廊走到头。门旁边有门铃，但他没按，而是大声敲门。他停顿片刻，然后敲得更响。

脚步声接近门口："谁啊？"

"警察，多诺万先生。"

"他不在。我只是他的室友。"

"替他打掩护是没钱拿的。开门。"

开门的人至少比比利高6英尺，橄榄色皮肤。艾丽斯·马克斯韦尔顶多只有5英尺4英寸，想到这个大块头在她身上拱，比利的火气就上来了。

"你——"他看见一个男人戴着梅拉尼娅·特朗普的面具，斜挎着电脑包，他的脸立刻垮了。

"给我脱裤子。"比利说，然后用清洁剂喷他的眼睛。

8

杰克或汉克（反正是其中之一）踉跄后退，用两只手使劲揉眼睛。泡沫顺着面颊流淌，从下巴往下滴。他退到一把带遮阳顶盖的柳条椅前（比利记得这东西叫"凉台吊椅"），被脚垫绊倒在地，然后继续向后爬。这里确实是单身花花公子的客厅，弧形的双人沙发（比利也认识这东西，叫"情侣座"）面对大屏幕电视。圆桌上摆着一台笔记本电脑，吧台对着能眺望机场的落地窗。比利看见一架飞机正在起飞，要是这个小杂种现在能看见，肯定会希望自己坐在飞机上。比利摔上房门。男人在惨叫他瞎了。

"不，但要是不立刻去洗干净就会瞎，所以给我听仔细了。举起你的手。"

"我看不见！我看不见了！"

"举起你的手，我帮你处理。"

杰克或汉克在铺满地板的地毯上打滚。他没有举起手，而是想坐起来，他的块头太大，不能掉以轻心。比利放下电脑包，飞起一脚踢在他肚子上。他嗷的一声惨叫，从嘴里喷出去的泡沫落在地毯上。

"是不是听不懂人话？举起你的手。"

他举起双手，两眼紧闭，面颊和额头变成了鲜红色。比利跪下，一只手抓住他的两个手腕，躺在地上的人还没反应过来，比利就用捆扎带绑住了他的双手。

"还有谁在？"比利十分确定家里没别人了。要是有，肯定会被他的惨叫引出来。

"没人！上帝啊，我的眼睛！疼死我了！"

"起来。"

杰克或汉克笨拙地爬起来。比利抓住他的肩膀，把他转向通往厨房的过道口："直着走。"

杰克或汉克没有直着走，而是跌跌撞撞，在前面挥舞手臂，以免被障碍物绊倒。他呼吸急促，但没有像艾丽斯那样呼哧呼哧喘息，没必要教他唱《泰迪熊在野餐》的第一段。比利推着他向前走，直到他的皮带扣碰到水槽。水龙头带喷水装置。比利拧开水龙头，朝着杰克或汉克的脸喷了起来。他也淋湿了自己，但他不介意，其实还挺提神的。

"疼！还是疼！"

"会过去的。"比利说，确实会过去的，不过他希望别太快。他知道艾丽斯的底下疼了很久。也许现在还没全好。"你叫什么？"

"你要干什么？"他哭了起来。他年龄在 25 岁到 30 岁之间，人高马大，体重至少 220 磅，但哭得像个孩子。

比利用枪盯着他的腰窝说："这是枪，所以别逼我再问一遍。你叫什么？"

"杰克!"他几乎在尖叫,"杰克·马丁内斯!别开枪,求求你!"

"杰克,我们去客厅。"比利把杰克推到前面,"坐在吊椅里。能看见吗?"

"能看见一点,"杰克哭着说,"但他妈的很模糊。你是谁?为什——"

"坐下。"

"钱包你拿去。里面没多少,但特里普的卧室里有几百块,就在书桌的第一个抽屉里,你拿走吧,放过我!"

"坐下。"

他抓住马丁内斯的肩膀,把他转过来,然后推了一把,让他坐进那把凉台吊椅。椅子用钩子和绳子挂在天花板上,他的体重使得吊椅摆动起来。马丁内斯用充血的眼睛望着比利。

"坐一会儿,冷静一下。"

吧台的冰桶旁有餐巾,而且是布的,不是纸的,很有格调。比利拿了一块,回到马丁内斯面前。

"别动。"

马丁内斯一动不动地坐着,比利擦掉他脸上残余的最后一点泡沫,然后退开:"另外两个呢?"

"为什么?"

"问话的不是你,杰克,是我。你只能回答,除非想再尝尝清洁泡沫。要是真的惹我生气了,就让你的膝盖尝尝子弹。听懂了?"

"懂了!"马丁内斯的卡其裤裤裆湿了。

"他们在哪里?"

"特里普去 RBCC 见导师了。汉克在上班。他是约斯班克的销售。"

"约斯班克是什么?"

"约瑟夫·A. 班克,是个男装——"

"好了,我知道是什么。RBCC 是什么?"

"雷德布拉夫社区大学。特里普是个研究生。在职的。历史系。他在写澳大利亚和匈牙利战争的论文。"

比利想对这个白痴说澳大利亚和匈牙利的 1848 年革命毫无关系，但有什么必要呢？他来是为了给他们上另一门课。

"他什么时候回来？"

"不知道。他好像说过他约的是两点。然后他有时候会去喝杯咖啡。"

"顺便和咖啡师聊聊天，"比利说，"特别是刚从外地来的，很想认识一两个好心人的那种。"

"什么？"

比利朝他腿上踢了一脚，并不重，但马丁内斯叫了起来，柳条椅又开始晃动。三个吊儿郎当的花花公子，配一张吊椅正合适。

"汉克呢？他什么时候回来？"

"他 4 点下班。你为什么——"

比利又举起喷罐。马丁内斯的眼前肯定还一片模糊，但他知道那是什么东西，立刻安静下来。

"你呢，杰克？你靠什么挣你的啤酒面包？"

"我是日内交易员。"

比利走到圆桌上的电脑前。数字在屏幕上流淌，其中以绿色的为主。今天是周六，但其他地方还有其他人在交易，因为金钱从不休息。

"后面那辆厢式货车是你的吗？"

"不是，是汉克的。我开的是马自达。"

"厢式车坏了吗？"

"对，爆了个汽缸垫。他这周开我的车去上班。他工作的店就在机场购物中心。"

比利把一把椅子拖到吊椅前。他在马丁内斯对面坐下："我可以放你一马，杰克。只要你乖乖的。你能做到吗？"

"能！"

"意思是等你的室友回来，你不能发出任何声音。不能大喊大叫提醒他们。我想找的主要是特里普，但要是你惊动了他或汉克，我打算用在特里普身上的招数就只能用在你身上了。听懂了吗？没什么不明白的吧？"

"懂了！"

比利掏出手机，拨给艾丽斯。她问他好不好，比利说他很好。"我和一个叫杰克·马丁内斯的人在一起。他有话想对你说。"比利举起手机对着杰克，"说你是个狗屁不如的小杂种。"

杰克没有反抗，也许因为他胆小，也许因为此刻他的自我感觉就是这样的。比利希望是后者。他希望连日间交易员也能听懂人话。

"我是个……狗屁不如的小杂种。"

"说你非常抱歉。"

"我非常抱歉。"马丁内斯对电话说。

比利收回手机，艾丽斯似乎在哭。她对比利说注意安全，比利说他会的。他挂断电话，把注意力转向吊椅上那个脸色通红的年轻人："你知道你在为什么道歉吗？"

马丁内斯点点头，比利觉得这样就可以了。

9

他们坐在那里，时间慢慢流逝。马丁内斯说眼睛还是烧得疼，于是比利在吧台水槽里又打湿了一块餐巾，回来擦干净他的脸，眼睛擦得尤其仔细。马丁内斯说谢谢你。比利觉得这个人迟早会恢复他妄自尊大的"让美国再次伟大"气质，但问题不大，因为他认为马丁内斯再也不会强奸女人了。他改过自新了。

3点半左右，有人走到了门外。比利站在门背后，先望向马丁内斯，举起一根手指，按住梅拉尼娅面具的嘴唇。马丁内斯点点头。这人肯定是特里普·多诺万，因为时间太早，不可能是汉克。钥匙在锁眼里转动。多诺万在吹口哨。比利握住左轮手枪的枪管，举到面颊旁边。

多诺万进来了，还在吹口哨。他穿设计师牛仔裤和短皮外套，加上印着姓名缩写花纹的公文包和俏皮地压在黑发上的鸭舌帽，完全是一副时尚先锋的派头。他看见马丁内斯坐在吊椅上，双手被捆扎带绑在一起，口哨声戛然而止。比利上前一步，抢起枪托朝他脑袋上来了一下。用力不算太重。

多诺万踉跄前冲，但没有像电视里的角色被枪托打的时候那样倒下。他转过身，瞪大双眼，一只手捂着后脑勺。比利已经用枪口指着他了。多诺万把手拿到面前看，手上沾着鲜血。

"你打我！"

"比我挨的那一下轻。"马丁内斯嘟囔道，抱怨的口吻甚至有点滑稽。

"你为什么戴面具？"

"双手并起来，手腕对手腕。"

"为什么？"

"因为你不照着做我就朝你开枪。"

多诺万没有继续争辩，手腕对手腕把双手并在一起。比利把鲁格插在前面腰间。多诺万扑向他，但比利早有预料。他让到一旁，借着多诺万前冲的势头用力一推，多诺万重重地撞在门上。他疼得惨叫。比利揪住他时髦的皮外套（说不定就是在约瑟夫·A. 班克店里买的）的衣领，使劲向后一拽，伸出一条腿绊倒了特里普。特里普面朝上摔倒在地，鼻子在流血。

比利在他身旁跪下，先把唐·詹森的枪插在背后腰间，这样枪就不可能被多诺万抢走了，他举起一根捆扎带："双手并起来，手腕对手腕。"

"不！"

"你的鼻子在流血，但还没断。双手并起来，否则我就打断你的鼻子。"

多诺万把双手并在一起。比利捆住他的手腕，然后打给艾丽斯，说逮住两个了，还剩一个。他没有让多诺万听电话，因为多诺万似乎不准备道歉。至少现在还没这个打算。

10

特里普·多诺万坐在情侣座上，想方设法地和比利搭话。他说他知道比利的来意，但无论那个叫艾丽斯的娘们儿说了什么，都完全是为了自保的瞎话。她很饥渴，她要男人，她得到了，大家告别时气氛融洽，就这么简单。

比利点头赞同："然后你们送她回家。"

"太对了，我们送她回家。"

"用汉克的厢式车。"

多诺万的眼神飘了一下。他拥有男性魅力和信口开河的魔法组合，这种能力从小到大一直为他保驾护航，他甚至觉得也能征服这个戴梅拉尼娅·特朗普面具的入室匪徒，但他不喜欢这个问题。能问出这个问题，说明对方知情。

"不，那辆性爱机器坏了，停在后面的停车场里。"

比利不说话。马丁内斯也不说话，多诺万没看见他室友脸上"你完蛋了"的表情。多诺万的注意力全放在比利身上。

"MacBook Pro？"他朝地上的电脑包点点头，"超牛逼的，哥们儿。"

比利还是不说话。塑料面具底下，他汗如雨下，他迫不及待地想摘掉面具。他只想尽快做完这里的事情，然后离开花花公子的单身天堂。

5点差15分，另一把钥匙在门锁里转动，第三只小猪回家了，这只小猪个头不高，衣冠楚楚，身穿三件套的正装，但领带破坏了他的形象，这条领带红得就像艾丽斯·马克斯韦尔大腿上的鲜血。汉克没给他找麻烦。他看见多诺万脸上的血和马丁内斯肿胀的眼睛，比利叫他伸出双手，他乖乖地照着做，只是象征性地抱怨了一句，听凭比利用捆扎带绑住他的手腕。比利领着他到圆桌前坐下。

"人到齐了，"比利说，"大家排排坐，小脸放光芒。"

"我书桌里有钱，"多诺万说，"在我房间里。还有毒品。世界级的可卡因，哥们儿。整整一小袋呢。"

"我也有现金，"汉克说，"只有50块，但……"他无可奈何地耸耸肩。比利都有点喜欢这家伙了。他做了不可饶恕的坏事，说喜欢他当然很蠢，但也是真的。他眼睛底下和嘴角的肌肉颜色发白，说明他非常害怕，但他能够故作镇定，假装若无其事。

"行了，你们知道事情和钱没关系。"

"我说过了——"多诺万开口道。

"特里普，他全都知道。"马丁内斯说。

比利对汉克说："你姓什么？"

"弗拉纳根。"

"后面那辆厢式货车，性爱机器……是你的，对吧？"

"对。但车坏了。汽缸垫——"

"爆了，我知道。但上周还是好的，对吧？你们玩够了艾丽斯送她回家，用的就是这辆车，对吧？"

"什么都别说！"多诺万吼道。

汉克没有理他："你是谁？她男朋友？她哥哥？我的天。"

比利不说话。

汉克长叹一口气，带着哭腔说："你知道我们没送她回家。"

"那你们是怎么处理她的？"

多诺万："什么都别说！"这似乎成了他的祷文。

"他这个建议可不怎么好，汉克。说出来，免得吃苦头。"

"我们让她下车了。"

"让她下车？你这说法挺有意思。"

"好吧，我们扔下了她，"他说，"但是哥们儿……她能说话，明白吗？我们知道她有手机和钱，可以自己叫优步。她能说话！"

"而且意识清楚？"比利说，"能正常交谈？你他妈敢这么告诉我吗？"

汉克没敢这么说。他哭了起来，比利觉得这就很说明问题了。

比利打给艾丽斯。比利没有逼着汉克说他是个狗屁不如的小杂种，因为他的眼泪说明他已经知道他是了。他只是命令汉克道歉。汉克说对不起，听上去似乎很诚恳。有多少用就是另一码事了。

比利转向多诺万："轮到你了。"

11

花花公子们都已经吓破了胆。没人企图夺门而出，因为他们知道要是敢尝试，就会被戴面具的入侵者撂倒。比利走过去拿起电脑包，取出魔杖牌手动搅拌器，这是个细长的不锈钢圆柱体，长约 8 英寸，电线用两根扭结扎带绑成一个漂亮的蝴蝶结。

"我的想法是这样的，"比利说，"男人呢，除非他本人遭受强奸，否则就不可能知道被强奸是什么滋味。你，多诺万先生，即将亲身体验到模拟得很像的强奸过程了。"

多诺万企图从情侣座上跳起来，但被比利按了回去。他坐下的时候，坐垫发出了放屁般的怪声。马丁内斯和弗拉纳根一动不动，瞪大眼睛，惊恐地看着搅拌器。

"你现在站起来，脱掉裤子和内裤，然后趴在地上。"

"不！"

多诺万脸色发白，眼睛瞪得比他室友的眼睛还大。比利知道他不会立刻服从，他从腰间拔出手枪。他想到了巴勃罗·洛佩斯，他们班在游乐园的阵亡人员之一。大脚洛佩斯会背诵血手哈里的那段名台词，结束时哈里说："你必须问你自己一个问题：我今天运气好吗？那么，小崽子，你觉得呢？"比利不记得具体是怎么说的了，但他明白其中的精神。

"枪不是我的，"他说，"是我借来的。我知道枪上膛了，但不知道是什么子弹。我没仔细看。要是你不脱掉裤子，趴在地上，我就朝你的脚腕开枪。近距离射击。所以你必须问你自己一个问题——是实心弹还是空尖弹？假如是实心弹，那你以后也许还能走路，但肯定要承受巨大的痛苦，还要做康复治疗，然后一辈子都一瘸一拐的。但万一是空尖弹，那你就和大半只脚说再见吧。所以情况是这样的，你赌枪里是什么子弹，要么就趴下受着。你自己选。"

多诺万哭了起来。他的眼泪并没有让比利感到怜悯，而是想用枪托砸他的嘴巴，看看能敲下来几颗他的牙膏广告大白牙。

"我换个说法好了。要么忍受短暂的疼痛和羞辱，要么一辈子拖着左脚走路。哦，希望医生不会决定截肢。给你 5 秒钟决定。5……4……"

数到 3，特里普·多诺万起身脱裤子。他的阳具缩成了一小段面条，睾丸几乎看不见了。

"先生，你非得要——"马丁内斯开口道。

"闭嘴，"汉克说，"他活该。也许我们都活该。"他又对比利说："但我要说一句，我没插进去，射在她肚子上了。"

"你高潮了吗？"比利知道这个问题的答案。

汉克垂下了头。

多诺万趴在地毯上。他的屁股很白，两个臀瓣夹得很紧。

比利在他的髋部旁单膝跪下："你可别乱动，多诺万先生。好吧，尽可能别动。你应该感谢我，因为我不会把这玩意儿插上电源。我考虑过，请相信我。"

"我要搞死你。"多诺万啜泣着说。

"今天被搞的只会是你。"

比利把手动搅拌器的底部放在多诺万的右臀瓣上。多诺万吓得一抖，惊叫起来。

"买东西的时候我考虑过要不要买润滑油——你知道的，身体乳液或按摩油，甚至凡士林——但转念一想，我没有买。你没给艾丽斯用润滑油，对吧？除非你在插进去前，往手上吐了口唾沫。"

"求你了，别这样。"多诺万抽噎道。

"艾丽斯有没有这么说？很可能没有，她被迷药弄得精神恍惚，很可能什么话都说不出来。但有一句话她倒是说了——'别掐死我。'要是她能做到，肯定还会说些别的。好了，多诺万先生，我们开始吧。别乱动哦。我就不说你放轻松和好好享受了。"

12

比利以为他会插拔几次，但他没有。他没那么狠毒，也可能是他没那个心情。做完之后，他掏出手机，对着特里普和另外两个人拍照，然后他从特里普身体里拔出搅拌器，擦掉他的指纹，随手扔掉。不锈钢圆筒滚到了马丁内斯放电脑的圆桌底下。

"你们给我待着别动。快结束了，别在最后关头把事情搞砸。"

比利走进厨房，找到一把水果刀。他回来时，三个人都没有动过。比利命令汉克·弗拉纳根举起手。汉克照着做，比利割断他的捆扎带。"先生？"汉克胆怯地说，"你的假发掉了。"

他说得对。金色假发掉在踢脚线旁边，像是小动物的尸体。也许是只兔子。先前多诺万扑向他，比利反身推他去撞门，很可能就是那时候弄掉的。离开地下室公寓的时候，他是不是忘记用胶水粘牢了？比利不记得了，但觉得他肯定是忘记了。他没有把它戴回去，因为面具就足以遮住他的脸了，他用不拿枪的那只手捡起假发，拿在手里。

"我有你们三个人的照片，但只有多诺万先生的屁眼里插着一个手动搅拌器，因此他是整场演出的主角。我猜你们不会报警，因为否则你们就必须解释我为什么闯进来但没抢财物了，但要是你们决定编个不牵涉轮奸的故事，这张照片就会出现在网上了，而且还附带说明。有什么想问的吗？"

没有。比利该走了。他可以在去三楼门厅的路上脱掉面具和戴上假发。但在离开前，他还想说点什么。他觉得他必须说点什么，他首先想到的是一个问题：你们有姐妹吗？而且，他们肯定有母亲，连比利都有母亲，尽管他的母亲不是很称职。但这种问题会成为一种修辞，让他更像是在布道，而不是给他们教训。

比利说："你们该为自己感到羞耻。"

他离开了，边走边摘掉面具，塞进没拉上拉链的电脑包。他觉得他比这几个家伙好不到哪里去，锅底别说壶底黑，但这么想没有任何好处。他戴上假发，沿着楼梯往下跑，他告诉自己，他已经无法改变了，只能尽量利用他的优势。这是冰冷的安慰，但冰冷的安慰也比没有安慰强。

第 17 章

1

艾丽斯肯定在她房间的门口等他，因为比利刚一敲门，她就立刻开门了。然后拥抱他。他愣了一下，想要后退，但他看见她露出受到伤害的表情，于是也拥抱她。这不是尼克或乔治那种毫无感情的见面礼，他很久没有体验过真正的拥抱了。不，他随即意识到并不是这样，沙尼斯·阿克曼也拥抱过他。沙尼斯的拥抱非常美好，艾丽斯的这个拥抱也一样。

他们回到房间里。他开车离开陆景庄园时打电话报过平安，但此刻艾丽斯又问他好不好，他再次说他一切都好。

"你……收拾过他们了？"

"对。"

"全部三个人？"

"对。"

"我会想知道细节吗？"

"这么说吧，三个人都不需要去医院，但都付出了代价。"

"很好，但我能问一个我之前问过的问题吗？"

比利说可以。

"你这么做是为了我，还是你妹妹？"

他想了想，说："我觉得是为了你们俩。"

她点点头，表示到此为止："你的假发看上去像是被飓风吹过。有梳子吗？"

他有，在放剃须用品的小包里。艾丽斯用手指撑起假发，三下五除二地梳了起来。"今晚住在这里吗？"

开车回来的路上，比利也考虑过这个问题。"我觉得应该住下。我不认为那三个臭皮匠会报警。"他想到手机里的照片，"而且时间也晚了。"

她停止梳理假发，直勾勾地看着他。"你走的时候带上我。求你了。"她误以为他的沉默是不情愿，"我在这里没什么可留恋的。我不能回商业学校和做卡布奇诺了，但我也不能回家。发生了这些事情，就算能我也不愿意。我需要离开这地方。我需要重新开始。求你了，多尔顿。求求你。"

"好的。但到了某个时候，我们必须各走各的。你明白的，对吧？"

"明白。"她把假发递给他，"好点了吧？"

"好多了。另外，朋友都叫我比利。可以吗？"

她微笑道："当然可以。"

2

沿着辅路往前走 0.25 英里，有一家苗条鸡[1]。比利开车跑了一趟，买回食物和奶昔。她盯着手里的鸡肉培根三明治，嘴里那一口还没咽

---

1 美国连锁快餐品牌。

下去，眼睛已经在找接下来该从哪里咬下一口了。看着她吃饭的劲头，比利不禁感到赏心悦目。他不知道为什么，但事实如此。他们看本地新闻。法院刺杀案只有一则报道。没什么新消息，只是用来填补天气预报前的两分钟空当。世界已经往前走了。

"你今晚应该没问题吧？"

"嗯。"她偷了一根他的薯条，像是为了自证。

"要是你开始喘不上气——"

"就唱《泰迪熊在野餐》，我知道。"

"要是还不行，就敲敲墙。我会过来的。"

"好的。"

他起身扔垃圾："那就晚安了。我还有事情要做。"

"继续写你的故事吗？"

比利摇摇头："其他事情。"

艾丽斯显得忧心忡忡："比利……你不会半夜扔下我跑掉吧？"

他们的角色掉转了180度，比利忍不住笑了："不，我不会扔下你跑掉的。"

"你保证？"

他弯曲小拇指，他有时候会这么逗沙尼斯玩，以前经常这么向凯西保证："拉钩保证。"

她也弯曲她的小拇指，笑着和他勾勾手。

"早点休息，因为我们明天必须早起。要开很长一段路。"

而他现在要做的事情只有一件，那就是想清楚他们要去哪里。

3

回到分隔墙另一侧他的房间里，他发短信给布基·汉森。

我能来你那里吗？确切地说是我们，还有个人和我一起。她很安全，但需要新身份。不会待太久。等我拿到尾款，答应你的数字会照样给你。

他发送，等待。他和布基的交情可以追溯到他刚入行的时候。比利完全信任他，认为布基也信任他。另外，100 万美元是个很大的诱惑。

5 分钟后，他的手机响了一声。

SCOTS 现场老船长烧烤屋 2007 年埃尔卡米诺 69YT。立删 DTA。

他们好几年没这么联络过了，但比利记得 DTA 的意思：不要再发短信了（Don't text again）。布基如此费尽周折说明他非常谨慎。他也许听到了什么风声，而且肯定不是好消息。

比利也知道 SCOTS 是什么。它代表布基最喜欢的乐队：滑道上的南方文化（Southern Culture on the Skids），《埃尔卡米诺 69》是他们的一首歌。比利打开 YouTube，输入"SCOTS 现场老船长烧烤屋"。多年来，滑道上的南方文化乐队在这个场所演出过很多次，因此几首名曲加起来有 40 多个视频，其中 5 个是《埃尔卡米诺 69》，但 2007 年的版本只有一个。比利选中这个视频，没有点击播放。这是个模糊抖动的手机视频，音质肯定很差，但他要找的并不是音乐本身。

播放量有 4000 多次，有几百条留言。比利拉到最后一条，留言 ID 是汉森 199，时间是两分钟前。

这条评论是这样的：超好听。在响尾蛇的埃奇伍德酒吧看过一个超牛逼的 10 分钟版本。

比利回帖，用的 ID 是塔可 04。回复内容很短：希望很快能见到他们！

他删掉发给布基的短信和布基提到 SCOTS 视频的短信，然后打开谷歌。美国本土只有一个镇子叫响尾蛇，位于科罗拉多。响尾蛇镇没有埃奇伍德酒吧，但有一条叫埃奇伍德山公路的主干道。

他发短信给艾丽斯：早上 5 点出发，可以吗？

她几乎立刻回复：收到。

比利用一台 AllTech 电脑下载了一个程序，花了很久，因为彭妮松林汽车旅馆的无线网络慢得令人发指。下载结束后，他读了一小时书，然后洗了个长长的热水澡。睡觉前他设置了手机上的闹钟，但他知道他并不需要。他梦到了拉拉费卢杰。毫不意外。

4

天还没亮，他们把几件行李放在蒙迪欧的后座上。比利把一台 AllTech 廉价电脑放在前排座位之间的控制台上，接好电影："就知道这些便宜玩意儿迟早能派上用场。"

"真的知道？"艾丽斯似乎还没睡醒。

"其实不，但有时候你会撞大运。"

她系安全带的时候，比利打开他昨晚下载的程序。刺耳的声音突然响起，像是老式调制解调器发出的连接音。他调低音量。

"这是干什么的？"

比利探身过去，指着手套箱左侧底下的一块防拆面板："这是车载自动诊断系统。它有各种功能，这是一辆供租赁的车，因此有个功能是上报定位，如果有人想知道我们的位置，租车行就能通过它查到。等我们越过州界，租车行肯定会查询，因为诊断系统的程序会发送通知。这个程序能干扰信号。他们要是来查，只会认为诊断系统出故障了。"

"你希望他们会那么认为？"

"比较有信心，"比利说，"准备好了吗？要再检查一下房间吗？"

"准备好了。"她已经完全清醒了，"我们去哪里？"

"科罗拉多。"

"科罗拉多，我的天。"她发出孩子般的叫声，"多远啊？"

"1000 多英里。要开两天。"

她微笑："那我们快出发吧。"

比利说"收到"，把变速杆拨到前进挡。5分钟后，他们开上高速公路，向西而去。

5

他们在马斯科吉停车加油、吃饭，这座城市因梅尔·哈格德[1]而著名。艾丽斯忙着摆弄 AllTech 电脑，指引比利开到箭头购物中心。车开到地方，她挑出一座有亮橙色遮阳篷的建筑物。

"Ulta 是干什么的？"比利问。

"化妆品连锁店。你替我跑一趟吧。我不想顶着这张脸进去。"

比利觉得这不能怪她。她年轻又健康，淤青已经开始消退，但依然看得出来最近有人对她的脸下过重手。她把她要的东西列给他，他去店里买回来。最重要的东西名叫 Dermablend 遮瑕霜，虽然没事后避孕药那么贵，但加上粉刷和定妆粉，也花了他近 80 块。

他把购物袋递给她说："和你约会真是花钱如流水。"

"你就等着看结果吧。"

她的语气听起来有点无礼。比利喜欢这样。那个不敢照镜子的女孩走到现在，经历了一段漫长的道路，但还没有完全变回原来的样子。那天下午，他们继续向西北开，她睡着了，一个小时之后比利听见她在呻吟。她抬起双手，做出格挡的动作，她一只手打在仪表盘上，惊叫一声醒来。她又喊了一声，紧接着是第三声，然后她用一只手抓住喉咙。

"《泰迪熊在野餐》，唱！"比利说。他放慢车速，拐进应急车道。

---

1 美国乡村音乐大师。

324

"我没事，你继续开。我已经好了。只是做了个噩梦。"

"梦见什么了？"比利问，关掉指示灯，把蒙迪欧开回正常车道上。

"不记得了。"

她在撒谎，但这不重要。

6

他们在堪萨斯的普罗特克申[1]过夜，既因为路程已经走了近一半，也因为两个人都觉得在一个叫普罗特克申汽车旅馆的地方住一晚是个好主意。这次，艾丽斯跟着他去登记，前台的男人只扫了她一眼。换个女人也许会仔细看她，比利心想。化妆品质量很好，她的化妆水平也很高，但毕竟不完美。比利问她要不要他去买外卖，艾丽斯摇摇头。她做好了抛头露面的准备，这也是个好兆头。他们在唐家老店吃饭，普罗特克申似乎只有这个地方能吃饭。菜单以汉堡包和腌牛肉热狗为主。

"我们要去见的这个人，"艾丽斯说，"他是个什么人？"

"布基啊，65岁还是70岁了，瘦得只有一把骨头。他以前是海军陆战队的，每天靠啤酒、香烟、牛肉条和摇滚乐过日子。非常擅长电脑，有很多关系，帮忙牵线搭桥。"

"牵线搭桥？"

"专业的武装匪徒。不要青少年，不要毒虫，不要脑袋发热喜欢乱开枪的。他一半是经纪人，另一半是星探。"

"为黑道服务。"

比利微笑："我不知道现在还有没有黑道。我猜电脑时代快要把这些人消灭光了。"

---

1 普罗特克申（Protection），亦可翻译为保护、保障。

"还为你这样的人找工作。"她压低声音，"雇佣杀手。"

据比利所知，和布基打交道的雇佣杀手只有他一个，但他也没有反对。事实就是事实，他有什么可反对的。他可以再说一遍他只杀该死的人，但有什么必要。她要么相信，要么不相信。而不管她相不相信都无关紧要。他不能改变他的过去，但他打算改变他的未来。他还想讨回欠账，那是他应得的。

"布基会帮你搞定身份，我猜。这是他的老本行之一。只要你愿意，你可以重新开始。"

"当然愿意。"她没有停下来思考，"不过到了某个时候，我还是想再打个电话给我母亲的。"她轻轻一笑，微微摇头："说起来，我都不记得她上次打电话给我是什么时候了。真的不记得了。"

"但你给她打过电话？"

"对。你去……呃，找特里普和他室友的时候。"

"你没说我们要去坎昆吧？"

她微笑："想说，但没有。我说我交了个男朋友，我退学的时候和他分手了，我需要花点时间想一想接下来干什么。"

"她能接受吗？"

"她很久没接受过我做出的任何决定了。我们能换个话题吗？"

7

第二天除了开车还是开车，大部分时候在 I-70 公路上。艾丽斯还没从生理和心理创伤中恢复过来，几乎一直在睡觉。比利想到他故事里的费卢杰篇章，他的故事保存在电脑包里的一个 U 盘上。想到费卢杰，他又想起了阿尔比·斯塔克，他总说等他回家，就把哈雷摩托从车库里取出来，然后从纽约一路骑到旧金山，而且不走什么狗屁乡间公路。他说，老子要一路上高速。油门拧到 80 迈¹，把手不断不罢休。阿尔比终究没能得到这个机会。他死在一辆生锈的费卢杰出租车后面，他的遗言是"没什么，划了个口子"，但说完他就开始呼哧呼哧喘气，就像艾丽斯惊恐发作时的那样，而他甚至没机会唱《泰迪熊在野餐》的第一句。

他们在堪萨斯的昆特镇加油、吃饭。两个人从蒙迪欧下车，走向一家华夫饼屋，看见两个州警坐在柜台前。艾丽斯犹豫了，但比利继续向前走，事实证明他是正确的。警察连看都没怎么看他们。

"只要你举止正常，绝大多数时候他们根本不会注意你。"往回走的路上，比利说。

"绝大多数时候？"

比利耸耸肩："任何人都有可能遇到意外。你只能相信概率，希望一切都好。"

"你是宿命主义者。"

比利大笑："我是现实主义者。"

"有区别吗？"

他的手抓着车门把手，停下来望向她。她总有办法让他吃惊。

"你太聪明了，不该去上商业学校，"他说，"我觉得你该做更有意义的事。"

8

艾丽斯吃了一肚子华夫饼和培根，很快就又睡着了。比利时不时地看她一眼。他越来越喜欢她的模样了，他喜欢她这个人。直接摔上

---

1 速度计量单位，表示英里每小时，1 迈约等于 1.61 千米每小时。

一段人生的门，然后开门走向新的人生。就算给人们机会，有多少人会选择这么做呢？

下午4点左右，她醒了，伸个懒腰，然后突然惊叫。她瞪大眼睛，望向风挡玻璃外的前方："我了个青天大老爷啊！"

比利大笑："这话倒是很新鲜。"

"是落基山脉！我的天，你快看啊！"

"是的，确实很壮观。"

"我看过照片，但完全不是一码事。我是说，就突然这么拔地而起了。"

正是如此。他们开过了几百英里的平原，然后山峰突然耸立在眼前。

"我本来以为今天就能到布基那里，我猜应该能赶上，但我不想在天黑后走19号公路进山。路多半很曲折。"他没说的是，他不希望布基在晚上10点到半夜之间看见车头灯拐进住处的车道。毕竟布基费了那么大的力气来掩饰他的地址。"你看看能不能在丹佛以东找个冷门的汽车旅馆。"

她用多尔顿的手机查地图，只有非常年轻的人才会有她这个敏捷劲头。"找到一个叉角羚汽车旅店。听上去够不够冷门？"

"够了。还有多远？"

"大概30英里。"她继续输入文字，在屏幕上扫来扫去，"在一个叫拜尔斯的镇子上。他们有个火鸡狩猎比赛，然后还有盛大的舞会，可惜到11月才举办。看来我们只能错过了。"

"非常可惜。"

"唉，"她说，"总有倒霉事。人生是一场宴席，宴席注定不长久。"

他看了她一眼，有点惊讶："F.斯科特·菲茨杰拉德？"

"王子[1]，"她说，"我忘不了那些山峰有多么壮观。太阳下山的时

---

1 王子（Prince），本名普林斯·罗杰斯·纳尔逊（Prince Rogers Nelson），美国著名歌手。

候，我肯定不敢看，我会心碎的。而我会来到这里，只是因为一伙人轮奸了我，把我扔在大雨里不管。看来坏事发生在我身上也是有理由的。"

这句话比利听到过许多次，每次都让他感到难过："我不信这种屁话。永远也不会相信。"

"好吧，对不起。"她似乎有点害怕，"我不是故意——"

"相信这种话，就等于相信某个高高在上的人或东西比我妹妹重要。还有阿尔比·斯塔克、塔可。还有约翰尼·卡普斯，他再也不可能走路了。这种事情没有任何合理的理由。"

她没有回答。比利望向她，发现她盯着她紧握的双手，面颊上泪光闪闪。

"天哪，艾丽斯，我不是故意想让你哭的。"

"不是你。"她说，抹掉脸上的证据，"我只是想说，要是真有什么上帝，那他的活儿也干得太糙了。"

艾丽斯指着前方参差起伏的落基山脉："假如真的有上帝，这就是他的造物。"

唔，比利心想，这女孩有见地。

9

来到叉角羚汽车旅店，他们毫不费力地就要到了两间相连的房间。就停车场里的车辆数量而言，比利觉得他们可以在走廊上随意选择房间。他们在附近的一家谷仓汉堡吃饭。回到汽车旅馆，比利把 U 盘插在电脑上，打开文档，往下拉到上次断开的地方——塔可把"早安越南"大喇叭递给法里德。他又关掉了文档。他不害怕写游乐园里发生的事情，但他不想一段一段慢慢写。他想坐在一个安静的地方，一口气写完，就像倒掉瓶子里的毒药。他觉得用不了很长的时间，但那几个小时必须非常专注。

他走到窗口向外看。每排房间前面都有两把便宜的草坪躺椅。艾丽斯坐在一把躺椅上仰望星空。比利望着她看星空的样子，许久无法转开视线。他不需要心理学家告诉他艾丽斯代表什么，她就是凯西的化身，区别在于她长大了。心理学家还会说，她也是"永远在刷漆之家"的罗宾·马奎尔，但这不可能是真的，因为他想和罗宾做爱，许多个夜晚他自慰幻想的就是她，但他不想和艾丽斯睡觉。他在乎她，这比性重要得多。

在乎她，这是个危险吗？当然。而且艾丽斯也变得越来越在乎他，信任他，依赖他，这也同样危险吗？当然。但看着她坐在那里仰望星空，这对他来说有意义。要是事情出了岔子，也许这一切就没有意义了，但现在确实有。他给了她群山和星空，当然不是拥有，但至少能够欣赏，这已经很有意义了。

10

他们起得很早，上午 8 点绕过丹佛，这一带是平原。9 点 15 分，他们穿过博尔德。还是平原。然后突然，他们就进山区了。正如比利预料的，山路非常崎岖。艾丽斯坐得笔直，脑袋像是装在转轴上，眼睛瞪得老大，一会儿看右侧的幽深溪谷，一会儿看左侧树木茂盛的陡峭山坡。比利能理解。她在新英格兰长大，只在南方中部待了很短一段时间，而且结局还非常不愉快，因此这一切对她来说全都新鲜而惊人。他绝对不会相信，她遭到强奸是为了送她来落基山脉，但他很高兴她能来到这里。他喜欢她的惊异表情。不，不只喜欢，是爱。

"我可以在这里住下来。"她说。

他们穿过尼德兰，这座小镇外有座巨大的购物中心，小镇更像是它的附属物。停车场很拥挤。比利几乎什么都敢相信，但他很难相信，到明年初春，同一个停车场哪怕在营业日也会空荡荡的，而大部分店铺都会歇业。

"我要进去一趟，"艾丽斯说，指着前方，她面颊绯红，"有药店。"

他开进停车场，找到一个停车位："不舒服吗？"

"不，但老朋友快来了。早了两周，但我能感觉到要来了。痛经。"

他想起事后避孕药的说明书："你确定不需要我——"

"不用，我可以的。用不了几分钟。天哪，希望我别把裤子弄脏了。"

"就算脏了，也可以买——"他本来想说"新的"，但她已经跳下车，快步走向——几乎是跑向——一家沃尔格林药妆店。几分钟后，她拎着购物袋回来了。

他问她好不好。她说很好，语气像是在打发人。开出小镇，他们开到一个风景秀丽的岔道口，她让比利停车，离另外几辆车远一些。然后，她请比利转过头去。比利望向车窗外，看见一个白痴在玩悬挂式滑翔机，他底下的河谷深得像是匕首捅出来的。隔着这么远的距离，比利看到的他似乎停在半空中。他听见艾丽斯改变坐姿，拉开拉链，塑料袋窸窸窣窣，然后是撕开包装纸的声音——他猜她用的是卫生巾，她应该不想尝试卫生棉条，至少现在不想——然后重新拉上拉链。

"你可以看了。"

"不，你看。"比利说，把悬挂式滑翔机指给她看。那家伙身穿亮红色紧身衣，头戴黄色头盔，他要是撞在山崖上，这些东西不可能发挥任何保护作用。

"我！的！上！帝！"艾丽斯用手遮挡阳光。

"还有你的青天大老爷。"

艾丽斯咧嘴一笑。这是个真正的笑容，非常好看。她又说："我可以在这里住下来。"

"然后玩这个？"比利指着滑翔机说。

"这个就算了。"她停下想了想，"不过也难说。"

"准备出发。安全带系好了？"

"收到，收到。"艾丽斯答道，嘴皮子非常利索。

11

比利很庆幸他昨天决定不连夜赶路，因为他们又花了两个小时才开到响尾蛇镇。这里没有购物中心，只有一条商业街，街边挤满了纪念品商店、餐馆、西部风格的服装店和酒吧。这类店很多，名字叫野性骑手酒馆、长靴与马刺、老宅地和187。没有埃奇伍德酒吧，但比利知道不会有。

"这个酒吧的名字很好玩。"艾丽斯指着187说。

"确实。"比利赞同道，不过从酒吧门口的一排重型机车来看，他觉得这个名字恐怕并不好玩。加利福尼亚刑法的第187条是谋杀。

艾丽斯用手机导航，因为干扰程序让蒙迪欧的GPS和定位器一起失灵了。"再开1英里，也许稍微多一点。左手边。"

这1英里带着他们离开了小镇。比利放慢车速，寻找埃奇伍德山公路的牌子。他拐进这条公路。他们经过漂亮的住宅和瑞士风格的木屋，屋子离公路都隔着一段距离，许多房子的车道用铁链锁住，因为再过6周才是滑雪季。过了108号，柏油路到了尽头。原先平缓的路面变得坑洼不平，颠簸起来。比利拐过一个狭窄的S弯，强行开过被雨水冲毁的涵洞。这次车颠得非常厉害，安全带锁得死死的。

"确定是这条路吗？"艾丽斯问。

"没错。我们要去199号。"

她看手机："上面没说有这个号码。"

"我一点都不奇怪。"

又开了 0.5 英里，土路到头，他们开上了草地，野花在车辙间的隆起处生长。比利觉得这很可能是伐木小道残存的痕迹。两侧的树木向中央靠拢。枝条抽打车身。坡度越来越陡峭。比利拐过上次冰河时代留下的突出石块。艾丽斯显得愈发紧张了。

"要是开到头什么都没有，你就必须倒着开两英里了，因为没地方可——"

比利驾驶蒙迪欧拐过一个最难开的弯，这条路到头了。正前方是一座木屋，木屋沿着陡峭的山坡延伸，由看起来像被切断的电线杆的柱子支撑着。一辆吉普切诺基停在开放式门廊下。比利听见屋后传来发电机的运行声，非常低沉，但强健而稳定。

比利和艾丽斯下车，抬起手遮住阳光，仰着脸往门廊上看。布基·汉森从摇椅上起身，来到木柱栏杆前。他头戴纽约流浪者队的帽子，嘴里叼着香烟。

"哎，比利。还以为你迷路了呢。"

"她也这么以为。布基，这位是艾丽斯·马克斯韦尔。"

"很高兴认识你，艾丽斯。比利，你看看你。我们上次见面是什么时候了？"

"至少 4 年前了，"比利答道，"也许 5 年。"

"好的，快上来。楼梯在侧面。你们饿不饿？"

12

比利担心他长期合作的中间人和经纪人会因为他带来了陌生人而生气，这里显然是他的紧急避难所，但布基对艾丽斯很好。他没有说比利的朋友就是他的朋友，但他的态度表现得很明显，因此尽管艾丽斯起初很害羞（也可能是警惕），但很快就放松了下来。不过，她还是尽量待在比利附近。

厨房整洁而宽敞，阳光充足。布基用微波炉加热通心粉和奶酪："我也想给你们做牧场煎蛋，这道菜我很拿手，但我还没有完全安顿下来。需要补足物资。然后我就窝在这里，等整件事有了结果再说。最好是个好结局。"

"我把你拖进了一个烂摊子，对不起。"比利说。

布基朝他挥挥手。"交易是我担保的，我知道风险。"他在两人面前各放下一碗热气腾腾的食物，"你呢，艾丽斯？怎么认识这位乔治·布什的战争老兵的？"

艾丽斯低头看着她的通心粉和奶酪，像是觉得食物特别诱人。她的面颊变得绯红："就说他把我从街上捡回家好了。"

"真的假的？唔。他给你表演过装傻了吗？非常值得一看。比利，给她露一手吧。"

比利并不想，艾丽斯和尼克、乔治那种暴徒不是一路人，但布基给了他们一个藏身之处，他也不想拒绝这么简单的要求。不过他不需要担心。

"我已经见过了。"艾丽斯顿了顿，又说，"某种意义上说。"

她给了比利一个眼神——只是飞快地瞥了一眼——然后继续盯着食物说话，但这个眼神足以让他确定她说的是他的故事的第一部分。他写那部分的时候知道尼克或乔治很可能在偷窥电脑。

"很厉害，对吧？"布基说，拿过他的一碗食物坐下，"比利读过所有最难懂的书，但他也能告诉你河谷镇高中每个孩子都叫什么，以及蝙蝠侠从哪里搞到了他的斗篷。"

比利心想，去他妈的，稍微演一演也没什么坏处。他瞪大眼睛，放慢语速："我真的不知道你在说什么。"

布基大笑，举起叉子指着比利，一根通心粉还挂在叉齿上："哥们儿，你宝刀不老啊。"

他转向艾丽斯。

"从街上捡的？到底什么意思？"

"他救了我的命。"

布基挑起眉毛："不杀人改救人了？我还真想听听。事实上，我想听听完整的前因后果，尤其是哪里出了差错。"

比利仔细思考了一下："除了艾丽斯，全都出了差错。"然后他放声大笑。他忍不住。

13

他还是从弗兰克·麦金托什和保利·洛根来旅馆接他开始，一直说到结束，但最后那部分说得比较简单，只说几个男人对艾丽斯动粗，他收拾了他们一顿。

布基没问他是怎么收拾他们的。他默默地收拾盘子，拿到水槽前，然后开始放热水。这座埃奇伍德山公路尽头的小屋有微波炉和屋顶的卫星天线，但没有洗碗机。

"交给我吧。"艾丽斯说着起身。

"不用了，"布基说，"就这么几个碗，砂锅先泡着。烤过的奶酪非常难洗。比利，你想待多久？我这么问只是因为假如你打算多待几天，那我就必须跑一趟金苏柏[1]。"

"我不确定，但我很愿意去买东西。"

"我也去，"艾丽斯说，"给我开个单子就行。"她打开冰箱看了看："缺绿色蔬菜。"

布基没接话。他站在水槽前，背对着他们说："他们在找你，比

---

1 美国大型食品连锁超市。

利。不只尼克的组织，还有另外四伙竞争者和天晓得多少个独行客。这属于难得一见但并非闻所未闻的情况，所有人都在找同一个目标。你在某些聊天室里是热门话题，你的代号是萨默洛克先生。"

"比利·萨默斯和戴维·洛克里奇。"比利说。

"对。"

"有人提到多尔顿·史密斯吗？"上帝啊，千万别说有，他心想。

"据我所知，多尔顿·史密斯还没暴露，但这些人和所有最优秀的调查机构都有关系，联邦调查局跟这些机构比就是外行，你只要留下了任何破绽，多尔顿·史密斯就完蛋了。"

布基从水槽前转过来，拿起抹布擦干净烫得发红的双手。他直视艾丽斯，不需要说任何话，他的意思已经非常清楚。

比利说："她不是破绽。等我离开这里，她也会改名换姓走自己的路。当然了，需要你帮她制造一个身份。"

"哦，这个交给我吧。已经准备好了一部分。没什么比得上互联网接上最先进的设备。"他回到桌前坐下，"愿意变成伊丽莎白·安德森吗？"

艾丽斯像是吃了一惊，然后犹豫着露出笑容："挺好，应该吧。不能让我自己选名字吗？"

"最好不要。你很容易选一个和你的过去有关联的名字。这也不是我选的，而是电脑，一个姓名生成器的网站。"他望向比利，"既然你信任她，那就没问题了。詹森夫妇呢？还有那个房产中介？他们知道你除了多尔顿·史密斯之外的身份吗？"

比利摇摇头。

"所以你没留下尾巴，这样很好，因为有人悬赏要你的脑袋。"

"多少？"

"聊天室说 600 万。"

比利大吃一惊："你没骗我?! 为什么？这个活儿本身只值 200 万！"

"我不知道。"

艾丽斯的脑袋转来转去，像是在看网球比赛。

布基说："尼克在处理悬赏，但我不认为出钱的是他，就像答应要给你的钱也不是他的钱。"

比利用胳膊肘撑在桌上，虚握的拳头放在面颊两侧："谁会出 600 万杀一个干掉了另一个杀手的杀手呢？"

布基大笑："这个绕口令不错。赶上九个酒杯九杯酒九个酒迷喝九口了。"

"会是谁呢？还有为什么？就我知道的情况来说，乔尔·艾伦是个无名小卒。"

布基摇摇头："别问我。但我打赌尼克·马亚里安知道。也许你可以找个机会问问他。"

"尼克·马亚里安是谁？"艾丽斯问。

比利叹息道："就是本吉·康普森。把我带进这个泥潭的人。"

这是在骗自己。把你带进泥潭的就是你自己。

14

最后，比利决定他和艾丽斯在布基家待 3 天，顶多 4 天。他想写完游乐园的故事。写作用不了多久，但他还需要时间来思考接下来的行动。除了身边的鲁格，他需要再搞一把带瞄准镜的狙击步枪吗？他不确定。他需要再搞一把手枪吗？比如能装 17 发子弹的格洛克，而不是只能装 6 发的鲁格？他也不确定。但用自动手枪换掉鲁格也许会很方便，尤其是他喜欢格洛克的小巧。他会遇到要用这种东西的场合吗？他还是不确定，但布基说给鲁格搞个卡在枪管上的消音器并不困难。当然，前提是他不介意自制的消音器，开上几枪就会四分五裂。布基说在山区，各种各样的配件都很容易搞到。

"你想要，我可以给你搞一把 M249。需要打听一下，但我知道该去找谁。都是信得过的人，知道什么该说什么不该说。"

也就是说，搞一把 SAW——M249 班用自动武器。比利想起大克莱站在游乐园门外，手里端的就是这个型号的枪，记忆中的这个瞬间格外鲜明。他摇摇头："暂时就消音器好了。"

"鲁格 GP 的消音器，没问题。"

艾丽斯的证明文件也能在 3 天内搞定，不过她和比利去响尾蛇镇买东西时，布基叫她顺便买染发膏："我觉得你的驾照照片应该是金发配黑色眉毛，这样比较好。"

"你觉得？"她听上去有点怀疑，但看上去很感兴趣。

"是的。你上过商业学校，那我就给你编点相应的背景。会速记吗？"

"会。我在罗得岛上过暑期课程，很快就学会了。"

"知道怎么接电话吗？'迪格南雪佛兰专卖店，请问要我转给谁？'"

艾丽斯翻个白眼。

"很好，至少有入门级的技能，照现在经济向好发展的趋势，应该就足够了。加上好衣服、好鞋子和欢快的笑容，伊丽莎白·安德森没理由找不到好工作。"

但布基不喜欢这样。艾丽斯没有看出来，比利看出来了。他只是不知道为什么。

15

他们去买东西，比利戴上了假发和布基在他那堆破烂——他称之为"爱尔兰人的行李"，到现在还没打开箱子整理过——里翻出来的墨镜。比利在金苏柏付现金。他们沿着埃奇伍德山公路往回开，最后两英里蒙迪欧还是颠得七荤八素，一肚子怨气地往前冲。

艾丽斯帮布基把东西分类放好。他怀疑地看着她买的大蕉，但没说什么。做完这些，她说她在房间里待得气闷，能不能出去走走。布基说从后门出去，她会看见一条进树林的路。"坡很陡，但你还年轻，没问题的。不过你该涂点驱虫药。去卫生间找吧。"

艾丽斯从卫生间出来，像卡车司机似的卷起了袖管，露在外面的地方涂上了驱蚊剂，脸蛋也因为驱蚊剂变得亮晶晶的。

"别在意那些野狼，"布基说，看见她惊慌的表情，他又说，"开玩笑的，小朋友。老人说自从 20 世纪 50 年代，这附近就没有狼了。全都被打死了。熊也一样。但如果你能走 1 英里，你会看见非常壮观的风景。你可以朝着对面望，我不知道到底有多少英里的沟壑和河谷，然后就是一大块空地。那里曾经是一家度假酒店，但许多年前被烧毁了。"他压低声音："据说那里闹鬼。"

"当心脚下，"比利说，"别把脚扭了。"

"我会注意的。"

她离开后，布基转向比利，笑呵呵地说："'当心脚下，别把脚扭了。'你是她什么人，老爸吗？年龄倒是够了。"

"别拿弗洛伊德那套分析我。她只是个朋友。我不想具体说发生了什么，但真是只是朋友。"

"你说他们对她动粗。是我想的那个意思吗？"

"对。"

"一伙人？"

"三个里的两个。另一个射在她肚子上。反正他是这么说的。"

"天哪，她看上去很……你知道的，正常。"

"其实并不。"

"是的，当然不了。也许永远也不会了，不可能完全恢复。"

比利想了想他的话，和许多让人心情低落的念头一样，这话很可能是真的。

布基拿来两罐啤酒，两人出去坐在前门廊上。布基把蒙迪欧停在底下，和吉普切诺基头对头。

"她至少似乎在努力适应，"布基说，回到他那把摇椅上，比利坐进另一把，"挺有勇气。"

比利点点头："确实。"

"而且用现在流行的说法，她会读空气。她也许真的想出去走走，但主要是为了方便我们谈话。"

"你这么觉得？"

"当然。这几天她可以住次卧。里面有些我的东西，不过我会清理出来的。床没用过，我都不知道还有没有床单，但我看见壁橱架子上有两条毯子，凑合三四个晚上肯定没问题。既然你不和她睡，那你就去阁楼吧。一年中大部分时候，上面要么冷得要死，要么热得要死，但最近应该刚好不冷不热。我有个睡袋。也许还在切诺基的车厢里。"

"听上去很好。谢了。"

"有人答应要给我 100 万呢，我当然应该对他好点。除非你改变主意了。"

"当然没有。"比利扭头瞪了布基一眼，"但你认为我不可能拿到了。"

"说不定呢。"布基从衬衫口袋里拿出一包威豪香烟（比利都不知道这个牌子还活着）递给比利，比利摇摇头。布基掏出 Zippo 打火机点烟，打火机上刻着海军陆战队的徽标和海军陆战队的格言——永远忠诚。"很久以前我就学会了不能低估你，威廉。"

他们坐了一会儿，谁也不说话，只是坐在门廊摇椅上。比利心想，皮尔森街很安静，但比起这里，皮尔森街简直像闹市区。远处有人在使用链锯，也可能是碎木机，再加上吹过松树和杨树的轻风，这就是所有的背景声音了。比利望着一只鸟展翅滑翔，飞过湛蓝的天空。

"你该带她和你一起走。"

比利转向他，惊呆了。布基的大腿上放着一个铁皮烟灰缸，里面塞满了没有过滤嘴的烟头。"什么？你疯了吗？我打算让她留在你这里，我去拉斯维加斯找尼克算账。"

"当然可以，但你真的应该带上她。"布基按灭烟头，把烟灰缸放在一旁，然后坐了起来，"我不确定你以前有没有听过我的劝，但现在应该听我的。很多人在找你。包括你说过的达那·爱迪生这种狠角色。他们知道警察没有抓住你，也知道尼克坑了你，更知道你很可能要去找他要账。还知道你如果好言好语要不到，就会动手从他身上割肉。"

"就像夏洛克[1]。"比利嘟囔道。

"我不知道你在说什么，没看过那电影，但你要是以为那玩意儿能骗过他们——"他弹了弹金色假发，它已经失去了原来的样子，需要换一顶了，"——那你肯定就是吃错药了。他们知道你改变了外貌，否则不可能离开雷德布拉夫。假如你开车，去拉斯维加斯一共只有几条路。他们会监视所有路口。"

他说得对，但比利还是不愿意带着艾丽斯去冒险。他想做的是让她远离危险。

"想走这一趟，你首先要考虑的是车牌号码。"他指了指地板和外面的两辆车，"这一片当然也有挂着南方牌照的车，但真的不多。"

比利没有回答。他被自己的愚蠢惊呆了。他用干扰程序阻隔蒙迪欧的车载电脑发送信号，但在这穿越中西部的一路上，他都把菱形底纹的蓝色车牌亮在外面。他还不如干脆挂个"我在这里"的牌子算了。

布基不需要读心术，因为比利所有念头都写在了脸上："没必要太自责。绝大多数细节你都处理得很好，尤其你还走得这么仓促。"

"但只要犯一个错误，绞索就会套在脖子上。"

---

1 指《威尼斯商人》中的人物，放高利贷的夏洛克。威尼斯商人安东尼奥向夏洛克借钱，并答应夏洛克，要是还不上钱，就割下自己的肉抵债。

布基没有反对，只是又点了一支烟，说他觉得他们应该不会去俄克拉荷马和堪萨斯之类的地方找比利："他们的注意力会放在西部。集中精力。爱达荷州、犹他州，甚至亚利桑那州，但肯定以内华达为主。直到你潜入拉斯维加斯，事态就明朗了。"

比利点点头。

"另外，要是他们发现你、跟踪你，现在肯定已经到了。"布基挥挥手，在半空中拉出一道烟迹，"这里前不着村后不着店，特别适合来一场枪战。我认为你是安全的，局势对你有利。但你的另一个身份是安全的，因为租车用的是多尔顿·史密斯这个名字，对吧？"

"对。"

"你还有其他名字的证件吗？"

比利还有戴维·洛克里奇的驾驶执照和万事达卡，虽然他也不知道能派上什么用场。"都是已经暴露了的。"

"我可以再给你做一些，足够蒙混过关。名字就交给姓名生成器了。但是，就算我给你做了信用卡，你也别用。那东西只能用来看。另外，就别费劲换车牌了，你需要换车。租的那辆暂时放在这里吧，虽然难看得一塌糊涂。"

"但挺舒服。"比利说，喝了两口啤酒。

"有钱吗？你已经把预付金的一成转给我了，所以我觉得你应该有。"

"4万左右，但不是现金。放在资管账户里，在雷德布拉夫开的户。"

"但用的是多尔顿·史密斯的名字？"

"对。"

布基的烟只剩下了一个烟头，他在烟灰缸里摁灭："响尾蛇镇东面有家店叫里奇二手车，就是那种只管卖不管修的地方。你可以去买辆车。不，算了，我去买吧。我可以付现金，你给我开多尔顿·史密斯的支票吧。等你的操蛋行动结束后，我再拿去兑现。"

"要是我死了，那就成了空头支票。"

布基朝他挥挥手。"我又不会买宝马，只要能代步就行。1500，顶多2000。说不定干脆不买轿车。一辆旧皮卡也许更好，车身生锈，弹簧也软了，但发动机靠得住。"他抬头看太阳，计算时间，"后面带个开放式的小车斗，就像园林工人用来拖割草机和吹风机的那种东西。"

比利在脑海里看见了它。一辆皮卡，车门上的油漆开裂，挡板已经生锈，车头灯四周贴着胶布。头上再戴一顶破旧的牛仔帽，唔，这个伪装相当不赖。他看上去就是个挣日薪的普通游民。

"但他们肯定在找一个单身男人，"布基说，"艾丽斯的用处就在这里。你们两个来到路边小餐馆，几个赏金猎人一边喝咖啡一边盯着50号公路，他们看见的只是一个带着女儿或侄女的乡巴佬，开一辆破破烂烂的旧道奇或F150。"

"我不能把艾丽斯带进有可能会变成血拼的场合。"最糟糕的问题是她很可能会答应。

"你去收拾那伙强奸犯的时候有没有带她？"

他当然没有，而是把她留在附近的汽车旅馆里，但他还没来得及回答，艾丽斯就打开后门回来了。

16

她来到屋前的门廊上，脸蛋红扑扑的，笑得非常开心，头发被风吹成了一团乱草，比利发现，至少今天，她真的很漂亮（这倒也不是什么值得惊讶的事）。

"山上太美了！"她说，"风好大，险些把我刮跑，但是我的天，比利，你永远也看不够！"

"只要天气晴朗。"比利笑着赞同道。

艾丽斯要么是不知道他在引用什么[1]，要么是脑袋里只有她见到的美景，反正连个象征性的微笑都没给。"天上比我高的地方有云，但比我低的地方也有。我看见一只巨鸟……不可能是秃鹫，但——"

"不，有可能是，"布基对她说，"这里的山上确实有秃鹫，但我本人没见过。"

"然后在峡谷的另一面，太不可思议了，但我觉得我看见了你说的那家酒店。然后我一眨眼——风太大了，吹得我流眼泪——等我再望过去，酒店就不见了。"

布基的笑容不见了："不止你一个人见过这个景象。我这人不迷信，但我绝对不会靠近远望酒店的原址。那里发生过一些坏事。"

艾丽斯没有理会他："景色美极了，这段路也非常美。还有，比利，你猜怎么着，往山上走大约 0.25 英里的地方，有一座小木屋。"

布基点点头。"好像是个避暑屋什么的。曾经是。"

"嗯，看上去很干净，也没有受潮，里面有一张桌子和几把椅子。门开着，阳光能照进来。比利，你可以去那里写你的故事。"她犹豫了一下，"我是说，要是你想写的话。"

"也许我会去的。"他转向布基，"你买下这地方多久了？"

布基想了想："12 年？不，已经 14 年了。时间过得真快，对吧？我每年都会来一两次，待一周，至少度个周末。在镇上亮亮相。让大家记住我的脸。"

"你用的是什么名字？"

"埃尔默·伦道夫。我真正的名字和中间名。"布基起身，"我看见你们买了鸡蛋，我觉得我可以去做牧场煎蛋了。"

他回到屋子里去了。比利想跟着他进去，但艾丽斯抓住了他手腕上方的前臂。比利记得他在瓢泼大雨中抱着她穿过皮尔森街时她的样

1《只要天气晴朗，你永远也看不够》，20 世纪 60 年代的著名音乐剧。

子：上下眼皮只分开一条缝，眼睛仿佛两颗没有光泽的玻璃球。现在的她不是那个女孩了，而是一个好得多的女孩。

"我可以在这里住下来。"她又说。

第18章

1

为了表示对客人的尊重，布基现在总是去门廊上抽烟，但屋子里到处都是他从纽约搬到这里来之后消灭的几百支威豪香烟的嗅觉幽灵。第二天早上，比利出来走到他身旁，艾丽斯正在洗澡。她边洗边唱歌，这大概是她恢复到现在最好的迹象了。

"她说你在写书。"布基说。

比利大笑："恐怕未必能达到那个高度。"

"还说你今天也许想去避暑屋继续写。"

"也许吧。"

"她说你写得很好。"

"我觉得她没什么可供比较的对象。"

布基没有追问下去："今天上午我打算带她去买东西，给你点时间做你的事情。你需要新假发，她需要一些女性用品。不止染发膏。"

"你们已经商量过了？"

"事实上，是的。我通常5点起床——主要看膀胱几点叫醒我——放完水我出来抽烟，她已经在外面了。我们一起看日出。稍微聊了聊。"

"她看起来怎么样？"

布基朝唱歌的声音摆摆头："听上去怎么样？"

"似乎不错。"

"我也这么认为。我们说不定会开车去博尔德，那里的选择更多。回来路上跑一趟里奇二手车店。看看他都有什么。也许在快手安迪吃午饭。"

"万一他们也在找你怎么办？"

"在风口浪尖上的是你，比利。我猜他们会在纽约找我，可能还会去皇后区我妹妹家问一声，然后就当我是失踪了。"

"希望你说得对。"

"说起来，我们还是先去一趟野牛交易所或者粗痞服装店吧。我要买一顶牛仔帽，拉下来盖住耳朵。咿哈！"布基摁灭手里的烟头，"知道吗？她觉得你无所不能，像是公猫的睾丸。"

"希望她的原话不是这么说的。"

卫生间里，淋浴还在哗哗冲水。她依然在唱歌，这是个好兆头，但比利猜她肯定觉得无论怎么洗都洗不干净。

"其实呢，"布基说，"她说你是她的守护天使。"

2

半小时后，卫生间里的蒸汽已经散去，比利正在刮脸，艾丽斯来到门口。

"你不介意我去吗？"

"当然不介意。玩得开心，保持警惕。当收音机震得你牙齿哗哗响，不要不敢让他把音量调低点。每次电台一放克里登斯清水乐队或扎帕，他就要把声音开到震天响。他这个习惯恐怕改不了。"

"除了我的染发膏和你的假发，我还想买两件裙子和上衣。一双网球鞋。还有内衣，不那么……"她的声音小了下去。

"不是你什么也不懂的叔叔会在十万火急的时候随手帮你拿的内衣。别怕伤害我的感情。我能接受。"

"你给我买的也挺好，但我还想要更好的。另外还有胸罩，总不能一直穿一条带子打结的这件吧。"

比利忘记了。就像蒙迪欧的车牌。

尽管布基在门廊上边抽烟边喝橙汁（比利不知道他怎么能忍受这个组合），艾丽斯还是压低了声音："但我没钱了。"

"让布基买，我会和布基算的。"

"你确定？"

"确定。"

她抓住他没拿剃刀的那只手，使劲捏了一下："谢谢你。为了你做的一切。"

她感谢他，这一方面很疯狂，但另一方面也完全合理。换句话说，是个悖论。他没有这么说，而是说不用客气。

3

8点15分，布基和艾丽斯开切诺基出门。艾丽斯化了妆，脸上的淤青不见踪影。其实就算不用遮瑕霜，淤青也几乎看不出来了，比利心想。她和特里普·多诺万的约会已经过去了一周多，而年轻人的创伤总是好得很快。

"需要什么就给我打电话。"他说。

"好了，老爸。"布基说。

艾丽斯对比利说好的，但他看得出来她的心思已经上路，她和布基像普通人那样交谈（就好像她的处境有任何普通之处似的），想着她会在商店里见到什么新奇东西。也许她会试穿几件新衣服。今天早晨，这个女孩遭受过强奸的唯一证据就是淋浴的时间无比漫长。

他们离开后，比利沿着艾丽斯昨天的路线走。他在布基所谓的避暑屋停下，看了看里面。地板是没上过漆的木板，家具只有一张牌桌和三把折叠椅，但他需要什么呢？他只需要打字的软件，也许还有冰箱里的一罐可乐。

作家的生活是多么美好，他心想，然后回忆这话是谁说的。欧文·迪安，对吧？杰拉尔德塔的保安。似乎是很久以前了，上辈子的事情。也确实如此，属于他扮演戴维·洛克里奇的那段人生。

他走到小径的尽头，隔着深谷眺望对面的空地，觉得他或许也能看见艾丽斯提到的酒店。但他没有看到同样的海市蜃楼，只在酒店曾经耸立之处见到了几根烧焦的支柱。他也没有见到秃鹫。

他回去拿上 MacBook Pro 和可乐，放在避暑屋的牌桌上。他敞开门，采光很好。他坐进一把折叠椅，刚开始小心翼翼，但椅子似乎相当结实。他调出他的故事，往下滚到塔可把大喇叭递给翻译法里德。他正要从上次被默顿·里克特打断的地方继续写，一抬眼看见墙上挂着一张画。他起身过去仔细看了看，因为画挂在离门最远的角落——对挂画来说是个奇怪的地方，上午的阳光完全照不到那里。画里是修剪成动物形状的树篱，左边是一条狗，右边是两只兔子，中间是两只狮子，狮子背后似乎是一头牛，也可能是犀牛。画家的技法不怎么高明，动物的绿色过于肆意，不知为何画家在狮子里的眼睛里加了一抹红色，使狮子透出一股邪气。比利把画摘下来，翻过来对着墙。他知道要是不这么做，他就会忍不住去看它。不是因为画得好，反而是因为画得不好。

他打开可乐，喝了一大口，开始打字。

4

"来吧，兄弟们，"塔可说，"我们去找乐子。"他把大喇叭递给法里德，大喇叭上用记号笔写着"早安越南"，他叫法里德把平时那番话喊一遍，就是要么现在自己走出来，要么等会儿被装在裹尸袋里被抬出来。法里德喊了一遍，没人出来。通常来说，这时候我们就该喊着"我们是黑马"和"废话废话"冲进去了，但这次塔可叫法里德再喊一遍。法里德疑惑地看了他一眼，但还是照做了。还是没人出来。塔可叫他再喊一遍。

"你这是怎么了？"喇叭问。

"不知道，"塔可说，"就是觉得不对劲。首先，我不喜欢圆顶周围的那个阳台。看见没？"我们看见了，看得很清楚。阳台有一道低矮的水泥挡墙。"后面可能躲着一伙头巾佬，蹲在地上。"他看见我们瞪着他，"不，我不是吓坏了，但真的感觉不对。"

法里德的第三遍喊到一半，新上任的连长赫斯特上尉过来了，他站在敞篷吉普车里，两腿分开，好像他以为自己是该死的乔治·S. 巴顿。马路对面有三座公寓楼，两座已经完工，一座建到一半，三座楼的外墙都喷了一个大大的 C 字，意思是已经扫荡过了。好吧，理应是扫荡过了。赫斯特还很嫩，未必知道有时候头巾佬会溜回来，而就算在最差劲的瞄准镜里，他的脑袋也和圣诞南瓜一样大。

"你们在等什么，士兵？"他吼道，"浪费大好阳光！给我去扫荡那座该死的庄园！"

"遵命，长官！"塔可说，"再给他们一个活着出来的机会吧。"

"别费事了！"赫斯特上尉吼道，然后加速离开。

"傻逼发话了。"大脚洛佩斯说。

"好吧，"塔可说，"全体叠手。"

我们紧紧地围成一圈，曾经是热火九人组的热火八人组：塔可、丁丁、大克莱、喇叭、大脚、约翰尼·卡普斯、背着医药包的江湖大夫，还有我。我看着我们，仿佛游离在自我之外，我有时候就会这样。

我记得我听见零星的枪声。一颗手雷在背后的 K 区爆炸，发出一声低沉的闷响，前方某处爆了一颗火箭弹，也许是在 P 区。我记得听见一架直升机远远地飞过。我记得有个白痴在吹哨子，叽叽——叽叽——叽叽——天晓得为什么。我记得天气是多么炎热，汗水在我们肮脏的脸上留下一道道痕迹。还有街上的孩子们，孩子们永远身穿摇滚或饶舌乐手的 T 恤，无视枪声和爆炸声，好像它们根本不存在。他们结疤的膝盖跪在地上，捡子弹壳，拿回去重新装弹，然后分发给战斗人员。我记得我去摸裤带环上的婴儿鞋，但没有摸到。

我们的手最后一次叠在一起。我猜塔可感觉到了。我肯定感觉到了。也许他们全都感觉到了，谁知道呢。我记得他们的脸。我记得约翰尼的英国皮革古龙水的气味。他每天都会涂一点，定量分配，那是他的个人幸运符。我记得有一次他对我说，真男人不可能带着绅士的香水味去死，上帝不允许这种事发生。

"小的们，给我喊一个。"塔可说，于是我们喊了起来。愚蠢、幼稚——就和战争中的许多东西一样——但的确鼓舞了我们的士气。假如真有头巾佬埋伏在圆顶的大屋子里，说不定也会停下来面面相觑，琢磨我们到底在干什么，为什么要为一个半痴呆的老伊玛目[1] 幻想中的神而死。

"我们是黑马，没错！我们是黑马，没错！"

---

1 伊玛目在阿拉伯语中原指领袖，也可用来称呼国家元首。

我们上下摇了一下叠在一起的那只手，然后站起来。我端着M4，M24也挎在肩上。大克莱在我旁边，SAW靠在一条胳膊上，这玩意儿装满子弹足有25磅，子弹带像领带一样挎在他肌肉发达的另一侧肩头上。

我们聚在屋前庭院的大门外。街对面没完工的建筑物投下交错的影子，把壁画变成了棋盘——孩子在一些方格里，看孩子的女人和看女人的穆塔韦[1]在其他方格里。大脚拎着M870破门霰弹枪，这东西能把门锁轰成碎渣。塔可让到一旁，让大脚动手，但巴勃罗试着推了一把大门，门却直接向内打开了，嘎吱吱的怪声像是恐怖电影音效。塔可看看我，我看看他，两个吸引子弹的底层锅盖头只有一个念头：这他妈是搞什么鬼名堂？

塔可耸耸肩，像是在说爱谁谁吧，然后带领我们狂奔穿过前院，我们低着头，伏着身子。卵石地面上孤零零地扔着一个足球，乔治·迪纳斯坦经过时侧脚把它踢开。

我们安全穿过前院，屋子带铁栏杆的窗户里连一枪都没开。我们贴在水泥墙上，双开门两侧各4个人，沉重的木门至少有8英尺高。两扇门上刻着交叉的弯刀，底下是长翅膀的船锚，这是阿拉伯复兴社会党军队的徽标，又一个坏兆头。我扭头去找法里德，看见他在大门口没过来。他看见我在看他，于是耸耸肩。我明白他的意思。法里德有他的工作，但不是我们在做的事情。

塔可指了指喇叭和大克莱，示意他们去检查左侧的窗户。我和大脚去检查右侧的窗户。我探头扫了一眼我身旁的窗户，希望我后撤的动作足够快，免得被头巾佬轰掉脑袋，但我没看见任何人，也没人朝我开枪。我看见一个巨大的圆形房间，地上铺着地

---

1 穆塔韦，是伊斯兰教中为了禁止败德行为、推崇道德行为而设立的宗教警察组织。

毯，有一张矮沙发、一个书架和一张被掀翻的咖啡桌，书架上只剩下一本平装书。墙上挂着一幅奔马图案的织锦。天花板和小镇天主教堂的中殿一样高，到圆顶底下足有 50 英尺，照进来的阳光仿佛激光，在飞舞的尘埃中如有实质。

我缩回来，换大脚过去看。我没被轰掉脑袋，因此他看得比我久一点。

"从这里看不见门，"大脚对我说，"角度不对。"

"我知道。"

我们望向塔可。我前后摆动双手，意思是有可能没问题，但不能保证。喇叭在另一侧窗户旁耸耸肩，表达了同样的意思。我们又听见几声枪响，有的远有的近，但 L 区没有。圆顶大屋静悄悄的。丁丁踢了一脚的足球滚到了前院的角落里。这地方很可能已经废弃了，但我不停去摸裤带环，寻找那只该死的婴儿鞋。

我们 8 个人在门口聚在一起。"长蛇阵，"塔可说，"谁打头阵？"

"我。"我说。

塔可摇摇头："上次你第一个进去的，比利。别抢着出风头，也给别人一个机会。"

"我来吧。"约翰尼·卡普斯说。塔可说："那就是你了。"这就是为什么现在我能走路而约翰尼不能。就这么简单。上帝没有计划，他抽签。

塔可指指大脚，然后指指双开门。右侧的一扇门上有个超大号的铁门闩，它伸在外面，就像吐出来的黑色舌头。大脚试了试，但门闩纹丝不动。前院对外开放，也许因为孩子们会在风平浪静的时候进来玩，但屋子上了锁。塔可朝大脚点点头，大脚端起了霰弹枪，枪膛里装着专用的破门子弹。我们其他几个人在约翰尼背后站成一列，也就是所谓的长蛇阵。大克莱站在第二个，因为

SAW 在他手上。塔可在大克莱背后。我是第四个。江湖大夫一如既往地站在最后。约翰尼快速呼吸，以振奋精神。我能看见他的嘴唇在动：干他妈的，干他妈的，老子干他妈的。

大脚等塔可下令，塔可一挥手，他开枪轰掉了门锁。右侧那扇门的一大块木头跟着门锁飞了出去，门向内抖了一下。

约翰尼毫不犹豫地用肩膀撞开左侧的那扇门，冲进房间，高喊："万岁，狗娘养——"

他只走出去那一步，因为守在那一侧门背后的头巾佬开枪了，AK 瞄准的不是约翰尼的后背，而是他的双腿。他的裤子像是被风吹起了涟漪。他叫了一声。很可能是出于惊讶，因为大脑还没有感觉到疼痛。大克莱倒退进房间，高喊："兄弟们退开！"我们后退，等我们撤出火力范围，他的 SAW 就开火了。他把枪调成连发，而不是点射，打得门木屑飞溅，撞在门背后的那个人身上，交叉弯刀化作飞灰。头巾佬从隐蔽处掉出来，只剩下衣服维持他的人形。但他还想去抓固定在腰带上的一枚手雷。他抓住了，但手雷从他手里掉了出来，安全栓还插在上面，大克莱把它一脚踢开。我从塔可背后看见了约翰尼，他现在感觉到了剧痛。他惨叫着蹒跚而行，鲜血淌出来流到了靴子上。

"按住他，"塔可对大克莱说，然后大喊，"医务兵！"

约翰尼又走了一步，终于倒在地上。他惨叫："我中弹了！上帝，我完蛋了！"大克莱向前走，塔可紧随其后，就在这时，他们从上方向我们开火了。我们早该猜到的。我们应该从圆顶高处灰尘中的一道道阳光看出来的，因为我们在外面没有看见窗户。那是他们在水泥墙上凿出来的射击孔，位置比较低，而武装人员就藏在阳台周围的齐腰矮墙后面。

大克莱胸部中弹，他抱着 SAW 踉跄后退。防弹衣挡住了那颗子弹，但下一颗子弹击中他的喉咙。塔可抬头看阳光束，然后去拿 SAW。一颗子弹击中他的肩膀，另外两颗打中墙壁弹飞。第四颗子弹击中他面部下方。他的下巴转了个方向，像是装在铰链上似的。他转向我们，鲜血喷出一个扇形，他挥手命令我们退出去，然后他的天灵盖不见了。

有人撞了我一下，刚开始我还以为我背后中弹了，但紧接着江湖大夫跑了过去，他把医疗包从背后卸了下来，抓着一根背带拎在手里。

"不，不，他们在顶上！"大脚喊道。他抓住另一根背带，把医务兵拽了回来，克莱·布里格斯，也就是"江湖大夫"，现在还活着，这是唯一的原因。

子弹击中大房间的地面，打得瓷砖碎屑满天飞。子弹击中地毯，掀起一团团灰尘和纤维。织锦上冒出一个弹孔，一匹奔马胸部中弹。一颗子弹打得咖啡桌原地转圈。阳台上的头巾佬在稳定输出火力。我看见塔可和大克莱的尸体抽动不已，因为头巾佬还在朝他们开枪，也许是为了补枪，也许是为了发泄怒火，也许两者都是。但他们放过了约翰尼，他躺在地中间，血泊的面积越来越大。他惨叫得嗓子都哑了。他们很容易就能干掉他，但他们不想这么做。他们拿约翰尼杀鸡给猴看。

这一切，从大脚轰开门到阳台上的头巾佬扫射塔可和大克莱的尸体，发生在仅仅 90 秒内。也许还不到。事情出岔子的时候，老天从不浪费时间。

"我们必须去救卡普斯。"喇叭说。

"他们要的就是这个，"丁丁说，"他们不蠢，你也别犯傻。"

"放着他不管，他会失血而死的。"江湖大夫说。

"我去。"大脚说，他跑进门，腰弯得几乎折成两半。他抓住约翰尼防弹衣背后的钩子，拖着他往回跑，子弹落在他身体四周。他跑到头巾佬的尸体旁，一颗子弹击中他面部，来自德州埃尔帕索的巴勃罗·洛佩斯就此阵亡。他倒在地上，叛军开始拿他打靶。约翰尼还在惨叫。

"我可以够到他。"丁丁说。

"大脚也是这么想的，"喇叭说，"那些浑球很会打枪。"

他转向我："比利，我们怎么办？呼叫空中支援？"

我们都知道一发地狱火就能干掉阳台上的头巾佬，但同时也会让约翰尼·卡普斯就此殒命。

我说："我来狙掉他们。"

我没有等待，现在没时间讨论了。我跑出前院，把M4扔在卵石地面上。"老大，你们要撤退了吗？"法里德问。

我没有回答，只顾跑过街道，冲向没完工的公寓楼。公寓楼没有门，里面暗影幢幢，散发着水泥未干的气味。大堂是个食物宝地，有罐头、零食和好时巧克力。有整整一托盘的可口可乐，还有一堆杂志，最顶上是一本《田野与河流》。某位有企业家精神的伊拉克商人把这里当成了他的贸易站。

我跑上楼梯。第一段台阶上扔着很多垃圾。有人在二楼楼梯平台上骂了一句"美国佬，滚回去！"，这句古老的口号永远不会失去它的魅力。我依然能听见暴雨般的枪声和约翰尼·卡普斯的惨叫声从街对面传来。我没听见皮特·卡什曼中弹，但他确实中弹了。丁丁说喇叭的最后一句话是"我肯定能把他救回来，已经这么近了"。

外墙到四楼戛然而止，阳光像拳头似的击中我。我绕过一辆手推车，车斗里的水泥已经硬化了，我推开一堆木板，然后继续向上爬。我喘得像条狗，汗如雨下。楼梯到六楼结束，不过没问题，因为我已经来到了圆顶顶部的高度，能够俯瞰阳台了。

他们有三个人，跪在地上射击，背对着我。我把M24的背带绕在右肩上，背带的松紧恰到好处，一堵未完工的墙上伸出一段钢筋，我把枪管架在上面。三个人时而大笑，时而彼此大呼小叫，像是在看足球比赛，而他们支持的那一方领先。我瞄准中间那个人的头部。他的头在瞄准镜里没有万圣节南瓜那么大，但也已经够大了。我扣动扳机，他的脑袋就不见了。干净利落，只剩下鲜血和脑浆顺着圆顶的弧度向下流淌。另外两个人对视一眼，不明所以——刚刚发生了什么？

我干掉了第二个人，第三个立刻趴在了水泥挡墙上，也许以为挡墙能帮他挡子弹。可惜不能。挡墙太矮了。我的子弹击中他的后背。他倒下不动了，他没穿防弹衣。他也许相信神灵会保护他的后背，可惜那天神灵去别的地方办事了。

我跑下台阶，穿过街道。法里德依然站在门口。丁丁和江湖大夫在游乐园里，江湖大夫跪在约翰尼旁边。他已经剪开了约翰尼的裤腿。骨头的碎片戳出约翰尼的皮肤，卡在布料上。丁丁抓着江湖大夫的步话机高喊，说我们有人受伤，多人受伤，L区，有圆顶的大屋子，撤离，撤离，需要直升机，等等。

"太疼了！"约翰尼惨叫。"我的天，他妈的疼死我了！"

"吞下去。"江湖大夫说。他拿着吗啡药片。

"上帝啊，真希望我已经死了，希望他们干掉了我，上帝啊，让这一切停止吧！"

江湖大夫用两根手指扳开约翰尼的嘴，把药片扔进去："嚼碎，你就能见到上帝了。"

"发生什么了，士兵？"

我回头看见了赫斯特。他依然分腿挺立，尽其所能扮演巴顿将军，但你一眼就能看出他还嫩得发青呢。

"你看像什么？"丁丁说，"我们被费卢杰了。长官。"

江湖大夫说："他必须立刻输血，否则就

5

把比利从伊拉克拽回来的可能正是伊拉克——拉拉费卢杰永不停歇的背景音乐的一部分：安格斯·扬的吉他声在 *Dirty Deeds Done Dirt Cheap*[1] 中咆哮。布基和艾丽斯买完东西回来了。比利看看手表，发现已经下午 3 点 15 分了。他一口气写了好几个小时，根本没感觉到时光流逝。

他写完最后这句话，保存文件，合上电脑。正要离开，他的视线落在他取下来的那幅画上，取下来时他没忘记把画翻过去对着墙，免得自己因为画中刺眼的颜色分心。他把画挂回钩子上，也许（很可能）是因为他还遵守海军陆战队的行为模式，他想起厄平顿中士的训诫：离开一个空间时不要留下任何痕迹。

他看着画，皱起了眉头。树篱剪成的狗在右边，兔子在左边。之前难道不是反过来的吗？而且狮子是不是逼近了一些？

是我记错了，就这么简单，他心想。但在离开避暑屋之前，他又把画取了下来，而且没有忘记把画翻过去对着墙。

6

他离屋子越近，音乐声越大。附近没有邻居，布基可以想开多响就开多响。肯定是他自己做的集锦磁带，因为等比利回到屋前，AC/DC 已经换成了金属乐队。

他们开回来了一辆新车（对他们来说是新车），比利在上台阶前先打量了一番这辆车。门廊底下没有多余的空间了，于是他们把车停在

---

1 澳大利亚摇滚乐队 AC/DC 的一首歌。

车道尽头。这是一辆道奇皮卡，21 世纪初的四门型号，曾经是蓝色，现在大体上是灰色。车头灯周围没贴胶布，但后排座位用一条黑胶布补过，车门槛板锈得厉害。车斗的底板也一样，装在上面的割草机很可能比皮卡还古老。车后拖着一辆破旧的两轮拖车，里面什么都没有。

比利爬上通往门廊的楼梯，金属乐队又换成了汤姆·韦茨用老烟嗓号叫 "16 Shells from a Thirty-Ought-Six"。比利在门口停下。布基和艾丽斯在客厅中央跳舞。她穿着新买的无袖上衣，面颊绯红，眼睛放光。她把头发扎成马尾辫——真的是马尾巴，一直垂到背部的半中央——看上去像个少女。她在大笑，笑得前仰后合。也许是因为布基的舞跳得实在糟糕，也许是因为她玩得非常开心。

布基朝比利用双手比 V，然后继续拖着步子跳水牛舞。他原地旋转，艾丽斯朝另一个方向旋转。她看见比利靠在门框上，又笑了起来，对着他抖动髋部，扎在背后的头发左右摇摆。汤姆·韦茨唱完了。布基走向音响，鲍勃·塞格还没来得及唱出那首 *Betty Lou's Gettin' Out Tonight* 就被他关掉了。他倒在沙发上，拍着胸口说："我太累，跳不动波加洛了。"

艾丽斯离太累跳不动波加洛还差了许多年，她转向比利，雀跃道："看见那辆皮卡了？"

"当然。"

"简直完美，对吧？"

比利点点头。"这辆车开过去 5 分钟，就不会有人还记得它了。"他望向她背后的布基，"开起来怎么样？"

"里奇说尽管这老女孩已经走完了一辈子，但开起来毫无问题。就是有点费油。好吧，不只是有点费。艾丽斯和我试着开了一圈，感觉挺好。减震不太行，不过毕竟开了这么多年了，也能理解。价钱还到3300，里奇才松口。"

"是我开回来的。"艾丽斯说。她依然兴致高昂，也许是因为购物，也许是因为跳舞，也可能两者皆有。比利为她感到高兴。"排挡是手动的，不过我学车用的就是一辆手动挡。我叔叔教我开车的。树上一二三，倒车往右打。"

比利不禁笑了。他在"永远在刷漆之家"学会了开车，这样加兹登（他故事里的格伦·达顿）参军后他就可以去帮忙干杂活了。斯特帕尼克先生（故事里的斯派克先生）教过他同样的两句口诀。

"我给你买了点东西，"她说，"等着看吧。"

她跑进另一个房间去拿，比利望向布基。布基点点头，飞快地竖了竖两根大拇指：一切都好。

艾丽斯回来时拿着一个盒子，盒子顶上用涡卷字体印着"舞台定制"。她把盒子递给他。

比利打开盒子，取出一顶新假发。它比他在亚马逊网购的那顶至少贵一倍，不是金色的，而是黑色里交织了相当数量的灰发，比多尔顿·史密斯那顶更长，也更浓密。他的第一个念头是万一被警察拦住，它和驾照上的照片对不上。但另一个念头随即冒了出来，这个念头要大得多，一时间把其他念头都挤出了脑海。

"你不喜欢。"艾丽斯说，笑容在快速消退。

"啊，不，我喜欢。非常喜欢。"

他想冒险试着拥抱她。她也拥抱他。一切都好，就是这样。

7

比利和艾丽斯来的那天像是盛夏，但第二个晚上就凉得多了，呼啸着吹过屋子的大风只能用寒冷来形容。比利从门廊底下抱上来一些劈开的枫木，布基点燃了厨房里的杰特火炉。他们在桌边坐下，看着布基打印的照片。照片有些来自谷歌地球，有些来自Zillow[1]，展示的是一座房屋的外部场地、内部房间和附属设施。这座屋子位于派尤特镇的切罗基路1900号，派尤特镇是拉斯维加斯以北的一个城郊住宅区，而屋主名叫尼古拉·马亚里安。

屋子背靠派尤特丘陵，通体雪白，共有四层，每一层都比上一层向后退一段，因此看上去像是巨人的阶梯。从那里看拉斯维加斯市区，夜景一定很壮观，比利心想，特别是从屋顶眺望。

谷歌地球显示屋子四周建有高高的围墙，从大门到屋子之间的车道足有1英里，称得上公路了。离屋子200码的地方有个谷仓，旁边是供马匹使用的围场和环形跑道。另外还有三座附属建筑物，一大两小。比利猜测仆人住在最大的那座里，按传统的叫法（现在也许还这么叫）那座是工舍。另外两座估计用于保养和储存。他没看见有可能是车库的地方，于是问布基怎么想。

"我猜是建在第一个斜坡里了，"布基指着屋后的木头棚架说，"但更像是个机库。能容纳十几辆车，甚至更多。据说尼克对经典老爷车情有独钟。要我说，每个人都有一种只有用钱才能止住的心痒。"

有些心痒可是用钱止不住的，比利心想。

艾丽斯在看Zillow上的照片："我的天，至少有20个房间。看，屋后还有游泳池！"

"确实漂亮，"布基赞同道，"全都是最高级的生活设施。他肯定还添置了一些，因为这些照片是尼克买下前拍的。他花了1500万，Zillow上说的。"

却赖了我区区150万不肯给，比利心想。

Zillow的室外照片里有一些是谷歌地球无法展示的。例如草坪

---

1 一家提供免费房地产估价服务的网站。

的景观，草坪绿意盎然，点缀着花圃。围场同样一片翠绿。有成片的棕榈树，怡人的树荫下摆放着成组的户外家具。让这个庄园看上去像是沙漠中的伊甸园，需要消耗多少万加仑的水资源？需要多少个园丁打理？室内的工作人员有多少？又有多少个硬点子守在周围，以防某个名叫比利·萨默斯的雇佣杀手上门，讨要他的血汗钱？

"他给这里起名叫岬角山庄，"布基说，"我挖掘了一番，只要你知道怎么深入暗网，如今能用电脑找到的信息真是多得惊人。尼克从2007年开始住在这里，屋子背对山峰，因此没人打扰过他。也许他会变得有点松懈大意，但我觉得不能指望这个。"

是的，比利心想，寄希望于敌人的松懈大意是行不通的。尤其是这个人会随手除掉像乔治·皮列利这种合作多年的高价值助手，你更不能对他掉以轻心。他必须假设尼克正在找他，等他上门。尼克没有料到的只有一点，那就是比利的愤怒程度。他们谈了一笔交易。他履行了约定中他负责完成的部分，但尼克却没有履行约定中他的部分，反而黑了他的尾款，而且还想杀了他。面对面交涉，尼克肯定会否认这些，但比利知道这都是真的。他们两人都知道。

布基点了点谷歌地图航拍照片上的一个点："这个小方块是门房，肯定有人驻守。武装警卫。我可以打包票。"

比利毫不怀疑。他再次想到，尼克会用多少人把守他的小王国。在西尔维斯特·史泰龙或杰森·斯坦森的电影里，估计会是几十个，武器从气动轻型冲锋枪到肩扛式导弹发射器不一而足。但他面对的是现实生活，也许5个，甚至仅仅4个，使用自动手枪或霰弹枪或两者都有。但他只有一个人，而他绝对不是史泰龙。

艾丽斯把一张谷歌地图的照片拖到桌子中央："这是什么？我没在Zillow 的照片里看见它。"

布基和比利看照片，照片拍的是围墙西侧与山坡的交界处。过了一会儿，布基说："我猜应该是服务边门。房地产网站上懒得展示这种东西，就像它们不会展示存放垃圾的小屋一样。房地产网站只展示光鲜的东西。比利，你怎么看？"

"还不确定。"但他开始有想法了。他越是琢磨那辆破旧的皮卡，就越是喜欢这个念头。对了，还有那顶新的假发。

8

吃过晚饭，艾丽斯霸占了卫生间染头发。布基问她要不要啤酒（"就是给你鼓鼓劲"），她接受了。两个人都听见她进去后锁上了门。比利并不吃惊，他猜布基也不吃惊。

布基又从冰箱里拿来两瓶啤酒。布基穿上薄夹克，拿了件套头衫扔给比利，两个人来到门廊，并排坐在摇椅里。布基用瓶颈碰了碰比利的瓶颈："祝你成功。"

"说得好，"比利说，喝了一口，"我还是想谢谢你肯收留我们。我知道你不想接待客人的。"

"你真的想要个鲁格的消音器？"

"对。顺便还能搞一把格洛克吗？还有两把枪的弹药。"

布基点点头："在这里山上不成问题。还要什么吗？"

"假胡子，和她买给我的假发配套。我没时间留胡子了。"他还需要其他的东西，不过艾丽斯应该知道去哪里买。

"你打算怎么要债，现在该告诉我了吧？好让我说服你放弃。"

比利告诉了他。布基听得很仔细，过了一会儿，他开始点头："去他的地盘确实很冒险，类似去摸老虎屁股，但确实有可能成功。赏金猎人会在市区找你，尤其是尼克的赌场附近，叫什么双骰来着？"

"双张多米诺。"

布基坐起来，看着他说："听我说，要是你担心的是你答应我的钱——"

"不是的。"

"——你放手也没关系。我不缺钱，而且很高兴能离开城市。我他妈也不知道我为什么会在城里待那么多年。迟早会有人在第五大道爆一颗脏弹，或者什么传染病把从曼哈顿到斯坦顿岛的整个纽约变成一个巨型培养皿。"

比利心想布基肯定听了太多电台的谈话节目，但他没有这么说。"和你的钱甚至我的钱都没关系，但他要是有钱，我也会拿上的。他骗了我。他出卖了我。他是坏人。"比利听见他落入愚笨自我的说话模式，但他不在乎，"他杀了乔治，或者找人杀了乔治。他也打算这么对待我。"

"好吧，"布基静静地说，"我懂了。事关荣誉。"

"不是荣誉，而是诚实。"

"我承认错误。现在喝你的啤酒吧。"

比利喝了一大口，朝屋子里的水声摆摆头。她又在长时间淋浴了："买东西这一路上她怎么样？还好吧？"

"基本上都挺好。去粗疤服装店给你买牛仔帽的时候——忘记给你看了，真他妈漂亮——她出了点呼吸问题，然后她低声唱歌，我听不清她在唱什么，但很快就恢复正常了。"

比利知道她在唱什么。

"到了二手车店，她闹腾得很。她一眼相中那辆皮卡，和里奇讨价还价，从 4400 一直降到 3300。砍到 3500 的时候他不想再松口了，于是她拖着我要走，说什么'行了，埃尔默，他人很好，但不诚心'。你能相信吗？"

"说起来，我还真的信。"比利说着笑了起来，但布基没有和他一起笑。他的脸色变得严肃。比利问他出了什么问题。

"还没有，但以后很难说。"他放下啤酒瓶，转身直视比利，"我们俩是不法之徒，对吧？如今人们不用这个说法了，但我们就是。艾丽斯不是，但她继续和你跑来跑去，也会变成不法之徒。因为她爱上你了。"

比利也放下酒瓶："布基，我不是……我没有……"

"我知道你不想和她上床，她多半也不想和你上床，毕竟她经历了那种事情。但你救了她的命，帮她恢复疗伤——"

"那不是我的功劳——"

"好的，就算不是好了，但你给了她时间和空间，让她能够自己恢复。但这没有改变她爱上了你的事实，只要你允许，她就会一直跟着你，而你的放任会毁了她。"

比利认为布基来门廊上就是想对他说这番话，现在他说完了，于是停下来喘了口气，拿起酒瓶，咕咚咕咚喝掉半瓶，然后打了个响嗝。

"你想反驳就反驳好了。让你在我这里住几天，不等于我就有权不听反对意见了，所以来吧，反驳我吧。"

但比利没有开口。

"带她去内华达，没问题。在城外找个便宜旅馆让她住下，你去处理你的事情。要是你顺利脱身，拿到了钱，那就分她一笔，打发她回东海岸。叫她来找我，提醒她记住，假证件仅仅是短期的伪装，她可以回去继续当她的艾丽斯·马克斯韦尔。"

他竖起一根手指，手指已经显露出了关节炎早期的扭曲和肿胀迹象："但前提是你不能把她牵扯进去。懂了吗？"

"懂了。"

"要是你不能顺利脱身，就很可能根本脱不了身。对她来说当然很难接受，但她必须知道。同意吗？"

"同意。"

"告诉她，要是几天后一直没有你的消息——具体几天你说了算——她就回我这里来。我会给她一笔钱。1000，也许 1500。"

"你不需要——"

"我乐意。我喜欢她。她不爱抱怨，虽然经过她遇到的那种事情，她当然有资格抱怨。另外，那钱反正也是你给我挣的。你现在是我唯一的客户了，过去这 4 年一直如此。我不会为了这个孩子去抢银行。万一事情出岔子，他们很容易找到我的头上来，而我年纪太大，已经不适合坐牢了。"

"好的。谢谢你。多谢了。"

水声停了。布基再次探过摇椅的扶手凑近比利。

"知道吗？奶猫碰到大狗，要是大狗决定不撵走它或吃掉它，而是为它舔毛，奶猫就会依恋大狗。反正小鸭子会这样，这叫印刻现象。她对你就是这样，我不希望她受到伤害。"

卫生间的门打开了，艾丽斯也来到门廊上。她穿一件蓝色的旧浴袍，浴袍肯定是布基的，长得一直拖到了她的脚背上。她把头发挽了起来，用十几个发夹固定住，蒙着一层透明塑料膜。她恐怕不可能真的把头发染成金色，也许因为她头发的本色太黑了，但改变依然巨大。

"觉得如何？我知道现在还看不太出来，但——"

"很好，"布基说，"我一直对金棕色情有独钟。我的第一个前妻就是金棕色头发。我看见她在点唱机前消磨时间，立刻知道了我必须拥有她。我可真是个傻瓜。"

她只是心不在焉地笑笑，眼睛看着比利，真正重要的是比利的意见。比利很清楚布基之前在说什么。他想到他在 YouTube 上看过的一段视频。里面有一只鸟在一条狗的水盆里洗澡，而那条大丹犬坐在一旁看着。他想到一句老话：你救了一个人的命，就要为这个人负责。

"看上去美极了。"他说，艾丽斯笑了。

第 19 章

1

比利和艾丽斯在布基家待了 5 天。第 6 天上午——据说上帝在这一天造了地上的走兽和天上的飞鸟——他们把行李装进道奇皮卡，准备出发。比利戴着金色假发和平光眼镜。由于皮卡是四门的型号，他们可以把本来就不多的东西塞在车座背后。古老的割草机还在车斗里，现在又多了树篱修剪器、吹叶鼓风机和旧型号的斯蒂尔链锯。比利第一次见到拖车时它是空的，现在装着四个在劳氏建材店买来的硬纸筒。两个男人把硬纸筒踢来踢去，营造出常年使用的模样，然后塞满了他们在尼德兰的银行拍卖会上买来的各种手动工具。硬纸筒用弹性绳固定在拖车的内侧。

"你们要打扮得像 21 世纪的马背流浪汉，"踢硬纸筒的时候，布基说，"老天作证，西部九州有很多这种人。他们四处漂泊，找点零工做做，然后继续上路。"

艾丽斯问西部九州都是哪里，布基数给她听：科罗拉多、怀俄明、犹他、亚利桑那、新墨西哥、爱达荷、俄勒冈，当然还有——内华达。比利觉得这辆皮卡非常好。对这一路来说，它也许是个没什么意义的预防措施，布基说得对，赏金猎人的注意力会放在维加斯闹市区域。但晚些，待他们要潜入岬角山庄的时候，皮卡的外形就会变得至关重要。

"你们这一趟来得正好，"布基说，他穿背带裤和老 97 乐队的 T 恤，"很高兴你们来看我。"

艾丽斯拥抱他，新染的金发在晨光中显得很美。

"比利，"布基伸出手，"你给我好好保重。"

比利险些也拥抱他，如今人与人就是这么告别的，但他没有。他一直不习惯男人间的拥抱，哪怕在沙漠里也不例外。

"谢了，布基。"他用双手握住布基的手，想到布基的关节炎，只是轻轻捏了一下，"为你做的一切。"

"不客气。"

他们上车。比利发动引擎。发动机刚开始有点暴躁，但很快就变得平和了。布基说他会找人把蒙迪欧还回去，以此保护多尔顿·史密斯的征信。我欠的人情债又多了一笔，比利心想。

他掉转旧皮卡的车头。他刚要换一挡，布基忽然做了个等一等的手势，走到乘客座的旁边。艾丽斯摇下车窗。

"我希望你能回我这里来，"他对她说，"总之，你别掺和他的事情，听懂了吗？"

"懂了。"她说，但比利觉得她很可能只是顺着布基说。没问题，比利心想，她会听我的，希望如此。

他按了一下喇叭表示告别，然后出发上路。一个半小时后，他们向西拐上 I-70 公路，驶向拉斯维加斯。

2

他们在犹他州的比弗停车过夜。还是选择了非连锁的汽车旅馆，但条件不差。他们在狂牛餐厅吃炸鸡桶，回去路上在老雷66杂货店买了两瓶百威。回到旅馆，他们坐在房间外面，把汽车旅馆必备的草坪躺椅拉到一起，喝着冰凉的啤酒。

"你开车的时候我读了你新写完的那部分，"艾丽斯说，"真的很好。我等不及想读下去了。"

比利皱起眉头："我还没想好费卢杰之后写什么呢。"

"拉拉费卢杰，"她笑着说，"接下来不是该写你怎么开始做收钱杀人这一行了吗？"

她说得太直白了，让他有点退缩之意。但她也说出了真相。她看到了他的反应。

"我说的是杀坏人。还有你是怎么认识布基的，我很想知道。"

是啊，比利心想，我可以写这部分，也许我真的应该写。因为你看，要是躲在门背后的头巾佬不是朝约翰尼·卡普斯的腿开枪，而是一枪崩了他，比利·萨默斯就不可能还活着了。艾丽斯恐怕也会死。他像是忽然顿悟（尽管或许不该如此的），假如约翰尼·卡普斯没有活下来，艾丽斯·马克斯韦尔就肯定会在皮尔森街死于休克和失温。

"也许我会写的。只要有机会。艾丽斯，说说你的故事吧。"

她哈哈一笑，但不是比利越来越喜欢的轻松自如的笑声，而是那种逃避现实的笑声。"没什么可说的。我一直是背景里当陪衬的那种人。和你在一起是我这辈子遇到过的唯一有点意思的事情。当然，还有被轮奸。"她可怜兮兮地哼了一声。

但比利不会允许她陷入自怜自艾："你在金斯敦长大。你母亲抚养你和你姐姐。还有什么？肯定还有别的故事。"

艾丽斯指着渐渐变暗的天空："我从来没见过这么多星星。连布基那里都比不上。"

"别改变话题。"

她耸耸肩。"好吧，但你肯定会觉得无聊。我父亲是开家具店的，我母亲是会计。我 8 岁那年，我父亲死于心脏病发作，格里当时 19 岁，正在学美容。"艾丽斯摸了摸头发，"她会说我把头发弄得完全不像样。"

"随她怎么说，但我觉得挺好看。继续。"

"高中里我是个 B 级生。约过几次会，但没男朋友。有些孩子很受欢迎，但我不是。也有一些孩子不受待见，总被捉弄和取笑，但我也不是。大多数时候，我老妈和姐姐说什么我就做什么。"

"除了去学美容。"

"我也险些答应，因为我肯定去不了聪明人上的大学。我也没怎么上过考大学需要的课程。"她想了想，比利没有插嘴。"然后一天夜里我躺在床上，快要睡着了，突然清醒过来，像是惊醒的那种醒来，我几乎从床上掉下来。你有过这种时候吗？"

比利想到伊拉克说："很多次。"

"我心想，要是我去学美容，要是她们要我干什么我就干什么，那是不会有尽头的。我这辈子都会乖乖听她们的话，然后某天醒来，我就要老死在这个小小的金斯敦了。"她转向比利，"要是我老妈和格里知道我在特里普的公寓发生了什么，还有现在跟着你到处跑，你能猜到她们会怎么说吗？她们会说：'看看你的下场吧。'"

比利伸手想拍她的肩膀，但他的手还没碰到她，她就转向比利。他看见了若是时间和命运足够仁慈，她有可能成为的那个女人。

"而你知道我会怎么回答吗？我会说我不在乎，因为这是我的生活，我有资格过我的生活，而这就是我想要的。"

"好的，"他说，"好的，艾丽斯。你说得对。"

"那当然。我当然是对的。只要你别丢了性命。"

但这就是他无法做出的承诺了，于是他没有接话。两人继续看星空喝啤酒，她一言不发，直到最后说她想去休息了。

3

比利没有睡觉。他收到了布基的两条短信。第一条说，服务岬角山庄的景观美化公司名叫绿植与园艺。领班有可能是凯尔顿·弗里曼或赫克托·马丁内斯，但也有可能是其他人。这个行业的员工流动率非常高。

第二条短信说，工作日尼克通常待在双张多米诺，但总是尽量回派尤特的庄园过周末，尤其是周日。他在橄榄球赛季期间从不错过巨人队的比赛，认识尼克的人都知道这一点。

你可以让这个人离开纽约，比利心想，但你不可能去掉他的纽约习气。他回复短信："车库有什么头绪吗？"

布基回得很快："没有。"

比利带上了来自谷歌地球和 Zillow 的照片。他研究了一会儿，然后打开电脑，查了几个西班牙语短句。等到时机来临，他未必一定要说这些话，但此刻他念了一遍又一遍，把它们装进记忆。他几乎肯定不是每一句都会派上用场，甚至有可能一句都用不上。但有备无患永远不会错。

Me llamo Pablo Lopez.

我叫巴勃罗·洛佩斯。

Esta es mi hija.

这是我女儿。

Estos son para el jardín.

这些是用在花园里的。

Mi es sordo y mudo.

我是聋哑人。

4

他们去狂牛餐厅吃早饭，然后开车上路。比利不想把旧皮卡逼得太狠，而且也没这个必要。他们离拉斯维加斯只有 200 多英里，而且他要等到周日才会对尼克下手，到时候职业球手在场上拼杀，切罗基公路尽头的山庄大概是最平静的时刻。没有仆人和园丁，希望也没有硬点子。他查过日程表，纽约巨人队对亚利桑那红雀队的比赛将在下午 4 点开始，也就是内华达的下午 1 点。

为了消磨时间，他向艾丽斯讲述他是如何加入他自认已经从中退休的这个行当的。这个故事的结局目前是向西而去的 70 号州际公路，而这个故事的开始是约翰尼·卡普斯，这当中至少还有一个环节需要补齐。

"就是腿部中弹的那个人，叛军用他引诱你们进屋去救他。"

"对，'江湖大夫'克莱·布里格斯稳定他的伤情，直升机运走了他。约翰尼在一家垃圾退伍军人医院待了很长时间，复健不可能复健的残疾，结果染上了毒瘾。最后山姆大叔把他连同轮椅一起送回了皇后区，他的毒瘾发展得极为严重。"

"太可怜了。"

唔，比利告诉她，在约翰尼的故事里，至少毒瘾这部分有个好结局。他的表弟乔伊伸出援手，乔伊保留了他的意大利家姓卡皮扎诺，但人们都叫他乔伊·卡普斯。得到一个规模较大的纽约黑帮首肯后——他们当然也得到了掌控毒品生意的锡纳罗亚贩毒集团的允许——乔伊·卡普斯经营起了他的小黑帮，规模很小，满打满算也只能算是个街头团伙。乔伊给了他受伤的战士表哥一份工作——当组织的会计，但有一个条件，就是必须戒毒。

"他戒掉了？"

"对。整件事都是我们重新联系上以后他亲口告诉我的。他表弟掏钱，送他去戒毒所，他出来后参加匿名戒毒会的活动，每周参加三四次，直到他几年前去世。肺癌。"

艾丽斯皱着眉头说："他去参加匿名戒毒会的活动，但他的日常工作是推销毒品？"

"他不推销，只负责数钱和洗钱。但你说得对，本质上就是这样，我曾经向他指出这一点。你知道他是怎么回答的吗？他说全世界到处都有戒了酒的酒鬼在看酒吧。他说他还监督其他人戒毒，有些人成功了，继续过他们的生活。这是他的原话，继续过他们的生活。"

"我的天，所谓左手不知道右手在干什么，说的就是这个吧？"

比利说他险些同意再服役一个周期，但想了想那样太疯狂了，存心找死的那种疯狂，于是脱掉了军装。他漂泊了一段时间，想确定接下来他能做什么，因为过去这些年里，他的工作就是朝其他人的脑袋开枪。就在这时，约翰尼联系了他。

他说，新泽西有个人，喜欢在酒吧泡妞，然后殴打她们。约翰尼说，他多半有什么童年创伤需要发泄，但去他妈的童年创伤，这是个非常坏的家伙。他把最后一个受害者打到昏迷，而这位女士凑巧是卡皮扎诺家的人。虽然是隔了两三代的表亲，但依然姓卡皮扎诺。只有一个问题，就是这个喜欢打女人的家伙属于一个更大和更有势力的组织，总部位于河对岸的霍博肯。

乔伊带约翰尼·卡普斯去和对岸组织的头头谈判，结果发现新泽西的兄弟们也不怎么喜欢这个搅屎棍。他是个麻烦，是个下三烂的狗娘养的浑蛋，两只手戴满了戒指，这样更方便他把女人打得满地找牙，而不是像正常男人那样带女人回家去睡，或者甚至肛交，有些男人喜欢，甚至偶尔也有女人会喜欢。但没有女人喜欢被打破相。

结果是对方的头头不允许乔伊·卡普斯干掉这个狗娘养的浑蛋，因为那样他们就不得不报复了。但假如交给一个局外人，双方（霍博肯的组织和皇后区他们小得多的组织）共同出钱，这样就可以拔掉这根刺了。所谓的黑帮外交。

"所以约翰尼·卡普斯打电话给你。"

"是的。"

"因为你是最顶尖的？"

"反正是他认识的人里最顶尖的。另外他知道我的故事。"

"你的妹妹死在一个人手上。"

"对，他也知道。在答应之前，我先查了查这个人的背景，了解了一下他的历史，甚至去见了被他打到昏迷的女人。她靠机器维持生命，你看得出她再也不会苏醒了。监控仪……"比利用手指在方向盘上方画了条直线，"所以我干掉了他。其实和我在伊拉克做的事情没什么区别。"

"你喜欢吗？"

"不喜欢。"比利毫不犹豫地说，"在沙漠里不喜欢，回来也不喜欢。从没喜欢过。"

"约翰尼的表弟还给安排过你其他活儿吗？"

"后来又有两次，但我拒绝了另外一次，因为那个人……我说不清楚……"

"似乎不够坏？"

"差不多吧。然后，乔伊介绍我认识布基，布基介绍我认识尼克，接下来就是这样了。"

"我猜肯定远远不止这么几句。"

她猜得对，但比利不想说得太深入，更别提他为尼克和其他人做的那些事情的细节了。他从没向任何人说过这段经历，听见他向别人讲述自己人生的这个部分，他也感到惊骇。这段经历不但肮脏，而且愚蠢。艾丽斯·马克斯韦尔，商业学校的学生，强奸案的受害者，和一个以杀人为生的男人坐在同一辆旧皮卡里。杀人是他的职业。他要干掉尼克·马亚里安吗？只要有机会，比利很可能会杀了尼克。那么问题来了：为荣誉杀人比为钱杀人更高尚吗？很可能并不，但他不会因此却步。

艾丽斯沉默下去，思考了一会儿，然后她说："你告诉我这些，是因为你觉得你不一定有机会写下来了。对吧？"

是的，但他不想说出来。

"比利？"

"我告诉你是因为你想知道。"他最后说，随手打开了收音机。

5

他们又住进一家非连锁的汽车旅馆。拉斯维加斯周围的穷乡僻壤有很多类似的旅馆。比利用多尔顿·史密斯和伊丽莎白·安德森的名字登记，艾丽斯在大堂玩老虎机。前 4 块钱打了水漂，第 5 次，10 个假银圆叮叮当当地掉进出币槽，她尖叫得像个孩子。前台服务员让她选，兑换 10 块钱，还是同样数额的记账卡。

"这里的餐厅怎么样？"艾丽斯问。

"自助餐很好。"然后他压低声音说，"亲爱的，还是要钱吧。"

艾丽斯接过钞票，他们出门拐弯去了不远处的超级西冷汉堡。她坚持请客，比利没有和她抢。

回到比利的房间，她坐在窗口，看着驶向市区的绵延车流，酒店和赌场一家接一家点亮彩灯。"罪恶都市，"她感叹道，"而我在汽车旅馆的房间里，和我在一起的英俊男人年龄比我大一倍。我母亲会吓得尿出来的。"

比利仰头大笑："你姐姐呢？"

"她不会信的。"她指着窗外说，"那就是派尤特山脉吗？"

"假如是北面，那就是了。我记得好像叫丘陵。不过不重要。"

她转向比利，笑容已经消失："告诉我，你打算怎么做？"

他告诉了她，不仅是因为需要她帮忙做准备工作。她听得很仔细："似乎非常危险。"

"要是感觉情况不对，我就回来重新考虑。"

"你怎么知道情况对不对？就像你朋友塔可在费卢杰的屋子门口那样？"

"你记得那一段？"

"你能感觉到吗？"

"我认为应该能。"

"但你很可能还是会进去。就好像你们还是进了游乐园，你知道接下来发生了什么。"

比利没有吭声。他无话可说。

"真希望我能和你一起去。"

他对此也没有吭声。就算这个念头没有让他感到战栗，她和他一起去还是会导致计划失败，她很清楚这一点。

"你非常需要这笔钱吗？"

"没有它我也能过得很好，而且这笔钱的大部分也会给布基。我去不是为了钱。尼克辜负了我，他必须付出代价，就像轮奸你的那伙小子必须付出代价。"

这次轮到艾丽斯陷入沉默了。

"还有一个原因。我不认为完成任务后杀我灭口是尼克的主意，我

知道给出 600 万悬赏要拿我的人头也不是他的主意。我想知道那个人
是谁。"

"以及为什么？"

"对，以及为什么。"

6

第二天清晨，比利首先去检查旧道奇皮卡的车斗和拖车，因为工
具只是用绳索固定，并没有上锁。所有东西都在，完好无损。他不吃
惊，因为车斗和拖车里的东西都是用旧了的破烂，也因为根据他多年
来的经验，绝大多数人都是诚实的老百姓，他们不会拿不属于他们的
东西。而不诚实的那些人，例如特里普·多诺万、尼克·马亚里安和
尼克背后的天晓得什么人，会惹得他火冒三丈。

他险些发短信问布基能不能查到尼克目前开什么车——车肯定停
在双张多米诺停车库的贵宾区，无疑是一辆好车，有个好记的车牌号
码——转念一想，他还是放弃了。布基也许能查到，但同时说不定会
引起一些不必要的注意。这是比利最不希望发生的事情。他希望尼克
现在已经准备放松享乐了。

他等到店铺开门，和艾丽斯一起去了最近的 Ulta 美妆店。这次需
要化妆的是比利，但他让艾丽斯采购。买完东西，她想去赌场。这是
个坏主意，但她看上去非常兴奋和期待，比利无法拒绝她。"但不能去
大型酒店，也不能去长街[1]。"他说。

艾丽斯查了手机，带他们去了东拉斯维加斯的大汤米酒店与赌场。
门卫要求她出示证件，她泰然自若地亮出新办的伊丽莎白·安德森驾

---

1 即拉斯维加斯大道。

照。她四处溜达，瞪大眼睛看轮盘赌、骰子台、二十一点和永不停歇的大转盘。比利在周围搜寻用某种眼神看他的男人，他没看见这样的人。光顾近郊赌场的主要是小打小闹的老夫妻。

他再次想到，艾丽斯已经完全不是他在暴雨中救回家的那个女孩了。她正在变成一个更好的女孩，假如他策划的事情出了岔子，她受到比先前更大的伤害，那都是他的错。他心想，我应该放弃这些破事，带她回科罗拉多。然后，他想起尼克用"安全屋"的说法诓骗他，尼克知道比利的威斯康星之旅顶多开出去 6 英里，达那·爱迪生就会爆了他的脑袋。尼克必须付出代价，必须让他见一见真正的比利·萨默斯。

"这里太吵了！"艾丽斯说。她脸蛋红扑扑的，眼睛想同时看四面八方："我该玩哪一个？"

比利先去轮盘赌探了探情况，然后领着艾丽斯过去，买了 50 块的筹码给她，同时他一直对自己说真是个坏主意，坏主意啊。她的新手运气好得出奇，不到 10 分钟，她就赢了 200 块，人们为她欢呼，鼓励她继续押注。比利不喜欢这样，于是领着她去玩 5 块钱押一次的老虎机，半个小时后，她又赢了 30 块。最后艾丽斯转向他说："按按钮，盯着看，按按钮，盯着看，清空，从头再来。挺傻的，对不对？"

比利耸耸肩，但忍不住笑了。他想到了罗宾·马奎尔的话：露出牙齿才算你在笑，露了牙齿就不可能是其他表情了。

"是你说的，不是我。"他答道，笑得露出了牙齿。

7

离开赌场，他们走进 16 世纪电影院，他们看了不止一场电影，而是连看两场，一部喜剧，一部动作片。看完第二部出来，天都快黑了。

"吃点什么？"艾丽斯问。

"你想吃什么随便你，但我已经装了一肚子爆米花和橡皮软糖。"

"那就吃个三明治吧。想听听我老妈的优点吗？"

"当然。"

"要是我表现好，我们就会偶尔过个她所谓的特殊日子。我可以吃巧克力屑松饼当早饭，然后爱干什么就干什么，比如去绿线药房吃蛋蜜乳，或者买个毛绒玩具——但只能是便宜货——或者坐公共汽车一直到终点站，我喜欢这么做。一个傻乎乎的孩子，对吧？"

"并不。"比利说。

她握住他的手，自然而然得就像在呼吸，抓着他的手前后晃动，他们就这么走向皮卡。"今天就很像那种日子。特殊日子。"

"很好。"

艾丽斯扭头看着他。"你最好别被干掉。"她的语气格外强硬，"最好别。"

"我不会的，"比利说，"可以了吧？"

"很好，"她附和道，"非常好。"

8

但那天晚上她并不好。比利睡得很浅，否则就不可能听见艾丽斯在敲门了。声音很轻，怯生生的，几乎不存在。他有一两秒觉得这声音来自他正在做的那个梦（梦里有沙尼斯·阿克曼），然后他回到了拉斯维加斯城郊的汽车旅馆客房里。他起床，走到门口，从猫眼向外看。她站在门口，穿她和布基去购物那次买的蓝色宽松睡衣。她光着脚，一只手按着喉咙，他能听见她在喘息。喘息声比敲门声还响。

他打开门，抓住她没有按在喉咙上的另一只手，拉着她走进房间。关门的时候，他唱了起来："要是今天你去树林里……跟我唱，艾丽斯。"

她摇摇头，又猛吸一口气："——不行……"

"不，你可以的。要是今天你去树林里……"

"你最好……"呼哧。"……乔……乔装……"呼哧！

她已经站不稳了，离昏倒不远了。比利觉得她没有在走廊里失去知觉已经是个奇迹了。

他抓住她的肩膀摇了一下："不对，不是这句。再来。下一句。"

"你肯定会大吃一惊？"她还在喘息，但似乎离昏倒稍微远了一点。

"对。现在我们一起唱。别念，唱出来。要是今天你去树林里……"

她跟着他唱："肯定会大吃一惊。要是今天你去树林里，一定要乔装打扮。"她深吸一口气，然后一下一下地吐出来："哈……哈……哈。我必须坐下。"

"趁你还没昏倒。"比利赞同道。他依然握着她的手。他领着艾丽斯走到窗口的椅子前，窗帘现在是拉开的。

她坐下，抬头看着比利，撩开额头新染的金色头发："我在我房间里试过，但不行。为什么现在可以了？"

"你需要和别人二重唱。"比利坐在床沿上，"怎么了？做噩梦？"

"非常可怕。那几个小子……男人……中的一个，把抹布塞进我嘴里，免得我叫喊。也可能是惨叫。我觉得是杰克。我没法呼吸。我以为我要窒息了。"

"他们又对你做了那些事？"

艾丽斯摇摇头："我不记得了。"

但比利知道他们肯定做了，而她也肯定记得。他有过类似的体验，但没这么可怕，而且不像别人那么频繁。他很少和他在伊拉克认识的人保持联系，约翰尼·卡普斯是个例外，但有些专门的网站介绍这方面的知识，而他有时候会上去看看。

"很正常，这是劫后余生者的意识在处理创伤。或者在努力处理。"

"你说的是我吗？劫后余生？"

"对，就是你。唱歌不一定每次都有用。湿毛巾盖脸不一定每次都有用。还有一些其他的办法能帮你熬过惊恐发作，你在网上能找到很多。但有时候，你只需要等它过去就行。"

"我以为我已经好起来了。"艾丽斯轻声说。

"你确实在好转，但你也有很多压力。"而且这些压力来自我，比利心想。

"今晚我能留在这里吗？和你在一起？"

他几乎脱口而出说不行，但看着她苍白的脸色和哀求的表情，他犹豫了，这些压力来自我。

"好吧。"他希望他不是只穿了一条宽松的四角短裤，但现在也只能这么凑合了。

她上床，他在她身旁躺下。两人平躺在床上。床很窄，他们的髋部贴在一起。他望着天花板，心想，我绝对不会勃起的。这就像你对狗说，你别给我去追猫。他们的腿部也贴在一起。隔着棉布睡衣，他能感觉到她的温度和皮肤的弹性。自从菲莉丝那次，他没和女人好过，而且他当然不想和这个女人做些什么，但是，唉，我的天。

"需要我帮你吗？"她的声音很轻，但并不胆怯，"我不能和你做爱……你明白的，真正做爱……但我可以帮你。我很愿意帮你。"

"不，艾丽斯。谢谢，但不了。"

"你确定？"

"确定。"

"好吧。"她翻身侧躺，背对着他，面对着墙。

比利等她的呼吸变得悠长而平稳之后，走进卫生间，自己解决了问题。

9

几天时间一转眼就过去了，感觉像是在度假，然后他就要开始行动了。汽车旅馆的同一条路上有一家塔吉特超市，吃过午饭，他们去那里购物。艾丽斯买了大瓶保湿液和喷壶，还有泳装。她的是朴素的蓝色连体款。他的是热带鱼图案的沙滩裤。她还给他买了水洗布的背带工装裤、黄色的劳保手套、牛仔布的谷仓夹克和印着非常有拉斯维加斯味道的口号的 T 恤。

他们在汽车旅馆的游泳池里游泳，两人发现这是这个暂时住所最令人愉快的地方了。艾丽斯和几个孩子打水球，比利躺在睡椅里观看。一切都感觉那么自然。他们怎么看都像一对父女，正在前往洛杉矶的路上，也许是去找工作，也许是投奔亲戚——要么借一笔可以长年不还的钱，要么给个地方让他们落脚。

汽车旅馆的前台没有骗他们，自助餐只有汉堡包、奶酪和放了一万年的原汁烤牛肉。然而，在游泳池里玩了快两个小时，艾丽斯吃完了堆得满满的一盘东西，然后又去取了一盘。比利比不上她的胃口，尽管以前（例如参加基础训练那会儿）他能吃得她磕头认输。午饭后，她说她想打个盹儿，比利并不吃惊。

4 点左右，他们又去买东西，这次去的是一家农牧与园艺用品店，名叫"长势喜人"。艾丽斯整个上午都兴致高昂，到这里却阴沉了下来，但也没有企图说服比利改变明天的计划。比利对此心怀感激。劝说会导致争吵，与艾丽斯争吵大概是他最不想做的一件事情了。尤其是，今天也许是他们能够共度的最后一天了。

回到旅馆停好车，比利从裤子后袋里掏出一张折起来的纸。他展开它，温柔地抚平，然后用他从塔吉特超市买的透明胶带贴在仪表盘上。艾丽斯看着画里的小女孩拥抱粉红色火烈鸟。

"那是谁？"

沙尼斯精心绘制的蜡笔画已经有点模糊了，但从火烈鸟的脑袋飘向沙尼斯的红心依然清晰。比利摸了摸其中的一颗："米德伍德住在我隔壁的小女孩。但明天她会是我的女儿——假如我需要她当我的女儿。"

10

比利相信人们不会偷窃，但信任是有限度的。破旧的工具和肮脏的硬纸筒应该足够安全，但他们从长势喜人店里买来的东西，有人说不定会决定顺手牵羊几件，因此他们把购物袋拎进客房，堆放在比利的卫生间里。他们买了四包50磅装的美乐棵盆栽土、五包10磅装的巴卡鲁蚯蚓堆肥和一包25磅装的黑牛牌有机肥。

艾丽斯让比利去搬有机肥。她皱起鼻子，说隔着包装袋都能闻到牛粪味。

他们去她的房间看电视，她问他能不能留下过夜。比利说最好还是不要。

"我觉得我一个人睡不着。"艾丽斯说。

"我估计我也睡不着，但我们都得试试看。过来，给我抱一个。"

她使劲拥抱比利。他能感觉到她在颤抖，不是因为害怕他，而是在为他担惊受怕。她不该为任何事情害怕的，但比利认为，要是她必须害怕的话，后者总比前者好。好一万倍。

"把手机闹钟设到6点。"他说，松开她。

"不需要。"

他微笑道："还是设上吧。你说不定会让自己吃一惊的。"

回到隔壁他的房间，他发短信给布基："有没有 N 的消息？"

布基几乎立刻回复："没有。他很可能在家，但我无法确定。抱歉。"

"没关系。"比利回复，然后把手机闹钟设到 6 点。他不认为他能睡着，但说不定他也会让自己吃一惊的。

他睡着了，尽管只睡了一会儿，他梦见沙尼斯。她把火烈鸟戴维的画撕得粉碎，嘴里说我恨你我恨你我恨你。

凌晨 4 点，他醒了。他走出房间，一只手拿着新买的手套，发现艾丽斯坐在汽车旅馆常备的草坪躺椅上，裹着一件"我爱拉斯维加斯"的运动衫，正在仰望一线蛾眉弯月。

"好。"比利说。

"好。"

他走到水泥步道的边缘，在泥土里搓那双新手套。等他觉得手套看上去够脏了，就拍掉上面的灰土，站了起来。

"很冷，"艾丽斯说，"不过正合适你。你可以穿上外套。"

比利知道等太阳升起来就会迅速升温。现在是 10 月，但这里是沙漠。不过无论冷热，他都会穿那件谷仓夹克。

"想吃什么吗？麦满分？前面那家麦当劳是 24 小时营业的。"

她摇摇头："不饿。"

"咖啡呢？"

"好，就需要喝点热的。"

"加糖加奶？"

"黑咖啡，谢谢。"

他走进空无一人的大堂，在汽车旅馆必备的自助咖啡机上给两人各买了一杯咖啡。他回到外面，她还在看月亮："看上去好近，似乎一伸手就能摸到。美极了，对吧？"

"对，但你在打哆嗦。我们回房间吧。"

来到比利的房间里，她坐进窗口的那把椅子，喝了几口咖啡，把杯子放在小桌上，很快就睡着了。运动衫太大，颈部滑向一侧，露出了一个肩膀。比利觉得她至少和月亮一样赏心悦目。他坐下喝咖啡，欣赏她的睡姿。他喜欢她悠长而缓慢的呼吸。时间悄悄溜走。时间啊，就是有这个本事，比利心想。

11

7点半，比利叫醒艾丽斯，她责备他不该让她睡这么久："我们还得给你喷凝胶呢，凝胶至少需要4个小时才能干透。"

"没问题。比赛1点开始，我打算等到1点半再动手。"

"话是没错，但我本来打算1个小时前就弄好的，以防万一嘛。"她叹了口气，"去我的房间弄吧。"

几分钟后，他脱光了上衣，把保湿液涂在双手、双臂和脸上。她告诉比利别忘记涂眼皮和后脖颈。等他涂完，她开始给他喷美黑喷雾。第一层花了5分钟。喷完之后，他去卫生间照镜子，镜子中的他依然是个白人，只是晒成了沙漠游民的那种棕黑色。

"不够好。"他说。

"我知道。你再涂一遍保湿液。"

她喷了第二遍。这次他走进卫生间，效果好了一些，但还是不够好。"我说不准，"他出来时对艾丽斯说，"也许这是个馊主意。"

"不是。记得我是怎么说的吗？涂料在接下来的4到6小时内会持续变黑。戴上牛仔帽，穿上背带裤……"她挑剔地扫视比利，"要是我觉得别人不会把你当成奇卡诺人[1]，我会直说的。"

现在她又要恳求我放弃，和她一起回科罗拉多了，比利心想。但她没有。她叫他穿上所谓的"戏服"。比利回到自己的房间，戴上黑色假发，穿上 T 恤、背带裤和谷仓夹克（劳保手套塞在口袋里），最后是布基和艾丽斯在博尔德买的旧牛仔帽。帽子压到他的耳朵上，他提醒自己，等到行动的时候，他要把帽子稍微抬起来一点，露出夹着灰色的黑色长发。

"看上去不错。"尽管她红着眼眶，但语气很正常，"带记事本和铅笔了吗？"

他拍拍背带裤正面的口袋。口袋很大，除了纸笔，还足以容纳加上消音器的鲁格手枪。

"你已经比刚才黑了。"她没精打采地笑了笑，"还好这里没有政治正确警察。"

"形势所迫嘛。"比利说。他把手伸进背带裤侧面的口袋（不是放格洛克 17 的那一侧），掏出一卷现金。除了两张 20 块，这是他身上所有的钱。"拿着。保险起见。"

艾丽斯没有争辩，接过去揣进口袋。

"要是今天下午没接到我的电话，就先等一等。我不知道北面山里的电话信号好不好。要是到晚上 8 点我还没回来——顶多 9 点——那我就回不来了。你在旅馆过夜，然后结账，坐灰狗巴士去戈尔登或埃斯蒂斯帕克。打电话给布基，他会去接你的，可以吗？"

"当然不可以，但我知道了。我帮你把那几包肥料搬上车吧。"

他们搬了两趟，然后比利合上车尾的挡板。他们站在那里看着彼此。几个睡眼惺忪的人（两个销售人员，一户家庭）拖着行李出门，准备上路。

---

1 指墨西哥裔美国人。

"既然你1点之前不需要到那里，你就再待一小时吧，"她说，"甚至待两小时也行。"

"我觉得我该走了。"

"是啊，该走了，"艾丽斯说，"在我崩溃之前走。"

他拥抱她。艾丽斯用力拥抱他。他以为她会说你多保重，以为她会再说一遍你别死，以为她会再次恳求（甚至哀求）他别去。但她没有。她只是仰望他，说："去要债吧。"

她松开比利，回身走向汽车旅馆。来到旅馆门口，她转向比利，举起手机："完事了就打给我。别忘记。"

"不会的。"

只要我能打电话，他心想。只要我能，就一定会打给你。

第 20 章

1

比利在拉斯维加斯以北的 45 号公路上开了一个小时，见到一家和 ARCO 加油站联营的道吉甜甜圈店，旁边还开着一家便利店，整个设施有个古怪的名字：恐怖赫伯斯特[1]。这是个供卡车司机休息的地方，周围是巨大的停车场，一侧停满了重型卡车，它们像沉睡巨兽一般打着呼噜。比利加油，买了一瓶橙汁和一个炸圈饼，然后绕到店背后停车。他考虑要不要打电话给艾丽斯，其实他只是想听一听她的声音，他觉得她大概也想听见他的声音。我的人质，他心想，我的斯德哥尔摩综合征人质。但就算她曾经是，现在已经不是了。他想到她说"去要债吧"时的语气，并非毫无畏惧，她没有变成漫画书里的战斗女王（至少还没有），但也相当凶狠了。他掏出了手机，然后想到她昨晚应该和他一样没睡好。她也许正躺在床上，门上挂着"请勿打扰"的牌子，他可不想吵醒她。

---

1 美国加油站、洗车店和赌场连锁企业，由艾德·赫伯斯特于 1937 年创立，据说他们的店开到哪里，哪里就会掀起商战，因此得名。

他喝橙汁，吃炸圈饼，让时间慢慢过去。时间太充足了，疑虑渐渐渗入心灵。从某些角度说（事实上，是许多角度），这次就像游乐园惨剧的重演，但不会再有战友支援他。他无法确定尼克有没有去岬角山庄度周末。他不知道尼克身边会有几个手下——肯定会有好几个，不是其他组织的赏金猎人，而是他自己的手下。他也不知道这些人会部署在哪里。他看过 Zillow 网站的照片，对屋子的内部结构有大致了解，但尼克买下山庄后，可能做过改造。就算尼克在山庄，躺在沙发上为巨人队加油，比利也不知道他会在哪里看电视。他甚至不知道他能不能从服务边门混进去。也许可以，也许不行。

　　停车场里有一排移动厕所，他去排掉刚才喝下去的咖啡和果汁。他出来的时候，看见一个穿吊带衫和短得露出内裤边的牛仔裙的黑人小姐站在不远处。她像是彻夜没睡，而且这一夜还过得很累。睫毛膏让比利（比利的愚钝化身）想到了唐老鸭与史高治叔叔老漫画里的比格三兄弟，他有时候会在义卖会或草坪甩卖时捡几本他们的书。

　　"嘿，帅哥，"应召女郎说，"约一个不？"

　　这是个检验伪装的好机会。他从背带裤前面的口袋里掏出记事本和铅笔，写下 "mi es sordo y mudo"。

　　"他妈的什么意思？"

　　比利用双手摸摸耳朵，然后用不拿笔的那只手拍拍嘴。

　　"算了，"她转身而去，"老娘也不舔湿背佬的鸡巴。"

　　比利望着她离开，心情很好。不舔湿背佬的鸡巴是吧？他心想。虽然我比不上约翰·霍华德·格里芬 [1]，但我就当你是在夸奖我了。

---

1 美国民权斗士，曾用药物把皮肤变成黑色，在南方旅行后将旅程见闻写成《像我这样的黑人》，全方位展示了一个人可以仅仅因为肤色就成为侮辱、暴力与威胁的靶子。

2

他一直在甜甜圈店背后等到 11 点。在这段时间里，他看着黑人小姐和几个同事勾搭卡车司机，但没有人靠近他。比利觉得这样很好。每隔一段时间，他就下车转一圈，假装检查车上的东西，实际上只是为了伸展腿脚和放松身体。

11 点 15 分，他发动皮卡（第一下没有发动起来，吓了他一跳），然后沿着 45 号公路继续向北开。派尤特丘陵越来越近。他在 5 英里外就看见了岬角山庄。尼克在比利下手的那座城市也租过一座庄园，两者虽有差别，但一样丑陋。

GPS 说他该在前方 1 英里处拐上切罗基公路，比利把车开进休息站，这里其实只能算个回车场。他把车停在阴凉处，下车去移动厕所，想着"塔可"贝尔的座右铭：交战前别放过任何一个撒尿的机会。

走出厕所，他看了看表。12 点半。假如尼克在他巨大的白色庄园里，应该已经坐下来看赛前的歌舞表演了，他手下的几个硬点子陪着他。也许在吃玉米片，喝多瑟瑰啤酒。比利唤醒 Siri，后者说他离目的地还有 40 分钟车程。他又强迫自己等了一会儿，强迫自己放弃打电话给艾丽斯的念头。他下车，从肮脏的硬纸筒里翻出一根撬棒，在排气管本已受损的消声器上戳出几个窟窿。开着一辆又咳嗽又放屁的旧皮卡驶向服务边门，这样更符合他的角色。

"好了。"比利说。他想到要不要念一遍黑马誓言，然后对自己说别犯傻。另外，上次他们把手叠在一起念完誓言后，结果可不怎么美妙。他转动点火钥匙，起动机转了又转。听见它失去了劲头，他熄灭引擎，静候片刻，踩一脚油门，然后再次尝试。这次道奇皮卡顺利启动了。先前它就很吵，现在更吵了。

比利查看路面，开上 45 号公路，然后拐进切罗基公路。坡度变得越来越陡。起初 1 英里左右，路边还能看见一些比较朴素的房屋，但后来就没有了，只剩下岬角山庄耸立在前方。

我以前经常来这里，比利心想，他试着嘲笑这个念头，因为它不仅不祥，而且矫情。但它不肯离开，比利明白这是因为它是事实。他以前确实经常来这里。是啊。

3

拉斯维加斯是个烟霾弥漫的盆地，但城外空气清新，也许甚至还有点放大效应，因为等比利接近庄园大门时，豪宅像在往后仰，免得砸在他身上。围墙太高，他看不见里面，但他知道一进门就有个警卫室，就算没人把守，他这辆破车也肯定出现在监控画面上了。

切罗基公路的尽头就是岬角山庄。在公路到头之前，左侧分出了一条土路。土路左右立着两块牌子。左边的是"维修与送货"。右边的是"仅限授权车辆"，"仅限"二字标红。

比利拐上土路，没有忘记把帽子稍微向上抬了抬。他还拍了拍背带裤前面（带消音器的鲁格）和侧面（格洛克）的口袋。校准这两把枪毫无意义，手枪本来就只适合近距离射击，但他也意识到他没试射过这两把枪，也没有检查弹药。要是他不得不掏出格洛克射击，枪却卡壳了，那他就要闹个大笑话了。还有鲁格的消音器，很可能是某个嗑冰毒的家伙在车库里自己做的，堵住枪口，结果害得左轮手枪在他手里炸膛。算了，现在担心这种事情已经来不及了。

围墙位于他的右侧。左侧的矮松长得过于茂盛，枝叶唰唰扫过皮卡的车身。比利想象更大的车辆（垃圾车、丙烷槽车、吸污净化车）开进来会更加艰难，司机咒骂每次跑完这一趟，车身都会多出一道蓝色的印子。

开了一段，围墙直角转弯，矮松林到头了。20度的山坡也到了尽头。他来到一块平地上，这里很可能是为了屋子和附属设施而特地推平的。供服务人员使用的小路转了一圈，然后通向小得多的边门，比利要找的正是这个出入口。他的视线越过围墙，能看见谷仓上半段 15 英尺左右的高度。谷仓漆成锈红色，顶盖是金属的，灼灼反射阳光。比利只看了一眼就转开视线，以免损伤视觉。

这扇门开着，左右两侧都是花圃。围墙上有个监控探头，但它耷拉着，就像折断了脖子的鸟。比利很喜欢这样。他认为尼克有可能已经松懈，略微放下了警惕，而这就是证据。

左侧的花圃里，一个墨西哥女人跪在地上，她身穿宽松的蓝色长裙，正在用泥铲挖土。她身旁有个半满的柳条筐，里面装着鲜切花。她带着黄色的手套，说不定和比利是从同一家店里买来的。她的草帽太大了，显得很滑稽。刚开始她背对着比利，在听见皮卡的引擎声——怎么可能听不见呢？——后，她就转了过来，比利发现她并不是墨西哥人。她晒得很黑，皮肤粗糙，但她是个盎格鲁人。事实上，是一位盎格鲁老妇人。

她爬起来，站在皮卡前面，双腿分开，挡住去路。比利停车，放下车窗，她这才走向司机一侧。

"你他妈是谁，想干什么？"除了损坏的监控探头，又一个好兆头。她又用西班牙语问："Qué deseas?"——你要干什么？

比利竖起一根手指——等一等——然后从背带裤前面的口袋里掏出纸笔。他愣了一下，然后想了起来，写下"Estos son para el jardín."——这些是花园要用的。

"我知道，但周日你来干什么？告诉我，佩德罗。"

他翻过一页，写下"mi es sordo y mudo."——我是聋哑人。

"你是聋哑人？懂英语吗？"她夸张地比着嘴型说。

她在打量比利，深蓝色的眼睛镶嵌在窄长的脸上。比利同时想到了两件事。首先，尼克也许放松了警惕，但没有彻底放松。监控探头坏了，他的手下在室内和他一起看橄榄球，但他们留下了这个女人在这里松土和剪花。这有可能只是他的老朋友罗宾说的"瞎猫碰到死耗子"，但也有可能不是，因为附近一棵树的树荫下有一瓶水和一个用蜡纸包着的三明治。这说明她打算在这里待一段时间。也许直到比赛结束，别人来换岗。

另一件事情是，她似乎很眼熟。真他妈的眼熟。

她把一条胳膊伸进车厢，在他鼻尖前打个响指，她的手散发着烟味："听得懂吗？"

比利把大拇指和食指分开一点点，意思是懂，但只懂一点点。

"要是我叫你出示绿卡，你大概就要倒霉了。"她哈哈一笑，笑声和说话声一样沙哑，"所以你为什么周日来，朋友？"

比利耸耸肩，指了指耸立在围墙之上的谷仓。

"对，我猜你也不是来喝茶吃点心的。你要搬什么东西进谷仓？给我看看。"

比利越来越不喜欢眼下的情况了。一部分是因为她大可以自己去看车斗里的那几袋园艺用品，但主要是因为那种令人不安的熟悉感。他见过这个女人，但这不可能是真的。她太老了，不可能是尼克的看门狗，而且尼克也不会雇女人来做这种工作。他作风老派，而她只是个老仆人，他们在里面看比赛，打发她来这里盯着边门，而她决定利用这段时间剪些鲜花，拿回去装点屋子。但他还是不喜欢眼下遇到的情况。

"快点！快点！"她继续在他鼻尖前面打响指。比利也不喜欢她这么做，但另一方面，她理所当然地以这种居高临下的方式（非常特朗普式的褊狭态度）对待他，也证明他的伪装相当出色。

比利下车，没有关上车门，陪着她走到车尾。她没有看车斗，而是走向小拖车。她往硬纸筒里瞅了一眼，轻蔑地哼了一声，然后转回去看车斗。"为什么只有一袋黑牛？这点肥料够干什么的？"

比利耸耸肩，表示他不知道。

女人踮起脚，拍了拍那个袋子。她的大草帽随着动作翻飞："只有一袋！一袋！一！袋！——"

比利耸耸肩，表示他只负责送货。

她叹了口气，朝他挥挥手："算了，管他妈的，去吧。周日下午，我才懒得打电话给赫克托，问他为什么派个聋哑人送这么一丁点粪肥呢，他多半也在看该死的比赛，或者另一场狗屁比赛。"

比利耸耸肩，表示他还是听不懂。

"送进去吧。进去！然后就滚蛋，就近找个小酒馆，说不定还赶得上看下半场。"

他应该在这时候反应过来的。她的眼神不对劲，但他没有意识到。不过运气站在他这边，上车的时候，比利在司机一侧的后视镜里看见她扑了上来。他及时后撤，垂下肩膀，泥铲只隔着背带裤底下的 T 恤蹭到了他的上臂。他摔上车门，夹住了她的胳膊，泥铲掉在他左脚旁的地板上。

"嗷，妈的！"

她抽回胳膊，动作既快又猛，胳膊甩起来碰掉了草帽，露出了盘起来用发卡固定住的斑白头发。比利终于想起来他在哪里见过她了。

她的手伸进了园艺裙宽大的侧袋。比利跳下皮卡，一记重拳打在她的左脸上。她仰面倒在花圃里。她想去拿的东西从口袋里掉了出来。是手机。这是比利这辈子第一次向女人动手，看见她的面颊开始青肿，他想到了艾丽斯，但他并不后悔。她口袋里有可能是枪。

而她也认出了他。不是一开始就认出来了，但确实是认出来了。而且她掩饰得很好，直到最后一刻。看来背带裤、美黑喷雾、假发和牛仔帽并没有什么用处。贴在仪表盘上的沙尼斯画作也没什么用处，他本来打算在纸上写那是他女儿画的，顺便露出父亲的自豪笑容。是因为这个女人不但在雷德布拉夫见过他，而且仔细看过他的照片吗？

还是因为她是女人，而女人更擅长看穿伪装？这很可能是一种性别歧视，但比利觉得说不定是真的。

"狗娘养的杂种。原来你就是我们要找的人。"

他心想，她在尼克租来的庄园里显得那么温顺，甚至优雅。当然，当时她在扮演仆人。他想起尼克给了她一沓钞票，钱是给阿兰的，就是为他们点燃火焰冰激凌的大厨，不是给她的。因为她是尼克的手下。事实上，她还是他的家人。非常好笑。

她显得晕乎乎的，但有可能还是伪装。无论是前者还是后者，比利都很高兴他把泥铲留在了车厢里。他搂住她的肩膀，扶着她坐起来。她的面颊肿得像个气球，他不由得再次想到了艾丽斯，但艾丽斯不会像这个女人那样瞪着他。假如眼神能杀人，他大概已经死了。

比利用另一只手从上衣口袋里掏出鲁格，用枪口轻轻抵住她遍布皱纹的额头。弗兰克·麦金托什，人们叫他猫王弗兰奇，偶尔叫他光点猫王。前面的头发往后梳成大背头，和她一样。同样的发型，同样的窄脸，同样的美人尖。比利心想，要不是因为特大号的草帽，他早该看出两人之间有血缘关系的，这样就能省下他许多麻烦了。

"你好，玛吉。那天晚上你给我们上菜的时候似乎比今天有礼貌嘛。"

"狗娘养的叛徒！"她说，朝他的脸啐了一口。

比利险些再次对她动手，冲动强烈得无法遏制，而且不是因为她朝他吐唾沫。他用胳膊擦掉她的口水，松开手让她自己支撑身体。她看上去完全有这个能力。她已经70多岁了，而且抽了一辈子烟，但她从骨子里就不肯认输，比利不得不敬佩她。

"你弄反了。尼克才是狗娘养的叛徒。我做了我的活儿，但他不但不付钱，还出卖了我，企图干掉我。"

"尼克不可能这么做。他一向维护他的人。"

也许是真的，比利心想，但我不是他的人，从来都不是。我只是个普普通通的独立承包商。

"我们就别吵架了，玛吉。时间紧迫。"

"你他妈好像弄断了我的胳膊。"

"那是因为你企图劈开我的颈动脉。在我看来，我们算是扯平了。里面有几个人在看比赛？"

她没有回答。

"弗兰克在吗？"

她还是不回答，但他注意到她深蓝色的眼睛闪了一下，于是他知道了想要的答案。他捡起她的手机，抹掉上面的泥土，举起来递给她："打给他，就说有个绿植与园艺的人来送肥料和盆栽土。没什么好担心的。说——"

"没门儿。"

"说你放送货的人进来，把东西卸在谷仓里。"

"没门儿。"

比利本来已经垂下了鲁格的枪口，现在又举起来瞄准她的双眼之间："玛吉，告诉他。"

"没门儿。"

"告诉他，否则我先打爆你的脑袋，然后打爆弗兰克的。"

她又朝他脸上吐唾沫。至少她想这么做，可惜她没什么口水了。因为她口干舌燥，比利心想。她很害怕，但她还是不会打这个电话。就算打，她也会用语气通风报信，甚至干脆豁出去了，大喊就是他，就是那个狗娘养的叛徒比利·萨默斯。

他不禁再次想到艾丽斯，但他提醒自己记住这个女人不是她，也不可能是，他抡起枪，朝着玛吉的太阳穴来了一下。她翻出白眼，向后倒在花丛里。他在她身旁站了一分钟，确定她还有呼吸，然后把她的手机扔进车厢。他正要上车，转念一想，拿起柳条筐，把里面的鲜切花倒了出来。柳条筐最底下压着一部步话机和一把点三五七口径的短管眼镜王蛇左轮手枪。所以她不是园丁，他们安排她看门也不是心血来潮。这是个见过风浪的女人。他把枪和步话机也扔进车厢。

起动器空转了漫长的 10 秒，引擎迟迟不肯发动，比利心想，为什么非得是现在，上帝啊，为什么？最后，引擎终于发动了，他开车进入庄园。在围墙内开了 10 英尺，他停车让引擎空转，然后下车关上边门。门上有个巨大的铁门闩。他把门闩插进锁销，然后转身走向皮卡，消声器被他开过孔，排气管发出隆隆巨响。当时他觉得这是个好主意，现在恐怕不是了。

他正要上车，玛吉·麦金托什开始敲打边门并高喊："来人啊！来人啊！是萨默斯！道奇皮卡里是萨默斯！"就算道奇皮卡的消声器完好无损，比利也不认为屋里的人能听见她在喊叫，但他非常敬佩她顽强的生命力。他用了最大的力气打昏她，而她已经醒过来折腾了。

不，你没有用最大的力气打她。你想到艾丽斯，忍不住手下留情了。

反正现在也来不及了，而且他觉得并不重要。她必须绕过围墙跑到前面去，一路穿过茂密的松林，然后才有可能通知看守大门的警卫……前提是警卫室里真的有人。

事实上，确实有人。比利开车经过谷仓和围场，一个男人从警卫室里走了出来。他有一把步枪或霰弹枪，但枪被挎在肩膀上。他显得很悠闲，他把双手举到肩膀的高度，手掌向外：发生什么事了？

比利本来想驶向主屋，但此刻他把胳膊伸到窗外，朝着男人竖起大拇指，然后在车道上拐向警卫室。

他停车，男人走向他，但枪——莫斯伯格霰弹枪——依然挎在肩上。比利发觉他认识这个人。比利没来过这里，但他去过三四次尼克在双张多米诺的顶层公寓，其中两次见过这个男人，叫萨尔什么的。但萨尔和弗兰克眼神锐利的母亲不一样，他没有认出比利。

"老弟，什么事？"他说，"老太太放你进来了？"

"当然。"比利懒得假装西班牙口音了，否则怎么听都会像是该死的飞毛腿冈萨雷斯[1]，"我有个东西要找人签字。你能签吗？"

"我不知道。"萨尔说，他看起来有点困扰。比利心想，太迟了，朋友，太迟了。"给我看看是什么。"

比利装聋作哑的记事本还插在背带裤前面的口袋里。他拍拍它说："就在这里。"

他的手越过笔记本，握住了唐·詹森的鲁格左轮。拔枪顺利得出奇，连灯泡形状的消音器也没有碍事。他开枪了。弹孔出现在萨尔西部风格衬衫前襟的两粒珍珠纽扣之间。枪声仿佛戳破气球的爆裂声，然后你猜怎么着？消音器冒着青烟裂成了两块，一块掉在地上，一块掉进车厢。

"你开枪打我！"萨尔说，踉跄着后退一步。他瞪大了眼睛。

比利不想补枪，因为第二枪会响得多，而且也没这个必要了。萨尔跪倒在地，脑袋耷拉下去，姿势像是在祷告。然后他向前一头栽倒。

比利考虑了一下要不要拿上霰弹枪，但转念一想还是作罢。就像他对玛吉说过的，时间紧迫。

4

他开车驶向主屋。停车坪上有三辆车——一辆轿车、一辆紧凑型SUV和一辆兰博基尼，兰博基尼肯定是尼克的。比利记得布基说过，尼克对车情有独钟。比利熄火，吵闹的皮卡顿时安静下来，他踏上门前的石阶。他一只手拿着装聋作哑用的记事本，格洛克藏在记事本背

---

1 一个卡通角色，是一只老鼠，被称为"全墨西哥最快的老鼠"。它的特点是常用夸张的墨西哥口音说话。它通常戴黄色草帽，穿白色衬衫和裤子，系红色的领结（这是墨西哥农村男子的传统服装）。

后。他刚刚杀了一个人，萨尔很可能是坏人，为尼克做过很多坏事，但比利无法确定这是不是真的。现在他会继续杀人，只要他不被杀死就行。对错就留给以后去考虑吧——假如他还有以后的话。

他把手指放在门铃上，但又犹豫了。万一出来开门的是个女人呢？假如发生这种事，比利不认为他还能开枪。就算结果是彻底打乱他的计划，他也不认为他能扣动扳机。他希望他能有时间绕屋子转一圈，侦察一下情况，但他没时间了。猫王老妈已经准备好开战了。

他试了试大门。门开着。比利有些吃惊，但不震惊。尼克认为他不会来了。另外，现在是周日的下午，阳光灿烂，正是美国人看橄榄球比赛的时候。比利猜测巨人队刚刚得分了，观众在欢呼，还有几个男人也在欢呼。不太近，但也不远。

比利把记事本塞回背带裤前面的口袋里，朝着声音的方向走去。然而，他担心的事情发生了。一个漂亮娇小的拉丁裔女仆走了过来，她抱着一个易酷乐保温箱（很可能装满了啤酒），上面搁着一托盘热气腾腾的热狗面包。比利不由得想到一首查克·贝里的老歌的歌词："她太可爱，不可能刚满 17 岁。"她看见比利，看见他手里的枪，她张开嘴，保温箱开始倾斜，托盘向下滑动。比利连忙把它推回安全位置。

"走，"他指着敞开的大门说，"出去，走得远远的。"

她一个字都没说，抱着保温箱和托盘穿过门厅，走到了外面的阳光下。她体态完美，比利心想，阳光照着她的黑发，说明上帝也许还没有坏到家。她走下石阶，后背笔直，挺胸抬头。她没有扭头看背后。观众欢呼，看电视的几个男人也欢呼。有人喊道："干翻他们，纽约巨人！"

比利走在铺地砖的走廊中央。乔治娅·欧基夫的两幅画之间（一边是台地，一边是山川），一扇门敞开着。比利从门缝中偷看，见到一道向下的楼梯。电视在插播啤酒广告。比利躲在门背后，等待广告结束，等待他们的注意力回到比赛上。

就在这时，尼克从楼梯底下喊道："玛丽亚！热狗怎么还没来？"他没有等来回应，又喊道："玛丽亚！快点！"

　　另一个人说："我去看看。"比利觉得像是弗兰克，但不敢确定。

　　上楼梯的脚步声传来。一个人走进门厅，向左转，大概是要去厨房。正是弗兰克。尽管弗兰克背对着他，但比利还是一眼认出了他：大背头，企图遮住头顶的秃斑。比利从门背后出来，双脚侧面着地，悄无声息地跟着他，庆幸自己穿的是运动鞋。弗兰克走进厨房，东张西望。

　　"玛丽亚？亲爱的，你在哪里？我们要——"

　　比利抡起格洛克，使出他浑身的力气，重重地砸在弗兰克头顶的秃斑上。鲜血飞溅，弗兰克向前倒下，脑门撞在房间中央的案台上。他母亲的脑袋很硬，弗兰克说不定连同美人尖一起继承了这个特点，但比利不认为他吃得消这一枪托。他至少有段时间醒不过来了，长眠不醒也有可能。电影里经常看见有人脑袋上挨了一下，几分钟后就爬了起来，不是毫发无损就是只受了点皮外伤，但在现实中不是这样的。弗兰克·麦金托什有可能会死于脑水肿或硬膜下血肿，他有可能 5 分钟后就咽气，也有可能在昏迷中苟延残喘 5 年。他也许很快就会苏醒，但不太可能在比利做完他想做的事情之前醒来了。尽管如此，比利还是弯腰搜他的身。没枪。

　　比利悄无声息地回到门厅里。比赛肯定又开打了，因为他又听见了观众的欢呼声。尼克的休闲室里，一个男人高喊："他妈的撂倒他啊！对！我他妈就是这个意思！"

　　比利走下台阶，步伐不快也不慢。三个人正在盯着一台大得惊人的电视看。两个男人坐在沙发椅里。第三把沙发椅空着，很可能是弗兰克的座位。尼克坐在沙发中央，双腿分开，他的短裤太短、太紧，也太花哨了。他的肚子把纽约巨人队的 T 恤顶得高高的，上面摆着一碗爆米花。另外两个男人也各抱着一碗爆米花，比利很高兴，因为这样他们就腾不出手拿枪了。比利认识这两个人。他在尼克的套房和赌场的办公室里见过其中一个。好像是会计，反正是管账的。比利不记得他叫什么了，麦凯、米凯甚至马基都有可能。另一个是全顺货车上的两个冒牌公共工程部人员之一，雷吉。

"怎么这么久才来，"尼克说，另外两个人已经看见了比利，但尼克死死地盯着电视，"放在——"

他终于注意到了两名同伴的震惊表情，扭过头，看见比利站在离地毯两步远的地方。浮现在尼克脸上的恐惧和惊愕让比利感受到了巨大的满足。尽管不能补偿他损失的 5 个月——差得还很远呢——但已经朝着正确的方向迈出了一步。

"比利？"搁在尼克肚子上的碗翻了，爆米花滚向地毯。

"你好啊，尼克。看见我你多半不太高兴，但我很高兴见到你。"他用格洛克指了指管账的男人，后者已经举起了双手，"你叫什么？"

"马、马克。马克·阿布拉莫维茨。"

"马克，趴在地上。雷吉，你也是。脸朝下。双臂双腿分开。就当你们在雪地上画天使。"

他们没有反抗，放下装爆米花的碗——很小心——然后趴在地上。

"我有老婆孩子的。"马克·阿布拉莫维茨说。

"很好。你乖乖的，就还能见到他们。你们两个有枪吗？"他不需要问尼克，因为看他这身滑稽的比赛日打扮就知道他没地方藏枪，连脚踝都不可能绑枪套。

脸朝下趴在地上的两个人一起摇头。

尼克又叫了一次比利的名字，这次的语气不是疑惑，而是喜悦的惊呼。他想努力做出那副老庄园主的敦厚好客派头，但不怎么成功。"你躲到哪里去了？我一直在联系你！"

就算没有更紧迫的问题要解决，比利也懒得回应这个可笑的谎言。房间里还有第四把椅子，旁边的爆米花碗空了一半。

"巴克利把球留在了场上,"解说员说,"琼斯一马当先,现在——"

"关掉。"比利说。尼克是山庄的主人和沙发的霸主,因此遥控器当然在他身边。

"什么?"

"你听见了,关掉。"

尼克拿起遥控器指着电视,比利很高兴地看见他的手在微微颤抖。比赛的画面随即消失。现在只剩下他们四个人了,但第四把椅子和半碗爆米花说明还有下落不明的第五个人。

"他在哪里?"比利问。

"谁?"

比利指了指那把椅子。

"比利,你听我解释我为什么没有立刻联系你。我这边出了些问题。是——"

"闭嘴。"能这么说真是太愉快了,不需要装傻则更是令人愉快,"马克!"

会计的腿抽搐了一下,像是遭到了电击。

"他在哪里?"

马克很明智,立刻回答了他:"上厕所去了。"

"闭嘴,白痴。"雷吉说。比利朝着他的脚踝开了一枪。在他开枪之前,他都不知道自己会这么做,但他的准头一如既往地好,他对这么做谈不上后悔,就像他在厨房里打昏弗兰克一样。在除掉傻瓜比利·萨默斯的密谋里,雷吉也扮演了一个角色。把他骗进公共工程部的假货车,开出市区几英里,然后给他脑袋一枪,故事结束。另外,休闲室里的这三个人需要知道现在谁说了算。

雷吉惨叫,翻了个身,伸手去抓脚腕:"狗娘养的!你他妈朝我开枪!"

"闭嘴,要么我让你闭嘴。不相信,你就试试看。"他把枪口转向阿布拉莫维茨，阿布拉莫维茨睁大了眼睛看着他，"厕所在哪里？指给我看。"

阿布拉莫维茨指向沙发背后。那里的墙边摆着三台弹珠机，彩灯在闪烁，但为了看比赛，碰撞效果音关掉了。弹珠机再过去是一扇紧闭的木门。

"尼克。叫他出来。"

"达那，出来！"

不在场的人原来是他，比利心想，雷吉在全顺货车上的搭档，红头发的小个子，扎发髻，来杰拉尔德塔挖苦我。除掉肯·霍夫的不一定是他，但比利觉得很可能就是他。当然是爱迪生了，因为故事里的每个角色都必须使用至少两次，这是狄更斯的规则。也是左拉的。

他没有出来。

"出来吧，达那！"尼克喊道，"没事的！"

没有回应。

"他有枪吗？"比利问尼克。

"你开什么玩笑？你以为我请几个朋友来看橄榄球，他们会带着枪来？"

比利说："我看我们很快就会知道答案的。尼克，你这两个趴在地上的朋友知道我枪法很好吗？知道我就靠这个吃饭吗？"

"他枪法很好，"尼克说，他橄榄色的皮肤变成了菜黄色，"他在海军陆战队受过训练。狙击手。"

"现在我要去厕所门口，说服达那出来。雷吉，我看你是没法跑了，但阿布拉莫维茨先生，你还可以试试看。你敢跑，我就一枪崩了你。尼克，你也一样。"

"我哪里都不会去的，"尼克说，"我们有话好好说。你听我解释——"

比利再次命令他闭嘴，然后绕过沙发。尼克现在背对着他了，假如比利非要开枪不可，他的脑袋就是个绝妙的靶子。沙发挡住了雷吉和会计，但雷吉的脚腕断了，而他不认为顾家的阿布拉莫维茨会是个问题。他需要担心的是达那·爱迪生。

他站在离厕所门最近的弹珠机旁边说："达那，出来吧。你乖乖出来，就还有活路。否则就必死无疑。"

比利知道达那不会回答他，也确实没有等来回答。

"好吧，那我进来。"

我他妈才不进去呢，他心想。他弯下腰，伸手抓住门把手。他刚开始转动门把手，爱迪生就连开了四枪，速度快得比利几乎分不清每一枪的枪声。门很薄，子弹没有打出弹孔，而是把门打得大块碎木飞溅。比利感觉到背后有动静，但没有回头看。尼克和阿布拉莫维茨可能不想坐以待毙，但两个人都不会为了制服他跑进爱迪生的火力覆盖范围，他们不是冲进游乐园去救约翰尼·卡普斯的那对笨蛋。

爱迪生肯定以为就算比利还活着，也会犹豫不前，因此比利没有犹豫，而是一步蹿到碎裂的木门前，对着木门打出了6发子弹。爱迪生尖叫，门里发出咔嗒一声，然后——只有在现实中才有可能发生这么荒诞的事情——马桶冲水了。

比利瞥见阿布拉莫维茨奔向一楼，大步跑着，就像瞪羚在跳跃。比利不知道尼克在干什么，尼克没有跟着阿布拉莫维茨跑上楼梯，但现在不是深究尼克去向的时候。他抬脚踹向挂在锁上的残余门板。门飞了出去。达那·爱迪生趴在马桶上，头部和咽喉在流血。他的格洛克和无框小眼镜都掉在淋浴间里。他显然是在倒下时碰到了马桶的冲水把手。他抬起眼睛，望向比利。

"医……生……"

比利看着鲜血顺着马桶侧壁汩汩流淌。医生已经救不了达那了。达那这就要回那个叫老家的地方了。比利弯腰看着他，手里握着枪："还记得你来杰拉尔德塔我的办公室那次，对我说的最后一句话吗？"

爱迪生发出嘶哑的嘀嘀声，喷出了一口血沫。

"我记得。"比利用格洛克的枪口抵住爱迪生的太阳穴,"你说'别打偏了'。"

他扣动扳机。

5

走出卫生间,他看见雷吉跪在沙发前。比利能看见他的头顶。他看见比利,举起了一把银色的小手枪,这把枪肯定藏在某个坐垫底下。看来尼克不是手无寸铁。雷吉还没来得及开火,比利就朝着沙发靠背连开两枪,雷吉向后翻倒,从他的视线中消失了。比利跑了三步,躲在沙发背后,然后探头张望。雷吉躺在地上,枪掉在地毯上,旁边是一只因无力而张开的手。他睁着眼睛,但视线已经开始涣散。

你应该趴着别动的,这样就只会断一个脚踝了,比利心想,医生能治好这种小伤的。

休闲室更深处,有什么东西倒了。玻璃粉碎的声音,然后是一声咒骂。比利猫着腰跑过去。电视背后的那块地方没开灯,但比利在昏暗的光线中看见了尼克。尼克背对着他,正在按一个夜光小键盘上的按钮,小键盘旁是一道铁门。这块区域摆着一张台球桌和几台古董老虎机,移动式吧台翻倒在地上,碎玻璃闪闪发亮,威士忌的气味熏得他流泪。

尼克疯狂地按按钮,继续用阿尔巴尼亚语——或者他小时候学的其他什么语言,现在只记得骂人的脏话了——咒骂。比利命令他住手,转过来,他这才停下。

尼克听话地转过来。他看上去快死了,这倒也没错,因为他确实离死不远了。但他在笑,尽管只有一丝笑容,但没错,他在笑。"我跑错方向了。我应该和阿布拉莫维茨一样上楼梯,但……"他耸耸肩。

"那是你的避险室？"比利问。

"对。你猜怎么着？我忘记了该死的密码。"然后他摇摇头，"真他妈扯淡。我脑子里一片空白。只有四个数字，我只记得第二个是2。"

"现在想起来了？"比利问。

"6247。"尼克说，放声大笑。

比利点点头："最优秀的人也会犯这种错，更不用说我们其他人了。"

尼克打量他，擦了擦沾着白沫、亮晶晶的嘴唇："你说话不一样了，连样子都不一样了。你其实根本不像你表现出来的那么笨，对吧？乔治警告过我，但我不相信他。"

"在你做掉他之前。"比利说。

尼克瞪大了眼睛，比利敢发誓他的惊讶不是装出来的。"乔治没死，他在巴西。"他打量比利的表情，"你不相信？"

"被你坑了这么一把，我凭什么相信你说的哪怕一个字？"

尼克耸耸肩，像是在说有道理："能让我坐下吗？我的腿没劲了。"

比利朝台球桌旁的三个观众座挥了挥格洛克的枪口。尼克晃晃悠悠地走过去，坐进正中间的座位。他转身拨动背后的开关，打开照亮绿色台面的三盏吊灯。

"我不该接那个合同的。但钱太多了……蒙蔽了我。"

比利觉得他还有一些时间。待得太久肯定会酿成大错，但他还是想待一会儿。因为他需要答案。钱现在是次要的，更不用说他很可能根本拿不到钱。只有在电影里，黑帮大佬的避险室里才会有满满一墙的现金。如今全是电脑转账了。钱几乎不复存在，已经成了机器中的幽灵。

"大猪乔治得了肝病。他那么胖，你肯定会赌他的心脏出问题，结果出问题的是肝脏。他需要移植。医生说他必须减掉200磅体重，否则就想也别想了。要是他不减肥，就会死在手术台上的。于是他就去巴西了。"

"减肥中心？"

"一家特殊诊所。你进去以后，必须达到目标体重，否则他们就不会放你出门。他知道他只有去这种地方才行，否则只要他馋带奶酪的三层汉堡，就会立刻溜出去。"

比利开始相信了。尼克描述乔治的时候用的是现在时，而且也没有什么对不上的地方。从某个角度说，这就像爱迪生受致命伤后倒下时冲了马桶。有些事情过于怪诞，不可能不是真的。大猪乔治进了减肥集中营无疑就是这种事。

"乔治知道你杀死乔尔·艾伦后，他的身份肯定会暴露，因为他胖得像条该死的鲸鱼，但他能接受。他说这样就可以确保他不会在最后一刻退出了，不管能不能成功换肝。另外，他也想退休了。"

"真的吗？"比利一直以为乔治属于愿意累死在工作岗位上的那种人。

"对。"

"在巴西安度晚年。"

"好像是阿根廷。"

"听上去很烧钱。他这么帮忙暗害我，一定也拿到了一大笔退休奖金吧？"

尼克犹豫片刻，然后说："300万。"

"乔治300万，干掉我600万。"

尼克瞪大眼睛，在座位里沉了下去。他在想，既然比利知道了这件事，那么他的最后一丝生机就破灭了。他很可能是对的。

"欠我的区区150万你却不肯付了？我知道你很卑鄙，尼克，但我没想到你会黑我的钱。"

"比利，我们根本没——"

"你少骗我。你老老实实说明白，否则我现在就杀了你。"

"你反正怎么样都会杀了我。"尼克说，尽管他的声音还很平稳，但一滴眼泪淌下他剃得干干净净的丰满面颊。

比利没有回答。

"好吧，对。我们打算杀了你。那是交易的一部分。负责动手的是达那。"

"我就是你们的幸运兔。"

"不是我的主意，比利。我跟客户说过，你无论如何都会守口如瓶的。但他坚持这么做，就像我说的，金钱蒙蔽了我。"

比利可以问尼克收了多少钱，但他真的想知道吗？不，他不想。"客户是谁？"

尼克没有回答这个问题，而是指着避险室的门说："我有钱。不到150万，但至少有80万，甚至100万。我给你，余额我也会补给你。"

"我完全相信，"比利说，"我还相信我们赢了越南战争，登月计划是舞台布景。"他忽然想到另一件事："你知道纵火的事情吗？"

听见他忽然改变话题，尼克吃惊得直眨眼睛："纵火？纵什么火？"

"焰火筒不是那天唯一的障眼法。我开枪前不久，附近一个镇子还发生了一起仓库火灾。我之所以提前知道，是因为霍夫告诉了我。"

"霍夫告诉你的？那个蠢货？"

"你确定你不知道吗？"

"不知道。"

比利相信他，但他想听尼克亲口说，想看着尼克对他说。不过这些都不重要了，对他来说，这段已经翻篇了。"客户是谁？"

"你会杀了我吗？"

我应该杀了你，比利心想，你罪有应得。

"客户是谁？"

尼克抬起手捂住脸，慢慢往下抹，擦掉额头的冷汗和嘴唇上的唾沫。他的眼神说明他已经放弃了本就不多的希望："要是我告诉你，你会在动手前允许我祷告吗？还是说杀了我还不够，你希望我永远在地狱里接受煎熬？"现在，他的眼泪不受控制地流了下来。

"你可以祷告。先说客户的名字。"

"罗杰·克拉克。"

比利刚开始以为他说的是"店员"[1]，就是便利店里负责结账的那个人，但随后尼克拼给他听。这个名字有点耳熟，但和尼克的世界没关系，也和布基·汉森的世界没关系。更像是比利在报纸或博客里读到过的名字，或者在播客听到过。也许是看电视。政客？商人？比利对这两个圈子都缺乏兴趣。

"世界娱乐电视网。"尼克说，"你不知道也正常，世界娱乐电视网只是全世界四大媒体巨头中的一个。"

尼克挤出笑容——一个快死的人在说不好笑的笑话——但比利没注意到。他在倒带，几乎一直倒到了最开始的时候。他和肯·霍夫的第一次见面，肯·霍夫肯定没考虑过要退隐南美洲。

"仔细说说。"

尼克说给他听，他听到的内容让他惊愕——还有骇然——以至于忘记了时间。他忘记了岬角山庄不是每一个人都丧失了战斗力，直到他听见楼上传来一声绝望的哀号。只有母亲才有可能发出这样的叫声，这个母亲发现她的儿子不省人事地瘫在地上，也许快要死了——说不定已经死了。

"尼克，想活下去吗？"一个没必要问的问题。

"想。当然想！只要你肯放过我。我会确保你拿到钱的。一分钟都不差。这是我的庄严承诺。"先前讲述秘密的时候，他的泪水止住了，但听到还有可能活下去，眼泪又冒了出来。

---

1 罗杰·克拉克（Roger Klerke），与店员（clerk）发音相似。

无论庄严还是不庄严，比利对尼克的承诺都不感兴趣。他指了指避险室毫无装饰的铁门。楼上又传来一声哀号，然后是喊声："救命！谁来帮帮我！"

　　"里面有枪吗？"

　　尼克不再是黑帮老大了，不再是5个月前伸开双臂迎接比利的热情主人了，不再是喝着香槟帮比利制定逃脱计划的那个人了。他被打回了最普通的凡人原形，最大的愿望就是能继续呼吸，因此比利认为他的惊讶表情是真诚的。"避险室？那里面为什么要有枪？"

　　"进去。关上门。看着手表。等一个小时。要是你不到一个小时就出来，我也许已经走了，但说不定还没走。"说得好像我还会在这儿赖一个小时似的，比利心想，"要是我没走，那你就死定了。"

　　"我不会的。不会的！你的钱——"

　　"我会联系你的。"

　　也许吧，比利心想。或许我已经不想要钱了，特别是考虑到我做了什么，以及是为了谁做这些事。当时不知道，这也许是个借口，但恐怕不是个好借口。

　　"撤掉赏金猎人。就说我来过你这里，在枪战中死了。要是我发现还有人在追捕我，你最好希望他们杀了我，因为要是我没死，我就回来杀了你。你也让克拉克撤掉赏金猎人。我之后会去找他的，要是他说的和你说的有半个字不一样，我就回来杀了你。听懂了？"

　　"懂了！"

　　比利指了指休闲室的电视区。"收拾好这个烂摊子。收拾干净。明白吗？"

　　"救命啊，他醒不过来！"楼上传来叫声。

　　"你听懂了吗？"

　　"听懂了。你打算——"

　　"进去。"

尼克这次没有忘记密码。门的密封性能大概比得上飞船气密舱，因为门打开的时候发出了轻微的咝咝声。尼克进去。他最后看了比利一眼，这双眼睛不再相信它们的主人能主宰一切了，也许这样的报复就足够了——或者，如果这种状态能一直持续下去，就足够了。但比利知道这不可能。

"哪怕一辈子只有一次，请你这次遵守自己的承诺。"比利说。

尼克关上门，门锁砰的一声重新锁住。比利看见观众座椅旁的钩子上挂着装台球的粗棉布袋。他拿起布袋，把台球倒在球案上。他从卫生间拿来爱迪生的格洛克，从雷吉尸体的手旁边捡起尼克藏在沙发里的枪。他把两把枪放在布袋里，然后去翻雷吉的裤子口袋，这件事固然令人不快，但他不得不做，因为他不想开着一辆起动器时好时坏的旧皮卡离开这里。他找到了雷吉的车钥匙。

比利的格洛克在背带裤前面的口袋里。上台阶的时候，他掏出这把枪。他听见弗兰克的母亲——他给她起了个外号：终结者的新娘——在打电话："尼克家！对，白痴，尼克家！否则我为什么打给你，而不是叫救护车？"

比利顺着走廊来到厨房，依然用脚的侧面走路。他看不见玛吉，也就是猫王老妈，但能看见她的影子踱来踱去，还能看见座机电话绳的影子。他还看见弗兰克·麦金托什分开的双脚旁有一把莫斯伯格霰弹枪。肯定是守门人萨尔的，这把枪先前挎在他的肩膀上。

我有机会的时候应该拿上它的，比利心想。

"快来！他没呼吸了！"

比利跪下，探出身子，伸长手臂。她用毛巾擦弗兰克后脑勺上的鲜血，然后把毛巾留在他的后脖颈上。比利用手指钩住霰弹枪的扳机环，把枪慢慢地拖向他，希望她不要听见响动，然后忽然转过来。他不想再伤害玛吉了。

他的后脖颈突然感觉到一阵冰冷的麻痒，他知道肯定是尼克。看来他还是在避险室里藏了枪。尼克溜出避险室，爬上楼梯，此刻用枪瞄准了比利的后脑勺。比利猛地转身，听见自己的脖子咔吧一声响，他以为这是他在这个世界上听见的最后一个声音了。但他背后没人。

他爬起来，膝关节响了一声。弗兰克的母亲听见了，绕过冰箱（没电视那么大，但也差不多了）瞪着他。她整张脸又青又肿，比利不由得再次想到艾丽斯。玛吉依然拿着听筒，但电话绳已经被拉到极限，所有的螺旋都拉直了。她双唇分开，因为愤怒而扭曲。

比利用格洛克指了指她趴在地上的儿子，然后举起枪管贴在嘴唇上：嘘——

她的嘴唇依然扭曲，但点了点头。

比利离开，他倒退穿过门厅，直到走出大门。

6

停车坪上那辆 SUV 的格栅上有个三菱徽标，与雷吉车钥匙上的徽标一样。他上车时，闻到了新车特有的气味，不过它已故的主人留下的烟味正打得它节节败退。中控台上有个圆桌派的铁皮罐头，里面塞满了烟头。比利摇下车窗，把它扔了出去。留给尼克慢慢打扫吧。

玛吉冲出大门。明亮的阳光下，她的脸色仿佛死人。"要是我儿子死了，我就去找你！"她叫喊着，"要是他死了，我就追杀你到天涯海角！"

她很可能真的会这么做，比利心想，但弗兰克罪有应得，你也一样，可敬的女士。

他一直没机会给尼克看他 T 恤上的标语，但现在他朝她喊了一遍。

他开车经过萨尔的尸体，穿过铁门出去。回到 45 号公路上，他打电话给艾丽斯，说他一切都好。尽管难以置信，但这是真的。他只受了一处伤，还是玛吉用泥铲留下的刮伤。

"感谢上帝，"艾丽斯说，"你……你有没有……"

"我两个小时后就到了，也许更早。我升级了座驾，现在开着一辆绿色的三菱欧蓝德。你收拾行李。我们立刻离开。路上详说。"

他不会省略任何内容。她有资格知道一切，尤其是他打算请她帮忙完成剩下的事情。他还没有拿定主意，只有一个非常模糊的计划，但他正在朝那个方向努力。是否帮忙由她决定，但他确实有一些相当有说服力的理由需要她加入。而她也会知道的，他心想。

"我们要回……你知道的，你朋友那里吗？"

"先回去再说。你可以留在那里，也可以和我一起回东海岸，做完剩下的事情。你自己选。"

她立刻答道："我跟你走。"

"别现在就决定。先听我说完要去哪里和为什么要去。"

他挂断电话。前方是拉斯维加斯的烟霾盆地，他很高兴能离开这个鬼地方。他 T 恤上的口号非常有拉斯维加斯风味，虽然没机会给尼克看，但他喊给了弗兰克的母亲听——想玩就要付出代价。还有一个人必须付出代价：罗杰·克拉克。

他是个非常坏的坏人。

第 21 章

1

他开进停车场，艾丽斯在旧皮卡曾经停放的车头位置等他。他刚下车，她就紧紧地拥抱他，她整个身体都扑进了他怀里，毫不犹豫。他以同样方式拥抱她。等他们松开，她的第一个问题让他感到既好笑又悲伤，因为提出这个问题的年轻女人现在活在法外狂徒的思想框架之中了。

"开这辆车安全吗？不会被警察拦下来吧？"

"安全。车辆追踪器早就废掉了，倒也合理。"而且车主死了，尼克也不会报警，否则他要解释的问题就太多了。另外，比利掌握的情报能把他连同他的整个生意一起炸上天。

"行李全收拾好了。其实行李也没多少。"

"好。我们走吧。路上你给我们在文多弗订个汽车旅馆。文多弗就在犹他州的边界外一点。"

艾丽斯看了看他们目前的这个栖身之处："我们住的这种地方恐怕没有网上预订的网站。或许有，但……"她耸耸肩。

"那就订个连锁的吧。多尔顿·史密斯的身份还没暴露，而且我们不用再躲躲藏藏，现在不会有人来找我们了。"

"你确定？"

比利想了想，认为他确定。他对尼克最后说的是"哪怕一辈子只有一次，请你这次遵守自己的承诺"。他觉得尼克本来以为自己肯定会死在休闲室里了，因此应该会信守承诺。至少短期内会怎么做。还有一个原因。假如比利成功地干掉克拉克，那么尼克·马亚里安就会获得自由，而且600万的悬赏很可能已经进了他的某个户头。

在他思考的这段时间里，艾丽斯一直仰望着他，等待他的回答。

"我确定。我们走吧。"

2

这段故事很长，但开车到文多弗需要5个小时，比利有充足的时间把他知道的情况和他推理的结果告诉艾丽斯。他们出发前，他打开手机，用谷歌搜索了罗杰·克拉克。网上的生平简介说他出生于1954年，因此他今年65岁，不过他的配文照片显得他至少还要老10岁。他脸色苍白，谢顶，双下巴，满脸皱纹。他的眼睛像两只发光的小动物，生活在松弛层叠的肉窝里。这张脸是艰苦奋斗和自我放纵的证据。

"他就是这场闹剧幕后的黑手。"比利说，把手机递给艾丽斯。

比利开出停车场，驶向15号公路，她一会儿敲键盘，一会儿扫屏幕。她恨不得钻进手机里，不耐烦地从眼前撩开头发："我的妈呀！按照维基百科的说法，他几乎拥有整个世界，至少在新闻业是这样。"

比利回想起他第一次见到肯·霍夫，他们两个人坐在雀斑咖啡馆外面的遮阳伞底下，马路对面就是最终要开枪的那栋楼。霍夫喝葡萄酒，比利喝无糖汽水。甚至在那个时候，霍夫就已经隐约散发着急切的气息了。虽然这股急切感像孪生兄弟一样伴随着他，让他陷入许多麻烦，而且即将让他陷入更大的麻烦。但这是一种核心信念，也许是他小时候被灌输的：他是《肯·霍夫的美妙生活》这部电影的主角，无论处境多么糟糕，最后他一定会安然脱身，美女、金表和一切都归他所有。

"报纸、网站、一家电影制片厂、两家流媒体服务商……"

"还有电视台，"比利说，"别忘了电视台。包括雷德布拉夫的第六频道，只有他们拍到了法院枪击案的录像。"

"你认为——"

"对。"

"妈的。"艾丽斯轻声说。

"今年我手头有点紧。自从我出钱进了WWE，现金流就一直成问题，但三家加盟台呢，我怎么可能拒绝？"这是霍夫的原话。

"世界娱乐电视网是他的，"艾丽斯说，"除了电视网，他们还有12个有线频道，其中之一就是那个热爱特朗普的新闻台，他们有一伙疯狗似的评论员——"

"我知道你说的是哪些人。"

他看过WWE新闻24台，每个人都看过，它不分昼夜地在旅馆大堂和机场航站楼里播放。比利有时候会驻足几分钟，吸收一些右翼政论家的狂言，然后继续向前走，或者，如果他能拿到遥控器，他就换成电影频道。但他不知道他们也联营地方性的电视台。他不知道——至少刚开始不知道——也不在乎霍夫在说什么。他当时不觉得这是什么重要信息。但实际上这确实重要，而且非常重要。霍夫就是这么被卷进来的。这就是为什么第六频道的报道组没有跟进科迪镇火灾的新闻，为什么霍夫死在了自己家的车库里。

"就是他雇你去杀乔尔·艾伦的？这个人？他很老，也很有钱。"

对，比利心想。很老，很有钱，习惯于当他的帝王。肯·霍夫只

416

是以为他是电影主角，而罗杰·克拉克就是电影主角。他认为自己应该拥有一切，他想要的东西不但必须被送到他面前，而且要打磨成最完美的状态。因此乔尔·艾伦不仅要死，而且要被拍下来。

而我只是个侍者，比利心想。

"告诉我，岬角山庄都发生了什么。"

比利告诉了她，只跳过了尼克最后说的那段话，当时尼克说完，比利就像打发被禁足的坏孩子回卧室似的把他送进避险室。等他说完，艾丽斯说："你做了你不得不做的事情。"

这是事实，但做出判断的这个年轻女人刚满能合法买酒的年纪。他确定肯·霍夫也是这么想的。"对，但是错误的选择使我最终不得不做这些事情。"

"那个老女人，"艾丽斯说着摇摇头，"真是了不起。你觉得她能熬过来吗？"

"只要她儿子不死。"

她白了比利一眼，他很高兴能见到这个眼神。如果她觉得自己足够安全，已经到了可以对他生气的程度，那她的情况应该在朝好的方向发展。"她儿子为黑帮分子工作，你不觉得她也该为他的选择负一部分责任吗？"

比利无法回答这个问题。

"好了，把你没说的那些话告诉我吧。那个黑帮分子到底说了什么。告诉我为什么。"

他们已经上了州际公路。阴影开始拉长。巨人队和红雀队的比赛已经结束。一支球队获胜，另一支没有。清理队伍正在赶往岬角山庄的路上。比利把巡航控制定在 70 迈以下。

"尼克雇乔尔·艾伦杀人，但尼克只是中间人。他甚至承认他参与了，不过他管自己叫经纪人。要杀人的是罗杰·克拉克，为此花了几百万美元。他们在皮吉特湾的小岛上会面，谈定了这笔交易。"

"他要杀谁?"

"他儿子。"

3

艾丽斯弹了起来,像是被摔上了门吓了一跳:"叫彼得还是保罗什么的那个!他本来要接管他父亲的生意!"

"叫帕特里克,"比利说,"你知道?"

"大概知道。因为我母亲永远在看新闻 24 台。"

不只艾丽斯的母亲,全美国 70% 的有线电视新闻节目爱好者都在看,比利心想。

"我一看见就离开房间,我讨厌他们的胡言乱语,但又不值得为了这个和她吵架。他们把他的死当作头条新闻报道了一周,甚至盖过了特朗普。"她望向比利,"现在我知道为什么了。新闻 24 台就是克拉克的。"

"没错。"

"他们说是黑帮仇杀,帕特里克·克拉克被错认成了其他人。"

"不是黑帮仇杀,也没有认错人。他住的公寓楼有各种各样的安保措施。普通流氓连门卫那一关都过不去,更别说进公寓楼了。另外,没人听见枪声。艾伦肯定用了土豆套子。"

"用了什么?"

"消音器。"

"新闻 24 台一直在敦促警方抓住凶手,但警方到最后也没抓住。因为艾伦多半早就溜出城了。"

"是啊,翻山越岭、远走高飞了,"比利赞同道,"要是他没有因为打牌输钱杀了那两个人,他多半现在还逍遥法外呢,甚至他杀了人,他很可能也能逍遥法外。但他又回到洛杉矶，把某个女作家当成了妓女。"

"克拉克为什么要……他的亲生儿子？为什么？"

"我只能把尼克告诉我的内容告诉你。也许还有其他内情，但我当时没时间详细问了。"

"因为那家伙的母亲。玛吉。"

"对，玛吉。我知道她在往前面的铁门跑，我猜她肯定知道开门密码，而我忘了拿走门卫——"

"萨尔。"

"对，就是他。我忘了拿走他的霰弹枪。所以我只来得及听了个缩略版。"

"缩略版就缩略版好了。"

"克拉克老了。不是快死了的那种老，只是年龄大了，有一堆身体问题。他必须指定一名继承人，我猜是为了让董事会安心。大多数人认为，继承人会是他大儿子帕特里克，但帕特里克毒瘾很重，成天寻欢作乐，总是4月底就用完了他的年金，5月初就来找爸爸，求爸爸再给点钱。"

艾丽斯笑着说："他该去找老妈的。母亲的心总是比较软。"

"帕特里克的母亲死于药物过量。也可能是自杀，甚至可能是谋杀。克拉克和小儿子的母亲离婚了。小儿子叫德温。"

"我记得他也上过电视，做了个什么声明。"

比利点点头："尼克的话让我想到了蚂蚱和蚂蚁的故事，只是多了一个精明得知道如何区分两者的父亲。帕特里克是蚂蚱。比他小4岁的德温是蚂蚁，勤奋又聪明，他肯埋头苦干，又愿意肩负重任。克拉克把两个儿子叫到一起，宣布他的决定。帕特里克暴跳如雷。在他看来，他满脑子都是了不起的点子，能带领WWE更上一层楼，而他弟弟只是坐办公室的工蜂。"

比利想到照片里那双残酷的小眼睛，想象克拉克说你那些了不起的点子都是你一边嗑药，一边听你那伙白左嘻哈狐朋狗友说的。总之，不管他具体说了什么，都把他的大儿子气得怒不可遏。正常情况下，这只是无能狂怒，但罗杰·克拉克有个软肋，帕特里克有可能本来就知道，也可能是事后不久发现的。

"我不知道他是怎么知道的，尼克没告诉我，也许他也不知道。有可能是帕特里克那个有钱的蠢货圈子有人给了他线索，有可能是他偶然听见的。总之他不是彻头彻尾的傻瓜，因为他跟着面包屑找到了蒂华纳郊外的某座小房子。"

"妓院？"

"也不尽然。尼克说，那地方的资金由克拉克本人提供，也只供他一个人享受。他每年向费利克斯兄弟支付巨额贡金，而费利克斯兄弟是蒂华纳卡特尔[1]的掌控者。他们之间很可能还有其他交易，我猜很可能是洗钱。但这不重要。尼克说，克拉克从不带朋友去，因为人难免会把这里的事传出去。"

"帕特里克和贩毒集团也有来往吗？"艾丽斯问，"帮他们运毒？有个专门的词来着。"

"骡子，"比利说，"他有可能当过。"

"他说不定是听某个骡子说的。消息可能就是这么传出去的。"

比利拍拍她的肩膀："说得对，但我们不可能知道确定的答案，但这比从朋友那里听说更符合逻辑。"

听到他的夸奖，艾丽斯笑了，但笑得很勉强。比利认为她知道事情接下来会怎么发展。有些女孩没有她聪明，可能想不到；没有在不久前被强奸过的女孩，也可能想不到，但眼前这个女孩同时符合两个条件。

---

1 蒂华纳卡特尔，墨西哥最大、最著名的贩毒组织之一，费利克斯家族是其创始人。

"克拉克钟情小女孩。"

"多小？"她问。

"尼克说十三四岁。"

"天哪。"

"这还不是最可怕的。想听下去吗？"

"不想，但你还是说吧。"

"至少有一次——他告诉尼克说只有那一次，但是真是假就没人知道了——女孩的年纪要小得多。"

"12 岁？"她的脸色在说，无论那只双下巴的老爬虫多么邪恶，她都希望相信这就是他堕落的底线了。

"按照克拉克的说法，不到 10 岁，而帕特里克有照片能够证明。罗杰·克拉克在岛上和尼克会面时说，那次他'喝得烂醉，就想尝尝到底是什么滋味'。"

"上帝啊。"

"剩下的事情就像推多米诺骨牌一样简单了。帕特里克把照片存在 U 盘上，发誓说没有其他备份了，拍照的人也死了，尸体埋在沙漠里。他对父亲说他想当 CEO。他还要父亲把股份全转给他，这样董事会就算不赞成他想给 WWE 指引的新方向，也拿他毫无办法。他想把他弟弟——按照尼克的说法，他的原话是'我的傻逼小弟'——调到芝加哥分部，我猜那里就是新闻业的西伯利亚。他希望这些变动在 2019 年元旦生效，而且全都白纸黑字写下来。直到那时也只能在那时，他才会把保存照片的 U 盘交出来。"

"克拉克怎么能确定他没有其他备份呢？"

比利耸耸肩："也许真的有。但无论如何，他有什么选择？再说，帕特里克也算明智，他知道万一照片泄露出去，公司股价就会一落千丈，无论谁当 CEO 都一样。"

艾丽斯想了想，然后说："就像约好了要毁灭对方。从某个方面说。"

"是的。按照尼克的说法，克拉克同意了，他的律师起草了一封信，宣布他打算退休，把公司交给大儿子，等这封信在董事会会议纪要中披露，帕特里克就把 U 盘交给父亲。而父亲会毁掉证据。帕特里克没想到他父亲会去找尼克·马亚里安，雇杀手干掉他。他的想象力还是不够丰富。"

"所以这不是蚂蚱和蚂蚁，更像是莎士比亚戏剧，而且是比较血腥的那种。"

"帕特里克死后，等克拉克退居二线——考虑到他的健康情况，用不了多久了——德温就会继任。"

他开进一个服务区，因为三菱车需要加油，也因为他说得口干舌燥，想喝杯冷饮。艾丽斯在快选货架上挑了几样东西，比利结账的时候，她去了卫生间。等她回到车上，比利发现她在哭。

"对不起。"她买的东西装在一个白色小塑料袋里。她取出一包纸巾擤鼻涕，然后挤出笑容："刚才上厕所的时候，我给我们在文多弗的华美达酒店订了个房间。据说条件很好。"

"很好。你用不着道歉的。"

"我一直在想那个可恨的男人这样对待一个孩子。他该死。"

比利心想，我的计划就是让他死。

4

等他讲完——除了尼克告诉他的情况，还穿插着他从岬角山庄回汽车旅馆一路上推断的结论——公路上的部分车辆已经打开了车头灯。

"克拉克告诉尼克，他要找业内最优秀的杀手，这个人不仅要能完成任务且顺利脱身，而且事后不乱说话。尼克说他认识一个人——"

"你？"

"他说他首先想到的就是我，但他没联系布基。他说他确定我不会接，因为帕特里克·克拉克可能不够坏，不符合我的要求。他把这单交给了艾伦，就是一个普通的清理任务。"

"他用的是这两个字？清理？"

"对。他们定下的金额只有 8 万，预付 2 万，事成后付尾款。和他答应我的付款比例差不多，只是数字比较小。"

艾丽斯边听边点头："他不希望艾伦知道这是个大活儿，牵涉到多少利害关系。"

"没错。尼克对此很有把握，因为艾伦正是我一直扮演的那种人，一个普普通通的机械师，只是解决问题的工具不是扳手和计时电脑，而是枪和子弹。尼克把需要的资料给了艾伦，包括帕特里克公寓楼的照片、公寓内部的照片和服务人员出入口的密码，还安排了事后怎么更换车辆，总之，为了干净利落地完成任务，所有细节都考虑到了。"比利停了停，"这不是尼克告诉我的，但我为他做过事。我知道他的习惯。他没有告诉艾伦的是为什么要杀这个人，艾伦也没问。"

"但他问了帕特里克，对吧？在他动手前。"

比利思考了一下："有可能，但乔尔·艾伦这种人似乎不会这么做，他更可能会直接完成任务。不废话，瞄准开枪，然后走人。"

"也许帕特里克提出用 U 盘换……"艾丽斯停下，"但他做不到，对吧？U 盘不在他手上。他以为任命已经向董事会宣布，他已经高枕无忧了。"

"尼克不知道具体发生了什么，艾伦也没法告诉我们他怎么知道罗杰·克拉克在蒂华纳强奸了一个幼女，但我猜测，尼克吩咐艾伦把现场伪装成入室抢劫，或许犯人是帕特里克在洛杉矶的毒品圈子里认识的人。艾伦得到的命令是把他找到的钱和珠宝都拿走。他事后应当把珠宝、手表和金链子之类的东西扔掉，但钱可以留下，就当是一点微薄的奖金了。因此，干掉帕特里克后，他在公寓里翻箱倒柜，很可能发现了帕特里克藏起来的一张或不止一张照片。至少有一张清楚地拍到了他父亲的脸和他正在……做的事情。说得通吗？"

艾丽斯使劲点头，头发跟着上下弹跳："我猜事情就是这样的。就算照片在保险箱里，艾伦很可能从尼克那里得到了保险箱的密码和其他背景资料，但他能认出照片里的人是谁吗？"

根据比利对乔尔·艾伦的了解，他不像是会看 WWE 商业频道或读彭博新闻的报道的人。"很可能刚开始没认出来，但他很容易就能查到。打开谷歌搜索一下，他就知道他干掉了一个亿万富翁的儿子，而这个亿万富翁碰巧就是照片里的恋童癖。"

艾丽斯的目光很专注，她已经完全投入这件事了。比利再次想到，她上雷德布拉夫的那家破烂商业学校真是浪费天赋。美发学校？别开玩笑了。

"所以这个雇佣杀手、机械师、清洁工，掌握了两条值钱的情报，一是几乎可以肯定出钱干掉儿子的就是父亲，二是这位父亲强奸过幼女。因为他'就想尝尝到底是什么滋味'。"说这句话的时候，她的眼睛失去了一些神采。

"我估计就算他想靠这些信息生财，也不会真的这么做。他肯定知道勒索罗杰·克拉克这种有钱有势的巨头要承担的巨大风险。我估计他把这些东西当成自己的底牌。而他最后不得不拿出来使用，不是为了求财，而是因为他犯傻。"

再加上女作家的事，就是双倍地犯傻，比利心想。

"就好像他存心想被抓住，"艾丽斯说，"有些连环杀手就是这样。"她说完才意识到自己说了什么，抬起手放在比利的手腕上："我说的是没有道德准则的那些。"

这就是你所谓的"道德准则"？比利心想。

"我猜艾伦不是存心想被抓住。另外，既然他能弄清楚照片为什么那么有价值，我猜他也不是真的很蠢。"

"既然他不是真的很蠢，为什么会因为打牌输了杀人呢？又为什么会在洛杉矶对那个女人动手呢？"

唔，比利心想，前者是艾伦认为那个牌友在作弊，后者是因为女作家用胡椒喷雾喷他。但这两个答案都无法回答艾丽斯的问题的核心。

"要我说？只是自大吧。想找个地方停车吃饭吗？"

她摇摇头："一直开吧，到了地方再吃饭。我想听你说完。"

5

接下来的这部分情况尽管以猜测为主，但比利觉得反而更有把握。艾伦在洛杉矶因为伤人和强奸未遂被捕后，他知道警方很快就会把他与雷德布拉夫的杀人和杀人未遂案联系起来。在县拘留所里买卖手机是个热门生意，其中以一次性手机为主。艾伦很容易就能搞到手机，他打给尼克，说假如他被引渡回雷德布拉夫，在一个死刑州以蓄意谋杀的罪名被起诉，那么有一位姓名缩写是"罗·克"的大富豪很可能就要在监狱里度过余生了，说不定还会被哈维·韦恩斯坦戳屁眼。一旦艾伦在洛杉矶的拘留所里有个三长两短，那位罗·克一定会非常后悔。

"尼克联系罗杰·克拉克。克拉克雇了个价格高昂的律师去反对引渡，很可能也是通过中间人办的。尼克和克拉克又在那个小岛见面，列举有可能发生的各种情况。我猜那位价格高昂的法律天才多半在他们的快速拨号单上。假如是这样，他告诉他们的结论肯定是尼克早就猜到了的，也就是他可以用争取反对引渡来拖延时间，但艾伦迟早会被送上飞机，回雷德布拉夫接受审判。因为一级谋杀的优先级高于严重伤害。"

"马亚里安就是在这时候雇了你。"

"对，差不多就是这个时候。他把我安置在我最终的射击地点。这时候艾伦正被单独囚禁，因为他担心自己的人身安全。我猜这是特地安排的，也许是他的主意，也可能是他律师的。总之，在论辩是否引渡的那段时间，他有自己的单人牢房。他定期和价格高昂的律师会面，律师对他说一切尽在掌握。或者等他回到东部，一切都会安排好的。要么是安排好帮他逃跑，顺便再给他一个全新的身份，要么是上上下下都打点过了，某些证人会被买通，关键证据会不翼而飞，艾伦会当庭开释，连名字都不需要改。"

"而他没有理由怀疑。"

比利摇头道："艾伦这种人会怀疑一切，但他没有别的选择。"

"照片呢？不管一张还是多张，他的底牌呢？"

"我猜讨论引渡期间，尼克和克拉克的人都在找照片。这也是他们在引渡问题上拖延时间的原因之一。我猜他们最终还是找到了。能确定的是，反正联邦法警没有敲他的门，然后逮捕罗杰·克拉克。"

"也许我们会先去敲他的门。"艾丽斯说。

比利不喜欢她说"我们"，但没有纠正她。他的计划只有一个影子，等他真的有了清晰的计划，也许他就能把艾丽斯摘出去了。他想到布基的话：她爱上你了，只要你允许，她就会一直跟着你，而你的放任会毁了她。

6

"哇，快看——简直是个宫殿！"艾丽斯说，现在是周日晚上 8 点 45 分，他们刚刚开进文多弗的华美达酒店，"我是说，和前三个汽车旅馆相比。"

他们相邻的两个房间远称不上富丽堂皇，但已经相当舒适了，走廊里的地毯也似乎有人定期吸尘。

"你能睡着吗？"她问。

"能。"其实他不知道他能不能。

她盯着他的眼睛："你想的话，我可以和你睡。"

比利想到罗杰·克拉克对少女的迷恋——而且至少有一次是幼女——他摇摇头："你的好意我明白，我非常感激，但还是不要了。"

"你确定？"

她依然直视他的眼睛，他有没有受到诱惑？当然有。

"谢谢你，艾丽斯，但不行。你能睡着吗？"

"我们明天回布基那里去吗？"

"应该吧。"

"那我就能睡着了。我喜欢他。他让我觉得，怎么说呢，安全。"

比利心想，要是她知道埃尔默·"布基"·汉森这些年干的都是什么勾当，恐怕就不一定这么觉得了，但他明白她的意思，也认为她说得对。她和布基已经熟悉起来了。

"晚安。"他第一次吻她，吻的是嘴角。

"晚安。哦，给你。"她把白色购物袋给他，"有婴儿油和湿纸巾。尽量擦掉你身上黏糊糊的东西，然后去洗澡。没法全都弄掉，但能弄掉大部分。"她走到门口，用房卡开门，然后转身对他说："记得多留点小费，因为会有很多蹭在床单上。"

"好的。"他自己肯定想不到这些，不过等明天他看见床上的样子，很可能也会想到。

她正要进门，然后又扭头望向他。她的表情严肃而冷静："我爱你。"

比利完全没想到撒谎。他说他也爱她，然后进了自己的房间。

7

他打电话给尼克。他不确定尼克会不会接电话，但尼克接了。

"是谁？"然后没有等他回答，"是你吗？"

"是我。你那里收拾干净了？"

"明天会有人来收拾。"

"我杀的都是我非杀不可的人。"

一段漫长的沉默，话筒里只有呼吸声，然后尼克说："我知道。"

"弗兰克怎么样？"

"在医院里。他母亲打给我的私人医生。里弗斯派了辆私人救护车来。她和他一起去了医院。"

"这女人很难缠。"

"玛吉？"尼克干笑一声，"你根本想象不到。"

我觉得我能想象，比利心想，要是我打的是她的脑袋，而不是弗兰克的脑袋，枪托多半会被反弹回来。

"我们的胖子朋友还在活人的世界里吗？"

"一个小时前我打电话告诉他发生了什么的时候，他还活着。他说我应该更认真地对待你。我说我以为我身边有四个见过风浪的好手——加上玛吉——已经够认真了。你问这个干什么？"

"克拉克先生来拉斯维加斯的时候，他有没有为他拉过皮条？这似乎是你会帮他办的事。"

"你比我想象中聪明得多，"尼克说，像是在自言自语，"超出了所有人的想象。也许只有大猪除外。"

"到底有没有？"

"呃，嗯。算是吧。大猪知道克拉克要来之后，联系了朱迪·布拉特纳。他们翻遍她的花名册，想找一个他会中意的女人。如果是 10 年、12 年前，他大概会要两个女人，但他现在大不如前了。他不是什么绅士，但他确实喜欢金发。"

"而且必须年轻。"

"当然，"尼克说。"但他在拉斯维加斯从不碰 18 岁以下的女孩。朱迪已经混了很久，做的是合法的陪伴服务。这就意味着她不能直说她带来的女孩是提供性服务的，但也不需要说，人人都知道。但她绝对不送未成年的女孩。好像那是毒药，事实上确实就是毒药。"

想到那个肥胖的癞蛤蟆趴在艾丽斯这个年龄的女孩身上，比利已经很倒胃口了。

"但他想要未成年的少女，这就突破底线了。"

"是的。"

"我想要大猪的电话号码，你肯给我吗？"

"你打算对克拉克下手？"

是的，但他不会直接说出来，哪怕是在一次性手机上，哪怕尼克确定他的私人电话没有被窃听。他只是重复了一遍先前的要求，尼克把大猪乔治的号码告诉了他。

"他会接我的电话吗？"

"我会跟他打招呼的，说你会公事公办。如果不是他想做点什么，迫使自己改变他一直以来的生活方式，他当初绝对不会同意我们的做法。你想找人出气的话，就找我好了。我不需要减掉 200 磅体重，然后才能让医生给我换肝。就像我说过的，金钱蒙蔽了我。"

比利觉得这恐怕是尼克能做出的最诚恳的忏悔了。

"告诉他，我会公事公办。乔尔·艾伦的事情已经翻篇了。"

"你什么时候打给他？我和他说。"

"今晚不会打给他，也许最近都不会打。移植手术定下时间了吗？"

"还没，最早也要 12 月。在此之前，大猪还有很多蛋白质饮料要喝，很多羽衣甘蓝要吃呢。"

"好吧。"比利把记号码的字条塞进多尔顿·史密斯的钱包，藏在多尔顿史密斯的信用卡背后，"好好保重，尼克。"

"等下。"

比利好奇地等着，他想知道尼克还有什么话要说。

"150 万，不是因为克拉克不想给你。这点钱他完全不在乎，是因为他坚持要在你完成任务后杀了你。他说他不会在你身上犯他在艾伦身上犯过一次的错误，明白我的意思吗？"

"明白。"而且尼克也同意了。这一点他同样明白。

"你那个爱德华·伍德利的身份还能用吗？开在巴巴多斯的账户？"

"能。"尽管账户从 2014 年还是 2015 年以来就基本停用了，只是偶尔象征性地存取些小钱。

"你明天查一下。谢天谢地你没干掉马克·阿布拉莫维茨。他不是很能干，也没见过血，但自从大猪去南美洲后，这些事都交给他了。我现在能安全转给你的只有 30 万，但我一有机会就会继续转给你的。保证你一定能拿到 150 万。"

"哪怕一辈子只有一次，请你这次遵守自己的承诺。"比利放尼克一条生路的时候这么说。看来这家伙还认真起来了，以他知道的唯一方式——给钱。

"你不用说谢谢，我也不要你说，"尼克说，"你是个干活的好手，比利。你完成了任务。"

比利按下结束通话按钮，连再见都没说。

8

他用湿巾和婴儿油尽量擦干净身体，然后站在淋浴头底下，直到流进排水口的水从棕色变成近乎透明，但他用来擦身体的两条浴巾还是沾上了许多涂料。

艾丽斯先前问他能不能睡着，他说能，但他有很长一段时间睡不着。他在岬角山庄度过的那段时间——应该只有 1 个小时，甚至不到 1 个小时，但感觉像是 5 个小时——在他脑海里反复重演。尤其是杀爱迪生的时刻。木屑飞溅。马桶冲水。

"我以为我身边有四个见过风浪的好手，已经够认真了。"尼克是这么说的，但门卫萨尔根本没来得及把霰弹枪从肩头取下来，弗兰克也没来得及转身，雷吉甚至没带枪，而是扑向了老板藏在沙发垫底下的枪。只有达那·爱迪生比较像样，上厕所的时候还带着枪。当然，还有玛吉。她非常厉害，几乎立刻看穿了比利的伪装。

多留点小费，他心想，留张 20 块吧。

他翻个身，快睡着的时候，他忽然想到了一件不妙的事情，他重新躺平，望着头顶上的黑暗。是的，非常不妙。他把沙尼斯画的火烈鸟弗雷迪（又名火烈鸟戴维）贴在了旧皮卡的仪表盘上。他来得及把画取下来的，但他当时完全没想起来，他只想以最快的速度离开。

算了吧，他对自己说，这不代表什么。

也许是真的，但无法安慰他。因为它是（曾经是，他觉得现在用这个时态才正确）粉红色的，就像费卢杰的那只婴儿鞋。他们在游乐园遇袭的时候，婴儿鞋不在他的身边。他再次弄丢了象征好运的护身符。他对自己说，这只是迷信，与人们相信响尾蛇镇被烧毁的旧旅馆闹鬼是同一个道理，但他依然感到很难受。别的不说，那幅画是专门画给他的，凝聚了对他的爱。

睡觉吧，浑蛋，比利心想。

他睡着了，但在凌晨的死寂中醒来，他口干舌燥，握紧双拳。梦境太真实了，他一时间无法确定他在华美达的客房里，还是杰拉尔德塔的办公室里。他正在写他的故事，时间应该是任务刚开始不久，因为他还在以他的愚钝化身写作。有人敲门，他去开门，以为会是肯·霍夫或菲莉丝·斯坦诺普，霍夫的可能性比较大。但来的不是这两个人，是玛吉。她身穿宽松的蓝色园艺裙，就是他驾车驶向岬角山庄边门时见到的那一身。但她头上戴的不是大草帽，而是维加斯黄金骑士队的广告帽。她手里拿的也不是泥铲，而是萨尔的霰弹枪。

"你忘记火烈鸟了，狗娘养的杂种。"她说，举起霰弹枪，枪口大得像是艾森豪威尔隧道的入口。

我在她开枪前就逃出梦境了，比利心想。他走向卫生间，撒尿的时候他想到了鲁迪·贝尔（别名"塔可"贝尔）。噩梦是伊拉克的统一货币，尤其是费卢杰战役期间，塔可相信——或者是声称他相信——要是你死在噩梦里，你就会真的死在行军床上。

"被活活吓死，我的好兄弟，"塔可说，"这死法也不赖，对吧？"

但她还没来得及扣动扳机，我就已经逃出了梦境，比利心想。他慢吞吞地回到床上。不过，她也真是个狠角色。相比之下，扎个小发髻的达那·爱迪生只是街角流氓。

房间里很冷，但他没有开暖气，因为暖气管多半会哗哗响——汽车旅馆的壁暖设施总会发出怪声。他在毯子底下缩成一团，几乎立刻就睡着了。他没有继续做梦。

9

艾丽斯建议吃免下车餐厅的煎蛋三明治，而不是坐在店里慢慢享用早餐，因为她想立刻上路："我等不及再次看见群山了。我真的爱死了山里，虽然我必须大口吸气，直到习惯高海拔。"

比利笑着说："那好，我们出发吧。"

过了科罗拉多州边界后不久，比利听见笔记本电脑发出叮咚一声轻响，他不记得上次听见这个声音是什么时候了。也许几年前。他在下一个避车道靠边停车，从后座上取出电脑打开。叮咚的提示音说明他的某个匿名邮箱收到了一封邮件。这次收到邮件的邮箱是woodyed667@gmail.com，发件人是钙华集团。他从没听说过这个机构，但他很清楚它的背后是什么人。他双击打开，读了起来。

"怎么了？"艾丽斯问。

他给艾丽斯看。钙华集团向爱德华·伍德利在巴巴多斯皇家银行的账户转入 30 万美元，附言只有三个字——"服务费"。

"转账的是我想的那个人吗？"艾丽斯问。

"肯定是。"比利说。他们继续上路。真是美好的一天。

10

下午 5 点左右，他们回到了布基家。比利提前在来复打了电话，告诉布基他们还要多久到，以及他们换了辆新车。布基站在门前的院子里等他们，他穿牛仔裤和羊毛夹克，模样完全不像曾经在纽约生活和工作过的人。也许他在这里表现出来的是他更好的一面，比利心想。他知道艾丽斯就是这样的。

车还没停稳，她就跳了下去。布基展开双臂，喊道："嘿，我的小饼干！"她扑进布基怀里，笑着享受他的拥抱。

看看这一幕吧，比利心想，谁能想到会有这样一幕呢？

第 22 章

1

这次他们在布基的山中隐居处待得比较久，他们碰到一场来得比较早的暴风雪，体验了大雪封山的感受（尽管只有一天）。目睹暴风雪的猛烈程度，艾丽斯同时感到惊异、喜悦和畏惧。她说她在罗得岛也见过下雪，一点也不稀奇，但从来不会下成这样，风把雪堆得比她的头都高。雪停之后，她和布基在后院做雪天使。经过再三恳求，雇佣杀手加入了他们。过了两天，气温回升到 60 华氏度，积雪开始消融。树林里充满了鸟鸣和雪水流淌的声音。

比利没打算待这么久，这是艾丽斯的主意。她说他必须写完他的故事。她的话是一方面，她说话时沉稳而确信的语气是另一方面，而后者的说服力更强。现在反悔已经来不及了，她说，比利考虑了一下，认为她说得对。

他在小木屋里写游乐园和当时发生的事情，但小木屋没有电，于是他搬了个电池暖炉上去，把室温提高到能让他写作的程度。当然，外套还是不能脱的。树篱动物的画又被挂了上去，比利敢发誓狮子比先前更近了，眼睛也更红了。牛在两头狮子之间，而不是在它们背后。

本来就是这样的，比利对自己说，肯定是，因为画里的东西不会动。

这是事实，在理性的世界里必定是事实，但他还是不喜欢那幅画。他（再次）把画取下来，（再次）把画转过去面对墙壁。他打开文档，向下滚动到上次停下的地方。刚开始他写得很慢，他一次又一次偷看对面的墙角，像是觉得那幅画会变魔术似的又回到墙上。但它没有，过了半个小时，他的眼睛里只剩下了屏幕上的字词。记忆敞开大门，他走了进去。大半个10月的白天，他都待在记忆之门的另一侧，就连暴风雪那天，他也穿着布基借给他的靴子艰难地走到了小木屋。

他写完他如何在沙漠里服完兵役，如何决定——真的几乎就在最后一刻——不再继续服兵役。他写他回到美国后体会到的文化冲击，发现没人担心狙击手和土炸弹，汽车回火也不会有人吓得一抖，或立刻捂住脑袋。好像伊拉克正在进行的战争根本不存在，他的兄弟们为之牺牲的事业不重要。他写他接的第一个任务，如何暗杀新泽西那个喜欢打女人的人渣。他写他如何认识布基和接下来的每一单任务。他没有美化他自己，而且他写得太快，不可能面面俱到，不过他基本上全都写出来了。他写得非常顺畅，就像雪融时的雪水顺着山坡流过树林。

他隐约意识到布基和艾丽斯之间的感情愈发牢固。他觉得对艾丽斯来说，这像是为她小时候失去的父亲找到了一个非常好的替身。而对布基来说，她就是他从未有过的女儿。比利没有在两人之间觉察到任何性吸引力，他也不吃惊。他从没见过布基和女人在一起，尽管——他也必须承认——他很少和布基面对面交谈，但他们见面时布基很少会提到女人。比利认为，尽管布基结过两次婚，但有可能是同性恋。不过比利只知道——也只在乎——艾丽斯过得很快乐。

不过这个10月，艾丽斯的快乐不是他优先考虑的东西。他的故事才是，而他的故事已经变成了一本书。这一点毫无疑问。也许除了艾丽斯·马克斯韦尔，不会有人读到他的这本书，但比利没有因此烦恼。

她没有说错，重要的是写作本身。

离万圣节还有一周左右时，阳光灿烂，吹着朝向内陆的大风，比利写到了他和艾丽斯（他把她的名字改成凯瑟琳）回到布基的屋子（布基的名字改成哈尔），布基伸开双臂——嘿，我的小饼干！——她扑进他的怀里。多么美好，就在这里结束吧，他心想。

他把文件存进 U 盘，合上电脑，起身去关暖炉，但他愣住了。树篱动物的画回到了对面角落的墙上，而狮子又近了一些。他敢发誓。那天吃晚饭的时候，比利问布基是不是他把画挂上去的，布基说不是。

布基望向艾丽斯，艾丽斯说："我都不知道你在说什么。"

比利问那幅画的来历。布基耸耸肩："不知道，但我猜画里画的就是以前酒店门前的那些树篱动物，我说的是被烧掉的那家酒店。我记得我买下这地方的时候，那幅画就挂在小木屋里了。我来住的时候很少上去。我管它叫避暑屋，但哪怕是夏天，那里也很冷。"

比利也注意到了这一点，尽管他以为原因是寒冬将近。不过，他在那里时状态好得出奇，写了近 100 页。那幅诡异的画没有干扰他，也许一个令人浑身发冷的故事就需要一个令人浑身发冷的写作室，他心想。这么解释已经足够好了，因为整个写作过程对他来说完全是个谜。

艾丽斯做了桃子馅饼当饭后甜点。她把馅饼端到桌上说："写完了吗，比利？"

他张开嘴，正想说是的，但又改变了主意："快了。还有几段要收尾。"

2

第二天很冷，但比利来到小木屋后，既没有打开暖炉，也没有取下那幅画。他认为布基所谓的避暑屋在闹鬼。他以前不相信这些东西，但他现在相信了。不是因为那幅画，更确切地说，不仅是因为那幅画，而是这一年发生的所有事。

他坐进房间里唯一的椅子，开始思考。接下来要做的事情将给他的职业生涯画上句号，他不想把艾丽斯卷进去，但此刻，他坐在冰冷的房间里，感受着它奇异的气氛，他意识到他必须让艾丽斯扮演一个角色。他还意识到了另一个问题，她会愿意参与的。因为罗杰·克拉克不仅是坏人，而且肯定是比利受雇干掉的人里最坏的。这次雇他的是他自己，而这是个无关紧要的细节。

"我一直在想那个可恨的男人这样对待一个孩子。他该死。"艾丽斯说。

她不希望特里普·多诺万死，假如克拉克只对17岁或16岁，哪怕15岁的女孩下手，她也未必会希望他死。她会要他付出代价，没错，但不是生命。然而，克拉克不满足于玩弄少女，他想尝尝幼女是什么滋味。

比利坐在那里，双手放在大腿上，指尖渐渐变得麻木，每次呼气都吐出一团白气。他想到一个比沙尼斯·阿克曼大不了多少的女孩被带进蒂华纳的小屋。他想象她抱着毛绒玩具以求安慰，更可能是泰迪熊，不是粉红色的火烈鸟。他想象她听见沉重的脚步声在走廊里接近。他不愿意想象这些事情，但他无法控制自己。也许他需要这么做。也许闹鬼的房间和墙上闹鬼的画在帮助他。

他取出钱包，找到他记录乔治电话号码的字条。他拨出号码，知道对方接电话的机会并不大。他有可能在减肥集中营的健身房里，或者在游泳池里，或者已经死于心脏病了。但铃响到第二声，乔治就接了起来。

"你好？"

"你好，纽约经纪人先生。我是戴维·洛克里奇。你猜怎么着？我的书写完了。"

"比利，我的天！你也许不相信，但我很高兴你还活着。"

真该死，他听上去更年轻了，比利心想，也更强壮了。

"我也很高兴我还活着。"比利说。

"我不想那么搞你一把的。你必须相信我。但——"

"但你必须做出选择，所以你也选了，"比利说，"我喜欢被我曾经信任的人出卖吗？过去不，现在也不。但我对尼克说，这件事已经翻篇了，我是认真的。但你欠我的，我希望你是条汉子，愿意还上这笔债。我需要情报。"

暂停片刻。然后："我这个电话是安全的。你那边呢？"

"也安全。"

"我相信你。你说的是克拉克，对吧？"

"对。你知道他在哪里吗？"

"他现在不来拉斯维加斯了，所以他去的不是洛杉矶就是纽约。我可以查到。他这人不难找。"

"你知道谁在洛杉矶和纽约给他找女人吗？"

"我退休前是我和朱迪一起。"他说得很坦然，比利没觉得他有任何不好意思。

"朱迪·布拉特纳？尼克说她不碰未成年。"

"确实不碰。她手上没有不满 18 岁的。以前克拉克觉得这样就可以了，但后来他想找年纪更小的。他会打电话，说他想吃饺子。这就是暗号。"

饺子，比利心想，天哪。

"朱迪认识能找到这种小女孩的人。有时候我负责接待克拉克，有时候她亲自接待。"

"朱迪在蒂华纳也有关系吗？"

尽管电话是安全的，但乔治还是压低了声音："你说的是幼女。朱迪、尼克和我都绝对不碰这种事。贩毒集团会为他安排，应克拉克的要求。"

"确认一下我有没有理解错。假如他在洛杉矶，忽然想吃饺子了，就会打电话给你或朱迪，你或她会帮他联系当地的某个人。不过这个人其实就是拉皮条的。"比利搜寻他觉得更合适的说法，他找到的词语与饺子倒是很相配，他并不吃惊，"一个养鸡场的场主。"

"对。要是他在东海岸蒙托克角家里，就会联系纽约的一个人。至于我离开后，克拉克和多少女孩约会过，我就不知道了。"

约会，比利心想。"所以他有专门的代办服务。"

"这么说也可以。他花钱买的就是这种服务。比利，涉及的钱相当多。"

现在轮到他的关键问题了："朱迪会不会打电话给他？比如她听说有个对象，肯定会符合他的口味？"

"当然，常有的事。最近更频繁了，因为他到了软面条没那么容易硬起来的年纪。"

"要是你打电话给朱迪，说你有个他会喜欢的女孩，真的非常独特，朱迪会转告给他吗？"

线路里沉默下去，乔治在思考。过了一会儿，他说："应该会。她会闻到不对劲的味道——她的嗅觉特别灵敏——但她会打给他。她讨厌那家伙，因为他在蒂华纳做的坏事，要是她认为有人想搞他，甚至安排人刺杀他，她只会欢呼万岁。我也这么觉得。"

但不妨碍你和他做生意，比利心想，她也一样。"好的。我会再打给你的。"

"我等着。我没地方可去，也不想去。刚开始我很抗拒，现在我爱上这种生活了。也许就像酒鬼，一旦习惯了不喝酒就会爱上清醒的感觉。"

"你减了多少体重？"

"110磅，"乔治骄傲地说，他当然有理由自豪，"还有90磅要减。"

"听你说话就知道。没那么喘了。再减掉些体重，说不定连手术都不用做了。"

"那不可能。我的肝脏已经没救。手术定在圣诞节后两天，所以你有什么事要安排我做，最好在这之前。这里的医生非常坦诚，说是残酷都行，他说我只有六成的可能撑过手术。"

"我会再打电话给你的。"但替你祈祷就免了吧，比利心里说。

"希望你能干掉那个性侵儿童的变态。"

而你帮他办事，比利心想。

他不需要说出来，因为乔治替他说了。"没错，我是伺候过他。因为钱很多，也因为我想活命。"

"明白。"比利说，心想，但你死了还是要下地狱的。假如真有那么一个地方，我们说不定会在那里见面，然后我们可以喝一杯。硫黄加石块。

"我一直觉得你呆头呆脑的样子是装出来的。"

比利说："我会很快打给你的。"

"别让我等太久就行。"乔治说。

3

现在该把他构思的计划告诉艾丽斯了，而布基有资格参与这次谈话。他拉着他们坐在餐桌前，喝着咖啡说给他们听。等他说完，他建议她仔细考虑一下。艾丽斯说不需要考虑，她加入。

布基不满地瞪着比利，仿佛在说你最后还是把她拉下水了，他没有开口。

"你说你进酒吧会被要求出示证件，对吧？"比利问。

"对，但我一共只去过两次。你……那什么，你遇见我的前一个月，我刚满 21 岁。"

"没拿假证件混进去过？"

"混不进去的，"布基说，"我是说，你看看她。"

两个人一起看着她。艾丽斯羞红了脸，垂下视线。

"你觉得她几岁？"比利问布基，"要是你不知道她真实年龄？"

布基想了想："18 岁。顶多 19 岁。不可能 20 岁。"

布基对她说："使出你全部的本事，你能把自己打扮得多像小孩？"

这个问题勾起了她的兴趣，让她暂时忘记了两个男人正在研究她的脸蛋和身体。她当然会被勾起兴趣了。她 21 岁，考虑的无疑是怎么能打扮得更成熟和性感，但更像小孩？她为什么要考虑这个？

"我猜可以用弹性抹胸把胸变小。就是变性男戴的那种。"她脸又红了，"我知道我本来胸就不大，但抹胸会让我完全变成平胸。克拉克喜欢的是不是就是这个？至于头发……"她把头发攥在一只手里："可以剪短。不是精灵头那么短，是刚够扎马尾辫的长度。就像高中女孩那种。"

"衣服呢？"

"我不确定。需要想一想。不化妆，至少不能化太多。也许涂点泡泡糖粉的口红……"

比利说："你觉得能到 15 岁吗？"

"不可能，"布基说，"17 岁，顶多了。"

"我大概做得到看上去比 17 岁更小，"艾丽斯说着站起来，"失陪一下，我要用镜子。"

她离开后，布基探身凑近比利，用非常轻的声音说："别让她把命搭进去了。"

"我没这个计划。"

"计划会出错的。"

4

第二天，比利来到冷飕飕的避暑屋，再次打电话给乔治。他想到他也许根本不需要用艾丽斯当诱饵。他是个狙击手，远距离送温暖是他的特长。他们交谈的时候他一直盯着那幅画，有点期待树篱动物会动起来，可惜它们并没有。

他先问乔治他的狙杀技能有没有可能在罗杰·克拉克身上发挥作用。

"想都别想。他在蒙托克角的庄园占地 40 英亩。相比之下，尼克在内华达的屋子只是个廉租房。"

比利很失望，但并不吃惊："那是他现在的住所吗？"

"他就住在那里。他给它起名叫厄俄斯，是个希腊女神。按照《华盛顿邮报》第六版的说法，他会一直住到感恩节前夕，然后跳上他的湾流飞机回拉拉城 ¹，找他剩下的小儿子兼继承人过节。"

拉拉费卢杰，比利心想。

"他会有随从吗？"

乔治大笑，笑着笑着喘了起来，看来他还没有完全重获新生："你是说就像尼克那样？不可能。据说克拉克的每个房间里都有电视，全都调成静音，放在不同的频道上。那就是他的随从。"

"没有安保人员？"比利不敢相信。克拉克是美国最富有的人之一。

---

1 洛杉矶的别称。

"庄园内的那些人吗？他认为你死了就不会安排安保。另外，据他所知，你根本不知道出钱要艾伦死的人是谁。"

"他会认为我去尼克那里只是为了收尾款。"

"对。我确定有个安保公司他可以随叫随到，他很可能有个紧急按钮，不过全天都在的人只有一个，就是他的助理。威廉·彼得森。和《犯罪现场调查》里的那家伙同名。"

比利听说过这个剧集，但从来没看过："彼得森除了是助理，也是他的保镖吗？"

"我不知道他会不会柔道和马伽术之类的玩意儿，但他很年轻，身强力壮，你就当他擅长枪械好了。不过他在庄园内不一定会在腰间或腋下别枪。"

比利记住这条情报："现在就是我要你做的事了。你帮我传这个信出去。你做了，我们就算扯平。"

"稍等……好了。"他的语气变得一本正经，"只要我能做到，你说什么就是什么。要是做不到，我会直说的。好了，你说吧。"

比利告诉了他。乔治听得很认真，提了几个问题，但都在比利的意料之内。

"假如你能找到一个通得过考验的女孩，也许真的可以成功。我需要你用邮件发给我几张照片。不，最好几十张。以面部为主，有几张全身照，但衣着必须得体。我来选几张她看上去最年轻的。"他停了停，"你说的不会真的是个少女吧？"

"当然不。"比利说。只是差不多算是个青少年，唯一的性经验是在氟硝西泮或类似药物作用下的一场噩梦（甚至算是幸运了）。

"很好。朱迪在纽约的联系人叫达伦·伯恩。他和克拉克做过生意，因此你显然不能冒充他，不过你可以当他的哥哥，或者表哥。"

"嗯，可以。"不过他要搜罗一套冒充皮条客需要的装备，"克拉克会留她过夜吗？"

"我的天，当然不。你把车停好，等着。他搞他的名堂——前提是伟哥有用——完事她就出来，回到车上。一个小时，顶多两个。"

用不了那么久，比利心想。几分钟的事情，他吃的伟哥也浪费了。"那好。我们从目前所在的地方出发，去东海岸——"

"你和布基？"

"我和女孩。我们会找个靠近蒙托克角的地方住下——"

"里弗黑德吧。凯悦酒店或者希尔顿花园酒店。"

你真是一步不落下，比利心想。他甚至觉得乔治接下来会说我帮你们订房间吧。

"等我们安顿好了，就打电话给你。"

"好的，但别忘了先把钓饵的照片发给我。"

"钓饵？"

"女孩，比利。而且必须是他喜欢的那种女孩，要年轻，但更重要的是健康。要是看上去很落魄，就没戏了。"

"明白了。"他又想到一个问题，"你知道弗兰克·麦金托什的情况吗？我离开的时候他还活着，但我下手相当重。"

"里弗斯医生稳定了他的病情，但他能做的事情很有限。弗兰克有脑出血，尼克说很可能还发作了心脏病。他老妈带他去里诺，把他送进了一个长期护理机构。就是所谓姑息疗法。"

"我觉得很抱歉。"比利说。他真的这么觉得。

"玛吉在附近找了个公寓。所有费用由尼克承担。"

"他陷入昏迷了吗？"

"昏迷了反而好。尼克说玛吉说他大多数时间在睡觉，醒过来也只会胡言乱语。还经常痉挛和尖叫。"

比利没有说话。他想不出他能说什么。

乔治不无敬佩地说："你那一下肯定打得非常重。猫王已经和观众说再见了。"

5

比利、布基和艾丽斯一起去博尔德，艾丽斯跑了三家购物中心，在 Deb Shops、Forever 21 和 Teen Beat[1] 之类的店里买衣服。她和布基讨论每一个选择，布基负责拍摄乔治（或者朱迪·布拉特纳）将会发给克拉克的照片。比利跟着他们走来走去，收获了不少店员的怀疑眼神。艾丽斯买了一件薄棉服、四条短裙、两件衬衫、一件罩衫和三条长裙。其中一条长裙是船型领口的，已经是这些衣物中最接近性感的一件了。布基否决了低跟鞋，决定买运动鞋。

他还否决了她喜欢的低腰牛仔裤，至少这条裤子不能出现在照片里："想自己穿的话可以买，但他肯定会想看你穿裙子。"

购物花了他们 400 块，然后她在一家 Great Clips 剪了头发。趁她理发的时候，比利去买了鞋子、长裤和带内袋的飞行员夹克。他拿起一件酸橙绿的丝绸衬衫给布基看，布基掩面道："你别打扮得像是在路口拉客的皮条老爹。你做的是代办服务，没忘记吧？"

比利把绿衬衫放回架子上，选了件灰色的。布基上上下下看了几遍，点头道："领子有点太像里克·詹姆斯了，但不重要。"

"谁？"

"当我没说。"

两个人拎着大包小包回到理发店门口，艾丽斯蹦蹦跳跳地跑出来。她的头发更短也更时尚了。她戴着科罗拉多落基山队的棒球帽，马尾辫从帽子背后穿出来。她跑了几步，马尾辫荡来荡去。比利心想，上帝啊，我的计划真的能成功。

"发型师想劝我别剪头发，她说这么漂亮的头发肯定留了好几年，为什么剪掉？不过你们知道最好的一点是什么吗？她问我是不是特别

---

1 均为美国连锁服装品牌，主要销售女装，以风格年轻和价格低廉闻名。

喜欢高中生活，所以想打扮得看上去还没毕业！"

她大笑，举起一只手，掌心向外。布基和她击掌。比利也和她击掌，但他的热忱是装出来的。购物的兴奋让艾丽斯忘记了他们为什么在购物。他觉得布基也一样，因为艾丽斯的喜悦也感染了他，但比利还记得。他想到蒂华纳的那个小女孩，她紧紧地抱着玩具，听着沉重的脚步声越来越近。

6

他们回到布基家，艾丽斯想立刻就拍照，但布基说等明早再说，他想捕捉她最年轻和最清新的那一面。他说这个叫"九月清晨的风姿"。

"尼尔·戴蒙德[1]，对吧？"艾丽斯问，"我老妈特别迷他。"然后她对比利说："别问了，我昨晚打过电话给她。"

布基也许在想尼尔·戴蒙德，但比利想到的是保罗·查瓦斯[2]，是蒂华纳郊外小屋里的女孩，是沙尼斯·阿克曼。在他的脑海里，这两个女孩已经开始成对出现了。

7

第二天清晨，布基设置好了他们的微型摄影棚。他想利用东面窗户照进来的自然光，沙发摆在那边，但他说应该搬开沙发，换一把椅子。比利问为什么，布基说因为沙发有性暗示，而他们追求的不是这

---

1 尼尔·戴蒙德有一首歌叫《九月清晨》(*September Morn*)。
2 保罗·查瓦斯，法国画家，也曾画过一幅名叫《九月清晨》的画，画作描绘了一名裸体的年轻女子，她站在湖的浅滩处，清晨的阳光将她照亮。

个印象。他们要的是天真少女的形象。她虽然在卖身，但就这一次，而且是为了帮助她可怜的破产老母亲。

艾丽斯穿着新买的短裙和上衣出来，布基叫她去卫生间擦掉大部分妆："面颊留一抹腮红，睫毛膏能衬托出睫毛就够了。稍微一丁点口红。明白吗？"

"收到。"艾丽斯很兴奋，就像孩子在扮演大人。

她钻进卫生间，比利问布基怎么会懂这些事情："别误会，这样挺好，因为我来弄的话可能水平还不及你的一半，光是衣服，想弄得像那么回事就很难——"

"不，"布基说，"衣服很容易，但主要是发型。马尾辫。"

"你从哪里学的？你又没有……"比利没有说下去。他到底对布基·汉森有多少了解呢？比利知道他为歹徒担任中介，他擅长把逃犯送出美国，他在执法机构有内线，甚至有可能认识纽约司法系统的某些上层人物。布基向来谨慎，这很可能就是他还活着的原因之一。

"我有没有给打扮成未成年的年轻女人拍过照？没有，但《阁楼》和《好色客》之类的色情杂志曾经时兴过这种东西。20世纪80年代的事情了，那时还存在真正的色情杂志。至于拍照，我在我老爸怀里就开始学了。"

"你好像说过你父亲是开殡仪馆的。在宾夕法尼亚州的什么地方。"

"没错，所以我也在他怀里学了很多化妆技巧。拍照是他的副业，主要拍毕业生年鉴和婚纱照。我有时候给他帮忙，两种都帮。"

"我真是来对地方了。"比利忍不住笑了。

"当然。"但布基没有微笑，"比利，你千万别连累了那个女孩。要是你害得她受到伤害，就别回我这里来了，因为我不会再欢迎你的。"

比利正要回答，艾丽斯回来了。她穿白色罩衣、蓝色短裙和齐膝长袜，看上去确实非常年轻。布基让她坐进椅子，试着朝各个方向侧头，直到柔和的晨光以他喜欢的角度照在她脸上。他用比利的手机拍照。他说他有徕卡，也很愿意用，但那样会显得过于专业。克拉克不一定会注意到，也不一定会起疑心，但也有可能会。毕竟，电视和电影在他的生意中占了很大的比例。

"好了，我们开始吧。艾丽斯，别咧嘴笑，但可以有一点点微笑。记住我们要追求的效果。既可爱又端庄。"

艾丽斯板着脸假装既可爱又端庄，然后笑得前仰后合。

"没问题，"布基说，"这样很好。先笑个够，但你要记住，这些照片会发给一个该死的恋童癖。"

这话让她冷静了下来，布基开始工作。尽管摄影前折腾了很久，但拍照本身没花多少时间。他拍了十六七张扎马尾辫的艾丽斯，艾丽斯换了几身打扮，但就算换上了船型领口的长裙，脚上也一直是那双低帮运动鞋。他又拍了十几张戴发夹的艾丽斯，最后是十几张戴发箍的艾丽斯。他用彩色打印机打了 3 套 8×10 英寸的照片，供他们仔细挑选。布基请比利和艾丽斯选 6 张他们认为最好的，说他也会选 6 张。看着看着，艾丽斯忽然叫了起来，语气中夹杂着欢喜和厌恶："我的天哪，这张里我似乎只有 14 岁！"

"记下来。"布基说。

筛选结束，他们在其中 3 张上取得了共识。布基又加了 2 张，叫比利把这 5 张发给乔治："他给恶心的老蜥蜴拉过皮条，他应该知道克拉克会不会咬钩。"

"先不急，"比利说，"我会在去纽约的路上发给他的。"

"万一克拉克说他不感兴趣呢？"

"我们还是会去，然后我想办法混进去。"

"说好了是我们，"艾丽斯说，"这次你别把我扔在汽车旅馆里。"

比利没有回答。他心想，假如必须做决定，到时候做决定的肯定是他。但他又想到艾丽斯的经历，想到克拉克如何欺辱比她还年轻的女孩，他意识到有资格做决定的也许不是他。

8

那天晚上，他最后一次打电话给尼克："你还欠我 120 万。"

"我知道，你会拿到的。我们那位朋友付清了。而且对他来说，你已经死了。"

"再加 20 万。你害我蹚了这么一趟浑水，就当是奖金吧。转给玛吉。"

"弗兰克的老妈？你是认真的？"

"对。就说是我给的。叫她用在给弗兰克治病上。说我做了我不得不做的事情，但我感到抱歉。"

"我觉得你再怎么道歉也化不了她那块冰。玛吉这人……"他叹了口气，"玛吉就是玛吉。"

"你还可以告诉她，发生在弗兰克身上的事归根结底都怪你，而不是我，但我猜你不会说的。"

线路里沉默了几秒钟，然后尼克问比利剩余的尾款准备怎么处理。比利把他的想法原原本本告诉他。讨论了一会儿，尼克同意了。要是比利不在了，他就无法保证尼克会乖乖听话，尼克还会照着做吗？比利有些怀疑，因为他不知道尼克的感激能维持多久。不过他打算确保实现他的愿望，因为他不打算死在纽约。该死的是罗杰·克拉克。

"祝你好运，"尼克说，"我是认真的。"

"嗯哼。反正你照顾好弗兰克就行。还有另外那件事。"

"比利，我只想对你说——"

比利挂断电话。他没兴趣听比利想对他说的话。账已经做平，他和尼克两清了。

9

比利打算第二天清晨出发，但布基请他待到 10 点，因为他有事要办。他出门后，比利最后一次上山去避暑屋。他取下树篱动物的那幅画，带着它走到小径尽头。他盯着深谷的对面看了一两分钟，望着据说闹鬼的酒店曾经矗立之处。艾丽斯说她见过，但比利只看见了烧黑的残垣断壁。那块土地也许还在闹鬼，他心想。尽管对面的地段似乎非常好，但没人去重建酒店，也许这就是原因。

他把那幅画扔了下去。他从崖顶向下看，见到画挂在底下约 100 英尺处的一棵松树顶上。就让它在那里朽烂吧，他心想，然后下山回到布基家。艾丽斯已经把他们少得可怜的行李装进了三菱车。他们没理由不开这辆车去东海岸。这是辆好车，而且无法追踪，更何况雷吉也用不上了。

"你去哪里了？"艾丽斯问。

"散了个步。想活动一下腿脚。"

布基回来的时候，比利和艾丽斯坐在门廊的摇椅上。"我去找了个朋友，买了件临别礼物送给你，"他说着，递给艾丽斯一把手枪，"西格萨尔 P320 超紧凑手枪。弹夹里有 10 发子弹，枪膛里还有 1 发。小得能放进手包。子弹已经上膛，所以掏出来的时候当心一点。"

艾丽斯看着枪，被迷住了："我从没开过枪。"

"很简单，瞄准，扣扳机。除非站得很近，否则多半打不中目标，但应该能吓走对方。"他望向比利，"要是你不同意她带枪，直说。"

比利摇摇头。

"记住一点，艾丽斯。要是非用不可，就别犹豫。向我保证。"

艾丽斯向他保证。

"好了，来抱抱我。"

她拥抱布基，哭了起来。比利觉得这其实是好事。按照励志自助小组的说法，她在感受她的情绪。

这是个很长、很有力的拥抱。过了足足 30 秒，布基这才松开手，然后转向比利："轮到你了。"

尽管他不怎么喜欢男人间的拥抱，他还是照着做了。多年来，布基只是他的合作伙伴，但在过去这一个多月里，他成了比利的朋友。他在他们需要时给了他们一个藏身之处，而且参与策划了比利将要完成的事情。比这些更重要的是，他对艾丽斯非常好。

比利坐进三菱的驾驶座。布基绕到乘客座一侧，他身穿牛仔裤和法兰绒衬衫，很有科罗拉多山民的派头。他做了个摇车窗的动作，艾丽斯放下车窗。布基探身进车里，亲吻她的太阳穴："我还想再次见到你。别让我失望。"

"不会的，"艾丽斯说，又哭了起来，"一定会见到的。"

"那就好。"布基直起腰，向后退开，"现在去干掉那个狗娘养的浑蛋吧。"

10

比利在朗蒙特的沃尔玛大卖场停车，他把车停得尽量靠近建筑物，以提高无线网络信号的强度。他拿出他的个人电脑，连接 VPN，然后把艾丽斯的照片发给乔治，请乔治尽快把照片转给克拉克。

告诉他，这女孩叫罗莎莉。她的时间很短，3 天后开始，只持续 4 天。价钱可谈，但每小时 8000 美元起。告诉他，罗莎莉是"优质品"。告诉他，假如有怀疑，就去问朱迪·布拉特纳。要是你愿意，告诉他，你可以免费为他安排，用来补偿艾伦那个活儿造成的不可挽回的后果。告诉他，负责接送的会是达伦·伯恩的表哥史蒂文·伯恩。有回音就立刻告诉我。

邮件落款只有一个字母：B。

他们在内布拉斯加州的林肯过夜，住的是一家智选假日酒店。比利把他们的行李放在一辆小推车上，正要进门的时候，手机叮咚一声收到了一条短信。他掏出手机看，短信来自他过去的文学经纪人，这并没有勾起他的怀旧情绪。

"乔治？"艾丽斯问。

"对。"

"怎么说？"

比利把手机递给她。

乔治·鲁索：他要了。11月4日，下午8点。蒙托克公路775号。回我大拇指向上或向下。

"你确定你想参与吗，艾丽斯？由你决定。"

她找到大拇指向上的表情，发了出去。

第 23 章

我们一早离开林肯，沿着 I-80 公路向东开。刚开始的一个多小时，我们都没怎么说话。艾丽斯抱着我的笔记本电脑，读我在避暑屋里写的东西。来到康瑟尔布拉夫斯的城郊，一辆车闪灯超过我们，后排上坐着一个小丑和一个芭蕾舞女。小丑朝我们挥手。我也朝他挥手。

"艾丽斯！"我说，"知道今天是什么日子吗？"

"周四。"她没有从屏幕上抬起头来。我不由得想到了常青街的德里克·阿克曼和他的死党丹尼·法齐奥，他们俩也会这么聚精会神地盯着手机。

"不只是周四。今天是万圣节。"

"好的。"还是不抬头。

"你会打扮成什么？我是说你最喜欢什么打扮？"

"唔……有一次我演过莱娅公主。"她还是没从她正在读的东西上抬起头，"我姐姐领着我在家附近转。"

"在金斯敦，对吧？"

"对。"

"要到了很多糖果吧？"

她终于抬起了头："你就让我好好读吧，比利。快读完了。"

于是我不打扰她读故事了，车继续驶向艾奥瓦州的腹地。景色几乎一成不变，只有连绵数英里的平原。她终于合上电脑。我问她是不是读完了。

"刚读到我出场的时候。我呕吐，险些呛死自己。读起来很不好受，于是我就停下了。说起来，你忘了改掉我的名字。"

"我会记下来的。"

"剩下的事情我都知道了。"她微笑道，"记得在奈飞看《罪恶黑名单》吗？还有我们给植物浇水？"

"达夫妮和沃尔特。"

"你觉得它们还活着吗？"

"一定还活着。"

"胡扯。你怎么可能知道它们是活还是死。"

我承认她说得对。

"我也不知道。但只要我们愿意，就可以相信它们还活着，是这样吧？"

"对，"我说，"确实可以。"

"这就是不知道的好处了。"艾丽斯望着窗外绵延数英里的玉米田，秸秆已经枯成褐色，正在等待严冬的到来，"人们可以选择相信他们愿意相信的一切旧观念。我选择相信我们能顺利混进蒙托克角，能完成我们想做的事情，还能安然无恙地脱身，从此快乐地永远生活下去。"

"好的，"我说，"那我也选择相信这个。"

"你毕竟一直没被抓到过。杀了那么多人，每次都能逃掉。"

"让你读到这些东西我很抱歉。但你说过我应该全都写下来的。"

她耸耸肩："他们都是坏人。这是他们的共同点。你没有杀过

454

神父、医生或者……或者路过的保安。"

我不由得笑了，艾丽斯也微笑，但我看得出她在思考。我让她思考。几英里一晃而过。

"我要回山里去，"她最后说，"也许和布基生活一段时间。你觉得怎么样？"

"我觉得他会很高兴的。"

"只是刚开始。等我找到工作，我就搬出去，然后存钱回去念书。因为只要你想念大学，随时都可以回去念。有些人直到40多岁甚至60多岁才开始念书，对吧？"

"我在电视上看到过，有人75岁才开始念大学，80岁那年拿到文凭。我的蜘蛛直觉告诉我你考虑的不是商业学校。"

"对，我在考虑真正的大学。甚至科罗拉多大学。我可以住在博尔德。我喜欢那座小城。"

"想好学什么了吗？"

她犹豫了一下，像是想到了什么，但又改变了主意。"我想学历史。或者社会学。甚至舞台艺术。"然后她像是担心我会反对，"不是表演，我对演戏毫无兴趣，我想学的是其他东西——布景、灯光之类的，有很多我感兴趣的东西。"

我说非常好。

"你呢，比利？你心中的幸福生活是什么？"

我根本不需要思考。"既然在做梦，我想写书。"我拍了拍她还拿在手里的笔记本电脑，"写这东西之前，我根本不知道我有这个能力。现在我知道了。"

"这个故事呢？你可以改一改，变成小说……"

我摇摇头："它唯一的读者就是你，但这不重要。它完成了它的使命。为我打开了这扇门。而且我也不需要给你想个化名了。"

艾丽斯沉默片刻，然后说，"我们在艾奥瓦了，对吧？"

"对。"

"好无聊。"

我大笑："我猜艾奥瓦人肯定不这么想。"

"我打赌他们也这么认为。尤其是年轻人。"

这个我就争不过她了。

"有个问题。"

"我希望我能回答。"

"为什么一个快 70 岁的男人会想要睡像罗莎莉那么小的女孩呢？我无法理解。感觉很……怎么说……畸形。"

"不安全感？也可能是想重拾他失去的活力？回顾他的年轻时代，企图重新建立联系？"

艾丽斯思考我的看法，但只考虑了一瞬间："怎么听都像胡扯。"

实话实说，我也这么觉得。

"我是说，你想想看。克拉克能和一个 16 岁的女孩聊什么呢？政治？世界大事？他的电视台？女孩又能和他聊什么呢？啦啦队？Facebook 上的朋友？"

"我觉得他想要的不是长期关系。价码是每小时 8000 块。"

"所以就是为了做爱而做爱。为了占有而占有。我觉得这也太空虚了。太虚无了。还有墨西哥的小女孩……"

她沉默下去，看着艾奥瓦州在窗外掠过。然后她说了句什么，但声音太轻，我没有听清。

"什么？"

"怪物。"她依然望着无数英里的枯萎秸秆，"我说怪物。"

万圣夜我们在印第安纳州的南本德度过，在宾夕法尼亚州的洛克黑文度过 11 月 1 日。在旅馆登记的时候，我的手机收到了乔治的短信。

乔治·鲁索：罗·克的助理彼得森要一张达伦·伯恩的表哥的照片，为了确认身份。发给朱迪，邮箱是 judyb14455@aol.com。她会替你转发，不收中介费。要是罗·克吃瘪，她会很高兴的。

彼得森要照片，这是个麻烦，但我不意外。看起来，他不但是克拉克的助理，也是他的驻场保镖。

艾丽斯叫我别担心。她说她会修剪我在岬角山庄戴的黑色假发，重新做个发型。（"有个当美发师的姐姐也是有好处的。"她说。）我们去沃尔玛。艾丽斯买了飞行员眼镜和冷霜，说能让我白得像个爱尔兰人。她还买了一只不太绚丽的金色耳夹式耳环，戴在我的左耳上。回到汽车旅馆，她把黑色假发从我的额头向后梳，然后叫我用飞行员眼镜固定头发。

"就好像你自以为是个电影明星，"她说，"穿那件高领衬衫。记住一点，克拉克和那个彼得森都认为比利·萨默斯已经死了。"

她找了个没什么特征的背景（我们住的西部最佳旅馆的砖墙）给我拍照，然后两个人一起仔细研究照片。

"可以吗？"艾丽斯问，"反正我觉得完全不像你，尤其是那个奸笑。真希望布基能帮我们一把。"

"我觉得可以。就像你说的，他们认为我已经被埋在了派尤特丘陵里，这是个优势。"

"我们这个密谋集团的人越来越多了，"艾丽说，"有布基，有你的假文学经纪人，现在又多了个拉斯维加斯大牌皮条客。"

"别忘记尼克。"我说。

我们回到旅馆里，她在去房间的走廊里忽然停下，皱起眉头："要是他们中有任何一个人打电话给克拉克，把我们的计划告诉他，说不定能捞到一些巨大的好处。马亚里安和皮列利先生应该不会，布基更是不可能，但那个叫布拉特纳的女人呢？"

"她也不会的，"我说，"大体而言，他们全都受够了他。"

"你希望是这样。"

"我知道就是这样。"我说。我希望我是真的知道。无论如何我都是要杀进去的，但现在看起来，艾丽斯越来越有可能要和我一起进去了。

11月2日，我们在新泽西过夜。第二天晚上，我们住进了里弗黑德的凯悦酒店，离蒙托克角还有50英里。乔治确实从南美洲的减肥集中营里订好了房间。他知道我没有史蒂文·伯恩的证件，因此订房间时用的是多尔顿·史密斯的身份。这地方比我们之前住的那些汽车旅馆都要体面，因此艾丽斯不得不出示她的伊丽莎白·安德森证件。乔治也许瘦了，但脑子和以前一样好使，他还为史蒂文·伯恩和罗莎莉·福里斯特订了一个双人套房，费用已付清。克拉克不会亲自核查，这种事不需要他来关心，但彼得森可能会。要是前台对彼得森说伯恩和福里斯特还没有入住，彼得森也不会过于紧张。皮条客不是以守时而著称的。

上楼去房间前，我问前台有没有给我的包裹。确实有，寄送方是拉斯维加斯的新奇玩具公司。毫无疑问，这家公司并不存在。乔治应我的要求订购了它。我在房间里打开，艾丽斯在旁边看着。里面是个无标记的小喷罐，尺寸和去异味走珠的圆筒容器差不多。这次我要用的不是烤炉清洁剂了。

"什么东西？"

"卡芬太尼。2002年，45名车臣恐怖分子占领一家剧院，挟持了700名人质，俄国人向剧院内释放了一种药物，就类似这东西。他们本来的想法是让所有人陷入昏睡，从而结束危机。成功倒是成功了，但药物的效力太强。有100多名人质不光陷入昏睡，还死在了剧院里。我猜普京根本就不在乎。据说这东西只有那种药的一半效力。我们要杀克拉克。只要不是迫不得已，我不想杀彼得森。"

"如果这东西没用呢？"

"那我就只能做我必须做的了。"

"是我们。"艾丽斯说。

11月4日，漫长的一天。等待的日子总是如此。艾丽斯翻出连体泳衣，去游泳池玩水。然后我们出去散步，见到热狗餐车，随便吃了顿午餐。艾丽斯说她想打个瞌睡。我也躺了一会儿，但睡不着。然后她继续给假发做发型以配合我的照片，她承认她也没睡着。

"昨天夜里我没怎么睡。事情结束了我再睡吧。到时候我要好好睡一觉。"

"胡扯什么呢，"我说，"你留在这里。我去就行了。"

艾丽斯露出一丝笑容："你去了，但没带那个8000块一小时的女孩，你打算怎么跟彼得森交代？"

"我会想出来的。"

"你甚至连门都进不去。就算进去了，你也只能干掉彼得森。你不想杀他，我也不希望你杀他。所以我要去。"

讨论就此结束。

我们6点出发。艾丽斯从谷歌地球下载了庄园的照片，在GPS上制订了前往那里的路线。寒冬时节，车辆稀少。我问她要不要在里弗黑德郊区找个快餐店坐一坐，她紧张地哈哈一笑："要是我吃东西，肯定会吐得我这条漂亮的新裙子到处都是。"

她穿的是那条船型领口的紫色小白花长裙，外面套着新买的棉服，但没拉上拉链，露出最上面的一小截乳沟。她的肩上没有胸衣带子，因为长裙底下是中等长度的抹胸，不是胸衣。她的手包放在大腿上，里面装着西格手枪。我穿着新买的飞行员夹克，格洛克插在一个内袋里，喷罐在另一个内袋里。

　　"蒙托克公路是条环路。"她说。我知道，那天下午我睡不着，在笔记本上研究过地形，但我没有打断她。她在尝试抚平自己紧绷的神经，磨平上面的毛刺。"过了灯塔博物馆，第一个路口左拐。厄俄斯庄园不在海边，我猜他更喜欢山景。反正到了他这个年纪，恐怕已经玩不了滑水和冲浪了。你害怕吗？"

　　"不。"至少不为自己害怕。

　　"那我就替我们俩害怕吧。要是你不介意。"她又看了一会儿手机地图，"然后再开 1 英里左右就是 775 号，对面是蒙托克角农产品商店。倒是非常方便，出门就能买到新鲜蔬菜什么的。你的模样很不赖，比利，完全是个爱尔兰人，前面能停一下车吗？我特别想撒尿。"

　　我在一家名叫清风餐吧的地方停车，这里位于里弗黑德和蒙托克角的中间。艾丽斯冲进店里，我有点想一踩油门，扔下她溜走。布基叮嘱过我，我不能把她拉下水，不能给她带来危险，但现在我背弃了我所有承诺。我要杀死一个有钱的名流，她很快就会成为我的共犯，而这还是一切顺利的情况下。要是不顺利，她很可能会送命。但我没有走，因为我需要她帮我混进去，但更重要的是因为她有权选择。

　　她笑嘻嘻地回到车上："这下舒服多了。"我开回公路上，她说："我以为你也许会扔下我。"

　　"想都没想过。"我说。从她看我的眼神，我猜她知道事实并非如此。

460

她在座位上坐直，拉平膝盖底下的裙摆。她看上去像个整洁而有教养的女高中生，现在的高中里似乎已经见不到这种人了。"我们上。"

我们经过灯塔博物馆，又开了不到 100 码，就看见了那个左转弯的路口。天已经完全黑了，海浪的声音从右边隐隐传来，一轮新月在树枝间闪烁。艾丽斯探身过来，拨弄了两下我的假发，然后坐回去。我们没有说话。

蒙托克角公路的门牌号从 600 开始，至于原因，恐怕只有早已去领取他们最终奖赏的市政规划师才知道。我吃惊地注意到，尽管房屋保养得非常好，但这些房子样式都很平庸。大多数是牧场式和科德角式住宅，就算放在常青街也不会显得突兀。这里甚至还有个拖车园地。尽管园地条件很好，有马车提灯风格的路灯和铺砾石的车道，但拖车园地毕竟是拖车园地。

蒙托克角农产品商店只是个普普通通的乡下小店，里面黑着灯，拉着卷帘门。门口有几个南瓜垒成一个孤零零的金字塔，更多的南瓜堆在一辆运货卡车的车厢里，卡车的一面风挡玻璃上用肥皂水写着"出售"，另一面上写着"车况良好"。

艾丽斯指着商店另一侧的信箱说："就是那里。"

我放慢车速："最后一个机会。你确定要去吗？要是不确定，现在掉头还来得及。"

"我确定。"她坐得笔直，双膝并拢，手指攥紧手包的背带，两眼直视前方。

我拐上一条坑洼不平的土路，路口的牌子标着"私家道路"。我很快就意识到，土路只是个伪装，用来劝退好奇的游客。翻过第一个山坡，土路变成了柏油路，宽度足够两辆车舒舒服服地并行通过。我开着远光灯，慢慢向前开，心想这是我第二次去坏人的庄园做客。希望这次的速度更快、效率更高。

我们拐过一个弯。六七英尺高的板条木门挡住了前路。一侧的水泥立柱上有个对讲机，上面是个有金属罩的照明灯。我开到对讲机旁边，放下车窗，按下按钮："你好？"

我觉得（艾丽斯和布基也同意）用爱尔兰口音说话很可能会适得其反，更何况伯恩一辈子都在纽约生活，也没有理由会带爱尔兰口音。

立柱上的对讲机里没有任何回应。

"你好？我是史蒂文·伯恩。达伦的表哥，哟？我送东西给克拉克先生。"

还是沉默，我不由得怀疑（从艾丽斯的表情看，她也这么认为）是不是出了问题，我们进不去了——至少此路不通。

这时对讲机响了，一个男人的声音。"下车。"语气平淡而单调，像是警察在说话，"你和那位年轻女士一起。走到门口，你们会看见一个 ×，就在正中央。站在那里，往左看。两个人站得近一点。"

我望向艾丽斯，她瞪大眼睛看着我。我耸耸肩，点了点头。我们下车，走到门口。那个 × 曾经也许是蓝色的，现在褪成了灰色，画在一块方形的混凝土上。我们一起站上去，向左看。

"上，向上看。"

我们往上看。他叫我们看的自然是个摄像头。

我隐约听见一个人说了句什么，在室内按住对讲按钮的人（我猜就是彼得森）松开手，寂静再次笼罩了我们。没有风，蟋蟀的季节也早就过去了。

"怎么了？"艾丽斯问。

我不知道，但觉得他们肯定能听见我们说话的声音，于是命令她闭嘴等着。她惊讶地瞪大了眼睛，但立刻就明白了，用胆怯的微弱声音说："好的，先生。"

对讲机咔嗒一声响了，里面的人说："伯恩先生，我看见你的上衣左侧有一块凸起。你带枪了？"

这个摄像头的分辨率够高的。我可以说没带，但这么一来，无论克拉克多么想要这个女孩，大门都不会向我敞开了。"对，我有枪，"我说，"只是为了保护自己。"

"取出来，举高。"

我取出格洛克，举到摄像头前。

"放在对讲机立柱底下。你在这里用不着保护自己，也不会有人偷你的枪。你们离开的时候再取走。"

我照他说的做。喷罐要小得多，因此上衣的那一侧看不出凸起，只要我能制服这个声音的主人，干掉克拉克就不成问题。至少我这么希望。

我放下枪，正要回到那块混凝土上，但对讲机里的声音拦住了我。"不，伯恩先生。你就待在那里。"停顿片刻，声音又说，"请你后退两步，谢谢。"

我朝着我们的车后退了两步。

"再退一步。"声音说。我明白了，他们要我从摄像头里消失。克拉克想看看货，然后决定是花钱买下，还是打发我们滚蛋。摄像头发出微弱的呜呜声。我抬起头，见到镜头伸了出来，正在拉长焦距。

我以为他接下来会要艾丽斯对着摄像头打开手包，这样西格手枪就要去水泥柱底下和格洛克做伴了，但他没有。

"小姐，请把裙子撩起来。"

是彼得森的声音，但克拉克很可能在看。重重褶皱的眼窝里，一双贪婪的眼睛。

艾丽斯不看镜头，而是盯着地面，她把裙子撩到大腿的高度。

463

淤青早就消失了。两条光滑的腿，充满年轻的活力。我憎恨说话的声音。我憎恨里面的两个人。

"再高一点，谢谢。"

有一瞬间，我以为她不会听从命令，但她把裙摆一直提到了腰间，眼睛依然盯着地面。她受到了羞辱，这一点毫无疑问，同样毫无疑问的是克拉克从中得到了快感。

"现在往上看镜头。"

她抬起头。

"就这么抓着你的裙子。克拉克先生要你伸出舌头，舔一圈嘴唇。"

"不行，"我说，"够了。"

艾丽斯放下裙子，用眼神问我他妈在干什么。

我回到镜头的拍摄范围内，抬起头。"你们看够了吧？其他的进去再说。外面冻死人了。"我考虑要不要再加个"哟"，但想一想还是算了，"还有，她进门之前先把钱给我。只要她一进门，就算是上钟了。懂不懂？"

对讲机里沉默了30秒。我又有了那种不对劲的感觉。"走吧，"我说，抓住她的胳膊，"他妈的不干了，我们回家。"

但就在这时，装有橡胶小轮的木门徐徐打开了。对讲机里的声音说："开0.8英里，伯恩先生。我会把钱准备好的。"

艾丽斯坐进乘客座，我坐进驾驶座。她在颤抖。

我摇上车窗，然后用只比耳语大一点点的声音对她说，我对这一切感到抱歉。

"我不在乎他们看我的内裤，我还以为他们会叫我打开手包，这样他就会在该死的镜头上看见那把枪了。"

"你是个孩子，"我说，我望向后视镜，看见大门在我们背后重新关闭，"我猜他根本没考虑过你有可能带枪。"

"然后我以为他不会放我们进去了。我以为他会说'你才不是16岁呢，给我滚蛋，别浪费我们的时间'。"

车道两侧出现了老式的路灯。我在前方看见了主屋的灯光，那个老浑蛋给它起名叫厄俄斯，有着玫红色手指的黎明女神。

"你最好把枪给我。"我说。

她摇摇头："我想带着。你还有喷罐呢。"

现在没时间争论了，庄园的主屋出现在了视线内。这是一座蔓生的砖石建筑物，周围的草坪至少有两英亩。这里当然还是富人的游乐场，但拥有尼克喜欢的那种地方所不具备的优雅气度。门前有个回车场。我开到通往环形门庭的石阶前停车。艾丽斯伸手去抓车门把手。

"别自己开。等我下车给你开门，就像个真正的绅士。"

我从车头绕到三菱车的另一侧，打开车门，接过她的手。她的手非常冷。她的眼睛睁得很大，嘴唇抿紧。

扶她下车的时候，我对着她的耳朵轻声说："走到我背后，在台阶底下停下。事情会发生得很快。"

"我害怕极了。"

"你尽管表现出来。他很可能就喜欢这样。"

我们走向石阶。台阶一共有四级，她在台阶前停下。室外的照明灯开了，我看见她的影子跃向远处。她双手依然攥紧手包，她把包挡在前面，好像它能把她和接下来300秒里即将发生的事情隔开。宽大的前门缓缓打开，投出的方形亮光包围了我。站在门口的男人高大健壮，灯光从他背后照向我，因此我无法分辨他的年龄，甚至看不清他的脸，但我能看见他腰间的枪套。枪套不大，是一把小手枪。

"她在底下干什么？"彼得森说。"叫她上来。"

"先给钱，"我说，然后扭头说，"丫头，你待着别动。"

彼得森从前面的裤袋（与枪套相对的另一侧，枪套无疑有塑料内衬，能够提高拔枪的速度）里掏出一沓钞票，递给我说："你说话不像爱尔兰佬。"

我哈哈一笑，用大拇指点钱。全都是百元大钞。"哥们儿，我在皇后区混了 40 年，像才是怪事呢。你老大呢？"

"不关你事。让女孩上来，你去把车停在车库门口，在车里等着。"

"哦，好的，但你害得我忘记数到多少了。"

我重新开始点钱。艾丽斯在我背后说："比利？我要冻死了。"

彼得森一下子绷紧了身体："比利？她为什么叫你比利？"

我哈哈一笑。"哎，哥们儿，她总这么乱叫。她男朋友叫比利。"我朝他咧咧嘴，"他不知道她在这里，懂吗？"

彼得森没有说话。他似乎并不信服，一只手悄然伸向快拔枪套。

"没问题了，哥们儿，就是这个数。"我说。

我把钱塞进飞行员夹克的内袋，顺势掏出了喷罐。也许他看见了，也许没有，但反正他已经开始拔枪了。我另一只手攥成拳头，向下砸向他的手，就像孩子出锤子要打烂剪刀。我同时朝他喷出药水。液滴发出的白雾落在他脸上。剂量不大，但效果令人满意。他前后晃了两下，然后就倒下了。枪掉在门廊上走火了，声音仿佛一个小炮仗。枪不该走火的，因此他肯定做了什么不安全操作。我感觉子弹擦着脚腕飞过去，转身看了一眼，确定艾丽斯没有中弹。

她跑上台阶，一脸惊慌："对不起，对不起，太蠢了，我忘记你——"

一个沙哑的老烟嗓在屋里大声说，"比尔？比尔！"

我险些回答，然后我想了起来，躺在门厅里的男人也叫比

466

利[1]。这是个很常见的名字。

"你在干什么？"喉咙里有痰的咳嗽声，然后是清嗓子的声音，"女孩在哪里？"

走廊往里一半的地方，一扇门打开了。克拉克走出来，他穿一身蓝色的丝绸睡衣，白发向后梳成大背头，我不禁想起了弗兰克。他一只手拄着拐杖："比尔，女孩——"

他停下了，眯着眼睛打量我们。他低下头，看见他的手下躺在地上。他立刻转身，蹒跚跑向他刚出来的那扇门，拐杖咚咚地敲打地面，他用双手抓着它，靠它支撑体重，动作近乎撑竿跳。就他的年龄和健康状况而言，他比我预料中更加敏捷。我跑向他，穿过门厅时记住了屏住呼吸。他正要关门，我伸手挡住，用力朝他推了一把，他摔倒在地，拐杖飞了出去。

他坐起来，瞪着我。这里是一间客厅。地毯看上去很昂贵。也许是土耳其的，也有可能是欧比松的。挂在墙上的画似乎也很昂贵。家具很沉重，包着天鹅绒。铬合金的立架上放着一瓶无疑同样昂贵的香槟，酒瓶底下铺着一层冰。

他坐在地上，企图从我面前后退，摸索着寻找拐杖。他仔细梳理的发型散开了，一绺一绺的头发披散在皱纹丛生的下垂老脸周围。他的下嘴唇沾满唾沫，像噘嘴似的向外努。我能闻到他的古龙水气味。

"你对比尔做了什么？朝他开枪了？刚才是枪声吗？"

他抓住拐杖，叉着腿坐在地上，朝我挥舞拐杖。他的睡裤在往下掉，露出了臀部的衬垫和发白的阴毛。

"你给我滚出去！你他妈是谁？"

"我杀了一个人，而他杀了你儿子。"我说。

---

[1] 威廉·彼得森，威廉在英语中的昵称为"威尔""威利""比尔""比利"。

他突然瞪大眼睛，挥舞手杖想打我。我抓住手杖，从他手里抢下来，扔向房间对面。

"你叫人在科迪放火。这样我办事的时候，法院门前就只有你的那个摄制组了，对吧？"

他盯着我，上嘴唇起起落落，这个动作让他看起来像是一条坏脾气的老狗："我不知道你在说什么。"

"我看你知道。那个障眼法不是给我准备的，因为安排得太早了。为什么？"

克拉克跪在地上，爬向沙发，让我看到了我并不想看到的臀沟。他抓住裤腰带提了提，却无济于事，我都快要可怜他了。但我并没有。克拉克先生想看你的内衣，克拉克先生想看你伸出舌头舔嘴唇。

"为什么？"就好像我不知道似的，"你必须回答我。"

他抓住沙发扶手，拽着身体爬上去。他喘得透不过气来。我看见他的一只耳朵上有个助听器的肉色按钮。他重重地坐下，吐出一口气。

"好吧。艾伦企图勒索我，我想看着他死。"

你当然想了，我心想。我猜你一定看了一遍又一遍，用正常速度和慢速播放。

"你是萨默斯。马亚里安说你死了。"他带着让我觉得既荒谬又可怖的语气愤慨地说，"我付了那个犹太佬几百万！他这是抢我的钱！"

"你该问他要我死掉的照片的。为什么不要？"

他没有回答，我也不需要他回答。他当皇帝当太久了，无法想象别人会不服从他的命令。拍摄处决的画面。杀死行刑者。撩起你的裙子。给我看内裤。这次我想玩个真正的幼女。

"我欠你钱。你来找我就是为了这个吧？"

"我们谈点别的。告诉我，找人暗杀你的亲生儿子是什么感觉？"

嘴唇又抬了起来，露出的牙齿过于完美，和这张脸不太配。"他活该。他不肯让步。他是个……"克拉克停下了，眯起眼睛，看我的背后，"那是谁？我花钱买的女孩吗？"

艾丽斯走进房间，站在我的身旁。她左手拿着手包，右手拿着那把西格手枪。"你想知道那是什么滋味，对吧？"

"什么？我不知道你在说——"

"强奸幼女。你想知道那是什么滋味。"

"你疯了！我不知道你——"

"肯定很疼。就像这样。"艾丽斯朝他开枪。我以为她会瞄准他的下体，但她打中了他的肚子。

克拉克惨叫起来。这一声叫得非常响，它赶走了刚刚占据艾丽斯的大脑并让她扣下扳机的恶念。她扔下手包，抬起手捂住嘴。

"我受伤了！"克拉克尖叫道，他捂着肚子，鲜血从他的手指间淌出来，渗向丝绸睡衣的下摆，"上帝啊！疼死了！"

艾丽斯转向我，瞪大的眼睛里流出泪水，嘴巴微张。她嗫嚅着说了些什么，我没有听清，因为西格手枪的枪声比彼得森那把小手枪的要响得多。她说的有可能是"我不知道"。

"给我叫医生，疼死我了！"

鲜血开始喷涌而出。喊叫导致他血流得更快了。我从艾丽斯无力的手里接过枪，用枪口抵住他的左太阳穴，扣下了扳机。他向后倒在沙发上，踢了一下腿，身体随即掉在了地上。他强奸幼女、谋杀儿子和犯下天晓得其他什么罪行的日子结束了。

"不是我，"艾丽斯说，"比利，扣扳机的不是我，我发誓不是我。"

但确实是她。她内心的某个东西爬了出来，那是一个陌生人。

现在她必须和它共存下去了，因为那个陌生人也是她。下次她照镜子的时候就会见到它。

"走吧。"我把枪插在腰带上，把手包的带子挎在她的肩头。"我们得走了。"

"我就……感觉像是在我在身体之外，然后……"

"我知道。艾丽斯，我们必须走了。"

"枪声太响了。是不是很响？"

"对，非常响。走吧。"

我领着她穿过走廊向外走，直到此刻才注意到墙上挂着织锦，图案有骑士和仕女，不知道为什么，大概也是什么很古怪的原因，居然还有风车。

"他也死了吗？"她看着彼得森说。

我在他身旁单膝跪下，但不需要去摸脉搏，我能听见他在呼吸，呼吸声平稳而有力。"他活着。"

"他会报警吗？"

"迟早的事，但等他醒来，我们早就走了，而且他醒来后，会有很长时间不知道自己是谁。"

"克拉克该死。"下台阶的时候她说。她有点晃，也许因为她也吸入了少许气体，也许因为她惊魂未定，也许两个因素都有。我搂住她的腰，她抬头看我："是不是？"

"我认为是的，但我也没法确定。我知道像他这样的人，在大多数时候是凌驾于法律之上的。只有我们能用这种办法伸张正义。为了墨西哥的那个女孩，也为了他谋杀自己的儿子。"

"但他是个坏人。"

"对，"我说，"非常坏。"

我们上车，绕着环形车道开完一圈。我在想他们之前看的监控画面会不会还留下了录像。假如有录像，那么上面只能看出我们是一个黑发男人和一个年轻女人，年轻女人撩起了裙子，抬起头的时间非常短暂，一共只有一两次。等艾丽斯把金发染成其他颜色，就会变得无法辨认。我更担心外面的大门。假如开门需要密码，那就麻烦了。不过车开到门口的时候，挡住了一道看不见的光线，大门自动打开了。我把车开出庄园，停下，挂停车挡，然后打开车门。

"停车干什么？"

"拿我的枪。他叫我放在水泥柱的底下。上面有我的指纹。"

"我的天，没错。我真蠢。"

"不是蠢，只是糊涂了，而且还在震惊中，会恢复过来的。"

她转向我，现在她看上去比实际年龄更老，而不是更年轻了："会吗？你保证？"

"会的，我保证。"

我下车，绕过车头走向驾驶座。我走进车头灯投出的强光，就像舞台上的演员，这时一个女人从大门10米外的树林里冲了出来。这次她穿的不是蓝色长裙，而是迷彩裤和迷彩夹克，手里拿的也不是泥铲，而是一把枪。她不该出现在美洲大陆的这一侧，事实上，除了她受伤儿子的病床边，她不该出现在其他任何地方。我知道这个女人是谁。我一秒钟都没有犹豫，直接举起西格手枪，但她的动作更快。

"狗娘养的杂种。"玛吉说，扣动了扳机。我比她晚半秒钟开枪。她的脑袋向后一甩，仰面倒下，穿着运动鞋的双脚留在路面上。

艾丽斯尖叫着跑向我："你受伤了吗？比利，你受伤了吗？"

"没有。她没打中我。"但这时我的侧腹部感觉到了疼痛。看来并没有完全打空。

"那是谁？"

"一个叫玛吉的愤怒女人。"

我觉得很好笑，因为这听上去像是聪明人去艺术影院看的那种电影。我哈哈一笑，我的侧腹部疼得更厉害了。

"比利？"

"她肯定猜到了我要去哪里。要么是尼克把克拉克的事情告诉了她，不过我觉得可能性不大。中午和晚上她负责上菜，我猜她一定很擅长偷听谈话。"

"就是你开车到边门时遇到的正在收拾花园的女人？"

"对。就是她。"

"她死了吗？"艾丽斯的手捂着嘴，"要是没死，请别杀她，至少别像刚才那样……那样……"

"要是她还活着，我保证不会杀她。"

我可以这么说，因为我知道她已经死了。因为她向后甩头的动作。我在她身旁跪下，但很快就站了起来。

"她死了。"起身时我疼得龇牙咧嘴，我忍不住。

"你说她没有打中你！"

"当时太紧张了，我以为她没打中。只是擦伤而已。"

"给我看！"

我也想看一看，但不是现在。"我们必须先离开这里，然后再考虑其他事情。五声枪响比一声刺耳多了。你去把我的格洛克捡回来。"

艾丽斯去取格洛克，我捡起玛吉的枪（一把史密斯威森ACP），用我的衬衫擦掉西格萨尔上的指纹，把它塞进玛吉手里，弯曲她的手指握住它。我把喷罐同样擦干净，印上玛吉的指纹，放进她的上衣口袋里。第二次直起腰的时候，侧腹部的疼痛更严重了。算不上剧痛，但我能感觉到血浸透了我那件高端皮条客的衬衫。只穿一次就毁了，我心想。真浪费，也许我该坚持买那件绿衬衫的。

我说："搞定。我们走。"

我们开车回到里弗黑德，路上停车买了邦迪、纱布、胶布、过氧化氢和必妥碘药膏。艾丽斯去沃尔格林药房买东西，我在车上等她。到旅馆的时候，我的中腹部和左臂已经几乎失去了知觉。艾丽斯用钥匙打开侧门，然后扶着我进房间。回到我的房间，她不得不帮我脱掉飞行员夹克。她看着衣服上的弹孔，然后看着我的衬衫左侧："我的天。"

我说情况没看上去那么糟糕。血基本上都干了。

她帮我脱掉衬衫，再次惊呼我的天，但这次声音比较小，因为她用手捂住了嘴。"这可不只是擦伤。"

没错。子弹从髋骨上方打穿我，犁开了皮肤和肌肉。伤口深约半英寸，还在渗出鲜血。

"去卫生间，"她说，"除非你想弄得房间里到处是血——"

"几乎止住了。"

"胡扯！你稍微一动，血就会往外流。你去脱掉衣服，站在浴缸里，我给你包扎伤口。不过我提醒你一声，我从没给人包扎过伤口。倒是我姐姐给我包扎过一次，因为我骑着自行车撞上了西梅基斯家的信箱。"

我们进了卫生间，我坐在马桶盖上，她帮我脱掉鞋袜。我站起来，鲜血再次渗出伤口，她解开我的裤子。我想自己脱，但她不允许。她逼我重新坐在马桶盖上，然后她跪下，抓住裤腿把裤子拽了下去。

"还有内裤。左边全都浸透了。"

"艾丽斯——"

"别和我吵。你见过我裸体，对吧？就当是扯平了。去浴缸里。"

我站起来，脱掉短裤，站进浴缸。我抬腿迈步的时候，她用一只手扶着我的胳膊肘。血顺着我的左腿流到了膝盖。我想打开淋浴，但她推开我的手。"明天也许可以。或者后天。但今晚不行。"

她拧开浴缸的龙头，打湿一条毛巾，开始擦拭我的身体，尽量避开伤口。水把鲜血和小血块冲进了排水口："我的天，她给你开了好大一个口子。就像用刀砍的。"

"我在伊拉克见过更严重的，"我说，"然后兄弟们第二天就回去清理街道了。"

"真的吗？"

"好吧……隔了两天。也许三天。"

她拧干毛巾，扔进套着塑料袋的垃圾篓，然后把另一块毛巾给我，让我擦掉脸上的汗。她接过我手里的毛巾，同样扔进垃圾篓："毛巾我们带走。"她用一块擦手巾帮我擦干身体，然后也扔进垃圾篓，她扶着我走出浴缸。这比先前进去的时候困难得多。

艾丽斯扶着我走到床边，我小心翼翼地坐下，尽量挺直上半身。她帮我穿上最后一条干净内裤，然后给伤口消毒，这比子弹划破我身体的时候还要疼。邦迪没什么用。伤口太长，边缘绽开，在侧腹部留下了一道楔形浅沟。她用纱布和胶布替我包扎。最后她向后坐在自己的脚跟上，手指沾满了我的鲜血。

"今晚尽量躺着别动，"她说，"平躺。别翻身，免得挣开纱布，把血弄到床单上。也许应该垫一块毛巾。"

"是个好主意。"

她拿来一块浴巾。她还拿来了装擦手巾和毛巾的那个塑料袋："我包里有泰诺。你现在吃两粒，留下两粒明天吃，如何？"

"好。谢谢你。"

她盯着我的眼睛："不需要。比利，我愿意为你做任何事情。"

我想说你别说这种话，但我没有，而是说："我们明天必须离开。越早越好。回响尾蛇镇的路很远，而且——"

"差不多 2000 英里，"艾丽斯说，"我在网上查过。"

"——我不知道我能坚持开多久。"

"你最好别开车，至少刚开始别开，除非你想挣开伤口。你需要缝针，但我没敢试。"

"不需要。我可以接受留下伤疤。要是再深两英寸，那我的麻烦就大了。玛吉，上帝啊，该死的玛吉。别掀床罩，艾丽斯，我就睡在上面。"但我未必能睡着。过氧化氢造成的刺痛已经过去，伤口的疼痛没那么剧烈了，但疼痛感依然存在："把浴巾摊开就行。"

她铺好浴巾，然后坐在我刚才的位置上："我留下陪你吧。我睡另外半边床。"

我摇摇头。"不用。把泰诺给我，然后回你的房间去睡觉。你需要休息，因为明天你负责开车。"我看看手表，发现已经 11 点 15 分了，"我们最迟 8 点出发。"

我们 7 点就出发了。艾丽斯坐在驾驶座上，一直开到纽约都会区，然后把方向盘交给我，看样子明显松了一口气。我开车穿过新泽西，进入宾夕法尼亚。刚过州界的欢迎区，我们再次交换座位。侧腹部的伤口又开始渗血，我们先买了些纱布，然后停车过夜，还是一家非连锁的汽车旅馆。我能活下来，但除了那半个大脚趾，战斗又要给我留下一道伤疤了，而这次我不会因此获得紫心勋章。

晚上我们在吉姆与梅利莎的路边木屋过夜，付现金可享受九折。第二天，我感觉好了一些，侧腹部没那么僵硬和疼痛，也能承担更多的开车任务了。我们在达文波特城郊休息，住的那家破败旅馆名叫小憩。

那天我大多数时候都在思考和决定接下来该怎么办。三个账户里都有钱，其中一个完全属于多尔顿·史密斯，感谢上帝的恩典，这个身份依然没有暴露，至少据我所知没有。要是尼克继续转账，伍德利的账户里还会有更多钱，而我认为他不会食言的。有人替他解决了那个名叫罗杰·克拉克的难题，给他带来了巨大的经济利益。

艾丽斯回房间之前，我拥抱她，亲吻她的左右面颊。

她用深蓝色的眼睛望着我，我对这双眼睛的喜爱不亚于我对沙尼斯那双深棕色眼睛的喜爱。"这是干什么？"

"就是想这么做呗。"

"好吧。"她踮起脚尖，亲吻我的嘴唇，这个吻既坚定又悠长，"而我就是想这么做。"

我不知道我脸上是个什么表情，反正她因此露出了笑容。

"你不会和我上床的，我明白，但你也必须明白，我不是你女儿，而我对你的感情也完全不是女儿对父亲的感情。"

她转身要走。我不会再见到她了，但我还想知道一个问题的答案。"哎，艾丽斯？"她转过身，我问，"恢复过来了吗？克拉克的事情。"

她想了想，用一只手梳理头发。她的头发已经染回了黑色。"快了，"她说，"正在努力。"我觉得这就足够了。

临睡前，我把闹钟设在凌晨1点，到时候她肯定早就睡着了。起床后，我先检查绷带。没有血，也几乎不疼了。伤口深处在发痒，说明它正在愈合。小憩汽车旅馆不提供文具，不过我的行李箱里有个从杰拉尔德塔拿的史泰博记事本。我撕下两页纸，开始

476

写告别信。

亲爱的艾丽斯,

　　等你读到这封信的时候,我已经走了。之所以选择在这里过夜,是因为往前走 0.5 英里就有个叫快乐杰克的卡车休息站。我在那里肯定能找到一个跑长途的个体户,花上几百块就会允许我搭车。我会向西或者向北走,这两个方向我都可以,但不能向南或向东。南面和东面我去过了,结果不怎么好。

　　我不是想抛下你。请相信我。

　　那三个没脑子的坏蛋把你扔在路边,是我救了你,对吧?现在我要再救你一次了。至少我有这个心。布基说的一句话我一直忘不掉。他说只要我允许,你就会一直跟着我,而我的放任会毁了你。经历了我们在克拉克家遭遇的一切,我知道他"跟着我"的前半句是正确的。我认为"毁了你"的后半句也没错,但我不认为已经发生了。我问你有没有从克拉克的事情中恢复过来,你说你在努力。我知道这是真的,我确定假以时日,你肯定会把这件事抛在脑后,但我希望你别忘记得太快。克拉克惨叫了,对吧?他说很疼,我希望在你原谅我不告而别之后,他的叫声还能在你的脑海里停留一段时间。也许他活该受苦,因为他在墨西哥对那个女孩做的事情。还有对他的儿子。还有对其他女孩——是的,还有她们。但是,你给其他人造成痛苦的时候——不是像我这种正在愈合的伤口,而是致命伤害——永远会留下伤疤。不是在你的身体上,而是在意识和灵魂上。这是正常的,因为杀人并不是小事。

　　我必须离开你,因为我也是坏人。以前我一直尽量无视这个事实,大部分时候靠的是读书,但现在我不能再无视下去了,我已经污染了你,不能继续毒害你了。

　　去找布基,但别和他待在一起。他关心你,他会爱护你,但他也是坏人。假如你愿意,他会帮你以伊丽莎白·安德森的身份开始新生活。

有个以爱德华·伍德利名义开设的账户里有钱，要是尼克继续转账，就会有更多钱。比米尼银行里也有钱，用的是詹姆斯·林肯的名字。布基有这两个账户的密码和开户信息。他会教你怎么管理汇入你账户的钱，给你安排一个税务顾问。这一点非常重要，因为无法说明来源的钱会在你最意想不到的时候给你下绊子。一部分钱是给布基的，剩下的全归你，供你念书，过上独立的优秀女性的生活。而这就是你，艾丽斯，是你的未来。

你愿意的话，就住在山区吧。博尔德是个好地方。格里利、柯林斯堡和埃斯蒂斯帕克也不错。享受你的人生吧。到了某个时候，也许等你40多岁、我60多岁的时候，你会接到我的电话。我们可以出来喝一杯。不，两杯好了！你的一杯敬达夫妮，我的一杯敬沃尔特。

我已经爱上了你，艾丽斯。非常爱。假如你也像你说的那么爱我，那就去过好你有价值的一生，把你的爱真正地带给这个世界。

你的，

比利。

又及：我带走了我的笔记本电脑，它是我的老朋友了，但我留下了保存我的故事的U盘。U盘在我的房间里，和SUV的钥匙放在一起。故事结束于我们出发去蒙托克角，但也许你可以替我写完。现在你应该已经很熟悉我的风格了！全都交给你处理，但别提多尔顿·史密斯这个名字。还有你的名字。

我用这封信把我的房间钥匙包在里面，写上她的名字，从她房间的门底下塞进去。再见了，艾丽斯。

我把电脑包挎在右肩上，用右手拎起手提箱，打开边门出去。沿着公路走了0.5英里，我停下休息，当然也是为了做另一件事情。我打开手提箱，取出两把枪——我的格洛克和玛吉的 ACP。我取出子弹，使出全部力气把枪扔出去。子弹可以扔进卡车休息站的垃圾箱。

解决了最后的这个问题，我走向灯光、大卡车和我的余生。甚至是某种救赎，假如这个要求不算太高。但也有可能确实太高了。

第 24 章

1

2019 年 11 月 21 日，离感恩节只有一周，埃奇伍德山公路尽头这座屋子里的住户却毫无过感恩节的心情。外面很冷——按照布基的说法，比掘井人的皮带扣还冷——很快就要下雪了。布墓点起了厨房的暖炉，坐在从门廊拖过来的摇椅上，穿着袜子的两只脚架在火炉围栏上。一台遍布刮痕的破旧笔记本电脑搁在他的大腿上。他背后的门开了，脚步声走近他。艾丽斯走进厨房，坐在餐桌前。她脸色苍白，比布基第一次见到她时至少轻了 10 磅。她面颊凹陷，样子有点像永远半饥饿的时装模特。

"读完了，还是还在读？"

"读完了。正在重新看结尾。这部分不怎么说得通。"

艾丽斯不说话。

"因为既然他把 U 盘留给了你，那里面就不该有他走出去和扔掉枪的情节。"

艾丽斯还是不说话。自从她回到布基家，她就没怎么开过口，布基也不逼她。她每天不是在睡觉，就是在写作，布基合上她用来写作的电脑，举到面前。

"MacBook Pro。好机器，不过这台显然见过不少风浪。"

"是啊，"艾丽斯说，"我猜你说得对。"

"在故事里，比利带走了他的电脑，但这是他的电脑。另外，有些内容不可能出现在 U 盘里，而且这故事整体就很科幻。"

坐在餐桌前的年轻女人一言不发。

"不过，故事也没理由不能成立。读者没理由认为他没有悄然离开，此刻就生活在西部的某个地方。或者澳大利亚，他经常提到澳大利亚。也许正在写书，另一本。我也经常提到要写书，不过我从没想到过他真的会写。"

他望着艾丽斯，艾丽斯也望着他。外面寒风呼啸，似乎在下雪，但厨房里很暖和。炉膛里有个木节爆了。

最后，布基说："会有读者吗，艾丽斯？"

"我不知道……必须改掉名字……"

他摇摇头。"克拉克遇害是世界级的大新闻。但……"他看见艾丽斯的失望表情，于是耸耸肩，"读者会认为这是一本 roman à clef[1]——法语，我从他那里学来的。有一次我在斯特兰德捡了本旧书，他就是这么说的。书名叫《纯真告别》。"

他又耸耸肩。"只要你把我从里面摘出去，我就无所谓。叫我特雷弗·惠特利好了，让我住在萨斯喀彻温或者马尼托巴。至于尼克·马亚里安，那个狗娘养的就随便他吧。"

"你觉得写得好吗？"

他把电脑（比利的老伙伴）放在餐桌上："我觉得很好，不过我也不是什么书评人。"

"像他的口吻吗？"

---

[1] 隐匿真名的纪实小说。

布基大笑："宝贝儿，我没读过他写的东西，所以我不可能肯定，但的确有他说话的那个味道，而且从头到尾都保持一致。就这么说吧，我分不清你是从哪里开始续写的。"

自从艾丽斯回到布基家，笑容就难得一见了，此刻她终于朝他笑了笑："那就好，我觉得这是最重要的一点。"

"说我是坏人的那段也是你编的吗？"

她没有垂下视线："不是。他亲口说过。"

"你写的是你希望发生的事情，"布基说，"故事主角拎着手提箱走向未来。现在告诉我究竟发生了什么。"

于是她开始讲述。

2

他们开车回到里弗黑德，路上停车买了邦迪、纱布、胶布、过氧化氢和必妥碘药膏。艾丽斯去沃尔格林药房买东西，比利在车上等她。他们从边门进房间。回到比利的房间，她帮他脱掉飞行员夹克。衣服上有个弹孔，衬衫上也有一个。不是撕破的，而是打穿的。不像比利说的那样在侧腹部，而是在更靠里的地方。

"我的天，"艾丽斯说。她的声音发闷，因为她用手捂住了嘴，"不是擦伤，你的腹部中弹了。"

"我猜也是。要么再往下一点？"他听上去昏沉沉的。

"去卫生间，"艾丽斯说，"免得把血弄得到处都是。"

他们来到卫生间，她帮比利脱掉衬衫，她却发现红黑色的弹孔几乎不流血了。她先用过氧化氢消毒，然后涂上必妥碘，最后用一块邦迪贴住。

她不得不扶着比利回到床上。他走得很慢，身体向右歪。他满脸冷汗。"玛吉,"他说,"该死的玛吉。"

他坐下,但弯腰的时候嘶嘶吸气。艾丽斯问他疼得厉不厉害。

"不算太疼。"

"你在骗我对吧?"

"没有,"他说,"好吧,有一点。"

她按了一下弹孔右侧的腹部,他再次吸气:"别这样。"

"必须送你去医院。"她停下了,"不能去,对吧?这是枪伤,医院必须向警方报告。"

"你正在被我变成不法之徒,"他咧嘴苦笑道,"真的。"

艾丽斯摇摇头:"我只是电视看多了。"

"我会好起来的。我在伊拉克见过受伤更重的,兄弟们第二天就回去清理街道了。"

艾丽斯还是摇头:"你在内出血。对吧?而且子弹还在里面。"

比利没有回答。她盯着那块邦迪。它看上去傻乎乎的,就好像底下只是擦破了皮。

"今晚尽量躺着别动。平躺。要泰诺吗?我包里有。"

"既然你有,那我就吃两粒好了。"

她拿来药,帮他坐起来,让他就着水吃药。他咳了几下,用手捂住嘴。她抓住他的手,翻过来看。掌心没有血。也许是好事。也许不是。她不知道。

"谢谢。"

"不需要。比利,我愿意为你做任何事情。"

他抿紧嘴唇:"我们明早必须离开。越早越好。"

"比利,我们不能。"

"我们最不能的是留在这里。"

"我打电话给布基。他认识很多人。说不定有会治枪伤的纽约医生。"

比利摇摇头："这种事只会发生在电视里。真实生活中不可能。布基不是那种中间人。但要是我们能回到响尾蛇镇那种遍地是枪的乡下，他就应该能找到人了。"

"快 2000 英里呢！我在网上查过！"

比利点点头："你必须替我开车，甚至大部分时候由你开，我们必须以最快速度赶路。万一碰上暴风雪，那就只有上帝才能帮我们了。"

"2000 英里！"感觉像是她肩上的重负。

"也许有办法能快耕。"

"快——"

"这是一部戏的名字 [1]。开个玩笑。"他龇牙咧嘴地从裤子后袋里掏出钱包递给她，"找到我的银行卡。一二层的夹楼里有一台自动提款机。我的密码是 1055。能记住吗？"

"能。"

"机器上能取 400 块。明早出发前还能再取 400。"

"为什么取这么多现金？"

"先别管。我的计划不一定能成功，但我们先乐观一些好了。你找到卡。"

她从钱包里翻出那张卡。卡上的名字是多尔顿·柯蒂斯·史密斯。她把银行卡举到眼前，挑起眉毛。

"去吧，女孩。"

女孩离开了。夹楼空无一人，播放着轻柔的背景音乐。艾丽斯把卡插进提款机，输入密码。她有些担心机器会吞卡，甚至拉响警笛，不过卡顺利地弹出来，钱也吐了出来。全都是崭新的 20 块，没有折痕。她把钱折起来，放进她的手包。她回到比利的房间，他已经躺下了。

1《快耕》(*Speed-the-Plow*)，戴维·马麦特的名作。

"怎么样?"她问。

"不算太糟。我自己去了卫生间,尿里没有血。子弹在里面也许是好事。说不定堵住了出血点。"

艾丽斯觉得不太可能,就像她祖母说往耳朵里喷一口烟能止疼一样,但她没说什么。她从包里翻出泰诺:"再吃一粒?"

"我的天,太好了。"

她去卫生间接了一杯水,等她回来,他已经坐在了床上,一只手按住身体侧面。他把药吃下去,重新躺下,疼得皱起眉头。

"我陪你。你别和我争。"

他没有和她争:"我们最好 6 点出发。顶多 7 点。所以你尽量睡一觉吧。"

3

"你呢?"布基问,"睡着了吗?"

"睡了一会儿。但不久。我猜他根本没睡着。我不知道他伤得有多重,子弹嵌得有多深。"

"我估计子弹穿透了他的肠道。也许胃部。"

"要是我打电话给你,你能帮他找到医生吗?"

布基想了想:"我不能,但可以找到一个人,他也许能在短时间内联系到某个人,某个和医疗系统有关系的人。"

"比利知道吗?"

布基耸耸肩:"他知道我在很多方面有各种各样的关系。"

"那他为什么甚至不肯让我问问看呢?"

"也许他不愿意,"布基说,"也许他只想让你回到这里来,了结这件事。"

4

他们 6 点半离开旅馆。比利不需要她的搀扶，自己走到了车上。他说等上车后再吃两粒泰诺，疼痛就能控制住了。艾丽斯愿意相信，但做不到。他走路一瘸一拐的，一只手按着左侧腹。他坐进副驾座位，小心翼翼得仿佛对待玻璃器皿，就像有髋关节炎的老人。她发动引擎，打开暖气，以抵御清晨的寒意，然后跑回旅馆里，又从自动提款机上取了 400 块。她用小推车装上行李，推出来搬进车里。

"我们出发，"他说，想自己扣上安全带，"该死，我扣不上。"

她替比利扣上安全带，然后出发。

他们走 27 号公路上长岛快速路，然后拐上 I–95 公路。快速路上的交通越来越拥挤，艾丽斯在驾驶座上坐得笔直，双手紧握方向盘的 2 点和 10 点方位，紧张地瞥视左右两侧的车流。她拿到驾照刚过三年，从没在这么繁忙的道路上开过车。她在脑海里浮现了五六起车祸，都是因为她车技不佳引起的。情况最糟糕的一次，他们在一场四车连环事故中当场毙命。第二糟糕的一次，他们活下来了，但赶到现场的警察发现她的同车人腹部中弹。

"下一个出口下高速，"比利说，"我们换座位。我开车带我们穿过纽约都会区和新泽西。等到了宾夕法尼亚境内，我们再换回来。后面的路肯定没问题。"

"你行吗？"

"当然行。"她不喜欢比利露出的不自然笑容。汗水像小河似的流淌，打湿了他的脸，他的面颊颜色发红。感染是不是已经引起发烧了？艾丽斯不知道，但她知道泰诺解决不了这种问题。"要是运气好，我甚至能还算安生地开完这段路。"

艾丽斯改变车道，排队准备下高速。有人按喇叭，吓了她一跳。她的心脏险些漏跳一拍。路上堵得离谱。

"要怪就怪他自己，"比利说，"这狗娘养的跟得太紧了，多半是洋基队的球迷。看见那个牌子了吗？那就是我们要去的地方。"

牌子上是个挥手的卡车司机，在一辆粉红色霓虹灯勾勒轮廓的16轮大卡车车顶上跳来跳去。底下是同样用粉红色霓虹灯拼出的一行字：快乐杰克的卡车休息站。

"我们过来的路上看见过。那天比今天好，那时候玛吉还没给我身上开个孔。"

"油箱几乎是满的，比利。"

"我们不是来加油的。开到后面停下。把这个放进你的包里。"他从座位底下掏出玛吉的史密斯威森ACP。

"我不想要。"这当然是真的。她这辈子都不想再摸枪了。

"我明白，但你还是拿着吧。没上膛。你必须亮出武器的可能性很小，100次里能有一次吧。"

她接过枪，扔进手包，然后拐到屋后，她看见几十辆重型卡车排得整整齐齐，其中大多数不情愿地保持安静。

"没有应召女郎。肯定还在睡觉。"

"应召女郎？妓女？专门在休息站拉客的？"

"对。"

"有意思。"

"你去卡车附近转悠，就像你在商场里买衣服一样。因为你要做的事情也算是一种购物。"

"他们不会以为我是应召女郎吗？"

这次他露出的不是假笑，而是她所爱的那个微笑了。他扫视她的蓝色牛仔裤、棉服和大半张脸，她今天没有化妆。"不可能。我要你找一辆遮阳板翻下来的卡车。车头有个绿色的东西，比如硬纸板或塑料片。或者车门把手上缠着丝带。要是司机在车厢里，你就上去敲敲车窗。听懂了吗？"

"懂了。"

"要是司机没有挥手叫你滚开，而是摇下了车窗，你就说你正在长途旅行，从东海岸到西海岸那么长，你的男朋友背痛。你就说现在主要由你开车，你想给他搞点比阿司匹林或泰诺更强的止痛药，再给自己搞点比咖啡或能量饮料更强的提神药。听懂了吗？"

现在她明白为什么要去提款机取两次钱了。

"我想要羟考酮，不过维柯丁也行。假如他有羟考酮，你就说你愿意 10 换 10，或 80 换 80。"

"我不懂。"

"10 块钱买 10 毫克，80 块买 80 毫克——绿药片。要是他企图翻倍讹你……"比利在座位上动了动，疼得龇牙咧嘴，"就叫他滚蛋。阿得拉尔很好，莫达非尼就更好了。记住了？"

艾丽斯点点头："我要先进去撒个尿。我好紧张。"

比利点点头，闭上眼睛："锁好车门，记住了？我现在可打不过劫车的小偷。"

她上了厕所，在超市买了零食和饮料，然后开始绕着后面的卡车兜圈。有人朝她色眯眯地吹口哨。她只当没听见。她在找有绿色标记的遮阳板或车门把手上飘拂的丝带。就在快要放弃的时候，她终于找到了，这是一辆破旧的皮特比尔特，仪表盘上粘着一个绿色的耶稣玩具。她很害怕，担心车里的人会嘲笑她，会像看疯子似的瞪她，但比利很痛苦，她愿意为他做任何事情。

她爬上车门踏板，敲敲车窗。车窗摇了下来。车里是个北欧长相的男人，稻黄色的头发，有个微微抖动的大肚子。他的眼睛是冰蓝色。他面无表情地看着她："要求助的话，宝贝儿，打电话给 3A[1]。"

她讲了一遍背疼和长途旅行的故事，说只要别太贵，多少钱都行。

---

1 美国汽车协会的简称，主要负责路救援和其他旅行相关服务的独立汽车俱乐部。

"我怎么知道你不是警察？"

这个问题过于出乎意料，她不由得大笑，笑声说服了他。两人讨价还价。她花掉了 800 块里的 500 块，带回去 10 粒 10 毫克的和 1 粒 80 毫克的羟考酮——比利所谓的绿药片——还有 12 粒橙色的阿得拉尔。她很确定他讹了她一大把，但艾丽斯不在乎。她跑回三菱车上，笑得很灿烂。一部分因为如释重负，另一部分因为成就感：这是她的第一次毒品交易。看来她真的要变成不法之徒了。

比利在打瞌睡，头部向后仰，下巴对着风挡玻璃。他的脸已经瘦了，面颊上的胡楂有些是灰白色的。艾丽斯敲敲车窗，他睁开眼睛，探身开车门，疼得咬牙皱眉。他不得不抓住方向盘往后推，这才在座位上坐直。她觉得他连再开两英里都做不到，更别说在拥挤的车流中穿过纽约都会区和新泽西了。

"成功了？"他问，艾丽斯坐进驾驶座。

她打开包着药片的手帕。他看着她的成果，说非常好，她做得很好。听到他的夸奖，艾丽斯非常高兴。

"需要亮枪吗？"

她摇摇头。

"我猜也不需要。"他拿起绿药片，"其他的先留着。"

"不会让你失去知觉吧？"

"不会。用它找刺激的人会犯困。但我吃药不是为了这个。"

"你真的能开车吗？我可以试——"

"等我 10 分钟，到时候再看。"

他们等了 15 分钟，然后他打开乘客座的车门说："换座位吧。"

他绕过车头，走路几乎不瘸了，坐进驾驶座的时候也没有疼得龇牙咧嘴："约翰尼·卡普斯说得对，这玩意儿就是魔法。当然了，所以才特别危险。"

"你没问题吧？"

"可以上路了，"比利说，"至少开一段时间没问题。"

他拐出大卡车沉睡的停车场，熟练地汇入长岛快速路上的车流，干净利落地抢到了一个位置，他们前面是一辆拖着小船的皮卡，后面是一辆垃圾车。艾丽斯觉得换了是她，恐怕会犹豫好几分钟，要出停车场的车辆会在她背后排起长队，发疯似的按喇叭，等她终于开上公路，立刻就会被其他车辆撞上车尾。速度很快提到了 65 迈，比利毫不迟疑地拐进拐出慢车道。她等待药物开始干扰他对时机的掌控，但一直没有。

"打开收音机听新闻，"他说，"试试 AM 1010 WINS 频道。"

她找到了 WINS 频道。新闻播报了北达科他州的管道泄漏、得克萨斯州的飞机坠毁和圣克拉拉的校园枪击案。没提到媒体大亨在蒙托克角的庄园里遇害。

"很好，"比利说，"任何时间差对我们的逃跑都有好处。"

没错，我们就是不法之徒，她心想。

纽约市的高楼轮廓开始在地平线上浮现时，他又开始出汗了，但车开得依然平稳和自信。他们走林肯隧道进入新泽西。艾丽斯看着 GPS 指挥方向，比利开上了 I-80 公路。他没能开过宾夕法尼亚州的边界，最后在内特孔的一个小休息区停下了。

"我只能开到这里了，"他说，"换你吧。你先吃一粒阿得拉尔，到 4 点左右药效开始过去的时候再吃两粒。能开多久就开多久。最好一直开到 10 点再停下。到时候我们就能开出去 800 英里了。"

艾丽斯看着橙色的药片："会有什么效果？"

比利微笑："不会有事的。相信我。"

她咽下药片。比利缓慢地爬出驾驶座，绕着车头走到一半，忽然一个踉跄，不得不抓住车身。艾丽斯飞快地下车搀扶他。

"多糟糕？"

"不太糟，"但艾丽斯盯着他的眼睛，他只好说，"好吧，其实很糟糕。我去后排躺下，尽可能舒展身子。再给我两粒 10 毫克的羟考酮，也许我能睡一觉。"

她尽可能支撑着他走到后车门，扶着他坐进车里。她想把他的衬衫拉起来，看看邦迪周围的情况，但他不允许，艾丽斯也没有逼他，既因为她知道他希望她尽快出发，也因为她知道她可能会不喜欢她见到的景象。

药物在起作用。刚开始她以为是她的想象，但心率上升不可能是想象，视野变得清晰也不可能是。休息区砖砌的小厕所周围有一块草地，她能看见每一片草叶投下的影子。一个随风飘动的薯片口袋看上去（没有其他的词语能够形容）很好吃。她发现她现在很想开车了，想看着三菱 SUV 吞吃里程。

比利也许看懂了她的表情，也许凭经验知道阿得拉尔对一个没碰过比咖啡更强的兴奋剂的女孩会造成什么效果。"65 迈，"他说。"要是想超过重型卡车就 70 迈。我们可不想惹来警察，明白吗？"

"明白。"

"我们出发吧。"

5

"然后我们就出发了，"艾丽斯说，"我口干舌燥，喝完了我的无糖可乐和他的雪碧，但我很长时间都不需要撒尿。感觉就像我把膀胱留在了快乐杰克的卡车休息站。"

"阿得拉尔有这个效果，"布基说。"很可能也不想吃东西。"

"是的，但我知道我必须补充热量。下午 3 点左右，我停车买三明治。比利留在后排座位上。他在睡觉，我不想叫醒他。"

布基很怀疑比利是不是真的在睡觉，因为比利在内出血，感染也越来越严重，但他对此保持了沉默。

"我又吃了两粒药，然后继续开车。我们在印第安纳州的加里停车，住进一家不连锁的汽车旅馆——我们的专属酒店。比利已经醒了，但他让我去登记。我必须扶着他去房间。他几乎没法走路。我叫他再吃点羟考酮，他说剩下的药留着明天用。我扶他上床，查看伤口。他不许我看，但这时候他已经太虚弱了，拦不住我。"

讲述的时候，艾丽斯的声音一直保持平稳，但她不停地用运动衫的袖子擦眼睛。

"是不是发黑了？"布基说，"坏疽？"

艾丽斯点点头："对，而且肿起来了。我说我们必须找人帮忙，他说不行。我说我去叫医生来，他拦不住我。他说是的，但要是我去叫医生，很可能就要在牢里待三四十年。消息这时候已经上新闻了。克拉克的消息。他会不会只是想吓唬我？"

布基摇摇头："他想照顾你。要是警察——还有联邦调查局，他们肯定会插手——把你和克拉克家发生的事情联系在一起，你就要在牢里待很久了。只要警察查到你和比利去过凯悦酒店，你就不可能逃得过了。"

"你这么说是为了安慰我。"

布基不耐烦地瞪了她一眼。"当然了，但也是真的。"他停了停，"艾丽斯，他是什么时候死的？"

6

两个人都几乎没睡觉，比利不睡是因为剧痛的折磨，艾丽斯是因为她的身体从未接触过阿得拉尔，药物的残余效果还没过去。凌晨4点半，离天亮还早着呢，比利说他们该上路了。他说她必须扶他上车，而且最好在世界醒来之前，免得被人看见。

他吃了 4 粒剩下的 10 毫克羟考酮，然后去上厕所。她随后进去。他冲掉了大部分鲜血，但马桶边缘和瓷砖地面上都沾了一些。她擦干净血迹，把塑料垃圾袋随身带走：不法之徒的思维方式。

止痛药已经起效，但她花了近 10 分钟才把比利弄到车上，因为他每走两三步就要歇一歇。他把体重全压在艾丽斯身上，喘得像是刚跑完马拉松。他的呼吸很难闻。艾丽斯担心他会昏过去，而她不得不拖着他走（因为她扛不动他），但他们还是成功了。

他缓慢地爬上后排座位，发出一连串微弱的呜咽叫声，艾丽斯恨不得捂住耳朵。但等他尽可能躺好，用一条胳膊枕着脑袋，他对她露出的笑容却阳光得出奇。

"该死的玛吉。要是她往左再偏个半英寸，就能帮我省掉这些麻烦了。"

"该死的玛吉。"她附和道。

"除了超车的时候，保持 65 迈。到了艾奥瓦和内布拉斯加，就可以 75 迈了。我们可不想惹来闪蓝灯的。"

"保证没有蓝灯，收到。"她说，对比利敬礼。

他微笑："我爱你，艾丽斯。"

艾丽斯吃了两粒阿得拉尔。她想了想，又加了一粒，然后她开车上路。

芝加哥往南的道路很可怕，双向各有 6 条还是 8 条车道，不过有阿得拉尔助阵，艾丽斯毫不胆怯地穿梭于车流之中。离开纽约都会区向西而去，车流逐渐变得稀疏，一个个小城从车窗外掠过：拉萨尔、普林斯顿、谢菲尔德、安纳万。她的心脏跳得既平稳又激烈。她进入了状态，脚踩油门就像铁锤砸东西，仿佛乡村歌曲里的卡车司机。她的视线不时飘向后视镜和瘫倒在后座上的人影。车开过达文波特，进入了艾奥瓦广袤的平原地带，灰蒙蒙的田野一片死寂，等待严冬的到来，这时他开始说话。他的话没有任何意义，却蕴含着世间的一切至理。他意识不清了，艾丽斯心想。他意识不清，痛苦难耐，正在寻找出路。唉，比利，我对不起你。

很多话与凯西有关。他叫妹妹别烤饼干，等老妈回家来帮她烤。他对凯西说，有人伤害了鲍勃·雷恩斯，回家的时候他会怒不可遏。他说科琳娜为他说好话，只有她还在维护他。他提到了沙尼斯。他们好像去了什么射击场。他提到一个德里克和一个丹尼。他对这些幽灵说他不会因为他是成年人就对他们放水。艾丽斯猜他在说《大富翁》游戏，因为他说别磨蹭，快摇骰子，说买铁路是个好主意，但公共工程就不是了。有一次他大喊一声，吓了艾丽斯一跳，猛打方向盘。别进去，约翰尼，他说，门背后有个头巾佬，先扔一颗震撼弹，把他轰出来。他提到寄宿家庭的佩姬·派伊，比利的母亲失去监护权后，他住进了那里。他说要是没有油漆，那座该死的老房子早就倒塌了。他提到他单相思的对象，有时候叫她龙尼，有时候罗宾，于是艾丽斯知道了她的真名。他说起一辆野马敞篷跑车和一台点唱机（"只要你点对了地方，它就会唱上一整夜，没忘记吧，塔可？"），他提到他丢掉的半个大脚趾和婴儿鞋，提到布基和艾丽斯，还有一个叫戴蕾斯·拉甘的人。他反复说起他的妹妹和送他去"永远在刷漆之家"的那个警察。他说起成千上万辆废车的风挡玻璃反射阳光。他说它们有一种毁灭的美感。他在这辆抢来的车的后座上拆解他的一生，艾丽斯为之心碎。

他终于安静下来，刚开始艾丽斯以为他睡着了，但等到她第三或第四次看后视镜，见到他蜷起两条腿躺在座位上一动不动，她以为他死了。

他们已经来到了内布拉斯加。她在通往赫明福德的出口开下公路，拐上一条两车道的县级柏油路，这条路笔直得像是琴弦，两侧收割完毕的玉米秆犹如高墙。天快黑了。她又开了1英里，拐上一条土路，开到从柏油路上看不到的地方停车。她下车，打开后车门，先是松了一口气，因为她见到比利在看着她，随后又惊恐起来，害怕比利睁着眼睛去世了。但这时他眨了眨眼。

"为什么停车？"

"我需要伸展一下腿脚。你感觉怎么样？"

一个愚蠢的问题，但她还能问什么呢？知道我是谁吗？你是不是以为我是你死去的妹妹？你能不能保持清醒一段时间？哦，对了，是不是一切都来不及了？艾丽斯认为她知道最后这个问题的答案。

"帮我坐起来。"

"好像不是个好主意——"

"艾丽斯，帮我坐起来。"

所以他知道，而且他的意识是清楚的，至少暂时如此。她抓住他的双手，帮他坐起来，他的双脚落在赫明福德的一条无名土路上。如果是科罗拉多的山中，现在应该快天黑了。在这里的平原地带，尽管已经 11 月，但此刻还是从下午到傍晚的过渡时刻。晚霞从西方洒在玉米地上，轻风吹得玉米秆飒飒叹息。他双手滚烫，脸色通红，嘴唇上因为发烧起了水泡。

"我差不多到头了。"

"不，比利。不。你必须坚持住。我再给你两粒羟考酮，阿得拉尔也还没吃完。我可以彻夜赶路。"

"不，不需要了。"

"我能做到的，比利。真的能。"

他在摇头。她依然抓着他的手。她觉得要是她松开手，他就会向后倒在座位上，他的衬衫会掀起来，她会看见他的腹部变成了黑灰色，感染的猩红色触手朝着他的胸部蔓延。伸向他的心脏。

"现在你听我说。你在听吗？"

"在。"

"那三个人把你扔下车，然后我救了你，对吧？现在我要再救你一次了。至少我在努力。布基对我说过，只要我允许，你就会一直跟着我，而我的放任会毁了你。他说得对。"

"你没有毁了我，你救了我。"

"闭嘴。你还没有被毁掉，这是最重要的。你还是个正常人。我之所以知道，是因为我问你有没有从克拉克的事情中恢复过来，你说你在努力。我明白你的意思，我知道你在努力，假以时日，你肯定会把这件事抛在脑后。只有做梦才会想到。"

红光在眼泪中闪烁。给玉米地涂上颜色。万籁俱寂，他的双手在她的手中灼烧。

"克拉克惨叫了，对吧？"

"对。"

"他说很疼。"

"够了，比利，太可怕了，我们必须回到高速公路——"

"也许他活该受苦，但是，你给其他人造成痛苦的时候，永远会留下伤疤。不是在你的身体上，而是在意识和灵魂上。这是正常的，因为杀人并不是小事。我知道这些事情，所以你要听我的忠告。"

鲜血从他的嘴角淌了出来——两侧嘴角。她放弃了阻止比利说话。她知道这是什么，这是临终遗言，而她的职责就是在他还能说话时尽量聆听。即便比利说他自己是坏人，艾丽斯也没有开口。她不这么认为，但此刻不是争论的时候。

"去找布基，但别和他待在一起。他关心你，他会爱护你，但他也是坏人。"他咳嗽起来，嘴里喷出血沫，"假如你愿意，他会帮你以伊丽莎白·安德森的身份开始新生活。我有钱，很多钱。有个以爱德华·伍德利名义开设的账户里有钱。比米尼银行里也有钱，用的是詹姆斯·林肯的名字。你能记住吗？"

"能。爱德华·伍德利。詹姆斯·林肯。"

"布基有这两个账户的密码和开户信息。他会教你怎么管理汇入你账户的钱，这样就不会引来国税局的注意了。这一点非常重要，因为无法说明来源的钱会在你最意想不到的时候给你下绊子，这方面最有可能让你惹火上身。你明……"

又是一阵咳嗽。嘴里又喷出血沫。

"你明白吗？"

"明白，比利。"

"一部分钱是给布基的，剩下的全归你，足够你念大学和毕业后开始新的人生。他会好好待你的。明白了吗？"

"我明白了。现在你最好还是躺下。"

"我会躺下的，但你别企图彻夜开车，肯定会出事故的。你在手机上查一查接下来哪个镇子比较繁华，找到一家沃尔玛。停在旅行拖车的附近。睡一觉。明早等你养足精神再出发，傍晚前就能回到布基家了。山里。你喜欢山里，对吧？"

"对。"

"你保证。"

"我保证停车过夜。"

"这么多玉米田，"他望向艾丽斯的背后说，"还有落日。读过科马克·麦卡锡吗？"

"没有。"

"应该读一读。《血色子午线》。"他对艾丽斯微笑，"该死的玛吉，对吧？"

"是啊，"艾丽斯说，"该死的玛吉。"

"我把笔记本电脑的密码写在一张纸上，然后塞在你的手包里了。"

说完，他松开艾丽斯的手，向后倒下。她抬起比利的小腿，费了些力气把他的双腿塞进车里。也许他被弄疼了，但他没有表现出来。他望着艾丽斯。

"我们在哪里？"

"内布拉斯加，比利。"

"我们怎么会在这里？"

"别管了。闭上眼睛。休息一下。"

他皱起眉头："罗宾？是你吗？"

"是我。"

"我爱你，罗宾。"

"我也爱你，比利。"

"我们去地窖，看看还有没有剩下的苹果。"

7

又一个木节在炉膛里爆开。艾丽斯起身，打开冰箱，拿出一瓶啤酒。她拧开瓶盖，一口气喝掉了半瓶。

"这是他对我说的最后一句话。我在卡尼市找到一家沃尔玛，把车停在旅行拖车区，当时他还活着。我知道他还活着，是因为我能听见他的呼吸声，很粗重。第二天早上我 5 点醒来时，他已经死了。你要啤酒吗？"

"要，谢谢。"

艾丽斯拿给他一瓶啤酒，重新坐下。她显得非常疲惫："'我们去地窖，看看还有没有剩下的苹果。'也许是对罗宾说的，或者他的朋友加兹登，算不上什么像样的告别词。要我说，如果生活是莎士比亚的一出戏就好了。不过……想到《罗密欧与朱丽叶》……"她喝完剩下的啤酒，面颊上有了些血色。布基觉得她看上去好了一点。

"我等到沃尔玛开门，然后进去买东西——毛毯、枕头，好像还有个睡袋。"

"对，"布基说。"有个睡袋。"

"我把他盖起来，然后回到公路上。按照他的叮嘱，速度从不超过限速的时速 5 英里。有一次，一辆科罗拉多州警的车闪着警灯追上来，我以为我完了，但它超过我，一转眼就没影了。我回到这里。我们埋葬了他，连同他的大多数物品。他的东西一共也没几件。"她停了停，"但他的坟离避暑屋有段距离。他不喜欢那地方。他在避暑屋写作，但说他从头到尾都不喜欢那地方。"

"他说他认为那里闹鬼，"布基说，"接下来你有什么计划？"

"睡觉。我似乎怎么都睡不够。我以为等我写完他的故事就会好起来，但……"她耸耸肩，站起来，"留着以后慢慢想吧。知道斯嘉丽的名言怎么说吧？"

布基·汉森咧嘴笑道："'我明天慢慢想吧，因为明天是另一天了。'"

"就是这个意思。"艾丽斯走向卧室，自从回来以后，她几乎一直待在卧室里，不是在写作就是在睡觉。她忽然转过来，笑着说："我猜比利会讨厌这句话。"

"很有可能。"

艾丽斯叹了口气："不可能出版，对吧？我说的是他这本书。甚至当成小说出版也不行。至少这 5 年不可能，或者 10 年。我没必要自欺欺人。"

"恐怕不可能，"布基赞同道，"那就像是 D. B·库珀[1]写了本传记，还起名叫《老子就是这么干的》。"

"我不知道他是谁。"

"没人知道，但这才是重点。他劫了一架飞机，抢走一大笔钱，然后跳伞逃跑，从此杳无音信。就像你那个版本的故事里的比利。"

"你说他会不会喜欢我的写法？让他活下去？"

---

1 D. B·库珀是媒体用来指代一位身份不明的男性劫机嫌犯的名字，他在 1971 年 11 月 24 日于美国挟持一架波音 727 型飞机，并要求 20 万美元的赎金。

"他肯定超爱这个结局，艾丽斯。"

"我也这么想。要是能出版，你知道我会起个什么书名吗？《比利·萨默斯：一个迷途之人的故事》。你觉得呢？"

"我觉得听上去很像他。"

8

那天夜里下雪了，但只下了一两英寸，艾丽斯 7 点起床的时候，雪已经停了，清晨的天空晴朗得近乎透明。布基还在睡觉，尽管卧室关着门，但艾丽斯依然能听见他的鼾声。她煮上咖啡，从屋子旁边的木柴堆取来木柴，在暖炉里生火。咖啡开了，她喝了一杯，然后穿上外套和靴子，戴上护耳的羊毛帽。

她走进布基分给她的房间，摸了摸比利的笔记本电脑，拿起放在电脑旁的平装本小说，放进牛仔裤的后袋。她开门出去，沿着小径上山。新鲜的积雪上有很多鹿的脚印，还有一两只浣熊留下了人手形状的怪异脚印，不过，避暑屋门前出奇地干净。鹿和浣熊都不愿靠近那里。艾丽斯也一样。

小径终点不远处有一棵劈裂的棉白杨，那是她的地标。艾丽斯拐进树林，边走边低声数步数。他们把比利抬进树林那天走了 210 步，今天早晨脚下有点滑，她走了 240 步才来到那块林间小空地。她翻过一棵倒伏的扭叶松，这才走进那块空地。空地中央有一方棕色的泥土，他们在上面撒了些松针和落叶。尽管下过雪，而且盖着松针和落叶，但她依然看得出那是个坟墓。布基向她保证，时间会解决这个问题。他说等到明年 11 月，瞎逛的登山客就算从坟墓上走过，也不知道底下埋着什么。

"当然也不会有人进来。这是我的私人土地，外面的牌子说得很清楚。我不在的时候，也许会有人溜进来，多半是为了走小径，看一看山谷对面远望酒店的旧址。但现在我回来了，而且打算一直住下去。感谢比利，我能退休了，当一个普普通通的山里老人。从这里到西坡之间有几千个这种人，头发留长到了屁股，成天听荒原狼乐队的老唱片。"

艾丽斯站在坟墓前。"哎，比利。"对他说话感觉很自然，至少足够自然，她不确定这样对不对，"我写完了你的故事。给了你一个不一样的结局。布基说你不会介意的。你在那栋办公楼里开始写这个故事，现在我用的是同一个 U 盘。等我到了科林斯堡，就用艾丽斯·马克斯韦尔的证件租个保管箱，把它存起来。"

她走回去坐在那棵倒伏的扭叶松上，掏出裤袋里的平装本小说放在膝头。待在这里很舒服。这是个静谧的地方。在用油布包裹尸体之前，布基先做了些处理。他不肯告诉艾丽斯他做了什么，只说等天气转暖后不会有太多味道，甚至也许完全没有。动物不会来打扰他的长眠。布基说以前篷车队和挖银矿的时代，人们就是这么处理尸体的。

9

"我决定去科林斯堡念书了。科罗拉多州立大学。我看过照片，校园很美。记得你问过我想学什么吗？我说我想学历史，或者社会学，甚至舞台艺术。我不好意思说我真正想学的是什么，但我打赌你肯定能猜到。也许你当时就猜到了。我上高中的时候有时候会幻想，因为英语文学一直是我成绩最好的科目，但续写你的故事让我觉得我真的可以。"

她停下了，因为接下来的话难以启齿，哪怕这里只有她一个人。感觉太狂妄了。她母亲会说你是忘乎所以了。但她必须说出来，这是她欠他的。

"我想写我自己的故事。"

她再次停下，用袖口擦眼泪。天寒地冻，但她喜欢这份寂静。时间太早，连乌鸦都还在睡觉。

"我做这件事的时候，我……"她迟疑了。这个词为什么这么难说出来呢？有什么理由呢？"我写作的时候，就会忘记悲伤。忘记担忧未来。忘记我在什么地方。不知道会发生什么，我可以假装我们在达文波特城郊的小憩汽车旅馆。但我感觉不像假装，尽管其实并不存在这么个地方。我能看见仿实木的墙板和蓝色的床单，能看见卫生间水杯的塑料包装袋，上面印着一行字：'为了你的健康，已消毒。'但这不是最重要的部分。"

她擦眼睛，又擦鼻子，她望着吐出的白气渐渐飘远。

"我可以假装玛吉——该死的玛吉——那一枪只是擦伤了你。"她摇摇头，像是想清醒过来，"不，不是这样。子弹真的只是擦伤了你。你真的写了那封信给我，趁我睡觉的时候从门底下塞给我。你真的一个人走向了快乐杰克的卡车休息站，尽管休息站其实在纽约。然后，你从那里出发，不知道去了哪里。你知道这是有可能发生的吗？你知道你可以坐在屏幕或纸笔前改变世界吗？改变无法持久，世界总会变回去，但在它恢复之前，那种感觉非常美妙。它包罗万象，因为你能满足你的所有心愿，我希望你依然活着，而在故事里，你真的活着，而且会永远活着。"

她站起来，走到她和布基一起挖的那方坟墓前。在真实世界中，他长眠于此处。她单膝跪下，把那本书放在他的坟墓上。也许大雪会盖住它。也许狂风会吹走它。但这不重要。在她的心中，它永远都会在这里。这本书是埃米尔·左拉的《戴蕾斯·拉甘》。

"现在我知道你在说什么了。"她说。

10

艾丽斯走到小径的尽头，隔着刀劈般的深谷，望着对面古老酒店曾经矗立的平地，布基说那家酒店闹鬼。有一次，她以为自己真的见到了它，毫无疑问那只是幻觉，因为当时她还不习惯这里稀薄的空气。今天她什么都没看见。

但我可以让它出现在那块平地上，她心想。我可以让它出现在那里，就像我可以让小憩汽车旅馆出现在达文波特的城郊，包括我没有写成文字的所有细节，例如卫生间里松脱的镜子，地毯上形状像得克萨斯州的水渍。我可以让它出现在那里。只要我愿意，我甚至可以让它充满鬼怪。

她站在悬崖边，隔着此方与彼方之间寒风呼啸的深谷眺望对面，双手插在口袋里，想着她能够创造一个个不同的世界。比利给了她这个机会。她来到这里。她找到了她的归属。

2019 年 6 月 12 日至 2020 年 7 月 3 日

致　谢

　　罗宾·弗思和迈克·科尔帮我搜集素材，找出前后不一致之处，提出了宝贵的编辑建议。我必须感谢他们两人。此处可以用上标准的免责条款：要是书里有错，责任完全在我，而不是他们。我同时还要感谢宾·韦斯特的《没有真正的荣耀》(*No True Glory*)，他对两次费卢杰战役的精彩描述给了我很大的帮助。